TIA BETH

LEONARDO DE MORAES

TIA BETH
LEONARDO DE MORAES

Copyright © 2023 Leonardo de Moraes
Copyright © 2023 INSIGNIA EDITORIAL LTDA

Todos os direitos reservados. Nenhuma parte desta publicação pode ser reproduzida ou transmitida de qualquer forma ou por qualquer meio — gráfico, eletrônico ou mecânico, incluindo fotocópia, gravação ou outros — sem o consentimento prévio por escrito da editora.

EDITOR: Felipe Colbert

CAPA: Leonardo de Moraes

ILUSTRAÇÕES INTERNAS: Leonardo de Moraes

COPIDESQUE: Felipe Colbert

DIAGRAMAÇÃO: Equipe Insígnia

Publicado por Insígnia Editorial
www.insigniaeditorial.com.br
Instagram: @insigniaeditorial
Facebook: facebook.com/insigniaeditorial
E-mail: contato@insigniaeditorial.com.br

Impresso no Brasil.

```
         Dados Internacionais de Catalogação na Publicação (CIP)
                (Câmara Brasileira do Livro, SP, Brasil)

       Moraes, Leonardo de
          Tia Beth / Leonardo de Moraes. -- 1. ed. --
       São Paulo : Insígnia Editorial, 2023.

          ISBN 978-65-84839-21-2

          1. Ficção brasileira I. Título.

   23-159524                                          CDD-B869.3
                   Índices para catálogo sistemático:

       1. Ficção : Literatura brasileira    B869.3

       Aline Graziele Benitez - Bibliotecária - CRB-1/3129
```

Para Ana, Glaucia e todas as mães do mundo.

*O Estado, a pólis grega transformada
em esfinge devoradora de divergências...
Há algo mais cruel que um amor despersonalizado
e eliminado, para atender à fome
de uma besta sem corpo?*

1.

Esta é a Beth, minha tia-avó. Ela se diz ruiva natural, mas usa a mesma peruca, lisa e perfeita, que está nas minhas fotos de infância. Casou-se duas vezes, sobreviveu à quimio e a uma queda de cavalo, o que lhe deixou com a perna esquerda dois centímetros mais curta. Fuma uma carteira de cigarros por dia, colocados pela manhã numa cigarreira de prata, que fica sobre a mesa da sala. Costuma implicar com as ajudantes, três mulheres que a acompanham há décadas e têm por ela uma admiração sem igual. Tia Beth é generosa, divertida e rabugenta. Reclama do pó invisível sobre os aparadores de jacarandá, da acidez do molho de tomate, dos pelos da gata em seu cashmere. Reclama por reclamar, com certo sarcasmo e ironia na voz cavernosa e aveludada. Reclamar com humor é um esporte que tia Beth pratica há anos, e ela insiste em dizer que, assim como os jogos de tênis em que competia na juventude, requer um parceiro à altura, que saque a bola com agilidade. Por isso adora estar cercada de gente inteligente, para seguir praticando seu show de *stand up* involuntário e apagando bitucas de cigarro em cinzeiros que se prezem.

Na casa da "tivó" Beth havia um único assunto proibido; um tabu que sorria jovem e lindo no porta-retrato sobre o piano de cauda. Me lembro de perguntar pro papai "quem é esse?" e me assustar com o tanto de dedos levados à boca. "Depois te contamos, shiuu..." O depois nunca chegava, tampouco me lembrava de perguntar, mais interessado no bolo de laranja e nos presentes que ganhava. "A tivó me deu duas fitas de Atari!" e a abraçava forte, sua colônia de lavanda em mim. Mas lá estava ele, o rapaz de olhos azuis em frente a um vitral de rosas vermelhas. A foto sorria todos os dentes, perolados. Minha primeira referência de beleza e felicidade masculinas. Sim, porque papai sempre me pareceu carrancudo e velho. Mesmo quando ele tentava ser divertido, era um divertido velho, a calça jeans sempre dois dedos acima de onde deveria estar. Mas, aquele rapaz da foto, ele devia ir à praia, devia cantar numa roda de violão, mãos dadas com uma namorada tão bonita quanto ele. Um dia não aguentei e perguntei à tia Beth: "Quem é ele?". Meu pai vinha do lavabo, não teve tempo de recordar a censura; o relógio-cuco segundos mais barulhento.

— Meu Tavinho...

Não conseguia imaginar tias-avós tendo filhos. Pensava nelas como senhoras encantadas, ricas e fumantes, feitas pra presentear os filhos dos outros. Meu pai me olhou com reprovação; dessa vez, tia Beth interceptou: "Deixa o menino perguntar, querido". Alvará obtido, perguntei tudo. Filho único, na verdade Otávio Guedes Ribeiro Filho, estudou Direito no Largo de São Francisco, mas era mesmo um bom compositor, escrevia poemas, peças de teatro que foram encenadas. Teve muitas namoradas, tocava piano e violão. Cantou na televisão. Tinha um Karmann Ghia vermelho conversível. "Mas onde ele tá?" Meu pai levou as mãos ao rosto e se ajeitou no sofá. Havia me apaixonado pelo primo do retrato, queria ser como ele. Ele estava morto. Antes mesmo de eu nascer. Tia Beth engasgou, meu pai forçou outro assunto, "hoje chove, tia, ouvi na Jovem Pan". "Ele morreu do quê, mesmo?" Passei alguns anos achando que Tavinho tinha se engasgado com um drops. Só mais velho entendi que Tavinho havia tido problemas com o DOPS.

Aos cinco anos, eu já percebia a magia da minha tia-avó. Ela exalava um cheiro doce e esfumaçado, como o cachimbo de um velho pirata.
— Pai, a tia Beth fumava na barriga da mãe dela?
— Não, não, filho...
— Então quando?
— Mais tarde, lembro bem do porquê.
A conversa morreu ali e eu era muito pequeno pra realmente prestar atenção na resposta do meu pai. Apenas retomamos, desse mesmo ponto, mais de dez anos depois, quando já sabia da existência do primo Tavinho.
— Pai, acho que já sei quando a tia Beth começou a fumar... ela começou a fumar depois que o filho sumiu, né?
Era um domingo modorrento. Meu pai respirou como quem quer regurgitar qualquer história e acabou me contando uma das passagens mais difíceis e controversas da vida da tia-avó Beth:
— Foi na virada de 1969 pra 1970... estávamos todos numa festa de Réveillon na casa de amigos da família; casa enorme no Jardim Europa. O Tavinho já não dava notícias havia mais de duas semanas e ninguém tinha certeza se tinha sido pego pelo regime ou se estava fumando maconha em algum canto...
— Então ele fumava erva?
Meu pai ignorou o entusiasmo.
— Não sabiam se Tavinho estava em alguma praia, qualquer uma, de Itanhaém a Saquarema. A tia Beth sabia que algo estava errado, sabia que o filho não deixaria de ligar pra ela no Natal... então resolveu ir à festa de Ano-Novo naquele casarão. Lá estaria, dentre os convidados, um coronel do exército, casado com uma amiga de infância dela. O que a tia Beth queria era cavar um momento a sós com ele, pedir ajuda.

Minha mãe, trazendo café fresco, estava curiosíssima:
— Ela conseguiu?
Meu pai suspirou.
— Pouco depois dos fogos da meia-noite, ouvimos uma discussão vinda de uma das salas. Tia Beth saiu de lá nervosa, o rosto vermelho. Houve uma troca de tapas entre ela e a amiga de infância, a tal esposa do coronel. Tia Beth saiu de lá com o batom todo borrado, o vestido amassado, mas com um número de telefone nas mãos.

2.

Tia Beth reclamava de muitas coisas, menos da própria vida; meu pai costumava dizer. Mais de uma vez, vi mamãe se incomodar com essa afirmação, o que me fazia acreditar, cartesianamente, que ela não gostava da tia Beth. Mas houve um dia em que concordou; havia acabado de receber um telefonema de sua melhor amiga, internada em uma clínica psiquiátrica.
— Não sei como tua tia Beth consegue sorrir...
Eu estava tomando uma canja bem quente, o caldo salgado queimando minha língua e pensando que adorava a gargalhada da tia Beth quando saía fumaça de cigarro de seu nariz e de sua boca ao mesmo tempo. Soltei um berro, a língua pulsando queimada da canja, me distraí.
— Filho! Já disse pra soprar antes! — Mamãe me passou um copo de água gelada. — Se a gente já sofre ao ver o filho com a língua queimada, imagine a perda de um filho?
Mamãe estava apreensiva com a situação da melhor amiga, há dois meses esvaziando uma cartela de Lexotan atrás da outra, desde o acidente besta que levou seu filho mais velho.
— Acha que ela vai sair logo da clínica?
Papai meneou a cabeça. Era um "sim" ou um "não"?
— Talvez se você colocar a tia Beth pra falar com ela... talvez ajude.
Mamãe achou a ideia muito boa. Não consegui ouvir o que ela falava; uma enorme fatia de pão italiano molhado na sopa me parecia mais interessante.
— A tia Beth disse que vai amanhã à clínica visitar a Lourdes e que conhece o dono.
— Quem a tia Beth não conhece? — meu pai soltou.
Desta vez, mamãe concordou, admirada.
— Perguntei aquilo pra tia Beth...
— O que você perguntou?

— Quando ela conseguiu voltar a sorrir...

— E o que ela respondeu?

— A tia Beth me disse que depois das lágrimas, a alma entra em um deserto: sem emoção, sem reação. Depois de algum tempo, o sorriso vem como um espasmo. Os músculos do corpo tentando avisar: "Ei, você, última chamada, volte pra vida".

Minha língua já estava melhor e cortei disfarçadamente outra fatia de pão italiano. Passei manteiga pensando como era bom ter uma vida com pães com manteiga.

— Aquieta teu coração. — Meu pai passou as mãos nos ombros da minha mãe e lhe deu um beijo. — A tia Beth vai ensinar a Lourdes a sorrir de novo.

— Mamãe, de repente a tia Beth também ensina a tua amiga a soltar fumaça pelo nariz!

Minha mãe soltou uma gargalhada, que nem eu e nem meu pai estávamos esperando.

3.

Eu tinha de oito pra nove anos e estava brincando de esconde-esconde com meus primos quando fiz uma das primeiras descobertas sobre o passado da minha família envolvendo tia Beth. Naquela época, a gente entrava no armário e se enfiava em cima do gaveteiro acreditando fielmente que ninguém nos acharia. Os móveis aguentavam nosso peso, eram maciços. Me enfiei no armário onde estavam as roupas do meu pai, uma porta mais próxima à parede em que ele amontoava cortes de tecido, caixas de sapato e um monte de — "quinquilharias, lixo, bagunça", dizia mamãe — coisas do tempo de solteiro. Me contorci pra caber em cima de um suéter felpudo e tentei não pôr os pés numas embalagens barulhentas.

Fiquei um tempão dentro do armário e escutava meu primo pegando um a um: "1, 2, 3, fulano! 1, 2, 3, beltrano!".

De repente, o silêncio. Será que a brincadeira tinha acabado? Fui abrindo devagarinho a porta do armário e meu primo me viu, berrou meu nome, e foi em direção ao pique. Eu tentei sair, firmar os pés, e os tais papéis de seda escorregaram um no outro. Perdi o equilíbrio e tentei me pôr de pé, mas bati a cabeça em uma prateleira que, maciça, se soltou derrubando tudo sobre mim. Fui cuspido do armário como se não tivesse sido digerido, e bem próximo do meu supercílio, caiu um troço de metal. Era quadrado. Nunca tinha visto algo parecido.

— Mamãeeee!

Chorei o choro dos filhos; lágrimas de sofrência mais pela bronca iminente do que pela dor.

Minha mãe chegou esbaforida, berrando coisas de mãe:

— Meu Deus, Léo, onde já se viu? É só eu dar as costas, já falei; menino, você vai ver!

Quando ela viu meu choro caprichado e o pouquinho de sangue no supercílio, mudou o tom do discurso e direcionou sua ira pro meu pai.

— Eu já disse, Bernardo, esse armário tá lotado de lixo, de coisas que você não usa e...

Que bom, ainda bem, comovi direitinho. Até perceber que havia me machucado de verdade.

— Vai formar um galo! Traz gelo! — minha mãe gritou para o meu pai e em seguida começou a desfiar o inventário de culpas. Queria saber onde eu tinha batido, isso e aquilo, pra poder avaliar o que fazer.

— Foi nesse treco aqui, essa coisa quadrada!

Minha mãe pegou o tal negócio e chamou meu pai ao quarto. Ele apareceu trazendo o gelo envolto em um pano de prato.

— Bê... olha só, você estava procurando há tanto tempo!

Não entendi a mudança de tom. Fui subitamente esquecido, eles não estavam mais em pé de guerra.

— Minha Polaroid! As fotos devem estar junto! — E meu pai passou a vasculhar o conteúdo dentro do armário, a bagunça no chão. Mamãe passou a ajudá-lo, os dois esqueceram de mim. Não aguentei.

— Ei, e eu?

— Está aqui! — Papai retirou uma caixa de papelão, a que eu havia amassado com o joelho. Dentro, inúmeras fotografias que ele jogou sobre a cama de casal. Os dois mexeram, mexeram, então papai soltou um suspiro abafado, espasmo úmido.

— Estão aqui! Estão aqui!

Os dois se abraçaram emocionados.

— Tia Beth vai ficar muito feliz. Finalmente, depois de mais de vinte anos!

Papai e mamãe me largaram no quarto como um soldado do exército inimigo abatido ao chão. Uma parte de mim amadureceu ali, ao me sentir invisível aos olhos dos meus pais pela primeira vez. Senti ciúmes da cumplicidade dos dois, do suposto tesouro que haviam descoberto. Aliás, que eu havia descoberto, e não fora recompensado nem com uma ajuda para me levantar do chão.

Quando cheguei na sala, papai estava ao telefone:

— Sim, tia Beth... eu achei... depois de todo esse tempo. Estava comigo e não nas coisas do Tavinho! Por isso que aqueles malditos não levaram!

Naquela hora, não entendi muita coisa. Apenas depois, alguém, não sei quem, me explicou: aquelas eram as duas últimas fotos do primo do papai. Foram tiradas com a Polaroid que papai ganhou em seu aniversário de 18 anos, dada pelo primo-herói, o primo que era cantor e compositor, que já havia até aparecido na TV.

As fotos encontradas eram as últimas e praticamente as únicas de Tavinho, porque à época do seu desaparecimento, invadiram a casa de tia Beth e levaram os objetos dele, livros, anotações, fotos e álbuns de fotografia. Numa delas, Tavinho está de óculos, sorrindo ao lado da mãe, ainda linda, jovem e leve.

— Tia Beth gostava de fazer charme, fingir que não queria ser fotografada, e tentou pôr as mãos na frente do rosto, sem sucesso!

— Ela era linda, hein! — disse minha mãe.

— Olha essa outra: Tavinho está na cozinha da minha casa. Aliás, casa dos meus pais. Eu tirei essa foto no último dia em que o vi com vida.

— Jura, papai?

— Sim...

Minha mãe colocou o braço nos ombros dele.

— Tavinho tinha ido de manhã cedinho encontrar seu avô Arthur, queria conversar sobre umas coisas relacionadas à certidão de nascimento dele, algo assim. Também queria saber algumas coisas sobre a tia Beth, sobre quando ela era jovem. Parece que era pesquisa pra uma peça de teatro que estava escrevendo. Ele também queria muito mostrar pra mim uma música que havia composto. Ele passou o dia com a gente. Tomou café da manhã, comeu a lata de biscoitos praticamente inteira, o que me irritou profundamente. Daí cantou, sorriu, jogou uma partida de xadrez comigo, almoçou com a gente, depois jogamos tranca e então fomos assistir o programa *Chá das Cinco*, que era apresentado por uma loira muito bonita...

— A Cláudia Ferraz.

— Isso mesmo. Todos os marmanjos da época eram apaixonados por aquela apresentadora, e foi no programa dela que Tavinho apareceu na TV pela primeira vez. Depois emendamos o *Programa Flávio Cavalcanti* e por volta das oito da noite... bem, Tavinho deu um beijo e um abraço em cada um de nós. Disse que não iria jantar com a gente, porque tinha de encontrar uns amigos num sítio, numa fazenda, alguma coisa assim. Se despediu com um sorriso no rosto e me deu uma piscadela. Disse baixinho que iria viajar com uma namorada, e que talvez demorasse pra voltar.

— E você nunca mais o viu?

— Eu saí correndo até o portão. Nunca tinha feito isso, mas naquela vez quis ver ele acelerar o Karmann-Ghia vermelho. Eu acenei, e minha mão ficou um tempão no alto, mais tempo que o normal... Tavinho nunca mais foi visto com vida.

4.

Estava no primeiro ano da faculdade de Direito, ainda me acostumando à rotina, quando recebi um telefonema bem cedo. Era tia Beth. Ainda estava na cama quando ouvi meu pai:

— Ela quer falar com você!

"Caramba, por que a essa hora? Alguma pergunta jurídica? Será que ela não entende que ainda estou no primeiro ano?" Porque era assim que minha tia-avó se portava desde que soube do meu ingresso na faculdade. Para tia Beth, eu já era advogado formado.

— Estou orgulhosa de você! — E ela engatava perguntas sobre contratos de aluguel, penhor, seguros e como processar a assistência técnica da máquina de lavar.

Naquele dia, porém, ela queria outro favor: no centro da cidade, perto do Largo de São Francisco, na rua Barão de Paranapiacaba, tia Beth tinha um ourives, Seu Bittencourt, que a conhecia desde os tempos em que ela abriu uma joalheria.

— Já trabalhamos juntos, ele é um artista... você pega as joias pra mim, meu sobrinho?

Não adiantou eu falar que voltaria pra casa de ônibus, quando muito, de metrô.

— E se me assaltam?

— Não se preocupe, se as pedras tiverem de ir embora é porque quiseram ir embora! — Então ela tossiu, pigarreou, reclamou do outro lado que a Januária havia passado o café muito fraco. — Te espero pro almoço. — Desligou, simples assim.

Saí da última aula um pouco mais cedo; queria pegar ônibus em vez de metrô, achava aquela linha mais segura. Quando cheguei na oficina, saindo de um elevador pantográfico, num sexto andar de um edifício antigo e estreito, me deparei com um senhor baixinho, barrigudo e bem idoso. Me apresentei e pedi a ele o conjunto de safiras e brilhantes da senhora Elisabeth, minha tia etc. e tal. Os olhos dele se iluminaram.

Seu Bittencourt trouxe de dentro de sua loja o conjunto de joias, como se carregasse uma qualquer coisa sem valor. Colocou-o em um saquinho plástico e depois enrolou num papel pardo, dando algumas voltas com durex.

— Aqui a gente embala as joias assim, meu filho, pra ninguém achar que é coisa de valor!

Sorri de volta, o que deve ter parecido autorização para ele discorrer sobre como acompanhava a vida de tia Beth desde muito cedo.

— Uma grande dama, sua tia. Pena aquilo tudo que aconteceu com ela, não acha?

Fiquei em silêncio. "Aquilo o quê?" Ele prosseguiu:

— Vou corrigir o que falei. A vida é um eterno lapidar, sabe. Ela é uma grande dama, porque sua vida a lapidou.

Continuei sem saber o que dizer.

— Trabalhei sendo um dos ourives da marca de joias dela. Ela me entregava o desenho da peça e eu desenvolvia a parte prática. Qualquer dia, pergunta pra sua tia... ela sabe os significados das pedras, aquelas coisas de energia, de símbolo.

Isso me soou surpreendente. Não vislumbrava tia Beth como alguém interessada em assuntos transcendentes.

— Veja essa aqui! — E o velho ourives me mostrou um grande anel de prata com uma pedra azul cor de papel carbono com rasuras douradas e prateadas. — Se chama lápis-lazúli! Os antigos egípcios a usavam muito, está ligada ao Olho de Hórus. Aprendi tudo isso com sua tia.

Sorri, tentando encerrar o assunto. Iria perder o ônibus.

— Ela usa as pedras pra mais coisas do que ficar bonita.

Me despedi com certa rispidez, a conversa parecia ir longe. Estava nervoso, o pensamento focado num mantra: "Puta que pariu, e se me roubam essas joias no caminho?".

No metrô, dei uma rezadinha e virei a mochila para a frente, colocando-a sobre a barriga. "Ela usa as joias para quê, afinal? Não entendi direito o que o velhinho quis dizer." Segui o percurso para a casa de tia Beth. Para mim, naquela época, usar joias não tinha outras razões, senão estética e status.

Perguntaria mais sobre isso à própria tia Beth.

Consegui chegar ao apartamento de tia Beth pouco depois da uma. Mas se estivesse sem relógio, diria que até Higienópolis foram mais de cinco horas. No metrô, mantive os olhos tão arregalados que houve quem pensasse: coitado, esse moço tem algum problema psiquiátrico.

Eu sequer tinha visto o tal conjunto de safiras e brilhantes. Foram embrulhados com tanta pressa que coube à minha imaginação preencher as lacunas. Naquela época, sabia tão pouco da vida que imaginava os maiores tesouros de tia Beth sendo dinheiro e joias; ou então os doces feitos pela Dirce, sua cozinheira há mais de trinta anos. Lembrar do mil-folhas de sobremesa quase me fez apertar o andar errado: aquela massa levemente amanteigada, rompendo na boca como papel de seda e revelando o creme de baunilha... Dirce era um tesouro, era o Rumpelstiltskin da tia Beth, aquele duende do conto de fadas que você trancava na cozinha e quando abria a porta, estavam prontos pudins, flans e doce de ambrosia. Sim, melhor que dinheiro e joias, sempre foram os doces da casa da tia Beth.

Apertei a campainha no escuro. O hall do apartamento era privativo, mas a lâmpada vivia queimada; "Puxa, vou pedir pro Dorival trocar", tia Beth dizia. Acho que o tal do Dorival nunca trocou, ou se trocou, punha outra lâmpada defeituosa, garantindo a gorjeta generosa.

Toquei a campainha pela segunda vez. Que estranho; Januária ou Dirce costumavam correr pra atender.

A porta então se abriu com um rangido diferente, deixando escapar o frio do ar-condicionado e um cheiro suave de cravo e canela no ar.

— Oi, meu querido, que saudades de você! — Januária, a mais antiga das funcionárias de tia Beth, parecia preocupada. — Estou muito aflita, muito mesmo. Entra devagar e quietinho, para não atrapalhar.

— Que houve? Tá tudo bem com a tia Beth?

— Ela está na cama, fizemos um ninho. O Dr. Carlos já está vindo, é lerdo que dói, meu Deus... ela está sentindo muita dor e ainda não deu sinal.

— Doendo, a tia Beth?

— Está no quarto, segue quieto.

Segui quieto, aflito. A mochila na frente da barriga como um escudo. Nunca o corredor me pareceu tão longo. No percurso, o papel de parede vermelho e as fotos de tia Beth continuavam os mesmos. "Olha essas fotos, como ela era bonita."

— Januária, Dirce!!! Meu Deus!!!

Meu coração disparou.

5.

O grito era de tia Beth, que não parecia enfraquecida ou desesperada. Pelo contrário, firme e até irritadiça. Antes que conseguisse chegar ao quarto, fui atropelado por Dirce e o tal Dr. Carlos, que trazia numa das mãos uma maleta e na outra uma gaiolinha quadrada de plástico com grade.

— Mas o quê? — Acelerei para entrar no quarto.

Sobre a cama de tia Beth havia um ninho feito de toalhas, um cercadinho improvisado, e no meio, lá estava ela: Nini.

— Nasceu um, olha, vem cá, meu querido! Olha que pequetitinho!

Tia Beth me mostrou o filhote de gatinho, rosado e úmido, olhos fechados e cordão umbilical semitranslúcido como uma lichia. Nini o lambia com vontade, seu primogênito. Viriam outros. Me imaginei sendo um gato recém-nascido e tendo de enfrentar logo de cara aquela língua áspera, Jesus. Em seguida, Nini mastigou o cordão umbilical, rompendo-o de vez.

— Agora nem precisa mais, né, Carlinhos? — Tia Beth nem olhava para o rosto do tal doutor veterinário que, sem graça, apoiou a gaiola de plástico numa cômoda.

— Da Bela Vista pra cá, estava tudo parado na Paulista e... — ele tentou se explicar, para então fingir auxílio e eficiência no parto que acontecia sem a necessidade de sua interferência.

Fiquei olhando Nini, os olhos vidrados e a expressão concentrada em algum ponto ao longe. Dizem que gatos enxergam mais de uma dimensão, coisa que os faraós já sabiam. Lembrei do Olho de Hórus, ainda estava com a mochila cheia de joias.

— Tia Beth, eu posso...

— Pode! — ela respondeu sem olhar nem se importar com o que eu iria pedir ou entregar; só tinha olhos para Nini.

Afastei a barra da colcha e pus a mochila no pé da cama de casal. Estava sem graça, minhas coisas empoeiradas, encardidas. Tinha pego metrô, estava fedido e suado demais para estar naquele quarto. Um quarto todo baunilha, todo perfumado como uma caixa de *macarons* franceses.

Nini tremelicou e projetou pra fora de si uma carne gelatinosa arroxeada. Ri sozinho, quanta deselegância naquele ambiente. Tia Beth aplaudiu.

— A placenta! Agora Nini vai comê-la! — disse ela, orgulhosa.

Fiquei sem saber o que sentir. Muito antes de virar moda, havia Nini, que já comia a placenta de seus partos. Ela era uma gatinha de vanguarda, que naquele ninho feito de toalhas bordadas sobre a cama da rainha, pegou aquela velha tripa e começou a mascar; chiclete consistente e barulhento. Os olhos parados de Nini, graças a isso, pareceram brilhar por alguns instantes. O petisco devia ser nutritivo.

Tia Beth, em catarse, a epítome do amor maternal acontecendo ali, em seu leito. Os olhos azuis, vermelhos, em mim. Ela acariciava o corpinho.

— Tão pequeno, é uma pena...

Dos sete filhotes que Nini pariu naquele dia, um nasceu morto. Segundo o Dr. Carlos, veterinário que nesse momento poderia ter justificado seus honorários, o filhote não teria condições de sobreviver, e ele indicou uma pequena má-formação que nem eu, muito menos tia Beth, seríamos capazes de identificar.

A cena de tia Beth acariciando o gatinho já arroxeado me comoveu.

Nini tentou escalar o colo de tia Beth para lamber a cria sem vida. Lambeu algumas vezes, ronronou, miou.

— Os gatos também choram, meu sobrinho... — e Tia Beth chorou junto. — Agora você já sabe, Nini, o tamanho da dor que é perder um filho.

Aos dezoito anos, já sabia de boa parte da história de tia Beth. Ele continuava, para mim, com um único rosto. Um único e perfeito rosto cheio de dentes, sorrindo sobre o piano de cauda branco na antessala. Piano que havia sido comprado para ele, como tia Beth me contaria depois, durante o almoço.

— Tome, experimente essas endívias com *cream cheese*, sempre peço pra fazerem, acho delicioso, chique e light...

Eu ri. Tudo parecia ter mais graça quando saía da boca da tia Beth. Não sei o porquê, mas tinha. As palavras saíam como se fizessem um pequeno favor à humanidade, como se fossem escritas para fazê-la brilhar. Trazia um tom de mau-humor e brejeirice, desdenhando da inteligência do interlocutor a fim de revelar a bizarrice da vida.

— Prove esse picadinho, é a receita que seu pai e o Tavinho mais gostavam. Eu mesma fiz o caldo de carne.

Dirce chegou com uma travessa de arroz branco fumegante.

— Mas olha só! A senhora que fez o caldo de carne, Dona Beth?

Tia Beth sorriu, safada.

— Foi, meu bem, pelas suas mãos. Quando você chegou aqui, quem te ensinou a cozinhar, Dirce?

— A Zenaide?

Lembrava dela, uma morena opulenta que brincava comigo dizendo ser feita de chocolate maciço. Adorava quando me pegava no colo.

— E quem ensinou a Zenaide? — tia Beth insistiu.

— Aí a senhora pode falar o que quiser, eu não tinha nem nascido...

Tia Beth deu uma resmungada cênica.

— Pois saiba que eu cozinho ma-ra-vi-lho-sa-men-te bem!

Não aguentei e resolvi me meter na conversa:

— Ah, isso eu quero ver e quero provar!

— Teu pai comia muito esse picadinho. A receita é da mamãe, é temperado com alecrim. Fazia sempre, cozinhava toda semana pro Otávio e pro Tavinho, mas depois que eles... — um breve respirar — depois que fui ficando mais velha, fui perdendo um pouco a vontade de cozinhar.

Dirce, que estava enchendo nossos copos com limonada, quis dar seu aparte:

— É ela quem faz a maçaroca que a Nini e a Adaline comem. E também o arroz com frango do Oliver e do Patê, não é mesmo, tia Beth?

Tia Beth estava no meio de uma garfada; fez sinal para que esperássemos. Pegou o guardanapo de pano do colo e limpou a boca.

— Sim, claro, sou a mãe deles!

O ato de cozinhar era associado, por tia Beth, à maternidade. Cozinhava por amor à cria, e Nini, Adaline, suas gatinhas, e os gêmeos Oliver e Patê, dois schnauzers brancos, eram seus quatro filhos.

Almoçamos sem tocar no assunto das joias. Na verdade, nem sabia como tinha ido parar na casa da tia Beth, em plena segunda-feira com cara de domingo.

— Já sabe por que eu te pedi pra pegar minhas joias, não sabe? — disse tia Beth, bebendo o resto da limonada.

— Sei?

— Quando você era pequenininho, eu tinha uma gatinha, não sei se você se lembra: Sophia Loren. A gente chamava ela de Loló.

— Uma que tinha uma mancha preta no olho?

— Ela mesmo. Ela ficou prenha e você ficou sabendo, mas seus pais não conseguiram te trazer aqui. Você tinha de oito pra nove anos. Chorou a noite toda.

— Me lembro...

— Pedi pra você pegar as joias como pretexto. Não que elas não precisassem voltar pra mim... mas eu sabia que você não viria visitar sua velha tia-avó, numa segunda à tarde, se eu dissesse que era pra você ver a Nini dar à luz.

Não soube o que dizer. Ela tinha razão.

— Uma pena que vocês, homens, crescem e começam a parar de chorar. Mas eu não queria morrer sem te presentear com isso, a imagem de uma mãe dando à luz.

Engasguei.

O tempo pareceu parar e tia Beth me olhou como quem queria marcar minhas retinas. Como quem queria ser pra sempre lembrada por aquele momento tão mágico.

6.

Resolvi passar aquela tarde inteira na casa da tia Beth. Fiquei deitado no chão do quarto, num cercadinho improvisado para os seis filhotinhos que se amontoavam uns sobre os outros na disputa de uma teta. Nini pôs-se de barriga para cima, ofertada em sacrifício. Mesmo sem enxergar direito, tendo acabado de chegar ao mundo, cada um dos gatinhos achou um caminho: as linguinhas e a boca mordiscando a mãe em busca de leite.

Tia Beth se via na gata, e a natureza tende a igualar em amor todas as mães:

— Amamentei Tavinho até os onze meses... foi uma satisfação incrível, mesmo com todo mundo falando que não deveria.

— Por quê, tia? Você tava doente?

— Eu não, a sociedade. Quando engravidei do Tavinho, eu competia no tênis... tinha rotina de treinos, tinha técnico e até patrocínio de uma marca de sabonetes. Eu estava pra completar dezoito anos...

— Isso foi em qual ano?

Dirce entrou no quarto trazendo uma bandeja com biscoitos e achocolatado.

— Tua tia só vai responder essa pergunta quando eu sair do quarto... Ela nunca contou a idade pra gente, acredita?

Tia Beth riu, mas concordou.

— Elas querem fuçar nos meus documentos há anos, ainda bem que deixo tudo trancado na gaveta.

— Ela deixa as joias jogadas na sala, mas os documentos pessoais, não. — E Dirce saiu rindo pela porta.

Me senti de novo em 1986. As mesmas bolachas caseiras de nata, o mesmo achocolatado. Pensei em dizer que havia crescido, que já tinha dezoito anos e pedir um cigarro mentolado pra tia Beth. Mas que besteira, estava achando o máximo aquela bolha do tempo.

Tia Beth se certificou que Dirce havia entrado na cozinha e fechou a porta do quarto.

— Teu avô nunca te contou quando eu nasci? Sou a mais nova.

— Isso eu sei, ele sempre te chamou de nenê, e a gente ria disso, onde já se viu chamar de nenê uma ve... uma senhora.

— Recebi meu nome em homenagem à rainha Elizabeth... a primeira, claro.

— Mas que ano foi isso?

Ela ignorou minha pergunta.

— Mamãe sempre adorou histórias de reis e rainhas. Por que acha que seu avô se chamava Arthur?

Nunca tinha pensado nisso. Nunca tinha ligado o nome ao avô, sempre tinha sido vovô-pra-cá, vovô-pra-lá. Arthur não me soava nada familiar.

— Éramos Arthur, Vitória, Gaspar, Ivan e Elisabeth.

— Mas em que ano foi que Tavinho nasceu?

Tia Beth continuou me ignorando:

— Eu estava treinando no Germânia... quer dizer, eles já tinham mudado o nome do clube pra Pinheiros. Coisas da guerra, você sabe, confiscaram os bens de italianos e alemães. A direção do clube entrou em pânico e mudou o nome pra Esporte Clube Pinheiros.

— Então foi depois da guerra?

— Não, durante a guerra. Ainda ninguém sabia se iria ter Jogos Olímpicos novamente, mas teve, pouco mais de um ano, na Inglaterra.
— Mas, mas, quando exatamente foi isso?
— Eu preferi ter meu filho. Chegaram a sugerir que eu tirasse, ou então que eu o entregasse à adoção... mas eu amava o pai do Tavinho.
— O tio Otávio?
— Não, não... o pai do Tavinho.
Eu não estava entendendo nada daquela conversa. A que ano ela se referia? Onde, quando, como? Se Tavinho se chamava Otávio, nome do pai dele, como seria possível que...
Dirce entrou no quarto um pouco aflita.
— Dona Beth, telefone urgente pra senhora!
Tia Beth saltou e foi atender o telefonema. O nervosismo da minha tia-avó só me fez aumentar o imenso ponto de interrogação na minha testa.
Fiquei no quarto mais alguns instantes, tomando conta de Nini e dos gatinhos, perpetuando um pouco aquele gozo. Até que minha curiosidade falou mais forte.
Saí pelo corredor devagar, para não parecer que estava ouvindo a conversa de tia Beth. Mas o fato é que estava bisbilhotando mesmo, a ponto de parar de respirar para ouvir a voz rouca de tia Beth.
— *Creo que es genial que vengas a Brasil...* ("Acho ótimo que venha ao Brasil...")
Tia Beth falando em espanhol? Já tinha ouvido ela falar inglês e francês, num biquinho que acentuava aquelas ruguinhas de fumante, jamais espanhol.
— *Sí, me gustaría saber cómo fue todo el proceso, cómo lograste juntarte de esa manera. Mira, Lupe, aquí en Brasil la sociedad civil no estaba organizada de la misma manera que tú...* ("Sim, gostaria de saber como foi todo o processo, como vocês conseguiram ficar juntos assim. Olha, Lupe, aqui no Brasil a sociedade civil não era organizada da mesma forma que você...")
Dirce passou por mim no corredor pra buscar a bandeja no quarto. Que constrangimento. Fingi que estava indo ao lavabo e, afinal, tive de entrar nele mesmo, para disfarçar.
No lavabo da tia Beth, muito antes da moda dos sabonetes líquidos, existiam aqueles com formato de flor. Na hora de lavar as mãos, olhava pro sabonete. "É pra arrancar uma pétala? É pra esfregar?" Com pena de estragar a porra da florzinha, ficava um tempo tentando decifrar se era apenas um enfeite. O resultado é que eu não lavava direito as mãos; jogava água, passava as mãos forte na toalha e seguia a vida. Dez a zero pra florzinha de sabonete. Se me atrapalhava com a sujeira das mãos, como lidar com as sujeiras familiares que talvez viessem à tona?

— *Desaparecieron con los cuerpos, escondieron cada uno de los sucios delitos que cometieron. Hasta hoy, Lupe, hasta hoy... no pude despedirme de mi hijo.* ("Desapareceram com os corpos, esconderam cada um dos crimes sujos que cometeram. Até hoje, Lupe, até hoje... não pude me despedir do meu filho.")

Havia um contraponto ridículo no momento: minha crise era sobre destruir ou não uma flor para limpar as mãos. Já Tia Beth, em seu telefone turquesa, cujo fio serpenteava do quarto de hóspedes até a sala, estava preocupada em descobrir como o Estado Brasileiro havia lavado sua pior sujeira, escondendo os corpos dos filhos de tantas mães.

Poucos dias antes, havia tido uma das aulas mais memoráveis na faculdade: no curso de Direito, logo no primeiro ano, estudamos *Antígona*, de Sófocles. No dia em que um colega de turma me entregou o texto, ainda quente do xérox, bufei, reclamei, xinguei e proclamei minha estupidez. Não tive a sensibilidade de perceber o quanto aquele texto seria fundamental para que eu entendesse o ser humano, como ele cria regras estúpidas para se proteger no poder.

Pois bem, se a história era sobre Antígona, em princípio só conseguia lembrar de Jocasta. Melhor, da Vera Fischer, que em 1988 protagonizou uma telenovela inspirada em *Édipo Rei*. Me perguntava se Antígona tinha herdado os atributos da mãe-avó, afinal os genes daquela família estavam todos repetidos.

Antígona queria ter o direito de enterrar com dignidade o irmão Polinice, morto em batalha. Porém um decreto real havia determinado que apenas os vencedores teriam essa honraria e os derrotados teriam seu corpo largado sob o sol, para ser comido por abutres.

"Antígona julgava que não haveria suplício maior do que aquele: ver os dois irmãos matarem um ao outro. Mas enganava-se. Um garrote de dor estrangulou seu peito já ferido ao ouvir do novo soberano, Creonte, que apenas um deles, Etéocles, seria enterrado com honras, enquanto Polinice deveria ficar onde caiu, para servir de banquete aos abutres. Desafiando a ordem real, quebrou as unhas e rasgou a pele dos dedos, cavando a terra com as próprias mãos. Depois de sepultar o corpo, suspirou. A alma daquele que amara não seria mais obrigada a vagar impenitente durante um século às margens do Rio dos Mortos."

Antígona não deixou que o decreto real impedisse seus rituais de fé e colocou-se de peito aberto contra o "rei" Creonte. Contra a máquina do Estado. Ela protagonizou um ato de desobediência civil, e em sua jornada, acabou por criar o entendimento do que seria o Direito Natural de todas as gentes. Alguns direitos haveriam de pairar sobre a vontade de todos os soberanos, jamais podendo ser desrespeitados.

O suplício de Antígona foi, em muito, superado por todas as mães que perderam seus filhos em guerras e revoluções. Em muitas delas, os corpos foram substituídos por medalhas ou por grandes vazios, assim como tia Beth, que continuava ao telefone, entre baforadas de fumaça.

Ela conversava com uma das Mães da Praça de Maio, movimento da sociedade civil argentina, e pedia orientações para organizar algo semelhante no Brasil. Pensei nas dificuldades dessa iniciativa e me perdi em novas digressões, sem perceber quando o telefone voltou para o gancho.

— Você estava bisbilhotando a conversa da sua velha tia?

— Quê...? Nada, tia. Eu tava querendo me despedir.

— Não teria problema se estivesse escutando, meu filho.

Lembrei da minha mãe: "A tia Beth? Ela é *antiga na zona*! Não se iluda, ela é mais esperta que todos nós juntos". Apesar de ter suas reservas com tia Beth, minha mãe enaltecia suas qualidades, dizendo que ela era capaz de ler uma pessoa como ninguém e resolver qualquer conflito, fazendo as pessoas mudarem de opinião sem perceber. Tia Beth conseguia ser a expressão da diplomacia sinuosa e manipulativa, mas somente quando desejava, é claro.

— Antes de você partir, vamos tomar um café na copa? Pedi pra Dirce fazer aquele mil-folhas.

Aquele mil-folhas... aceitei de cara, e quando vi, já estava na copa.

A copa era próxima à cozinha, uma saleta com uma mesa que cabiam mais de oito pessoas e tranquilamente seria confundida com uma sala de jantar. Tia Beth, porém, separava sua função: apenas para cafés da manhã, lanches da tarde ou lanches de domingo à noite.

As paredes continuavam pintadas do mesmo jeito, um rosa meio pálido com uma moldura de papel de parede em flores miúdas. Na parede principal, uma série de pratos pendurados, souvenires de viagens pelo mundo, Mikonos, Ilha de Capri, Aruba, Nova Iorque, Ilha da Madeira, Aix-en-provence, Istambul, Osaka, entre uma série de outros lugares que nunca descobri onde ficavam. A copa da tia Beth, de certa forma, depunha contra a sofisticação do resto da casa, mas era um ambiente seguro, confeitado.

— Quer um cigarro? — Ela me estendeu a cigarreira de prata.

— Eu não fumo, tia.

— Não precisa mentir, filho. Logo pra mim?

— Quem te contou?

— Sou fumante, mas tenho o olfato apuradíssimo, senti.

Eu me cheirei. "Será que estou fedendo?" Tia Beth gargalhou.

— Claro que não foi pelo cheiro, meu querido! Meu olfato está uma merda desde a Guerra do Paraguai. Eu vi o maço na mochila quando você me entregou as joias...

Ela gargalhava... *touché*. Essa era tia Beth, a espiã. Lembrei da história da pedra do terceiro olho, que o ourives havia me contado. Antes que falasse qualquer coisa, Dirce chegou com outra leva de bolachas de nata, achocolatado, a cafeteira italiana fumegante e duas fatias de mil-folhas, uma pra mim e outra pra tia Beth.

— Vou comer depois do cafezinho, prefiro inverter a ordem.

Tia Beth acendeu o cigarro com um fósforo Fiat Lux gigante.

— Odeio não achar meu isqueiro, fósforo dá gosto.

Ela respirou aquela fumaça como quem traga ares da montanha. A brasa ficou imensa, as cinzas se pendurando. Acendi um dos cigarros da cigarreira de prata. Ela sorriu. Não há fumante que não goste de companhia no crime.

— Quando tinha a tua idade, não fumava. Você sabe, eu competia... olha lá! — Ela apontou para uma das paredes.

Me virei na direção da parede com os pratos de viagens. Ela continuou:

— Aqueles troféus em cima da prateleira são todos os que eu ganhei. Talvez esteja faltando um ou outro, que ficou na casa de mamãe, mas os mais importantes estão ali.

Me levantei para olhar, nunca tinha reparado que os troféus dela estavam na copa. Era a memorabília da tia Beth.

— Campeã de Tênis, Sport Club Germania, 1938; Campeã Juvenil Paulista de Tênis, 1939; Campeã Brasileira de Tênis, 1940; Vice-campeã Sul-americana de Tênis, 1942... — fui balbuciando as conquistas da juventude. A lista era muito maior do que eu poderia falar; logo voltei pra mesa.

— Nossa, tia... que incrível!

— E não é? Só não segui adiante porque...

— Por causa da gravidez?

— Sim, sim. Parei pra ter o Tavinho, não me arrependo.

— Por que não voltou logo depois?

— Ah, meu filho... — e ela tragou o cigarro novamente, bebericou da xícara de café.

A pausa dramática foi um pouco extensa. Achei que havia ultrapassado alguma barreira.

— Foi tanta coisa que me aconteceu... quer mesmo saber?

— Claro! — respondi, boca cheia de doce e café.

— Em 1943, o Klaus chegou no Brasil pra ser o novo instrutor de tênis do clube. Alemão, lindo, mal falava português, então eu e minha amiga Antonia, que também competia, fomos indicadas pelo clube para ensinarmos juntas português para ele. As duas juntas, porque na época era melhor assim, passarinho que voa junto não se perde. No mais a mais, eu tinha licenciatura em português e ela falava alemão. Ensinamos juntas o Klaus durante uns seis meses, e foi um tempo muito divertido. Ele nos treinava, assim como treinava todo o resto da equipe, umas duas vezes por semana. No final, eu o via quatro vezes por semana, mas nunca sozinha. Até que o pai da Antonia teve tuberculose e ela teve de passar uns tempos em Campos do Jordão. Naquela época as pessoas se tratavam de doenças respiratórias em Campos do Jordão. Bem, por causa disso, eu passei a dar aula sozinha para o Klaus e...

— Ele que era o pai do Tavinho?

Tia Beth fez sinal para que eu falasse baixo.

— Calma, minha história de amor é como esse mil-folhas...

7.

1943! Esse foi o ano em que eu descobri o amor, meu querido... ninguém falava sobre isso, nem sobre o que era ser homem ou ser mulher para uma moça de família. Até meus quinze anos, achava que as crianças nasciam por alguma espécie de sopro divino, fruto de alguma reza especial que os casados faziam em suas camas todas as noites. Na verdade, nem sei direito o que eu achava... a ignorância pode ser uma bênção ou uma maldição. Mas quando descobri o que era sexo, me senti como aquela história dos índios quando viram as caravelas. Sabe qual é?

— Acho que... — falei sem ser ouvido. Tia Beth não estava interessada nas minhas interrupções.

— Dizem que os índios não conseguiram ver as caravelas chegando, apenas quando desembarcou um português. É a ideia de que o cérebro humano não é capaz de identificar algo que nunca viu, ou não tem qualquer referência. Esse mil-folhas não está delicioso?

— Hein? Sim, está... — fui novamente cortado por uma tia Beth especialmente falante. A voz dela soava como um motor que precisava de amaciamento para poder ressonar. As primeiras sílabas de qualquer oração soavam mais grossas, mas à medida que o ar saía e passava por suas pregas vocais — que deviam ser secas, espessas e endurecidas por causa do fumo —, entoavam uma melodia aveludada e sonora, como um eco de barítono saindo de uma concha pré-dilúvio.

— Dizem que o mesmo aconteceu com a cor azul... — continuava tia Beth. — Ninguém conhecia a tonalidade até os tempos modernos. Se é verdade eu não sei, mas dizem que as línguas antigas não tinham palavra para descrever o tom azul. Sem palavra pra descrever a cor, criaram a tese de que ninguém a enxergava. Parece que foi por causa da *Odisseia*, de Homero, porque ele descrevia o mar com "cor de vinho"...

— Será que os vinhos não eram azuis? — aproveitei o micro-silêncio entre uma tragada e outra. Estava quase desistindo de tentar interagir.

— O vinho que eu tomei naquela noite não era azul. Era bem

bordeaux, encorpado. Sabe, querido, estou contando isso tudo, todas essas metáforas pra, não quero parecer vulgar, mas assim como os índios e a caravela, os antigos e a cor azul, eu não fazia a menor ideia do que era um pinto!

Eu cuspi o café que estava tomando, e parte dele saiu pelo meu nariz, ardendo e me levando a uma crise de espirros. Um pinto, caramba, a que ponto chegou essa conversa. Existiam pintos naquela época e minha tia viu um deles, que coisa mais bizarra, puta que pariu, tia Beth tá falando que...

— Eu só fui perceber quando senti doer, quando estava dentro.

— Tia Beth, me desculpe, mas eu... eu... — Eu estava a ponto de dizer que tinha de ir embora, cortar aquela conversa íntima que me feriu o orgulho de macho. Ouvir sobre a perda de virgindade da minha tia-avó enquanto comia docinhos numa copa cor-de-rosa, fez minha masculinidade se arrepiar. Será que tia Beth se sentia tão confortável pra falar de coisas femininas comigo, porque tenho cara de "bonzinho"? Fodeu.

— Espero que não se sinta mal por eu contar isso... sei que não deveria, que talvez seja um assunto muito íntimo meu, mas... há muito tempo estava querendo te contar minha história. Poucas pessoas sabem que Tavinho não é filho do Otávio, e sim, do Klaus. Isso não é uma história que pudesse ser contada, não na minha geração. Eu seria considerada uma puta.

— Não, que é isso, tia Beth, tá tudo bem. Pode falar, tô te ouvindo. — Dei mais uma tragada no cigarro e me convenci de que já tinha ouvido histórias muito piores no porão da faculdade, de gente que eu mal conhecia, durante as muitas cervejadas.

— Quando você era pequenininho, veio aqui em casa uma vez. Tinha uma escrivaninha antiga do teu tio Otávio no escritório, que você adorava...

— Eu sei! Aquela com a máquina de escrever embutida, escondida dentro e que...

— Isso, que tinha de girar a madeira, e ela aparecia como mágica. Você se sentava diante dela e pedia papel, ficava datilografando como se fosse um escritor profissional. Tenho até foto!

— Eu continuo gostando de escrever...

— Tavinho fazia o mesmo, meu filho. Ele amava aquela escrivaninha e dizia que seria escritor. Começou compondo as músicas, todos aqueles sucessos sobre o amor que muitos cantores ainda cantam e... — ela fez uma pausa, emocionada. — Tavinho queria ser escritor, queria ser advogado, queria fazer um mundo melhor...

— Eu sei, tia. Papai sempre me conta...

Ela suspirou. Eu continuei.

— Eles eram melhores amigos, né?

— Sim, os melhores amigos que eu já conheci em toda a minha vida. E olha que minha vida é longa. Eles eram como irmãos...

Tia Beth se engasgou. Começou a tossir, um chiado longo ao fundo. Malditos cigarros, ela parecia estar sem ar. Não tive qualquer reação a não ser ficar olhando ela percorrer as mãos pela toalha, apertando o pano quadriculado com as mãos enrugadas. Dirce apareceu correndo, trazendo um copo d'água.

— Toma, Dona Beth. Calma, respira, respira.

Dirce já tinha mais de cinquenta anos, talvez quase sessenta. Devia trabalhar com tia Beth desde que menstruou. Era sobrinha da Januária, que por sua vez, era prima da Zenaide. Me admirava do carinho que Dirce tinha por tia Beth, a maneira como massageou as costas da velha patroa, como uma mãe que quer fazer o filho voltar a respirar.

— Você tá melhor, tia?

Ela deu um longo e imenso suspiro, num chiado oco e forte de gás enchendo lona velha.

— Tô ótima. Me serve mais um café.

Em instantes, tia Beth estava de novo na jogada. No controle, como dizia.

— Você me lembra muito o Tavinho, meu filho. Muito. Talvez não tanto fisicamente, mas o jeito, olhar, a essência.

— Acho que meu pai já disse algo parecido, e que queria me colocar o nome de Otávio quando eu nasci.

— Sua mãe não deixou — tia Beth respondeu de pronto. — Disse que não achava bom para a criança, que havia acabado de nascer, colocar um nome que trazia tantos "signos", tantas histórias e lembranças. Mas não a culpo, ela estava certíssima. Toda mãe sabe o que é melhor pro seu filho.

Ouvi alguma conversa nesse sentido. Talvez tenha sido aí a raiz da leve animosidade entre as duas. Se não teve nada antes, certamente foi aí que começou.

— Eu nunca tive a oportunidade de dizer pro Tavinho toda a sua história. A história de amor que o originou. Os apuros que tive de enfrentar ao assumi-la...

Confesso que não entendi. Apenas tive certeza de que ela realmente precisava desabafar, e senti nova vergonha de ter sentido vergonha por estar ouvindo suas intimidades. Saber a história dela em detalhes, como um amigo tão íntimo, como um confessor, era uma honra, talvez o maior voto de confiança que tive em minha vida.

— Klaus tinha à disposição dele um Ford Coupé 1938, emprestado de um amigo, porque temiam que ele fosse hostilizado no ônibus, pelo tão só fato dele ser alemão. Estávamos em guerra contra o Eixo. Pra você ter ideia, meu querido, estavam confiscando propriedades de italianos e alemães. Não só isso, estavam prendendo italianos, alemães e japoneses.

— Nossa, tia... que coincidência. Olha aqui na minha mochila...

Abri a mochila: uma revista *Superinteressante* estava embaixo de um caderno e de vários xérox de um livro de Direito Romano. Abri na seção "Você sabia?" e a questão era: "Existiram campos de concentração no Brasil?".

— Ave Maria, meu filho. Trinta e um campos? Na época não sabíamos disso, ninguém divulgou. Acho que Klaus também nunca soube de nada disso. O que sabíamos é que italianos, alemães e japoneses estavam sendo mandados pra presídios comuns, como os da Ilha Grande e Ilha das Flores no Rio.

— Que coincidência incrível, tia Beth!

— Coincidências não existem, meu filho. É o Universo querendo falar com você. Agora estou mais certa do que nunca... preciso te contar toda a minha história. Talvez só assim eu consiga, de verdade, perdoar as coisas que me aconteceram e as coisas que eu fiz tentando lidar com as minhas dores.

8.

Dirce e Marilice entraram na copa discutindo alguma coisa sobre uma delas ter respingado cândida sobre um vestido de tia Beth.

— Qual vestido? — perguntou tia Beth, interrompendo nossa conversa.

— Eu já falo pra senhora, deixa só eu...

— Como assim, você já fala? Ô, Dirce...

As duas entraram pros fundos da área de serviço, mas foi possível ouvir Dirce dizer que não mexe nos produtos de limpeza, que a função dela é cozinhar. Ela então acusou Marilice, responsável pela faxina. Apesar de quietinha, ela berrou um sonoro "fui eu nãooo". Dirce então acusou Januária, a mais antiga das funcionárias de tia Beth. Januária estava em algum lugar da área de serviço, fazendo algo que não sei; talvez pregando algum bordado numa roupa de tia Beth ou ajustando algum daqueles tapetes de crochê coloridos que vez ou outra apareciam na minha casa no Natal. Januária tinha sessenta, setenta, oitenta anos? Era a funcionária que, além dos serviços gerais, sabia muito de costura; além de consertar e ajustar as roupas de tia Beth. Ela sabia bordar, tirar medidas, fazer moldes, todas essas coisas que a tornavam, assim como Dirce e sua colher de ouro, outra Rumpelstiltskin daquela casa.

Januária apareceu cheia de lágrimas. Meu Deus, como havia envelhecido; alquebrada e com os olhos esbranquiçados. Semanas antes, papai havia comentado que o plano de saúde estava protelando a cirurgia de catarata de Januária; mas jamais imaginei vê-la assim.

— Fui eu sim, Betinha. Me desculpe.

— Desculpe pelo quê, pai do céu? Na pior das hipóteses, roupa se compra outra... mas que vestido foi? Desembucha, Dirce!

Dirce então tirou de debaixo do avental um tecido todo enrolado. Era cor-de-rosa, levemente acetinado com uns rococós dourados. Pela reação de tia Beth, algo de muito terrível havia acontecido.

Tia Beth levou as mãos ao rosto, um tanto empalidecida.

— Minha túnica... meu Deus, minha túnica.

Túnica? Não era um vestido?

— Tia, calma, como você disse, roupa se compra outra. — Pus minhas mãos sobre as mãos de tia Beth. Mãos frias, a pele fina como seda, cheiro de hidratante floral. Sempre que olhava pras mãos de tia Beth, as rugas e manchas senis contrastando com as unhas vermelhas, me lembrava do livro *O Escaravelho do Diabo*, da coleção Vagalume, talvez o primeiro livro que li inteiro na vida. Tinha na capa um besouro vermelho. Sim, as unhas vermelhas luzidias e arredondadas de tia Beth eram como a carapaça de um besouro. Incrível como nós organizamos as nossas...

— Memórias, meu filho. Essa túnica são memórias.

— Do quê? — perguntei ao ar.

Januária se aproximou e tocou no ombro de tia Beth.

— Me desculpa, Betinha. Eu estava tentando limpar aquela manchinha de azinhavre dos engates dos colchetes, e tive a ideia infeliz de usar um cotonete com cândida... mas não estou enxergando direito e aí...

Januária chorou. Sua mão tremia, não sei se pelo nervoso ou pela senilidade. Precisava de tanto? Chorar assim por causa de uma roupa rosa, pelo amor de Deus! Será que tia Beth era boazinha apenas quando a gente estava por perto?

Tia Beth se levantou e foi, acho, até o banheiro mais próximo. Creio que se recompor. Achei aquilo tudo muito exagerado e pra não ser mal-educado, comecei a elaborar uma desculpa pra ir embora. Já devia ser, o quê, umas cinco da tarde. Januária continuou de pé na copa, uma mão esfregando o antebraço da outra, esperando sua sentença.

Tia Beth voltou do corredor do apartamento com uma foto nas mãos. Januária viu a foto e logo levou as mãos ao rosto.

— Não se preocupe, Janú. Eu tenho essa foto. — E tia Beth se voltou pra mim: — Filho, você pode por no computador essa foto?

Januária soluçou e tia Beth a abraçou.

— Sei que não fez de propósito. A gente pensa em alguma coisa pra colocar no lugar. Foi um borrão, a gente faz outro bordado. Paciência, se acalma.

Januária tomou um copo d'água com açúcar e foi se recolher. Tia Beth chamou Dirce.

— Precisava desse escândalo?

— Ai, Dona Beth, achei que fosse a Marilice.

— Você, a Marilice, o Dorival, seja quem tivesse sido. Não precisa fazer a Santa Inquisição. Você gostaria que eu fizesse isso com você?

Dirce engoliu em seco, envergonhada.

— A Januária não está mais enxergando direito e ainda tenta consertar minhas roupas. Foi ela quem fez essa túnica, ela poderia destruí-la se quisesse. Agora, por favor, vai cuidar da Nini e dos filhotes, e me deixa conversar aqui com meu sobrinho.

Tão logo Dirce saiu de cena, tia Beth sentenciou:

— A coisa que mais detesto na vida é dedo-duro. Minha vida foi toda destruída por conta de dedos-duros. Gente sem lealdade deve ter um lugar especial no inferno.

Januária era uma costureira de mão cheia. Havia aprendido tudo o que sabia com minha bisavó, que praticamente assumiu o papel de mãe desde que, num feriado chuvoso, Zenaide bateu à porta, trazendo a menina pelas mãos. Os pais dela haviam morrido em um deslizamento de terra acontecido há poucos dias, e nenhum parente, nem mesmo sua tia, mãe de Zenaide, havia se disposto a cuidar dela. Januária foi morar na mansão da família quando contava com treze anos, algo impensável — e proibido — nos dias de hoje. Minha bisavó, porém, a colocou pra estudar e lhe pagou um curso técnico. Januária casou-se, comprou casa própria, formou os filhos e, quando enviuvou, pediu para morar junto de Tia Beth, na reta final de sua vida.

— Quantos anos ela tem? Oitenta, noventa?

Tia Beth riu.

— Já não disse que não gosto de dedo-duro? Se eu não falo minha idade, por que vou falar a da Januária?

Rimos os dois. *Touché* de novo.

— Deve ter parecido exagerado o que acabou de acontecer. Mas é que... essa túnica é a roupa que usei nesta foto.

Tia Beth me mostrou uma foto em que está sentada em alguma coisa; uma pedra, um banco? Ela veste a tal túnica cor-de-rosa com botões ou sei lá, colchetes dourados. As mãos calmas, uma pousada sobre a outra, o olhar sereno e o cabelo ruivo ondulado — o cabelo de verdade, caramba, não lembrava de tê-lo visto em outra ocasião.

— Essa foto foi tirada em 1969, a última foto que Tavinho tirou de mim, lá em Campos do Jordão. Foi numa Páscoa agitada. Eu e Tatá levamos os pais da Sereia, a namoradinha do Tavinho que ele brigava, voltava, brigava, voltava.

— Sereia?

— Era o apelido que ela tinha. O nome era Camila. Ela era uma graça de pessoa, filha de uma amiga minha do colégio de freiras, a Magali. Já o pai dela, meu Deus, era um pesadelo. Seu tio Tatá discutiu política com ele praticamente o feriado inteiro. Também pudera, ele era coronel do Exército...

Tia Beth fez uma pausa como se guardasse uma revelação.

— Bem... Tavinho acabou aparecendo pro almoço de Páscoa. Como bom safado, acabou reatando o namoro com a Sereia. Eles eram lindos juntos. Tavinho tirou muitas fotos, muitas. Mas foram poucas as que sobraram para contar história, elas... bem, por sorte, alguns anos atrás, seu pai achou as fotos da máquina Polaroid. Senão... eu iria ficar sem fotos de Tavinho no seu último ano de vida.

Achei triste aquilo. O nome de Tavinho associado a um vazio, a uma lágrima. Ele era um corpo insepulto: todos os assuntos, por mais divertidos e interessantes que fossem, poderiam terminar em Tavinho. Conversando com estranhos, claro que tia Beth não transparecia sua dor; ela era agradabilíssima. Porém, no aconchego familiar, a morte do filho era uma espécie de cravo bíblico, um prego de ferro prendendo sua pele à cruz.

Assim como tantas mães da ditadura, tia Beth jamais teve um corpo para chorar. Jamais teve o direito do luto claro, do luto com uma lápide para visitar e honrar. Há décadas, tia Beth mantinha na folha de pagamentos investigadores particulares, convênios com organizações não-governamentais, mas sem muita sorte. "O passado parece não querer se revelar", ela dizia.

— É escanear que fala? Escaneia pra mim, Leozinho. Melhora as cores naquele programa lá, só não precisa tirar as rugas, gosto delas.

— Você tá linda, tia.

Ela acendeu outro cigarro, encheu outra xícara de café.

— Não quero ficar tomando seu tempo. Mas gostaria que você me ajudasse a contar a minha história. Na verdade, a história dos meus amores. A história do Tavinho. Você ainda quer ser escritor?

— Sim, tia Beth...

— Gostaria de te contratar.

— Me contratar?

— Sim... como chama?

— *Ghostwriter*?

— Seríssimo. Preciso de um *Ghostbuster* para me ajudar a exorcizar velhos fantasmas.

Eu caí na risada com o erro, ou seria acerto? Sim, dali em diante eu seria seu *ghostwriter* e seu *ghostbuster*.

— Quando começo, tia?

Saí de lá sabendo o quanto iria receber, mas sem saber ao certo quanto tempo aquilo iria tomar. Iria encontrá-la todo dia? Três vezes por semana? Talvez o melhor a fazer fosse gravar as conversas.

Saí da casa de tia Beth feliz com meu primeiro emprego, um salário inflacionado pelo parentesco, óbvio. Melhor que isso, minhas únicas preocupações seriam os quilos que iria engordar comendo os doces da Dirce; e, também, a reação da minha mãe.

9.

Tive uma noite agitada, cheia de sonhos. Quando acordei, antes mesmo do rádio-relógio disparar, só restava a sensação de sufocamento. Por sorte, ao lado da cama, sobre a cômoda, havia um bloco de anotações. Olhei pra ele e lá estavam *garranchados* os termos "gaiola" e "abra a boca".

Fui ao banheiro, escovei os dentes, tomei banho, nada. Nem uma só imagem... peguei os livros que interessavam, Código Civil e Constituição para as aulas da manhã na faculdade, arrumei a mochila e fui tomar café.

Minha mãe estava de pé, arrumada, salto alto, afundando o pão na torradeira.

— Bom dia, mãe. Vai aonde hoje?

Ela abriu a geladeira e pôs um leite longa vida na mesa.

— Tô comprando desnatado, agora. Ninguém mais gosta de gordura, gordura virou a grande vilã. Carboidrato é vilão, gordura é vilão, e excesso de proteína faz mal aos rins. Me diz, vou comer o quê?

Achei melhor ficar quieto, ela devia ter entrado de dieta no dia anterior, já que era terça-feira. Enchi minha xícara de café e sorri.

— Pelo menos a gente pode tomar café sem culpa, né?

Ela me olhou nos olhos. Bem fundo, alguma raiva visceral.

— O dia em que os médicos me tirarem o café, você vai ver, filho, eu fico pelada em frente ao Ministério da Saúde.

Gargalhei. Ela brincou, mas não sorriu. Nem um espasmo. Acho que estava falando sério sobre protestar pelada.

Meu pai entrou dando nó na gravata.

— Bom dia, filhote. Dormiu bem?

— Médio.

— Que significa "médio"?

Minha mãe despejou no prato do meu pai meio pão francês esturricado e resolveu responder o significado de "médio" por mim:

— Médio é uma coisa que não é nem boa, nem ruim, Bernardo. É uma coisa que a gente aceita, sem saber se deve brigar ou agradecer. Médio é aquilo que deixa a gente na dúvida se estão fazendo a gente de palhaça ou apenas com preguiça de fazer melhor.

Meu pai olhou para o pão queimado, olhou pra mim, pra minha mãe, e percebeu que era melhor ficar quieto. Pelo jeito, eles haviam tido uma noite pior que a minha; bem que eu havia escutado uma discussão.

— Eu vou indo, tá? Beijo.

Mamãe secou as mãos em um pano de prato.

— Não vai a lugar nenhum, não, senhor. Senta aí.

"Puta que pariu, lá vem." Peguei alguma coisa pra roer.

— Fala alguma coisa! — ela disse pro meu pai.

— Falar o quê? — ele resmungou. — Eu não concordo com você, acho que quem tem que decidir é ele, e não nós. O menino tem dezoito anos, já está na faculdade.

"Ai, caralho. Do que eles estão falando?"

— Então falo eu.

Pausa dramática. Vasculhei todos os possíveis erros cometidos. Tinha transado com a namorada sem camisinha e ela era virgem. Logo, não tomava pílula. Cacete, será que os pais dela ligaram pros meus? Ela teria me dito alguma coisa. Bom, eu tinha fumado maconha no porão da faculdade, pouco antes de ir pra entrevista, no escritório do Dr. Guimarães, amigo do meu pai. Será que meu terno ficou com cheiro? Devo ter falado alguma merda pra advogada que me entrevistou, claro. Eles não me ligaram dando a resposta, e era estágio garantido. Também ralei o carro duas vezes na garagem. Na primeira, passei cuspe pra disfarçar a massa branca da parede, depois uma cera indicada por um amigo. Até que disfarçou. Na segunda, achei que poderia ser um martelinho de ouro autodidata e dei um totó no parachoque, pra disfarçar o entortão que fiz chegando de uma cervejada. "Putz, não me vem mais nada na cabeça, como montar minha estratégia de defesa?"

— Tua tia Beth ligou ontem à noite.

Era engraçado como mamãe sempre falava "tua" antes do tia Beth. Como se não quisesse ter nenhum parentesco com ela. Me perdi pensando nisso e nem me dei conta que de que, putz, era sobre meu "novo emprego". Fiquei lançado no ar alguns instantes, sem sentir a lei da gravidade.

Papai continuou a fala da mamãe, num jogral acusatório.

— Você não ia nos contar?

Eu me fiz de idiota. Estava com um pão na boca, aproveitei.

— Hein? Eu ainda não acordei direito, quê?

Meu pai quase sorriu, cúmplice da minha safadeza.

— Conte pra nós o que conversou ontem com a tia Beth.

— Uai, fui levar as joias que você, papai, me avisou que eu tinha que pegar. Daí fiquei vendo a Nini parir, bati papo na copa, comi mil-folhas, testemunhei uma briga...

— Quem brigou dessa vez? Foi a Zenaide?

— A Zenaide se aposentou — eu respondi.

— Vocês estão fugindo do assunto!

— A tia Beth pediu que eu seja um escritor, que escreva as memórias dela. Eu sempre quis isso. Ela me fez uma proposta de trabalho e eu disse que achava aquilo muito legal.

— Foi exatamente isso que a tia Beth nos disse ao telefone ontem, Cláudia. Nem um pingo a mais.

Minha mãe não se contentou:

— Não tem o menor cabimento você ir todas as tardes na casa da tua tia-avó ouvir histórias do passado, se tornar uma espécie de... do quê? Psicólogo. Já basta o tempo que tua tia Beth tomou do seu pai.

— Que tempo que ela tomou de você, papai?

— Nada. Tua mãe não está falando coisa com coisa.

— Coisa com coisa? Conta pro menino? Foram anos e anos do teu pai enfronhado, fazendo as coisas que a tua tia Beth pedia. Nosso casamento quase não saiu por causa dela!

Papai ficou nervoso. Muito nervoso.

— Não fale besteira. Eu fiquei investigando a morte de Tavinho porque quis. Ele era meu primo, meu melhor amigo. Eu me tornei advogado porque queria ajudar não só a tia Beth, mas a mim mesmo! Eu sempre quis saber o que houve com Tavinho, sempre! Aliás, todos nós, que não somos alienados.

— Eu sou alienada agora?

— Você sempre agiu como se não existisse a ditadura.

— Alienada o seu rabo!

— Aceite se quiser aceitar, filho.

— Eu não sou alienada, Bernardo. Eu fiz Ciências Sociais!

— Por favor vocês dois, não vamos começar o dia assim, discutindo.

— Você tem é que fazer o estágio com o Dr. Guimarães. Não tem cabimento isso!

— Eu estou no primeiro ano, mamãe. Não sei direito nem o que é o protocolo de uma petição.

— Ele tem que escrever esse livro.

— Lá você vai ter até plano de saúde!

— Só com esse livro, a gente exorciza essa história.

— Todo dia de terno, cheiroso, lindo.

— Quem sabe, quem sabe até...

— Respeito a tia Beth, mas ela sempre quis fagocitar teu pai, e agora é você!

— Fagocitar? — Meu pai caiu na gargalhada. — Tia Beth agora é uma ameba.

— Uma ameba de peruca ruiva.

Fiquei indignado.

— Não fala assim dela...

— Tá bem, faça como vocês quiserem. Apenas não queria meu filho envolvido nesse karma familiar. Vamos reviver isso tudo de novo, e seu pai, meu filho, seu pai fica muito mal.

— Eu preciso ir embora. Tô atrasado pra faculdade.
Saí sem dar beijo nos dois. Coisa que nunca tinha feito na minha vida.

No ônibus, cochilei e quase perdi o ponto. Quando pus os pés na primeira arcada da faculdade, já no Largo de São Francisco, o sonho daquela noite ressurgiu.

Eu estava dentro de uma gaiola dourada e tinha de cantar para que a fechadura se abrisse. Tinha de ser a melodia certa, só ela funcionaria. Mas a cada tentativa, meu canto atraía mais e mais sombras, predadores que eu não via, mas sentia que estavam por lá. Esses ratos, vermes, parasitas, gárgulas, de alguma forma se alimentavam das minhas ondas sonoras, não deixavam que meu som reverberasse. Isso ia me congelando, paralisando. A cada nova melodia, mais as sombras se aproximavam, e mais eu me sentia gelar. Para ficar livre, eu tinha de ignorar o frio, o medo, e meu som tinha de ser puro e luminoso para destrancar a gaiola. "Você não pode ter medo, cante, cante sua música." Era minha última tentativa. "Abra sua boca!" Mas o som não saia, e eu sentia meu corpo rolar, rolar, e afundar em águas geladas.

10.

Havia algo de arquetípico em tia Beth. Como se ela representasse uma figura do inconsciente coletivo, o oráculo responsável pelas confissões e revelações familiares. Possivelmente toda família tem esse oráculo, no qual queixas e lamentos são contados em cima de toalhas bordadas, ao som do tilintar de colheres contra xícaras floridas; os coadores fumegantes, os biscoitos açucarados.

No caso de tia Beth, fumegavam as bitucas de cigarro e o café bem forte, às vezes acompanhado de uma dose de bourbon. Via nela a versão feminina do velho lobo-do-mar. Aquele capitão que, à meia luz da taverna, contava ao jovem marujo suas histórias sobre monstros, piratas e tesouros; e eu possuía o desejo visceral em descobrir os mistérios daqueles mares passados.

Toquei a campainha pedindo pra não ouvir "eu não sabia o que era um pinto" ou alguma variação do gênero. Por outro lado, um escritor de verdade tem que ouvir tudo. Ok. Vamos lá.

A própria tia Beth atendeu desta vez. Estava radiante.

— Nossa, querido. Chegou mais cedo, não teve aula hoje?

Oliver e Patê, os schnauzers gêmeos, saíram porta afora pra fazer festa; não pararam até ganhar um pouco de atenção.

Será que eu deveria confessar que não tinha assistido a nenhuma aula, que tinha chegado atrasado por conta de uma discussão com meus pais, e depois fiquei a manhã inteira conversando e beijando minha namorada no pátio da faculdade? Melhor não.

— O professor faltou...
— Ah, claro. Entre!

Entrei e logo senti, novamente, um cheiro doce de canela com, sei lá, caramelo. Devia ter algo bom no forno. Havia me pesado naquela manhã pra poder controlar: 74 quilos. E o que subisse além disso seria culpa da Dirce e da Januária. Jamais da tia Beth.

— Como você chegou um pouquinho mais cedo, vai ter que ter paciência.

Quando cheguei na copa, fui apresentado à Antonia. Uma senhora morena e mais parruda que minha tia, por isso parecia razoavelmente mais nova. De certo, não fumava. Sobre a mesa, várias fileiras de um baralho que, se a princípio achei se tratar de um jogo de paciência, logo vi que não era nada disso. Haviam figuras esquisitas, morte, louco, taças e moedas.

— Ela está tirando tarô pra mim.

Nunca havia visto alguém ler tarô. Na verdade, havia muita coisa que eu ainda não tinha visto.

— Você é uma graça! Te vi, quando foi, Betsy? Acho que no casamento daquele seu primo. Minto, foi nas bodas dos... aquela que você fez aqui na sua casa. Aquela que você brigou com a louca da Odete.

— Eu não briguei com ninguém. No máximo, eu briguei com a inveja dela. Uma pena, ela é uma mulher interessante, guerreira, mas...

— Ah, Betsy, qual é? Barraqueira, cafona...

Putz, essa é a mulher que lê o tarô da tia Beth? Ela tá bem servida de guia espiritual... resolvi cortar antes que a conversa desvirtuasse. Nunca gostei de ninguém falando mal de ninguém, nem na literatura.

— Eu lembro da senhora!
— Você, me chama de você...
— Eu lembro de você, tia Antonia.
— Sem o tia...
— Dona Antonia.
— Sem o dona...

Tia Beth se irritou:

— Antonia, ele deve te achar jurássica. Deixa o menino.

Respondi com um "é" meio preso na garganta. Às vezes, quando as mulheres engatam várias informações ao mesmo tempo, fico desnorteado. Elas falaram alguma outra coisa que não entendi, e logo estavam gargalhando. Duas gargalhadas boas, daquelas gostosas, arredondadas na boca, com taninos suaves e aveludados. Riam como dois bons vinhos da safra de...

— Você sabia que a Betsy fala pra todo mundo que é mais nova do que eu?

— Fica quieta, Antonia. Termina de ler esse tarô.

— Ela diz que é dois anos mais nova do que eu. Desde a época em que competíamos no Germânia, digo, no Pinheiros. Só porque eu sou mais alta, sempre se achou a mais novinha. Dizia pra mim: "Eu sou *petit*, sou *mignon*, tenho que ser a mais nova, ninguém vai acreditar que sou mais velha que você".

— Antonia, foco no arcano maior. Continua.

— Ah, Betsy, que que tem? Você não vai contar pro menino toda a tua vida? Sua tia aceitou fazer um documento que colocava a idade dela igual a minha, pra gente poder competir na mesma categoria e ter mais chances...

— Tia, você prefere que eu vá pra sala? — Logo percebi que aquela conversa ia dar merda. Sobre a mesa, perto do cinzeiro cheio de bitucas, estava uma meia-garrafa de bourbon.

— Fica quieta, Antonia. Eu vou contar as coisas no contexto, não assim, jogando os podres sobre a mesa.

A conversa não desandou, e as duas gargalharam novamente. "Cacete, comecei bem. Acho que não tenho preparo pra esse novo emprego. Será que vou ter que começar a beber?"

Me retirei e fui ao lavabo. Novo encontro com o sabonete em formato de flor. Ele estava despetalado, deve ter sido a Dona-Tia-Você-Antonia. Pelo menos perdi o medo de usá-lo, fiz bastante espuma com ele, e fiquei com um cheirinho meio mentolado.

Antonia tinha essa capacidade de desmistificar tia Beth. Mais que isso, esculachar, como só uma amiga de anos é capaz de fazer.

Voltei pra sala de estar. Não quis me arriscar na copa. Sentado no sofá, fiquei escutando coisas como "essa carta diz que... aquela outra, conjugada com essa...". Dirce veio até a sala me trazer um copo de limonada.

— Olha, não tenho nada a ver com isso, mas...

Quando Dirce queria fofocar, começava sempre assim.

— Nunca vi tirar tarô bebendo.

— Você entende disso, Dirce?

— Um pouco, minha tia e minha prima são benzedeiras.

— Você diz, a Zenaide e a Januária?

— Qualquer dia, pergunta pro teu pai.

Dirce saiu da sala me deixando curioso. Mas nada impediu o sono que me fez afundar naquele sofá.

Sonhei.

Estava eu, de novo, dentro de uma caixa. Mãos e pés amarrados. A voz não saía. Abra a boca. A água gelada nos pés. Abra a boca. Acordei com meu ronco e o pescoço doendo de ficar "pescando".

Oliver e Patê estavam parados, me olhando nos olhos.

— Que foi? Seus doidos. Qual o segredo que vocês têm pra me contar?

Tia Beth e Antonia vieram da copa.

— Eles, eu não sei. Mas a Beth vai te contar cada coisa cabeluda!

Antonia se despediu. Mais gargalhadas. Saiu pela porta da frente como um tufão que deixou tudo revirado. Guru espiritual não deveria trazer paz de espírito?

— Vamos almoçar?

— Vamos, sim.

— Mandei fazer comida alemã, o primeiro prato que Klaus cozinhou pra mim, quando fugi de casa.

Fugir de casa? Não estava conseguindo me situar com tantas novidades e ri sozinho, rezando para que não se tratassem de salsichas alemãs.

11.

Tia Beth acendeu um dos meus cigarros mentolados. Tinha uma bala na boca, aquelas *toffees* de chocolate, e bebericava um café.

— Foh unap ichão ke mi entushot a mija visha.

Não entendi nada, comecei bem como ouvinte. "Peço pra ela repetir e corto o momento?"

Tínhamos terminado o almoço havia poucos instantes: panquecas de queijo com champignon, o arroz soltinho da Dirce, um caldo de feijão levemente apimentado e de sobremesa manjar de ameixa com aquela calda que escorrega doce na língua. Pra beber, tia Beth disse ter preparado ela mesma — será? — uma "pink lemonade", adaptação de um drinque com vodca que ela criou nos anos 70, mas muito mais careta, com água e xarope de rosas.

— Entau, erinmos nós duoi, os duoish perdidos.

"Perdidos? Eu estou perdido..."

— Tia, desculpa, eu não liguei o gravador. Você pode repetir pra eu gravar? — Mentira, eu não tinha levado gravador.

— Ah, sim, claro.

Revirei a mochila, fingindo.

— Puxa, esqueci o gravador. Mas tudo bem, vou anotar as partes mais importantes. Vamos começar de novo. Fala pra mim bem claro, tia.

Tia Beth pigarreou, e algumas coisas que deviam estar presas ou cristalizadas se deslocaram, possibilitando a passagem do ar.

— Eu estava dizendo que foi uma paixão que entortou a minha

vida. Éramos nós dois, Klaus e eu, os dois perdidos. Posso ir falando, você vai anotando?

— Sim, como esqueci o gravador, fala bem claro, tia. Sem pressa. Me traz as imagens, os cheiros, as sensações... tudo o que vier na sua cabeça.

— Os cheiros também? Ah, o Klaus cheirava a suor com creme de barbear. Dizem que a gente se apaixona por causa do cheiro, deve ter sido isso. Um dia estava tentando melhorar meu saque, mas fazia uma girada de punho que, não sei por quê, virou uma espécie de vício e me fazia perder a força. Klaus nunca tocava na gente, nenhum professor do Germânia tocava nas alunas, eram todos muito respeitadores, e a gente até achava isso ruim, porque atrapalhava o aprendizado. Os garotos aprendiam por olhar e copiar, mas também aprendiam porque os professores pegavam mãos, pés e braços e punham na direção correta. Ajudavam nos movimentos. Havia contato. Comigo e com Antonia, nada. Isso me deixava um pouco irritada, muito irritada, na verdade. Porque pedia para consertarem meu movimento, que não estava conseguindo sozinha, coisa e tal. Um dia falei mais alto, segundo Antonia, foi um pitizinho, mas você percebeu como ela é exagerada. Sempre tive fama, dentro da família, de ser um pouco geniosa, mas sabe como é... O que faz uma mulher ser geniosa? Sair das expectativas dos outros? Dizer o que pensa? Berrei: "Antonia, acho que eles têm medo de mulher! Tocar pra ensinar, só nos garotos...".

Eu ri. Conseguia imaginar tia Beth falando isso, mas na minha imaginação, era a mesma tia Beth que estava na minha frente, rugas e peruca, mas de sainha plissada. Ainda não tinha visto fotos dela jovem, apenas com seus trinta e muitos, quarenta e poucos, já no auge da sua aparência, numas revistas que meu pai guardava.

— Você tem fotos, tia? Queria conseguir te imaginar com dezoito anos.

— Ah, claro, eu separei ontem à noite com a Januária. Janú!!!

Januária chegou claudicante do quarto, carregando mais coisas do que deveria. Acompanhei em alerta ela se aproximar, certo de que algo cairia no chão, se espalharia, e eu teria de ficar de joelhos pegando foto embaixo da cristaleira. Mas não, mesmo enxergando mal, com artrose nos joelhos, ela despejou o conteúdo que carregava sobre a mesa da copa.

Tia Beth agradeceu, mas percebi certa preocupação dela com Januária.

— Olha essa foto aqui, como eu era bonitinha!

— Sim, caramba, sardas e cabelo crespo, bem ruivinha...

— Cabelo cacheado! Ter cachos era lindo, estava na moda. Tinha a Shirley Temple, tinha a Rita Hayworth. Klaus brincava comigo que jamais imaginou que existia brasileira ruiva. A ideia que os alemães faziam da gente naquela época era de uma aparência mais morena, quase indígena. Onde eu estava na história?

— Você falou mais duro com os treinadores.

— Ah, sim. Klaus logo veio se prontificar a consertar meu saque. Ele tocou na minha mão, no meu punho, ajeitou as minhas costas. Tudo bem, para mim, tudo normal. Resolvi meu vício, tombava levemente o punho para dentro e... enfim, resolvi mais coisas naquele momento do que todo o tempo que nos instruíam sem nos tocar. Não preciso dizer que Antonia, logo em seguida, inventou uma dificuldade na base, na forma como posicionava os pés.

— Ela também se interessou por Klaus?

— Eu não estava interessada no Klaus. Jamais estive. Estava interessada em aprender. Depois daquele dia, começaram a nos ensinar da mesma forma que os garotos, e para que isso acontecesse, nós tínhamos que ter uma postura adequada. Se eu me tremesse toda quando Klaus me tocasse, estaria confirmando pra todos eles que era melhor não nos tocar. Entende?

— Sim, tia. Entendo.

— Acontece que o tempo foi passando e vez ou outra sentia um cheiro de creme de barbear. Certa vez ele me emprestou uma munhequeira, eu a levei pra casa. O cheiro impregnado de loção de barbear, sabe aquelas que tem álcool e mentol? Não sei se ainda fabricam. Foi por causa da munhequeira, do cheiro no meu quarto. O olfato de uma mulher é algo sagrado.

Januária se aproximou de novo da mesa da copa. Trouxe alguns cadernos e brochuras.

— Betinha, seus diários.

— Isso é ótimo, tia!

— Por quê?

— Fica mais fácil escrever, recontar seus passos, com a visão de hoje e a visão da época.

— Tem muita criancice escrita. Nunca fui uma Anne Frank, meu amor. Eu escrevia, sim, parei alguns anos, depois retornei, nem sabia onde estavam.

Januária interveio:

— Estão no terceiro armário do closet, atrás dos chapéus.

Tia Beth se voltou para mim.

— Querido... a Januária sabe direitinho onde estão todas as minhas coisas. Roupas, diários, joias. Faz eu me sentir tendo um museu sobre mim mesma, dentro da minha própria casa.

Januária sorriu.

— Nesses últimos anos, se dependesse da sua tia, ela teria apenas meia dúzia de roupas.

— A gente muda tanto... antes da morte do Tavinho, eu cheguei a tirar algumas fotos pra revista *O Cruzeiro*. Tinha um editor que era muito amigo do seu tio Tatá, e achamos que seria uma forma de divulgar minha imagem e a linha de joias que eu estava desenhando... acho que cheguei a fazer umas seis capas.

— Não sabia disso de linha de joias.

— Eu desenho, meu filho, igual a você. Quer dizer, não tão bem. Desenhar joias se tornou um hobby, que de início era bem caro. Depois resolvi transformar em trabalho. Olha essa medalhinha aqui...

Era uma medalhinha simples, em ouro. Mais parecida com uma medalhinha santa. Discreta, atada numa correntinha fina, que tia Beth tinha ao pulso. Segundo ela, sempre. Nunca havia reparado.

— Você que desenhou, tia?

— Sim, é Santa Crescência.

— Desculpa, não conheço...

— É uma santa alemã. Klaus me disse que ela era padroeira da prosperidade, das fazendas alemãs, algo assim. É uma santa pouco conhecida no Brasil. Mas era a santa que a mãe do Klaus era devota. Ele me deu uma medalhinha muito parecida com essa assim que soube que eu estava grávida.

— O que foi feito da original?

— Ela... — Tia Beth suspirou — ela sumiu, e eu quis fazer outra igual. O desenho ficou bom, e o ourives disse que gostaria de reproduzi-la mais vezes. Acabei aceitando desenhar outras coisas para ele e assim foi...

Tia Beth parou por alguns instantes, emocionada. Aquela medalhinha não sumiu simplesmente, devia ter algum segredo aí.

— Durante um bom tempo, achei que estava com algum problema de saúde, talvez por causa dos treinos físicos puxados, porque minhas regras não vinham. Antonia sabia o que tinha acontecido entre mim e o Klaus, e resolveu me levar para o pai dela, que era médico. Tive de contar tudo ao Seu Agenor, que secretamente me atendeu no consultório dele. Antonia não soltou minha mão em um só momento. Ela e o pai... foram amigos queridos, amigos de ouro...

Tia Beth acendeu um cigarro. A fumaça serpenteou por perto do rosto dela, como se levasse embora alguma tristeza, alguma mágoa.

— Descobri que estava grávida naquele dia. Quase morri. Dormi na casa de Antonia naquela noite, à base de chá e oração. A mãe de Antonia sequer desconfiou. Minha mãe telefonou, falamos que era algo sobre o treino do dia seguinte. Coisas que meninas inventam para os pais, para conseguirem ter alguma liberdade. Por sorte os pais de Antonia eram parceiros de jogo de gamão dos meus pais, teus bisavós. Eram todos muito unidos, todos confiavam uns nos outros. O que só piorava tudo.

— Como assim, tia?

— Eu cresci, assim como seu avô e teus outros tios, num clima de absoluta franqueza e confiança. Tudo era dito, na medida do possível, de forma clara. Apenas a questão da orientação sexual é que... bem, já abordei esse assunto. Percebi que ficou vermelho quando contei minhas intimidades.

— Imagina, tia. — Claro que ela tinha percebido, como não...

— Eu havia não só feito amor antes do casamento, como feito amor com um imigrante, professor de tênis de um clube. Estávamos em guerra contra a Alemanha. Klaus tinha os documentos todos irregulares e o clube estava tentando regularizar para impedir que ele fosse deportado. O clube, ou algum amigo do clube, não sei ao certo.

— Ele foi deportado?

— Calma. Espera eu contar, aos poucos, do jeito que tem que ser. Um bom escritor não revela tudo de uma hora pra outra, não?

Sorri amarelo. Ela tinha toda razão. Ansiedade nunca dá boa conversa, nem boa literatura.

— Sabe, o papai, teu bisavô, sempre dizia que não havia drama humano na Terra que já não tivesse sido vivenciado. Ele dizia que os livros eram diferentes uns dos outros apenas pela maneira que contavam. Dizia que o "como" fazia toda a diferença...

— Acho que sei do que está falando. Vovô dizia que ele sempre citava uma passagem da...

— Eclesiastes, capítulo um, versículo nove: "O que foi tornará a ser, o que foi feito se fará novamente; não há nada de novo debaixo do sol".

— Lindo isso, tia.

Ficamos em silêncio por alguns segundos. De alguma forma, aquele momento também pareceu já ter sido vivido, como num *déjà vu*. Talvez mamãe tivesse razão, talvez eu estivesse entrando em alguma espécie de karma familiar, e ao mesmo tempo que me sentia completamente em casa, ouvindo tia Beth contar suas histórias, também me sentia adentrando algo maior, um tanto perigoso. Difícil explicar, mas sentia como se estivesse dando assentimento para que as ondas de felicidade e tragédia familiar reverberassem no meu destino.

— Quando você chegar em casa, leia inteiro esse capítulo. É lindo. Lembro sempre de papai. — Nova pausa. Tia Beth enxugou os olhos com um guardanapo, que saiu borrado de preto. — Sabe, meu filho, o que teu bisavô queria dizer é que nenhum drama humano seria totalmente novo aos olhos de Deus. Nos livros da história da vida. Por isso ele sempre teve uma postura muito aberta com relação a seus filhos. Mas eu... eu passei aquela noite na casa da Antonia mortificada, certa de que jamais conseguiria contar para o meu pai e para a minha mãe que havia me apaixonado e me entregado sem ter tido, em nenhum momento, jamais, um só pensamento de culpa. Nunca senti remorso ou arrependimento de ter feito amor com Klaus. Meu querido.

Ela fez uma longa pausa. Inspirou, respirou.

— Naquela noite, resolvi fugir.

12.

Tia Beth fez uma pausa, acendeu um cigarro.
— Sim, naquela noite eu resolvi fugir. Não contei pra ninguém, só para a Antonia. Ia fugir com a roupa do corpo, com o pouco que tinha no bolso. Estava certa que eu seria feliz com Klaus em algum lugar no sul do país, onde tolerariam melhor os alemães, até aquela guerra horrorosa acabar. A Segunda Guerra Mundial... você, claro, só leu sobre ela em livros de história, mas nós aqui no Brasil testemunhamos a subida de Hitler pelos jornais. E pelos reportes de notícia que vinham antes das fitas de Hollywood. Dos filmes, perdão, naquela época chamávamos de fita. Dizíamos: "Você viu a nova fita do Clark Gable? Você viu a fita do Gordo e o Magro?".

Dirce veio trazer um café fresquinho. Aquela fumacinha quente no nariz clareando os pensamentos. Por algumas vezes, apesar do interesse, me pegava segurando o bocejo, trincando o maxilar pra não magoar tia Beth. Naquele dia estava esquisito, como se tivesse sobre mim um olho-gordo daqueles bem gordos.

Aquela tarde estava molhando os dedos dos pés no oceano de histórias da família. Era meu primeiro dia, oficialmente, como *ghostwriter*.

— Estava decidida a desaparecer com a roupa do corpo. Foi então que me lembrei de Januária. Ela poderia me ajudar, separar algumas mudas, jogar pela janela, algo assim. Januária sempre foi muito fiel a mim... então, de manhã bem cedinho, o pai de Antonia me deixou na porta de casa, lá no Jardim Europa, comprometido a vir conversar com meu pai assim que eu o autorizasse.

— E você deixou?

— Nunca. Possivelmente teu bisavô iria pedir para interromper aquela gravidez.

Jamais imaginei que meu bisavô pudesse desejar algo nesse sentido. Sempre tão católico, citando Eclesiastes pros filhos... não o conheci, não tinha condições de julgá-lo ou sequer analisá-lo. Ainda não havia passado por uma experiência parecida, ainda não havia tido filhos, nem tido qualquer experiência pessoal que envolvesse um aborto. Mas apesar de ter apenas dezoito anos naquela fase, percebia que meu bisavô era apenas um homem da época. Cheio de contradições, como todo ser humano.

— Antonia havia telefonado para minha casa. Caso fosse papai ou mamãe que atendessem, ela diria se tratar de engano. Mas era sempre Januária quem atendia. Dito e feito. Quando eu cheguei em casa, ela estava furtiva atrás de umas árvores do jardim, com uma malinha pequena. Uma mala dela mesmo, com várias roupas e...

Tia Beth olhou para Januária, na cozinha, de papo com Marilice. Januária estava apoiada numa banqueta, o corpo frágil querendo ceder, tremendo a cada movimento, mas serena.

— Além das roupas, tinham num envelope todas as economias da Januária. Economia de anos, salário que recebia dos meus pais e também de costuras que tinha feito pra fora. E um bilhete dizendo: "Betinha, minha irmã, isso tudo que te mando é para seu uso. Jamais pense em devolver. Use para começar sua vida, para fazer o enxovalzinho do seu nenê, alugar um teto. Confie, que Deus tudo proverá, foi assim comigo. Januária".

Tia Beth se levantou e foi até Januária, a abraçou por trás e encostou sua cabeça na cabeça da velha parceira de jornada.

— Ave, Janú. Precisamos remarcar o ortopedista.

— Betinha, se eu for pra mesa de cirurgia, não vai sobrar nada. Vão trocar tudo. Joelho, ombro, olhos.

— E você acha que estou inteira por sopro divino?

Tia Beth começou a indicar partes do seu corpo: ombro, placa de titânio; joelho direito, prótese de cerâmica; quadril, dois pinos; no fêmur, uma haste metálica; nos dois olhos, cristalinos artificiais pra eliminar a catarata acelerada com a quimioterapia. Nos dentes, sete pivôs de titânio após um incidente violento, que tia Beth jamais comentou detalhes com ninguém, nem papai, e reputou se tratar de violência urbana.

— Tô bem e de pé, Janú, por ter tido bons médicos. — Ela se virou pra mim. — Qualquer dia eu faço uma lista, mas não sei se vale a pena pôr no livro, ninguém quer ler prontuário médico.

Minha velha pirata ruiva então ajeitou a peruca e decretou:

— Envelhecer é uma merda.

Tia Beth pediu licença. Ligou pro meu pai pra saber da briga com o plano de saúde de Januária e depois ligou pro ortopedista e pro oftalmologista.

— Às favas esse plano, vai no particular mesmo. — E cochichou: — Ela está alquebrada, né? Tadinha...

Fiquei lá mais um bom tempo, comi mais uns dois pedaços de manjar de ameixa, prometendo a mim mesmo que não jantaria.

— Ai, caralho!

Tia Beth, ao telefone marcando consulta pra Januária, me olhou espantada. Não foi um olhar de reprovação, pareceu achar graça do palavrão. Me despedi de tia Beth correndo. Voltaria no dia seguinte pra mais um pouco. Corri até a estação Consolação e quando cheguei, vi de longe Amanda de braços cruzados, doida da vida.

— Me desculpe...

Amanda reclamou, reclamou, mas logo estaríamos de mãos dadas, pipoca no colo, assistindo *Os amores de Picasso*, com Anthony Hopkins. Ela parecia mais avoada que o normal e um pouco tensa.

Durante o filme — ou fita, como havia aprendido —, não pude deixar de perceber a coincidência do ano em que a história se passava: 1943.

Nem eu nem ela quisemos jantar. Ela disse que estava enjoada da massinha do dentista, onde havia passado a tarde, e foi para o banheiro. Demorou mais do que o normal.

Voltou pálida.

— Você tá bem?

— Eu... eu não estava no dentista.

— Não?

— Não.

— Então onde você tava?

— Eu tô grávida.

O lábio inferior de Amanda estava tremendo.

— inham...

Algum ar saiu da garganta, um resíduo do meu antigo eu. Um ar velho que precisava sair da laringe, fez som apenas porque minhas cordas vocais não haviam sido avisadas. Sim, saiu de mim um gemido em tupi-guarani, um "inham" ou "iã" ou "uiain". Uma experiência extracorpórea seria um bom equivalente, ver-se em terceira pessoa, lá, de pé em frente ao banheiro do shopping, as mãos ainda *melecadas* da manteiga da pipoca, num cheiro de infância que me pareceu cruel.

Amanda tinha dezessete anos, completaria dezoito em três meses. Me veio a imagem dela soprando velinhas, a barriga a impedindo de se curvar direito.

Putaquepariu.

"Será que o Klaus sentiu o mesmo que eu senti?" O cérebro começou a procurar refúgios. "Será que tem alguém conhecido aqui por perto e que ouviu nossa conversa?" E daí se ouvissem nossa conversa, desde que o mundo é mundo, as pessoas fazem merda. "Ter um filho é fazer merda?"

— O shopping vai fechar daqui a pouco. Quer conversar em outro lugar?

Buscar saídas, planejar uma rota de fuga, era o que meu lobo esquerdo do cérebro estava fazendo. Enfrentar aquilo como Gilgamesh, o primeiro dos heróis, o rei sumério que era dois terços divino e um terço humano. Meu lobo direito do cérebro já iniciava a romantização da epopeia sobre a trepada adolescente e irresponsável que trazia ao mundo algum tipo de semideus.

— Não. Minha mãe já deve até estar na porta.

— Me liga quando você chegar em casa.

— Pode ser. Quero dormir, descansar a cabeça.
— Tua mãe sabe?

Amanda olhou pra mim com desprezo. Mas eu preferi ser idiota a não saber dessa pequena variável, que poderia afetar a forma como eu seria recebido na minha própria casa.

— Deixa eu ir — ela disse, soltando a minha mão. Mas em seguida, pegou novamente e me puxou para a escada rolante para ir com ela. Descemos abraçados, em silêncio.

Amanda seguiu para o carro, sem olhar pra mim. Costumava dar um tchau maroto, mas daquela vez, nada. Eu fiquei um tempo de pé, ela entrando no carro. Não me aproximei pra cumprimentar Dona Carla. Fiquei uns bons cinco metros longe da porta, e então olhei pro chão de mármore. Estava no meio de uma mandala feita de várias cores, vários tipos de pedras encaixadas umas nas outras. Seria uma bússola?

Cheguei, por sorte, meus pais estavam na reunião de condomínio. Reunião de condomínio... um dos infernos da vida adulta. "Se me casar com Amanda, é óbvio que vou ter que frequentar reuniões de condomínio. A menos que eu more de aluguel. Mas quem seria o fiador?" Será que teria algum dia dinheiro pra sair do aluguel? Subi até o andar do apartamento dos meus pais com os pensamentos em mil variáveis. "Advogando, eu posso ganhar mais dinheiro, mas daí é preciso ter o mestrado, mas como estudar pras provas e ainda escrever dissertação de mestrado? Ganha-se mais com carreira acadêmica bem sedimentada. Não vou mais poder ser escritor ou artista de rua; adeus, Embu das Artes e o desejo bizarro de ser livre como os caricaturistas e artistas da praça central."

Dentro da mochila estava um dos diários de tia Beth. Separei pelo ano de 1943, justamente para cobrir o que queria saber, detalhes de quando ela pensou em fugir de casa.

Sobre a mesa da sala de jantar, meu prato de comida coberto por outro prato de comida. Coloquei no microondas sem nem olhar o que tinha dentro. Não podia exigir nenhum mimo da vida. Mas não eram esses os planos do Universo; sobre a bancada da cozinha, um bilhete: "O motorista da tia Beth trouxe um Tupperware cheio de mil-folhas e um bilhete dela. Beijos, mamãe. P.S.: A reunião deve acabar às 23 horas, se não tiver nenhuma briga com a síndica".

Bem, já eram mais de onze da noite, certamente a jiripoca piou e alguém se destratou na reunião. Dentro da geladeira, vários mil-folhas. O bilhete de tia Beth estava colado com um durex e parecia já ter sido violado pela alfândega, leia-se, minha mãe: "Querido, eles iriam estragar se ficassem aqui. Aproveite cada uma dessas mil-folhas, dos doces e do meu diário. Vamos nos encontrar na quinta? Amanhã e depois tenho alguns compromissos. Beijos, Beth".

Beijos, Beth.

"Ah, tia, deu merda. Te ligo pra contar? Será que é melhor contar pra um amigo? Será que é melhor manter em segredo até a gente pensar em... pensar no quê? Interromper a gravidez? Seu covarde filho da puta, não demorou pra cogitar isso, não é mesmo? Será que Klaus nunca pensou nisso?"

13.

"*São Paulo, 17 de outubro de 1944.*

O Dr. Agenor foi tão cuidadoso. Mas me senti exposta sendo examinada por ele. Exame de toque, ele disse assim pra mim, 'menina, a gente tem certeza pela forma que o colo do útero fica. Ao que tudo indica, é de fato uma gravidez, e você está entrando no quarto mês'.

Antonia não soltou a minha mão em nenhum momento. Deve ter se sentido agradecida de ter sido forçada a ir com o pai para Campos do Jordão, até ele melhorar dos pulmões, e assim não ter continuado a provocar Klaus. Porque ela provocou ele muito, muito mesmo. Eu não. Eu apenas me apaixonei. Acho que era para ter sido ela a grávida, não eu. Mas pensar isso seria duvidar do sentimento de Klaus por mim, não seria?

A primeira vez que me vi apaixonada por Klaus foi num dia de chuva. Choveu muito naquele dia, Klaus me levou até em casa depois da aula de português. Tínhamos passado do horário porque ele precisava estar craque na escrita, senão não se naturalizaria. Senão, seria expulso do país.

Papai e mamãe estavam fora de casa, apenas a Januária me viu chegar, nenhum outro empregado estava acordado, meus irmãos todos dormindo, o que me deixou bem mais calma. Ah, a Januária me aguenta fazendo todas! Ela torceu o nariz e disse que eu tinha de me cuidar, não poderia ficar falada, muito menos me perder com aquele moço.

Pois não é que deu vinte minutos e aquele moço tocou a campainha, todo molhado? Klaus estava com minha bolsa e mala debaixo do casaco. Esqueci tudo, livros, raquete, tudo no carro dele. Nunca tinha feito isso na vida. Esquecer minhas coisas, acho que foi por causa da chuva. Ou talvez sair rápido daquele carro, porque os vidros estavam embaçados, eu limpava com um paninho que tinha o cheiro dele. Aquele cheiro dele. Saí do carro só com o paninho. Do paninho, eu não esqueci.

A Januária quase tocou o Klaus porta afora quando viu aquele homem de quase dois metros. Loiro, lindo, mas que ele tem bem a cara daqueles pracinhas do Reich que a gente vê antes das fitas, ele tem. Isso pode assustar quem não o conhece.

Klaus ficou de pé um tempão, sem saber o que fazer. Disse que deu meia volta porque tava entrando água no carro, e achou melhor não continuar. Então começou a tossir, Januária ficou preocupada. Pegou uma camisa do papai, uma toalha, cuidou dele. Eu fiquei só olhando, me senti amedrontada, o coração disparado. Fiquei segurando o paninho dele com a mão dentro do bolso da saia. Januária trouxe também toalhas pra mim e uma muda de roupas. Não queria que eu acordasse mais ninguém na casa.

O telefone tocou, Januária atendeu. Papai e mamãe estavam ilhados na casa dos meus tios, tudo alagado, iriam dormir lá. Januária falando no telefone parecia pressentir alguma coisa, porque olhou pra mim, olhou pro Klaus e..."

Uma parte do que estava escrito, mais ou menos quatro parágrafos com caneta tinteiro, estavam ilegíveis. Como se tivessem sido molhados. Eu ia ler as anotações do dia seguinte quando ouvi mamãe e papai entrarem.

— É sempre assim, não dá pra conversar com aquela mulher.

— Você deveria ter ficado calma. Pra que dizer que a filha dela faz muito barulho no quarto e que até parece barulho de recém-casada?

— Ah, falei mesmo. Ela ficou reclamando com a Márcia do 512, que o filho dela faz barulho. Coitado, ele tem cinco anos e brinca dentro de casa. Como ela pode reclamar?

— Você deu a entender que a filha dela recebe homens em casa. A menina é solteira...

— Falei alguma mentira?

Não adiantava discutir com mamãe, pelo menos não enquanto o sangue não esfriasse.

— Filho, viu os doces, o bilhete da tua tia Beth?

Da "tua" tia Beth. Sempre assim. Desconversei tanto quanto pude sobre todos os assuntos e fui pro quarto.

Devia ser quase uma da manhã, o telefone tocou. Corri pra atender a extensão no corredor, certeza, era a Amanda. Ouvi minha mãe do outro lado, "alô, alô?". Era Amanda, certeza. Desliguei, discreto. Esperei alguns minutos, então disquei bem devagar. O telefone tocou uma única vez.

— Que bom que entendeu que era eu...

— Não parei de pensar um só instante no que me falou...

— Sabe, eu estou bem desesperada. Não sei se conto pro meu pai, pra minha mãe. Não sei se faço outro exame.

— Outro exame? Mas não é certeza?
— Sim, é certeza. Fiz ultrassom.
— Então pra que outro exame?
— Queria acordar e tudo estar diferente. Meu Deus, eu tô grávida! Eu tô grávida, e agora?
Ouvi um barulho do quarto dos meus pais. Não era possível. Minha mãe abriu a porta do quarto, pouco se importando em fazer barulho pros vizinhos. Desliguei, fingi estar saindo do banheiro.
— Acha que eu sou idiota?
— iuiaãnmã...
— A tua namoradinha está grávida?

14.

Minha mãe estava de pé, o rosto com uma marca de travesseiro, os olhos meio desviados de quem havia dormido e acordado assustada. Desde que havia se casado com papai, mamãe tinha mania de tirar o telefone do gancho — ninguém poderia ligar para nosso número. "Notícia ruim pode esperar até de manhã cedo, pelo menos não vai estragar seu sono", ela dizia.
— Que você disse, mãe? — eu precisava de tempo.
— A tua namoradinha...
— Que tem ela?
— Não me faz de idiota, menino. Ela está grávida?
— Grávida?
— Grávida!
— Está?
— Eu ouvi grávida na extensão. Ela falou grávida.
— Não falou nada disso não, mãe.
— Falou sim!
— Mas eu nem tava falando com a Amanda, mãe.
— Quem era no telefone então?
— Sei lá, mãe.
— Para com isso, eu vou dar um berro aqui agora, vou fazer um escândalo, para de me fazer de idiota, eu vou encher a sua cara de tapa!
Meu pai apareceu correndo. "Que houve, que houve, que houve?" Eu insisti dizendo que não era nada disso, que tinha ligado pra uma outra garota com quem estava saindo, mas que a Amanda não poderia saber, e por isso que eu não estava falando a verdade pra mamãe... e que essa garota, ela disse pra mim que não poderia mais sair comigo e blá, blá, blá.

— É isso, pai.
— Sei.
— Você acredita nele? Eu sou louca agora?
— Se o menino está dizendo isso, então é isso. É a vida dele. Não é mesmo, filho?
Meu pai sabia como me abalar. — Não é mesmo, filho?
— Claro, papai. É isso.
Meu pai olhou nos meus olhos, bem fundo.
— Se não for isso, meu Deus. Você tem que falar a verdade pra gente, senão não conseguimos te ajudar...
Minha mãe não parava.
— Agora todo mundo me faz de idiota? Ele aprendeu a mentir assim com quem? Porque comigo não foi, Bernardo.
— Ele disse que é isso. Então é isso. Vamos dormir. — Meu pai a puxou pelo braço, fechando a porta.
Fiquei no corredor. Me sentei e lá fiquei, tentando encaixar uma parte do rodapé que havia soltado.

No dia seguinte, tentei seguir vida normal. Amanda não foi à faculdade, fingi que não percebi. Tia Beth estava nos compromissos dela e eu não tinha muito o que fazer, a não ser ver televisão ou jogar videogame. Nada de estudar, não tinha cabeça. Passei a tarde no Super Nintendo jogando *Street Fighter*. *YOU WIN! ("VOCÊ VENCEU!")* Tentei ligar pra Amanda duas vezes. Na terceira, quando alguém atendeu, desliguei.

Outro dia se passou, Amanda também não foi à aula na faculdade. Tentei sondar com as amigas dela.
— Ah, que falta a Amanda faz, não? — Uma frase meio ridícula.
— Ué, porque ela não tá vindo na faculdade?
— A Amanda, né, sabe como é, né? — E desconversava dando uma risada "ahá-ei", ao melhor estilo Silvio Santos.
Mais uma tarde sem tia Beth, e sem poder me aconselhar. Faltou luz, não consegui jogar videogame. Uma merda. Tentei ligar pra Amanda.
— Ela viajou.
— Pra onde?
— Ah, sei não.
— Eu sou o namorado dela, lembra de mim?
— Ah, sei se posso dizer não.
— Por favor...
— Ela foi pra Campos, mas num fui eu que te contei não.
Desliguei agradecido. Pelo menos sabia onde ela estava, com meu filho, que devia ser do tamanho de uma azeitona. Seria menino?

Na quinta-feira, finalmente voltei a visitar a casa de tia Beth depois das aulas. Precisava daquela rotina, mergulhar na vida de alguém. Estava com a esperança de contar pra tia Beth o que estava acontecendo. Mas a conversa tomou outros rumos, e a sobremesa — outra coincidência — me lembrou do Natal em que toda a família se reuniu em Campos do Jordão. Era o mesmo pudim de aveia. Uma memória tão forte que me arrebatou.

Eu devia ter nove pra dez anos. A ceia foi na mansão da tia Beth, no Alto da Vila Inglesa. Vovô ainda estava vivo; acho que foi, aliás, tenho certeza que foi seu último Natal com a irmã. Foi o último Natal dele com todos os irmãos, com toda aquela geração reunida: Gaspar, Vitória, Elisabeth, Ivan e Arthur.

— Não, não. A ordem certa é Arthur, Vitória, Gaspar, Ivan e Elisabeth.
— Mas, tia...
— Tô te falando! Anota aí, pra escrever certo no livro.
Pois bem... acho que se sentir caçulinha a rejuvenescia.
— Tia, eu lembro bem de algumas coisas, outras são meio nebulosas... alguém te feriu? Você estava sangrando. É memória ou é imaginação?
— Tua tia Vitória me feriu. Me feriu de morte.

Todas as vezes que fui para Campos do Jordão, me sentia indo para algum lugar no meio do Velho Oeste. Ou seria no meio da Suíça? A decoração de tudo, dentro e fora das casas, sempre foi muito cenográfica. As pessoas também, desfilando figurinos e rapapés europeus, numa bolha de riqueza *nouveau riche*.

Campos do Jordão é a cidade mais alta do Brasil, enterrada na Serra da Mantiqueira. Um de seus bairros mais altos, senão o mais alto, é a Vila Inglesa — e em seu morro mais alto, foi construída a casa da tia Beth, num terreno tão enorme quanto verde: araucárias, pinheiros, orquídeas e muros revestidos por heras.

Assim, levando-se em conta o mais alto, do mais alto, do mais alto, a casa de tia Beth em Campos do Jordão é a casa mais alta do Brasil. Seria lá o topo da pirâmide social tupiniquim? Se sim, sobre ela reinava uma pequena cabeça ruiva. Sobre isso, tia Beth sempre teve uma opinião bastante clara.

— Ninguém gosta de pobreza...
Ouvi essa frase numa ante-ante-véspera de Natal, e tia Beth, sentada numa poltrona forrada com peles de algum animal de caça, filosofava de forma franca com tia Vitória — que havia sido a primeira a chegar, junto de sua constante companhia, a quem eu também chamava de tia, tia Hortência.

Naquela imensa sala de estar, eu me sentia num filme de bang-bang — as madeiras revestindo as paredes, o piano antigo, a mesa do bar feita sobre uma antiga roda de carroça, os tapetes feitos de pele de tigre. Tapetes politicamente incorretos, mas estamos falando dos anos 80, e de uma decoração que foi feita pelo menos quinze anos antes. A casa foi construída pelos pais do tio Otávio, depois ampliada por ele e redecorada por tia Beth poucos anos depois do desaparecimento de Tavinho — redecorada no furor de quem queria desesperadamente se ocupar.

Largas toras de madeira sustentam o teto triangular do salão principal, num pé direito imenso que permite a existência de um grande mezanino. Lá, ao lado da imensa lareira — de onde acreditei, pela última vez, que Papai Noel desceria — há um terraço de dez metros de extensão, dando vista direta pras montanhas, em especial, para a Pedra do Baú.

No calendário, 21 de dezembro. Eu brincava em cima de um tapete felpudo, com os cachorrinhos de um dos tios, não sei se do tivô Ivan ou tivô Gaspar, que já haviam chegado e estavam com as esposas, abrindo as malas, num dos muitos quartos. Meu avô Arthur, porém, ainda não havia dado as caras; papai estava preocupado, já que ele estava com catarata e relutante em operar. Morria de medo de ficar cego. Na verdade, vovô não gostava de mudanças de nenhum tipo, e isso também causava outra preocupação: estava subindo a serra com seu Monza Hatch 1982, com o cárter rachado e amortecedores vencidos.

Dos sobrinhos e primos, apenas papai, minha mãe — e eu a tiracolo — fomos convidados a ficar na casa na Vila Inglesa. Os demais, da mesma geração, foram alocados em hotéis ou casas de amigos. Ao todo, na festa de véspera de Natal, eram esperadas quase cem pessoas. Mas de todas essas, nenhuma era mais cara à tia Beth do que papai, e as lembranças que sua tão só presença evocava, trazendo Tavinho de volta.

Houve muitos acertos de contas, fechamentos e despedidas naqueles dias. Muita lavação de roupa suja, das mais íntimas, lingerie familiar: temas delicados e cheio de pequenos bordados feitos ao longo dos anos, com nós que apenas irmãos — habilmente treinados na arte de brigar — conseguiriam passar a limpo.

A começar com aquele momento: tia Beth, tia Vitória, tia Hortência. Uma conversa regada a bourbon que se tornou uma calorosa discussão pré-Natal, com direito a pragas e lagartos.

Se lembro bem da conversa? Não, apenas de *flashes*. Mas tia Beth fez questão de reconstruir todos os diálogos.

— Ninguém gosta de pobreza, Vitória. Nem o pobre, nem o rico. O rico, aliás, tem urticária.

Na minha memória, tia Beth havia dito que "os ricos têm araucárias", aquelas árvores altas e de copa larga que existem aos montes em Campos do Jordão. Durante anos, ao comer pinhão, me recordava de tia Beth associando araucárias à riqueza. O que tornariam as araucárias mais especiais que os ipês ou os umbuzeiros?

— Havia me desacostumado com esses seus comentários elitistas... — soltou tia Vitória, dando mais um gole de bourbon.

Tia Vitória era uma mulher de posses remediadas, como descrevia meu avô Arthur. Muito religiosa e politizada, fez a vida lecionando piano e distribuindo sopa para os pobres. Foi ela, inclusive, que ensinou teoria musical a Tavinho, e identificou seu talento para compor e cantar, aos seis anos. Jamais se casou, o que a fez ser usada como um mau exemplo para toda uma geração de meninas da família: "Cuidado, senão vai acabar como a tia Vitória"; "Presta atenção, enquanto as bonitas escolhem, as feias vão se casando! Você vai acabar como a tia Vitória". Acontece que tia Vitória — que nunca deu bola pro que os outros pensavam — foi morar, aos trinta anos, com sua melhor amiga do colégio de freiras, a tia Hortência. Hoje esse assunto já pode ser falado às claras, já que foi papai quem entrou com o pedido póstumo de reconhecimento de união estável homoafetiva, para evitar que Hortência, aos oitenta e cinco anos, fosse expulsa do próprio apartamento no Itaim. Mas, voltemos: naquele momento, tia Vitória ainda estava viva, sessenta e poucos anos, cabelos grisalhos assumidos, lecionando piano e dando concertos de música clássica. Ainda combativa quando o assunto era política, estava excitada por ter tomado parte do movimento Diretas Já.

— Eu sou elitista, Vitória? Pensei que tivéssemos o mesmo pai, a mesma mãe, a mesma criação.

— Eu evoluí, Beth.

Tia Beth sorriu, irônica.

— Entendo, que bom. É fácil evoluir quando se tem uma boa semente, quando se foi regada com carinho, no solo do Jardim Europa.

— São origens elitistas, Beth.

— Veja, quando falo de pobreza, claro que considero a pobreza de espírito a maior delas. A pobreza da falta de esperança, do chafurdar na lama, a pobreza da pessoa que foi programada pra acreditar que não merece, que não consegue...

— Você não sabe nada de pobreza, Beth, como quer teorizar sobre ela?

O caldo ia entornar.

15.

A árvore de Natal na casa de Campos do Jordão chegava até o topo do pé-direito, com uma estrela na ponta — algo que foi tema de comentários invejosos de alguma tia ou prima, no estilo "a Beth sempre querendo inovar, não podia ser uma árvore tradicional?" ou mesmo "se depender dela, o Papai Noel vem vestido de Frank Sinatra". Esse último comentário saiu da boca de tia Hortência, pouco antes da meia-noite. Como ainda acreditava em Papai Noel — foi meu último ano —, eu me lembro de ter perguntado ao meu pai quem era esse tal de Sinatra, e que não queria que ele aparecesse.

Esses comentários irônicos, disfarçando inveja, ou "essas ciumeiras" nos termos da própria tia Beth, sempre foram muito comuns em sua vida. Desde cedo, ela pagou o preço por ser fisicamente diferente dos irmãos. Quando pequena, escutava de parentes e conhecidos coisas como "tadinha, nunca vai poder tomar sol direito" ou "quando envelhecer, vai ficar toda enferrujada". Isso foi moldando nela a capacidade de ter resposta pra tudo, ou quase tudo; e a capacidade de se amar, ainda que, realmente, o sol não fosse seu maior aliado e com os anos — e o tabaco — tivesse lhe dado mais rugas que o esperado.

— Naquele ano, eu estava me sentindo leve, como há anos não me sentia. Até o remédio pra dormir eu havia cortado — disse tia Beth, dando uma longa tragada.

A fala de tia Beth me fez voltar para o presente. Lembrei que havia passado a noite sem dormir pensando em Amanda, nas mentiras ridículas que inventei pra minha mãe e pro meu pai, e o estômago doeu.

— Você está bem, querido?

— Mais ou menos, tia. Você tem bicarbonato?

Tomei o antiácido e me senti melhor. Não queria pensar na minha enrascada. Peguei o gravador e dei pausa.

— Tia, quer que eu dê pausa ou continuamos?

— Sim... — e tia Beth apagou o cigarro no cinzeiro. — Por que fomos parar no Natal de 1986?

— É que eu mencionei... que a minha namorada está em Campos do Jordão.

— Que ela foi fazer em Campos no meio da semana?

Fiquei alguns instantes pensando no que responder. Seria a oportunidade perfeita para poder desabafar com alguém em quem confiava. "Tia, a Amanda está grávida e eu estou fodido." Mas aqueles momentos não eram sobre mim, mas sobre ela, sobre Tavinho e sobre a família.

— Foi ajudar a mãe a resolver um lance de reforma da casa.

— Ah...

Claro que a mentira não colou e tia Beth deve ter percebido que eu estava com algum problema.

— Desculpe, estou sendo bisbilhoteira.

— Imagina, tia... vamos continuar no Natal? Quero saber do sangue...

Apertei o REC.

— Ah, sim... manchei de sangue o chão e o sofá... tenho a cicatriz até hoje.

Voltamos há dez anos.

Eu havia parado de brincar com os cachorrinhos do tio Gaspar — ou seria do tio Ivan? — porque um deles, o menorzinho, fez xixi nos presentes que estavam debaixo da árvore de Natal.

A discussão filosófica sobre "pobreza" entre tia Beth e tia Vitória parou e foi um vai-pra-lá, vai-pra-cá, cadê-o-rodo, chama-a-copeira, não-eu-mesmo-limpo.

Afinal descobri de quem era o cachorro: do tio Ivan, porque a tia Catarina, esposa dele, foi quem se pôs de quatro pra limpar o mijo do Caramelo. "Xixi de filhote não tem problema", disse tia Beth, "sem hormônios, o xixi não fede".

— Devia ser você a passar pano, hein, Ivan? — disse tia Beth. — Folgado! Sua mulher tem problema no ciático!

Tio Ivan estava no alto do mezanino fumando um charuto e fez uma banana pra irmã. Continuou conversando com meu pai, que olhava o tempo todo para o relógio, preocupado com o vovô.

O constrangimento do xixi se resolveria de forma tranquila, não fosse o fato de tia Hortência, que voltava do lavabo, resolver soltar uma farpinha sobre tio Ivan.

— Esse daí se acha o próprio Ronald Reagan...

Em condições normais, tia Beth teria chamado a quizila para si, e a coisa se resolveria logo. Mas, como ela própria me contou, estava distraída, "será que essa vaca da Hortência vomitou meu bourbon no lavabo?".

Diante da omissão da dona da casa, tia Catarina — aparentemente — fez justiça com as próprias mãos e esbarrou com o pano molhado de xixi em cima de Hortência.

— Cuidado! — berrou tia Vitória, que logo saiu em defesa de sua companheira.

Lembro de parar o *Almanaque de Férias da Turma da Mônica* e dar uma gargalhada. Tia Beth me olhou e gargalhou também.

— Pelo jeito, temos o mesmo senso de humor! — E me deu uma piscadela. Foi uma das primeiras vezes que me senti cúmplice de tia Beth.

Tia Hortência foi para seu quarto trocar de blusa, e tia Beth e tia Vitória voltaram ao mesmo ponto em que haviam parado, num *looping* de discussão que apenas irmãos insistem em criar.

— Eu entendo de ser humano sim, Vitória. Entendo de pobreza, de pensamento negativo.

— É mesmo?

— O que estou querendo te explicar, Vitória, é que não gosto de quem adula essa estética de pobreza! É uma grande mentira. Por favor, não vire uma dessas pessoas. Há tantas pretensões políticas por trás disso... no fundo, é uma hipocrisia.

— Tá me chamando de hipócrita?

— Não, só estou dizendo que todo mundo quer o melhor para seus filhos... quem já teve filhos, sabe bem esse sentimento. Ninguém quer imaginar o filho numa fila com um ticket de leite e outro de carne, como em Cuba ou na União Soviética.

— Acha que eu, por não ter filhos, não sou capaz de entender seu raciocínio?

Tia Hortência chegou; blusa trocada e ainda na escada, resolveu dar um aparte infeliz:

— A vida simples não tem medo de bilhetes nem de filas. Eu e Vitória descobrimos felicidade nos hábitos frugais.

Tia Beth olhou para as duas e soltou uma gargalhada larga. Eu parei no meio de uma historinha do Cascão pra ver o que estava acontecendo. Tia Beth esticou o braço:

— Me passa aqui essa garrafa de bourbon que vocês pegaram no meu bar e que já entornamos juntas mais da metade. Não tem nada de frugal nesse importado!

— Nossa, que desaforo! — disse tia Hortência, sem entender a ironia.

— Não, meu bem. Deus me livre de te desencaminhar. Não quero que venha passar o Natal na minha casa e depois volte pra sua vida com os meus maus hábitos burgueses.

Tia Vitória riu. Tia Hortência se levantou e voltou para o quarto. Deve ter percebido que dormir era sua melhor opção naquele fim de dia.

— Sua língua continua afiada, né, Beth?

— Vitória, minha irmã... você está recontando sua origem pra parecer menos burguesa aos olhos dos seus "companheiros"?

— Eu não tenho vergonha da minha origem. Mas é uma origem elitista.

— Nossa origem é o que é. É o que precisávamos, nem melhor, nem pior do que a de ninguém.

— Fácil falar isso, você nunca passou necessidade.

O rosto de tia Beth ficou vermelho, tão vermelho quanto seu cabelo. Era possível senti-la queimar.

— Não? Tem certeza disso?

Tia Vitória parou um instante, como se lembrasse de algo, e imediatamente se arrependeu de ter feito aquele comentário. Tia Beth prosseguiu, a voz um tanto desgovernada:

— Vamos voltar no tempo, meu bem. Deixa-me ver... janeiro de 1945, e sua irmã aqui estava grávida de oito pra nove meses. Eu estava pra parir quando voltei de Blumenau...

— Desculpe, Beth, eu não me lembrei...

— Eu estava completamente sem dinheiro, com fome e com medo...

— Desculpe...

— Qual o nome disso, senão necessidade?

— Vamos falar de outra coisa — balbuciou tia Vitória.

— Me sentindo abandonada pelo Klaus, que desapareceu do nada, me deixou sozinha numa cidade estranha...

Tia Vitória, que estava mansa, voltou ao ringue:

— Não me fale o nome desse alemão!

— Nossa, você não me disse há pouco tempo que evoluiu?

— Papai e mamãe só sofreram por causa dele, do que ele fez com você.

— Nós dois fizemos sexo consentido, não foi estupro. Foi amor.

— Foi uma sedução de menores.

— Eu já tinha feito dezoito anos.

— Você era uma iludida...

— Eu, iludida? Não, apaixonada.

— O alemão era casado.

Tia Beth respirou fundo. Cerrou os olhos e deixou cair:

— Entre um homem e uma mulher, sexo pode gerar gravidez. Diferente do que você fazia com a Hortência, no colégio de freiras.

— O alemão era casado e nazista!

— E você se amasiou com uma lésbica comunista!

— Fala baixo. Tem criança na sala!

— Você não é evoluída?

— Tem criança na sala!

— Por que não vive a sua verdade? Fácil julgar os outros.

— Eu não te julguei, eu julguei aquele alemão filho da puta.

Por sorte, a criança na sala tinha cochilado com o gibi na cara. Acordei assustado com um barulho de cristal se estilhaçando.

— É sangue, é sangue!

Os tios e tias, que a essa altura estavam comendo alguma coisa na sala de jantar, vieram correndo.

Lembro bem de ver a mão da tia Beth sangrando. O sangue pingando num tapete branco e felpudo, ela tentando estancar com um guardanapo e tia Vitória com ares de culpada. Minha mãe descendo esbaforida do mezanino, onde estava com meu pai, "minha Nossa Senhora, Jesus, que houve, meu Deus?". Logo atrás dela, tia Hortência, de camisola e redinha nos cabelos, tropeçou na barra da *peignoir* e caiu do último degrau da escada com a cara no chão.

Não era um bom dia para ela, obviamente.

Assim, por alguns instantes, naquela casa de pé direito amplíssimo, minha risada de criança ecoou no meio do silêncio — os quatro irmãos, Ivan, Beth, Gaspar e Vitória se entreolhando, sérios. Minha mãe ajudando tia Hortência a se levantar do chão, meu pai sem entender nada de nada.

— Que *catzo* foi esse, Beth? Vocês estão bêbadas! — disse Ivan.

— Vem cá, me dá esse braço, deixa eu ver esse corte... — e tio Gaspar, médico, assumiu dali em diante o curativo.

— Que bom que tinha bourbon no copo, assim já desinfetou — disse tio Ivan, debochado e sem empatia alguma.

— Vai à merda, Ivan.

Desse palavrão, eu me lembrava. Tanto que durante muito tempo desejei falar um "vai à merda" como esse que a tia Beth falou para o irmão. Um "vai à merda" desses, robusto, que poucas vezes temos a oportunidade de dizer pra alguém.

Voltamos para a copa, com um estalo da fita. Teria de virá-la para continuar gravando. Mas não virei, fiquei meio atônito, um tanto quanto surpreso.

— Tia... o Klaus era nazista?

Tia Beth acendeu outro cigarro, olhando pra parede.

— E que história é essa do Klaus ser casado?

16.

A imagem de tia Beth sangrando, que durante anos me assombrou, tinha sido esclarecida. Agora jazia uma pequena cicatriz na mão direita dela, fruto daquela discussão no Natal.

— Eu fiquei com tanta raiva que apertei com força o copo de cristal. Era tão fino que estourou. Nem foi um corte tão grande, mas foi muito escandaloso, sangrou demais, no chão, na roupa, nos móveis e na parede.

Naquela tarde de quinta-feira, na copa cor-de-rosa daquele apartamento em Higienópolis, me vi diante da possibilidade da minha tia-avó ter, de fato, se apaixonado e tido um filho com um alemão nazista. Esse vislumbre me pareceu amedrontador, ao mesmo tempo fantástico. Há apenas um ano, a Segunda Guerra Mundial tinha recheado meus estudos pré-vestibular, com seus campos de concentração e suas bombas atômicas.

Tia Beth leu meus pensamentos:

— Quando a Grande Guerra acabou; era assim que chamávamos na época; São Paulo inteira comemorou com uma grande chuva de papéis picados. As pessoas jogavam dos prédios, nas ruas. Muita gente caminhava pelas avenidas, mãos dadas. Havia quem rezasse e agradecesse, levando estátuas e fazendo procissões improvisadas. Nos bairros mais afastados, as pessoas subiram nos telhados para fazer sua própria chuva de papéis picados. Havia fogos de artifício pela cidade toda, havia música... o mundo inteiro estava feliz, estava se sentindo mais leve. Mesmo nós, aqui no Brasil, tão longe, com uma participação tão pequena no desfecho da guerra, havíamos sofrido bastante. Não havia comida para todos, as filas pra se abastecer eram imensas. Padarias, quitandas, tudo funcionava pela metade, racionado, porque as produções estavam com dificuldade de escoar os produtos até os pontos de venda. Gasolina e tudo o que era de petróleo virou uma fortuna. Começaram a fazer os carros movidos a gasogênio, com base em carvão, super fedido. Apesar de ainda ninguém falar de globalização, a gente já sentia na pele que a guerra, do outro lado do Atlântico, também trazia a fome pras muitas famílias de brasileiros. Por sorte, na época, quase todas as casas tinham uma pequena horta, uma pequena granja. Era muito comum... as mulheres se viravam pra fazer pães, de todos os tipos, com todas as farinhas possíveis, porque tudo, simplesmente tudo, estava sendo racionado.

— Mas vocês chegaram a passar fome? — perguntei.

— Meu querido, como a tia Vitória sempre insistiu em dizer, a gente teve uma origem elitista. Podem criticar o quanto quiserem, mas essa origem valeu ouro na época da guerra, porque com dinheiro e influência da família, papai conseguiu proteger ao máximo os filhos e parentes da loucura da guerra. Naquela época ninguém tinha muito claro na cabeça essa ideia de igualdade, eram as famílias, os agregados e quando muito amigos de um clube ou associação. Papai também fazia parte da maçonaria, naquela época quase todos os homens faziam parte. Houve muita ajuda recíproca. Mas um tipo de ajuda que separava as pessoas, porque não havia recursos pra todo mundo. Nas rodas de conversa, mesmo antes da guerra, as pessoas costumavam falar coisas, "nós" e "eles". O "eles" podia ser qualquer coisa: italianos eram chamados de carcamanos, portugueses de sovinas, alemães de nazistas e os negros, coitados, não tinham vez, nem voz. A sociedade como um todo vivia em situação de alerta, de medo, e flertava com políticos mandões, como foi o Getúlio. A sociedade era toda belicosa, falava-se em nacionalismo, em identidade, ideias que são boas de um lado, mas que costumam separar as pessoas em categorias. Então todos se defendiam como podiam, lutavam dentro da pirâmide social. Pra ser sincera, a ideia de pirâmide social nem existia direito. Falava-se em "classe", em "ter berço". Falava-se em "círculo social", "círculo de amizades". Todos queriam pertencer a alguma coisa, e de preferência a algo que o tornasse especial perante os outros.

— Acho que isso não mudou muito, tia.

Tia Beth riu.

— Mudou sim, meu filho. A tua geração, mesmo a do teu pai, não tem ideia de como era tudo mais difícil. Todos se achavam no direito de pertencer a determinada fatia da sociedade, e se tivessem algum problema financeiro... tive pai de amiga que se matou porque perdeu tudo pouco antes da guerra. Era assim que as pessoas viviam. Ser e ter eram uma coisa só. Ter o sobrenome fazia você ser. Ter a posição social, fazia você pertencer. Ter a aparência dessa posição social, fazia você brilhar... enfim, era tudo uma merda.

Ela pontuou o "merda" apagando a bituca manchada de batom no cinzeiro. Achava graça na capacidade dela em dissertar sobre coisas profundas, e depois pontuá-las com desdém, soltando um palavrão.

— Você, falando assim, tia, faz parecer que o Brasil era tipo a Índia. Era como viver em castas?

— Mais ou menos, mas sem o fedor do Rio Ganges. Basta substituir o hinduísmo pelo catolicismo e pronto. Naquela época, as missas eram faladas em latim; os lugares na Igreja eram marcados de acordo com a posição social. São Paulo, nos anos 40, ainda era um tanto provinciano. Se perguntava nome e sobrenome, origem, posses... hoje isso é impensável. Estamos em uma verdadeira metrópole e o anonimato é uma benção.

— Mas, tia, e o Klaus? O que aconteceu, afinal?

Tia Beth acendeu outro cigarro. Deu uma tragada e soltou a fumaça pelo nariz como um dragão chinês.

— Você não levou o meu diário de 1943?

— Eu... tive uns imprevistos ontem.

A dor no estômago voltou. Tia Beth percebeu a minha mudança de expressão.

— Quer mais bicarbonato?

Nem cheguei a responder, e tia Beth se levantou para colocar uma colherzinha em dois dedos de água.

— Toma num gluf só, filho.

Tomei.

— Agora levanta e anda. De lá pra cá, de cá pra lá.

Levantei, andei.

— Não prende, solta. Arrota! Arrotando, você melhora.

Segui as ordens da chefe. Um interminável e sonoro arroto balançou os pratos coloridos que decoravam as paredes daquela copa.

— Benza Deus! Nossa. Assim tá ótimo. Pronto, os problemas se assustam com o arroto e o ar leva eles embora.

Eu ri.

— Não é brincadeira não, filho. Cada órgão concentra uma energia... mas, o que tá acontecendo? Pode se abrir.

Fiquei um bom tempo olhando aqueles olhos. *Bette Davis eyes*. Redondos, expressivos e dominantes; sempre com uma gota a mais de lágrima, o que lhe dava a impressão de estar sempre num grau a mais de emoção que o resto da humanidade. Aquela expressão tão carinhosa comigo. Eu devia ser mais corajoso e contar, tia Beth me ajudaria. Mas me ajudar no quê? Com dinheiro pra um aborto? "Caralho, aborto não." O que eu queria com aquela situação? "Vou ser pai, vou continuar com a Amanda, mas, porra, que bom que ela desapareceu alguns dias. Talvez seja melhor assim, fingir que nada está acontecendo. Me dá mais uns dias da minha velha infância, Universo. Pra eu me despedir."

— Nada, tia. Chatice de faculdade, algumas bobeiras de namoro...

— Se você quiser ficar na minha casa em Campos do Jordão, pra, de repente, encontrar tua namoradinha nesse final de semana... te dou as chaves. Ou você vai direto, eu só ligo pro caseiro.

"Será? Mas não tenho nem certeza da Amanda estar lá."

— Pode ser, tia...

A frase saiu espontânea, e só me dei conta que tinha aceitado a proposta quando ela pegou seu inesquecível telefone turquesa, começou a discar e logo estava falando com o caseiro. Fiquei esperando minha alma voltar ao corpo. "Cacete. Vou falar o quê pros meus pais? Vou de buzão?"

— Você já tirou carta, né?

— Tirei sim.

— Tenho dois carros na garagem, um deles sempre fica parado. Já pegou estrada? Me desculpe, mas não quero sua mãe dizendo que entreguei arma pra criança.

— Mas são dois Mercedes, tia.

— São carros como os outros, não são?

— Melhor não, tia. Melhor não. Vou de busão.

Me despedi de tia Beth já com o destino arrumado. Na noite do dia seguinte, sexta-feira, iria para a rodoviária.

Cheguei em casa e meu pai já havia voltado do escritório. Sentado no sofá, lia a revista *Veja*. Ele tinha verdadeiro xodó por aquela assinatura — imagine só, assinatura de revista impressa, coisa que meus filhos não vão ter qualquer familiaridade. Não vão conhecer a sensação dos dedos no papel acetinado, o cheiro de tinta exalando do papel, a leve eletricidade estática quando você vai folheá-la pela primeira vez, mantendo as páginas imantadas umas nas outras. Abrir uma revista recém-impressa era como abrir o diário que fingia não querer ser revelado.

"São Paulo, 21 de março de 1943.

Demorei alguns dias pra entender o que me aconteceu. Já foi há mais de uma semana agora. Aquela noite de tempestade e alagamento ainda continua na minha memória, não vai sair nunca. A única pessoa que posso conversar sobre isso é a Januária. Ela sempre foi tão carinhosa comigo, tão cúmplice, e agora entendo porque o destino a colocou no meu caminho. Sem ela, talvez eu não lembrasse da minha própria história. Ela guarda os meus passos, porque eu... confesso que não gosto de guardar as coisas na memória. Por isso que as deixo anotadas aqui nesse diário. Uma vez anotados os fatos e preocupações, prefiro ignorá-los. Deixar tudo que me aborrece bem quietinho, como se estivessem fazendo digestão lenta no ventre de uma cobra bem grande. Depois eles voltam pra minha cabeça, em pedaços menores, e como bloquinhos de montar, eu posso reconstruir de forma a fazer sentido. O melhor sentido...

Klaus estava tão lindo. Todo molhado, o cabelo escorria pela testa. Ele então passava a mão pra trás, pra ajeitar, pra tirar a água. Esses pequenos movimentos, essas pequenas coisas me atraem mais do que gestos ensaiados. Ele então começou a desabotoar a camisa, mas levou uma bronca de Januária e foi rápido para o banheiro do térreo. Januária deu a ele o lampião que estava usando e foi para a cozinha acender mais dois. Um pra ela, outro pra mim.

Quando Klaus voltou do banheiro, levei um susto, quase derrubo o lampião no chão. Começaria outro incêndio, desta vez fora de mim. Achei que fosse o Arthur, afinal a camisa era do meu irmão. Ainda bem que não era nenhuma camisa do papai, porque... essa memória, por Deus, é tão minha, é tão cara.

Papai e mamãe passaram a noite com os tios Jorge e Eunice, lá na Serra da Cantareira. Impossível voltarem com aquele tipo de chuva, caíram várias árvores, vários bairros ficaram sem luz ou alagados. Ficamos sabendo que muitas pessoas morreram ou ficaram desabrigadas com aquelas chuvas. Agradeço a Deus por nossa família. É tudo muito triste. Passar por isso nesses tempos tão duros, com a guerra acontecendo.

Agradeço a Deus por Klaus... e pela Januária.

A Januária montou uma cama pra ele na sala de estudos. No início achei ela louca. Papai ficaria furioso se soubesse que um alemão ficou hospedado na nossa casa em plena guerra. Não adiantaria falar que é um professor do clube. Mas acho que Januária não percebeu, porque no dia seguinte, me disse que o 'francês' era bonitão.

Klaus dormiu nesse sofá de almofadas vermelhas de veludo. Estou escrevendo nesse sofá, neste exato momento. Sentindo as almofadas, como se fosse ele encostando em mim. Meu Deus, fechando os olhos, consigo sentir o cheiro do Klaus.

A Januária me mandou subir, eu fui. Vitória estava roncando, como sempre. Nada a acordaria, nem o incêndio com o lampião. Desfiz minha cama e cheguei a deitar. Logo levantei. Voltei pra escada e ainda ouvia a voz da Januária falando algo pro Klaus. Ela falava devagar, como se ele não conseguisse entender, como se falasse com alguém de outra civilização. Esperei bastante até ouvir o barulho da porta da área de empregados e depois o da porta do quarto de Januária. Tudo silencioso, desci a escada quietinha. Milagre da noite, meu medo do escuro tinha sumido completamente. Me senti como a Peteca, que sai à noite pra caçar como se fosse um lince. Eu me esgueirava na escada e dava passos leves, feito ela, feito uma gata atraída por um cheiro, sem saber no que aquilo iria dar. Creme de barbear, mas com algo a mais, pele, pelos, suor, hálito.

Abri a porta do quarto de estudos e Klaus estava deitado de costas para a porta. Pensei 'eu sou louca, muito louca, não devia estar aqui, meu coração tá rápido demais, tô respirando mais alto, não tô conseguindo controlar'.

Virei na ponta dos pés. Foi então que... Elisabeth?, ele disse.

Eu poderia ter morrido ali, naquele momento. Talvez uma parte de mim tenha mesmo morrido. Mas renasceu no mesmo minuto. 'Fühlen Sie sich wohl?', eu perguntei em alemão, querendo ser, não sei, acolhedora, querendo que ele se sentisse em casa, que eu fosse a morada dele. A morada e a namorada. Ele respondeu com aquele português raspado dele, estreito nos erres e errado nos pronomes. 'Eu gostar muito do seu casa, estou muito feliz de estar aqui com vocês... com você.' Eu me aproximei, queria sentir Klaus mais de perto. Cada passo que dei naquela sala de estudos, tão escura, rompia algum véu invisível. Meu corpo tremia, numa espécie de pré-desmaio. Sentei numa das almofadas vermelhas do sofá e o barulho das molas nunca pareceu tão alto. Klaus estava deitado, com o torso virado pra mim. Toquei no braço dele, os pelos loiros entre meus dedos. Brinquei e acariciei sua pele em movimentos circulares, firmes, impregnando pele com pele. A respiração dele mudou também. Levei meus dedos até meu nariz. Respirei Klaus."

17.

"São Paulo, 22 de março de 1943.

Eu só dei por mim quando estava lá, sentada naquela almofada, com Klaus me olhando deitado e eu tocando em seu braço, seus pelos, cheirando o pouco da pele dele que ficou em meus dedos. Jamais devia ter agido assim, e estou certa que jamais agirei assim novamente. Por Deus, jamais achei que pudesse ter esse tipo de comportamento, como se fosse um animal, como se fosse... como se fosse a Peteca, quando mia desesperada pra encontrar aquele gato cinza, cheio de cicatrizes, que vive rondando o portão da nossa casa. Depois escrevo mais, a Vitória entrou no quarto."

"São Paulo, 23 de março de 1943.

Não vi Klaus no Germânia hoje. Tive aula com o Seu Prates, o mesmo que ensinou tênis pro papai. Será que Klaus está doente? Será que não quer mais me ver? Estou segurando a munhequeira dele na minha mão. Achei que fosse um paninho qualquer, usei pra desembaçar o vidro do carro e depois dormi agarrada, todas as noites. Mas acho que está perdendo o cheiro dele.

Diário, tinha falado da Peteca e do gato cinza, cheio de cicatrizes. O nome dele é Tinoco, a Januária me contou ontem. Eu perguntei por que a Peteca às vezes fica daquele jeito quando vê o Tinoco, e às vezes nem dá bola pro coitado. Ela me explicou o que era cio, e eu não sabia que Peteca tinha regras como uma menina. Januária disse que não podia me explicar mais das coisas da vida, pediu boca-de-siri e que papai e mamãe vão ficar bravos. Ora bolas, eu disse que alguém tem que me dizer mais das coisas da vida, porque nos deixam burras e cegas. Vou aprender como?

Se Tinoco era cinza e cheio de cicatrizes, também é o Klaus. Ele me contou muita coisa naquela noite, e eu entendo algumas delas. Mas não consigo entender as tantas nuvens que ficam sobre a cabeça dele.

Faz uma semana que teve a tempestade. Uma semana que eu fui completamente doidivanas. Klaus me afastou, com delicadeza, dizendo: 'Elisabeth, assim eu ficar sem saber como comportar... o menina devia estar no seu cama... seu amiga pode aparecer... se assustar'. Ele se referia à Januária. Sim, ela era minha amiga, ela é minha amiga, jamais tinha pensado nela como minha amiga, a gente se acostuma a ser servido por pessoas como ela, se acostuma a ter elas por perto, fazendo companhia e orientando, e esquece de abrir o coração pra elas, e as considerando pessoas amigas. Acho que Klaus não imaginava que só ao falar isso, me causaria tanta reflexão. Talvez ele apenas não soubesse outra palavra em português para se referir à Januária. Mas não tem importância.

O português dele ainda não está tão bom, não vejo a hora de Antonia voltar de viagem. Porque meu alemão também não é supimpa.

De qualquer forma, Klaus estava com razão. Januária teria um mal súbito se me visse ali. Eu teria um mal súbito se alguém me visse ali. Eu mesma quase tive um mal súbito ao me perceber ali, em plena tempestade, com Klaus me olhando nos olhos.

Disse pra ele que tinha ido lá apenas pra ver se ele estava bem, que havia escutado uma tosse. Disparei a falar, falei do xarope de agrião que meu irmão Gaspar toma, falei que se ele estiver muito constipado ou sentindo friagem, melhor seria um escalda-pés e falei tantas, mas tantas coisas que não me lembro. Devo ter aborrecido Klaus, mas ele me olhava sorrindo. Eu queria *justificar meu desatino. E se Klaus achasse que eu era uma perdida? Como aquelas moçoilas que as irmãs do colégio usavam de exemplo? Deus me livre ser uma delas, apesar de Vitória dizer que eu sou. Minha irmã vive dizendo que eu devo me comportar, mas não consigo com tantas regras e medos que as irmãs querem colocar na gente. Fui expulsa por uma tolice, já contei em detalhes pra você, diário. Eu só queria ir assistir a estreia de 'Jezebel' com a Bette Davis, e o jornal dizia que era das últimas sessões no cine Metro. O problema era que a fita passava à tarde e no mesmo horário da aula de costura e bordado da Irmã Eudóxia, e convenhamos, ela é uma das irmãs mais boazinhas, mas eu não quero aprender a cerzir meias no ovo. A própria Irmã Eudóxia não tem marido e muito menos meias do marido para cerzir. Duvido que isso seja tão importante. Duvido que a Irmã Eudóxia remende os buracos da meia de Jesus. Oras, bolas. Eu me diverti às pampas com Antonia e com a Marlene aqui da minha rua. Fiz eu mesma o pedido de dispensa da assinatura de papai, com a Parker e o mata-borrão dele. Mas creia, meu diário, quem me dedurou? Vitória entregou minha mentira e minha batota. Papai ficou magoado mais com a falsificação do que com o fato de eu ter fugido da aula de bordado. Já mamãe passou dias me de embusteira, me colocou pra jantar separado e dormi chorando durante semanas. Disse-me que só não me batia porque eu já tinha dezessete anos e era uma mocinha. Ainda bem que não contamos o filme que fomos assistir, e ninguém foi investigar. Papai e mamãe aceitaram a mentira de que era uma fita de 'O Gordo e o Magro', não que Jezebel fosse filme proibido, mas... na história, a mocinha Julie veste um costume vermelho, lindo, de cetim, cheio de laçarotes, enquanto todas as outras moçoilas estão de branco. Um escândalo na Louisiana do século XIX. Mas por que é um escândalo? Vermelho é uma cor como as outras. É escândalo só porque disseram que as moças de família não devem usar vermelho? A sotaina dos cardeais não é vermelha? A Irmã Natividade não dizia que vermelho é a cor do fogo da caridade, do amor, do sacrifício? Por que a mesma cor, no corpo de uma moça bonita, tem de ser motivo de repúdio, de escárnio?*

Depois termino, Vitória está aqui."

"São Paulo, 24 de março de 1943.

Klaus não apareceu de novo no clube. Deve estar fazendo a prova de português pra conseguir naturalização. Era por esses dias, ele me contou naquela noite. Ele me disse tantas coisas naquela noite... eu creio que consegui prestar atenção só em parte, porque estava tomada por aquela sensação. Não digo sentimento. Era sensação mesmo. Como quando jogo tênis, fico suada, querendo correr mais, querendo pular mais, e começo a falar sem parar sobre qualquer assunto.

Klaus me contou que saiu da Alemanha em fevereiro de 1941... depois que a guerra havia começado. Eu perguntei pra ele como ele conseguiu sair do exército, e ele me disse que não queria falar disso. Eu fiquei quieta. Ficamos em silêncio, não sei por quanto tempo. Até fiz que ia me levantar, mas ele resolveu continuar falando, dessa vez em alemão, mas com alguns pedaços em francês.

Klaus me contou que ninguém do seu distrito conseguiu fugir do alistamento. Que seu distrito é pequeno e faz parte da Baviera, e que seus pais são fazendeiros, produtores de leite. Disse que foi sua mãe quem ensinou tênis para ele, e que graças ao esporte, conseguiu estudar num bom colégio em Berlim. Mas quando veio o alistamento, teve de pedir socorro a uma tia muito rica que estava morando no Chile, e que agora se mudou para o sul do Brasil. Que ela mandou umas cartas pra conhecidos, solicitando ajuda para que ele não fosse obrigado a se alistar, mas que justamente esses conhecidos acabaram indicando o nome dele para a lista de convocados. E que no dia 10 de janeiro de 1939, o nome Klaus Aaron Hershenberg Bauer estava na lista dos convocados para integrar a XI Infantaria do Terceiro Reich alemão.

Amanhã continuo, Ivan está me importunando. Durma bem, querido diário. Sonhe com o Klaus."

— Puta que pariu! Ele integrou o exército nazista mesmo... caralho!

Me joguei nos travesseiros, torcendo pra dormir logo, pra acordar logo, e pra estar logo de novo naquela copa cor-de-rosa. Mas acordei às três da madrugada, tendo alguma espécie de pesadelo. Estava num lugar escuro, agachado, várias outras pessoas ao meu lado. Todos prendiam a respiração, não queriam fazer nenhum barulho. De repente, um som de apito, sibilante e contínuo, rasgando o ar. Em seguida, barulho de explosões e gritos de horror. Meus pés estavam presos por ferros e cimento quando um rapaz se colocou a me acalmar e dizer que eu devia viver pra contar a história. Seu rosto era o mesmo do porta-retratos sobre o piano de cauda no apartamento da tia Beth. Era Tavinho, jovem, lindo, e com os olhos que herdou da mãe, me tranquilizando a alma, em pleno bombardeio.

Acordei empapado de suor. Bebi um gole d'água e, num *insight*, me veio que apenas descobrindo o que tinha acontecido com Klaus seria capaz de descobrir o que tinha acontecido com Tavinho.

"São Paulo, 25 de março de 1943.

Bom dia! Hoje minha preceptora não vem. Gosto dela, gosto muito da Luiza. Mamãe que deu a ideia pro papai, de que eu não deveria mais frequentar colégio algum. Que eu deveria terminar os estudos em casa com uma preceptora. Disse que eu não tinha gênio pra ficar numa escola, e que era melhor me manter sob os olhos vigilantes de todos, pois minha cabeça ruiva havia puxado, além da cor, o gênio indomável da minha tia Mirtes. Sim, tia

Mirtes, a cabelos de fogo histérica, como a chamavam, mas que foi a única a ter coragem a assumir os negócios da família depois que o pai dela se matou na Crise de 1929. Tia Mirtes, a louca que conseguiu negociar as dívidas com os agiotas do pai e impediu que a mãe perdesse a chácara onde vivem em Taubaté. Isso, eu era destemperada como a doidivanas da tia Mirtes, que era defenestrada apenas por ter escolhido não se casar com um pretendente riquíssimo para poder continuar cuidando da mãe. Pois bem, tia Mirtes, um salve bem-humorado meu, daqui de São Paulo, pra senhora aí em Taubaté.

Hoje sem as aulas de Luiza, ganho mais brincando com Peteca, comendo paçoca e me jogando no sofá de leitura o dia todo, eu e minha munhequeira, sobre as almofadas vermelhas, que de tanto serem cheiradas estão quase mudando de cor. Estou proibida de ir ao clube treinar hoje porque ontem à noite falei uma palavra deselegante pouco antes do jantar. Falei: 'Oras, às favas com essa aporrinhação!', porque Ivan insistia em jogar bolinhas feitas de jornal no meu cabelo enquanto eu escrevia em você, diário. É muito injusto tudo isso. Ivan fala todas as horas uma palavra italiana que aprendeu quando joga soccer na rua com os meninos Loffredos da rua da frente. Passei dias perguntando o que era o tal 'catzo' que ele berrava toda hora. Me disseram ser uma palavra deselegante, mas não me falaram o significado. Ainda não lembrei de procurar o dicionário de italiano, mas vou descobrir."

Ri sozinho, de madrugada. Tia Beth não podia falar um simples "às favas"?

O sono me invadiu de novo. Queria muito que Amanda estivesse lendo comigo... será que falto à faculdade? Melhor não, vou ler durante as aulas de Teoria Geral do Estado. Que me importa saber sobre Kant ou Montesquieu, quando tenho o diário da jovem tia Beth?

18.

"São Paulo, 27 de março de 1943.

Encontrei Klaus ontem. Fomos todos ao clube — a família toda, sem exceção —, jantar no restaurante principal. Klaus estava sentado numa mesa, com dois homens engravatados, que já vi no prédio da diretoria. Papai e mamãe souberam que Klaus ficou algum tempo na nossa casa, mas não souberam que ele chegou a dormir algumas horas no quarto de estudos. Januária quis me poupar, poupar a si mesma, de qualquer mal-entendido.

A verdade é que pouco depois que conversamos, os dois sentados tão próximos, Klaus começou a ficar nervoso. Disse que se sentia nervoso quando ficava perto de mim, e que achava melhor ir embora. Ele dizia que não queria que achassem coisas erradas de mim, nem que algum dos meus irmãos ou empregados nos vissem ali. Eu então me levantei. Não era um bom momento para receber um daqueles beijos que o Clark Gable dava na Claudete Colbert, no 'Aconteceu naquela noite'. No filme, a mocinha foge de casa para se casar com o mocinho, depois de ser proibida pelos pais. Será que teria coragem de fazer o mesmo, se algum dia me apaixonasse por alguém? Será que estou mesmo apaixonada por Klaus, isso é paixão?

Papai foi em direção a Klaus pouco antes da sobremesa. Senti o corpo tremer, as costas esfriarem, aquecerem, esfriarem, aquecerem e quase desmaiei ali. Mamãe perguntou se a carne assada tinha pesado. Sim, respondi, claro, mamãe. Fui ao toalete das moças que, por sorte, era na direção da mesa em que Klaus estava. Pude ouvir papai falando com ele e agradecendo por ter me levado de carro até em casa durante a tempestade, e que suas filhas eram muito preciosas, jamais deixaria que nada de ruim acontecesse conosco. Papai falou alguma outra coisa que não consegui ouvir, pois não podia ficar parada, xeretando. Tive de passar dando um sorrisinho amarelo e seguir à toalete. Por sorte tive vontade de fazer xixi, de tão nervosa, senão teria de fingir e esperar lá dentro. Sou péssima pra fingimentos, querido diário. Você bem sabe. Acho que fingir custa tanto esforço da gente que é difícil estar feliz e mentindo ao mesmo tempo. Sou contra as mentiras de todo gênero, e nem é por causa das irmãs que desfiavam a ladainha de que moçoilas de Deus não mentem. Mas porque mentir me dá um vislumbre do esforço a ser feito depois, e isso gera uma preguiça tão grande no meu peito, que... nem sei. Ainda bem que até agora não tive um motivo grande para mentir, nem esconder nada. Quer dizer, não acho que fazer a assinatura de papai numa dispensa de aula de bordado seja mentir. Nem que colocar meu nome mais de uma vez no saco de sorteio pra bandeja de doces seja uma espécie de mentira... ah, diário, pensando bem, acho que Vitória tem razão quando diz que eu tenho meu próprio código de honra, diferente de todas as outras pessoas do mundo. Vitória é uma boa irmã, mas parece que tem uma tristeza, um peso que não consigo entender, como se estivesse sempre com uma lágrima prestes a cair dos olhos, e disfarça isso com uma braveza ríspida, dando uma de que sabe tudo do mundo, dos livros e da vida.

Aliás, esses dias vi Gaspar folheando uns almanaques estranhos. Tinham várias gravuras e desenhos. Quando fui dar uma espiadela, ele fechou, ríspido, dizendo que não era coisa de meninas. Fiquei brava, mas tão brava, o que é coisa de menina? Não tenho mais paciência de ler o 'Jornal das Moças'. Não nasci pra tirar molde de cortina, detesto costurar veludo. Também já sei usar todos os talheres, melhor até que todas as minhas amigas, o que faz com que eu me sinta esnobe e não uma mocinha com etiqueta, como diz mamãe. Arthur come coxinha de frango com as mãos, a gordura escorrendo no rosto, todo lambuzado e ninguém fala nada. Sempre *quis comer frango como Robin Hood, pegar o frango flechado, inteiro, arrancar seus pedaços e comer como um menino. Mãos sujas, sem ninguém dizer que isso não é coisa de menina. Oras, bolas. Isso me dá tédio."*

Tive de parar de ler o diário quando o ônibus chegou perto da faculdade. Desci e segui correndo, estava atrasado pra primeira aula. Não que me importasse, aquele segundo semestre de Direito estava me dando tédio, como tinha acabado de dizer a jovem tia Beth, de quem eu já estava íntimo e chamando de Betinha.

Incrível pensar que aquela moça que não podia falar palavrão ou comer uma coxa de frango com as mãos, fosse a mesma pessoa desenvolta e emancipada, que dava baforadas de tabaco em quem estivesse sendo impertinente. Como quando, durante a festa de aniversário de cinquenta anos do meu pai, ela baforou o cigarro no rosto de um de seus clientes. Era um pastor evangélico milionário, cheio de processos importantes para o escritório. Na rodinha, porém, o infeliz soltou:

— Quem tem fé em Deus, não desenvolve câncer.

Tia Beth tinha acabado de receber os exames que a colocavam oficialmente em remissão, não precisaria mais passar por nenhum tratamento. Estava, porém, mal-humorada; seus cabelos não estavam crescendo por conta de uma espécie de alopecia autoimune.

— Como é que é?

A festa parou por alguns segundos. O tal cliente nem se apercebeu e continuou falando sua teoria distorcida sobre fé e saúde. Tia Beth acendeu um cigarro bem na cara do homem e começou a baforar enquanto ele pregava seus dogmas. Tragava, baforava. Tragava, baforava. De início, o homem não percebeu ser proposital e continuou falando e falando, passando a mão na frente pra afastar a fumaça. Então começou a tossir e lacrimejar:

— Por que a senhora está fazendo isso?

— Achei que não fosse incomodar, o senhor não é um homem de fé? — respondeu provocativa.

Meu pai teve de intervir e tia Beth se retirou, pedindo em voz alta para meu pai selecionar melhor os amigos.

Assisti às aulas e deixei de lado o diário de Betinha; ele merecia atenção. Pelo menos estava com ele em mãos, o diário correto, o diário de 1943. Dei uma folheada geral pra ver se ainda tinha bastante história pra me afastar da minha tormenta. Várias páginas, desenho, poesia, que coisa bonitinha, será que são estrelinhas? Eita, tá soltando um ticket do filme *Rebecca, A Mulher Inesquecível*. Nossa! Sessão de quando mesmo? Foi então que descolou uma foto de tia Beth com Klaus. Sépia, arranhada e desbotada. Mas dava claramente pra ver os dois, jovens, lindos e felizes. Tia Beth, aliás, Betinha, sorria seus dentes brancos, as bochechas luminosas e cheias de sardas. Klaus tinha o olhar triste, um peso por detrás dos olhos.

Fui procurar de qual página tinha caído a foto. Achei um pequeno envelope de papel colado em uma das páginas. Dentro, uma folha bem amarelada e surrada, com letra cursiva quase desaparecendo. Quem assina a carta é...

— Klaus? — falei tão alto que o professor parou por um momento.

"Caralho, a carta é do próprio nazi!", pensei e depois me arrependi de ter chamado ele assim; claro que era um desertor. Mas como ele tinha conseguido sair do alistamento antes da guerra acabar? "Deve ter passado por maus bocados pra conseguir." Eu nem imaginava que seria possível fugir do exército nazista. Mais do que isso, imaginava que todos os soldados alemães eram nazistas por gosto, jamais por obrigação e medo de serem mortos.

Recebi um cutucão. O professor de pé, ao meu lado.

— Tudo bem por aí?

— Ahãn, tudo. Desculpe.

O professor voltou pra frente da sala e continuou a falar de Kant. Ou seria Montesquieu? Não, não, Maquiavel. "Oras bolas, isso me dá tédio."

Saí um pouco antes do final da última aula para ir até a porta da sala da Amanda; não que estivesse com esperança que ela estivesse lá. Mas queria falar com a Marcinha ou a Claudinha ou a Paulinha. Alguma delas, da "tríade das 'inhas'", saberia me dar alguma informação sobre minha namorada. Mas como fazer isso sem parecer que tinha levado um pé na bunda? Como fazer isso sem dar a entender que algo grave tinha acontecido?

— E aí, meninas, tudo bem? — Conseguia sentir meu cérebro fazendo "blá, blá, blá, vamos ao ponto". Segurei a ansiedade. — A Amanda está em Campos do Jordão, estou indo pra lá hoje...

— Ah, é? — respondeu a Claudinha.

— Que bom — suspirou a Paulinha.

— Hein? — perguntou a Marcinha.

"Eita, por que 'hein?', será que ela sabe algo que eu não sei? Será que é um 'hein?' de alguém que não ouviu ou um 'hein?' de alguém que está achando bizarro eu ir pra Campos porque a amiga falou algo como 'não quero ver a cara daquele filho da puta'?"

— O que foi que você disse?

— Então, Marcinha, eu vou pra Campos encontrar a Amanda.

— Hein?

Marcinha me puxou para um canto.

— Eu tô sabendo.
— Do quê?
— Ela pediu que eu fosse pra lá também. Disse que não está se sentindo muito bem, que a Dona Carla... bem, ela pediu pelo amor de Deus pra eu ir pra lá. Não achei que ela tivesse te chamado, porque ela pediu pra eu não falar nada, nem onde ela estava.
— Ah, não, não, ela mudou de ideia. Ela me ligou.
Não tinha outro jeito, eu tinha de mentir.
— Então vamos juntos. Que horas você vai?
— Acho que umas seis da tarde, saindo da Rodoviária Tietê.
— Esqueci que você não tem carro.
O comentário da Marcinha feriu meu orgulho de macho adolescente e senti as bolas subirem pela garganta. Nessa idade a gente é tão besta, que ter ou não um carro é como ser um tigre que tem ou não listras. Se tiver, o tigre cruza com dignidade. Se não tiver, melhor aprender a ronronar.
— Vamos com meu carro então.
— Eu posso dirigir, se você quiser.
— Tá doido? Acha que a gente vive em que época, anos 40?
Justo. Muito justo. Justíssimo. Não sei porque achei que ela me deixaria dirigir o carro recém-ganhado do pai e nem porque eu me achava mais habilitado do que ela a dirigir.
— Não, beleza, claro. Então me pega na minha tia? Vou estar em Higienópolis.
Entreguei o endereço e segui para o metrô. Hoje eu contaria tudo pra tia Beth. Afinal, a Amanda contou pra melhor amiga dela, a Marcinha.
Naquele momento, minha melhor amiga era a Betinha.

19.

Cheguei na casa de tia Beth muito preocupado. Minha vontade era desmarcar, deixar para a próxima semana, as conversas com ela deveriam ser saboreadas e não atrapalhadas novamente com meus problemas. Eu precisava ficar de olho no relógio pra não perder a carona de Marcinha, ou quem sabe, o último ônibus na Rodoviária Tietê. Estava com receio que ela não aparecesse. Como eu menti que Amanda me queria lá em Campos do Jordão, seria bem possível que ela descobrisse e eu perdesse minha carona.
Dirce abriu a porta sorrindo, mas logo saiu correndo para a cozinha: "Estou com a panela no fogo e o suflê no forno, deixa eu correr, senão murcha, queima". Fui recebido por Oliver e Patê, que

pulavam histericamente bem-humorados em mim. Tive de me deter, acariciar suas barrigas rosadas, ao mesmo tempo em que Adaline e Nini serpenteavam pelo meio das minhas pernas. Pelo jeito, os bichinhos já estavam me achando parte da mobília da casa.

Ouvi a voz esfumaçada:

— Meu querido! Tô aqui na copa, vem aqui!

Quando entrei, tia Beth estava com os dedos dos pés separados por algodõezinhos.

— Não precisa olhar, pé de velha é um horror! — disse tia Beth, rindo. A manicure riu também, mas manteve o foco.

— Que cor, Beth? Tenho uns novos: Beijo de amor, Fogo Fátuo...

— Você cuida dos meus cascos há quase quarenta anos. Acha que eu vou inovar depois de velha?

A manicure tirou de uma caixa um frasco com um tom sanguíneo e sacou o pincelzinho lá de dentro.

— Aqui está. *Lacquer Rouge*.

Ao ouvir os nomes dos esmaltes, tão esquisitos, lembrei de Amanda. Havia pouco tempo, ela aparecera na minha casa e quis fazer uma surpresa, mostrando as mãos. Aquelas mãos tão macias, mãos de criança com as unhas pintadas de marrom.

— É Frapuccino de Chocolate!

Foi o meu primeiro contato com o universo das cores de esmalte. Naquela época não gostava de unhas pintadas porque me lembravam mulheres adultas, com filhos criados e cabelos armados. Eu era um garoto, gostava de garotas, não propriamente de mulheres; unhas pintadas me intimidavam, remetiam a *playmates* da *Playboy*; unhas gigantes de mulheres com cabelos, seios e pernas gigantes. Gostava de naturalidade.

Dirce percebeu que eu estava me entediando e me ofereceu uma limonada. Fiquei na mesa da copa, o cheiro forte de acetona. Melhor seria se me dessem uns três tubos logo de uma vez.

— Querido, separei algumas coisas pra você ver, no quarto perto do lavabo. Tem um toca-fitas lá em cima da mesa, traz pra cá, quero te mostrar uma coisa.

Fui e voltei rapidamente. Um gravador grande, daqueles que não eram mais fabricados, igual ao que papai tinha guardado num armário e nunca se desfez porque tinha sido presente do...

— Tavinho que comprou esse gravador. Usava pra compor. A última música dele está gravada aqui, com ele tocando piano. Ela não chegou a ser gravada oficialmente, nunca foi a público. Temos ela apenas aqui...

A manicure quis dar o seu aparte:

— Ai, Beth, teu filho era tão lindo! Adorava quando ele aparecia na televisão, quando cantava aquela música...

A manicure cantarolou a música; eu não sabia que era composição do Tavinho. Pra mim, era música de um comercial de telefone — mal sabia que tinha sido licenciada para a Telesp, e que com isso, meu pai levantou um bom dinheiro para tia Beth.

— Essa que você cantou se chama "Se é pra te falar". Mas essa que está no gravador, meu Tavinho compôs porque disse que amava um poema do Fernando Pessoa, o *Poema em Linha Reta*.

— Eu não conheço, tia. Nem a música e nem o poema...

— Escuta, aperta o play. Ele estava compondo naquele piano da sala que tem a foto dele. Ainda não tive coragem de dar pra ninguém gravar.

Apertei o play e escutei a voz de Tavinho, um tanto hesitante, talvez porque estivesse compondo a música naquele exato momento.

*"Nunca conheci quem
tivesse levado porrada
todos os meus conhecidos são
campeões em tudo
E eu tantas vezes vil
sem desculpas e errado
Enrolo a língua
e prendo os pés
Na vergonha do mundo
Mas eu te digo
não encontro par nisso
toda gente que fala comigo
nunca teve um lado ridículo"*

Lindo e triste. O poema original de Fernando Pessoa, eu só iria conhecer algum tempo depois. Seria só eu nesse mundo a me sentir ridículo? A não me importar em fazer pose ou mentir qualidades? Nunca entendi a necessidade que meus amigos tinham de parecer machos-alfa. Todos, sem exceção, eram machos-alfa de seus próprios poleiros: diziam ser campeões de jiu-jitsu ou capazes de tomar uma garrafa inteira de cachaça. Sempre preferi o conforto de me achar *nerd*, mesmo numa época em que ser *nerd* era uma merda. Eu lia gibis do Homem-Aranha, os arrumava por número na estante, com cuidado, e... agora, caralho, eu tinha feito um bebê.

— Tia Beth, essa música é linda.

Ela assentiu com a cabeça, passando a mão nos olhos.

Depois do almoço, fui direto ao assunto:

— Tia, preciso de uma ajuda sua.

— Que houve?
— Eu... a minha namorada...
— Precisa de dinheiro pra passagem de ônibus?
— Quê? Não...
— Do que você precisa?
— Calma, tia, espera eu falar...
— Desculpe, estou nervosa.
— Eu, ela, eu, ela... ihnannnãnn.
— Tá grávida, né?
— Como você sabe?

Tia Beth ficou em silêncio. Eu fiquei em silêncio. Qualquer coisa a mais que eu falasse seria um movimento sem volta, que eu não estava disposto a fazer. Não queria pensar num aborto. Não queria crescer forçadamente, deixar de ler meus gibis. Não queria ter de aceitar aquele estágio no escritório do Dr. Guimarães.

— Tá escrito na minha cara?

Tia Beth olhou pra baixo, pediu um café, dois cafés, pra Dirce.

— Querido... teu pai me ligou anteontem, muito preocupado. Contou que houve, de madrugada, uma situação envolvendo sua mãe e o telefone. Contou que você... enfim, seu pai me ligou e pediu que eu ajudasse a descobrir algo porque você não estava com coragem de contar pra ele.

Me senti invadido, um joguete; como um hamster dentro de uma caixa. Eu não estava de fato perdido, havia o monitoramento do meu pai, criando uma rede de proteção à distância. Isso deveria ser considerado bom, mas eu tinha dezoito anos.

— Seu pai não quis mentir pra você. Muito menos eu, que estou abrindo minha vida pra você...

— Tá bom, tia. Vou indo, preciso comprar a passagem.

Me levantei bem antes do tempo. Saí cabisbaixo e não fiz carinho no Oliver e no Patê, que ficaram desconsolados.

Avisei o porteiro pra deixar um recado caso aparecesse uma moça assim-assim, num carro assim-assim, dizer que eu não ia mais viajar. Melhor assim, melhor fazer surpresa pra Amanda. Fazer surpresa pra mim mesmo. Sei lá, tive vontade de ser aleatório, radical. Tomar as rédeas.

Dali a cinco horas, depois de um longo cochilo no ônibus, em que a música de Tavinho não saía dos meus sonhos, eu estaria diante de Amanda. No sonho, a parte da letra "enrolo a língua e prendo os pés, na vergonha do mundo" se repetia num *looping* infinito. Eu não me mexia, estava preso. Enrolado, pés presos. Vergonha do mundo.

Ela estava no jardim de sua casa em Campos do Jordão. Os olhos fechados, num banco no jardim. A grama verdinha, as hortênsias em flor, o sol aquecendo as ideias, longe, longe. Estava linda. Fiquei com receio de gritar. Mas gritei:

— Amanda!

Ela abriu os olhos devagar, como saindo de um sonho.

Ficamos alguns instantes assim, num contrato silencioso. O olhar dela e o meu, uma ponte invisível.

20.

Sentei no ônibus e, saindo da Rodoviária do Tietê, pensamentos começaram a rodopiar, o estômago a doer. Amanda poderia se sentir invadida, perseguida. Talvez ela tivesse tirado alguns dias para pensar melhor e logo retornasse para São Paulo. Um bebê iria nos unir pra vida inteira.

O assento ao meu lado estava vago. Olhei pra mochila e resolvi acessar o tesouro entre cadernos e xérox de livros.

"12 de julho de 1943.

Elisabeth, meu amor, minha querida. Só posso te pedir perdão, e o farei para o resto dos meus dias. Perdão, meu amor.

Não pretendia me apaixonar, isso jamais esteve nos meus planos. Como você disse pra mim, naquela noite, eu planejo tudo demais. Mas você deve saber por que, não, meu amor? Tenho muito apreço pela liberdade que consegui aqui neste país abençoado, com a ajuda de minha tia e meu tio, e os amigos deles no Clube Germânia.

Beth, meu amor, minha querida. Naquela noite em que chovia, naquele sofá apertado, eu soube que te amava. O jeito corajoso que entrou naquela sala, querendo simplesmente me tocar pra sentir o meu braço. Seus dedos enroscando nos meus pelos. Isso foi a coisa mais ingênua e estimulante que um rapaz como eu poderia experimentar.

Naquela noite contei mais do que deveria sobre mim. Me arrisquei. Mas precisava abrir para você o meu passado. Me sentia um impostor todas as vezes que olhava dentro dos seus olhos. Tantas vezes perguntou o que eu escondia. Nada poderia ser mais grave do que ser um soldado inimigo, não é mesmo? Eu nunca desejaria isso para ninguém, sentir o que você está sentindo por mim, alguém que pode a qualquer momento ser descoberto, um desertor, alguém que fugiu da luta do próprio país. Sim, porque apesar de não ser minha luta, e eu nunca ter concordado com aquele homem no poder, meus amigos e parentes estão morrendo pela nossa pátria. Eu não, eu estou ensinando tênis e aprendendo português.

Eu estou me dando o direito de amar, de fazer planos para ficar com a mulher que amo, e todos os dias me faz levantar da cama. Porque tenho medo, Elisabeth. Tenho medo do ódio que os brasileiros estão alimentando contra os alemães e italianos que estão nesse país. Temo que esse ódio venha bater à minha porta. Temo ser separado de você. Para mim, seria a morte. Mas eu também preciso lhe contar um fato sobre mim. Mais uma revelação sobre mim.

Pouco antes de ser obrigado a servir, a pedido de meu pai e de minha mãe, que temiam morrer com a guerra que se aproximava, e temiam que eu morresse, deixando nossas propriedades para o governo, eu me casei em 3 de setembro de 1938 com uma amiga de infância, filha de amigos de meus pais. Seu nome é Evelise Magda Bohn Scherer. Ela é filha dos aldeões Martha Magda Bohn e Frederique Johann Scherer, duas pessoas espetaculares a quem meu pai e minha mãe deviam inúmeros favores e nutriam um laço de amizade duradouro. Tanto Martha quanto Frederique são de origem nos Balcãs e são judeus, por isso casar uma filha com um alemão como eu poderia garantir a eles que não fossem repatriados ou coisa pior. Sabemos que muitas coisas horríveis têm acontecido nesta guerra, principalmente já a quem não se dobra ao Reich.

Sim, minha Elisabeth. Eu sou casado, mas não pelos motivos que fazem o coração bater com força. Isso eu só conheci com você, meu amor, minha querida.

Não nego, porém, que me uni maritalmente à Evelise. Eu a conhecia desde os quatro anos e ela foi minha primeira namorada, na inocência de uma infância que agora me parece nunca ter existido.

Por isso, Elisabeth, meu amor, minha querida, te deixo agora com toda a verdade sobre a minha vida. Uma verdade que poderia chegar aos seus ouvidos por alguém da administração do clube, onde estão os meus documentos originais. Ou mesmo chegar aos seus ouvidos pela boca de seu pai, que a toda hora pergunta da minha idoneidade junto à direção do Germânia, em razão de nossa proximidade cada vez menos discreta.

Espero poder vê-la novamente depois desta carta. Mas entenderei se não puder. Confesso que daria minha vida para não vê-la sofrer. Sua felicidade é a única guerra que eu aceitaria lutar. Por você eu dou a minha vida.

Me perdoe.

Com todo meu afeto,
K. A. H. B."

Tia Vitória tinha toda a razão, tia Beth quebrou aquele copo de bourbon nas próprias mãos, tamanha a raiva de ouvir a verdade de forma acusatória pela irmã.

"Se o alemão gostava mesmo da tia Beth, se ele queria ficar junto dela, o que será que aconteceu para que ela se casasse com o tio Otávio? Deve ter sido algo de muito grave, e tia Beth chegou a contar: voltou de Blumenau grávida, sozinha, e passou por necessidades... uma situação que não havia conseguido abordar de novo em nossas conversas."

Depois da carta de Klaus, não quis ler mais nada. Não sei se foram as curvas da Serra da Mantiqueira ou a proximidade do meu destino, mas a cada quilômetro, sentia o estômago doer, uma náusea e um medo crescentes, que só eram controlados quando eu pensava: "Estou aqui por mim mesmo, sozinho. Sou um homem, não mais um menino". Repetia como um mantra, surfando em cada náusea, em cada calafrio.

Aquele instante em que encontrei Amanda no jardim da casa dos pais dela, em Campos do Jordão... se fechar os olhos, sou capaz de me transportar. É como se, naquele átimo, tivesse sido feita uma "marca", que sempre irá indicar o momento que vivenciei, um batismo para o mundo adulto.

Os olhos de Amanda estavam baços e só reviveram após cruzar os meus. Por longos segundos, ela não me reconheceu ou não acreditou que minha imagem fosse real, como me contou logo depois.

Fiz sinal para que ela abrisse o portão. Amanda não se mexeu, continuou me olhando, paralisada, atemorizada, aliviada.

— Abre!

Ela não se mexia.

Foda-se. Pulei. Corri em direção a ela.

Amanda resmungou algo, não entendi. Me aproximei e fiz que ia tocar na sua mão. Ela me evitou, juntou as mãos sobre as pernas.

— Me desculpe — ela disse novamente.

— Você está bem, Amanda?

Ela fez que não com a cabeça.

— Você tá dopada? Que você tomou?

Ela fez sinal de silêncio com o indicador.

— Que porra você tomou, Amanda? Pelo amor de Deus!

Nunca havia pensado que o suicídio fosse uma saída para qualquer situação. Sempre tive fé no dia de amanhã, sempre tive fé nas mudanças inesperadas que o Universo pode trazer — e traz — de uma hora para a outra, arrumando o que está solto, costurando o que está roto.

— Que você tomou? Fala!

— Um rmnidansa.

— Não entendi, Amanda! Repete!
Amanda se contorceu e vomitou perto dos meus pés.
— Por favor, Amanda, onde estão seus pais?
Ela fez sinal de não com as mãos. Eles não estavam lá?
Amanda desmaiou.

21.

Havia visto Amanda no dia da matrícula na faculdade, em meados de janeiro, assim como havia reparado em tantas outras meninas bonitas e pensado: "Elas só vão dar bola pros veteranos". Naquela época se raspava a cabeça de todos os calouros, então não estávamos propriamente em dia com a aparência. Espinhas de estresse, sobrepeso do tempo sentado diante dos livros, esse foi meu legado de tantas horas de estudo. Um amigo teve caspa na sobrancelha, outro desenvolvia placas de urticária no rosto toda vez que ficava nervoso.

Nas primeiras festas da faculdade, conversávamos com os amigos e algumas colegas de classe, para logo depois testemunhar as meninas mais bonitas serem cercadas pelos veteranos. Dentre eles, existia o povo do Centro Acadêmico — os que faziam rodas de MPB no violão, sob bafejos de maconha; e o povo da Atlética, supostamente esportistas que colocavam moletons sobre os ombros e estufavam o peito malhado.

Eu me sentia absolutamente deslocado naqueles primeiros anos da faculdade, e passava o tempo todo me perguntando quando a nave-mãe voltaria para me buscar. Havia sido despejado num ambiente de dicotomia: esquerda versus direita; che guevaras versus *playboys*. Me sentia espantado ao imaginar que daquele caldo sairiam líderes da nação, dali a uns vinte anos. Uma geração de bobos, sem tensão política nem econômica, que apenas emulavam o comportamento das gerações anteriores.

Conheci Amanda num desses dias de reflexão e não-pertencimento. Estava saindo da faculdade e resolvi me aninhar debaixo de uma pequena marquise, na lateral do prédio. Havia uma poça gigante de água oleosa bem na faixa de pedestres. Resolvi não ficar na calçada enquanto o sinal estava fechado, pois bastava vir um carro e *game over*.

Amanda veio com uma amiga, pegando carona em um guarda-chuva. As duas falavam sem parar e não perceberam o carro passando pela cratera de detritos. Chuááá. Roupas molhadas, mochilas, livros, fichário. Corri para ajudar e a cena me pareceu como aquelas de documentários, em que vemos pinguins e foquinhas manchados de óleo negro, em pleno mar gelado. Amanda era como uma pequena foca bebê. Olhos imensos e castanhos e cheios de cílios. Olhos de criança; olhos de menina-mulher.

Catei as coisas de Amanda e de Marcinha, me desdobrei para fazer com que as duas ficassem menos desesperadas. Elas estavam sem reação, com nojo de si mesmas. Segurei as duas pelos braços, "vamos sair da chuva".

Instantes depois, estávamos comendo pão de queijo com um café bem quente. A gerente do local conseguiu uma toalha, e Amanda e Marcinha secaram o que conseguiram. Amanda não se continha:

— No meu colégio, ano passado, a gente colocou uma gota de chuva no microscópio. A água estava cheia de paramécios, amebas, vibriões, um horror!

Fazia tempo que não ouvia a palavra "paramécio", ainda mais saindo da boca de uma menina bonita. Estudiosa ela era, já que tinha passado no vestibular, mas será que ela era...

— Que *NERD* esse teu comentário, Amanda! — debochou Marcinha.

Será que poderei falar minhas abobrinhas, minhas teorias sobre o mundo, minhas referências enciclopédicas e dizer que leio gibi da Marvel?

— *Nerd* nada. Conhecimento é poder — ela respondeu.

Fui flechado pelo Cupido, o deus menino, alado e peladinho e sorridente.

— Por que vocês não pegam um táxi? — dei meu aparte com voz firme. Paternal, diria, apesar de ter ficado receoso de que elas pedissem dinheiro pra corrida; eu estava duro e só tinha dinheiro pro pão de queijo.

— Vou ligar pro meu pai vir pegar a gente... — disse Marcinha, se levantando.

— Vocês moram perto? — perguntei na esperança de que Amanda morasse, sei lá, no mesmo quarteirão que eu.

— Não, não. A Marcinha mora em Perdizes e eu moro na Aclimação.

Era bom demais pra ser, putz, verdade.

— Eu também moro na Aclimação. Podemos rachar um táxi!

Eu tinha uma entrevista de estágio às duas da tarde. Foda-se. Estava sem dinheiro pra corrida. Foda-se.

— Onde você mora na Aclimação? — ela perguntou.

— Moro em um dos planetas, e você?

— Moro em uma das pedras preciosas.

No bairro da Aclimação, algumas ruas têm nomes de planetas ou pedras preciosas: Júpiter, Saturno, Urano, Esmeralda, Safira, Diamante e assim por diante.

O pai de Marcinha chegou e a levou para Perdizes. Eu e Amanda seguimos num táxi rumo às ruas Safira e Saturno. Romantizei na hora:

estava indo direto pros anéis de Saturno entregar uma safira brilhante. Eu, sempre às voltas com a entrega de joias.

Tia Beth havia me ensinado que as safiras têm a cor do mar, do inconsciente, e também são pedras resistentes, podemos fazer vidros de relógios com elas. A partir daquele instante, Amanda havia se tornado minha safira. Mar-mente-inconsciente.

Essas lembranças me invadiram.

Amanda caída ao chão.

Eu a peguei no colo, a segurei firme, ajeitei seu rosto próximo ao meu e tentei escutar sua respiração enquanto entrava na casa de campo. Será que não havia ninguém lá dentro? Amanda tinha vindo sozinha pra Campos do Jordão?

De dentro da casa, ouvi um grito:

— Filha!!!

Era a mãe de Amanda, a quem eu chamava respeitosamente de Dona Carla, apesar de ela aparentar pouco mais de quarenta anos.

— Põe a Amanda aqui, põe ela no sofá.

Eu deitei Amanda no sofá e fiquei olhando seu rosto. Estava respirando.

— Que você tá fazendo aqui? Ela te chamou?

Respondi que não, que descobri o destino com amigos. Dona Carla não teve meias palavras:

— Escuta, você não deveria estar aqui. Amanda não queria você aqui.

— Amanda ou a senhora?

Amanda esboçou alguma reação, se mexeu.

— Eu tô com muita dor, mãe. Muita cólica.

— Vamos já pra clínica.

— Não, eu não quero ir. — Amanda me olhou fundo nos olhos.

— Que clínica é essa?

— Preciso que me ajude a colocar a Amanda dentro do carro. Amanda, você não consegue ir sozinha?

— Eu não quero ir, mãe!

— Mas você tem que ir!

— Que clínica é essa?

— Uma que vai cuidar da Amanda, ela está tendo cólicas.

Amanda estava em desespero.

— Não tem nenhum hospital aqui perto?

— Ela vai pra clínica, já estão esperando por ela. Filha, levanta, vem cá, te ajudo.

Dona Carla pôs Amanda de pé.

Senti minha vista turvar.

— Ela não vai pra essa clínica coisa nenhuma!

22.

Tenho lembranças boas do tio Otávio. Um homem que preenchia o ambiente e impregnava as situações com seu carisma, deixando em quem o conhecesse a impressão de ser mais alto, mais forte e mais bonito do que efetivamente era. Tinha um rosto grande — mamãe dizia que ele era "carudo" — e traços muito simpáticos, com acabamentos arredondados: nariz arredondado, olhos arredondados e a barriga, quando nasci, já era bem arredondada. Tudo nele exalava paternidade, e é maravilhoso dizer que ele foi o Papai Noel do meu pai e o meu Papai Noel, em toda a infância, menos no último Natal, em que toda a família se reuniu em Campos do Jordão; ele já tinha falecido. Justamente por perceber sua ausência e notar que o bom velhinho estava diferente, que algo se quebrou. Sem que ninguém me contasse, soube: tio Tatá era o Papai Noel.

Antes de passar todo aquele período com tia Beth, não conhecia muito sobre o passado da minha família. Sabia de pequenas histórias, coisas soltas, como o fato de meu avô só conseguir dormir de meias; ou que ele morria de ciúmes quando minha avó ia na feira, porque corria na vizinhança que o batateiro estava apaixonado por ela.

Olhando as histórias da família — da minha e de tantas outras —, percebo que as mais sofridas, as que mais repercutem no coração de todos, estão de alguma forma ligadas à expressão sexual feminina.

— Mulher séria não gosta de trepar! — dizia meu avô Arthur, em arroubos de tosquice.

Ainda ouço essa frase saindo da boca de tios, amigos, chefes e professores, complementada por "mulher gosta é de dinheiro"! Em seguida, alguém joga na roda: "Quem gosta de pinto é viado!". E seguem-se risadas, bebidas, charutos. "E pinto deve ser bom, porque não existe ex-viado!" — o comentário de alvo duplo ampliando o deboche, preenchendo a cartela falocêntrica. Sem esquecer de mencionar a pérola *hors-concours*: "Por acaso a Virgem Maria precisou gozar pra ter filhos?".

"A literatura está cheia de histórias de... putas" — é o que diria vovô, ao abrir *Madame Bovary* ou *Anna Karenina*. Nossa sociedade gosta de consumir histórias em que há um obstáculo ao desejo feminino. Em que há sempre culpa no orgasmo feminino, repressão à livre expressão de uma mulher. Exigimos das protagonistas, a redenção: ela tem que amar, ela tem que casar, ela tem que parir o filho, ela tem de cuidar do filho, ela tem de viver e morrer pela família.

Ela tem que parir o filho...

"Será que a Amanda me ama, amou e sempre amará?" Isso não saía da minha cabeça. Ela não tinha o direito de decidir sozinha a interrupção daquela gravidez. Tinha?

Dona Carla estava de pé, os olhos transtornados.

— A Amanda não quer ir, ela não vai! Eu não vou deixar!

— Quem você pensa que é, rapaz?

— A senhora me desculpe, mas eu sou o pai. A decisão é minha também.

Amanda não conseguia falar nada. Estava de pé se apoiando, tamanhas eram as cólicas.

— Ela não quer ir pra clínica, ela quer continuar a gravidez. Nós queremos o bebê!

Dona Carla olhou pra filha, que caminhava com esforço em direção à porta.

— Foi isso que ela te disse?

Eu me calei.

— Pois foi ela que descobriu essa clínica aqui em Campos, e foi ela quem tomou, por conta própria, o remédio que prepara o útero pras contrações. Eu estou aqui apenas pra segurar a mão da minha filha, rapaz.

Amanda saiu porta afora.

Dona Carla a seguiu.

Permaneci de pé na sala, vendo pela janela as duas entrarem no carro.

— Você vem? — berrou dona Carla.

Eu não respondi; ela praguejou alguma coisa e saiu com o carro portão afora. Deixaram tudo aberto, portão, porta da casa. Vi o carro seguir adiante, me sentei no sofá.

Fui despejado da minha própria história.

Não sei quanto tempo fiquei naquele estado. Vegetativo. Plantado. Raízes fortes no chão da sala de estar daquela casa de campo. Tudo ao meu redor estava escuro, a vista turva, a cabeça pesada.

Ouvi uma buzina, pã-pã-rã-rã. "Dona Carla voltou?"

Saí do transe, era o carro de Marcinha. Fui até o jardim, o portão estava aberto. Ela estacionou.

— Seu doido, por que não me esperou na portaria do prédio da tua tia, como a gente havia combinado?

Não respondi, olhei pra Marcinha como se ela fosse a melhor pessoa do mundo. Foi ela sair do carro para eu abraçá-la e desatar um choro convulsivo. Marcinha ficou parada.

— Assim você está me assustando. O que aconteceu?

Contei tudo. Minha presença lá foi irrelevante, nunca foi obstáculo ao desejo de Amanda abortar um filho meu...

— Filho dos dois — me corrigiu a Marcinha.

— Sim, mas sequer fui consultado. Ela não se importou em

perguntar. Ela não me quis por perto. Quando eu cheguei aqui... ela estava com tanta dor, mas com tanta dor... vi nos olhos dela que queria minha proteção.

— O processo começa com esses remédios... estimulam as contrações, dizem que dói muito. Depois tem que seguir pra fazer curetagem, se não houver expulsão do feto.

— Sabe o que mais me revolta? Temos condições de bancar um bebê. Eu poderia casar com ela, se ela quisesse.

— Eu não deveria te contar... mas acho que...

— Contar o quê?

— Não, deixa, melhor não.

— Melhor não o caralho. Estou aqui na merda, chorando, o que você quer me contar? Porra!

Segurei os braços dela e a chacoalhei. Em condições normais, jamais faria isso. Lembro do olhar aterrorizado de Marcinha. Tantas coisas passaram pela minha cabeça: "O que há sobre Amanda que eu não sei, porra, caralho, me fala, Marcinha!".

— Ela não te falou nada sobre... a-a-a... Alemanha?

— Alemanha?

Fiquei parado, o olhar fixo. Ao ouvir a palavra "Alemanha", fui transportado para o conteúdo do diário de tia Beth. Algo nele falava sobre clínicas de tratamento em Campos do Jordão. Seriam as mesmas?

"*São Paulo, 30 de março de 1943.*

Ontem encontrei Klaus, e ele me disse que não deveríamos mais nos encontrar sozinhos. Perguntei o porquê. Ele me disse que estava procurando outra professora de português. Levantei a voz, ele se assustou. Acho que as alemãs não são assim, tão desaforadas quanto nós brasileiras somos. Oras, bolas, eu não vou levar desfeita dele assim, sem dar os meus coices. Onde já se viu me substituir? Disse a ele que Antonia deve estar voltando a qualquer momento, e que ela não vai gostar nada de ter sido afastada dessas aulas, porque o clube estava nos pagando um dinheirinho bom, só nosso. Mentira, inventei alguma coisa. Antonia não está se importando com as aulas do Klaus, e só fez isso porque a direção do clube pediu. Ninguém fala alemão melhor do que Antonia, por causa dos avós e ter ficado alguns anos morando na Suíça, no cantão alemão, antes da guerra.

Ainda não beijei Klaus. Mas bem poderia tê-lo beijado naquela noite na minha casa. Até meu irmão mais novo, o Ivan, já trocou beijinhos com uma vizinha, pela cerca do quintal. Ontem eu estava indo ao quintal com um dos vasos de gerânios da mamãe, que havia acabado de replantar com a ajuda da Januária, quando vi: Ivan estava debruçado, na ponta dos pés, com o rosto enfiado entre as tábuas de madeira da cerca dos fundos, que dá pra propriedade dos Monteiro. Estiquei meu pescoço e vi Ivan fazendo biquinho... do outro lado, uma menina morena, cabelos com duas tranças. Só não sei se é a mais novinha dos Monteiro ou se é a do meio, elas são tão parecidas... sorte delas, porque assim mantiveram o anonimato. Mas Ivan, ah, Ivan, seu sapeca. Ivan, o terrível. Desde os cueiros ele não parava de se mexer, mexer as perninhas e aprontar as dele. Quando Ivan me viu, logo após a bitoquinha na vizinha sem nome... ulalá! Ficou verde e me pediu de joelhos que não contasse pra mamãe e muito menos pro papai. Bom... contei pra Januária, até porque, diário, se a gente não conta uma história engraçada dessas pra alguém, dá sapinhos no céu da boca. Januária me deu a ideia de negociar: não conto a história se ele parar de me provocar, jogar coisas nos meus cabelos, pegar meus crayons e devolvê-los quebrados. Oras, bolas! Ivan sempre foi um caçulinha empesteado, uma fofura, mas empesteado, que não consegue ficar mais de um dia sem provocar fuzarcas. Pior que ele tem coragem de me chamar de 'nenê', assim como os mais velhos, só pra desafiar a minha autoridade quando fico de babá. Ele sempre diz: 'a nenê é você, Betinha!'. Ah, mas que acinte desse menino. Tão parecido comigo, e ao mesmo tempo, tão topetudo. Topetudo como os galos que Januária cria na edícula, nos fundos do nosso terreno.

Tive uma ideia... vou propor a Ivan que não conto nada sobre ele beijar as filhas dos Monteiro por entre os muros desde que ele me acompanhe ao cinema aos sábados, mas não entre, fique fora comendo pipoca com os amigos pestes dele. Essa seria a melhor forma de poder ver Klaus sem tanta vigilância. Mas como confiar em Ivan? Como despistar Vitória? E se na plateia estiver algum dos amigos de Gaspar ou de Arthur? Preciso que Antonia volte logo de Campos do Jordão. Esse pai dela... Dr. Agenor é médico, devia se curar mais rápido que os outros só para dar o exemplo."

"*São Paulo, 31 de março de 1943.*

Recebi hoje uma cartinha de Antonia, que colo com carinho num envelopinho na próxima página. Prefiro recontar pra você, diário, o que Antonia escreveu. A coitadinha é muito prolixa, e dá círculos para contar uma só coisa. Até os diários perdem a paciência com Antonia. Já eu, procuro contar com direção e simplicidade tudo o que vivo. Creio nisso. Não me desminta, diário.

Antonia está com o pai em Campos do Jordão há quase dois meses. Foi a família toda, até os avós, esperar a melhora do Dr. Agenor. Mas há algo de estranho nisso tudo que não consegui me atentar, e somado ao que Antonia me escreveu, logo logo fará sentido. Então conto o que

Antonia me escreveu — mas resumindo as sete páginas, com as graças de São Jerônimo, o escriba. Ela é boa em tênis, ótima em alemão, mas sua escrita me causa bocejos.

Antonia acha que a viagem para a Campos do Jordão esconde mais que o simples tratamento de tuberculose. Há algo ligado à sua mãe, ao fato de ser alemã e estarmos em guerra contra o Eixo.

Na noite anterior à escrita da carta, minha amiga conta que escutou do avô materno que eles precisavam passar os terrenos e propriedades da família para o nome de outras pessoas. A família da mãe de Antonia tem muitas propriedades em São Paulo, Taubaté, Tremembé e em Campos do Jordão.

Ela contou que o avô estava muito nervoso e chegou a chorar com as mãos no rosto. Parece que ele recebeu uma notificação de que parte de seus bens no país estava sendo confiscada.

Os jornais estão dando notícia desses fatos, mas só faz piorar a situação dos alemães e italianos quando fala coisas como 'é importante que o Brasil seja dos brasileiros e não dos estrangeiros'. Oras, o Brasil inteiro é um país de estrangeiros, pois pelo que me conste, índios não passaram quaisquer escrituras pros portugueses que aportaram oferecendo espelhinhos. Desde Cabral, todo homem que pisou aqui é o quê? Estrangeiro.

Existe um clima de terror que os jornais nos passam. Acredito que a guerra esteja sendo a pior de todas, não duvido. Mas estamos tão longe... papai disse à mesa, outro dia, diante de uma indagação de Gaspar, o seguinte: quem irá invadir a América ou o Brasil, se não conseguem sequer fazer certo à Grã-Bretanha?

Mamãe então disse uma coisa que deixou papai sem jeito. Mamãe sabe das coisas, e finge ser tola só para papai não se sentir diminuído. Mamãe falou: querido, hoje existem os aviões! Toda essa guerra está sendo travada com aviões e bombas! Bem, papai sorriu disfarçando e acrescentou que mamãe tinha 'bem lembrado', mas que até hoje nenhum avião tinha conseguido sobrevoar o Atlântico, pois precisava de muito combustível pra isso. Bem, isso é fato. Acreditei que papai tinha razão...

Até que no sábado fomos chamados à Paróquia de São José para fazer um treinamento exigido pelo governo. Vieram bater de porta em porta. Como estou prestes a fazer dezoito anos, pude participar. Ivan ficou se roendo de raiva por ser o mais novo. Quem manda? Disse a ele que não me importaria de ser a caçula, já que insistem em me chamar de 'nenê'. Ele que se conformasse. Então o lembrei de ficar quieto e parar de me atazanar, pois... eu 'sei de segredos dele'. Ivan se calou na hora, e eu me senti com ele as mãos... poderosa, mas culpada ao mesmo tempo.

Na paróquia nos ensinaram como nos proteger no caso de bombardeios aéreos — bem o que a mamãe havia falado no jantar. Também nos falaram que deveríamos usar máscaras de gás, apesar de não terem nos dado nenhuma e nem falado onde vendem coisas dessas. Lembraram que temos que controlar nosso consumo, e que é importante que continuemos a ter granjas e hortas em nossas casas, porque é possível que falte o abastecimento por causa da escassez de combustível. Existe também a possibilidade de fazerem um blackout em São Paulo, como fizeram em setembro do ano passado no Rio de Janeiro, como forma de segurança. Se perceberem que estão se aproximando aviões desconhecidos, apagar as luzes da cidade seria a melhor forma de nos proteger.

Bombardeio em São Paulo? Custo a crer.

Acho que tem pessoas se aproveitando dessa guerra pra pegar os bens de muita gente. Imagina só o avô da Antonia chorando, um homem tão agradável e generoso. Nunca entendi direito o que ele falava pra mim, porque o sotaque dele é uma temeridade, mas sempre percebi seu olhar doce e terno.

As notícias não falam em outra coisa: controle sobre os estrangeiros, controle sobre os suspeitos em formar uma quinta coluna no país.

Na carta, Antonia me conta que pediram salvo-conduto para o avô, a avó e todos os filhos que nasceram em Berlim. o Salvo-conduto é um documento obrigatório para os estrangeiros que quiserem ir para o interior, imagine só, para gerir as propriedades e até mesmo reencontrar sua família.

Ao que Antonia percebeu, a família está tentando transferir tudo o que tem em Campos do Jordão e região. Disse-me que esses dias estão pousando na casa de seu avô, na Vila Inglesa, uma família de sobrenome Guedes. Eles são de São Paulo também, e moram perto de nós, na Chácara Itaim.

Antonia disse que eles pretendem comprar parte dos bens da família dela, ajudando a impedir que sejam confiscados. Disse-me também que o Senhor Otávio Guedes tem dois filhos que estão lá com eles, tornando os dias menos entediantes: uma menina, de nome Mariana, de seus treze aninhos e um rapazote de nossa idade, que leva o mesmo nome do pai. Antonia disse ter ficado interessada no filho dos Guedes. Nas palavras dela: 'ele tem os olhos mais doces que eu já vi em toda a minha vida. Doces e firmes'. Mas Antonia, querido diário, costuma se apaixonar todos os dias, assim como também chegou a se apaixonar por Klaus e dizer que morreria se ele não a notasse. Antonia é prolixa e histriônica. Por isso que eu a amo. Será que papai me deixa ir para Campos do Jordão por alguns dias? Talvez mamãe, Januária, eu e Ivan. Vou rezar pra que isso aconteça."

Sim, era no diário de tia Beth que havia a menção às clínicas de Campos do Jordão. Talvez tenham sido transformadas em clínicas ilegais com o passar dos anos. Será que Amanda estaria sofrendo uma curetagem no mesmo lugar em que Dr. Agenor, pai de Antonia, tratou a tuberculose?

Marcinha estava diante de mim, nervosa pela situação e com medo das minhas reações.

— A Amanda conseguiu aquela bolsa de intercâmbio na Alemanha...

— Ela havia me dito que desistiu...

— Ela não queria que você ficasse triste, e poderia nem rolar. Mas ela recebeu sinal verde da universidade e do projeto de pesquisa.

O telefone tocou. Nos entreolhamos. Marcinha atendeu.

— Sim, sou eu, Dona Carla. Quem? Ah, acho que ele já foi embora; não vi ninguém aqui. Não, Dona Carla, ele é uma ótima pessoa. Ele gritou? Devia estar nervoso. Entendo. Mas... como? Ela está bem?

O ritmo da voz de Marcinha mudou, seu rosto ficou pálido. "Amanda está bem? Teve hemorragia? Dizem que curetagem causa hemorragia; que existem mulheres que morrem de hemorragia. Deus, Meu Deus... ela não sabe o que faz, o que fez."

Havia decretado que não a amava mais; mas quando ficaria imune ao medo de perdê-la?

Marcinha desligou o telefone.

— Dona Carla deu o endereço.

— E aí?

23.

— Eu não vou.

— Deixa de ser bobo.

— Me deixa no centrinho de Capivari, já disse.

— Ela quer a gente lá.

— Não viaja, Marcinha. Ela não me quer lá, você é que falou.

— Vem comigo, por favor. Estou nervosa!

— Eu fico no carro... se for realmente grave, você me chama. De qualquer forma, não vão me deixar entrar na clínica... esses lugares são superprotegidos.

Eu estava bravo. Substitui o pânico de perder Amanda por raiva. Raiva em estado bruto. Vulcânica. Assim consegui lidar melhor com a situação: se Amanda fez tudo sem mim, teria de aceitar as consequências também sem mim. Afinal, ela tinha a mãe. Pronto. Havia me insensibilizado e jogado a culpa de tudo nela, e foda-se.

— A Dona Carla falou que a Amanda entrou em choque por causa da perda de sangue. Precisou de duas bolsas de sangue pra ela voltar.

Eu suspirei, foda-se. Foda-se?

Marcinha dirigiu até a clínica onde Amanda estava. Não saberia repetir o caminho, meus pensamentos haviam me deixado cego. Ela estacionou atrás de outro carro e me deixou com a chave. Fiquei esperando, braços cruzados e a expressão adulta de uma criança de três anos.

Lembrei da nossa primeira noite. Ela era virgem. Eu não era tecnicamente virgem, mas... era. Havia feito sexo atrapalhado, nunca havia feito amor. Apenas transado na despedida de solteiro de um primo, com uma prostituta que gemia demais.

Amanda foi minha primeira mulher. Moça, aliás; éramos duas crianças. Meus pais tinham viajado; ordens expressas para que eu não trouxesse ninguém para casa. Longe da minha mãe, porém, meu pai deu o valor equivalente a três mesadas:

— Use para alguma eventualidade...

Me fiz de desentendido. Temia trazer Amanda ou qualquer outra garota para casa e deixar rastros, fios de cabelo, perfumes na roupa de cama. Minha mãe tinha faro e me torturaria até confessar a verdade.

Hoje entendo que mamãe, durante alguns anos, desenvolveu um comportamento neurótico após descobrir a primeira traição de meu pai. Como filho, não tinha acesso aos bastidores da relação dos dois. Agora entendo que isso a tornou desconfiada, retesada.

Amanda parecia entender minha mãe direitinho quando contei que tínhamos de prestar atenção para não deixar vestígios da sua presença na casa dos meus pais.

— Ela me parece um pouco castradora.

Tinha na minha cabeça a imagem de minha mãe com uma tesoura de poda nas mãos, cortando a planta ao menor sinal dos brotos. Castradora era, sim, a palavra ideal para defini-la, ao menos naqueles anos de menopausa e tensão matrimonial com meu pai.

— Ela ama muito meu pai.

— Não duvido...

Passei a mão em sua nuca, naqueles cabelinhos que nunca crescem como os outros. Amanda se arrepiou, pedindo um beijo. Tinha a pele macia; quente a escorrer pelos meus dedos. Me fazia suar, nadando meu desejo em seu colo.

"Campos do Jordão, 12 de abril de 1943.

Diário, tantas coisas aconteceram. Preciso acalmar meu coração, deixar a mente clara e descobrir por onde começar.

Estou em Campos do Jordão, na casa dos pais de Antonia, na Vila Inglesa. Pelo menos, a casa é deles até o final do ano. Assinaram escritura para os Guedes, vendendo uma série de propriedades, para evitar que elas sejam confiscadas pelo governo. O avô de Antonia está muito nervoso, anda pra lá e pra cá com um copo de uísque na mão e um charuto na outra. Quase não o vemos, ele fica trancado na biblioteca da casa, e só consegui trocar duas palavras com ele, quando fui pegar algo para ler. Como ele estava lá dentro, pedi licença e fui direto na terceira prateleira à esquerda, onde a mãe da Antonia disse estar a 'Biblioteca das Moças'. Não queria ser censurada na casa dos outros por ler livros impróprios... mas algo curioso aconteceu. Estava saindo de lá com 'O Pecado de Lady Isabel', da Ellen Wood, quando o avô da Antonia pediu pra ver o que eu havia pego. Fiquei gelada, mas não teria sentido levar bronca por ler algo que era próprio para moças de família. Ele então disse: 'Isso é uma merda, menina. Se você gosta de ler histórias de amor, pelo menos tem que ler algo escrito por pessoas inteligentes'. Ele então me perguntou se eu sei ler em inglês. Eu disse que sim e ele me deu um exemplar de um livro. Disse ser de um amigo dele. Na folha de rosto há uma dedicatória, onde está escrito 'Farewell, my friend Toni. E. H.'. O título é 'For Whom the Bell Tolls', e o autor se chama Ernest Hemingway. Comecei a ler... acho que estou entendendo bem, o livro fala sobre amor e guerra. Sobre não existirem lados certos numa guerra. Lembrei de Klaus. Estou com saudades de Klaus, tivemos um momento intenso quando nos despedimos, ardi em febre quando ele tocou a minha mão. Mas não foi apenas isso...

Preciso contar também outro fato: conheci aqui em Campos do Jordão o rapaz que Antonia havia mencionado, o tal filho dos Guedes, com olhos doces e amorosos. O nome dele é Otávio e ele está hospedado com os pais e a irmã numa outra casa, ao estilo suíço, dentro da mesma propriedade da família da Antonia. São todos amigos antigos, ao que me parece.

No início não percebi, mas Otávio está doente. Sou a única dos jovens que já teve caxumba, então me ofereci para ler o livro do Hemingway para ele, que está acamado e, coitado, não há nada para fazer nesses dias e noites na montanha.

Comemos pinhão juntos pela primeira vez. Gosto muito esquisito. Também experimentei purê de amêndoas feito pela mãe de Otávio. Muito gostoso, quero aprender.

Durante uma passagem da história, em que eu e Otávio nos emocionamos, ele pegou na minha mão. Me senti amolecer e ser envolvida ao mesmo tempo. Mesmo doente, Otávio me faz sentir em casa.

Klaus não sai dos meus pensamentos. Otávio faz valer meus dias, ele é uma ótima companhia; mas não é só isso...

Diário, preciso contar o que me fez sentir tão diferente nos últimos tempos.

Eu...

...eu beijei."

24.

Adormeci no carro de Marcinha. Um novo sonho me assombrou. Eu estava em um show de calouros, diante de uma plateia em branco e preto. Sim, todo mundo se parecia com aqueles tietes dos vídeos antigos dos festivais de música dos anos 60. Mulheres de cabelos estufados com laquê, vestidos tubinho. Homens com cabelos grudados esticados para trás, e costeletas pubianas unindo indecorosamente as orelhas ao queixo. Focando em mim, câmeras enormes como caixotes de engraxate, lentes giradas e trocadas manualmente. "Foco nele!", gritou um diretor com megafone. A música começou e eu desatei a cantar, como se minha voz estivesse descontrolada:

O amor, me diz o que é o amor.
Se é o ar que circula entre nós,
ou a dança da luz, de volta pro sol.

Berros histéricos vinham da plateia. Meu peito estava empapado de suor, em uma camisa estampada com abacaxis, de nylon. O tecido me impedia de transpirar, sentia o coração taquicárdico. Era como um pânico, mas a voz continuava saindo, estava com desenvoltura nos pés, mocassins brilhantes, as mãos longas e claras, eram minhas? Toquei a moça à minha frente, ela era linda, uma mulher feita, estava segurando um microfone. Fiz uma gracinha pra câmera, estava em outro lugar, a música agora era outra:

Acordo pra sentir o seu perfume,
é laço que prendeu, não solta mais.
Dizia Deus me livre dessas coisas,
de amor que nocauteia, e me bota pra sonhar.

Estava em um programa de auditório, a plateia era colorida, eu era colorido, tudo era colorido. Sentia um tesão intenso pela apresentadora, e pensei nela enquanto estava cantando. Ela tinha uma aliança, mas olhava pra mim com intensa paixão. A câmera focou no meu sorriso, dei um giro e me vi de relance numa superfície espelhada do palco. Não era aquele rapaz refletido, não era ele. Esse rosto não era meu, não era eu, não era, não. Eu? Buzinas, meu coração estava disparando buzinas. Estava tremendo, chacoalhando.
— Acorda!
— Porra, Marcinha, assim você me assusta.
Marcinha estava chacoalhando o carro.

— Tão buzinando! Tem de manobrar!
— Eu.. eu... não tenho a chave.
— Deixei com você, belo adormecido!

Não sabia bem onde estava nem quem era. Peguei a chave, pulei para o banco do motorista e manobrei o carro da Marcinha. Dei ré e soltei o pé da embreagem, o carro deu um pulo.

— Pelo Amor de Deus, não bate! Eu ganhei o carro faz pouco tempo!

Consegui estacionar numa vaga em frente à clínica — uma casa comum, como qualquer outra daquele bairro mais afastado.

Marcinha pediu pra eu baixar o vidro.

— Lindo do meu coração, não precisava estacionar. Era só puxar o carro pra deixar espaço pro outro sair... pula pra lá, vamos embora daqui.

Íamos à casa da Amanda, e Marcinha começou a me contar o que havia presenciado na clínica.

— Olha, eles têm UTI e tudo mais lá dentro. Não são bobos nem nada, né? Porque se morre alguma garota, já viu. A Dona Carla estava mais tranquila quando eu entrei, disse que a Amanda estava melhor e tudo estabilizado. Eles tinham até agendado um helicóptero, caso ela não respondesse em meia hora.

— Pra transferir pra São Paulo?

— Sim, mas eles fazem de tudo pra não transferir, porque senão têm de dar explicações pra quem recebe a paciente, entende?

Parei pra me lembrar que estávamos falando de um crime, que poderia dar cadeia ao médico, Dona Carla, Amanda e talvez sobrasse pra mim. Achei absurdo pensar que teríamos de dar satisfações das nossas próprias dores pra polícia, apesar de não ter concordado com a decisão.

— Você conseguiu ver a Amanda?

— Eu vi, mas ela estava sedada, dormindo. Estava um pouco pálida, mas deve ser normal. Ela perdeu muito sangue.

— E o bebê?

— O que você acha, lindo do meu coração?

— Eu não acho mais nada.

— O feto foi arrancado do útero. O saco gestacional cria tipo... tipo raízes que penetram na parede do útero da mulher. Cheguei quando o médico estava explicando isso pra Dona Carla. Dependendo da mulher, essas raízes podem estar mais ou menos grudadas em vasos e artérias. No caso da Amanda, a curetagem foi mais complicada, ele estava bem enraizado. Pelo menos foi o que ele falou... ou o que eu entendi. Sei lá.

Já imaginava que o abortamento tivesse ocorrido, mas queria ouvir isso da boca de alguém. Algumas coisas a gente só concretiza quando tem outra pessoa pra te falar... eu, pelo menos, nessa idade, era um avestruz; o que me desgostava, esquecia propositalmente. Enfiava a cara num buraco e dormia de ponta-cabeça.

— E agora?

— Agora ela vai ficar aí quantos dias for necessário.

— E nós?

— Não tem nós, cara-pálida. Eu vou pra casa da Dona Carla pegar umas roupas pra ela, que vai dormir com a filha. Depois vou telefonar pro pai da Amanda e contar o que está acontecendo. Vou dormir por lá mesmo. Você, eu não sei.

— Marcinha, caralho, por que você está falando assim comigo?

— Assim como, lindo do meu coração?

— Assim, porra. Lindo da puta que te pariu. Tá sendo passivo-agressiva, porra.

— Eu tô puta. Puta.

— Comigo?

— Com o mundo. Que merda! Coitada da Amanda, tendo que tomar uma porra de uma decisão dessas, e ainda ter que aguentar a mãe... nossa, a Dona Carla é um show de horror. Não parava de falar um só minuto, tentava acordar a Amanda pra perguntar se ela tava bem, acredita? A menina precisando dormir e a mãe querendo ver se ela tava viva ou só sedada. Falei pra ela: "Dona Carla, pega esse espelhinho de maquiagem então, coloca debaixo do nariz da Amanda toda vez que a senhora ficar insegura".

— Ela fez isso?

— Ela fez, tirou o espelhinho do *blush* da bolsa, colocou debaixo do nariz da Amanda. Mas daí, sabe o que a doida fez? Ela pegou o pincelzinho do *blush* e deu duas espalhadas na cara da Amanda, dizendo que ela tava muito pálida, que horror, que ia assustar o pai dela quando ele chegasse. Pode isso?

Certas coisas não merecem resposta, e esse episódio só fui entender muitos anos depois. Dona Carla estava nervosa demais para agir normalmente; às vezes, quando ficamos nervosos, coisas prosaicas, como pentear o cabelo, passar fio dental ou um *blush*, são tentativas de fingir que está tudo bem, que estamos bem, normais. É um sintoma do comportamento avestruz, que naquela época eu conseguia identificar apenas em mim. Jamais acharia que Dona Carla sofria do mesmo mal. Imaginava que as pessoas acima de trinta anos já eram resolvidas, analisadas, balanceadas e adultas.

Pedi pra Marcinha me deixar na casa da tia Beth, no Alto da Vila Inglesa. Eu tinha um mapinha desenhado, chegamos razoavelmente rápido. Dei pra ela conseguir voltar. No portão, pensei: "Fudeu, a tarde está caindo, estou sem carro, nessa casa no alto da montanha e sequer contei pros meus pais onde eu me enfiei".

— Boa tarde! Sou o sobrinho da tia Beth.

Do outro lado do interfone, uma voz de homem respondeu, sotaque de interior:

— Claro, ela nos ligou avisando! Vou abrir a porta!

O caseiro se chamava Jorge. A esposa, Marta. Entrei na casa da tia Beth pensando no filho que não veria. Me sentia culpado por ter me omitido, por não ter tido mais iniciativa nos dias em que Amanda sumiu da faculdade. Poderia ter ido vê-la, esperar na portaria até que ela me recebesse. Mas não, fingi que estava tudo bem. Pra ela, não devia estar. Nem pra ela, nem pro meu filho.

Passei as mãos nos olhos pra disfarçar as lágrimas. Não queria que ninguém ficasse aflito ou com pena de mim, mas não consegui me esconder. As mulheres têm faro. Coloquei as coisas no quarto que me mostraram, não quis comer nada, e dali a meia hora, joguei meu corpo num sofá no mezanino. A vista dava para uma parede de vidro, que deixava ver a montanha e o vale. O sol estava se pondo. Marta veio me trazer uma xícara de chá quente. "Muito, muito obrigado." O chá quente soou como um carinho de mãe.

Adormeci pensando que sempre quis ter filhos. Jamais me imaginei passando por essa dor, a ausência da possibilidade... acordei na manhã seguinte debaixo de um cobertor felpudo, sentindo o cheiro de laranja recém-espremida. Além de me cobrir, Marta deixou o café da manhã numa mesinha próxima, me esperando acordar. Suco, croissant, geleia, café numa térmica pequena. Uma mãe postiça, quando mais estava precisando. A verdadeira não estaria tão tranquila, não estaria me acarinhando. Passei geleia de laranja no croissant e amanheci meu dia...

Puta que pariu, não liguei pros meus pais! Foi pensar nisso pra ouvir uma buzina e o interfone do portão. "Que merda, será meu pai, minha mãe, a polícia? Não, a polícia não, não viaja."

Senti a frequência do local se transformar, como se o ar estivesse levando um choque, ou uma banda estivesse chegando com bumbo, corneta e apito. A voz rouca ecoou no pé direito da casa da montanha. O perfume característico invadiu o ambiente.

— Jooorge, Martaaa! Que maravilha que estão as orquídeas do jardim da frente, e os gerânios, então? Vocês colocaram farinha de osso como eu tinha falado, não?

Puxa, me emocionei. Estava me emocionando com tudo, nunca mais fui o mesmo.

25.

Fiquei mexendo no café, sem ter adoçado. Mexia, mexia, mexia, a colherzinha fazendo um chiado enquanto raspava o vidro. Tia Beth olhava fixo para o movimento das minhas mãos, mantinha um silêncio respeitoso. Até que...

— Chega, assim você vai me deixar doida!

— Desculpe, tia, o que foi? — E continuei a mexer a colherzinha.

Tia Beth, com as mãos juntas, num movimento carinhoso, parou minha mão.

— Meu filho, eu sei o que você está sentindo, mas não desconta na coitada da xícara. Nem desconte nos ouvidos dessa sua velha tia, porque morro de aflição com esses barulhinhos fininhos, de uma coisa raspando na outra. Me contorço pela aflição e ódio da pessoa.

Ri. Adocei o café.

— Odeio mais que tudo o barulho de giz na lousa, sabe? Quando era meninota, estava na aula de Geometria, e a Irmã Lázara desenhava aqueles triângulos, falando das hipotenusas da vida. Então quando ela foi passar um giz na lousa, o giz fez briiiiiiiiiiiiiiii, e eu, que estava sentada na fileira da frente, dei um berro altíssimo. A Irmã Lázara se assustou e levou a mão no coração: "Ave Maria, Ave Maria". Ela parecia já estar encomendando a própria alma, parecia estar enfartando ali, no meio do Teorema de Pitágoras. Tive de sair correndo pra pegar um copo d'água pra ressuscitar a irmã... coitada, a Lázara era boa professora...

— Então você se sentava na frente, tia? Era CDF?

— Sempre fui estudiosa, mas sentava na frente porque seu bisavô não aceitava outro lugar. Ele pedia pra diretora reservar um lugar pra mim, bem no gargarejo. As irmãs obedeciam, porque papai era super--prestativo nas festas do convento. Prestativo, digo, com dinheiro. Eram doações que faziam o sagrado coração de Jesus pulsar de alegria, creia. Papai era muito católico... e muito exigente. Então, desde cedo, enquanto as outras meninas podiam escolher seus lugares, eu tinha de ficar numa carteira pré-determinada por papai. Mas isso não era a pior parte.

— O que era pior, tia?

— Tinha de mentir pras minhas colegas que eu tinha dificuldade de visão, mas que não precisava usar óculos. Mentira inventada pelo meu pai, porque a madre não queria disputa por lugar. Se os outros pais soubessem, haveria uma ciumeira danada. Então imagina, meu filho. Dos dez aos meus quatorze anos, eu tive de mentir ininterruptamente, senão levaria bronca do meu pai e da madre. Sentei na primeira fileira, mesmo quando a Magali, uma coleguinha com dez graus de miopia, ficou sem lugar próximo do quadro negro. Lembro até hoje da Magali falando: "Imagina, Betinha, eu tenho meus óculos, já você, não tem nada que ajude". Eu me sentia uma fraude.

— Puxa, tia, não sabia dessa história...

— Está no meu diário de 1937. Mas é como te disse, não sei se dá pra aproveitar muita coisa desses diários mais antigos. Eu comecei a escrever melhor depois que fui expulsa do colégio de freiras. Aí a língua destravou e a mão acompanhou. Acho que virei uma rebelde por causa dessa história, sabia? Olhando agora, o fato de papai ter me pedido pra mentir numa coisa séria durante tanto tempo, desatarraxou algum parafuso. Somos todos sobreviventes dos erros dos nossos pais.

A frase de tia Beth caiu solene sobre a mesa.

Me levantei e telefonei para meus pais, avisando que estava em Campos do Jordão. Saí da ligação desnorteado, querendo sumir.

Marta serviu mais uma xícara de café, e tia Beth não se fez de rogada.

— Sem café e nicotina, não seria ninguém.

Sorri novamente.

— Aliás, sem o café, a nicotina, a minha maquiagem e a Haydèe.

Olhei firme pra tia Beth, tentando entender quem seria essa tal de... como é mesmo? Será uma amiga, uma gatinha nova, uma, uma...

— Não sei quem é, tia...

Tia Beth riu.

— É o nome dela. — E apontou para os cabelos ruivos e lisos.

— Meu Deus! A sua peruca tem nome? — Juro, eu não apenas ri, como gargalhei. Nunca, na face da terra, imaginei que uma peruca tivesse nome. — Desculpe, tia, não estava rindo de você.

— Imagina. Parece coisa de maluco, mas não sou tão louca assim. Não fui eu que inventei esse nome. Elas vêm de fábrica assim: você pega o catálogo e lá está assim, por exemplo, a castanha cacheada se chama Giulia, a loira lisa que chama Ignez, a longa caramelo se chama... sei lá, você entendeu. A Haydèe tem esse nome na etiquetinha, mas não vou te mostrar por motivos óbvios.

Aquele foi um dos momentos em que percebi que tia Beth realmente me amava e realmente estava fazendo de tudo para me arrancar do baixo-astral. Tia Beth sempre foi muito vaidosa, muito composta, como dizia meu avô. Nunca a havia visto sem maquiagem: os amplos olhos azuis realçados com preto, o que os tornava mais penetrantes e um tanto inquisidores; os lábios invariavelmente vermelhos e lustrosos — e que deixavam na gente marcas insolúveis de beijo no rosto; a pele pálida coberta por uma camada de pó de arroz, ou qualquer outro artifício, que lhe dava o aspecto de porcelana; e nas bochechas, duas rodelas de *blush* rosado, como se tivesse se queimado no frio da Lapônia, como uma Mamãe Noel que se repaginou nas Galeries Lafayette. Curiosa essa associação, talvez porque, como já contei, tio Otávio foi e sempre será meu Papai Noel. Eram perfeitos como casal.

— Tia, depois do câncer, você nunca mais ficou sem usar peruca?

Ela deu uma longa tragada, fez cara de quem se arrependeu de entrar nessa história.

— Bem... eu ainda tenho cabelos. Já são nove anos desde a quimio... fiz tudo pra ter meus cabelos de volta. Corticoides, injeções, estímulos elétricos... ele voltou, deu o ar da graça, mas é fininho, como uma penugem. A dermatologista diz que se eu parar de fumar, ele encorpa. Mas eu ignoro. Meu cabelo vai estar de volta pro meu aniversário de cem anos.

"Ah, tia Beth, se depender de mim, você não morre nunca..." Ela acendeu outro cigarro. Em vez de censurá-la, filei um.

— Sem a Haydèe, sou como um pintinho recém-saído do ovo. Já viu um?

Se eu pedisse, tia Beth tiraria a peruca. Mas por que eu iria querer vê-la assim? Seria como pedir ao mágico que revelasse seus truques só para ter o gozo do mistério revelado. Ela era o que queria mostrar ao mundo, a somatória de suas aparências ao longo dos anos, de todos os rostos que a haviam encarado no espelho. Era feita de todas as cicatrizes, rugas, maquiagens e acessórios que escolhia. Jamais pediria a uma catedral que retirasse seus vitrais, só para ver como o sol bate em seu altar.

— Já vi sim, tia.

— Hoje eu mantenho ele curtinho, está todo branquinho. Continuo tratando. Não dá pra passar tinta ruiva, meu filho. É linda, mas é a cor mais ingrata que existe, desbota no momento em que você põe o pé fora do cabeleireiro. Fora que não posso com tanta química... então a Haydèe virou a minha melhor amiga, tem até um couro cabeludo falso, ninguém diz que é peruca e eu estou sempre impecável.

Tive de concordar. Ela estava sempre impecável.

— Tem uma coisa engraçada sobre isso. Morando em Higienópolis, invariavelmente algum rabino para pra falar comigo em iídiche. Acham que sou judia. Acham não, têm certeza.

— Você parece mesmo, tia. Nunca tinha pensado nisso, mas parece.

— É o nariz, a cor da pele, do cabelo... uma falsa judia brasileira que se apaixonou por um instrutor de tênis do exército alemão...

— Puxa, e não é que o Klaus era nazista?

— Não use essa palavra. Nunca!

Ela levantou a voz de um jeito que nunca tinha ouvido. Apagou a bituca no cinzeiro, amorosamente irritada.

— Uma coisa é ser do exército alemão, meu filho; outra coisa é ser nazista. Nunca confunda. Klaus foi o homem mais corajoso e bondoso que eu conheci.

Eu não estava entendendo. E o tio Tatá? Não havia conseguido formar uma imagem mental de Klaus na minha cabeça. Ele não havia abandonado tia Beth em Blumenau, grávida? Eu estava curioso, mas não estava com energia para a história, não naquele momento.

— Você já leu o meu diário de 1943?

— Inteiro não, tia. Passei da metade, e li a carta do Klaus.

— Ah, sim... essa carta... a carta que foi uma punhalada. E que também deu origem a tantas amarguras.

O telefone tocou.

Papai ficou de ligar de volta. Se de início eu relutei em falar que estava em Campos do Jordão, depois de um tempo resolvi me confidenciar com papai e dizer que estava na casa da tia Beth. Era possível ouvir minha mãe berrar ao fundo. Depois de um tempo, ela pegou a extensão que ficava no corredor:

— Não vou ficar esperando pra falar com você, menino!

Meu pai interveio.

— Eu pedi pra você não pegar na extensão! Desliga!

Eles ficaram discutindo um tempo imenso.

— A sua tia Beth sempre acobertando os erros de todo mundo, não é?

— Ela está ajudando nosso filho. Ele agora tem onde ficar. Para de tanta birra com a minha tia, já fazem muitos anos, supera!

Supera o quê? A troca de raiva acumulada logo fez surgir outro assunto, e mais outro, e logo eles haviam esquecido de mim.

— Pai, Mãe... — eles ignoraram. Até que berrei: — Caralho, porra!

Silêncio do outro lado da linha. Mamãe odiava quando eu falava palavrão, e ao mesmo tempo se assustava quando eu saía do sério.

— Não fale assim com a gente — disse o meu pai.

— Eu contei pra vocês da Amanda, da clínica, de tudo o que aconteceu comigo esses dias. Agora me deem um descanso. Estou com a cabeça a milhão.

— Volta pra casa! Volta! Essa tal de Carla não vale o chão que você pisa — disse mamãe. — Onde já se viu te destratar? Mulher louca.

— Ela estava nervosa, mãe.

— Não importa! A gente vê como as pessoas são em momentos de nervosismo.

— Então você e o papai estão se mostrando quem são de verdade? Dois doidos espumando um com o outro em vez de me dar apoio moral?

Eles fizeram silêncio. Mamãe alterou o registro vocal para um algo mais doce.

— Eu estou indo para aí.

— Não, você não vai a lugar nenhum. Deixa o menino resolver a própria vida, ele está enfrentando tudo sozinho e...

Os dois voltaram a discutir. Papai virou pra mim:

— Ligo pra você daqui uma meia hora. Vou acertar as coisas com a sua mãe.

Quando o telefone tocou novamente, tanto tia Beth quanto eu estávamos tensos com a possibilidade de mamãe vir para Campos do Jordão. Rezei mentalmente, pedindo para que ela não fizesse isso. Precisava acalmar meu coração sem ser eletrocutado por sua preocupação. Queria paz pra encarar os próximos dias.

Atendi.
— Filho, sua mãe saiu de casa!
— Saiu pra onde, pai?
— Eu não sei...

Desliguei e fui falar com tia Beth, que deu um longo e tenso suspiro.
— Ela está subindo a serra pra me dar um puxão de orelha. Certeza.
— Na sua e na minha, né?
Lembrei de algo que há muito tempo me incomodava. Mas eu tinha de ser delicado.
— Tia, às vezes eu tenho a impressão que existe alguma... alguma, digamos, alguma coisa meio mal resolvida entre você e a minha mãe e...
Tia Beth sequer me deixou terminar a frase:
— Já esperava que me perguntasse isso.
— É?
— Sim. Se sua mãe subir a serra, poderemos colocar tudo em pratos limpos e você, se ela deixar, vai poder ouvir nossa conversa.

26.

Eu e tia Beth continuávamos tensos com a possibilidade da minha mãe vir para bronquear, distribuindo culpas e sermões antes mesmo de tomar pé da situação. Mamãe tinha esses arroubos, uma tendência imensa em pré-julgar. Sempre foi uma boa pessoa, mas estava com os hormônios à flor da pele e prestes a assinar o divórcio do meu pai. Ela estava desconfiada que uma das advogadas do escritório do meu pai tirava mais dúvidas com ele do que com qualquer outro sócio. Se era verdade ou mentira, estávamos diante de um quadro de luz sem disjuntores.

Tia Beth teve uma ideia. O dia estava agradável, apesar de tudo. Seria bom darmos uma volta na propriedade, tanta coisa havia mudado desde a última vez que havia estado lá. Saímos e fomos dar uma volta no jardim: cuidado, florido, exalando cheiro de grama cortada e úmida. Era possível escutar os pássaros, o som do vento brando nas araucárias, um som de águas correntes bem ao fundo.

— Qual foi a última vez que você veio, meu filho? — disse tia Beth enquanto arrancava uma folhinha do eucalipto e a esfregava com os dedos, levando ao nariz.

— Ah, tia, eu devia ter uns treze. Cinco anos atrás?
— Isso, isso mesmo.
Tia Beth esticou a mão com a folha de eucalipto macerada para que

eu sentisse o cheiro amadeirado. Uma sensação de *déjà-vu*, mas não consegui clarificar a memória.

— Estou sempre fazendo alguma reforma, é a única forma de continuar mantendo o interesse na casa, sabe? As reformas ajudam a mudar a configuração das coisas... dão uma renovada nos ares, nas energias. Tirei o bar estilo country, que você gostava tanto.

— Ah, não, o do Velho Oeste?

— Tirei. Mudei várias coisas. Não dava mais pra olhar praquele bar, muitas lembranças. Aquele Natal de 86 foi praticamente toda a velha guarda em torno do bar do Velho Oeste, bebendo, rindo e depois falando verdades cruéis uns na cara dos outros. Deus do céu. Aquele Natal de 86 tornou a casa um cenário de guerra na minha cabeça.

— Puxa, tia, eu só lembro da tua mão machucada. Depois da discussão com a tia Vitória.

— Teve mais, meu querido. Muito mais...

— Mais o quê?

Enquanto conversávamos, chegamos à casa antiga, em estilo normando, que não havia sido totalmente demolida. Tia Beth tinha lembranças intensas naquela casa. Lembrei da última coisa que havia lido no diário dela, de 1943.

— Essa casa eu não tenho coragem de demolir totalmente. Mantive a sala e dois quartos pra hóspedes. Tem a biblioteca do avô da Antonia, com os livros dele, acredita? Eles deixaram a casa no ano seguinte à venda, para que ficasse com a família do teu tio Tatá. Já leu sobre isso?

— Sim, parei... parei quando você disse que havia... que havia beijado.

— Ah, sim. Puxa, nunca mais reli essas partes. É como se eu voltasse no tempo. Não acho que me faça bem, porque tantos já se foram. Meu pai, minha mãe, teu tio Tatá, o Klaus...

— O Klaus morreu?

Entramos na casa antiga e tia Beth deixou mais uma das minhas perguntas sem resposta. Isso me atiçava e irritava ao mesmo tempo. A verdade é que era possível perceber, pela respiração dela, que o coração palpitava diferente toda vez que acessava uma memória do passado.

Entramos na biblioteca e ela afastou com firmeza a pesada cortina de veludo verde. Toda a decoração estava parada no tempo, o que dava uma estranha sensação de estar dentro do diário da tia Beth. Era possível sentir o avô de Antonia fumando seu charuto e dizendo "tome este livro, menina".

Tia Beth pegou uma escadinha e se esticou pra pegar um livro.

— Essa é uma verdadeira raridade. É a primeira edição do livro *Por Quem os Sinos Dobram*, de Hemingway. Tem dedicatória e tudo. Foi este livro que li para teu tio Tatá enquanto ele estava acamado.

— Eu li. Caxumba, né?

— Sim, a caxumba foi violenta no corpo do teu tio Tatá. Olhe, abra o livro, veja o que tem dentro.

Dentro, uma rosa seca separava os capítulos.

— Naquela época, tínhamos mania de colocar flores como marcador de livro e deixá-las secar dentro do livro.

Tia Beth pegou a rosa e pareceu viajar no tempo.

— Essa rosa... tem algum significado especial?

Essa foi a terceira pergunta que tia Beth deixou no ar, tão logo foi acometida por uma sucessão de espirros.

— Preciso falar com a Marta e o Jorge. Tem que limpar essa biblioteca sempre que possível, senão fica assim, puro ácaro. Nos encontramos pro almoço na casa nova, tudo bem?

Tia Beth me deixou lá, no meio daquela sala imensa, com estantes cheias de livros dos rodapés às molduras do teto. É curioso revisitar a memória e perceber que eu não tinha noção da dimensão emocional daquilo tudo. Como aquilo devia estar mexendo com o coração da minha tia-avó. Eu tratava aquelas histórias como curiosidade arqueológica, exumando esqueletos e fantasmas do passado, revivendo uma Elisabeth que eu via como uma pessoa distinta da minha tia. No diário, havia uma inocência e vivacidade que eu não encontrava mais na velha Beth. Nesta, eu encontrava humor, sarcasmo, língua afiada e um amor preso na garganta.

Resolvi esperar o almoço na cama em que ainda não havia deitado.

"Campos do Jordão, 15 de abril de 1943.

Diário, tudo bem? Não acredito que consegui convencer papai de que eu poderia subir para encontrar minha amiga em Campos do Jordão. O problema foi ter vindo com Ivan e Vitória: meu irmão pestinha, e minha irmã 'freira-friera', como brinca o Ivan. Quando Vitória quer dar uma de mãe da gente, madre-superior, dar ordens, isso e aquilo, ele tira a meia do pé e corre atrás dela, pra fazê-la cheirar o chulé dele. Ivan berra: 'freira-friera', 'freira-friera' e sai gargalhando com a meia fedida nas mãos, uma arma letal, estou certa. Vitória fica indignada, grita coisas bem religiosas como 'Cristo excomunga', 'endemoniado', parece as freiras do colégio falando. Vitória diz que vai contar pra mamãe e pro papai, coisa e tal. Ivan é terrível mesmo... diário, sinto um gostinho de justiça quando ele faz isso. Vitória é boa de alma, mas está se tornando uma chata. Rezo para que ela não leia meu diário, senão vai ficar aborrecida com estas linhas.

Bem, diário, antes de vir para cá... eu procurei os professores de tênis pra avisar que faltaria nos treinos, e fui falar com Klaus sobre uma interrupção nas aulas de português. Continuo inventando álibis, porque as aulas de português já estavam paralisadas, bem sabemos, desde a noite da tempestade. Mas fui falar com Klaus imbuída dessa falsa responsabilidade de dar satisfações a ele como aluna. Foi o pretexto que tinha para conversarmos a sós, sem ninguém estranhar.

O clube é um imenso jardim, diário, você sabe. Numa das alamedas, ladeadas por palmeiras-imperiais, me senti como 'A Moreninha' caminhando com seu amor Fabrício, na ilha de Paquetá. Mas Klaus estava reticente, parecia nervoso, com algumas interjeições saindo em alemão. Quando parei para ver as roseiras, ele ficou nervoso, e então mostrei as rosas, e ele me disse: 'Sua pele é rosada como essa flor, você é linda, Elisabeth'. Meu coração disparou, como está disparado agora enquanto escrevo... lembrar sempre me faz isso, me transporta, sinto como se vivesse tudo de novo.

Klaus então completou dizendo que a roseira inteira, tão bonita e cheia de espinhos, era como eu. Há espinhos para impedir que possamos colher todas as rosas. Ele completou dizendo que estava cada dia mais calado ao meu lado, porque seu coração disparava e sentia que ia gaguejar. Disse também que preferia ficar quieto, a de repente fazer papel de 'boba'. Sim, como um bom alemão, ele errou o gênero e falou 'boba' ao invés de 'bobo'. Eu, como sou uma tonta, caí na gargalhada. Ele ficou bravo! Então pegou na minha mão e me puxou para debaixo de um caramanchão, e pegou minha mão com firmeza. Pôs em seu peito... as pontas dos meus dedos chegaram a adentrar o espaço dentre os botões e senti um pouco da pele de Klaus. Fui tomada por uma sensação de ardência, febril. Olhei para trás e pros lados para ver se havia alguém nos olhando. Foi então que Klaus enlaçou minha cintura e puxou minha nuca, encostando sua boca na minha. Uma boca macia, quente, a barba deixando a pele áspera.

Eu beijei, diário. Ou fui beijada, pouco importa. Queria ser beijada, porque se não quisesse, não teria planejado coisas e mais coisas pra ir ao clube falar com ele... espero que ninguém tenha visto ou fique sabendo.

Klaus disse, após o beijo: 'Eu não sou bobo, eu sou apaixonado'.

Eu também, diário, eu também.

Porque as coisas têm de ser assim comigo? Diferentes, perigosas? Às vezes sinto alguma culpa, mas em outros momentos, não. Vou esconder o que está acontecendo tanto quanto eu puder até saber quais as intenções do Klaus para comigo. Papai e a madre não pediam para eu mentir sobre a minha visão no colégio? Pois eu aprendi a mentir! Por que eu não poderia ocultar certas coisas para o meu próprio bem, meu próprio amor?

Vou parar agora, Vitória está entrando aqui e percebi que ela quer saber o que tanto escrevo. Guardei a rosa que Klaus me deu. Vou colocá-la dentro do livro do Hemingway."

"*Campos do Jordão, 17 de abril de 1943.*

Diário, Ivan leu o que eu escrevi em você, não leu? Por que estou tão desesperada? Ivan é mau, um garoto mau, está me fazendo sofrer, me ameaçando. Sacripantas! Disse que vai contar pra Vitória o que leu, que eu beijei um homem. Um homem! Oras bolas, Klaus é pouca coisa mais velho do que eu... Ivan hoje saiu correndo pelo jardim e dizendo 'tenista-beijista', 'tenista-beijista'. Ele adora essas troças! Só que a mãe de Otávio escutou, Vitória escutou, todo mundo escutou. A mãe da Antonia passou um pito em Ivan, e o mequetrefes disse que ela deveria perguntar pra mim o porquê da troça. Fui denunciada à inquisição pelo dedo de um irmão. Que faço eu? Pensei em te queimar, diário, mas vou ter que te esconder um pouco melhor. Não sei o que faço. Vitória está entrando no quarto para..."

A redação do diário estava interrompida. Antes que eu recomeçasse a ler, escutei buzinas no portão. "Danou-se, mamãe deve ter chegado..."

Fui até o terraço envidraçado. O carro já havia atravessado o portão. Tombei o corpo, quase me dependurando, eis que me deparo com o Fiesta de Marcinha. Que alívio! Não era mamãe.

Desci a escadaria com pressa, quase tropecei. Marcinha já estava fora do carro, sendo recepcionada por Jorge, o caseiro.

— Olha o Léo aí! — disse ele. — Vou deixar vocês conversando, se precisarem de mim, já sabem onde me encontrar.

Jorge se distanciou. Tentei entender algo no olhar de Marcinha, mas ela estava com óculos escuros.

— Aconteceu alguma coisa? — me adiantei.

— Acabei de sair da clínica.

— Como está a Amanda?

— Ela melhorou. Está perguntando de você. É bem possível que deem alta só depois de amanhã. Ela perdeu muito sangue, muito. Que loucura, vai até fazer uns exames em São Paulo pra ver o porquê disso, o médico falou que é melhor investigar...

— Mas por hora...

— Ela está bem. Dona Carla está lá com ela, e o pai parece que vai chegar hoje à tarde.

— Que ótimo. Minha mãe chegando hoje, o circo estará totalmente armado — pensei alto.

— Como?

— Nada, Marcinha. Quer entrar?

— Na verdade, não... não sei. Eu te juro que não sei se vou ou se fico. Bem letra de música.

— Aquela lambada do Cheiro de Amor?

— Credo, não! Tava mais pensando em The Clash, *Should I Stay Or Should I Go*. Como você é brega!

— Já estava com saudades dessa sua agressividade. Entra, vai, o almoço está pra ser servido e você aproveita pra conhecer minha tia. Aquela que estou escrevendo o livro.

— Ai, fala sério! A velhota da peruca ruiva, cheia de joias?

Lembrei que das amigas de Amanda, nunca tinha ido muito com as fuças de Marcinha. Ela estava sempre criando apelidos, ironias, sarcasmos e tentando ter um senso de humor judaico-nova-iorquino, no melhor estilo Woody Allen, com a diferença que na maior parte das vezes, ela não estava sendo engraçada, mas somente desagradável.

— Não seja escrota, Marcinha. Acho melhor você controlar sua língua.

— Ah, pode deixar, eu não vou magoar a tua tia-avó, os velhos me amam...

— Não, você não está entendendo. Ela é que vai te...

Tia Beth despontou na porta, cigarro em punho. Cacete, será que ela tinha ouvido a Marcinha? Jamais havia comentado diretamente com ela sobre minha tia, devia ser coisa da Amanda, que andou falando o que sabia sobre minha tia, no leito da clínica. O que eu menos queria era que tia Beth achasse que eu comentava dela pelas costas.

— Querido, o almoço já está sendo servido.

Tia Beth sorriu e olhou Marcinha dos pés à cabeça.

— Ah, que boa surpresa! Essa que é a Amanda? Puxa, pela descrição que você tinha feito dela, pensei que fosse mais bonitinha...

Sim, tia Beth tinha ouvido tudo.

Marcinha ficou parada, sentiu o golpe.

— Quer almoçar conosco, Amanda?

— Não, tia, essa é a Marcinha... — minha tia sabia que não era a Amanda. Marcinha sabia que minha tia sabia que ela não era a Amanda. O que mais eu poderia falar? Em poucos segundos, as duas estavam balançavam o chocalho de suas caudas escamosas. Tia Beth só entrava no ringue pra ganhar, e era isso que eu havia tentado dizer pra Marcinha: "Você não está entendendo, é ela que vai te magoar".

Tia Beth foi direto na jugular. Marcinha não era feia, muito pelo contrário, mas claro que suas inseguranças compraram o golpe.

— Não, obrigada. Eu vim apenas avisar o estado de saúde da namorada bonitinha do seu sobrinho. A senhora tem um número de telefone pra que eu possa ligar, caso precise?

— Claro meu bem, quer anotar? — E tia Beth passou o número de telefone da casa de Campos.

Me distraí pensando na maldade do mundo, e quando dei por mim, Marcinha já estava pra lá do portão. Lembro da satisfação de tia Beth, como se tivesse derrotado uma vilãzinha arrogante.

Marta despontou.

— Já está servido.

— Vamos, meu sobrinho. Tem purê de amêndoas.

Eu sorri.

Quando já estávamos comendo, tia Beth comentou:

— Desculpe-me se fui mal-educada com sua amiga.

— Ela não é minha amiga, tia. É amiga da Amanda.

— Fico aliviada, porque na minha idade, a gente consegue ver de longe quem é semente ruim.

— Semente ruim?

— Arrogante, pedante, pretensiosa.

Fiquei quieto. Marcinha era tudo isso, mas eu sabia um pouco de sua história pregressa, órfã de mãe aos três anos, pai omisso, criada pela avó paterna com muita frescura e pouco afeto. Também era uma sobrevivente.

— Essa menina deve ter uma dor muito grande, eu consigo ver no fundo dos olhos dela. Tem uma necessidade enorme de fazer piadas, se descolar emocionalmente da própria dor. Mas vai se dar muito mal sendo assim, só vai aumentar o vazio de afeto que ela sente.

— Ela é carente, tia.

— Todos nós somos carentes, meu querido. Todos nós... a diferença entre as sementes boas e as sementes ruins está nos frutos que vamos devolver ao mundo na hora em que formos cobrados. Não quero parecer beata, até porque poucas pessoas foram expulsas de um colégio de freiras como eu...

Tive de segurar minha risada. Com muito esforço, esbocei apenas um sorriso.

— Teu bisavô fez a gente decorar algumas passagens bíblicas. Eu odiava! Já Vitória, amava. Tem uma passagem em especial, que apesar de grande, eu sei de cor e salteado até hoje.

— Qual, tia?

— Eu acho que é Lucas, mas pode ser Mateus. Os evangelhos se repetem nessa passagem, que diz que nenhuma árvore boa dá fruto ruim, nenhuma árvore ruim dá fruto bom.

Fiquei emocionado. Estava me emocionando com tudo naquele dia.

— Toda árvore é reconhecida por seus frutos. Ninguém colhe figos de espinheiros, nem uvas de ervas daninhas. O homem bom tira coisas boas do bom tesouro que está em seu coração, e o homem mau tira coisas más, do mal que está em seu coração, porque a sua boca fala do que está cheio o coração.

— Bonito, tia.

Parei de comer. Os talheres fizeram barulho no canto do prato.

— Acho que é isso. Acho que lembrei inteiro. Você está bem?

— Tia, me diz, e se a árvore é boa, mas não quer dar os frutos bons que deveria dar? E se a sua semente for ruim?

A sensação de rejeição que havia sentido por saber que Amanda tinha decidido fazer um aborto de um filho meu estava escurecendo meu coração, se enraizando nele.

Tia Beth se levantou do outro lado da mesa e enquanto passava as mãos no meu pescoço, beijou o topo da minha cabeça. Chorei de soluçar, chorei de perder o ar. Sabia que aquele namoro nunca mais seria o mesmo, que tinha chegado ao fim, que eu não conseguiria mais olhar para Amanda com a leveza de antes. Tinha perdido a inocência, tinha agora uma primeira cicatriz de guerra, a primeira poda na minha árvore.

— Você vai dar bons frutos quando a hora chegar.

27.

Depois do almoço, meu pai ligou perguntando se minha mãe havia chegado em Campos do Jordão. Eu disse que não. Ele ficou ainda mais preocupado.

— Já ligou na casa da vovó? Ela deve estar lá, ou na da irmã.
— Não liguei. Não quero chamar atenção pro fato...
— Inventa uma desculpa, pai. Mas liga logo.

Desliguei o telefone com pena do meu pai.

— Fique tranquilo, eles vão se acertar. Sempre se acertaram, apesar de tudo.
— Tudo o quê?
— Nada.
— Nada não, tia. Tudo o quê?
— Não tenho o direito de falar, de comentar, sem antes eles me autorizarem ou contarem pra você. Não sou de fazer fofoca.
— Tia, tudo aquilo que for da sua vida, que tenha você como participante, não é fofoca. Contar uma história em que você foi personagem, não é fofoca.
— Não tenho direito de contá-la.
— Se a história te envolveu diretamente, você tem o direito de contá-la. Se for uma história de ouvir falar, que você não tenha visto, nem participado, daí eu entendo como fofoca. Do contrário, não. É tua biografia.
— Vocês todos aprendem a argumentar assim na faculdade de Direito?

Rimos os dois.

— Você tá doido pela fofoca, né? Digo, biografia.
— Fala logo, tia...

Tia Beth se levantou, foi pegar sua carteira de cigarros e pediu pra Marta trazer a térmica com café.

— Bom, agora estou municiada. Nicotina e cafeína.

Respirei fundo. Será que vinha alguma bomba?

— Você sabe, meu querido, que o Tavinho tinha uma namorada chamada Camila. Já comentei dela pra você, não? Ela era filha de uma amiga de infância minha, a Magali, com um sujeito que prefiro não recordar. Quando Tavinho estava entre nós, eu não ia muito com as fuças dela, mas era tudo ciúmes. Imagine, Tavinho era filho único e lindo daquele jeito. Eu queria que ele encontrasse uma moça à altura. Claro que eu implicava com todas, mas era por esporte, sabe? Tavinho achava graça, ria dos meus comentários. Ele falava: "Ah, Dona Beth, Dona Beth... quem te tiver por sogra, está lascada!". Depois que Tavinho sumiu, mantive contato com Camila. Seu pai também manteve contato com ela durante algum tempo. Ela ia várias vezes até a nossa casa, chegou a dormir algumas noites na cama do Tavinho. Teu tio Tatá achava isso um pouco doentio, mas nenhum de nós sabia ao certo como lidar com aquele vazio. Afinal, se Tavinho ainda estivesse vivo, não haveria nada de doentio no fato dela dormir na cama do namorado, sentindo seu cheiro, esperando notícias.

Tia Beth deu uma longa tragada no cigarro. A brasa estalou.

— Onde meu pai entra nessa história, tia?

— Seu pai já estava namorando sua mãe naquela época. Camila fazia Ciências Sociais junto da sua mãe, elas eram muito amigas.

— Ela era loira de cabelo bem comprido, meio *hippie*?

— Como você sabe?

— Eu já vi as fotos da minha mãe nessa época. Tinha sempre uma amiga com essa aparência, mas a mamãe não chamava ela de Camila, chamava ela de...

— Sereia?

— Isso! Sereia, isso mesmo.

— É ela, meu filho. Você sabe como sua mãe conheceu seu pai?

— Numa festa da faculdade.

— Sabe quem estava cantando naquela festa?

— Tavinho?

— Sim, sua mãe e a Sereia eram fãs do Tavinho. Sua mãe foi à festa porque queria conhecer o "Tavinho Guedes" de qualquer forma. Era aficionada pelas músicas, coisa e tal. Já a Camila não, ela era bicho-grilo, como falávamos na época. Ela gostava de umas coisas diferentes, e achava aquela coisa de Jovem Guarda que o Tavinho parecia fazer parte muito quadradinha. Acho que foi justamente por isso, por ela não dar muito valor e nem ficar papariçando o Tavinho, que ele se apaixonou por ela.

— Minha mãe era tiete do Tavinho? — Não consegui conter o constrangimento por imaginar onde aquela revelação poderia dar.

— Bem, vou parar de contar isso por aqui, porque como você disse, não são fatos que me envolvem. Só posso contar o que me envolve, senão é fofoca, então vamos lá.

— Não, péra lá, tia! Pode contar!

— Não, não vou. Sua mãe que conte. O que eu tenho pra contar é o que presenciei na minha casa, um dia quando eu e o tio Tatá estávamos voltando de uma reunião com um investigador particular.

— E o que vocês presenciaram?

— Camila estava no quarto de Tavinho. Estava tocando uma música, a música de Tavinho, "O que é o amor?". Camila e seu pai estavam abraçados, os dois com cara de que haviam chorado...

— E o que tem de mais, tia?

— Eles estavam nus.

28.

— Mas que história é essa, tia?

Eu fiquei sem saber o que dizer a respeito do envolvimento do meu pai com a namorada de Tavinho. A tal Sereia era, inclusive, amiga da minha mãe...

— Eles tinham transado?

— Talvez tenham ficado nus sobre a cama de Tavinho porque estava calor, não é mesmo? — Tia Beth deu um sorriso sarcástico. Me senti meio parvo.

— Poxa, tia, não me zoa. Não sei o que dizer. Por isso que a minha mãe... por isso que...

— Não precisa dourar as batatas comigo, meu querido. Tua mãe me detesta, mas ao mesmo tempo me admira. Eu sinto o mesmo por ela, é a velha história do "dois bicudos não se beijam". Sua mãe é uma mulher forte, que tenta fazer com que tudo gire em torno dela, seus amores, seu trabalho, seus amigos. Nada mais natural. A única grande diferença entre nós duas é que nunca adotei a posição de vítima. Mas não devo analisar sua mãe, vai parecer que estou falando mal dela pro próprio filho e não é essa minha intenção.

— Ela ficou sabendo do que aconteceu na casa de vocês?

— Não... pelo menos, não da minha boca nem do teu tio Tatá. O teu pai e a Camila não nos viram, estavam adormecidos, nus e abraçados. Uma cena bonita, não fosse todo o contexto... eu optei por não acordá-los nem criar nenhum constrangimento. Sabia que os dois estavam sofrendo, que eram dois grandes amores de Tavinho. Também eram meus amores, os dois... Camila estava passando por todo o processo de tristeza e luto junto conosco. Teu pai estava sendo o mais carinhoso possível, sempre presente e ajudando nas investigações... mas eu não sabia o que fazer quando vi os dois ali, juntos. Senti uma pitada de ciúmes por Tavinho, pensei "e se ele aparecer agora por aquela porta, e pegar o primo e melhor amigo junto de sua namorada?"... eu não sabia o que eu deveria fazer, fiquei um tanto atônita. Seu tio Tatá sugeriu que saíssemos de casa novamente, jantássemos numa cantina perto de casa, e foi o que fizemos. De lá, ligamos para nossa própria casa, e quem atendeu foi seu pai, dizendo que havia ido para lá nos procurar, coisa e tal, inventou uma história qualquer. Eu perguntei se ele havia cruzado com Camila, ele se fez de idiota. Insisti e disse que ela havia dormido lá. Ele disse que não sabia de nada, que quando chegou lá, já não havia ninguém... teu tio Tatá ficou falando pra mim durante horas, que eu não deveria me meter nisso, que eles eram duas crianças tentando superar um fato difícil e... bem, realmente, seu pai tinha dezoito, dezenove anos... como você...

— Meu pai jamais comentou uma coisa assim comigo. Nunca...
— Acho complicado comentar isso, envolve uma traição durante o namoro dele com sua mãe... ou não... não sei se eles estavam juntos naquele momento. Os dois atavam e desatavam o namoro o tempo todo.
— E sobre a minha mãe ser... ela era realmente fã do Tavinho?
— Sim...

Tia Beth acendeu outro cigarro, sua resposta foi cheia de silêncios. Aquele "sim" poderia ser desdobrado em longas revelações sobre minha mãe. Será que deveria insistir? Seria certo tia Beth me contar coisas que de alguma forma desabonassem meus pais? Eu não sabia o que fazer. Mas então, pensei, foda-se. Simples assim, foda-se. Eu estava em um momento crítico, me sentindo muito mal por minha primeira namorada ter feito um aborto sem sequer me consultar... me culpava por não ter tido presença de espírito para procurá-la em casa, ter sido mais ativo, declarando que estaria do lado dela. Não tinha tido apoio dos meus pais... pelo menos, era o que achava na época. Estava bravo por terem discutido no telefone em vez de me acolher, ainda que não concordassem com nada. Então... foda-se, queria saber tudo.

— Tia, conta. Sem homeopatia. Quero saber tudo sobre meus pais.
— Se você quer saber de tudo, tem de perguntar para eles. O que estou contando foi bem de acordo com o que você falou... não é fofoca, mas fatos que me envolveram estão na minha biografia.
— Ah, tia... agora vai usar o que eu disse?
— Você mudou de ideia então, quer a fofoca?
— Tia, só quero saber mais sobre a minha mãe. Houve algum fato que tenha te envolvido que você possa me contar?
— Sim, houve. Envolvendo o quarto de Tavinho também.
— Como assim?

Fiquei arrependido por ter insistido. Na hora lembrei daquelas novelas que passavam na televisão, em que todo o elenco se envolvia, numa espécie de análise combinatória.

Pensar em minha mãe envolvida em algo do gênero era tudo o que eu menos queria naquele momento. Mas não adiantava, esse pensamento só veio depois, bem depois de tia Beth começar a falar. De início, ela abordou vários assuntos, mencionou pessoas que nunca tinha ouvido falar, explicou a origem de palavras e xingamentos, e então, quando minha sanidade mental achava que não correria mais riscos, ela contou fatos de sua "biografia" — mas protagonizados por terceiros — que fariam diferença no adulto que me tornaria.

— Sua mãe foi convidada para o aniversário de vinte anos de Tavinho, na nossa casa no Morumbi. Fizemos uma festa ao redor da piscina e foram convidados vários amigos de faculdade, e também amigos do mundo da música e das gravadoras. Ah, e claro, tios e tias e toda a família nossa, que quase não se desgrudavam. Duas músicas de Tavinho haviam acabado de estourar, coisa de uns seis meses.

— Quais músicas? "O que é o amor?"

— Essa ganhou o festival de música de 68. Ainda não tinha sido composta. Eram "Rumo cego" e "Medo de amar"... lindas também. Naquela época, tocavam em todas as rádios, o que gerou uma tietagem muito louca. Muitas garotas faziam de tudo para se aproximar do teu primo e, por consequência, do seu pai.

— Minha mãe foi uma delas?

— Seus pais se conheceram numa festa da faculdade em que Tavinho foi pago para cantar. Ele recebeu um ótimo cachê, estava feliz da vida, era uma festa importante que reunia várias disciplinas do campus.

— Minha mãe forçou alguma situação com Tavinho?

— Sua mãe era da Comissão de Formatura, e também tesoureira do Centro Acadêmico de Ciências Sociais... muito querida por todos, muito inteligente, muito esperta, e também muito bonitinha. Dona de uma beleza brejeira, de uma agitação de menina sapeca atrás dos olhos imensos, sabe?

Achei bonita a descrição de tia Beth sobre minha mãe. Havia, de fato, uma admiração mútua, apesar das irritabilidades.

— Foi ideia da minha mãe contratar o Tavinho?

— Sim, sua mãe conseguiu angariar fundos e organizou aquela festa universitária propagandeando que iria conseguir colocar em cima do palco o Tavinho Guedes. Sua mãe adorava as músicas dele. Sabia todas de cor. Arrisco dizer que foi a fã número um de Tavinho. Talvez ainda seja...

— Nunca vi nenhuma foto ou ouvi tocando nenhuma música de Tavinho dentro de casa, tia.

— Ah, sim... entendo o porquê.

Tia Beth apagou o cigarro num cinzeiro de Murano, cores que se misturavam, do dourado ao verde. A pulseira de badulaques tilintando contra as bordas do cinzeiro, as cinzas amassadas, uma a uma, como vestígios a serem eliminados. Ela demorou escolhendo as palavras.

— No Natal de 86, aquele que todos vieram aqui... bem, entre as várias discussões que aconteceram depois de todos estarem bêbados... uma delas foi entre mim e sua mãe. Ela se sentiu na liberdade de me falar alguns absurdos, e eu então disse pra ela o que eu achava há anos, desde esse aniversário do Tavinho.

— Então conta, tia! De uma vez só!

— Bom, onde eu tava? Ah, as músicas do Tavinho haviam estourado. Na festa de aniversário, só notícias boas... se no início teu tio Tatá foi quem bancou a gravação das músicas e as primeiras promoções, naquele aniversário vinha um presente-surpresa. Teu tio Tatá estava se tornando o empresário do filho, o *manager*, como ele mesmo brincava. Tinha conseguido um contrato maravilhoso com uma grande gravadora e só ia revelar isso na hora do parabéns. Foi teu tio Tatá que organizou a festa na nossa casa mesmo, queria aproximar tudo o mais que pudesse de nós, para que as festas fossem em casa, as bagunças sob as nossas vistas, e ele acreditava que assim conseguiria evitar que Tavinho se desvirtuasse de alguma forma. Na época, usávamos o termo "transviado" para os filhos e jovens que se perdiam nas drogas ou no tal do amor livre.

— Entendo, o tio Tatá não queria que o Tavinho virasse um "transviado"... — sorri ironicamente.

— Você sabe o que significa esse termo, não?

— Eu sei, tia...

— "Desvirtuados", "levados pro mau caminho". Foi essa palavra que deu origem ao termo "viados", pra se referir de maneira horrorosa aos gays.

Dessa eu não sabia. Levantei as sobrancelhas.

— Pois é, na década de sessenta falávamos "efeminado" ou então... os homens usavam as palavras "maricona" e "pederasta", mais chulas. Era comum ouvir em rodas de conversa os termos pederastia, sodomia, quando se juntavam os fiscais do comportamento alheio. Era tudo muito bíblico, nos termos e na forma de se pensar. Um horror. Onde eu estava mesmo?

— Que o tio Tatá colocou o Tavinho debaixo das vistas de vocês...

— Ah, sim, nós começamos a posar de pais modernos, carismáticos. Nós éramos tudo isso, de fato, e realmente sempre estávamos cercados de amigos e boas pessoas. Tatá conhecia grandes escritores e filósofos por causa da editora e eu fui convidada pra posar pra capa da revista

O Cruzeiro umas quatro ou cinco vezes. Chegaram a fazer uma entrevista comigo, queriam impulsionar a carreira de Tavinho, como se precisasse, e pintá-lo como um príncipe paulistano. Mas ao ler a entrevista, vi que estavam me pintando de socialite, coisa que nunca fui e nunca quis ser. Barrei essa entrevista. Nunca fui fútil, nunca quis sair por aí fazendo inveja nos outros... mas, enfim, na época desse aniversário do Tavinho, ainda estávamos fazendo de tudo para trazer o mundo artístico pra dentro de casa, e assim proteger nosso único filho.

No final da última frase, a voz de tia Beth embargou. Ela levou as mãos aos cantos dos olhos, não querendo deixar cair mais lágrimas sobre o assunto. Quando conseguiu se recompor suficientemente, completou:

— Você veja só, meu sobrinho querido. Queríamos o melhor pro Tavinho, que todos os seus potenciais fossem desenvolvidos, que sua luz e poesia se espalhasse pra todos... nós, seres humanos, não controlamos nada, mesmo. Tínhamos medo que Tavinho saísse das nossas vistas, e acabamos sofrendo a pior das lições...

— Não fale assim, tia. Não se culpe de forma alguma por...

— Não é culpa, meu filho. Não, não. É uma reflexão que tem vindo na minha mente várias vezes. Sabe, Tavinho foi o único filho que pude ter. Tive várias complicações no parto dele... Tavinho expeliu as primeiras fezes ainda dentro do útero, a água da bolsa rompeu escura, um desespero. Tive febre puerperal, fiquei quarenta dias entre a vida e a morte, delirando. Na época, não havia antibióticos. Tavinho era um bebê muito grande, tive ruptura de períneo e ainda hemorragia uterina.

— Por isso você não teve mais filhos?

— Eu e teu tio Otávio só pudemos ter Tavinho. Ele também não podia ter filhos por complicações da caxumba. Assim, Tavinho era nossa única luz, nossa vida, nosso futuro. Quando ele se foi, por Deus, durante um tempo, continuamos sem acreditar que ele pudesse ter morrido, ficamos em negação, pulando de investigador em investigador, político em político, militar em militar. Eu fiz loucuras pra conseguir informações, que até abalaram meu casamento... quando teu tio Tatá começou a acreditar na morte do filho, acho que foi aí que ele começou a adoecer. O câncer do teu tio Tatá era feito de saudades. Mas eu não, isso não me foi concedido. Por mais que eu fume, por mais que eu não coma ou deixe de tomar meus remédios, meus exames estão sempre ótimos. Deus quer que eu prossiga, mas até agora não me explicou o porquê.

Pousei minha mão nas mãos de tia Beth. Estavam geladas.

29.

Marta, funcionária e esposa do caseiro, nos trouxe duas xícaras de chocolate quente, fumegantes e espessas. A noite estava caindo, e com ela, uma névoa gelada típica de Campos do Jordão fez com que os vidros da sala embaçassem.

— Está delicioso o chocolate quente, Marta.
— Fico feliz, Dona Beth. A senhora precisa de mais alguma coisa?
— Pode pedir pro Jorge acender a lareira pra nós?
— Peço, sim. O jantar vai ser servido por volta das oito e meia. O horário está bom pra senhora?
— Sim, Marta, está ótimo.

Marta saiu da sala e cruzei olhares com tia Beth. Não precisei perguntar, ela se adiantou:

— Eles são caseiros daqui desde... desde muito tempo. Sempre, aliás. Jorge é filho do caseiro original, o Seu Damasceno, que era funcionário do avô de Antonia. Acho que Jorge assumiu o posto aqui por volta de... de... vinte e poucos atrás, não sei ao certo, acho que mais. Deve ter sido por volta de 1970, por aí.

— Ser caseiro passa de pai pra filho? — perguntei, surpreso.
— Não, querido. Você ficaria surpreso com o salário dele. Sempre fomos muito justos e generosos... Você não se lembra dele? Ele foi seu papai Noel, depois que seu tio-avô Ivan ficou bêbado e vomitou no meu tapete de pele de tigre. Acho que ele foi seu último Papai Noel, no Natal de 86.

— Era ele, então? Puxa, até agora não tinha certeza de quem era... se o tio Gaspar ou o tio Ivan...

— Teu tio Ivan, imagine... foi um papelão. Bem a cara dele. Coitada da Catarina, que casou com um fanfarrão.

Eu ri. Lembrava do tio Ivan tropeçando em tudo, derrubando bebida nos peitos de tia Hortência e pedindo para limpar. Tia Hortência era a companheira de tia Vitória, uma mulher muito católica e que não gostava do toque masculino. Tio Ivan ficou tentando limpar os peitos dela, sua cunhada não-assumida, com a barra da camisa. Puxou de dentro das calças, como um menino do ginásio, e secava com tapinhas os enormes e gelatinosos peitos de tia Hortência.

Tia Beth gargalhou quando trouxe essa lembrança à baila.

— Puxa, essa eu não presenciei. Devia estar na cozinha. Daria tudo pra ver os peitos da Hortência sendo chacoalhados pelo Ivan.

— A tia Hortência, que fim levou?

— Bem, depois da morte da Vitória, ela ainda está lá, no apartamento, graças ao seu pai, com o plano de saúde e tudo. Acabou ficando com a parte da herança da Vitória, os bens que papai e mamãe deixaram pra cada um de nós cinco. Veja a ironia do destino... tia Hortência falava tanto que nós éramos elitistas, por sermos de uma família rica e que morava no Jardim Europa. Até fez a tia Vitória ficar com esse pensamento, essa espécie de revolta contra a própria fortuna. No final das contas, a ironia do Universo, sempre nos ensinando: hoje a Hortência é sustentada pelos aluguéis e rendas dos bens dos meus pais. Tem plano de saúde, trocou a cabeça do fêmur, fez implantes dentários, operou a catarata, as pálpebras pra tirar o excesso de pele, o que tecnicamente é uma cirurgia plástica, viajou pra Portugal pra conhecer o santuário de Fátima; tudo isso com as aplicações de Vitória... Quer mais?

— Nossa, tia, você fez uma lista das coisas que ela fez? — E ri, irônico.

— Meu bem...

Tremi a ouvir um "meu bem" iniciando a frase, acho que ela se irritou.

— Meu bem, isso é o mínimo que fiz, depois de ter aturado hipocrisia, críticas e mentiras da Vitória e da Hortência, sempre tão politizadas e religiosas. Elas julgavam vivos e mortos com as tábuas de Moisés debaixo das axilas peludas.

Não aguentei a imagem, gargalhei.

— Elas batiam essas tábuas na cabeça de quem estivesse feliz. Tábuas de uma verdade católica, de uma verdade marxista. Verdade pra elas, claro, e pra um tanto de gente proselitista. Condenavam quem estivesse feliz e despreocupado. Ai de você, se tivesse um pequeno luxo, um pequeno vício. Guarde uma coisa, meu querido: pequenos erros, pequenos vícios ou luxos são necessários pra gente prosseguir nessa vida. Eles embriagam um pouco, pra que consigamos prosseguir. Mais do que isso, sem eles não temos empatia com os erros alheios. Errar e se embriagar é uma etapa da vida.

— Uau... — deixei sair da boca, assim, espontâneo.

Tia Beth falou tudo tão rápido que ficou sem ar. Respirou pelo filtro do cigarro, uma vez mais.

O que será que havia de tão mal resolvido com tia Vitória? Tia Beth nunca foi uma pessoa capaz de guardar rancor de ninguém, até porque, sempre foi ótima em revidar na hora, com as coisas ainda quentes. Se alguém tinha de guardar rancor, sempre foram as vítimas de sua língua, pobres provocadores. Para eles, ela tinha uma peçonha rápida, capaz de paralisar movimentos e danificar egos.

Tia Beth tossiu. O cigarro havia caído errado, em algum outro lugar que não a traqueia. Continuava indignada, não com minha pergunta, mas com as minhocas que minha enxada tinha levantado. As minhocas Vitória e Hortência, coitadas. Gostava delas, bastante; só não gostava dos presentes, conjuntos de sabonete que se compra na farmácia, meias da promoção ou pijamas baratos.

— Vitória e Hortência, coitadas, queriam nocautear quem esfregasse liberdade na cara delas. Hoje consigo entendê-las, ter piedade.

— Não parece muito que você tem piedade, tia.

— Elas se defendiam por antecipação, pelo fato de serem um casal homossexual não-assumido, que convivia desde... desde o final da década de 40? Elas não queriam sofrer preconceito alheio, então a impressão que tenho é que saiam provocando os outros, como se abrissem qualquer conversa dizendo "não me julgue, porque você é cheio de defeitos graves". Por isso que eu anotei mentalmente tudo o que elas usufruíram com o dinheiro de papai e mamãe.

Marta interrompeu a conversa.

— O jantar está na mesa.

Seguimos pro jantar sem dizer uma palavra.

Durante o jantar, Jorge apareceu para falar com tia Beth.

— Dona Beth, quer que acenda a lareira do mezanino também?

— Sim, Jorge.

Jorge saiu. Tia Beth o chamou novamente.

— Jorge! Lembra que você foi Papai Noel naquele Natal? O Léo era pequeno.

— Nossa, menino. Eu bem que tava pensando aqui, mas achei melhor não falar nada. Puxa! Me dá um abraço!

Levantei da mesa um pouco constrangido e abracei Jorge, que cheirava à fumaça, grama e suor. Senti um abraço sincero e carinhoso. Tia Beth sorriu.

— As outras vezes que o Léo veio aqui, você não estava, Jorge. Tinha ido pra Minas, ou então... não me lembro.

Jorge olhou pra mim.

— Você cresceu e ficou um moço muito bem apessoado.

— Obrigado, Jorge.

Ele então parou, me olhando nos olhos. Estranhei.

— Os *teus jeito*... você tem o olhar muito parecido com o Tavinho, não tem mesmo, Dona Beth?

Tia Beth pareceu desconfortável.

— Marta, Marta! Traz um pouco de pão italiano pra eu raspar o prato?

Jorge foi embora para acender a lareira do mezanino, e eu terminei meu minestrone com uma sensação esquisita.

Dali a instantes, estávamos ouvindo o fogo crepitar no mezanino. Conversamos algumas amenidades.

— Depois de velha, passei a gostar de novela. É o fim...

— Por quê, tia?

— Ah, são narrativas tão desgastadas... não quero parecer intelectual, não é isso. Mas é sempre a mocinha que se apaixona pelo mocinho e bláblá. Parecem aqueles livros para moças, que o avô da Antonia tanto queria que eu não lesse. Ele falou uma vez que...

— Já sei, tia. Falou que você devia ler coisa melhor. Se fosse pra ler romance, que fosse bem escrito!

— Nossa, como você sabe disso?

— Está no seu diário de 1943!

— Está?

— Ué... está. Você nunca mais leu esse diário?

— Não. Eu nunca mais li. Ele ficou perdido um tempo. Perdido não, roubado. Mas...

— Roubado?

— Tenho saudades do avô da Antonia. Ele me indicou vários livros maravilhosos, e agradeço por cada um desses livros ter aberto a minha mente. Pena que agora, velha, dei pra gostar de novela. Acho que é preguiça mental.

Como assim, foi roubado o diário de 1943? Por quem? Mas tia Beth não queria abordar o assunto, desviou sobre o que passava na televisão naqueles dias.

— Acho linda aquela atriz... ela se chama... se chama... bem, quando eu lembrar, te falo.

— Quem sabe, tia. De repente, depois do livro, tua vida vira uma novela.

— Não nasci pra ser mocinha de folhetim... ninguém iria gostar.

— Eu estou gostando muito da sua história. Tô terminando o diário de 1943.

— Pelo jeito, ler meu diário não é tão chato...

— Melhor que muito livro por aí, viu? Não vejo a hora de terminar.

Tia Beth riu.

— Não entendo, tia. Porque você prefere que eu leia, ao invés de me contar como foi o desenrolar de sua relação com o Klaus...

— Ah, meu querido... não quero chorar tudo de novo. Pra você, pode parecer que foi há séculos, que é uma história superada. Mas não superamos o que nos acontece, aprendemos a lidar. Eu revivo tudo muito intensamente, cheiros, sons. A saudade que nasce é tão intensa, tão viva, que me faz mal. Passei muitos anos odiando Klaus injustamente. Todas essas memórias foram reprimidas, enclausuradas. Até que tua tia Vitória... até que ela resolveu contar que...

— Contar o quê, tia?

— Quando terminar o diário de 1943, falaremos sobre esse assunto. Não quero me apressar, e a melhor forma de você ter uma ideia mais clara dos meus sentimentos à época é lendo os escritos daquela menina iludida, feliz e leve que existia apenas nos anos 40, que existe apenas na minha memória e nas páginas dos meus diários. Creio que o diário de 1943 é o último diário da Elisabeth menina. Depois de 1944, fui mordida pela cobra do cinismo... tive que me reinventar, renascer, me abrir pra uma chance de futuro, e...

— E...? — fiquei esperando tia Beth completar sua frase. "Anda, tia, conta."

— Não estávamos falando da sua mãe?

— Sim... estávamos — respondi sem desejar mudar o rumo da conversa. Mas não teve jeito.

Voltamos pra 1964, quando do aniversário de Tavinho, naquela festa ao redor da piscina da mansão em que moravam.

— Sabe, meu querido... naquele aniversário, sua mãe estava lá na qualidade de namorada do seu pai. Foi apresentada aos teus avós justamente naquele dia. Enquanto os famosos, atores e empresários festejavam em volta da piscina, a família ficou dentro da sala de estar que dava pro pátio da piscina. Foi o aniversário avançar no tempo, que sua mãe fez uma coisa que eu mantive em segredo até... até aquele Natal.

— O quê, tia? Desembucha!

— Ainda era antes do parabéns, e eu estava com um pouco de dor de cabeça depois de ter tomado dois ou três mojitos. Subi pra área dos quartos e ouvi dois jovens conversando. Voz de homem e voz de mulher. No início não reconheci, depois vi que se tratava de Tavinho, e pensei, "puxa, já arrastou alguma dessas atrizes pro quarto", e então segui pra pegar minha aspirina. Na volta, porém, escutei Tavinho dizer "eu não posso fazer isso, você está louca", e então o barulho de um tapa. Vi Tavinho sair do quarto dele, bravo e apressado. Fui até o quarto pra ver quem era a garota e peguei sua mãe mexendo nas coisas de Tavinho, passando a mão em algumas fotos na parede, a mão nos olhos, chorando.

Meu coração disparou. Fiquei enjoado. Fisicamente enjoado.

— Minha mãe... minha mãe?

— Eu não sei o que estavam conversando. Não sei o que aconteceu exatamente naquele quarto. Mas essa história foi jogada na cara da sua mãe e do seu pai naquele Natal de 86. Creio que é por isso, desde essa data, que a relação da sua mãe comigo não...

— Peralá, tia. Não quero saber mais disso, não. Porra... preciso dormir, tá tarde, tia.

Tia Beth fez cara de culpada, e muitas vezes depois me pediu desculpas por ter me contado essa história. Eu fui para o meu quarto, refletindo sobre o porquê do enjôo físico.

30.

Antes de dormir, não resisti. Apesar de estar bravo com a velha tia Beth, não estava bravo com a Betinha do diário.

"Campos do Jordão, 18 de abril de 1943.

Eu sou uma boba. Apesar de esconder meu diário da melhor forma que posso, ele não é resistente a irmãos abelhudos. Ivan confessou que, por vezes, quando eu estou dormindo, entra no meu quarto para procurar meu diário... isso é um absurdo! Pior é que não tenho para quem me queixar. Na ausência dos meus pais, quem está no comando aqui é minha irmã mais velha, e Vitória também está lendo meus escritos. Pelo menos, é o que ando achando, pois ela torceu o nariz ontem quando estávamos jantando. Ela foi irônica dizendo que 'não sabia que queria conversar comigo, não sou sua irmã carola?'. Bem, o termo carola eu usei em você, querido diário, mas não sei em qual dia, ou em qual reclamação que escrevi das tantas que tenho de Vitória. Se ela leu tudo, estou em maus lençóis. Mas eu disse a ela: 'Vivinha, você é carola mesmo, vive bajulando as irmãs do Colégio que proíbem tudo, proíbem a vida fora dos muros do convento'. Mas em seguida ela falou que eu tinha inveja dela, porque havia sido expulsa do colégio de freiras e ela não... bem, eu soltei um grunhido horroroso de ódio, que fez os pais de Antonia arregalarem os olhos. Eu não sei se eles arregalaram os olhos por causa do meu grunhido ou se foi porque Vitória falou que eu havia sido expulsa do Colégio. Na hora, quis comer aquele bolo que fez a Alice diminuir de tamanho quando estava entrando no País das Maravilhas, sabe? Queria diminuir até caber num buraquinho de rato no rodapé da parede e lá ficar até esquecerem de mim... só não me senti pior porque o avô da Antonia deu um sorriso pra mim. Mas não sei se ele sabia o que estava fazendo... porque ele chupava a sopa da colher e sorria ao mesmo tempo; ele fazia tanto barulho que não deve ter conseguido ouvir Vitória falando que eu fui expulsa do colégio. Bem... não sei o que fazer pra lidar com isso. Estou me sentindo a pior das moçoilas de São Paulo, uma deseducada por ter falado alto à mesa. E olha que não foi por falta de aulas de etiqueta com a Madame Marie Violè, que cansou de me ensinar qual talher vai com o quê, qual taça serve pra o quê, mas nunca me ensinou como lidar com o que trago no peito. Na verdade, nunca ninguém me ensinou o que fazer quando sinto que meu peito vai explodir, seja de raiva ou seja de amor. Nunca ninguém me explicou coisa nenhuma sobre nada que se passe aqui dentro, debaixo da minha própria pele.

Meu temperamento é forte, mas será que devo mudar isso? Minha mãe fala tanto da Tia Mirtes, que eu pareço com ela, que ela acabou sozinha, mas quer saber, acho ela um ótimo exemplo. Já falei dela pra você, diário. Inteligente, determinada e trabalhadora. Não se casou e acho que nunca quis, nunca ninguém me contou a história dela direito. Por que será que mamãe fala que ficar sozinha é alguma espécie de punição? Para ser feliz a gente tem de estar o tempo todo acompanhada de alguém? As irmãs do Colégio sempre falam que estamos acompanhados de Deus o tempo todo, e pra mim, isso basta. Deus e Klaus, pra mim basta. Mas também com as conversas com Otávio, que está se tornando um ótimo amigo...

Quer saber, se você estiver lendo meu diário, Vitória, seja lá quando isso estiver acontecendo, saiba que eu não me importo, e que apesar de você implicar comigo, eu te amo muito, minha irmã. Mesmo você sendo chata, carola, e nunca ter me ajudado a fazer aqueles bordados chatos de lição de casa. Mesmo você sendo uma pessoa que, do meu lado, faz de tudo para eu querer ficar sozinha, como se não quisesse que eu gostasse de você...

Ah, e Vitória, se você estiver lendo alguma coisa sobre Klaus, não conte para o papai nem para a mamãe. Venha antes falar comigo. Porque eu morreria antes de magoá-los. Mesmo não concordando com tudo o que eles dizem, não quero que pensem que falharam na minha criação. Eles não falharam. Eu é que nasci assim, destemperada, como a Tia Mirtes."

"Campos do Jordão, 21 de abril de 1943.

Otávio está cada dia melhor. Já terminamos o livro do Hemingway... adorei. Como ele é educado, como ele é atencioso. Os olhos grandes e redondos, cheios de cílios. Parecem olhos de um boneco que tinha quando era pequenina: um boneco de louça que usava um macacãozinho e tinha nas mãos um presente. Será que assim como o boneco, Otávio vai me dar, algum dia, um presente?

Mas não consegui parar de pensar em Klaus por causa de todas as referências sobre a guerra. Ainda estou para perguntar como foi que ele fugiu do exército alemão, não deve ter sido uma aventura fácil. Numa das vezes em que tentei abordar o assunto, ele começou a chorar e tentou disfarçar as lágrimas com as costas das mãos. Deve ser difícil enfrentar recordações dolorosas... nessas horas me sinto um tanto criança... não tenho lembranças tão dolorosas assim. Será que a vida tem de doer pra ser vivida?"

"Campos do Jordão, 23 de abril de 1943.

Hoje foi a primeira vez que Otávio saiu do quarto desde que pegou caxumba. Ontem o médico disse que ele está curado. Foi uma festa.

Ivan, Vitória, todos os adultos entraram no quarto dele. Cantamos, comemos bolo, e no final, levamos uma bronca do médico, que ainda não tinha ido embora. o doutor disse para não exagerarmos. Oras bolas! Fácil falar, difícil é sentir.

Vamos ao Morro do Elefante. Já estou com saudades de todos. Do avô de Antonia, do cheiro de mato, do ar fresco, do gosto do purê de amêndoas, do pinhão e do sorriso de Otávio. Será que nunca mais vou poder ficar a sós com ele, rirmos juntos, lermos um livro lado a lado? Poucas pessoas... na verdade, acho que nenhuma pessoa fez eu me sentir tão bem e tão em paz como Otávio. A mãe dele mencionou alguma coisa sobre uma namoradinha do bairro em São Paulo. Fiquei irritada, mas disfarcei. Agora fico pensando, se ele soubesse de Klaus, o que pensaria de mim? Mas acho que Otávio não se importa comigo dessa forma, e eu estou sendo uma boba, confundindo tudo."

"São Paulo, 27 de abril de 1943.

Subimos o Morro do Elefante. Eu, Ivan, Vitória, Otávio e a irmã dele. Mas tanto ela quanto Vitória acabaram ficando lá embaixo com os adultos e não quiseram se arriscar na subida. Disseram que estavam de saia e que não queriam se machucar. Oras bolas! Elas sabiam da nossa epopeia, porque não vestiram calças? O pai de Otávio subiu conosco, ele é um homem muito divertido.

Durante a subida, tropecei em uma pedra, e Otávio me segurou pela cintura e me abraçou. Não sei direito o que senti, mas depois que ele me colocou de pé novamente, tive vontade de me jogar ou fingir que estava caindo, apenas pra ele me pegar de novo, e de novo, e de novo."

"São Paulo, 2 de maio de 1943.

Hoje é domingo, e logo cedo fomos à missa. Papai nos forçou a confessar ao padre nossos pecados. Me sinto uma mentirosa, pois sempre digo ao Padre Pedro a mesma coisa: 'Pequei contra a palavra, tive pensamentos ruins, briguei com meus irmãos e reclamei da vida'. Sempre falo assim, de forma genérica, mas verdadeira. Costumo confessar aqui, diário. Imagino sempre que há um anjo da guarda lendo o que conto e me ajudando a arrumar meus pensamentos sempre tão rápidos, confusos, agitados e emocionados.

Se tivesse de me confessar com o Padre e falar a verdade, a verdade mesmo, eu teria de dizer que ontem, no fim da tarde, reencontrei Klaus e senti meu corpo fraquejar de uma forma que nunca, jamais havia sentido. Fomos todos ao clube lanchar, meus pais estavam junto. Minha mãe soltou algum comentário sobre o Klaus, disse que ele era um moço muito bonito. Papai não gostou do comentário. Mamãe achou que ele não estava escutando e pediu desculpas. Papai disse algo como 'o rapaz é muito sofrido, tem uma história muito triste, é muito corajoso'. Fiquei sem saber o quanto papai sabia sobre Klaus, se sabia que ele havia fugido, que era um desertor alemão. O que será que papai sabia mais do que eu?

Aproveitei que, após o lance da tarde, os pais foram todos conversar na sala de fumantes, próxima à biblioteca. Pedi licença e fui passear nos jardins. Ivan e Gaspar foram jogar soccer, saíram correndo logo que puderam. Vitória não foi, pediu para ficar na Igreja ajudando o Padre e as freiras a preparar uma quermesse que vai acontecer semana que vem. Arthur não deu as caras, lógico, está prestes a casar com a Luiza e não sai da casa dela nos finais de semana. Luiza é uma santa para aguentar o gênio do meu irmão, que tem ciúmes de tudo e de todos.

Nos jardins do clube, eu fui direto perto do caramanchão, onde havia beijado Klaus. Será que ele estaria lá? Não estava. Me sentei e fiquei olhando pras mesmas rosas de semanas atrás.

Klaus me interrompeu quando eu admirava sobre as rosas. Me falou algo sobre não ter conseguido me ver no meio de tantas flores. Acho que foi isso, porque não entendi direito... não ousei pedir para ele repetir. Isso estragaria o momento e, na verdade, eu não consegui falar nada. Respirei, respirei, para disfarçar que havia perdido o fôlego ao vê-lo.

Klaus olhou para os lados, eu também. Nos portamos como dois bandidos. Então ele me puxou para detrás de uma árvore e me segurou em seus braços. Os dedos grossos, a mão enorme segurando meu corpo. Ele me beijou novamente. Gosto de strudel de maçã e canela, o mil-folhas que havia comido no lanche. Esse gosto nunca mais vai sair da minha cabeça. Klaus me apertava contra o corpo, senti seu coração disparado como o meu. Dois loucos, arriscando honra, emprego, risco de deportação, de deserdação, de ficar falada. Os braços de Klaus pareciam um cinturão forte a me deixar sem saída...

Como eu poderia contar ao padre, hoje pela manhã: 'Santo Padre, peço a Deus que me perdoe. Deixei-me ser beijada por um homem mais velho, que me tomou em seus braços e que encostou meu corpo contra uma árvore larga. Me senti única com a árvore e com esse homem. Não existia mais um "eu", Santo Padre. Existia apenas uma sensação de intensa plenitude, que estou certa que todos os seres vivos deveriam sentir em algum momento de suas vidas. Santo Padre, mande-me rezar dez mil, vinte mil Ave-Marias. Mas não peça pra eu me arrepender desse momento. Peça a Deus, a Jesus e a todos os Santos que me deem a honra de ser esposa de Klaus, pois já me sinto sendo dele. Já me vejo com filhos, acordando ao lado dele por toda a vida. Fico planejando formas e mais formas de realizar isso, sem ser expulsa de casa, sem escandalizar ninguém, sem arriscar que Klaus seja acusado de me corromper. Santo

Padre, já tenho quase dezoito anos, e apesar de ter idade para casar, ainda não tenho idade para viver minha própria vida. Não vou esperar até os vinte e um anos para ser feliz. Estou ficando louca. Mas se precisar fugir com Klaus, fujo. Santo Padre, não me importo se for excomungada nem de viver em pecado. Pecado não existe quando há amor'.
Diário, eu amo Klaus. Minha vida é dele, para sempre."

Terminei a leitura com o coração apertado. Como é bom desconhecermos nosso futuro. Fiquei feliz que tia Beth tenha sentido tudo o que sentira, mais do que isso, que ela tenha tido coragem de se permitir sentir, porque nunca mais conseguiria voltar os ponteiros do relógio.

31.

"São Paulo, 6 de maio de 1943.

Diário, tantas coisas aconteceram e tão pouco tempo pra poder sentar e escrever... mamãe estava me aprontando uma, sem me contar. Há um ano e meio estou com preceptoria em casa, desde que fui expulsa do colégio de freiras por ter ido ao cinema durante a aula de bordado. Ao que tudo indica, mamãe fez papai conversar com a madre e conseguir que eu retorne para concluir meus estudos por lá, revertendo a penalidade, para que eu possa me diplomar. Não sei como papai conseguiu isso, se foi com dinheiro ou com alguma ameaça à madre... confesso que estou com vontade de me formar com as minhas amigas, que me acompanharam desde o primário... mas não tenho vontade de voltar a sentar naquelas carteiras, olhar para as madres apontando para a lousa e não poder questionar nada. Ouvi a vida inteira que eu era 'muito perguntadora', me mandavam ficar quieta quando eu discordava de algo, e sempre falavam que tantas perguntas assim eram coisa de pessoa sem fé. Pois bem. Creio que terei de voltar para o colégio de freiras, mas deixar minha língua em casa, não é mesmo?
Papai e mamãe conversaram comigo e percebi que não tenho escolha. Papai, que defendeu tanto a preceptoria em casa durante esse último ano, dizendo que eu era 'especial' e muito rápida de raciocínio, e portanto não deveria ser tratada como as outras moças, resolveu mudar de opinião. Mamãe deve ter rezado sua ladainha, porque durante a conversa disse que eu não conseguiria me casar com ninguém se 'ficasse marcada' por conta da expulsão.

'Marcada como uma vaca?' Mamãe ficou brava por eu ter falado a palavra 'vaca'. Tentei melhorar a comparação: 'Marcada como a moça da Letra Escarlate?' Mamãe ficou sem entender. Mas papai logo lembrou do livro que havia me dado para ler, o livro do Hawthorne, 'The Scarlet Letter'. Na história, uma moça chamada Hester Hynes tem de andar com um 'A' vermelho, escarlate, marcado em suas roupas. Esse livro me impressionou; papai me deu porque queria que eu percebesse como o mundo pode ser cruel com as mulheres que são diferentes do que espera a sociedade. Papai me explicou que o livro tem muito do 'puritanismo' americano, que no Brasil as coisas não seriam do mesmo jeito, mas eu não via diferença nenhuma pro catolicismo, nem pra forma como o padre da nossa paróquia se dirigia às mulheres. Sempre ouvíamos que as mulheres tinham de ser a pura virtude, como foi Nossa Senhora; que as mulheres tinham de ser pacientes com os defeitos de seus maridos e filhos; que é somente em virtude das mulheres que um lar pode ficar de pé. Oras, até posso concordar com algumas coisas, porque estou certa de que se dependesse dos homens, nossas casas teriam cheiro de charutos e marcas de pés sujos de barro até nas paredes. Gaspar e Ivan que o digam, são dois porcalhões! Mas de que adianta a Igreja dizer que somos especiais, mas nos impedir de tantas coisas? Já ouvi, diário, da minha própria avó materna, que não conseguiria me casar ou ter um namorado por causa da cor dos meus cabelos. Que as ruivas botam medo nos homens, são geniosas. Cheguei a ganhar dela um tablete de tintura, e como ela viu que eu não dei a menor importância, num final de semana vovó veio aqui e dissolveu o conteúdo numa panela. Disse que era um tratamento de beleza pra deixar os cachos mais bonitos, deixei que ela passasse. Fiquei andando pela casa com uma toalha na cabeça, de cá pra lá, de lá pra cá. Quando tirei, vovó disse que eu havia ficado perfeita. Papai apareceu na sala e me olhou com susto e olhou pra vovó com reprovação. Bem, quando fui me olhar no espelho, meu cabelo estava escuro, numa cor marrom-sola-de-sapato. Parecia que eu estava olhando pra Vitória no espelho. Dei um berro e comecei a chorar. Não queria ficar com a cara da Vitória. Saí correndo pela casa dizendo que vovó tinha me enganado. Januária me pegou pelas mãos, pediu que eu me acalmasse, que ela sabia como resolver. Fez um chá de camomila bem forte e também cortou um pedaço de sabão de côco. Fomos ao banheiro perto do meu quarto e devo ter lavado o cabelo quase dez vezes. Melhorou bem, mas só voltei à minha cor de cabelo mais de um mês depois.

Diário, não entendo como as pessoas podem fazer isso com a gente. Eu sempre gostei de mim até aquele dia. Na verdade, nunca tinha pensado sobre minha aparência estar certa ou errada; eu simplesmente era... eu mesma. Feliz em me ver do outro lado do espelho. 'Oi, Elisabeth, bom dia! Boa noite, Elisabeth, durma com os anjos.' Não tive culpa de ter nascido com os cabelos de outra cor, por ter puxado a família de papai. Por ter puxado a tia Mirtes, sempre tão malfalada e sempre tão sorridente e carinhosa com todas as pessoas que falam mal dela.

Papai ficou muito bravo com a vovó, e isso até gerou uma briga entre ele e mamãe. Isso só fez eu me sentir pior. Num dia, eu era feliz por ser eu mesma. No outro, minha aparência era motivo de desgosto e briga entre meus pais.

Papai me deu 'The Scarlet Letter' para ler logo depois disso. Creio que a minha 'Letra Escarlate' são os meus cabelos. Vermelhos, escarlates. Talvez eu seja sempre julgada simplesmente por ser quem eu sou. Talvez eu não precise viver o que a Hester Hyne viveu no livro, mas com certeza concordo com ela quando ela lamenta a sorte e diz 'onde day, there will be a new world — a better world for women'."

"São Paulo, 10 de maio de 1943.

Diário, estou de volta ao Colégio de Freiras. Deus me ajude. Vou para a aula logo depois do café da manhã. Não vou conseguir ver Klaus de novo."

"São Paulo, 11 de maio de 1943.

A aula de ontem foi maçante, claro. Já tenho dois bordados pra fazer. Três livros para ler. Nenhum interesse por nada disso, apenas pelas poesias do Castro Alves, porque no dia 13 de maio farão 55 anos da Abolição da Escravidão, e as madres querem que a gente escolha um poema pra recitar. Não consigo imaginar como as pessoas podiam escravizar as outras. Januária, por exemplo, ela é branca ou de cor? Só sei que o coração dela é a coisa mais bonita que eu já tive por perto.

Numa das conversas que tive com Klaus, ele me contou que foram montados campos de trabalho forçado pra alguns povos lá na Alemanha. Me pergunto, quando seremos todos livres?"

"São Paulo, 13 de maio de 1943.

Pediram que eu encabeçasse as orações do dia, e no meio, eu me esqueci da Salve-Rainha. A Irmã Inocência ficou brava. Não há nada de inocente nela. Não ligo pra decorar orações, prefiro decorar poesia. Hoje teve a recitativa de poemas do Castro Alves e declamei um trecho de 'Canção do Africano'. É assim: 'Lá na úmida senzala, sentado na estreita sala, entoa o escravo o seu canto. E ao cantar, correm-lhe em pranto, saudades do seu torrão... de um lado, uma negra escrava, os olhos *no filho crava, que tem no colo a embalar...' e à meia voz lá responde, 'Ao canto, e o filhinho esconde, talvez para não o escutar! Minha terra é lá bem longe, das bandas de onde o sol vem; Esta terra é mais bonita, mas a outra eu quero bem!'*

Esse poema me emociona. Penso na mãe escrava, nas condições em que está cuidando de seu filhinho. Nenhuma mãe merece passar por isso, ver seu filho sofrer no escuro e com medo.

O poema continua: 'O escravo calou a fala, Porque na úmida sala, O fogo estava a apagar; E a escrava acabou seu canto, P'ra não acordar com o pranto, O seu filhinho a sonhar! O escravo então foi deitar-se, Pois tinha de levantar-se, Bem antes do sol nascer, E se tardasse, coitado, Teria de ser surrado, Pois bastava escravo ser.'

Nunca, em nenhum tempo, conseguirei entender o tanto de sofrimento que as mães escravas deviam sentir, ao colocarem no mundo crianças sorridentes, que logo iriam perder o brilho dos olhos."

"*São Paulo, 19 de maio de 1943.*

Estou auxiliando Vitória na organização da quermesse junto da Igreja. Tanto falei, que estou terminando o mês cercada de freiras e padres. Será que quando eu tiver dezoito anos, vou poder experimentar vinho quente?"

"*São Paulo, 30 de maio de 1943.*

Voltei da quermesse faz menos de uma hora. Já passou da meia-noite e não estou conseguindo dormir. Não sei como contar o que me aconteceu. Na verdade, não sei direito o que me aconteceu. Preciso falar com Januária, mas ela está dormindo. Amanhã..."

"*São Paulo, 7 de junho de 1943.*

Ontem fomos à missa. Papai nos impõe a confissão, então coloquei-me de joelhos uma vez mais. O Padre Galo é o mais velho dos padres, colocam ele pra ouvir nossos relatos, o que sempre é desestimulante. Não há qualquer traço de interesse dele por nossas narrativas. Menti, desta vez, descaradamente. Caso contasse a verdade para o Padre Galo, certamente eu seria excomungada.

Por Deus, o que foi que eu fiz. Ou permiti que fosse feito?

Fiquei tão desesperada esses últimos dias. Vergonha do que aconteceu, vergonha da minha ignorância. Não fosse Januária, sequer saberia explicar, sequer saberia escrever. Januária me contou tantas coisas sobre a vida... coisas que deveriam ter-me sido ditas antes. Nunca, nunca ninguém me contou como um homem e uma mulher poderiam se relacionar fisicamente. Sinto-me estúpida, porque mesmo com tantos filmes que assisti, tantos livros que li, nunca soube como as crianças são feitas. Nunca me interessei sobre isso, nunca sequer questionei. Logo eu, que tantas perguntas fazia, tantas provocações criava.

Meu anjo da guarda, caso esteja lendo estas minhas linhas, peço perdão. Perdão pela minha ignorância. Me proteja de todos os julgamentos, vós que conheceis minha alma, meu coração. Me proteja das acusações, me proteja das letras escarlates.

Meu anjo, no dia 29 de maio de 1943, durante a quermesse, eu, Elisabeth, pequei contra a carne."

32.

Acordei de manhã com uma buzina, que se misturou ao sonho que estava tendo: uma piscina enorme, do tamanho de uma lagoa, com algumas vitórias-régias na superfície, mas feitas de discos de vinil verdes. Suas raízes eram pequenas correntes de metal branco, que se moviam sozinhas debaixo d'água, tentando agarrar o que nadasse abaixo delas. Tentava me manter na superfície, sabia que tinha de ir até o outro lado para me salvar. Do outro lado estava minha família, que gritava meu nome: "Tavinho, Tavinho, Tavinho". Esse era meu nome. Havia, porém, alguém de pé numa das bordas daquela piscina. A pessoa que me jogou na água. Os faróis do carro iluminando o vapor das águas quentes. Escutava uma buzina, uma buzina, uma buzina. Tentava fugir, mas os faróis do carro estavam em mim, como holofotes. Ao me distrair, as correntes-raízes das vitórias-de-vinil me agarravam, me imobilizavam e eu submergia.

Buzina, buzina. Acordei. Por que raios ninguém abre o portão da casa?

Ouvi batidas na porta do quarto. Me sentei na cama e percebi que havia dormindo em cima do diário de tia Beth, o que me rendeu uma bela dor nas costas.

— Pode entrar!

Jorge entreabriu a porta e deu a notícia:

— Tem um carro buzinando lá fora, mas estamos sem luz. Eu ia abrir o portão, mas a Dona Beth pediu pra você ver daí da janela do seu quarto e tentar reconhecer de quem é o carro.

Meio sonado, fui até a janela. Meu Deus!

— É o carro do meu pai. Pode abrir, Jorge...

Fiquei sem saber se me escondia debaixo da cama, voava por cima das araucárias ou se mergulhava no riacho que cortava o terreno. Pensei que seria melhor o riacho: ele desembocava em uma cachoeira bem bonita, já nos limites de Santo Antônio do Pinhal.

Entrei no chuveiro, me vesti com tranquilidade, passei demoradamente o desodorante. A bolinha deslizando pra lá e pra cá, numa velocidade ideal para delongar o momento.

Desci o mezanino como um cadafalso, até a copa da cozinha.

— Achei que o belo-adormecido não desceria nunca.

Meu pai. Sozinho. Ainda bem. Me recebeu com uma brincadeira.

— Oi, pai...

Tentei não cruzar o olhar. Ficamos em silêncio, e eu agradeci por ele não querer falar muito sobre o acontecido. Estava lá por mim, isso é o que importa.

— Já tomou café, pai?

— Um café preto com a tia Beth.

— Onde ela está?

— Na casa antiga. Acho que ela queria nos deixar sozinhos.

— E a mamãe?

— Na casa da sua avó.

— Achei que ela viria pra cá.

— Nós brigamos feio. Ela disse que eu estou de segredinhos com você, com a tia Beth... está magoada por você não confiar nela.

— Eu confio na mamãe, pai.

— Confia mesmo?

Meu pai perguntou de um jeito que preenchi de devaneios. Confio mesmo?

— Ué, ela é minha mãe.

— Sua mãe é uma mulher incrível, filho. Ela está num período complicado.

— Menopausa, né?

— Se falar essa palavra na cara dela, ela te atira um prato.

Rimos e ficamos ali, conversando qualquer coisa. Futebol, o carro que precisava balancear as rodas dianteiras, o corte de cabelo dele que tinha ficado uma merda. Papai continuava indo no mesmo barbeiro que o vô Arthur o levava quando criança. A memória afetiva era mais forte que sua vaidade.

Tia Beth chegou quase uma hora depois. Já estávamos no jardim da casa, no meio de lembranças e uma natureza calma e vibrante.

— Acordei hoje às três da manhã com um bem-te-vi cantando na minha orelha...

— Jogou o isqueiro no coitado, tia? — brincou papai.

— Olha, Bernardo, bem que eu deveria. Só não joguei porque detesto ficar sem isqueiro e acender cigarro com fósforo porque...

Eu e papai completamos a frase, em voz alta: "Porque deixa o cigarro com gosto ruim".

— Tô ficando uma velha repetitiva, né?

— Para com isso, tia. É que você tem uns bordões — disse meu pai.

— Os dois sabichões conversaram?

— Tomamos café juntos, né, Léo?

— Não conversaram? — ela insistiu.

— Sobre o quê, tia? — perguntei.

— Como sobre o quê? Sobre a morte do Geisel, que tal?

— Hein?

— Vocês, homens, são muito ineficientes. Entregou pra ele a carta, Bernardo?

— Que carta? — perguntei.

Meu pai tirou do bolso uma carta fechada. Um pequeno envelope.

— É da mamãe?

— Não, filho, é da Amanda. Alguém deixou aqui na caixa postal logo cedo. Tia Beth achou melhor que eu a entregasse pra você.

Peguei a carta na mão. Gelei.

— Vocês não abriram, abriram?

Saí emburrado em direção a um jardim mais espesso, que se confundia com a mata da montanha. Me embrenhei no meio das árvores, onde o sol já não conseguia bater tão forte. Não queria chorar na frente de ninguém.

A carta era objetiva, sem muitos floreios, sem muito carinho. O que eu poderia esperar?

"Léo, bom dia. Estou melhor, e tenho previsão de alta daqui a dois dias. Tive uma hemorragia forte, está tudo sob controle, mas pelo jeito foi causada por alguma deficiência de ferro, plaquetas, ninguém sabe ao certo. Só vamos ter certeza depois de voltarmos para São Paulo e fizermos os exames por lá. Todos falam que tenho que descansar um pouco mais. Não paro de chorar.

A Marcinha me contou que você está chateado e se sentindo um pouco culpado. Não se sinta assim. A decisão foi minha e não tem nada a ver com gostar ou não de você, mas de estar pronta ou não para ser mãe. Eu ainda não sei nem quem sou. Ainda não fiz as pazes com o que acho de errado com minha mãe ou meu pai. Não quero ser como minha mãe, repetir o que ela foi pra mim, sem ter tempo de consertar esses comportamentos automáticos que vão de pais pros filhos como bombas, que ninguém nunca desativa.

Posso estar sendo covarde. Mas a carga de uma gravidez é sempre exaustiva pra uma mulher... muda o corpo, muda a cabeça, muda o sono.

Eu não te contei da Alemanha, do intercâmbio. A Marcinha disse que você já sabe. Não quis esconder porque não gosto de você. Não é isso. Era pra não te aborrecer. Parecia tudo tão distante, tão impossível. Eu sofrendo pra aprender alemão e tantas dificuldades, achei que nunca seria aprovada. Era apenas um teste. Mesmo.

Agora não sei se vou, não sei se quero ir. É só ano que vem, tenho tempo pra pensar.

Não quero que você venha aqui, senão vou chorar mais. Lembra que eu vi seu álbum de fotos de quando era pequenininho? Dói pensar na decisão que tomei.

Te ver chegando do nada quando eu estava no jardim da casa dos meus pais, aqui em Campos, acabou com a minha estabilidade. Eu estava decidida, estava confortável com o que tinha feito. Mas te ver, naquele instante, vindo sei lá de onde, trazido por sei lá que raio de sol, foi a pior e a melhor coisa que eu senti na vida. Quando meus olhos cruzaram os teus, tive vontade de pôr pra fora o remédio que havia tomado. Quis vomitar, mas era tarde, e as cólicas já estavam fortes.

Acho que nenhuma mulher sai dessa situação igual. Não sei o que será da gente. Vamos ter tempo de nos falar melhor. Preferi escrever do que te ligar... não ia ter privacidade, porque minha mãe não sai do meu pé. Mais fácil escrever, colar o envelope e pedir pra alguém deixar na casa da tua tia. Tenho apoio emocional, não posso reclamar, mas minha mãe é mais imatura do que eu. Meu pai já chegou, fica resmungando, já reclamou que a clínica vai sair uma fortuna, e disse que quer te procurar pra rachar os custos. Fique tranquilo, que já falei que se ele fizer isso, eu me mato."

Eu me mato? Ela estava escrevendo de forma tão equilibrada, e soltava essa frase no meio?

"Claro que não vou me matar. Mas cresci ouvindo minha mãe ameaçá-lo assim. Então fiz o mesmo. Se ele achar que eu sou borderline como ela, talvez não venha me censurar, cobrar, questionar. Enfim, muita coisa mal resolvida na minha vida, meu amor. Não caberia um bebê. Ele não seria meu filho. Ele seria meu refém."

"Meu amor", me apeguei a isso.

A carta terminava sem nenhum "eu te amo" ou "vamos continuar juntos se você quiser". Eu me senti tão aliviado pelo distanciamento emocional daquela carta, quanto me senti desesperado por não me sentir mais conectado à Amanda. Um sentimento de merda, não desejo pra ninguém.

Achei que lágrimas gordas fossem cair no papel, mas elas se secaram nos meus olhos. A carta de Amanda teve um poder secativo, desidratante.

Sentei num toco de árvore tombada e fiquei olhando pra uns cogumelos amarelos, grandes e redondos. Quando era pequeno, imaginava que dentro deles moravam gnomos. Caso fosse verdade, será que algum gnomo ou espírito da floresta poderia vir trocar uma ideia comigo? Poderia me aquietar a dor no peito, o desalento? Porque amadurecer estava me parecendo a pior coisa do mundo, e só o que eu queria era o refúgio daqueles dias de desenho animado, bolachas de recheio, Toddy na caneca. Pensar que a vida seria cheia de dores despertava justamente aquilo que Amanda havia falado: vontade de morrer, de parar o jogo no meio.

Fiquei mais tempo no meio da mata... as folhas secas e marrons que forram o chão. O barulho dos gravetos que se quebram quando andamos. O ruído incessante da somatória de vida do local, esquilos, pássaros, macacos, o curso da água e do vento. Segui o córrego que cortava o terreno da tia Beth. Vontade de ir até a cachoeira. As pedras e as águas naquele eterno embate, fazendo espuma com o ar. Três elementos se misturando, só faltava o fogo.

Na noite anterior, eu havia lido no diário da tia Beth um poema de Castro Alves. Lembrei que o único livro que Castro Alves havia escrito em vida se chamava *Espumas Flutuantes*, e que tive de lê-lo para o Vestibular.

Castro Alves tinha semelhanças com Tavinho. Cursaram a Faculdade de Direito do Largo de São Francisco. Morreram jovens, vinte e poucos anos. Eram poetas, dotados de imensa sensibilidade.

No que eu me diferenciava deles? Talvez no fato de ter apenas dezoito anos. Seriam apenas mais quatro ou cinco e será que eu estaria autorizado a morrer?

Morrer.

Nunca havia pensado nisso.

33.

O que é a morte? Tivemos na família algumas situações que nos levaram a acreditar na existência de todo um mundo além do material. Uma das primeiras experiências aconteceu com meu pai, lá pelos anos setenta, após a morte de Tavinho e durante o período em que tanto ele, quanto toda a família, vivenciava o "luto que não era luto" por seu desaparecimento nunca explicado.

Numa das primeiras visitas que havia feito à tia Beth, ouvi de Dirce que tanto ela, quanto a mãe e a tia eram benzedeiras.

Dirce me disse algo como "aprendi a cozinhar com Zenaide, e também a ser benzedeira. Pergunte isso algum dia ao seu pai". Eram tantas camadas de investigação arqueológica na história da família, que o detalhe me passou completamente despercebido.

O sonho que tive naquele dia, sentado no sofá do apartamento de tia Beth, havia me colocado dentro de uma caixa, mãos e pés amarrados. Lembro-me bem da voz não saindo da garganta e a água gelada nos pés. Eu queria abrir a boca, mas não conseguia gritar. Acabei acordando no sofá com meu próprio ronco, o pescoço doía de tanto "pescar", e lembro de Patê e Oliver, os dois cãezinhos brancos de tia Beth, estarem me encarando quando abri meus olhos...

Águas geladas, caixas, a voz que não saía. A tentativa de cantar, o medo em não encontrar a família, a vontade desesperada de alcançar o outro lado do rio, mas as amarras que eram correntes me enlaçando. Os faróis de carros iluminando a névoa. A lagoa, a piscina, o rio. Caixas e amarras. Tavinho. Tavinho.

Em janeiro de 1971, meu pai teve os mesmos tipos de sonhos, com alguns detalhes diferentes, mas todos os demais elementos estavam presentes.

Papai me contou que não conseguia mais dormir na casa dos meus avós, e que fazia de tudo para passar as noites na casa de tia Beth, no quarto de Tavinho. Meu pai queria alguma evidência, algum fio solto, algo que pudesse reconstituir os últimos passos do primo.

A última lembrança de papai era Tavinho lhe dando uma piscadela, acelerando seu Karmann-guia, e meu pai com os braços no ar, acenando mais tempo que o normal. Papai foi o último da família a vê-lo com vida.

Papai aproveitou para me contar o que tia Beth já havia mencionado: que tinha dormido não apenas uma, mas algumas noites com Camila.

— Eu amava sua mãe. Mas havia algo na Camila, que era como o canto da sereia mesmo. Chamávamos ela de Sereia, e não era à toa. Um feitiço, um desejo. Todas as vezes em que eu a encontrava, principalmente no quarto de Tavinho, sentia um desejo enorme por ela. Uma vontade de pedir desculpas, uma vontade de pedir para ela me dar colo, como se eu houvesse feito algo errado e estragado nosso destino. Sentimentos muito estranhos, filho. Forças que me arrebatavam para além do que eu poderia expressar.

Papai me falou que, à época, Zenaide ainda trabalhava com tia Beth, e que ela foi fundamental para preencherem uma série de lacunas sobre as buscas de Tavinho. Zenaide era, como já contei, uma senhora negra e gorducha que parecia feita de chocolate. Quando era pequeno, mas bem pequeno, uns dois aninhos, papai dizia que eu adorava beijá-la e lambia e mordia suas bochechas — por cozinhar doces o tempo todo, o perfume natural de Zenaide era caramelado.

Zenaide, além de cozinheira de mão cheia, também era cozinheira de Santo. Ela era Iabassê — a responsável pela feitura dos alimentos sagrados de um terreiro de candomblé. Havia sido preparada desde pequena para essa alta responsabilidade. Zenaide já devia ter mais de sessenta anos quando eu era pequeno, uns oito ou dez anos a mais que Januária — que, porém, nunca se aposentou porque não conseguiria viver longe de tia Beth, e vice-versa.

Um dia, meu pai teria levantado no meio da noite e começado a cantar no meio da sala. Acordou todos na casa, todos os empregados. Ele batia as mãos nos abajures e coisas que pudessem *rebumbar*, e cantava trechos da música de Tavinho, misturados a trechos de um hino em alemão e gritos fortes, que apenas Zenaide foi capaz de identificar.

Tio Otávio achou que meu pai estivesse drogado. De fato, ele e Sereia fumavam maconha escondidos no quarto de Tavinho, quase sempre brindando com ele, numa espécie de consagração e conclamação.

— Essa é pra você, primo!
— Um brinde a você, meu amor, onde estiver!

Era o que eles falavam, segundo papai me contou.

Mas naquela noite, meu pai foi além e além de qualquer delírio causado pela *cannabis*. Sereia também se pôs a chorar no quarto como louca e não parava por nada.

Meu tio Otávio quis acender as luzes. Tia Beth estava atônita, sem muita reação, já que só conseguia dormir à base de remédios e também estava grogue quando chegou à sala e viu papai completamente perturbado.

Foi Zenaide que entendeu toda a situação. Foi Zenaide, com sua sabedoria simples e reta, que viu e ouviu além do que qualquer um dos presentes conseguiria ver e ouvir.

Zenaide se pôs descalça e de joelhos. Entoou um cântico e começou a rezar com absoluta fé. Pediu a Januária que fixasse seu pensamento em Jesus, pois sabia também do tamanho da fé de sua prima. Zenaide fez uma limpeza no astral daquela sala, e meu pai, que parecia desesperado em fazer barulho e ser ouvido, pôs-se de joelhos e começou a cochichar para Zenaide coisas que ninguém mais, naquela sala, foi capaz de descobrir. Falou, falou, falou e depois começou a se sentir sufocar, para então chorar e abraçar Zenaide.

No mesmo momento em que isso aconteceu, Sereia, que estava no quarto, parou de chorar e veio à sala, perguntando o que estava acontecendo.

Tia Beth se sentiu mal, nervosa com aquilo poder ser um sinal de que Tavinho estava, de fato, morto. Papai contou que um silêncio se apossou daquela sala, e que ninguém se sentiu no direito de falar qualquer coisa, até o dia seguinte, no café da manhã.

Pois bem, lá estava eu, a carta de Amanda nas mãos, logo após ter conclamado ajuda celestial, qualquer ajuda possível, alguma ajuda viável para compreender meus sentimentos confusos. Pra que viver, amar, desamar, viver, sofrer, amar e perder seu amor, filhos, vida, saúde, tempo? Pra que essa insistência tamanha em seguir, lutar, banhar-se, se a sujeira insistia em nos contaminar?

Descalcei os tênis e coloquei os pés na água gelada do riachinho. Lembranças ou imagens de todos os sonhos que havia tido sobre Tavinho me vieram à cabeça. Água, medo, a voz calada, meu corpo em uma caixa, as correntes que me prendem e os faróis que iluminam a névoa que me envolve.

Nunca senti tanta angústia. Uma frase me veio à cabeça: "Somos como espumas flutuantes, nascidas do embate da água com a rocha, do movimento de vida e morte que nos faz entender o amor".

Me arrepiei da cabeça aos pés.

Tinha pedido por companhia espiritual.

Havia sido atendido.

34.

"*São Paulo, 7 de junho de 1943.*

Eu pequei. Pequei contra a carne. Não entendo o porquê dos meus impulsos, ou da minha falta de barreiras. Mas entendo de amor, e do amor que sinto por Klaus nesse momento e em todos os outros momentos em que respiro.

Mas o que eu chamo de amor, a Irmã Natividade chamaria de pecado. Ela diria em alto e bom som: 'Elisabeth, você é uma menina perdida, uma moçoila mergulhada no fel de Sodoma e Gomorra. Uma devassa que permitiu que Satanás deixasse em si a marca de sua pata'.

Sim, diário, a Irmã Natividade com aqueles lábios finos, que nunca devem ter beijado, e pouca saliva na boca, diria algo horroroso assim, como uma maldição disfarçada de fé. Eu nunca consegui fixar meu pensamento no que ela falava, mas no 'como' ela falava. Prestava atenção na dicção da Irmã Natividade: a língua seca parecia grudar no céu da boca, e às vezes estalava nos 'tês' e nos 'éles'; outras vezes, uma babinha branca de saliva velha se juntava no canto da boca.

As aulas de catequese eram num forro do telhado que a madre resolveu adaptar, e assim já deixar montadas algumas gravuras católicas e outras consideradas pagãs. Irmã Natividade ia de um lado para o outro, discorrendo sobre o que era arte sacra, que enlevava a alma e o que era arte chula, voltada para a perdição. Éramos aconselhadas sobre o que deveríamos ler, sobre o que deveríamos ver, sobre o que deveríamos sentir.

Ficávamos em pé, vendo Irmã Natividade falar sem parar. Nosso interesse só despertava quando ela falava 'isso é proibido'. Todas as moças, mesmo as mais carolas como minha Irmã Vitória, levantavam as orelhas como cachorros ao ouvir um apito. É proibido! Ah, que delícia se tornava aquela arte vetada, ainda que não entendêssemos patavinas do que ela estaria a dizer.

Papai me contou que Victor Hugo já fez parte do *Index Librorum Prohibitorum* da Igreja. 'Les Misérables' é arte do pecado?

Um dia, Magali, a que usa óculos com dez graus de miopia, tirou a armação do rosto e o segurou nas mãos. Todas nós estranhamos, sem os óculos era cega como um morcego. Irmã Natividade perguntou o porquê daquilo. Magali respondeu que estava descansando os olhos. Oras, ninguém da sala entendeu nada.

No intervalo, Magali nos revelou a razão: Deus tinha inventado os óculos para testemunhar as belezas da natureza, e não a saliva da Irmã Natividade acumulando no canto da boca. Caímos na gargalhada. A Madre apareceu na janela de sua sala para nos vigiar no pátio.

Aquele dia, Magali estava em cólicas, dizia que nada daquilo era arte pecadora, e que o pecado estava na peçonha da Irmã Natividade. Ela, sempre tão calma, estava revoltada com o que ouvimos porque o pai dela era violinista do Teatro Municipal. Algumas das peças que Irmã Natividade dissera ser pagãs, como a 'Flauta Mágica', de Mozart, já haviam sido tocadas por ele. Quis saber o porquê disso, e Magali me contou que elas têm 'Canto para Ísis' e 'Canto para Osíris', deuses pagãos egípcios.

Essa semana, vi algumas das irmãs ouvindo radionovela logo pela manhã, na cozinha perto da cantina. Se 'A Flauta Mágica' é uma obra pagã, o que seria a radionovela 'A Predestinada' que passa na Rádio São Paulo?

Me sinto como a mocinha de uma dessas radionovelas. Uma mocinha de uma história que está sendo escrita por algum autor de lugar e tempo além da minha imaginação. Me sinto como Fantine, em 'Les Misérables'. Ela se perde com Félix Tholomyès, e tem a menina Cosette. Uma filha ilegítima, filha do pecado.

Mas estou dando voltas e voltas. Me perdoe, diário.

A noite da quermesse foi a noite mais linda da minha vida. Ajudei na decoração de algumas das banquinhas: a de doces, a de vinho quente, a do correio-elegante. Sei fazer um fuxico com papel crepom e papel de seda, que Vitória nunca conseguiu se igualar. Forma uma espécie de coração, de laçarote, e fiz azul, verde, vermelho, várias cores para enfeitar as barraquinhas.

Depois de tudo pronto, voltamos para casa para nos banhar. Vitória foi na frente com Januária e eu disse que ficaria mais um pouco, para ajudar Antonia a colar alguns papéis. Sim, Antonia ao me ver participando do que chamou de 'carolice', resolveu se juntar a mim na tentativa de desvirtuar meu trabalho santo. Ela também queria estar por perto de mim, principalmente depois que contei do Klaus.

Antonia falou a todos que iria me acompanhar da igreja até em casa, a pé. No final, seguiu para outro caminho, insistindo que eu deveria ficar sozinha com Klaus.

Ele estava de carro. Entrei e ele dirigiu para outro sentido, não o de casa. Fomos para o meio da Chácara Itaim, onde o loteamento ainda não terminou. Fiquei sem ar o caminho inteiro. Olhava para o braço de Klaus trocando a marcha, senti meu rosto enrubescer, o suor brotou da pele, como se eu tivesse sido revestida de orvalho. Como as rosas do clube, logo pela manhã, quando estão prontas para serem colhidas.

Klaus parou o carro num local ermo, debaixo de uma árvore. Ele percebeu meu estado, mas disse, me olhando nos olhos: 'Não fique nervoso, meu querido Elisabeth. Não precisa ficar com medo de mim. Eu apenas quero um lugar em que possa te abraçar, sem ter medo que nos vejam'. E foi o que ele fez. Me enlaçou com seus braços, me beijou devagar e com calma. Desta vez, senti sua boca se abrir mais, senti sua saliva se misturar à minha com mais rapidez, como se eu estivesse sendo invadida por um mar de gostos e coisas que navegavam por dentro de Klaus. Meus seios pareciam doloridos e ao sentir o corpo dele contra o meu, uma sensação de prazer surgiu daquela fricção. Queria me misturar a Klaus. Ele apenas me abraçou. Sentia as molas do banco me empurrando para Klaus. Sentia o vidro do carro embaçar para acobertar nosso momento. Senti o corpo dele, seu peitoral, sua barriga, suas saliências na calça que me surpreenderam e me encheram de curiosidade. Klaus então ligou o carro e disse: 'Vou agora te deixar em casa, Elisabeth. Nos vemos na quermesse. Quero muito falar com seu pai sobre o que estou sentindo por você. Você sente o mesmo por mim?'. O que eu poderia responder, diário? Antes de ligar o carro, Klaus disse: "Preciso resolver papéis meus, documentos do meu passado na Alemanha, a cidadania...". Disse para ele que não me importava com papel nenhum, apenas queria senti-lo e tê-lo por perto.

Antonia ficou esperando dois quarteirões antes da minha casa para que chegássemos juntas. Eu a encontrei e entramos em casa. Nos arrumaríamos juntas. Antonia queria saber de todos os detalhes. Não quis contar, disse que apenas conversamos.

Me banhei, me perfumei e arrumei os cabelos com esmero. Passei um pouco de rouge da Januária nas bochechas, discretamente, para que nem papai, nem mamãe, nem meus irmãos percebessem. Quis ficar mais corada, mais febril. Nos lábios, usei um dos crayons de cera daquele estojo que Ivan rouba e me devolve quebrado. Dica da Antonia. Afinal, Papai nunca deixou que eu e Vitória usássemos batom. Ele diz: 'Isso é coisa de polaca'. Pois bem. Passei o crayon rosa algumas vezes e a cor fixou discretamente, do jeito que eu queria. Brinquei com Antonia: 'Se no clube o beijo de Klaus teve gosto de maçã com canela por causa do strudel, na quermesse, meu beijo vai ter gosto de giz de cera...'"

"São Paulo, 8 de junho de 1943.

Hoje, logo pelo café da manhã, papai nos mostrou a primeira página d'O Estado de São Paulo. Um artigo intitulado 'A opinião católica e a guerra'. Papai nos contou que a Igreja está sendo acusada de ser neutra com relação ao nazismo, mas que isso não é verdade, e leu em voz alta trechos que mostram que o Vaticano está contra Hitler e com o que ele está fazendo com os alemães e o mundo.

Os alemães... um povo que permite que alguém como Hitler suba ao poder, merece ser perdoado? Quando será que um povo deixa de acreditar no amor ao próximo, para permitir o ódio ao próximo?

Não fosse Klaus, não acreditaria em alemães inocentes. Não enxergaria além da massa que apoia a guerra, cujas imagens vejo em fotos no jornal, nos noticiários que antecedem as fitas de cinema...

Durante a quermesse, Klaus me contou muitas coisas sobre a Alemanha. Me contou dos jornais que foram proibidos, que tinha planos para trabalhar em um deles, e que estava tudo certo para começar, quando foi convocado. Me contou da universidade, dos amigos, dos seus sonhos. Dos torneios de tênis que haviam permitido a ele obter uma bolsa de estudos.

Klaus e eu conversamos sentados em um banco, debaixo de uma amoreira, tendo Antonia no meio, completamente impaciente. E tendo Ivan correndo de um lado para o outro, me pedindo moedas para as brincadeiras nas barracas. Ivan funciona, Deus que me perdoe, à base de pequenos subornos. Creio que ele não faz nenhum juízo moral sobre nada, nem do que acontece com ele, nem do que acontece no mundo. Muito menos do que aconteceu comigo naquela noite.

Antonia, por sua vez, sempre aceita fazer a zeladoria de minha moralidade. Logicamente, temos uma combinação que logo valerá para ela, pois já está a flertar com o Frederico, filho do dono da Botica farmacêutica, onde seu pai, Dr. Agenor, manda aviar os remédios para seus pacientes.

A quermesse estava linda e cheia de toda a vizinhança do bairro. Haviam também pessoas desconhecidas, que devem ter sido avisadas pelo Padre Pedro, que percorria de barraca em barraca cumprimentando todos os participantes. Gosto de Padre Pedro, apesar de não concordar com suas pregações. Há algo de humano em seu olhar, e até a vaidade dele em passar no meio de todos, como se estivesse recepcionando uma festa em seu jardim me pareceu muito humana.

Estar em pecado tem dessas coisas, diário. Começamos a nos identificar com os pecados alheios, e a entendê-los. Talvez por isso que Jesus se cercou de ladrões, prostitutas, pessoas simples e de pouca instrução. Só entende o pecado quem peca. Só é perdoado, quem sabe perdoar...

Gaspar e Luiza estavam se divertindo na barraca de argolas, rindo inocentemente. Arthur, porém, ficou com ciúmes dele, disse que nosso irmão estava rindo demais para Luiza, se colocando de forma muito íntima. Arthur havia tomado mais vinho quente que deveria. Papai e mamãe ficaram horrorizados ao ver o quanto Arthur se transformou com a bebida e deram a ele uma reprimenda discreta, mas firme. A noite acabou para Luiza, coitada, linda num vestido de lese verde água. Linda, doce e paciente, olhando para Arthur com piedade e amor por seu ciúmes excessivo. Não sou como Luiza, teria dado com as argolas na cabeça do meu irmão. Onde já se viu ter ciúmes de Gaspar, que é tão meigo, bom de alma, um criação de calças compridas? De todos os meus irmãos, Gaspar é o mais especial, o mais interessado no próximo, e estou certa que ele será um ótimo médico, como sempre quis ser, desde pequenininho.

Sobramos na quermesse apenas eu, Vitória, Ivan e Antonia, que iria dormir em casa conosco, apesar dos pais dela também estarem presentes. Dr. Agenor disse que nos levaria para casa, e então ficamos autorizadas a continuar por lá. Papai viu que estávamos conversando com Klaus, mas jamais imaginaria que a conversa iria além das aulas de português na biblioteca do clube, dos treinos de tênis, dos campeonatos possíveis, apesar de estarmos num hiato por causa da guerra.

Dali a pouco mais de meia hora, foi a vez de Ivan dar uma cambalhota esquisita e cair ao chão esfolado. Havia bebido também, o inconsequente. Pegou todos os copos dos irmãos, que haviam sido abandonados, e entornado de um gole só. Dr. Agenor ficou preocupado com o joelho de Ivan, que começou a sangrar e quando ele foi verificar, era caso de sutura.

Dr. Agenor levou Ivan em seu carro, com as pernas esticadas no banco de trás. O que nos fez, a mim e a Antonia, termos de seguir para casa no carro de Klaus.

Quando entramos no carro de Klaus, Antonia me olhou com impaciência, 'está muito tarde, não vou ficar esperando na rua'. Ao ver minha reação, ela reconsiderou,'"vinte minutos, Elisabeth, e vou ficar dentro do jardim da casa dos Cortez, que estão viajando. Lá tem cadeira. Não vou ficar na rua a essa hora não!'.

Pois bem, diário, tantas pequenas situações, tantos movimentos, decisões de outras pessoas e contratempos permitiram que eu pudesse ter mais momentos a sós com Klaus. Não posso crer que tudo seja obra do pecado e não uma conjunção de acontecimentos movidos pelo amor. Todo o giz de cera já havia desaparecido dos meus lábios. Minha boca e a boca dele tinham, agora, gosto de vinho quente.

Klaus estacionou o carro no mesmo local que havia estacionado à tarde. Quando ele virou a chave e desligou o motor, ficamos um tempo em silêncio. Ouvia minha respiração e a dele, agitadas, às vezes coincidindo, às vezes descompassadas. O céu estava limpo, então Klaus apontou as estrelas. Apesar de eu já ter olhado tantas vezes para o céu, feito tantos desejos para estrelas cadentes, nesta vez tudo parecia mais nítido, como se meus olhos estivessem mais sagazes, despertos, em estado de alerta. O azul índigo do céu... tão profundo. Parecia invadir o carro pelo parabrisas. Estávamos cercados de estrelas e o som de cigarras. Estrelas, cigarras e a nossa respiração.

Klaus cortou o silêncio, precisava me contar sobre seu passado. Disse que estava disposto a resolver tudo o que ainda o prendia à Alemanha, para se casar comigo. Disse para ele ficar tranquilo, e ri faceira, 'quem disse que eu quero me casar com você?'. Klaus ficou sem jeito, não entendeu a ironia, não entendeu a mordidinha de amor, a minha tola provocação. Fechou a cara como um bebê lindo e loiro. Klaus é tão bonito quando fica amuado, nem consigo dizer. Mas o que mais me atrai é o jeito que seus olhos lutam para brilhar. Klaus parece ter feridas na alma tão intensas, e ainda assim prossegue tentando sorrir. Percebi que ele não gostou do que eu disse, falei que era uma brincadeira, ironia. Claro que estava apaixonada por ele, e gostaria de tê-lo sempre por perto. Casar? Ele insistiu. Eu fiquei quieta. Klaus pediu que eu não brincasse mais com isso, pois um coração apaixonado se magoa fácil, e que ele tem dificuldade para acompanhar o senso de humor brasileiro. 'Fico triste, Elisabeth. Fico triste porque estou te amando.'

Klaus passou o dorso das mãos no meu rosto. Eu estava olhando as estrelas. Senti sua mão, seu calor. Fechei os olhos. Sentia que Klaus estava olhando fixamente para mim, senti-me queimar. De olhos fechados, ouvi o ranger das molas do banco do carro e o movimento do corpo de Klaus. Logo a boca dele estava invadindo a minha, enquanto ele segurava meu rosto carinhosamente, com as duas mãos.

Diário, eu tremi. Meu corpo tremia desgovernado, como se um raio elétrico estivesse entrando pela minha boca e acendendo rastilhos de pólvora. Rastilhos como os dos fogos de artifício da quermesse, que explodem no céu em luzes e sons. Minhas explosões eram pelos arrepiados, a nuca sendo acariciada por Klaus. Eu permanecia de olhos fechados, agonizando um estado tão intenso de prazer que me sentia paralisada, uma boneca de louça sendo polida e brilhando nas mãos de seu artífice. Klaus beijou meu pescoço, sua boca molhada deslizou para cima e para baixo. Na posição em que ficou, senti todo o seu cheiro me invadir, o cheiro pelo qual havia me apaixonado antes mesmo de me apaixonar por Klaus. Vinha de trás de seu pescoço, no início das costas, onde avistei um pequeno amontoado de pelinhos, uma penugem loira e macia. Segui o caminho daquele cheiro e me embebi naquela pele. Tive vontade de mordê-lo. Mordê-lo no pescoço, de leve, como mordem os vampiros de

Bram Stoker. Klaus se contorceu e soltou um som rouco em meu ouvido. Fiquei arrepiada, tonta, mas viva e pulsante. Meus movimentos haviam sido despertados pela sede que tinha daquele cheiro, tão úmido, quente, agreste e adocicado de Klaus. Passei as mãos pelo peito de Klaus, pelo abdômen. Ele me envolveu e me tombou no banco do carro. Senti seu corpo sobre mim, pesando e se mexendo vivo. A boca de Klaus e a minha eram um só encaixe e deixei minha mão entrar na camisa dele, soltei os botões e me deixei passear por sua pele. Ele tremia, tão tenso e faminto como eu. Foi então que as barreiras foram sendo rompidas, uma a uma.

Klaus soltou o primeiro botão de minha blusa, o segundo. Em questão de instantes, sua boca descia pelo meu colo e foi de encontro ao meu seio. Como descrever o que senti? A língua de Klaus e os lábios de Klaus percorrendo minha pele. Tirei sua camisa, queria ver seu corpo. Sua calça estava tesa, o cinto afrouxado balançando um tilintar metálico do fecho. Fiquei hipnotizada por aquele som. Toquei seu cinto e a borda de sua calça. Klaus segurou minha mão e me perguntou: 'Sabe o que está fazendo, Elisabeth?'. Eu não sabia, não fazia a menor ideia do que estava iniciando. Ao mesmo tempo, como é possível ser tão consciente de um desejo que precisa ser saciado? Eu não sabia, mas sabia do que era necessário, sentia a vontade de tocar, de me aproximar e beijar o corpo de Klaus.

Eu estava deitada no banco, olhando nos olhos de Klaus. Estávamos suados, misturados. Ele passou as mãos por minhas coxas, levantou a saia e chegou até minha combinação. Levantou a anágua e me sentiu úmida. Levou o rosto à minha púbis e me beijou com firmeza e delicadeza. Aproximei o corpo de Klaus com as pernas e o vi deslizar o fecho-éclair de sua calça. Vi pela primeira vez um homem por inteiro, na expressão máxima de sua masculinidade. Klaus dedilhou minha roupa de baixo, olhou nos meus olhos e perguntou se eu gostaria de parar. 'Estamos indo longe demais, Elisabeth. Wir gehen zu weit!' Eu não falei nada, apenas puxei o corpo de Klaus para perto de mim e respondi com um beijo.

Klaus me invadiu, me dominou. Entrou com firmeza, senhor de seus movimentos. Senti-me rasgar, doer, tremer. O que estava me acontecendo? Aquele latejar interno, o suor, a animalidade tão crua e tresloucada, tudo parecia mais familiar do que qualquer coisa que eu tinha vivido até ali.

Klaus tremeu dentro de mim enquanto sua língua também me invadia a boca. Eu sentia dor, prazer, tremer, eletricidade, vontade, fome, o cheiro de Klaus dentro e fora de mim. Entendi a 'la petite mort', que Balzac tanto citava em seus livros da Comédia Humana...

Tombamos os dois no banco de couro. Klaus se pôs por baixo, entrelacei as pernas nas dele e aninhei a cabeça em seu peito. Os vidros do carro completamente embaçados nos impedia de ver as estrelas. Gotas grossas se formavam, escorrendo, em caminhos aleatórios. Era como se *eu estivesse dentro de uma nuvem recém-formada, que finalmente havia aprendido a chover...*

35.

Estávamos em pleno outono. Não havia mais tempo para flores extemporâneas. Não sei quanto tempo fiquei na "Floresta Negra", como eu costumava chamar a mata que envolvia a casa de Campos do Jordão. Era uma mata típica de montanha, araucárias, pinheiros, eucaliptos, sabugueiros.

A natureza, os ciclos, os pássaros, pensamentos me invadiram logo depois da minha oração a algum espírito da floresta. Fui distraído do peso da carta de Amanda, ainda nas minhas mãos.

Eu estava sem nenhuma lágrima no rosto, os pés descalços, as águas daquele riacho raso e borbulhante varrendo minha tristeza cachoeira abaixo. Espumas flutuantes levando toda minha dor, era o pensamento que me parecia ser soprado nos ouvidos, como um mantra.

Plantas, flores, a natureza ao redor.

Se minha relação com a Amanda havia chegado ao fim, como uma pedrada no estômago, ela teria realmente sido importante na minha vida? É amor, quando não acaba com um final luminoso?

Adormeci encostado em um pinheiro, às margens do riachinho. Não me lembro do momento em que sentei, mas me recordo de meu pai me chamando, uma lanterna na mão.

— Acorda, filho! Acorda!

Meu pai percebeu minha desorientação.

— Te procuramos no terreno inteiro, você veio se enfiar justamente aqui...

Meu pai apitou. Ele tinha um apito no pescoço? Pensei apenas isso, e mais nada. A cachoeira devia estar cheia dos meus pensamentos.

Com o apito, as outras pessoas que me procuravam nos arredores também apitaram. Era o código combinado, numa época em que *walkie-talkies* não funcionavam direito nas montanhas.

Quando cheguei na casa-grande, apoiado pelo meu pai, tia Beth estava aflitíssima. A temperatura tinha caído para 3 graus. Meus braços e pernas estavam dormentes.

— Meu Deus do céu! Ele está com os lábios azuis! Corre, Jorge, pega um shot de bourbon pro menino. Marta, prepara a banheira com água quente, temos de levar o Léo pra cima!

Meu pai obedecia às ordens de tia Beth, a grande coordenadora da busca. Ela havia distribuído apitos e lanternas, que mantinha numa caixa perto do bar, para o caso de emergências.

Lembro de estar na banheira, de tomar o bourbon. Não seria nada mal tomar um porre. Foda-se essa Amanda doida, minha mãe briguenta, meu pai. Foda-se os rolos de família e os esqueletos que eu estava tentando bulir.

Tia Beth apareceu na porta do banheiro. Estava fumando, parecia tensa.

— Você tá melhor?
— Tia, eu tô pelado!
— Já vi muito pinto na vida, meu querido. Tapa com a toalha.
— Vai molhar.
— Depois a gente seca. Quero medir sua temperatura.

Tia Beth entrou no banheiro, pouco se importando se a fumaça de cigarro iria incomodar. Sacou um termômetro e a garrafa de bourbon quase cheia.

— Marta, traz três copinhos.

Eu olhei para o meu pai, meu pai olhou pra mim.

— Vamos beber, meus queridos.

Tia Beth encheu os copos.

— Vamos beber às desgraças da vida, aos desamores, às separações. Vamos beber e gargalhar, porque a vida segue sozinha, com ou sem a gente.

Meu pai gargalhou, eu também. Já curado da minha possível hipotermia, vesti qualquer coisa e fomos os três para a frente da lareira tomar uma sopa de queijo e terminar a garrafa. E abrir outra, nova. E descobrir o esconderijo secreto delas. Papai ficou tão feliz, que *filou* um cigarro de tia Beth, e eu também.

Se me contassem há algumas semanas que meu namoro acabaria daquela forma, eu não entenderia o final feliz daquele momento. Um final feliz com um marujo que quase se afogou no seu primeiro mar bravio; com um capitão assustado com a possibilidade de perder sua embarcação; e uma velha-loba-do-mar, calejada de tantas ondas e marés, que só queria nos fazer rir com suas histórias e aliviar nossas mágoas com seu bourbon.

Lá fora devia fazer 2 graus, no máximo. Era possível ver os vidros imensos do mezanino embaçarem. Avançamos os três até de madrugada. Tomamos, devagar e sempre, uma garrafa e meia de bourbon.

— Estou ficando pra lá de Bagdá, meninos.

Achei que ela fosse reclamar, mas engatou em seguida:
— Que delícia ter vocês aqui. Que delícia esse momento! — E acendeu um cigarro com o fósforo gigante que acende a lareira.
— Mas, tia, não dá gosto no cigarro?
— Meu amor, não sinto mais a língua.
Gargalhamos.
— Também estou feliz de estar aqui, tia — disse meu pai, o olhar um pouco melancólico. — Feliz, inclusive, de estar aqui sem a Cláudia.
— A tua mulher tá onde, Bernardo?
— Na casa da irmã desde ontem à tarde. Estamos passando por um período difícil, talvez a gente acabe...
— Se separando?
Fiz um aparte como uma criança de seis anos. Creio que não haja ninguém no mundo que não deseje que os pais fiquem juntos, que se amem e convivam harmoniosamente. É uma coisa que não se ensina, um desejo que é natural: desde pequenos, nos acostumamos com duas pessoas bem próximas, que nos beijam, que se beijam.
— Filho... se casar é mais fácil do que permanecer casado. Nós mudamos, a pessoa muda, e não necessariamente os dois mudam pra mesma direção. É preciso estar sempre renovando o desejo de ficar junto. Torcer pro seu novo eu gostar do novo eu da tua parceira... um dia você vai entender...
Fiquei calado. Naqueles poucos dias, me sentia diferente, tantas coisas acontecendo, tantas mudanças. Realmente, existia um novo eu, e também uma nova Amanda. Nós dois, como éramos, havíamos morrido e não seria uma questão de continuar o namoro, mas ver se ainda éramos compatíveis com tantas novidades nos nossos corações.
Tia Beth continuou a ideia do meu pai:
— Meu casamento com Tatá foi feito de pelo menos uns cinco casamentos. Existia o Otávio, menino bonito e apaixonado por mim. Um menino que me salvou no momento mais triste da...
Tia Beth fez uma pausa.
— Existiu o Otávio Guedes, homem feito depois da morte dos pais, alguém que tinha foco, brio e coragem de ampliar os negócios. Ele foi ficando cada dia mais homem, mas charmoso, com uma personalidade mais apurada. Cada fio de cabelo branco que nascia na cabeça dele era como uma láurea, sabe? Como se uma luz pousasse nele, deixando ele cada dia mais especial.
— Tio Tatá te amava demais, né, tia? — disse meu pai.
— Sim. Amou todas as versões. Menos a versão louca depois da morte do Tavinho.
— Ele te amava sim, tia. Perdoou o que você fez.
Tia Beth levou os dedos aos olhos.
— Será mesmo?

— Ele entendeu sim, tia. Tanto que voltou. Vocês tiveram ótimos anos juntos.

Fiquei sem entender nada. Ela havia se separado do tio Tatá em algum momento da vida? Preferi não abrir a boca, fiquei tentando anotar mentalmente o assunto, pra lembrar depois e vasculhar tudo, do início ao fim.

— Eu fiz o que fiz porque tinha de fazer. Otávio sempre foi um *gentleman*. Mas era genioso também. Se tornou genioso. No início, era um rapaz lindo e tímido. Estava deitado na cama do chalé antigo, com febre e mau-humor. Tivemos nossos momentos lendo Hemingway.

Me senti como se estivesse lá. Tinha lido o diário, estado em 1943 junto com ela. Tia Beth continuou:

— Foram vários os Otávios. Alguns foram meus, um deles não foi. Um dos Otávios, eu perdi durante um momento, por culpa minha. Já as Elisabeths foram tantas que eu não sei como Tatá conseguiu me encontrar em todas elas. Eu só fui me perceber sã e coesa depois da menopausa, alguns anos antes dele partir.

— Que ano que ele morreu? — perguntei sem lembrar do velório, dos choros, das homenagens, de tudo o que havia presenciado nos meus seis anos de idade. Imediatamente depois da pergunta, os *flashes* de memória vieram.

— Em 1984... ele já sabia que estava com câncer desde 1980, mas só foi me contar dois anos depois. Ele fez os tratamentos que existiam na época, uma quimioterapia experimental e forte, que derrubava touro bravo. Mas depois que o médico falou que não iria regredir, ele resolveu deixar de lado a medicação e viajar comigo no tempo que restasse. Sempre havíamos viajado muito... você viu os pratos na parede da minha copa, né?

— Sim, vi sim.

— Deixo eles perto dos meus troféus de Tênis. Cada prato também é um troféu do meu amor com Otávio. De cada lugar desse mundo que conseguimos estar juntos e felizes. No final, visitamos quase trinta países.

— Eu seria incapaz de listar trinta países...

— Não seja bobo, Bernardo. Fizemos África praticamente inteira, além da Europa, Sul da Ásia... visitamos lugares lindos. Alguns que nem sabíamos o nome, outros que lembrávamos porque Tavinho, lá atrás, havia dito que um dia iria visitar.

— Como qual?

— Vietnã. Tavinho queria muito conhecer o Vietnã.

Tia Beth fez uma pausa dramática. Acendeu outro cigarro, outro fósforo.

Aproveitei pra encher o copo.

— Eu e Tatá fomos pro Vietnã, dois loucos. Achamos um guia local maravilhoso, exclusivo pra nós dois, falava inglês e francês. Seguimos para onde ele achava que deveríamos ir, sem planejar nada, nada mesmo. Era 1983, maio, e no dia 21 de maio...

— Aniversário do Tavinho?

— Sim, Bernardo. No dia do aniversário do Tavinho, o guia nos levou, sem avisar, às ruínas de um conjunto de templos hindu, construídos no século 13 ou 14 pelos reis do povo Champa... um dos maiores sítios arqueológicos de toda a Indochina. O lugar foi praticamente todo destruído durante a Guerra do Vietnã, os americanos bombardearam a região. São templos dedicados ao Deus Shiva.

— Deus Shiva? — perguntei.

— Shiva é um dos três deuses maiores do hinduísmo, é o destruidor, que destrói pra construir algo novo.

— Renovador, não? — disse meu pai.

— Sim, renovador... nós nos sentimos renovados no lugar. Era mágico, lindo, com uma luz especial. Rezamos de mãos dadas para Tavinho, no que deveria ser o antigo altar do templo. Impossível a vida não passar como um trem diante dos olhos. Lembrei dele bebezinho, loirinho e bochechudo, um nenê feliz que sorria pra todos, e que prestava atenção em tudo ao redor. Tio Tatá lembrou de Tavinho andando e falando papai pela primeira vez. Choramos e nos abraçamos. O guia não entendeu nada e Tatá resolveu contar a ele do nosso filho, daquela data especial. O guia, muito supersticioso, arregalou os olhos.

— Mas por quê? — eu estava muito curioso.

— Ele nos mostrou o folheto do local. Estava escrito *"My Son Temple"* ("O Templo do meu Filho").

A voz de tia Beth engasgou. É incrível como nos emocionamos quando outros se emocionam ao nosso lado, como se fôssemos a água de um lago, atingidos por ondas de pedras atiradas lá atrás, lá longe, num dia muito, muito anterior.

Tia Beth se recompôs.

— Lá se fala Mi-son, alguma coisa assim. Nunca soubemos direito o que significava, se apenas a grafia em inglês queria dizer "meu filho"... mas para dois pais com tantas saudades do filho, no dia do aniversário, rezando de joelhos e mandando amor pra seu espírito, onde quer que ele estivesse... bem, aquilo foi tanto, mas tanto pra nós que... sabe, Tatá já estava percebendo que não teria muito mais tempo. À noite, falava dormindo, dizia o nome de Tavinho, falava em testamentos, cartas e até em cruzes...

Tia Beth ficou em silêncio por um tempo. Retomou:

— Meu filho... se eu pudesse dizer qual foi o último dia em que vi Tatá, gostaria de dizer que foi nesse dia, no Templo... jamais no dia de sua morte, com fios e tubos por todo o seu corpo. Guarde isso, meu querido: algumas histórias têm de acabar antes do fim, com a lembrança da pessoa ainda viva, irradiando luminosidade.

Tia Beth engasgou. Aguardamos um instante, mas ela se refugiou em novo silêncio.

— Sim, tia... — meu pai também estava comovido.

Eu não entendi no que papai estava concordando, mas me pareceu apenas um "sim" retórico, acarinhando tia Beth com simpatia. Naquela conversa à frente da lareira, ainda não sabia de nenhuma das experiências espirituais pelas quais meu pai tinha passado, como aquela logo após a morte de Tavinho.

O bourbon havia me afrouxado o senso, misturado tudo na minha cabeça. Eu estava em 1943, estava em 1983, estava em 1969. Uma sensação de conexão tão incrível, que me fez abrir confissões que tia Beth havia feito apenas pra mim.

— Quer dizer que quando Tavinho andou, você já tinha casado com o tio Tatá?

Meu pai não entendeu a pergunta. Tia Beth me olhou firme, sem saber o que responder. Em vez de perceber o sinal, continuei:

— O coração do tio Tatá era enorme mesmo. Ele era meu Papai Noel, sempre vai ser. Acho tão legal ele ter aceito o Tavinho, ter amado e criado o filho de outro como se fosse sangue do seu sangue...

Meu pai olhou pra mim, olhou pra tia Beth, olhou pra mim... me lembrei das palavras da tia Beth na copa, em seu apartamento em Higienópolis. "Você é a primeira pessoa a quem conto toda a minha verdade, nem o próprio Tavinho sabia sobre seu verdadeiro pai."

Tia Beth levou a mão ao rosto, respirou, pegou outro cigarro e se preparou.

— Que história é essa? — Meu pai tinha a voz dois tons acima.

36.

Little Boy foi o nome-código da bomba atômica lançada sobre Hiroshima, em 6 de agosto de 1945. A bomba que eu soltei sobre meu pai dizia respeito a um menininho loirinho e lindo, seu melhor amigo, o primo querido, adorado e copiado. Nada mais seria o mesmo a partir daquele dia e daquela revelação da qual me sinto culpado até hoje, principalmente quando vejo uma garrafa de bourbon na frente.

— Acho tão legal o tio Tatá ter aceito o Tavinho, amado e criado como se fosse sangue do seu sangue...

A sensação de ter traído tia Beth doía mais do que se tivesse sido eu a ter um segredo revelado. Nunca me esqueci do olhar do meu pai. Surpreso, desconfiado dos próprios ouvidos, depois traído e por fim, agressivo.

— Que história é essa?

Tia Beth levou a mão ao rosto, respirou e pegou outro cigarro. Se preparou, não sem antes olhar pra mim e dizer:

— Fique tranquilo, meu querido. Você acaba de me ajudar, lembre-se sempre disso.

Tia Beth parecia saber da culpa que estava a se formar e da raiva que nascia no coração do meu pai.

— Bernardo, tem tanta coisa que você precisa saber... espero que tenha a paciência e temperança necessárias para conhecer a verdadeira história dessa tua tia-avó...

Tia Beth ficou um bom tempo passando uma mão sobre a outra, os dedos com as unhas longas e vermelhas acariciando o dorso enrugado, o olhar baixo, a tentativa de confortar o próprio coração que havia sido escancarado sem cerimônias por mim. Sim, por mim, um bocudo. Bocudo traidor, um X9.

— Peraí, tia, para com isso. Que porra é essa, não sei do que... peraí, porra, como assim? O tio Otávio sabia? Ou ele morreu sem saber? E meu pai, e os outros tios, peraí...

Meu pai passou um tempo repercutindo aquele pequeno pedaço de informação por todos os seus neurônios.

— Sim, Bernardo, ele sabia que Tavinho não era seu filho legítimo.

A informação parecia rebater e rebater e rebater na mente do meu pai. Enquanto isso acontecia, o olho dele ia para a direita e para a esquerda, como no ciclo REM, e ele soltava alguns "porras" e "como assim" enquanto listava nome de pessoas da família "fulano sabia? Mas e beltrano, mas e sicrano? Ah, sicrano não devia saber!". A conversa sequer avançou. Tia Beth não falou mais nada e esperou o cérebro e a existência de papai se reconfigurarem.

Ficamos nós dois, durante um tempo impreciso, testemunhando o *reboot* existencial do meu pai.

— Quem era o pai do Tavinho?

Resolvi que aquela era minha deixa para sair. Soltei o rojão. "Agora que se exploda, preciso vomitar."

— Eu vou pro meu quarto, amanhã conversamos.

Tia Beth e meu pai não perceberam minha saída, tinham de pôr em pratos limpos uns cinquenta anos de memórias.

Vomitei minhas mágoas no banheiro, mas não tenho muitas recordações sobre isso. Deitei com a roupa que estava e lembro de acordar com um gosto de maçaneta velha na boca. Muita sede, muita.

Desci para o café da manhã e não vi mais ninguém, apenas a Marta.

— Teu pai e a tia Beth acordaram há mais de uma hora. Estão passeando e conversando pelos jardins da propriedade.

Me admirei com o fato de tê-los deixado conversando, vomitado, desmaiado na cama e, ainda assim, acordado depois deles.

Depois de tomar café da manhã sozinho, fui até a varanda e tentei ver onde eles deveriam estar. Consegui avistá-los de longe. Papai colocou o braço em torno de tia Beth e ela chorou. Chorou de soluçar, e meu pai também.
— Bom dia, tia!
— Bom dia, Leonardo.

Tia Beth me chamou pelo nome. Não foi sobrinho, não foi querido, não foi "meu filho".
— Vamos sair pra conversar em outro lugar? Tantas coisas pra contar pra vocês dois. Mas preciso de novos ares.
— Vamos sim, tia. Vou pegar minha carteira. Vamos no meu carro! — E meu pai saiu.

Ficamos eu e tia Beth. Mantive o olhar baixo.
— Vai ser bom sair um pouco, tia — respondi, fingindo entusiasmo. Ainda não havia dado as caras em nenhum lugar de Campos do Jordão desde que havia chegado, e nem tinha vontade.
— Melhor continuar nossa conversa em outro lugar.

Será que ela estava muito magoada? Não tinha coragem de olhá-la nos olhos por muito tempo. Apenas de relance, bem covarde mesmo.
— Já terminou meu diário de 1943?
— Terminei, tia. Só não entendi uma coisa...
— O quê?
— Tem outro diário de 1943? Ou ele acaba em maio, junho mesmo?
— Ele acaba. — Ela suspirou, acendeu um cigarro para tomar fôlego. — Só voltei a escrever em 1944, na reta final da gravidez.
— Esse diário de 1944 está onde? Posso ler?
— Em São Paulo. Depois te entrego, mas acho que não vai haver necessidade. Já te disse, queria que você lesse o de 1943 pra poder entender bem de perto o que eu estava sentindo por Klaus. Também porque não queria revisitar aqueles momentos. Aqueles fatos, contados hoje por uma velha cínica, que já muito chorou, não seriam tão românticos, tão cheios de vida...

Meu pai voltou trazendo um casaco para mim e outro para tia Beth, e curioso, perguntou:
— Onde você quer ir, tia?
— Vamos tomar café no Véu da Noiva?
— Na cachoeira Véu da Noiva? — perguntei.
— Tem um café ótimo lá, acho um lugar perfeito. Simbólico. Uma cachoeira chamada Véu da Noiva representa bem o momento da

minha vida que vou contar pra vocês. Sobre uma noiva apaixonada, que se casou com o amor da sua vida, mas cujas lágrimas escoaram pelas rochas, batendo umas contra as outras, até desaguar em algum mar; um mar sem nome.

37.

— Você ligou pra sua mãe hoje? — tia Beth me perguntou pouco antes de chegarmos.
— Ainda não.
— A Cláudia deve estar bem nervosa. Precisa ligar pra sua mãe.
— E vocês me falam isso agora? Acabamos de sair de casa...
Estávamos em 1996, os celulares estavam apenas começando. Passei minha infância desejando ter aqueles telefones dentro do carro, como nas séries de televisão norte-americanas; poder conversar com os amigos de dentro de um Dodge Dart, como o do meu avô. Esse foi o pensamento que me veio à cabeça enquanto meu pai procurava uma vaga para estacionar. Dali a instantes, a voz da minha mãe ecoando no meio das lembranças — "Sempre estou fazendo o melhor para você, mesmo quando parece que não estou". Uma frase complexa, mas expressão do melhor que conseguia. Fiquei com saudades.
— Você tem razão, tia Beth. Vou procurar um orelhão.
— Não quer esperar chegar em casa? É interurbano. Você vai ter que comprar umas 50 fichas, filho...
— Não é mais ficha que se usa, pai; é cartão telefônico. Mas vou ligar "a cobrar".
— Duvido que a sua vó ou sua tia atendam a chamada a cobrar. São duas sovinas de marca maior. Ligue quando chegar em casa.
Eu estava para desanimar quando tia Beth interveio:
— Deixa o menino, Bernardo. Se o coração dele apertou, ele tem de falar com a mãe.
Disquei 9 antes da chamada, como se fazia com as ligações "a cobrar", algo que agora integra o rol de comportamentos jurássicos. Esperei e quem atendeu do outro lado foi a minha avó.
Na ligação "a cobrar", depois da musiquinha inesquecível, você tinha de se identificar rapidamente pra que a pessoa do outro lado permitisse que a ligação continuasse. Tentei umas três vezes, mas minha vó desligava assim que a música tocava. Na última vez, cheguei a berrar meu nome, mas nada.
— E não é que meu pai tem razão? Ou ela está surda ou é sovinice mesmo! — E eu ri, pensando no quanto de medo existia no comportamento

mão-de-vaca da minha avó e da minha tia. Hoje não rio mais, tanto medo fazia o próprio dinheiro se sentir desconfortável na mão das duas.

Tive então de usar o cartão telefônico. Minha avó atendeu, me dando um esporro:

— Para de ligar a cobrar que eu...

Me identifiquei, ela sossegou. Depois de trocar beijinhos, saudades, te amo, chamou minha mãe ao fone.

— O que você quer comigo, filho?

Nunca na face da Terra minha mãe tinha falado assim comigo.

— Tô te ligando pra dizer que me deu saudades de você, mãe. Tô com saudades. Quero te pedir desculpas... desculpas por ter mentido, mesmo você tendo desconfiado da verdade. Desculpas por não contar o que realmente me aconteceu e nem te dar a chance de me ajudar. Não quero ser motivo de briga entre você e o papai...

Falei rápido, sem interrupção, até que o nó na garganta desatou num soluçar. Chorei no orelhão, me enfiando tão dentro da estrutura para que ninguém me visse que grudei no aparelho. Minha mãe, muda o tempo todo do outro lado, me interrompeu assoando o nariz; tinha chorado também.

— Você não é motivo de briga, filho. Nunca foi. Você sempre foi motivo de união...

— Você não vem pra cá?

— Não, filho, não vou não. Conversamos quando você chegar. Quero dar um tempo da cara do seu pai; não quero discutir mais e acho que você está em boas mãos. Está com o seu pai, está com a Beth...

Se havia uma pitada de ciúmes? Não. Estranhei o comentário neutro, sem ironias. Ela realmente achava que eu estava em boa companhia.

— A tia Beth está ajudando muito...

— Ela é uma mulher especial, filho. Acho que não conheço ninguém que tenha sofrido tanto quanto ela, se estilhaçado em mil pedaços e conseguido colar cada um deles, se colocar de pé, firme, voltada pro futuro...

— Eu... não sabia que pensava essas coisas sobre a tia Beth.

— Tem tantas coisas que você não sabe sobre nós. Sobre mim, seu pai, tua tia Beth... mas depois conversamos.

Achei melhor não falar do que já havia descoberto. Será que minha mãe também gostaria de me contar o que houve entre ela e... não gostei de pensar nisso.

Minha mãe continuou a falar:

— Faça o que tem de fazer, desabafa essa história, chora o quanto precisar. Mamãe está aqui, te esperando, e chorando as dores dela também.

— Você tá muito mal?

— Isso que está te acontecendo, filho, mexe comigo de formas que você nem imagina.

O cartão telefônico deu um apito, eu tinha de finalizar a ligação.
— Eu imagino, mãe.
— Não, você não faz ideia, filho. Mas não é assunto pra agora.
— Não entendi.
— Você não está fuçando no passado? Quando você chegar, eu...

A ligação caiu, acabaram os créditos. Eu teria de comprar outro cartão telefônico, onde? Desatei a procurar em uma loja de chocolates, em uma lojinha de malhas, em uma lanchonete, e nada..

— Vai lá, atrás daquele restaurante, virando, tem uma banca de jornal — explicou um balconista.

Segui em direção ao tal restaurante, regurgitando o que minha mãe havia dito. Deveria ligar de novo? Pra que eu iria comprar outro cartão, já tinha falado o que queria falar, chorado as lágrimas que queria chorar e pedido as desculpas que precisava ter pedido. "Que merda! Compro ou não compro?" De qualquer forma, eu...

Estacionado em frente ao restaurante, um Fiesta. Conhecia aquele carro, o da Marcinha. Meu coração disparou, os pés ficaram bambos.

Há um certo sadismo no Universo. Um *timing* dramático que quer tirar o seu couro, quer salgar o seu couro, quer secar o seu couro ao sol. Como se fosse necessário tirar todas as tuas cascas de cinismo para acessar o que precisa ser modificado no seu coração. Eu estava balançado por ter conversado com minha mãe, e agora tinha, na minha frente, saindo do restaurante...

— Amanda???

Ela estava bem, um pouco mais magra, um pouco mais pálida, um tanto mais triste. "Uma tristeza que só eu percebo", pensei, ainda querendo ter prioridades sobre Amanda. Ela sorria para as pessoas que a acompanhavam; um sorriso muscular. Sim, ela sorria fora de esquadro. Um sorriso esforçado que seria fulminado assim que ela me visse, e cairia seco, duro, desidratado ao chão. Como uma daquelas tantas folhas marrons.

"O que fazer, meu Deus? Esperar ser visto ou seguir em direção à banca de jornal?" Éramos duas metades fora do molde. As arestas sem aparos, olhos e bocas desencontrados. Me senti como Quasímodo, mas sem as risadas, as brincadeiras, tampouco sinos que pudessem ser tocados.

38.

Eu estufei o peito ao reconhecer Amanda saindo do restaurante. Ela, porém, empalideceu ao me ver. Atrás dela, Marcinha, Dona Carla e o pai, Seu Alex.

De todas as variáveis, nenhuma contava com a presença de seu pai. Ele, à época, não tinha mais que quarenta e cinco anos. Era um homem "boa pinta", como meu pai costumava falar: cabelos grisalhos, postura jovial e um tanto predadora. Isso me fez tremer por alguns instantes, mas me reaprumei rapidamente. Aquela história era minha, ninguém poderia me intimidar; pensamento que me fez achar Seu Alex um pouco mais baixo do que me lembrava.

Saber dos desacertos dos pais de Amanda me foi útil naquele momento. Construí minha autoconfiança em cima disso. Os dois teriam se casado após Dona Carla engravidar, o que fez Seu Alex abandonar o sonho de ser promotor público e se ver obrigado a advogar. Amanda era a filha única que segurou o casamento por 17 anos, mas que agora a presença já não surtia efeito: meses antes, ela me contou, aos prantos, que o pai havia traído a mãe com uma colega de doutorado. Lembro de ter perguntado: "Tua mãe já sabe?". Amanda disse que não, e eu falei que achava melhor não contar. Ela ignorou meu conselho e, dias depois, Dona Carla foi internada após uma lavagem estomacal.

Dona Carla me olhou de baixo para cima, colocou os óculos escuros. Seu Alex fingiu me ignorar. A esposa cochichou no ouvido dele, ele me cumprimentou com meio sorriso, aproximou-se de Amanda e falou algo que não consegui ouvir direito, mas que devia ser "esperamos você ou podemos ir abastecer?". Amanda disse que podiam ir, e Seu Alex foi embora me encarando e passando a mão no rosto, como quem limpa alguma raiva travestida de suor.

Ficamos eu, Amanda... e Marcinha, que foi de lá pra cá, de cá pra lá, até decidir se aproximar de mim.

— Olha só, pega leve com ela, tá? Já teve de aturar a mãe e o pai na clínica.

— Tá, Marcinha. Obrigado pela ajuda.

Marcinha respirou fundo.

— De nada. Aproveita e fala o quanto eu sou legal praquela sua tia, que me esculachou sem sentido. Diz pra ela que feia é a cara dela.

Marcinha saiu batendo cabelo e Amanda permaneceu onde estava, olhando os pais e a amiga manobrarem o carro e saírem para o posto de gasolina. Ela só descongelou quando eles saíram de nossas vistas.

— Vamos sentar ali?

Fomos em direção a um banco de madeira, debaixo de uma amoreira.

— Pensei que você fosse seguir reto.

Foi o que eu disse, olhando para o chão.

— Não sei por que pensou isso...

Foi o que ela disse, olhando para o chão.

Ficamos em silêncio.

Eu retomei.
— Você está bem?
— Tô. Um pouco cansada, mas faz parte.
— A Marcinha me contou que você perdeu muito sangue.
— Sim... parece que foram três bolsas que me deram.
— Você ainda está bem pálida.
— É porque me tornei vampira.
— Hein? — fiquei alguns instantes sem entender.
— Eu que tomo sangue e você que tá lesado?
— Sempre fui lesado, Amanda. Ainda mais agora.
— Somos dois. Dois lesados, em todos os sentidos.
Ficamos novamente em silêncio.
Ela retomou:
— Meu mundo sempre foi torto. Se colocar alguma coisa reta, aí sim é o caos. Você leu minha carta?
— Li.
— Não quero repetir a história dos meus pais.
— Eu te entendo.
— A história é a mesma, minha mãe engravidou, me teve, e então eles amarraram a vida um ao outro.
— Tudo bem, Amanda. Não vamos falar disso não.
— Léo, você acha que nós...
— Nós?
— Você acha que conseguimos fugir dos padrões dos nossos pais? Fazermos diferente?
— Não sei. Acho que sim, senão...
— Senão, o quê?
— Senão é o mesmo que não ter livre escolha.
— E a gente tem livre escolha?
— Você fez uma escolha.
Ficamos calados.
— Sim, você tem razão.
Será que eu tinha mesmo razão? Estiquei minha mão e toquei na mão de Amanda. Ela trepidou, ia tirar, mas desistiu. Ficamos novamente em silêncio, nossas mãos juntas, pesadas e leves no banco de madeira; apenas o vento desfolhando a amoreira, as folhas caindo no chão ao nosso redor.

Os pais de Amanda retornaram num carro e Marcinha no outro. Já abastecidos e impacientes, buzinaram. Me despedi com um beijo no rosto. A bochecha estava gelada.

Lembrei do que havia ido fazer: comprar um cartão telefônico, falar com minha mãe. Voltei para outro restaurante, em que meu pai e tia Beth estavam me esperando. Os dois me olharam espantados. Já haviam até almoçado, estavam no cafezinho. Tive de explicar aqueles pouco mais de vinte minutos. Os dois permaneceram em silêncio, não quiseram questionar nem contestar nada. Tia Beth cortou o silêncio em tom maternal:

— As porções aqui são enormes, sobrou filé à parmegiana, você gosta tanto. Quer? Você precisa comer, meu querido.

Aceitei e comi quieto. Meu pai e tia Beth conversaram sobre amenidades, notícias de jornal, preços de imóveis e investimentos. Tia Beth havia comprado muitos dólares, "está um real pra um dólar, Bernardo. Sabe quanto tempo isso vai ficar assim?". Sábia tia Beth...

— Eu fiquei esperando você pra poder contar minha história, Léo. Mas vamos deixar pra falar quando sairmos daqui. Não é melhor?

Concordamos e não conversamos nada de relevante, até tia Beth contar que Dirce, sobrinha de Zenaide, teria feito uma benzedura nas pernas de Januária e aliviado as dores dela. "Placebo?", meu pai perguntou. Tia Beth disse que acreditava em tudo, e desacreditava de todos. Foi o gatilho para uma lembrança de meu pai:

— Eu respeito muito o espiritismo, tia. Apesar de a gente ter sido criado no catolicismo, e nem poder falar de espíritos em casa. Sabe como era teu irmão.

— Ô, se sei. O Arthur era casca de ferida. Ciumento, possessivo, mas protetor e devotado.

— Pensar que meu pai nunca acreditou naquilo que aconteceu comigo. Lembra? Na tua casa... nem mesmo depois de todos aqueles tratamentos espirituais que eu tive de fazer. Pelo menos eu parei de ter tantos sonhos, durmo melhor.

Passei a mastigar mais devagar, pra prestar atenção na conversa deles. Quem estava tendo sonhos era eu! Um atrás do outro, envolvendo a família, caixas, água, música, Tavinho, uma apresentadora de televisão...

— Eu bem sei, Bernardo... teus sonhos nos levaram a tantas situações...

— Como é que tá a Zenaide, tia? Tá viva?

— Claro! Mas se aposentou, tem dores no quadril...

— Ela nunca te contou o que eu falei naquela noite? Lembra, no ouvido dela? Nem mesmo depois de todos esses anos?

Tia Beth se atrapalhou com o café e começou a tossir. Meu pai se levantou, pediu uma água ao garçom. Tia Beth pôs a culpa nos cigarros, na garganta seca, mas meu pai não comprou a desculpa. Conhecia as manobras daquela velha capitã do mar.

— Afinal... o que a Zenaide te contou, tia?

39.

Tia Beth se sentiu acuada.
— Vamos pagar a conta e conversar em outro lugar?
Fomos para a cachoeira do Véu da Noiva — a parte das águas, propriamente dita. Lá, algumas pontes e corrimões foram construídos para permitir aos turistas a experiência de entrar sem se molhar. É possível *bordear* as pedras, cruzar o curso das águas. Dentro daquela nuvem de água suspensa, daquele cheiro etéreo de pedra molhada, é possível sentir-se mais perto da natureza, e certamente, de Deus.
— Parece um véu mesmo, não? — disse tia Beth.
Meu pai estava distraído com o barulho das águas.
— Quê?
— Um véu de noiva. Parece um véu de noiva.
Eu que respondi:
— Sim, tia, muito. É linda, nunca tinha vindo até aqui.
— Tinha sim, quando você era pequeno.
— Não lembro.
— Quem te trouxe foi seu vô! Foi naquele Natal! O Arthur adorava cachoeiras!
— Sim, ele adorava — meu pai completou. — Mas para de nos enrolar, tia. Que foi que a Zenaide te falou?
— Ah, Bernardo. Vamos sentar ali.
Sentamos num banco chumbado nas pedras; as águas da cachoeira — os véus da noiva — serpenteando diante de nós.
— Foi em janeiro de 71, não foi? Quase um ano depois do desaparecimento de Tavinho. Até então tínhamos alguma esperança de achá-lo, sei lá, talvez em Buenos Aires, com alguma namorada. Já sabíamos que ele havia sido vítima do patrulhamento ideológico porque tinham invadido o estúdio de gravação, o teatro de arena... também suspeitávamos que nossa casa tinha sido invadida porque sumiram alguns documentos, cartas, anotações e fotos. Sobraram alguns discos, roupas, e por incrível que pareça, aquele tijolo de maconha que você e a Sereia fumaram naquela noite que vimos vocês...
— Ei, tia... essa parte não, o Léo tá aí — meu pai falou, levando o dedo à boca.
— Pai, já tô sabendo de tudo.
Meu pai fez uma expressão um tanto desesperada: "Tudo o quê?".
— Não quis te dedurar, Bernardo.
— Como não, tia? Contou uma intimidade minha!
— Houve um contexto.
— Fofoca tem contexto?

— Não ouse me chamar de fofoqueira, Bernardo!

Tia Beth ficou brava. Meu pai se afastou.

— Eu contei o que vi, ouvi e presenciei na minha própria casa! Você falava coisas esquisitíssimas, e eu e Tatá ficamos completamente desorientados. Na hora, parecia que era mais de um espírito; um que falava alemão e outro que falava português. Acho que tinha até um terceiro, que falou ao pé da orelha da Zenaide. Ela chegou a chorar...

— E o que eles falaram? — eu perguntei, assumindo o diálogo

Tia Beth suspirou.

— O alemão falou coisas que não entendi direito, apenas parcialmente. Nunca fui a melhor em alemão, mesmo tendo vários motivos pra aprender. Otávio me disse que era algo como "*es ist wichtig zu glauben*", que quer dizer "é importante acreditar"... e depois "*dass nichts zufällig passiert*", que é "que nada acontece por acaso"... daí vem... "*Selbst die Gewalt*"? Não lembro direito.

— Não precisa ser em alemão, tia.

— Ah, tá bem. Realmente, claro, é que eu estava... é incrível como volta nítido na minha memória. A minha memória... quero muito que você escreva um livro pra mim, Léo, pra que eu possa esquecer disso tudo. Eu gostaria de esquecer, sabe?

Meu pai resolveu voltar à conversa.

— Você nunca vai ficar gagá, tia.

— O esquecimento é uma benção, Bernardo.

Percebi que ambos iriam perder o foco da conversa.

— Afinal de contas, o que foi dito naquela noite?

— Ah, sim. A frase completa que foi dita era algo como... como... "Tudo tem razão de ser, até mesmo a violência e a ausência."

Ficamos parados uns instantes.

A frase caiu forte, firme sobre nós. Até meu pai interromper:

— Eu falei isso?

— Não, Bernardo, você não teria essa capacidade.

— Tia!

— Foi o espírito. Podemos ir andando?

— O segundo espírito, o que falou?

— Não tenho certeza se havia um segundo espírito, isso só a Zenaide pode confirmar. Ouvimos alto uma segunda frase, que veio em português: "As águas são cofres de todos os nossos segredos".

Meu pai estava tentando voltar àquela cena.

— Eu tenho a impressão de lembrar disso. Tanto que insisti com vocês que o corpo do Tavinho estava no fundo de algum lugar.

Tia Beth virou pra mim, os olhos desgostosos:

— Por causa disso, meu querido, nós esvaziamos o lago da nossa Fazenda em Taubaté. Nada. Teu tio Tatá também mandou vasculhar no riachinho aqui de Campos, mas nem sinal.

Meu pai completou as informações.

— Mas apesar disso, ficamos sabendo que o Tavinho havia estado tanto na Fazenda como na casa de Campos. Feito duas reuniões de partido, com gente do sindicato, pessoal do teatro de arena, artistas e intelectuais que queriam modificar o regime.

— Ele tinha mesmo se engajado? Não foi um engano? — Eu estava intrigado.

— Foi dedo da tua tia Vitória — respondeu tia Beth.

— Hein?

Meu pai assumiu a narrativa, tia Beth parecia ter trazido uma raiva enorme no coração.

— Tua tia Vitória e tua tia Hortência integravam o Partido Comunista, e também outros movimentos, como o estudantil... ela havia lecionado piano pra vários intelectuais de esquerda que estavam procurando formas de tirar o regime militar do poder. Vitória se engajou por influência da tia Hortência.

— Influência nada. Ela era uma revoltada com o que achava ser comportamento burguês, e arrastou meu Tavinho pra isso.

— Peralá, tia. Não foi bem assim. Tavinho também estava envolvido com uma apresentadora de TV, você sabe.

Muita informação em seguida, uma da outra. As águas do Véu da Noiva tinham forçado algum dique a se romper. Já não estava processando as ideias; ao ouvir "apresentadora de TV", lembrei de um sonho muito maluco, de poucos dias antes.

— Uma apresentadora loira?

Meu pai e minha tia me olharam, sem entender.

— Sim, filho.

— Então eu preciso contar pra vocês. Desde que comecei a mexer nessas histórias, tenho tido sonhos estranhos praticamente todas as noites...

— Que tipo de sonhos? — Meu pai estava espantado.

— O nome dessa apresentadora era Cláudia e ela tinha um carro arredondado azul, não tinha?

— Sim, Cláudia Ferraz, do Canal 3. Mas o carro eu não sei. Você sabe, tia?

— Ela foi pegar o Tavinho algumas vezes lá em casa. Ela tinha um Gordini.

Eles ficaram em silêncio. Tia Beth estava tensa.

— Que história é essa, meu filho? Estou assustada.

Tia Beth se levantou e tentou acender um cigarro. Foi pra lá, foi pra cá, e se aproximou da beirada das águas.

— Não dá pra ouvir isso tudo sem fumar. Agora essa, Léo, não posso acreditar... você também está sonhando com aquela vaca da Cláudia Ferraz!

Tia Beth derrubou o maço no chão molhado e, atrapalhada, também perdeu o cigarro, que rolou nas pedras cheias de limo e foi-se embora cachoeira abaixo.

— Que merda! Está ventando muito aqui.

Tia Beth ficou olhando o cigarro se perder nas espumas cristalinas. Por um momento, temi que saltasse cachoeira abaixo.

— É um sinal pra você parar de fumar, tia! — meu pai soava sarcástico.

— Não vem com essa, Bernardo. Sou capaz de secar esse maço com um olhar de raiva, mas não fico sem fumar. — E ela se distanciou da beirada, me deixando aliviado.

— Você não tem outro maço? Quer que eu vá comprar?

— Não dessa marca. Não estava planejando vir pra Campos. Normalmente trago um pacote inteiro, que consigo numa única loja lá em São Paulo. Acho que quase ninguém mais fuma esse cigarro na face da Terra, só eu e a mãe do fabricante, que já deve ter morrido de enfisema. Vamos sair daqui! Não quero ouvir mais nada nas margens dessa cachoeira, principalmente sem fumar. Senão nunca mais vou conseguir olhar pra uma queda d'água e sorrir, sem lembrar de todas as desgraceiras que aconteram na minha vida.

— Na nossa vida.

— Como quiser, Bernardo. Vamos.

Tia Beth saiu na frente, chacoalhando o maço de cigarros molhado, visivelmente irritada por não fumar. Não era à toa que ela estava um bocado sensível; falamos de tantas lembranças cruzadas que, a mim, pareciam fios soltos e endurecidos num antigo quadro de luz. Bastaria uma faísca para que, ao invés de iluminar, se desse um curto-circuito.

— Quero ir pra casa. Vamos, mexam-se. Eu que sou a velha aqui e vocês que ainda estão parados no banco de cimento! *Bouger! Sortez ces culs paresseux du banc!* ("Movam-se! Tirem essa bunda preguiçosa do banco!")

Ela soltou duas frases em francês. Papai sempre me falava: "Quando a tia Beth começa a soltar frases em alguma outra língua, é porque está quase estourando. É um mecanismo de defesa: pra não ser deselegante e ter que ficar pedindo desculpas depois, prefere disfarçar os xingamentos com outra língua".

40.

Na volta, tia Beth colocou o maço de cigarros colado no ar quente do carro. Pediu pra papai colocar no máximo, e uma baforada quente e ardida invadiu todo o carro, a ponto de embaçar os vidros da frente.

— Não quero nem saber, passa um paninho aí, Bernardo!

Eu ria e filmava a situação na minha mente. Aquelas mãozinhas enrugadas, unhas vermelhas, pulseiras tilintando, o maço de cigarros grudado no painel, como se daquilo dependesse a rotação da Terra.

As pulseiras... uma delas de Santa Crescência. A pulseira que era cópia de uma outra, que Klaus havia presenteado tia Beth, mas que teve um destino que ela nunca me contou.

No trajeto, um pouco mais calma, tia Beth disparou:

— Essa Cláudia Ferraz que você sonhou, quero saber todos os detalhes desse sonho. Mas só depois do cigarro secar, senão não tenho estômago.

— Nossa, tia. Eu não tenho culpa de ter sonhado.

— Você não tem culpa nenhuma. Ela que tem culpa! Onde já se viu invadir o sonho dos outros. Uma ordinária!

Papai resolveu assumir a conversa e me explicar um pouco mais a razão de tanta visceralidade:

— A Cláudia Ferraz era uma apresentadora famosa nos anos 60... metade final dos anos 60. Ela fez um sucesso estrondoso, foi uma febre, depois ninguém mais contratou ela.

— Claro, a ordinária era casada com o diretor do programa, que era da família dona da Emissora DKS do Canal 3. Quando vazou que ela tinha caso com os entrevistados, acabou sendo enxotada da televisão e proibiram os concorrentes de contratá-la.

— Tia, não foi bem assim.

— Foi como, então?

— A Cláudia teve um romance, um lance com o Tavinho. No início, achamos que era fofoca pra vender revista, sabe como é. Mas Tavinho acabou me contando e a tia Beth, bem, ela descobriu porque...

— Porque estranhei aquele Gordini azul buscando o Tavinho quase todo dia. Anotei a placa e mandei pro marido de uma amiga investigar.

Nunca imaginei que tia Beth tivesse um instinto protetivo tão grande, a ponto de mandar investigar a vida de Tavinho. Era uma atitude invasiva; fiquei um tempo tentando digerir aquela postura com a tia Beth da minha cabeça.

— Descobri que estava no nome de uma empresa: Ferraz & Melo Produções, uma empresa do marido dela.

Meu pai completou:

— A Cláudia Ferraz era uma gata, filho.

— Sim, isso lá é verdade — disse tia Beth. — Era linda, parecia uma boneca russa, loiríssima e num biotipo que nada tem a ver com o brasileiro. No Brasil sempre teve isso, essa tal síndrome de vira-lata, sabe? O padrão de beleza nunca foi o real, o padrão miscigenado que temos, a pele morena, o cabelo ondulado, as curvas fartas. Sempre valorizamos o padrão europeu, o padrão americanizado. A TV adorava a cara da Cláudia Ferraz, e vendia ela como se tivesse descido dos Alpes e se manifestado na praia de Copacabana. Como uma daquelas vaquinhas brancas que pastam na Suíça, mas que tinha nascido, na verdade, numa cidade de meia dúzia de habitantes em algum buraco no sul do país.

Chegamos. Mal o carro parou e meu pai puxou o freio de mão, tia Beth saiu apressada. Dali a pouco, quando estávamos tomando um suco na cozinha, ouvimos um secador de cabelos em sua máxima potência. Tia Beth desceu o mezanino com o cigarro aceso, baforando. Nas mãos, o maço sequinho — talvez o fumo mais seco da história da humanidade.

— Agora posso conversar sobre qualquer coisa... — e ela baforava, deixando uma nuvem esbranquiçada a marcar seu rastro. — Tenho dezoito cigarros, o que me faz decretar que tenho de voltar pra São Paulo no máximo amanhã, depois do café da manhã.

— Tia, por que não fuma outra marca?
— Porque me dá pigarro, tosse e desgosto.

O caseiro chegou com um pacote nas mãos.
— Dona Beth, olha aqui. Eu comprei pra senhora na última vez que veio.
— Jorge, você é um querido!

Ele saiu orgulhoso, como se houvesse salvo uma dama em perigo. Na verdade, nos salvou a todos. Nunca havia visto tia Beth sem fumar, e não estava preparado para o monstro mitológico que ela devia se tornar.

Um cheirinho de pães de queijo invadiu o ambiente, disputando espaço com o cheiro de cigarro. Marta se adiantou, preparando um lanche.
— Assim a gente fica mimado! — Meu pai enchia a mão e a boca.
Tia Beth se sentou e tomou um café preto.
— Léo, o que você sonhou com a Cláudia Ferraz?
— Tenho tido sonhos esquisitos desde o dia em que fui entregar as tuas joias. Cheguei a sonhar até mesmo no sofá da sua sala, acordei com o Oliver e o Patê me olhando. Lembra, naquele dia que a tua amiga estava lendo tarot pra você?
— Que amiga, tia? — meu pai perguntou.
— A doida da Antonia.
— É sempre ligado a água, me sinto sufocado, como se faltasse ar. Estou em uma caixa fechada, algo do gênero. Teve um sonho em que eu tentava nadar até o outro lado de um lago, e haviam faróis de carros iluminando a superfície das águas. Um carro que nunca vi, não sei qual é, mas um modelo antigo.

— Sabe, são muito parecidos com os sonhos do teu pai. Não são, Bernardo?

— Sim...

— Eu sonhei com a tal apresentadora numa noite em São Paulo. Ou foi vindo pra cá, no ônibus. Isso, vindo pra cá. Eu cantava no palco, mas a voz não saia, depois a voz saía e eu cantava olhando pra ela. Olhava apaixonado pela apresentadora loira, e quando me olhava no espelho, não era meu rosto.

— Que rosto que era, filho?

— Era o rosto... — hesitei em completar. Falar isso para uma mãe não me parecia correto. Como se eu estivesse invadindo um espaço de dor em que haviam aquelas fitas amarelas com preto; espaço restrito que não deveria ser bulido, mas apenas aquietado e anestesiado.

Tia Beth acendeu outro cigarro.

— Pode falar, meu querido. Era o rosto do Tavinho, não era?

— Era, tia...

Tia Beth tragou; bafourou. Olhou para a mesinha de centro, sentou-se na ponta da poltrona e se pôs a arrumar as flores artificiais do vaso. Ficou assim durante algum tempo, e eu e meu pai nos entreolhamos. Ela me fez uma pergunta que me cortou o coração.

— Me diz, Léo... quando você olhou pro espelho e viu o rosto do meu Tavinho... ele estava bonito, feliz?

Os olhos imensos de tia Beth estavam envoltos em lágrimas teimosas, que ela não deixaria escorrer pelo rosto.

— Sim, tia. Ele parecia feliz. Muito feliz.

Ela se levantou sem falar nada, foi em direção ao mezanino.

— Depois conversamos melhor, preciso descansar. Mas...

Ela pôs a mão em meu ombro.

— Obrigada, meu querido. Obrigada por ter visto meu Tavinho feliz.

Tivessem acontecido todos os fatos hoje, eu teria pesquisado os envolvidos na Internet: Tavinho, Cláudia Ferraz, fulano marido da apresentadora, Emissora do canal 3. Mas naquela época, tinha que me contentar com o acaso. Apenas dali a dois anos é que seria apresentado ao Google. Estava no terceiro ano da faculdade. Até então, as buscas na Internet eram tolas e inespecíficas, você tinha que anotar o nome do site certinho. Não bastava saber uma palavra. Ou um rastro, e ir seguindo o cheiro digital. Fui apresentado ao...

— O nome é go-ó-gle...

— Hein?

— Escreve aí: "Gô-ó-gle".

Foi o que me disse a Nzinga, garota angolana que fazia intercâmbio

na São Francisco. Estávamos na sala de computação, eu precisava terminar de fazer uma pesquisa. Nesse dia, em 1998, precisava saber do projeto de novo Código Civil. Deveria ter digitado "código civil", mas meus dedos não quiseram e digitei um nome. Nzinga olhou pra mim, curiosa.
— Quem é Tavinho Guedes?
— Sou eu em outra encarnação. — Sorri. Nzinga retribuiu e ficou do meu lado até eu achar um site que mencionava uma lista de composições e textos de autores da década de 70. Lá havia uma foto, de baixíssima resolução, que mostrava o moço do porta-retratos sorrindo ao lado de uma moça de cabelos loiros, quase brancos. A legenda: "Tavinho Guedes e Cláudia Ferraz em noite de prêmios, 1968".

O rosto de Tavinho eu já conhecia, mas o de Cláudia Ferraz foi a primeira vez que pude ver. Sim, era realmente a mesma moça do meu sonho de dois anos antes.

Durante o fim de tarde, fui caminhar com meu pai. Tivemos um bom momento no meio da natureza; ele me contando os lugares onde gostava de se esconder e as árvores que tinha plantado com o antigo caseiro e Tavinho.
— Olha aqui, essa árvore é a que você plantou em 86!
— Eu plantei uma árvore aqui?
— Não lembra, filho?
— Eu... acho que... vagamente, talvez.
— Você veio com o seu avô, ele ficou todo feliz. Durante muitos anos tivemos o costume de plantar uma árvore aqui, cada criança. Pra ir vendo o crescimento delas e o crescimento da gente.
— Então qual árvore é você, pai?
— Aquela ali, olha lá!
Uma araucária já bem crescida, próxima a duas grandes pedras, dava o ar da graça. Parecia uma árvore mais velha do que os quarenta anos que meu pai disse ter plantado. Uma árvore com ares jurássicos, assim como meu pai — foi o que pensei, implicando com o fato de achar que ele sempre parecia mais velho e cansado do que deveria parecer.
— E a árvore do Tavinho, qual é?
Meu pai me olhou, respirou, ia dizer algo, mas preferiu se calar.
— Vem comigo.
Subi o declive do terreno e fui até um grande quintal atrás da casa-velha, aquela onde tia Beth havia estado primeiro, mencionada no diário, em 1943.
— Não tô vendo árvore nenhuma, pai.
Meu pai apontou pra um toco de árvore, que tinha as raízes aparentes perfurando o solo e muito musgo em torno de si.

— Que aconteceu com essa árvore, pai?
— O tio Tatá, filho...
— Que tem?
— Ele serrou a árvore do Tavinho com uma motosserra.

Voltamos para a casa-grande e tia Beth já estava sentada à mesa, jogando paciência. Colocava as cartas cuidadosamente, como se estivesse organizando o próprio espaço-tempo de sua dimensão.
— Achei que não voltavam mais! Já ia pegar as lanternas e os apitos de novo!
— Que nada, tia, fui mostrar as árvores.
— Ah... — Tia Beth desconversou: — Querem bourbon?
— Já?
Ela tirou a tampa da garrafa e encheu um copinho pequeno.
— Você bebe assim sempre, tia? — Meu pai parecia um tanto assustado.
— Bernardo, me poupe. Para o que vou contar agora, preciso estar bem alterada.
— Vai falar sobre o Klaus?
— Estou devendo isso pra vocês, meus amores. Ia contar pra vocês sobre meu primeiro casamento, meu primeiro noivo, o pai de Tavinho. Mas como sempre, aproveito qualquer brecha pra evitar essas lembranças. *Ma è arrivato il momento di raccontare!* ("Mas chegou a hora de contar!")

Voltamos para 1943. Elisabeth está comprando, sozinha na rodoviária, duas passagens de ônibus para Blumenau. A jovem de dezoito anos está grávida de dois meses, conforme disse o Dr. Agenor, pai de Antonia, que a havia examinado no dia anterior. Ela, porém, já sente alguma dor nas pernas, talvez por conta da retenção de líquido. Na maleta pequena que carrega, algumas mudas de roupa e as economias de Januária. Os olhos de Betinha lacrimejam: "Betinha, minha menina, isso tudo que te mando é para seu uso. Jamais pense em devolver. Use para começar sua vida, para fazer o enxovalzinho do seu nenê, alugar um teto. Confie, que Deus tudo proverá. Januária".
— Onde você está, Klaus?
Elisabeth olha para o relógio. O ônibus com destino a Blumenau já está estacionado, mas nenhum sinal dele... "Não é possível", ela pensa. "Ele não vai fazer isso comigo. Não vai."
A menina ruiva reza, o coração descompassado.

41.

Por gostar de desenhar, costumo reparar um tanto além das formas, luzes, cores e sombras das coisas. Não há desafio maior para um desenhista iniciante que rascunhar as mãos humanas em duas dimensões, no papel em branco, dando-lhe o volume e dramaticidades necessárias. Depois do rosto, não há nada que demonstre mais as emoções humanas que as mãos, encrespadas, soltas, displicentes, curiosas ou atrevidas.

Há muita beleza nas mãos idosas; em suas veias, sinuosidades, arroxeados, capilares e manchas acastanhadas. Os sulcos formados pelos tendões recobertos por uma pele fina, quase um celofane, revelam toda sua anatomia e movimentos. Costumava observar as mãos da tia Beth — eram delicadas e envelhecidas, o esmalte vermelho retocado quase diariamente, o cheiro suave de creme para as mãos e o leve tremor causado por algum curto-circuito dos anos de uso.

Tia Beth, sentada na mesa da sala de jantar, enchia o pequeno copo de cristal com seu bourbon predileto. Seu rosto estava impávido, estatuesco. Seria impossível notar qualquer emoção em suas expressões, o que me parecia tão estranho quanto pouco natural. Creio que seu mecanismo de defesa fosse esse: antes de acessar memórias que lhe doíam, devia se despersonalizar, como se estivesse falando em terceira pessoa.

— Pobre Elisabeth... às vezes tenho pena de mim, sabiam? Mas na maior parte das vezes, tenho orgulho por ter tido coragem de ir adiante em cada uma de minhas decisões, ainda que estúpidas.

Eu e meu pai nos servimos da mesma bebida e, sentados, ficamos praticamente imóveis. Tivemos a impressão de que qualquer movimento poderia interromper a narrativa, retirar a coragem daquela velha senhora cujas mãos revelavam toda sua dor, com movimentos intranquilos, alisando os bordados do centro de mesa, fazendo círculos na borda do copo de cristal, e chacoalhando suas pulseiras para dentro.

— A melhor e a pior coisa de seguir adiante numa decisão que tomamos é que não podemos culpar ninguém por nossa infelicidade. Comigo foi assim. Mas não tenho do que me queixar, fui muito amada. Esperei por Klaus naquela rodoviária por longos minutos, o coração pulando na boca, e quando tive certeza de que ele não apareceria, senti sua mão tocando a minha por trás, tentando pegar minha mala. Ele disse: "Não deve carregar tanto peso, Elisabeth". A voz dele, ah, a voz dele falando Elisabeth. Foi como se eu tivesse finalmente chegado do outro lado depois de me jogar de um precipício. Vê-lo ali me deu a certeza de que nossa insensatez prosseguiria.

— Caramba, tia. Contando assim, eu também fico ansioso. — Meu pai atacava uma latinha de pistaches sobre a mesa. Eu ri, era bem assim que me sentia toda vez que ela contava algo sobre o seu passado.

— Klaus estava com uma mala pequena. A verdade é que ele não tinha muitas coisas, tinha chegado ao Brasil havia menos de um ano. No clube, Klaus usava sempre a mesma roupa branca, um uniforme dos professores de tênis. Nas vezes em que nos vimos fora de lá, Klaus variava apenas a camisa por debaixo do paletó cinza. Um paletó cinza, muito bem cortado por sinal, de meia-estação. Combinava com os olhos dele, que eram de um azul acinzentado. Sabe aquela cor que o céu fica quando está se formando uma tempestade?

Tia Beth acendeu um cigarro.

— Não quero parecer vulgar, mas era só o Klaus me tocar para eu ficar completamente envolvida. O cheiro dele era adocicado e muito firme, como cheiro de couro com erva-doce, como cheiro de cachimbo e alecrim.

A fumaça dançou como uma fita branca em direção ao teto. Ela ficou em silêncio por alguns instantes.

— Klaus pegou minha mala e me acalmei. Ele me havia demorado porque passou no banco para fazer uma boa retirada em dinheiro. Ele recebia o salário de instrutor do clube, mas também recebia um montante todo mês, enviado pela tia que morava em Blumenau.

— Por isso que vocês foram pra lá?

— Sim, fomos encontrar a tia e o tio de Klaus. Eles haviam vindo da Alemanha no entreguerras, por volta de 1930 e poucos, algo assim. O tio de Klaus, irmão de seu pai, era um homem muito influente na Alemanha e fazia parte da administração pública. Ele se chamava Johann Bauer e ocupava um cargo importante na administração pública, acho que era deputado distrital, alguma coisa assim. Foi influente até a subida do Partido Nazista, quando percebeu que estava com a vida monitorada. Ainda mais por ter se casado com a tia de Klaus, uma judia de origem polonesa. Eles perceberam que não daria para continuar na Alemanha e conseguiram se desfazer de seus bens e planejar uma vinda ao Brasil antes que isso se tornasse impossível.

— Mas por que o Brasil, tia? — Meu pai estava envolvido.

— Os irmãos da Ylanna, a tia de Klaus, já haviam vindo para o Brasil e se instalado no sul. Sorte deles, vieram antes da Noite dos Cristais.

— Noite do quê? — perguntei.

Meu pai se antecipou na resposta:

— Foi a primeira noite de perseguição contra os judeus na

Alemanha, um ano antes da Segunda Guerra se iniciar. Já estavam se formando forças paramilitares nazistas que, junto com vários civis, resolveram depredar lojas, edifícios e sinagogas judaicas.

Tia Beth completou:

— Klaus me contou dessa noite, ele estava voltando a pé da faculdade, junto de seu melhor amigo judeu. O nome dele era Edgar, se não me engano. As principais ruas de Berlim estavam depredadas, o chão revestido de estilhaços de vidro, que refletiam a luz da lua. Daí o nome "Noite dos Cristais". Edgar ficou nervoso e quis ir ver a loja do pai, pediu que Klaus o acompanhasse. Quando chegaram estava tudo destruído, haviam colocado fogo na loja de tecidos do pai do rapaz, e dali a algumas horas, iriam descobrir que o irmão desse Edgar havia sido morto nesses ataques.

— Eu simplesmente não entendo como uma coisa dessas pode acontecer com uma nação. De repente, sobe um louco ao poder...

— Não foi apenas Hitler, filho. Uma andorinha só não faz verão, temos sempre que lembrar disso. O povo alemão estava dividido, polarizado em suas opiniões políticas. Haviam perdido muito dinheiro no pós-guerra por causa do Tratado de Versailles, haviam enfrentado uma recessão bizarra. Desemprego, fome, tudo isso é terreno fértil pra que teorias conspiratórias floresçam. Uma delas era a demonização dos judeus porque eles ocupavam posições de destaque no mundo financeiro alemão.

Tia Beth se levantou da cadeira.

— Acha que estamos livres disso? Léo, antes do golpe de 64, também tínhamos uma democracia consagrada; mas também tivemos uma conjuntura estranhíssima, um louco no poder.

— Que louco?

— Jânio, oras bolas. Ele fez uma verdadeira mixórdia no poder, achando que seria aclamado pelo povo. Até hoje ninguém sabe direito porque ele renunciou, se estava sendo ameaçado ou se queria aclamação popular. Como o vice dele era esquerdista, daí surgiu o medo da onda vermelha. Estávamos nos anos 60, nem preciso dizer que o americanismo influenciou demais esse medo da classe média, que achou que iria ser expropriada de suas casinhas e carrinhos ao melhor estilo do filme *Dr. Jivago*.

— Mas, tia, conta de você, do Klaus.

— Conseguimos subir no ônibus, mas entramos separados. Klaus ficou com medo de que nos marcassem, que nos notassem. Também ficou com receio de que por ser alemão, notassem o sotaque dele e resolvessem colocá-lo para fora do ônibus. Por isso ele chegou a me dar o endereço dos tios dele em Blumenau e combinamos que se algo desse errado, nos encontraríamos lá.

— Deu tudo certo? — meu pai engolia o que restava dos pistaches.

— Sim, deu. Foi uma viagem bem tranquila, e ninguém ficou

encarando ninguém. A sorte é que somos tão misturados que ninguém ficou olhando para Klaus como se ele fosse de outro planeta. Apesar da cara de alemão, não causou muita estranheza o fato dele estar indo para uma cidade ao sul do país; onde, afinal de contas, já ficava uma boa parte dos imigrantes alemães. Puxa, preciso tomar uma água, senão vou ficar bêbada antes de terminar de contar.

Tia Beth foi à cozinha.

— Léo, te juro, parece que estou descobrindo todo um mundo novo.

— Você não sabia de nada disso sobre a tia Beth, pai?

— Nada, filho. Nada.

— Nem o vovô?

— Não sei, filho. Se sabia, ele nunca me falou nada. Talvez eu... talvez se puxar pela memória, comece a relembrar algumas coisas que não se encaixavam. Acho que teve um Natal, aqui nessa casa, deve ter sido em...

— 1986?

— Isso, isso mesmo. A tia Beth discutiu com a tia Vitória, quebrou um copo e machucou a mão. Foi um auê geral. Parece que a tia Vitória tinha ofendido um antigo namoradinho da tia Beth e chamado ele de... puta que pariu! Era o Klaus então. Lembro de ouvir a tia Vitória falar alguma coisa de nazismo. Quando o teu vô chegou, houve uma discussão na biblioteca. Algo sobre uma carta, um diário, alguma coisa assim. No dia seguinte, a tia Beth foi andar a cavalo com a tia Vitória e...

Tia Beth saiu da cozinha com uma bandeja nas mãos. Em cima dela, uma garrafa d'água e copos.

— Caí do cavalo, quebrei a bacia e desde então tenho de usar uma palmilha especial no meu sapato esquerdo porque fiquei com a perna mais curta. Mas vamos pular essa parte... eu conto depois, não agora. Quero falar de amor, de paixão.

Nós nos servimos de água.

— A viagem foi tranquila. Nossos bancos eram lado a lado, claro. Ficamos de mãos dadas a viagem inteira, corpos colados um no outro. Pela primeira vez, consegui adormecer ao lado de Klaus. A sensação de adormecer e acordar ao lado de quem se ama é sempre indescritível. Klaus me abraçava e falava que me amava, que estava muito, mas muito feliz por aquela gravidez. "Essa foi a única forma que Deus encontrou para nos fazer ficar juntos." "Sim", respondi. Realmente, não fosse a gravidez, talvez não conseguisse ter a chance de viver aquele amor. Não sei se conseguiria convencer minha família a namorar Klaus. Quer dizer, estou certa que não conseguiria, o desenrolar dos meses, e a reação do meu pai que foi bem agressiva, bem drástica.

— O que o vovô fez? — Meu pai se referia ao meu bisavô.

— Calma, Bernardo. Ainda estou no ônibus.

— Deixa a tia Beth contar do jeito dela, pai. Poxa vida!

— Essa é a história da minha vida, Bernardo. Eu conto do jeito que mais me apraz. Se você não está gostando, pode se retirar, oras bolas!

— Não é isso, tia.

— E o que é, Bernardo?

— Porra, tia, contar assim faz a gente mergulhar na tua vida, me deixa nervoso.

— E você quer o quê? Um relato formal, datilografado em duas vias, que já conte: "Fulano morreu, beltrano casou, sicrano endoideceu e foi colocado num asilo?". Você por acaso lê um livro começando pelo último capítulo?

— Tia, meu pai só lê livros de Direito.

Meu pai bebeu a água e não falou nada.

— Adormeci no ônibus, tive um sono muito agitado. Sonhei com meu pai berrando comigo, chorando e depois dizendo que eu não era mais filha deles. Que eu havia maculado a honra da família. Bem, não posso dizer que não foi um sonho bem realista, a reação do meu pai foi exatamente essa, mas não testemunhei. Pouco antes de chegar na rodoviária, havia passado nos Correios e deixado duas cartas. Uma para meu pai, outra para minha mãe. No início, planejando minha fuga com a ajuda de Antonia, pensei em deixar com ela as cartas, mas achei melhor não expor minha amiga à tempestade que se daria em casa. Não tinha a menor dúvida que logo que notassem meu desaparecimento, inquiririam Antonia. Eu tinha dormido na casa dela na noite anterior. Meus pais e os pais de Antonia eram muito amigos. Dito e feito, o escândalo se armou e Antonia pode dizer que não sabia de nada.

— Ah, vá, e eles acreditaram?

— Meu bem, nunca duvide das capacidades dramatúrgicas da Antonia. Ela chorou, demonstrou desespero, disse que não sabia de nada... bem o pai dela, o Dr. Agenor, sacou logo os motivos. Ele tinha sido meu ginecologista, como já tinha te contado, Léo. Foi ele que constatou minha gravidez, é óbvio que ele apertou Antonia pra tentar saber quem era o pai. Antonia disse que não sabia, inventou que tinham muitos rapazes gostando de mim, inclusive o filho do dono da Botica de Manipulação. Ela inventou na hora e acabou colocando o coitado na berlinda, justo ele, que queria namorar a própria Antonia.

— Difícil não descobrirem quem era, né, tia?

— Sim, Bernardo. Mas eu queria ganhar tempo. Queríamos tempo para chegar em Blumenau e encontrar os tios de Klaus, que tinham posses, e poderiam nos ajudar a firmar uma vida decente. Queria tempo para dar entrada na papelada de casamento. Klaus queria arrumar os documentos, enfim... tinha pedido pra Antonia fingir, mentir, jogar uma cortina de fumaça e atrapalhar durante alguns dias o rastro da minha fuga.

— Coitada da Antonia.

— Coitada nada, se você perguntar pra ela hoje, vai dizer que nunca se divertiu tanto. Ela é minha melhor amiga, então é claro que ela não bate bem da cachola, meu filho. Ela diz que nunca mentiu tanto, com tanto gosto, e por uma boa causa. Antonia sempre foi uma romântica inveterada. "Eu faço isso com uma condição!", ela falou, se despedindo no ponto de táxi: "Quero ser a madrinha do teu filho".

Tia Beth parou de contar sua história por um instante. A voz embargou.

— Eu respondi: "Não existe na face da Terra ninguém melhor pra conduzir meu filho, caso eu morra. Você é minha confidente, minha melhor amiga, cúmplice em todos os crimes e bondades que fazemos. Obrigada, minha irmã".

Tia Beth levou um guardanapo aos olhos.

— A Antonia é a irmã que não tive. Quer dizer... tive a Vitória, mas com o que ela fez pra mim... ficou difícil perdoá-la.

42.

Tia Beth continuava a contar da fuga para Blumenau, enquanto meu pai procurava alguma coisa pra beliscar.

— Chegamos em Blumenau três dias depois. Naquela época não tinha ônibus-leito como hoje, então imagine, dormir toda torta, sem ter como tomar banho de corpo inteiro... Klaus se apertou em um canto, pegou uma malha para me cobrir, improvisou um travesseiro. Ele praticamente não pregou o olho a viagem inteira, mas nunca me senti tão segura e confortável próxima a alguém. Lembro da sensação até hoje.

Meu pai abriu e fechou as portas de uma cristaleira, mexeu em uma gaveta. Deixou cair um pacote de amendoins, eles se espalharam pelo chão; depois se pôs de quatro a catar um por um.

— Estou te entediando? Porque se estiver, paro agora de contar.

Meu pai arregalou os olhos.

— Poxa, tia, não é nada disso. Pelo contrário. Estou gostando, é que me dá nervoso.

— O papai, quando vai no cinema, tia, rói as unhas e não para de comer pipoca.

— Credo, Bernardo. Precisa controlar melhor seus nervos. Para de catar esses amendoins do chão! Parece criança! Vem, toma, enche o copo. — E tia Beth ofereceu o bourbon, cura para todos os males físicos, espirituais e emocionais. Meu pai aceitou o copo, não sem antes catar os últimos amendoins que encontrou. — Quem diria que iria terminar meus dias como uma velha bêbada...

Eu e meu pai nos olhamos, olhamos para tia Beth e, no final, gargalhamos. Ela, que havia feito um desabafo em voz alta, acabou caindo na risada.
— Vamos brindar à vida, tia!
— Não puxa meu saco, Bernardo. Te conheço desde o ovo, sei quando está com pulgas na cueca. Falou com a tua mulher pelo telefone, não falou?
— Você falou com a mamãe, pai?
Meu pai ficou sem graça, sem poder abrir a boca cheia de amendoins.
— É claro que ele falou.
Meu pai concordou.
— E ela, pai?
Foi tia Beth quem respondeu:
— Ela vem pra cá amanhã, não vem, Bernardo?
Meu pai engoliu os amendoins com um gole.
— Ela vem. Vem sim, como sabe, tia?
— Ah, Bernardo... você pensa muito alto.
— Chega antes do almoço. Vem buscar você, filho.
— Eu? — fiquei sem saber o que dizer. Se por um lado me sentia infantilizado com o movimento da minha mãe, por outro já estava com saudades da sensação de normalidade que só o abraço de uma mãe pode te dar.
— Então amanhã teremos um verdadeiro salseiro no horário do almoço! — disse tia Beth, baforando fumaça sobre nós como quem asperge incenso.
— Salseiro?
— "Salseiro" é gíria antiga, é confusão.
— Por que confusão, tia? Não acho que a Cláudia vai brigar com o Léo, nem comigo.
— Ah, não é isso. Vamos ter mais gente para o almoço.
Meu pai respirou fundo.
— Quem?
— O Léo, quando estava no meu apartamento, me escutou falando com ela.
— Ela quem? — perguntei.
— Minha amiga da Argentina, a Guadalupe Rojas.
— Eu sei quem é essa, não sei? Sei sim. Quando estivemos em Buenos Aires, você me apresentou algumas pessoas, tinha essa mulher pequenininha, falante e com cara de brava.
— Ela mesmo. Semana que vem vai ter um pequeno encontro em São Paulo, organizado por mim e por mais algumas mães de desaparecidos políticos. Trouxemos algumas amigas de fora pra ajudar a trocar experiências sobre como nos organizarmos melhor. Como cobrar mais transparência do poder público, abertura de arquivos, como lidar com a imprensa. Enfim... amanhã vamos falar sobre isso no almoço.
— Então é melhor irmos antes do almoço, tia. Não queremos atrapalhar.

— Não, acho até bom que você esteja com a gente, Bernardo. Não vai faltar trabalho pra você como advogado, e a Guadalupe vai vir com a neta, que também é advogada.

— Mas porque o tal "salseiro", tia Beth? Quem vai brigar com quem? — Não estava entendendo nada.

— Ah, meu amor... quem vai trazê-las até aqui é a Antonia.

Meu pai engasgou.

— Puta que pariu, tia.

Tia Beth continuou:

— Eu não sabia que a Cláudia vinha, fazer o quê?

— Vocês podem me explicar? Não estou entendendo nada! — Não sabia que o almoço do dia seguinte iria expor tantos outros esqueletos no armário da família.

— Eu que não vou falar. Seria fofoca. Fale você, Bernardo.

— A sua mãe... bem, a sua mãe e a Antonia, elas... se detestam.

— Detestam como? A ponto de não conseguir estar num almoço?

Tia Beth sorriu maldosa, com o copo no ar, como se brindasse com a fumaça que saía do nariz.

— Elas se detestam a ponto de fazer o diabo gargalhar...

Fez-se uma pausa dramática, a mesa estava posta na copa. Iríamos comer *fondue* e tia Beth não queria que a casa ficasse impregnada com o cheiro de carne queimada.

— *Fondue* é carne em óleo fervente, como o diabo gosta. Será que servimos pra Cláudia e pra Antonia amanhã?

Tia Beth saiu na frente, gargalhando com um sadismo até então desconhecido por mim.

Depois de ficarmos esgrimindo nossos palitos no *fondue* de queijo e de carne, e nos fartarmos de morangos envoltos em chocolate, veio aquela modorra da digestão.

— A primeira vez que comi *fondue* foi em Blumenau, com a Ylanna, tia do Klaus. Fazia muito frio e ela veio com a ideia de fazer *fondue* como se fazia na Suíça. Ela era uma mulher muito viajada, muito estudada. Tinha feito Belas Artes na Áustria, era uma artista nata, chegou a ser premiada em várias exposições. Mas teve de vir pro Brasil sem nenhuma de suas obras, trouxe no máximo um jogo de pincéis que tinha ganhado do pai, com seu nome entalhado em dourado. Eles fugiram na calada da noite da Alemanha... vejam só... eu me achando a maior das fugitivas e lá estava a Ylanna, de braços abertos, coração escancarado; ela, que havia largado tudo com o marido, para não ser morta.

— Como eles fugiram, tia? Eles vieram pro Brasil junto do Klaus?

— Não, Bernardo. Eu já te contei, eles vieram antes, no entreguerras, mas tiveram de fugir de Berlim porque estavam sendo monitorados pelos nazistas. Então forjaram um passeio num clube de campo que existia nas fronteiras da cidade e entraram em um barquinho como se fosse fazer um pequeno tour pelo lago. Do outro lado tinha um carro esperando, que os levou até a fronteira, e seguiram em um trem de carga até a Suíça. De lá, foram pra França e daí para o Brasil.

Eu tinha a curiosidade de saber como Klaus havia fugido há tempos, mas não tinha tido a oportunidade de perguntar.

— E o Klaus, como fugiu do exército alemão?

Meu pai fez uma cara de espanto.

— O Klaus fugiu do exército alemão?

— Ah, Bernardo, tenha santa paciência... estou contando as histórias pra parede? Você fica dizendo que está ansioso, que quer saber da história, mas no final é tanta ansiedade que não presta atenção em nada do que eu falo!

— Tia, essa é a definição exata de ansiedade — disse em defesa de papai.

— Desculpa, tia. Poxa, é tudo tão novo pra mim, tudo tão surreal, que às vezes quando você fica falando, eu volto no tempo e lembro de pequenos trechos, falas, coisas que aconteceram há mais de trinta anos e que eram indícios, eram pequenos rastros de que... desculpe, tem sido muita novidade pra mim. Me passa essa garrafa.

— Isso, Bernardo, bebe. Bebe, que hoje é dia de nós passarmos mal, e vai ser o Léo que vai nos colocar na banheira.

Rimos os três, apesar de ficar desconfortável em me imaginar colocando tia Beth na banheira. Vergonhas e pudores de um moleque.

— Ele era do exército, Bernardo. Era da XI Infantaria do Terceiro Reich alemão. Foi convocado em janeiro de 1939, apesar de estar no segundo ano de jornalismo e ser um campeão de tênis, uma promessa olímpica.

— Ele era tão bom assim?

— Sim, Bernardo, o melhor. Tinha agilidade e destreza além da técnica da época. Teria marcado seu nome na história do tênis... Klaus era o melhor e mais bonito tenista que já vi.

Fez-se um silêncio de alguns instantes. Ouvimos apenas o barulho do chocolate borbulhante do *fondue*.

— Marta, pode apagar. Meninos, vou levar os pratos.

Tia Beth deixou claro que precisava de um tempo para estabilizar as emoções.

No mezanino, dali a mais ou menos uma hora, estávamos sentados conversando uma vez mais.

— Que tem a Antonia e a minha mãe?

— Ah, não falo! Pergunta pro seu pai.

Meu pai voltava do banheiro.

— Ah, filho... não sei direito.

— Sabe, sim... não mente. — Tia Beth sorria com o canto da boca, acendendo um cigarro.

— A Antonia, ela... bem, quando eu tinha uns vinte anos, eu... na verdade, eu acho que tinha um pouco mais, eu tinha...

— Você tinha 20 anos e a Antonia tinha 42...

— Hein?

— A Antonia era uma mulher deslumbrante.

— Ah, peralá, pai. Agora você é o Dustin Hoffman e a Antonia é a Anne Bancroft?

— Do que você tá falando, Léo?

Tia Beth gargalhou.

— Nossa, Léo. Nunca tinha me atentado a isso. Puxa, Bernardo, que horror! Como você é desinformado. Não assistiu *The Graduated*? Como é o nome em português?

— *A Primeira Noite de um Homem*.

— Isso! Nossa, eu amei esse filme. Ele é de 1967!

Meu pai continuou sem saber do que estávamos falando.

— Porra, pai... sempre te achei tão quadradão, a calça colada no umbigo. Agora tô até com dor de cotovelo. Mas e a mamãe?

— Foi na época do namoro. Eu tinha começado a namorar sua mãe, mas ela teve alguns problemas, até hoje não sei o que foi. Nós brigamos feio, na festa de aniversário do Tavinho.

— Sim, a festa de 1968, que fizemos em volta da piscina.

— Briguei feio com a sua mãe, tive ciúmes dela durante a festa. Ela estava estranha naquele dia... só sei que depois que ela foi embora, fiquei conversando com a Antonia. Ela tinha acabado de se separar do marido.

— A Antonia não era casada?

— Sim, com o Frederico, filho da Botica de Manipulação. Ele se formou médico, virou um homão. Foi fazer especialização em plástica no Rio de Janeiro e acabou tendo um caso com umas socialites de lá... Antonia preferiu se separar, apesar de ter a cabeça bem aberta.

— Porra, pai, você comeu a Antonia! Mais essa agora.

— Ela era linda aos quarenta e poucos, filho. Você não tem ideia.

— Não seja machista, Léo. Conhecendo a Antonia como eu a conheço, foi ela que comeu o seu pai. Ela engoliu o coitado.

Meu pai riu, encabulado.

— Bernardo, você sabe que é a grande paixão da vida dela, né?

— Entendeu agora, filho, o porquê da sua tia Beth falar que amanhã no almoço vai ter um "salseiro"?

Para provocar meu pai, tia Beth começou a cantarolar a música de Simon e Garfunkel. Ela estava muito, muito feliz, o bourbon oxigenando suas veias e lembranças.

— Eu tenho um disco deles aqui! Vou colocar!

O mezanino se encheu de som e luz.

"*And here's to you, Mrs. Robinson*
Jesus loves you more than you will know
Whoa, whoa, whoa
God bless you, please, Mrs. Robinson
Heaven holds a place for those who pray
Hey, hey, hey"

(*"E um brinde a você, Sra. Robinson*
Jesus te ama mais do que você imagina
Oa, oa, oa
Deus te abençoe, por favor, Sra. Robinson
O céu reserva um lugar para aqueles que oram
Ei, ei, ei")

Regados a bourbon, dançamos juntos. Me senti outro, como se já tivesse dançado aquela mesma música com eles em outro lugar, em outro tempo. Havia festa, havia água, havia vida. Estávamos de novo em 1968...

43.

Saímos pro jardim, para ver o céu estrelado. Acabamos parando na frente da casa antiga, construção do início do século XX parcialmente demolida, e nos sentamos nos antigos bancos de pedra à frente da entrada. Os bancos de pedra permitiam que tivéssemos uma vista geral dos morros, montes e montanhas. As luzes do centro da cidade ao longe, as casas em estilo alpino como casas de brinquedo em uma imensa paisagem-maquete.

Papai se sentou, levantou, limpou as calças e sentou de novo. Tornou a se levantar, e colocar as mãos no cinto.

— Não uso a calça em cima do umbigo, Léo.

Para mim, o jeito certinho e antigo dele se vestir me causava certa vergonha — aquela vergonha adolescente. Queria ter alguém para me espelhar, e durante uma certa fase da vida, tudo o que você quer é ser notável, *cool*. Por outro lado, as revelações daqueles dias estavam mostrando que meu pai era um cara divertido e conquistador. Estava surpreso em vê-lo como alguém descolado, talvez tão descolado quanto o moço do porta-retratos; o primo cantor que sorria lindo e jovem sobre o piano de cauda na casa da tia Beth.

— Relaxa, pai. Garanhões usam o arreio do jeito que quiserem.
— Sou um pangaré, filho.
— Ai, credo, Bernardo. Canta pra subir! — disse tia Beth, impaciente com a lamúria de meu pai. — Detesto te ver assim, hein?
— Ela não quer mais saber de mim, tia.
— Era só você ter mantido seu pinto dentro da braguilha. — Tia Beth estava sem a menor paciência.
— Do que vocês estão falando?
— Você sabe, filho. Sua mãe quer se separar de mim.
— Você contou tudo pro menino, Bernardo?
— Se não contei, conto agora. Eu saí com uma das advogadas juniores do escritório...
— Caralho, pai. Qual delas?
— A de cabelo enrolado. O nome dela é Julia.
— Então não é noia da mamãe!! A gente falando que ela tava muito doida por causa da menopausa... puta que pariu, pai. Como ela descobriu?
— Uma secretária que foi demitida contou pra outra que contou pra outra, que frequentava o mesmo salão de cabeleireiro da sua tia. Sabe, filho, eu amo a sua mãe. Amo! Mas ela tem estado muito estranha, me maltratando, me evitando. Ela pode não estar mais querendo dormir comigo por causa dos hormônios dela, mas eu ainda tenho os meus hormônios.

Tia Beth soltou uma risada sarcástica.
— Vocês, homens, são patéticos, sabiam? Sempre culpam os hormônios por tudo. Se uma mulher está nervosa, é menstruação. Se está brava, é menopausa. E pra se desculpar das safadezas e putarias que fazem, dizem que é a tal testosterona. Ou seja, os hormônios nos condenam, mas pra vocês, salvam a alma.

Não sabia o que dizer. Muita coisa pra um feriado só, um só copo de bourbon. Por sorte, papai estava com a garrafa.
— Enche pra mim, pai.
Meu pai encheu o copo dele uma vez mais.
— Tximmm, tximmm — a voz dele saiu pastosa.
Tia Beth passou a mão nos olhos, suspirou.
— Olha só, agora bebe pra esquecer as cagadas que fez, né, meu querido? Não sei com quem aprendeu isso... — e ela riu, continuando seu discurso: — Sabe, é tanta confusão que a gente se mete por conta de desejo sexual. Na minha idade, a coisa está um pouco mais clara. Não significa que eu não tenha mais desejos, mas eles estão ligados ao sentimento. Não há mais a urgência, a fome. Mas ainda há apetite, paladar.

Apesar da confissão interessante que ela havia feito sobre seu desejo, eu não tinha maturidade para entendê-la perfeitamente. Me ative a apenas uma coisa, ao fato dela ter falado "na minha idade".

— Na sua idade... até agora você não me falou a sua idade, tia.
— Duvido que você não tenha feito as contas... fez, não fez?
Ri sem graça. Claro que tinha feito, mas queria confirmação.
— Eu estou com 70 anos, meu filho.
Meu pai se levantou do banco e se pôs de pé, fazendo uma espécie de rapapé de apresentação.
— Com vocês, Beth Guedes. Nascida Elisabeth Beatrice Loffredo de Almeida, mais conhecida como Beth Guedes no circuito Itaim-Jardins, após se casar com o bom partido e apaixonado Otávio Guedes Ribeiro. Desenhista de joias e acessórios, Beth Guedes nasceu em 8 de agosto de 1926, num dia de tempestade que impediu o médico de chegar a tempo para o parto. Nasceu gordinha, rosada e com uma penugem ruivinha cobrindo a cabeça, num parto que foi feito pela Zenaide da Costa e auxiliado pela prima dela, a jovem Januária.
— Você tá me caçoando, Bernardo?
— Não tô não, tia. É que conheço sua biografia de cor, lembra que fui eu que bolei tua minibiografia pros folders da joalheria?
— Tenha dó, Bernardo. Claro que lembro. Senta aí, vai, senão vai cair de boca na grama.
— Eu te amo! — Meu pai abriu os braços, indo de encontro à tia Beth. Ela, de início, não abriu os braços, diante da insistência etílica do meu pai. Mas no fim acabou arrefecendo. Meu pai se desmontou nos ombros dela e desatou a chorar.
— Bernardo... meu filho... se acalma! Calma! Senta aqui, senta. Senta que vou te contar uma coisa.
Meu pai se sentou.
— Teu tio Otávio também me traiu, lá por volta de 1971, 72... conheceu uma mulher durante um congresso de editoras, lá em Nova Iorque. Não posso nem chamá-la de vagabunda, porque era uma mulher incrível, bem-sucedida, culta e muito bonita. Na época eu estava um caco, vivendo um luto sem corpo horroroso, que descontei em Otávio como se fosse culpa dele não conseguirmos achar Tavinho. Fora isso, pesou o fato de eu ter feito de tudo para conseguir pistas...
— Tudo o quê, tia?
— Eu cheguei ao cúmulo de seduzir algumas pessoas. Me atirei mesmo, usei de influência, de dinheiro, minha lábia, meu corpo. Precisava de informações, fiquei obcecada. Causei o divórcio de uma grande amiga minha, casada com um coronel do exército.
Eu já conhecia essa história, meu pai havia me contado, mais ou menos na mesma época em que fiquei sabendo da existência do Tavinho. Fiz que ia falar "já sei, tia", e peguei meu pai fazendo sinais pelas costas de tia Beth, como um daqueles funcionários de aeroporto que sinalizam para aviões na pista de pouso, fazendo "shiuuuu, shiuuuu...", com o dedo à boca.

Tia Beth não percebeu nada e continuou a história:

— Eu fui numa festa de Réveillon sozinha, depois de ter brigado com o tio Tatá... era o Réveillon de 1970. Ela se chamava Magali, tinha estudado comigo no colégio de freiras. Ela era muito divertida, usava óculos com...

Eu completei:

— Dez graus de miopia...

— Como sabe?

— Ela está no diário de 1943, tia. O pai dela era violinista, não?

— Sim, sim, nossa. Não me lembrava de ter escrito sobre ela... pois tenho duas dívidas com a Magali. Eu tinha de mentir que tinha problemas de visão e acabava pegando a frente dela na sala de aula. Meus pais me obrigaram. A segunda... bem, no Réveillon dei um jeito de ficar sozinha com o marido dela, o Políbio, um coronel que tinha muita influência política naquela época.

— Ele era o pai da Sereia, namorada do Tavinho.

— Não só dele, né, Bernardo?

Meu pai fez uma careta.

— Pois bem, eu já tinha tentado falar com ele por telefone e teu tio Tatá tinha ido até a Secretaria de Segurança onde ele trabalhava, mas não fomos atendidos. O arrogante já tinha até passado feriado de Páscoa em nossa casa em Campos do Jordão. Pois bem, naquela noite consegui levá-lo ao escritório dizendo que Tatá queria falar com ele ao telefone para dar notícias sobre um livro que seria publicado e que trazia seu nome como homenageado. Mentira, claro. Ao me aproximar do telefone, fingi estar um pouco tonta pelo champagne e tropecei na frente dele. Ele me segurou pela cintura, e eu passei as mãos sobre os ombros dele, "ai, como você é forte, coronel". Ele ficou completamente bobo. "Puxa, se fosse casada com alguém como você, não pensaria em me separar." Ele me perguntou se eu iria me divorciar, disse que sim, que sentia falta de alguém forte... enfim, meu filho, falei toda aquela baboseira que desperta algum hipotálamo no cérebro masculino. Acabei tendo de beijá-lo, me deixar acariciar, e então falei do quanto estava sofrendo com o desaparecimento do Tavinho e que apenas um anjo poderia me ajudar. Ele acabou me dando o telefone e o endereço de um escritório extraoficial da Secretaria de Segurança, eu deveria ligar e marcar com ele na segunda semana de janeiro. Me fiz de grata, me deixei tocar um pouco mais, e quando eu estava pra sair...

— A Magali entrou... — completou meu pai, como se estivesse enfadado de ouvir essa história pela milésima vez.

— Coitada... ela que tinha dez graus de miopia...

— Ela não enxergou nada?

— Claro que sim, Léo. Imagine só, já existiam lentes corretivas. Ela me viu com o marido e quase desmaiou. Pegou um descanso de papel e atirou, estilhaçou uma janela. Ela veio direto em mim, me estapeou. Claro que deveria ter me sentido muito mal, mas havia apertado uma espécie de botão, tinha retirado todos os sentimentos e todos os limites, até conseguir saber onde estava o Tavinho. Saí da sala descabelada, o rosto vermelho, descomposta. Todos na festa pararam pra olhar, inclusive seu pai, que estava lá com os teus avós. O Arthur só faltou me fulminar com o olhar, a Luiza levou a mão aos olhos; a tua avó sabia o que eu estava passando, ela sempre foi, aliás, ela é uma mulher sensibilíssima.

— E o tio Tatá ficou sabendo?

— Claro, Léo. Não deu duas horas... eu saí de lá e ainda fui chorar dentro do carro, em frente à Igreja de São José. Olhava praquele papel com o telefone e endereço do tal lugar secreto e beijava, chorava, rezava. Quando cheguei em casa, Arthur e Luiza já estavam lá, me esperando. Tinham contado tudo pro Tatá. Tivemos uma briga horrenda, com Arthur se metendo, querendo dar uma de irmão mais velho, dizendo que isso, que aquilo, que papai e mamãe não me criaram pra eu me tornar o que me tornei. Teu avô foi duro, horrível comigo.

— E o tio Tatá?

— Por incrível que pareça, ele mandou Arthur calar a boca. Disse que quem resolvia aquilo era ele, com a mulher dele. Empurrou Arthur contra a parede, me defendendo, apesar de tudo. Isso fez Luiza e eu desabarmos em lágrimas. Tua vó ficou emocionada, me disse depois, com o fato de ver o tamanho do amor que Otávio tinha por mim...

— Puxa, essa parte não sabia — disse meu pai.

— Tem muita coisa que você não sabe, Bernardo. Inclusive sobre teu próprio namoro — soltou tia Beth, sem pensar. Ao ver que havia falado mais do que deveria, retomou: — Começamos 1970 tendo nossa primeira grande discussão, eu e Tatá aos berros, em lágrimas, despedaçados. Os dois bêbados, desesperados, agonizando pela ausência de um filho. Eu nunca havia feito nada que desabonasse meu casamento com Otávio. Nem ele. Mas começamos aquela década arrasados, feridos, em chagas. Foi a época em que nós fomos levados a lugares escuros, e nos perdemos de nós mesmos.

Ficamos em silêncio.

— Por isso, Bernardo, escute essa tua velha tia: amanhã, quando sua mulher chegar, pense apenas no amor que você sente, se é que ainda sente. Tudo pode ser perdoado quando há amor, quando há essa sensação de sol dentro do coração. O maior erro é manter esse sentimento quando ele ainda está lá. Querer apagar essa luz por orgulho, por exigência social, não vale a pena. Você tem que perdoar a Cláudia!

Eu arregalei os olhos. Meu pai pareceu não entender nada.

— Tia, fui eu quem traiu a Cláudia. Não o contrário.

Tia Beth ficou aflita, ofegante.

— Desculpe, claro, eu estou confusa. Puxa.

Meu pai não engoliu.

— O que eu preciso saber? Fala, tia, o que eu tenho de perdoar?

44.

— Que é isso, pai, calma...

— O que eu tenho que saber da Cláudia, tia? Me fala!

Tia Beth estava impávida. Bebericava devagar seu bourbon, tocando os lábios e deixando o álcool gotejar em sua consciência — plena, mas completamente ácida..

— Não falo! Seria fofoca.

— Então existe alguma coisa? Puta que pariu!

Papai se levantou do banco de pedra e começou a gesticular como quem discute com fantasmas. Soltava pequenos grunhidos, e o comportamento dele só não me surpreendeu porque eu sabia o quanto ele havia bebido naquela noite.

— Deixa de show, Bernardo. Você está muito shakespeariano.

Papai ignorou. Ela insistiu:

— Senta, Macbeth! Eu quero ver a lua cheia!

Tive vontade de rir, mas segurei. Havia tensão ali, uma provocação de quem tem muita intimidade um com o outro e já se acha no direito de minimizar até as mais profundas emoções.

— Léo, entra um momento na casa antiga, por favor. Quero conversar uma coisa com a sua tia.

Olhei pra tia Beth para ver se estava tudo bem deixá-la sozinha com meu pai, que estava embriagado... ela havia me contado, dias antes, sobre a festa na piscina, durante o aniversário de vinte e poucos anos de Tavinho; sobre o fato de a minha mãe ter interesse nele, por ter sido uma fã número um, coisa assim. Também contou que papai sabia disso, mas que foi uma história superada, pois não passaria de uma admiração tola de fã.

Saí de cena com o rabo entre as pernas, me sentindo com apenas seis anos de idade. Entrei na casa antiga, cuja porta estava entreaberta, e me sentei nos primeiros degraus da escadaria. Ainda estava próximo de meu pai e de tia Beth, então pude testemunhar o gesticular largo do meu pai e a inamovibilidade de tia Beth, que se confundia com o banco de pedra. Tentei ler lábios, mas eles estavam contra a luz da lua. Uma ou outra palavra: "Nunca, nunca, nunca, tia... puta que pariu, tia!"

Vi meu pai levar as mãos à cabeça. Ficou imóvel um bom tempo. Tia Beth virou pra trás e berrou meu nome. Atendi imediatamente.

— Pai, você está bem?

— Estou.
Estava nada. Pálido, suando, cambaleando. Ele se segurou nos meus ombros e vomitou no gramado. Pareceu colocar pra fora muita dor e indignação. Ele se ajoelhou.
— Vamos entrar, Bernardo! — disse tia Beth.
— Filho, vai pegar uma água, por favor.
— Vamos entrar... — ela insistiu.
— Não! Léo, faz o que eu mandei.
Corri até a cozinha da casa-grande, peguei uma garrafa de água mineral e copos plásticos. Na volta, vejo meu pai e tia Beth abraçados, sentados no banco de pedra. Ele estava com a cabeça no ombro dela, enquanto ela acariciava sua cabeça. Pelo menos, não estavam mais discutindo.
— Tua tia disse que tem te contado bastante coisa sobre nós. Sobre mim e a sua mãe.
Fiquei sem saber o que dizer, gaguejei.
— Sim, não, quer dizer, ela tem contado tudo o que está ligado à vida dela.
— Não pressiona o menino, Bernardo. Léo, fala pra ele o que você sabe.
Contei o que sabia. As idas e vindas do namoro deles, o flagra do meu pai e da tal Sereia no quarto do Tavinho, a maconha — parte que quis enfatizar, porque meu pai havia sido hipócrita comigo durante anos. Contei também que tia Beth teria ouvido uma conversa da minha mãe com o Tavinho, no quarto, mas que não me lembrava direito do teor dessa conversa. Mentira, lembrava. Lembrava também que Tavinho teria dito "eu não posso fazer isso, você está louca", e depois alguém teria dado um tapa em alguém.
Meu pai tomou a água como quem toma coragem. Dois, três copos, e o restinho da água ele passou no rosto.
— Vamos entrar, você lava o rosto no...
— Já disse que não quero, tia. Não insista!
Silêncio.
— Sabe, filho, em 1968 o Tavinho veio me procurar. Éramos muito amigos, você sabe, irmãos mesmo. Ele veio me procurar porque sabia que eu estava apaixonado pela sua mãe, e ele me disse... ele me disse que ela era um broto, mas que eu tomasse um pouco de cuidado. Eu queria saber o porquê, fiquei até grilado. Ele me disse que não era nada, só achava que eu estava muito mais apaixonado do que ela, e que homem muito goiabão, as pequenas não respeitavam. "Você tem que ser mais transado, Bernardo! Mas você já caiu de quatro assim por alguém?" Ele riu, disse que sim, claro, tinha escrito várias músicas de amor. Não conseguiria escrever, ele disse, se não tivesse sido mordido pelo bichinho da paixão. Eu queria muito saber quem tinha despertado nele tanta inspiração. A Sereia? "Acho ela uma brasa", falei pra ele, rindo

sem graça. Ele estava namorando a Camila na época. Mas não, Tavinho estava apaixonado pela Cláudia Ferraz, a apresentadora loira... eu gritei: "*Quiuspa*, seu maluco, isso vai acabar no IML!". A dona era casada. Rimos, porque os dois estavam parados em uma "Cláudia", o mesmo nome. Se fossemos gêmeos, poderíamos sair com as duas, que jamais erraríamos o nome delas. Tavinho não riu muito do que falei, fez uma expressão sem graça, isso me marcou, me senti um mané em fazer uma brincadeira desse tipo, sobre a mulher por quem eu estava apaixonado.

Tia Beth não se conteve, como não se continha toda vez que ouvia o nome Cláudia Ferraz.

— Uma biscate, essa mulher. Deus que me perdoe! Não sou de "tacar pedra na Geni", nunca fui, até porque eu sou uma das mais tortas da minha geração. Mas a Cláudia Ferraz tinha um olhar predatório, como quem queria mais do que um romance. Ela tinha o olhar de quem queria absorver toda a inspiração, juventude e brilho do Tavinho. E acredita que ela teve a desfaçatez de vir na festa da piscina? Veio ela e o marido bandido dela, o Armando Melo.

— Eu falei pro Tavinho que ele *perigava* ir pro IML — meu pai continuou —, porque o Armando Melo era um cara prepotente, grande e gordo, mas daqueles gordos que são fortes. Usava sempre terno risca de giz pra todo mundo ficar sabendo que era ele quem mandava e que ele era o mais rico do pedaço.

Tia Beth acendeu um cigarro.

— A fumaça não vai te enjoar, vai, Bernardo?

— Porra nenhuma. Passa um pra mim.

— Assim você vai passar mal, meu filho!

— Tia, que foi que eu fiz aqui no gramado? Eu já passei mal, agora eu tô no lucro. Tô até melhorando. Põe mais água pra mim, Léo... então, o Tavinho tava muito doido de se envolver com a Cláudia Ferraz. Corria um boato de que ela teria tido um caso com um diretor...

— O Hernani Muñoz — completou tia Beth. — Ele morreu num acidente de carro na serra da Dutra, estava sem freios. Era um cineasta muito famoso, tinha sido convidado pra dirigir o programa da Cláudia Ferraz, e nos dois primeiros anos, chegou até a ganhar prêmio pelas inovações que implantou, dando a ela a liderança do horário. Depois que ele morreu, o Armando Melo resolveu assumir a direção do programa da esposa, e então a história correu, como aquelas fofocas que viram fatos, sem ninguém nunca ter provas.

— Ou as provas foram queimadas.

— Acham que esse cara aí é que matou esse outro aí? O marido da apresentadora cortou os freios do carro do cineasta?

— Óbvio, meu bem. — Tia Beth soltava fumaça pelo nariz.

— Tá, mas eu não estou entendendo nada. — Eu estava um tanto frustrado.

— Filho, uma das teorias do desaparecimento de Tavinho, era ele ter sido morto a mando do Armando Melo. Mas isso nunca foi comprovado. Até porque a casa da tia Beth foi invadida depois e levaram documentos, fotos, reviraram tudo. Tivemos testemunhas que disseram que Tavinho tinha ido se encontrar com amigos do Partido Comunista, outros disseram que ele fugiu pra Argentina...

— E também tivemos relatos de que ele foi visto no DOPS. Como era famoso, não tinha como não ser reconhecido, seu paradeiro seria comentado à boca miúda. Então a participação do Armando na morte do meu Tavinho foi afastada.

— Mas a tia Beth não sabia de uma coisa. — Meu pai também baforou fumaça, que sob os raios da lua, parecia especialmente serpentina.

— O quê, pai?

— Eu e a Sereia achamos no quarto do Tavinho uma carta, letra de mulher, bem redonda e caprichada, algo assim: "Tavinho, te amo desde que te vi, e apesar de lutar contra esse sentimento, como você mesmo sabe... blá, blá, blá... estou dividida entre esses dois amores, um que representa o amor, a família, outro que é a paixão... coisa e tal, blá, blá, blá...". Não lembro direito de tudo... mas finalizava: "Tenho certeza que o filho é seu e eu não posso assumir essa responsabilidade sozinha. Não sei pra onde corro, o que faço, coisa e tal". Estava datada de uns três dias antes do aniversário do Tavinho em volta da piscina. E quem assinava era uma tal de... Cláudia.

— Você nunca soube disso, tia?

Tia Beth fez que não com a cabeça. Não sei se acreditei, mas meu pai prosseguiu:

— Teu tio Tatá ficou sabendo, mas achamos melhor não contar pra tia Beth. Saber que uma tal de Cláudia havia abortado um neto do seu filho que se foi... bem, você consegue imaginar que...

Uma vez mais, me senti em uma espécie de novelo. As histórias se repetindo; meu caminho refletindo os mesmos erros e conflitos das gerações passadas. Uma espécie de dança das cadeiras cármica, que envolvia as consequências de uma gestação interrompida. Lembrei de tia Beth falando: "Não há nada de novo no mundo, tudo o que aconteceu, tornará a acontecer".

— Agora sei que...

— Não, você não sabe nada, Bernardo. Você acha...

— Pai, não é possível... não dá pra esconder isso durante tanto tempo.

Tia Beth tragou fundo. Pude sentir seu sarcasmo, como se tivesse lembrado da capacidade feminina em esconder segredos a sete chaves, bem como liberá-los no ventilador no momento mais propício.

— Isso, meus queridos, vocês só vão saber ao perguntarem pra ela. Vamos entrar. Agora, pra mim já deu, Bernardo, esfriou demais e estão doendo todas as minhas juntas...

Tia Beth se levantou em direção à casa-grande. No meio do caminho, se virou:

— Pense pelo lado bom, Bernardo! Agora tem um assunto quente pra quebrar o gelo com a Cláudia no almoço de amanhã!

45.

Em 1998, estava no terceiro ano da faculdade, tinha começado a sair com uma atriz, que fazia bicos lendo tarot mitológico. Não tinha vontade de mergulhar em nenhuma das coisas que ela tentava me ensinar, nem de assistir os trabalhos dela. Apenas me sentia envaidecido por estar ao lado de uma garota tão bonita e articulada.

Estava chegando uma festa da faculdade e me fizeram o favor de contar que Amanda tinha começado a namorar um "cara da GV". Na época, o estereótipo de alguém que estudava administração na Fundação Getúlio Vargas era de alguém boa-pinta, com dinheiro, viajado e no mínimo trilíngue. Fiquei com ciúmes da minha própria imaginação, que também havia colocado um pulôver sobre os ombros do meu rival. Entrei no modo competição inconsciente e resolvi que levar a tal atriz na festa da faculdade resgataria minha autoestima; iria garantir a admiração dos amigos, a ciumerinha das meninas, e poderia criar o faz-de-conta de que estava muito bem sem ela.

Era a Festa do Equador — esse nome porque era realizada justamente no "meio" da graduação. Não poderia deixar de comparecer: a festa arrecadava dinheiro pra formatura e eu fazia parte indiretamente da comissão, ainda que fosse completo peso morto. E também coincidia com o aniversário de um amigo, um dos meus melhores amigos, e faríamos uma pré-festa no Itamaraty — bar à frente da São Francisco — para brindar, encher a cara, apagar as velas e seguir para a festa nas Arcadas.

Amanda fazia parte da mesma turma estendida de amigos. Saber que ela estava namorando e que levaria o tal namorado no aniversário e na festa fez com que eu me colocasse, na mesma noite, na portaria do prédio da atriz-modelo.

Quando ela desceu, cheirosa e linda, entreguei uma rosa comprada no semáforo e antes mesmo de dar a partida no carro, soltei:

— Queria que hoje fosse especial, o começo de algo mais sério... que acha?

Dei partida no carro e senti que ela suspirou. Fiquei razoavelmente contente, mas olhando em retrospectiva, vejo o quanto podemos ser sacanas quando estamos com a autoestima baixa.

Comecei um namoro às pressas só para chegar à Festa do Equador e ostentar beleza e charme: meu e da atriz-modelo, afastando qualquer ideia de que eu "não havia engatado com ninguém porque ainda gostava da Amanda".

Quando chegamos no Itamaraty, a presença da minha atriz-modelo-namorada causou burburinho na mesa comprida. Amanda e o namorado já estavam sentados. Meu amigo tinha reservado as duas cadeiras na frente deles pra me sacanear mesmo: "Léo, a única forma do capeta te deixar em paz é vendo o seu reflexo no olho dele".

Nos sentamos à frente do outro par, em perfeito confrontamento silencioso. O Universo é, porém, um gozador; bem como muito econômico quando se trata de escalação de elenco. Quantas vezes não descobrimos que fulano é amigo de sicrano que é irmão do nosso vizinho? Pois bem.

— Eu te conheço de algum lugar — foi o que disse Amanda para minha então namorada.

— Ah, é que ela é atriz e modelo. Você deve conhecer ela de algum comercial de televisão. — Eu ostentava um orgulho adolescente.

— Também te conheço de algum lugar.

Bem, isso já me pareceu estranho e fora do controle.

Amanda continuou a falar com ela, ignorando a minha existência:

— Você já fez curso na Ciclorama?

Ela se referia à escola de artes dos tios. Uma escola que havia sido aberta pela avó materna, antes do seu nascimento.

— Sim, eu fiz o módulo de atuação pra TV. Fiz também o de apresentação de programas. Muito bom!

— Ah, sim, os professores de lá são ótimos, todos tiveram experiências concretas, são conhecidos do público. Meus tios e minha avó são professores de lá, você deve ter tido aulas com eles.

— Qual o nome dos seus tios?

— Toni e Isabella Ferraz.

— Claro! Conheço, amoooo! Manda um beijo pro Toni! Nossa, que mágico isso!

Eu não estava achando nada mágico. Estava me sentindo pressionado a puxar assunto com "o cara da GV".

— E aí, beleza?

— Beleza, irmão.

Continuamos quietos, ouvindo a conversa das duas.

— Ah, Amanda, mas eu só tive aula com ele, não tive aula com a Bella... Minto! Tive aula com a Dona Clau, sobre TV ao vivo. Ela foi incrível.

— Sim! Minha avó é o máximo.

Dois anos antes, ainda na casa-grande de tia Beth, esperando minha mãe chegar de São Paulo na manhã seguinte, ainda não havia conseguido dormir. Acabei ficando no mesmo quarto que meu pai. Coloquei ele no chuveiro, ajudei a tomar um banho, servi um chá de boldo.

Meu pai repetia, enquanto a água fria escorria por seu corpo:

— Eu sou muito burro, Léo. Eu sou um mané.

— Para com isso, pai. Você tá delirando.

— Tua mãe nunca gostou de mim, ela queria o Tavinho.

— Não viaja, pai. Sério, nunca vi ninguém mais apaixonada. Pelo menos, alguns anos atrás.

— Você acha que ela não gosta mais de mim? Que ela tem alguém?

Me senti numa conversa de loucos. Na verdade era quase isso, era uma conversa de bêbados. Papai certamente gostava da minha mãe e vice-versa. Lembro de pensar o quão ridículo aquilo tudo me parecia, pois eram duas pessoas que se gostavam, mas por se sentirem amarradas, nadavam em sentido contrário. Era justamente (e só) isso que fazia com que se afogassem.

Deitei ao lado do meu pai, mas ainda em estado de alerta, com receio de que ele caísse da cama ou passasse mal. Lembro de adormecer pensando que não queria esse tipo de enrosco, que não queria namorar ou casar com alguém complicado.

Quando acordei, meu pai já havia se levantado. Filho da mãe. Ele enche a cara, e no dia seguinte acorda como se nada tivesse acontecido. Como pode?

— Tem que treinar o fígado — ele me respondeu no café da manhã.

— Ou então substituí-lo por um radiador de carro, que é o meu caso — disse tia Beth, maquiada, perfumada, radiante e me servindo um café que ela mesma havia coado.

— Não é possível, eu tô um lixo.

— Toma isso aqui. — Tia Beth me deu um comprimido. Quando estou mal, sempre tomo logo que acordo, com bastante água, fico nova em folha.

— Que é isso, tia? Rebite?

— Credo, Léo. Por quem me tomas? É só um analgésico!

Foi aberta a primeira rodada de gargalhadas.

Fiquei prostrado no sofá próximo à lareira e não quis acompanhar meu pai numa caminhada. Fiquei observando tia Beth ir de cá pra lá, de lá pra cá. Arrumou mesa, decoração com flores que Jorge havia colhido. Preparando a decoração do salseiro, diria.

Adormeci no sofá e me senti transportado para outro tempo, outra

época. Eu estava no mesmo sofá, dez anos antes, o rosto amassado no *Almanaque de Férias da Turma da Mônica*.
— Pensou que o vovô não vinha pro Natal?
Dei um abraço forte. Minha vó vinha logo atrás.
— Leozinho, meu amor! Olha o que a vovó trouxe pra você!
Abri o presente com rapidez, uma caixa enorme.
— O Castelo de Grayskull!!!
Fiquei extasiado. Meus avós sempre me davam dois presentes, um fora do esquema Papai Noel, e outro dentro do saco do velhinho.
Tia Beth se aproximou, mão enfaixada.
— Pensei que não chegaria nunca! Estávamos preocupados! Quando vai trocar esse teu Monza velho?
— Lá vem você implicando com o meu carro. Eu gosto dele, Beth, que coisa. Que houve com a sua mão? Por que a atadura?
— Quebrei um copo de cristal sem querer.
— Aí tem, Luiza. Aposto que já rolou uma confusão.
Vovó suspirou.
— E estamos só no dia 21 de dezembro, Arthur... que será que aprontaram?
Eu levei a pergunta a sério e dei o relatório completo:
— A tia Beth brigou com a tia Vitória depois de dizer que não gosta de pobre. Daí ela apertou o copo até ele estourar na mão dela, vovó. E a tia Hortência tropeçou ali, ó, e caiu da escada. Ela tava de pijama e uma redinha na cabeça. O cachorro do tio Ivan fez xixi nos presentes debaixo da árvore de Natal. A tia Catarina limpou e daí passou o pano com xixi na tia Hortência. Daí a tia Beth mandou o tio Ivan à merda... acho que foi só isso.
Vovô e vovó ficaram sem reação. Tia Beth deu um sorriso amarelo.
— Léo, meu sobrinho querido, que memória, hein? Você poderia ser escritor quando crescer, quem sabe não escreve a minha biografia?
Sorri e os três seguiram com as malas escada acima. Logo meu pai os ajudaria a descarregar o resto do carro; estariam todos sentados, com alguma coisa para beber, falando alto, rindo e soltando no ar combustíveis e comburentes, que explodiriam na primeira fagulha, faísca ou brasa perdida da lareira.

Acordei com uma buzina de carro.
— Estaciona mais pra cá!
A mulher do caseiro puxou o vaso cheio de orquídeas brancas mais pro centro da mesa.
— Nossa, está ficando muito bonito, Dona Beth.
— O almoço de hoje será muito especial.
Mais buzinadas. Seguidas, intermináveis, nervosas.

— Que horror! Quem será que está buzinando assim?

O caseiro Jorge apareceu correndo da área de serviço.

— A campainha e o interfone do portão queimaram pela falta de luz. Acho que é algum parente da senhora. Vou lá abrir correndo.

Eu ainda estava deitado no sofá e tratei de enfiar a cabeça fundo nas almofadas. Conhecia aquele tipo de buzinada. Apenas alguém bem nervoso, briguento e cheio de personalidade emitia aqueles decibéis.

— É a minha mãe, tia. Certeza.

Como um avestruz, queria me esconder da tempestade que se avizinhava.

— Olá, Beth.

— Olá, querida.

Murmúrios de afabilidade, de respeitoso armistício, o que seria chamado por alguém menos paciente de profunda falsidade entre nêmesis.

Levantei devagar a cabeça, deixando o cabelo e os olhos para fora do sofá. Mamãe entrou na casa como quem conquista um território, botas de couro até os joelhos firmando-se dominantes no piso de madeira. Estava muito bonita, parecia leve, rejuvenescida e despreocupada — exatamente como as pessoas querem parecer quando adentram em território inimigo.

Era possível sentir a energia do local alterada, eletricamente sobrecarregada, mas ainda estável. Os disjuntores aguentaram os primeiros olhares trocados entre mamãe e tia Beth, e eu rezava para que não houvesse curto-circuito assim que papai entrasse na sala.

Papai desceu do mezanino, banho recém-tomado, o cabelo ainda molhado e esticado para o lado, o penteado de uma criança.

— Oi, Cláudia.

Ele fez um leve "opa" com o pescoço, como uma curta reverência antisséptica e temerosa. Mamãe respondeu com um movimento, possivelmente calculado, das mãos no cabelo, colocando-os charmosamente atrás da orelha.

— Olá, Bernardo.

Silêncio.

— Cadê o Léo?

Chegou meu momento. Minha entrada em cena, meu açoite.

— Oi, mãe. Tô aqui.

Levantei e fui em direção a ela. Recebi um abraço apertado, profundo. Ela me beijou duas ou três vezes na bochecha, sem desmanchar o abraço. "Ah, filho, filho... a mamãe te ama, filho. Nunca pense no contrário..."

Eu desabei.

46.

O tilintar do gelo no copo. O borbulhar da água tônica despejada sobre sementes de zimbro. Tia Beth preparava, sorridente e vaporosa, um gin tônica para minha mãe.

— Você não vai mais voltar hoje, mãe?
— Não, filho.

Fiquei sem entender nada. Olhei para meu pai e ele não pareceu surpreso. Sequer cruzou os olhos comigo, ficou mexendo o palitinho de seu coquetel.

— Quer alguma coisa, meu querido? — Tia Beth parecia uma verdadeira *barmaid*.
— Juro pra vocês, como conseguem? Ontem bebemos bourbon até virarmos do avesso. Agora já estão no álcool de novo...

Tia Beth se servia da mesma gin tônica que havia preparado para minha mãe.

— Meu amor, o segredo é tomar bastante água. O resto você entrega pra Deus. Afinal, Léo, quer alguma coisa ou não?

Fiquei olhando pra tia Beth, pro bar e pro tanto de garrafas atrás dela. A luz refletida nos vidros, nos rótulos coloridos, nos conteúdos de cada garrafa... caramelo, azul anil, rosa dourado. Nunca um bar me pareceu tão cheio de magia, como se cada uma daquelas bebidas fosse uma espécie de passaporte pra outro lugar. Será que tia Beth estava tomando a mesma bebida que a minha mãe para entrar na mesma frequência vibratória que ela? Gostei de imaginar tia Beth como uma velha bruxa, manipulando poções.

— Quer alguma coisa?

Pensei em uma Coca-Cola gelada, mas minha boca falou algo completamente diferente.

— Um whiskey sour...

Tia Beth ficou me olhando estagnada, chocada mesmo.

— Desculpe, Léo... o que foi que você pediu?

Meu pai estava perto e ouviu. Se aproximou, curioso.

— Foi você que apresentou o whiskey sour pro Léo, tia? Quer dizer que ele sai da faculdade e vai pra sua casa experimentar os drinques que o Tavinho gostava?

— Eu... não sei porque eu falei isso.

Meu pai me olhou fundo, em seguida começou a rir e a falar com tia Beth:

— Lembra aquela vez, tia, que o Tavinho queria tanto tomar esse drinque que saiu de pijama pela vizinhança pra ver se conseguia um ovo?

— Ovo? Tem ovo nesse drinque?

— Ah, Léo, não brinca! Tem um pouco de clara de ovo, senão a textura não fica mais consistente...

Tia Beth continuava calada. Olhei pra ela e senti que seus olhos pareciam me condenar por algo de que eu não fazia a menor ideia.

— Por que pediu esse drinque?

Hesitei.

— Ué, porque ele gosta!

— Fica quieto, Bernardo. Deixa o menino responder. Por que você pediu esse drinque, meu bem?

— Não sei, tia. Veio na cabeça, na verdade, falei e nem sei o porquê.

Meu pai e minha tia ficaram calados. O silêncio foi interrompido por minha mãe, que estava voltando do lavabo.

— Está uma delícia seu gin tônica, Beth — ela disse, sincera. Parecia estar mais à vontade conosco e logo reputei isso à magia secreta contida naquele copo.

Foi pensar nisso pra tia Beth contar uma história:

— Bondade sua, Cláudia. Fico feliz que ainda tenha a mesma mão pra preparar meus coquetéis. Quando Tatá convidava uns escritores de fora pra jantarem lá em casa e queria seduzi-los, no bom sentido, claro, ele sempre pedia para eu preparar alguns dos meus coquetéis. Dizia que eu fazia uma espécie de mágica e dava sorte pra ele. Todos os escritores mais difíceis, turrões e temperamentais que jantaram em casa, depois de provarem alguns dos meus coquetéis, fecharam com a nossa editora.

Meu pai quis fazer um gracejo:

— Fecharam contrato por que gostaram do coquetel ou por que vocês davam um porre neles?

Tia Beth ignorou. Ri ao perceber como a dupla "Bernardo e Beth" parecia uma dupla de comédia americana dos anos 1950: uma personagem mais altiva, agridoce e aristocrática com seu contraparte um tanto atrapalhado, um tanto charmoso e um tanto avoado. Tia Beth e papai me lembravam a bruxa Eudora e seu genro James do seriado *A Feiticeira*. A diferença é que havia muito amor entre os dois, muita cumplicidade, mas as conversas entre eles sempre tinham algum quê de esgrima, algum quê de deboche mútuo, algum quê de enfado quando começavam a contar histórias que já conheciam de cor e salteado. Não era uma relação vertical como seria de se esperar, já que havia uma diferença de gerações e de idade. Era uma relação mais horizontal, ou talvez diagonal. Como a relação de dois companheiros de mar bravio. Capitão Gancho e Smee?

— Estão buzinando no portão. A senhora está esperando mais alguém?

— Sim, Jorge, estou. Pode abrir. Léo, vou pegar na cozinha um ovo pra preparar o seu drinque.

Tia Beth foi logo à cozinha, sem trocar olhar com mamãe. Mas minha mãe não se fez de rogada:

— Quem está aí, Bernardo?
— Ah, não sei... alguma amiga da tia Beth. Vou lá ver com o Jorge.
Papai saiu de cena.
— Você sabe quem é, Léo?
— Eu? Acho que é uma argentina que está no Brasil pra... pra ajudar a tia Beth com a ideia dela de montar uma ONG.
— A ONG que vai reunir os dados dos desaparecidos?
— Isso mesmo, mãe.
— Ah, que bom. Quando fala em amiga da Beth, logo penso na... em alguma daquelas amigas cheirando a laquê.
Engoli em seco.
Mamãe se sentou no sofá calmamente e abriu uma revista pra folhear.

— Betsyyy!!! *Amoree...*
A voz de Antonia ecoou no pé direito duplo. Ganhou vibração e estrondo, fazendo com que minha mãe, de costas para a porta de entrada da casa, deixasse tombar a revista no colo.

Mamãe não se virou, ficou tensa e congelada, me olhando sentado na poltrona e mexendo os lábios para que eu os lesse: "Você sabia?". Continuei me fazendo de idiota. "Do quê?" Mamãe fez com a mão, indicando escondido em direção à porta. "Dela." Fiz uma careta, os lábios inferiores subindo, como se eu fosse uma criança estúpida. "Sei lá..."

Por dentro, já estava me lamentando. Mamãe havia chegado em Campos do Jordão de maneira firme, porém suave. Demonstrou que estava chateada comigo por não compartilhar com ela meus problemas mais graves — como a situação da gravidez da Amanda — e que estava brava com meu pai. Mas em momento algum foi agressiva. Meu pai, por sua vez, havia enterrado — aparentemente — a ideia de que seria minha mãe a autora de uma carta escrita, sabe-se lá quando, sobre uma suposta gravidez de um filho do Tavinho; deu por certo que a teoria apocalíptica era alucinação de bêbados. Afinal, meu pai conhecia a caligrafia da minha mãe, não conhecia?

Tia Beth saiu da cozinha com uma bandeja cheia de temperos e outros ingredientes para coquetéis. Deixou tudo no balcão do bar e foi em direção à velha amiga. O abraço das duas era como um avião Concorde rompendo a barreira do som. Duas forças brutas da natureza que haviam se tornado companheiras, cúmplices no crime e testemunhas de defesa uma da outra. Se chegassem no inferno juntas, seriam expulsas pelo Diabo.

— Tonia, sua louca, cadê a Guadalupe? Vai me dizer que esqueceu de trazê-la?

Antonia cochichou:

— Betsy, ela ainda tá saindo do carro, está com a neta pegando as malas. — Antonia se virou pra mim. — Léo, tudo bem? A neta da Guadalupe tem um tantinho a mais de idade que você, mas é um broto, viu? Logo vai esquecer a namoradinha problemática.

Antonia viu meu pai.

— Bebê!

Eu pensei, e tenho certeza que meu pai pensou o mesmo: "Puta que pariu..."

— Bebê, você tá aqui! — E houve uma troca de beijos estalados. — Nossa, não digo sempre, Betsy? Homem fica muito melhor com roupa de inverno. Olha os ombros, olha o corte desse casaco... — e Antonia aproveitou pra passar as mãos em meu pai, deixando-o sem graça e ruborizado, exatamente do jeito que ela devia querer.

— Gostou desse casaco? Eu que comprei. — A voz de mamãe, vinda de perto da lareira, surpreendeu Antonia, que perdeu o "rebolado" por alguns segundos.

— Menina! Não é lindo, Betsy? Veio a manjedoura inteira: Jesus, José e Maria!

Tia Beth completou:

— E nós somos as vacas.

Dessa, até minha mãe riu.

Guadalupe Rojas e sua neta Nina entraram tímidas na casa-grande de tia Beth. Talvez a grandiosidade da arquitetura fosse a culpada pelos olhares arredios e assustados. Para quem entrava naquela casa pela primeira vez, havia um certo deslumbramento ao ver o pé-direito imenso, os vidros de uma das paredes indo do chão até o teto, circundando uma lareira feita de tijolos brancos aparentes. O forro da casa era também todo aparente, mas feito de madeira, a mesma que diagramava o mezanino e as escadas. Um projeto imponente, aconchegante e que deixava claro que o proprietário devia ser alguém muito rico, de gostos refinados.

As duas argentinas eram mulheres mais simples, mas portavam certa elegância. Eram respectivamente mãe e filha de um professor de filosofia argentino desaparecido em 1977 durante a Ditadura Militar argentina. Guadalupe foi uma das organizadoras da associação das mães da Praça de Maio, que fizeram passeatas, expuseram os delitos do governo, marcharam em solidariedade umas com as outras, evitando que o Estado as silenciasse em sua dor.

Tia Beth sempre falava que as mães argentinas conseguiram se organizar muito melhor para conseguir informações sobre seus filhos, diferentemente das mães brasileiras. Aprender com as experiências de outros povos, para tia Beth, se tornou uma missão de vida desde que conseguiu se recuperar da morte de Tavinho.

Guadalupe e Nina foram apresentadas a todos. Elas entendiam português e nós entendíamos o espanhol das duas, então foram momentos de simpatia e quebra-de-gelo. Fiquei encantado com Nina, Antonia tinha razão. Apesar de indiscreta em seu comentário, Antonia sabia ver onde poderia haver química. Ri ao pensar que ela devia ter aprendido sobre "química" com o filho do dono da farmácia, com quem afinal acabou se casando.

— Meu sobrinho está escrevendo a minha biografia, Guadalupe. Por isso que é tão importante ele estar aqui com a gente!

Nina me olhou com interesse.

— *Entonces eres un escritor?* ("Então é um escritor?")

Sorri amarelo. Tinha algumas coisas escritas e dois textos meus tinham sido publicados numa coletânea no ensino médio. Também integrava a Academia de Letras da faculdade, mas ela estava mais para uma rodinha de violão e maconha. Eu não era e não me considerava um escritor.

— Sim, sou um escritor — respondi sem pensar. Na verdade, já estava pensando com meus hormônios e enfeitiçado com o jeito que Nina enrolava a língua para falar *"entonces"* ("então").

47.

Tia Beth sempre foi muito criativa, mas em relação à escolha de pratos, era repetitiva. Comemos, de entrada, as famosas endívias com *cream cheese*, repetidamente elogiadas por Guadalupe. Não posso dizer que simpatizei com "Lupe" logo de cara, me parecia uma mulher um tanto geniosa, como uma velha bibliotecária que passaria um sabão pela demora em entregar um livro. Não colaborou o fato de Lupe falar muito rapidamente, de forma que a maior parte do tempo eu conseguia ver o *cream cheese* em sua boca; tampouco o fato de ter elogiado Maradona e dito que ele era o melhor jogador do mundo — ele havia sido notícia naquela semana por ter se internado em uma clínica suíça para se desintoxicar. Para piorar, ao mencionar a Suíça, Lupe aproveitou para falar com todas as letras que Campos do Jordão nada mais era do que uma cidade que copiava os Alpes Suíços.

Foi possível ver a cara de mamãe, os lábios desmanchando um sorriso ensaiado, e até ouvir seu pensamento: "Que mulherzinha desagradável". Tia Beth sorria para Lupe com a simpatia esperada de uma anfitriã. Papai comia as endívias e me cutucava, "será que só tem isso de entrada?". Já Antonia havia disposto sobre a mesa algumas pílulas e estava esperando chegar um copo com água gelada.

— Sabe, tomo parte das minhas vitaminas antes do almoço porque meu ortomolecular disse que a absorção de ferro atrapalha a de cálcio, e que, enfim, eu teria de fracionar...

Caí na esparrela de perguntar:

— Por que tantas vitaminas, Antonia?

— Ah, Léo, é assim que eu me mantenho jovem, com disposição, com frescor.

Realmente, Antonia parecia bem mais jovem que tia Beth, apesar de terem quase a mesma idade. Mantinha uma certa jovialidade, apesar de ser possível perceber que ambas se expressavam do mesmo jeito e tinham a mesma lentidão ao se levantar das cadeiras, como se primeiro precisassem aprumar algumas vértebras para depois colocar a máquina para se movimentar.

Mamãe estava irritada, não queria estar lá, almoçando com Antonia ou "aquelas *cucarachas ('baratas')* chatas", como falaria depois pra mim. Papai havia telefonado para ela logo de manhã todo meloso, todo carinhoso, pedindo que ela viesse e ficasse pro almoço e que, de repente, trouxesse uma muda de roupa para que pelo menos passassem uma noite em Campos juntos, saíssem pra jantar e conversassem sem discutir. Mamãe nitidamente havia se empolgado, no fundo estava disposta a perdoar qualquer deslize do meu pai — mas nunca, sem antes fazer sua *mise-en-scène* e deixá-lo acreditando no divórcio iminente. Ver Antonia, porém, não foi uma boa surpresa.

— Ela toma essas vitaminas, Léo, porque já está numa idade em que precisa repor tudo, não é, Antonia?

Antonia percebeu o cutuco suave, pareceu querer não revidar.

— E não é, Cláudia? Só mesmo uma mulher pra entender outra, não?

Fez uma pausa, completou:

— Depois te indico esse médico, vai devolver pra você o viço da pele e do cabelo. Ninguém nem vai conseguir dizer que você está na menopausa.

Para mim, a conversa passaria despercebida no radar. Há algumas sutilezas que não entendemos quando somos jovens, quando somos homens. Homens não se cutucam, porque sabem que isso pode levar a uma briga física, troca de socos, pontapés. É melhor ficar na camaradagem e quieto quando se depara com algum desafeto. Mulheres não. Pelo menos, não aquelas.

— Vai me dizer que você também repõe hormônio, Antonia? Com sua idade, é muito perigoso ter um AVC.

Papai interrompeu a conversa das duas, bem alheio ao verdadeiro teor do que estavam conversando:

— Tenho um amigo que também é advogado, teve um AVC recentemente. Ele deve ter mais ou menos nossa idade, Cláudia. Depois dos quarenta anos, estamos todos sem direito a revisão na concessionária. Perdemos a garantia do motor, da tração... e do escapamento... — disse, tentando ser tolamente engraçado. Apenas ele próprio riu.

Mamãe queria provocar Antonia, era óbvio. Optou pela sutileza de continuar usando a metáfora de carros e envelhecimento:

— Mas a Antonia não é mulher de obedecer a garantia do carro, não é, Antonia?

— Desculpe, Cláudia, como assim?

— Ah, me refiro a ter sempre um motorista jovem na direção, pisando no acelerador, trocando as marchas.

Antonia ficou sem paciência:

— Ah, querida, não sou mulher de falar por metáforas. Se puder ser mais clara quando falar comigo, agradeço.

Tia Beth, do outro lado da mesa, mas provavelmente com uma das orelhas nos demais diálogos, interrompeu pra chamar o prato principal:

— Vocês vão adorar o que mandei preparar. É uma massinha quatro queijos, bem gratinadinha e um rocambole de carne maravilhoso, receita da minha mãe. Quis fazer algo bem caseiro, sem muito rococó, afinal quero que todos se sintam em casa.

Os ânimos voltaram ao normal e todos foram se servindo. Lupe falava ininterruptamente sobre coisas aleatórias, e era possível ver que tia Beth estava mentalmente em outro lugar. Nina puxou assunto comigo mais de uma vez; pelo menos, a neta era divertida.

— Minha vó diz que puxei meu pai, falo muito pouco. Eu não acho, acho que falo um tanto normal. Vovó é que desata a falar quando está nervosa, num ambiente novo.

— Também sou de falar pouco. Sou mais de observar.

— Essa é uma característica ótima pra um escritor. Aliás, o que você já escreveu sobre a Beth?

— Ainda não escrevi nada, estou em fase de anotações. Preciso antes descobrir como contar essa história. Uma forma de não ficar pesado, sabe?

— Eu entendo. Já li muitos livros sobre a ditadura, sobre a perda de parentes. São sentimentos muito difíceis.

— Você perdeu o seu pai, né?

— Eu tinha acabado de nascer, então não me lembro dele. Mas convivi com a ausência dele, com a espera dolorida por seu retorno. Lembro de ser bem pequena e ver minha mãe chorando ao lado de um telefone, esperando notícias, ou ligações de investigadores. Não houve nada pior do que ver a esperança ir se apagando, agonizando lentamente no olhar da minha mãe... e da vovó.

Fiquei conversando com Nina, não consegui entender como que se deu a combustão entre mamãe e Antonia. Depois é que meu pai iria me contar, reproduzindo o diálogo entre as duas.

Antonia teria dito algo como:

— Muito bom te ver, Bebê. Sabe que o carinho que você tem pela Beth, os cuidados, isso me comove muito. Sinto esse carinho por tabela.

— Também tenho que te agradecer, Antonia. Você está sempre alegrando minha tia.

— Ah, meu amor, você sabe, não é? Eu estou sempre levantando tudo pro alto. Somos uma dupla incrível na vida da Beth. Eu e você, a combinação perfeita pra alegrar a vida dela.

O fato de se colocar como "dupla" do meu pai fez minha mãe entrar em estado de alerta. Antonia teria continuado a falar:

— Agora tem também seu filho. O Léo é uma graça, me lembra tanto você naquela fase em que... bem, me lembra você, é uma graça de menino, mistura um sorriso de criança num corpo e modos de homem. Eu lembro de você com essa idade, era mais tímido, mais arredio. Mas a mesma masculinidade doce que o Léo tem...

Mamãe não teria se aguentado:

— Meu filho fez dezoito anos recentemente.

— Ah, sim, Cláudia, fiquei sabendo. Já é um homem!

— É nessa idade que os homens entram no seu radar?

— Na verdade, é nessa idade que eu entro no radar deles, Cláudia.

— Nossa, quanta autoestima. Na tua idade, pelo menos cinquenta anos mais velha, conseguir entrar no radar de garotos de dezoito anos... uau. Quanto você paga pra eles?

Foi nesse momento que fui chamado a prestar atenção. Estava no meio de uma frase com Nina quando uma paulada na mesa fez tudo balançar. Olhei para a outra ponta, Antonia estava com a mão fechada na mesa, e se levantando nervosa.

— Não sou cafetina, sua louca. Tá me puxando pra briga desde que me viu!

— Meu filho não é pro teu bico. Nem meu marido!

— Louca, você é louca. E teu marido, ah, teu marido foi muito do meu bico sim, querida. Ficou de quatro por mim e só voltou pra você e se casou porque eu deixei bem claro que não podia ter mais filhos.

Beth deu um longo suspiro, mas não interveio logo de cara. Lupe e Nina ficaram paralisadas. Meu pai virou o resto do drinque que ainda estava no copo e só lamentou com a cabeça. Mas mamãe queria sangue:

— Você é uma velha assanhada. Não adianta ficar repondo com vitamina, com hormônio... não adianta fazer plástica se já tem cheiro de velha!

Antonia ficou surpresa com o tanto de raiva que minha mãe estava despejando. Mas não perdeu a oportunidade de retrucar:

— Não é à toa que o Bernardo te chifrou, Cláudia. Você está amarga. Amarga e perturbada.

Seguiu-se uma troca de xingamentos. Só quando Antonia e Cláudia se aproximaram, e tia Beth viu que sua amiga, apesar de bem mais velha, havia preparado a mão para dar uma raquetada na cara da minha mãe, é que ela interviu de verdade:

— Parem, parem! — E elas não paravam.

Tia Beth pegou um prato e jogou no chão. O estilhaçado fez todo mundo ficar em silêncio. O caseiro, sua mulher e a cozinheira logo vieram ver o que estava acontecendo. Depois de alguns instantes de silêncio constrangedor, e de Lupe com a boca aberta sem mastigar, tia Beth berrou:

— Vocês duas... suas loucas! Estamos com visitas aqui. Vocês se conhecem há mais de quarenta anos, uma acompanha e testemunha a vida da outra, ainda que de longe. Vocês dividem afetos, tristezas, carinhos. Mas vocês são duas miseráveis! São tão parecidas, em vez de serem amigas, ficam brigando por... por homem? Pelo Bernardo?

Vi meu pai levantar as orelhas, como se tivesse tido o ego ferido.

— Eu daria tudo pra trocar de lugar com vocês, pra me dar a esse luxo de brigar por um amor que está vivo! Que está ao alcance das mãos de vocês!

Tia Beth se emocionou e chorou. Lupe se levantou e foi em direção a ela.

— *Yo tambíén, mi querida. Yo tambíén.* (*"Eu também, minha querida. Eu também."*)

48.

Alguns dias haviam se passado desde o prato estilhaçado. Já estávamos todos em São Paulo e eu havia retornado para as aulas. Amanda também estava de volta, em sua sala, com suas amigas. Passávamos a maior parte do tempo evitando o contato visual nos intervalos. Acabei me acostumando a ficar na sala, lendo algum livro ou fazendo a caricatura de algum professor. Desenhar sempre foi meu refúgio, e naqueles tempos, era meu único passaporte para a sanidade. Desde que, claro, ninguém quisesse me infernizar.

— Porra, sério, você foi muito burro de terminar com ela. Tá cada dia mais gata — disse um suposto amigo, interrompendo minha paz.

— E o que você tem a ver com isso? — Contive a vontade de fincar o lápis na mão dele.

— Porra, *descupaí*, falei numa boa.

— Vai se fuder! Na boa.

Me levantei e fui em direção à porta, mas me detive.

— É o seguinte: não estamos namorando, mas se você vier de graça pra cima dela, *bróder*, te juro que fodo com a sua vida.

Cursei Direito por razões pouco típicas. Nunca fui afeito à verborragia arrogante ou à esgrima de superioridades, tão afeita aos estudantes de Direito. Na verdade, eu via apenas o lado romântico da faculdade: era no centro da cidade de São Paulo e eu gostava de respirar aquele ar histórico. Como se aquela egrégora de séculos estivesse dentro de mim, um mundo de histórias que queriam ser contadas, de pessoas e rostos perdidos no tempo. Uma imagem vaga era o que me prendia ao curso de Direito. A sensação de que eu tinha algo a escavar, algo a revelar. De fato sentia essa energia — o que me fez, naquelas semanas, cogitar que estava ficando louco.

Durante uma conversa com amigos sobre como seriam nossas férias ou quais seriam nossos planos, lembro de estar no pátio principal, rodeado pelas famosas Arcadas, e começar a ter muitos pensamentos na cabeça.

Sentia um torpor mental muito parecido com o que havia sentido semanas antes quando me embrenhei na mata ao redor da casa de campo de tia Beth.

Naquele dia, estava numa rodinha com mais cinco amigos — eram uns três caras e umas duas garotas, algo assim. Nem todos se davam bem — nada de anormal nisso, claro —, mas enquanto um deles falava, um colega com quem costumava me dar super bem, comecei a pensar coisas estranhas, "esse cara é um filho da puta, ele está mentindo, ele não vale o chão que pisa", e ao mesmo tempo me ouvia pensar, com outra voz, "puxa, que história interessante, ele conta com tanta empolgação". Mas não era só isso, um terceiro pensamento afirmava, numa voz feminina, "tenho certeza que ele não vai ligar, não vai me ligar, tenho certeza, não gosta de mim".

Vozes na cabeça? Esquizofrenia é a primeira coisa que desponta no mar de autodiagnósticos; senti um frio na espinha. Mediunidade? Palavrinha difícil de engolir; mais ainda de expressar sem que sejamos colocados na prateleira da esquisitice. Acaso minhas percepções fossem mais claras, eu não teria tanto problema em assumir esse tipo de abertura energética. Mas não, a coisa toda era — e ainda é — muito sutil, um sopro no ouvido, um pensamento rápido, uma imagem que vem num momento de hiato mental. Tem a força e um lampejo de um *flash* nos olhos, uma inspiração das musas, e parece a voz de um irmão folgado, que está lá longe no quarto e pede pra você pegar água pra ele. Aquela voz que está longe, te atrapalha, e você fala: "Hein?". Só então seus neurônios processam e você percebe o *download*: "Ë isso, é aquilo, faz isso, que acha daquilo, concordo, discordo, vai por ali que é melhor".

Não fui procurar ajuda espiritual. Isso eu faria apenas no último ano de faculdade, quando a coisa ficou mais esquisita. Naquela época, estava às voltas com os estudos, o inglês, o espanhol, o karatê, as festas e o eterno vai e vem da escrita do livro sobre a tia Beth. Tudo isso não me permitira abrir espaço para a entrada de nenhuma nova religião — até por que, até onde eu sabia, era católico-apostólico-romano e, assim como tia Beth, haviam me ensinado que havia inferno, que havia céu, que havia purgatório e caso eu mordesse a hóstia durante a comunhão, certamente sairia sangue. Acreditei nisso até os dez anos de idade. Talvez nem isso. Como um Deus, que é Pai, poderia condenar eternamente seu filho ao fogo do Inferno? Nenhum padre ou freira que perguntei na época em que frequentava a primeira comunhão conseguiu me responder sem falar que "dogmas são dogmas, há que se acreditar neles".

Naquele dia, em especial, cheguei na casa da tia Beth me achando especialmente esquizofrênico. Foi o primeiro encontro desde o prato quebrado no chão, desde o "salseiro" que selou a separação de meu pai e da minha mãe — pelo menos naquele ano. Ainda guardava na cabeça a cara de Lupe Rojas olhando para todos num misto de piedade, deboche e vontade de rir ao mesmo tempo.

Meu pai se sentiu o homem mais desejado do planeta durante alguns dias, e até esqueceu suas alucinações sobre uma tal carta escrita por uma tal Cláudia. Chegou a ir na casa de Antonia, jantar com ela, mas mais detalhes não quis saber nem por tia Beth.

— Teu pai não te contou?
— Contou o quê?
— Da conversa que teve com a Antonia...
— Tia, você tava lá?
— Não...
— Te envolve diretamente?
— Não...
— Então é fofoca!
— Ah, Léo, vai pro raio que o parta!

Tia Beth levantou irritada e pegou um café. Acendeu um cigarro, deu duas baforadas e continuou:

— Agora eu sou fofoqueira, é isso? Oficialmente fofoqueira pra você?
— Não é isso, tia. Eu não quero saber o que meu pai fez ou deixou de fazer. Ou nós focamos na história de família que aconteceu no passado, ou vou ter que escrever notas diárias sobre as confusões do presente. Vai ser "Tomo 1", "Tomo 2", e eu nunca vou conseguir finalizar nenhum livro. Deixa lá meu pai quieto que eu quero saber só de você, tia.

Tia Beth levantou as sobrancelhas e se sentou na copa. Desta vez eu já estava com um gravador. Queria levar a sério essa coisa de registrar, transcrever, poder guardar os detalhes de tudo o que ela me contasse.

— Você está diferente, Léo.
— Diferente como, tia?
— Mais firme, mais grosso, mais decidido.
— Desculpe, tia. Não queria parecer mandão.

Tia Beth deu uma tragada, e então, me surpreendeu:

— Não peça desculpas. Eu gostei. Estou testemunhando você se tornar um homem forte.

A frase me soou tão curiosa. Até hoje me lembro do tom de voz da tia Beth. "Um homem..." Isso era muito para um rapaz de dezoito anos, que ainda lia seus gibis, desenhava o Wolverine nos intervalos de aula na faculdade e programava o videocassete para gravar o desenho dos X-men. Sim, um homem, conceitualmente, eu já tinha produzido um filho. A ideia de ser fértil, de potencialmente ter sido um pai, me enchia de uma sensação curiosa de virilidade. Como se agora eu ostentasse um botton na roupa com os dizeres "posso ser pai a qualquer momento".

Dirce interrompeu aquele momento com um café, daqueles preparados na cafeteria italiana que eram deliciosos e tinham um pouco de resíduo de pó, criando uma sensação de areia queimada na ponta da língua.

— Léo, você quer doce de abóbora com coco? Receita da minha tia.
— Da Zenaide?
— Isso!
— Dirce, ela tá viva?

Tia Beth interrompeu.

— Claro que ela está. Vivíssima. Já te falei.

Eu não me lembrava. Dirce continuou:

— Sim, ela mora na casa ao lado da minha mãe. Por quê?
— Queria muito revê-la.
— Posso falar com ela. Acho que ela gostaria muito da sua visita.

Dirce saiu. Não fiquei muito convencido de que Zenaide ficaria feliz com minha visita. Tia Beth parecia ter ouvido meus pensamentos.

— A Zenaide é capaz de tocar a gente de lá se aparecermos pra falar com ela.
— Nossa, tia, por quê?
— Se você me acha gênio ruim, imagina a Zenaide... — e tia Beth soltou uma gargalhada. — Brincadeira, ela é uma querida. Mas ela não tem nenhuma papa na língua, nenhuma paciência com meias-palavras, e fala o que pensa de uma forma que te destronca o quadril do eixo.

Ri ao imaginar tia Beth perdendo o próprio equilíbrio.

— Foi ela que me trouxe ao mundo, Léo. Junto da Januária, que era novinha, novinha. Ela é a única pessoa no mundo capaz de ver através da minha alma. Não só da minha, mas da alma de todo mundo que cruza seu caminho... ela chegou a conhecer Klaus. Viu ele duas ou três vezes e, antes mesmo que eu fugisse de casa, certa vez falou pra mim e pra Januária que ele era o homem mais honrado e sofrido que ela tinha conhecido.

Tia Beth fez uma pausa, engoliu o café como quem engole um sentimento.

— Sabe que essa frase de Zenaide serviu pra mim como um atestado de idoneidade? Me joguei nessa relação, viajei até Blumenau, desapareci de casa e deixei meus pais desesperados. Mas sentia o calor que as palavras dela haviam deixado no meu coração: Klaus era o homem mais honrado e sofrido que ela já tinha conhecido.

— Como e quando tudo deu errado, tia? Que houve afinal com o Klaus?

— Quando chegamos a Blumenau, já havia começado uma certa implicância com os alemães. Eles não podiam falar sua língua natal, não podiam comprar imóveis, a menos que se naturalizassem. Mas obter a naturalização, naqueles dias, estava dificílimo. Ylanna e Johann não conseguiriam, pois já eram casados. Então eu pensei... por que não propor casamento para o Klaus? Assim ele se naturalizaria e tudo ficaria muito mais fácil. Resolvi propor casamento para ele no terceiro dia em que ficamos juntos, mas antes que eu fizesse isso, conversei com a Ylanna. Ela me convenceu que eu tinha de ligar para a minha mãe. Ela disse que relação nenhuma dava certo quando tinha suas bases construídas em cima de um coração aflito de mãe. Frase linda, que levei pra vida. Liguei pra minha mãe de um telefone do armazém de secos e molhados, perto da casa onde estávamos. Mamãe atendeu, consegui falar pra ela que a amava, que estava bem, que estava seguindo o meu coração e que se tudo desse certo, logo estaria de volta a São Paulo, já casada...

— O meu bisavô, teu pai, que ele fez? Chamou a polícia, mandou gente atrás?

— Tudo isso e mais um pouco. Mas ninguém sabia nosso paradeiro. Depois que falei com mamãe, meu pai pegou o telefone e começou a berrar. Dava pra sentir que ele tremia do outro lado do telefone. Ele dizia: "Filha, por Deus, o que você está fazendo? O que você está fazendo? Não se perca com esse estrangeiro, você é uma moça de família!". Eu dizia que o amava, que ele era o homem certo, e que tudo ficaria bem. Meu pai não queria escutar, ficava dizendo: "Eu conheço o passado desse moço, eu sei de tudo sobre ele". Eu respondi que também sabia, que admirava a coragem dele em desertar daquele exército horroroso contra o qual os Aliados estavam em guerra. Então resolvi dizer para papai: "Eu vou voltar pra São Paulo, Papai. Mas volto apenas como uma mulher casada!".

Tia Beth apagou a bituca de cigarro no cinzeiro. Ela apertou a guimba contra as cinzas, deixando o cinzeiro cheio de pequenas cinzas agrupadas num único canto. Ficou fazendo aquilo durante alguns longos segundos. Via-se que ela não queria prosseguir a narrativa; e eu sabia o porquê.

— Foi aí que papai me disse: "Você está louca! Esse homem é casado!". Eu falei que não, imagine só, que o nome dele era Klaus, será que papai não estava confundindo com outro, como assim? "Não", ele disse. "Eu tenho certeza, filha. Eu conheço a história dele, pela própria boca dele. Pelos documentos que estão no clube, que ele não conseguiu arrumar. Ele não conseguiu naturalização com a ajuda dos advogados do clube por causa da deserção e do casamento." Respondi que isso era mentira, que não adiantava mentir sobre o Klaus. Que ele jamais esconderia isso de mim, jamais me faria abandonar tudo, fugir com ele. Gritei que amava Klaus, e que eu não estava perdida, jamais me perderia com ele. Disse que com Klaus, eu havia me encontrado.

— E o bisavô?

— Disse pra mim apenas uma coisa: "Então, filha, quando chegar em casa, pergunte pra ele quem é...". Ele pareceu se afastar do telefone. Perguntou pra mamãe onde estava um papel, um nome, pediu pra eu esperar. Então voltou e disse... "Filha, pergunte pra ele então quem é... Evelise Magda Bohn Scherer." Eu ouvi o nome, guardei apenas o Evelise, de tanto que meu coração disparou e de tanta tontura que eu senti. Quando cheguei na casa da Ylanna e do Johann, a primeira coisa que fiz foi confrontar Klaus. Ele ficou branco como papel.

49.

Tia Beth fez uma pausa e pediu pra Dirce fazer mais café.

— Faz com canela, filha, preciso dar uma limpada no corpo e na alma.

— Não sabia que canela servia pra isso.

— Sim, a canela tá do lado do caldeirão de toda boa bruxa. Ela ativa o chakra básico.

Tia Beth então discorreu sobre os chakras, ou centros de força, que possuímos no nosso corpo. Lembrei do ourives dizendo que tinha de perguntar, qualquer dia, sobre o poder das pedras. Pelo jeito, tia Beth guardava mais segredos que eu seria capaz de desvendar.

— Depois de Tavinho partir, eu me apeguei a vários conhecimentos espiritualistas, filho. Percebi que muitos deles, aliás, a maioria fala as mesmas coisas sobre os elementos, as plantas, as pedras. Pode ser sabedoria dos celtas, dos africanos ou mesmo dos chineses. Há um denominador comum presente em todas as religiões ou práticas místicas.

A própria medicina chinesa bordeia a prática mágica, e hoje ninguém nega o poder vitalizante do ginseng, por exemplo. Que é apenas e tão somente uma planta...

Tia Beth falou, falou, falou. O café chegou, ela tomou duas xícaras, fumou mais dois cigarros, para só então conseguir se sentir à vontade para retomar a narrativa:

— Onde eu parei?

— Você foi confrontar o Klaus, sobre o fato dele ser casado.

— Ah, sim...

— Mas, tia, eu não entendo... eu li a carta dele dentro do diário de 1943, contando pra você que era casado. Você foi pra Blumenau sabendo disso, não foi?

— Léo, eu te contei que Vitória fez várias coisas que atrapalharam meu destino, e o dedo dela estava nessa história. Ela e Ivan haviam combinado de sempre xeretar meu diário, e eu cheguei a perceber isso algumas vezes. Tanto que até comecei a escrever nele como se estivesse falando com a Vitória.

— Lembro sim, quando você chegou na casa de Campos, quando você conheceu o tio Tatá.

— Isso mesmo. Depois tentei esconder o diário em outros lugares, fiz de tudo para que ele não fosse descoberto. Mas não teve jeito. Ivan se escondia dentro do armário e espiava por uma fresta pra ver onde eu iria guardá-lo. Tudo a pedido da Vitória, que desde que leu o próprio nome mencionado no texto, ficou neurótica e resolveu me fiscalizar. Estava com medo que eu mencionasse algo sobre a sexualidade dela, mas na época eu sequer desconfiava de qualquer coisa. Na verdade, eu inicialmente nem sabia o que era sexo, como já te disse tantas vezes. Ainda mais que duas mulheres seriam capazes de fazer uma com a outra, ou coisa do gênero. Hoje, olhando pra trás, vejo que eu sofria de uma burrice ingênua em vários pontos da vida... sinceramente, era muito feliz antes de saber de tudo isso. Quando alguém vem me falar coisas como "ah, a vida sem sexo é uma vida sem sentido", eu sempre digo que só pra quem não tem criatividade, que não conhece o tanto de coisas que a vida oferece. Era feliz antes. Me tornei menos feliz depois da dependência física que o vínculo sexual cria... meu desejo morava agora nas mãos do Klaus, e não adianta dizer que uma mulher pode se masturbar. Uma moça da minha geração sequer sabia o que era um clitóris. Eu nem sabia que clitóris tinha o nome de clitóris até ficar mais velha, e ainda falava o nome errado, falava "clítoris", como se o acento estivesse no "i".

Tia Beth falou de forma tão engraçada e despudorada que comecei a rir. Ela tinha essa capacidade de revestir de um fino orvalho de humor todos os aborrecimentos e tolices da vida. Orvalho por vezes ácido, mas sempre situando quem a ouvia sobre os polos da vida: sagrado e tosco convivendo lado a lado, com a distância de um sorriso.

— Mas, tia, a carta já estava no diário?

— Não, Vitória havia interceptado essa carta. Klaus havia deixado na caixa de correspondência da minha casa antes mesmo de nós termos a nossa noite de amor. Lembra de um domingo em que fomos todos almoçar no clube, e que lá pelas tantas, vi papai sentado com Klaus numa mesa e mais dois diretores do clube, e que estavam todos conversando?

— Sim, lembro sim. Que você foi ao banheiro e tentou ouvir o que conversavam.

— Pois bem... papai ficou sabendo que Klaus era casado e que estava tendo dificuldades com sua documentação. Klaus imaginou que papai logo contaria para nós o teor da conversa e se sentiu traindo minha confiança. Mal sabia ele que papai não era muito de contar nada pra nós, nem mesmo pra mamãe. Durante aquelas semanas, Klaus se afastou de mim... até que não conseguiu ficar mais longe e me escreveu uma carta pedindo perdão e me contando tudo. Colocou essa carta na caixa de cartas que estavam na frente de casa... no mesmo horário em que Vitória estava chegando do colégio. Ela viu e ficou curiosa, pois já sabia, pela leitura do meu diário, que eu estava interessada num professor de tênis bonitão do clube. Assim que Klaus partiu, Vitória pegou todas as correspondências e levou pra dentro de casa. A carta de Klaus, ela escondeu na blusa e subiu pra ler sozinha, no quarto.

— Ela que te contou tudo isso?

— Sim, ela me contou isso e mais algumas coisas naquele Natal em Campos do Jordão. Depois da briga com o copo, no dia seguinte, ou alguns dias depois, não me lembro... ah, na verdade foi entre o Natal e o Ano-novo. Sim, sim... não se lembra da confusão?

— Não... não lembro.

— Ah, claro, você e seus pais já haviam partido pra passar o Réveillon na praia. Não estavam lá. Bem, fui cavalgar com a Vitória pra tentar fazer as pazes. Conversamos sobre muitas, muitas coisas. Ela queria desabafar, pedir desculpas. Eu nem imaginava o que poderia ser. Enfim... depois que ela me contou algumas coisas, entre elas os detalhes do sumiço da carta, peguei o cavalo e saí em disparada, chorando igual uma louca. Foi quando caí e fraturei a bacia... nunca senti tanta dor na vida e passei a virada do Ano-novo de 1986 pra 1987 imobilizada numa cama de hospital.

Tia Beth fez uma pausa.

— Ai, que merda, só canela não vai adiantar. Será que é muito cedo pra tomar mais um gole de bourbon?

Gargalhei.

— Mais um gole, tia? Já tomou uma dose hoje?

— Não pergunta, Léo. Não pergunta...

O telefone tocou, tia Beth foi atender. Ficou papeando rapidamente e eu não quis ficar xeretando a conversa dela. Já me bastava a vergonha que senti quando ela me interceptou atrás da porta, com ela conversando em espanhol com a tal Guadalupe Rojas.

— Era a Lupe... ela vai ficar mais um pouco no Brasil, junto da neta, pra fazer algumas reuniões e depois conhecer o Rio de Janeiro. Talvez eu vá com elas, ainda não sei. Seria legal passar uns dias passando em Cunha, Paraty e depois chegar no Rio de Janeiro. Elas iriam amar Paraty.

— Eu não conheço Paraty, não sei dizer, tia.

— Quer vir conosco, se de fato essa viagem acontecer? Vi que se interessou pela neta da Guadalupe... de repente, é uma oportunidade pra...

— Ah, tia... que enrosco seria, hein? Ficar com a neta da amiga argentina da minha tia-avó...

— Que tem de mais?

— Porra, tia... sério, a sensação que dá é que sou tipo um porquinho da índia que vai ser levado pra acasalar numa outra caixinha.

Tia Beth soltou uma gargalhada tão forte que até eu fiquei assustado. Chegou a chorar de rir, levando as mãos aos olhos. Quando estava pra parar, caía na gargalhada de novo.

— Ai, Léo... obrigada, adoro chorar de rir. Até perdi a vontade de beber.

Continuamos a rir por mais algum tempo. Poucas coisas unem tanto duas pessoas quanto o momento em que riem juntas... a cumplicidade, o não-pensar, a sensação de que foi rasgada a fantasia de qualquer problema.

Tia Beth retomou a narrativa sobre Blumenau mais de uma hora e meia depois de ter iniciado. Eram vai-e-vens que na época eu não entendia, ficava ansioso e morria de vontade de pedir a ela que tivesse foco. Já se passaram pelo menos vinte e cinco anos desde aqueles dias, naquela copa cor-de-rosa decorada com pratos e troféus de tênis, e finalmente consigo entender que não dá pra se recontar a vida sem reviver os sentimentos. Hoje percebo que o tempo é tão fugaz, tão curto, tão vivo... hoje sei que dez, vinte, trinta anos estão à distância de uma respiração.

— Eu perguntei pra Klaus, já chorando: "Quem diabos é essa tal de Evelise?". Klaus me dizia que havia escrito uma carta. Ele ficou tão nervoso que começou a falar em alemão. Eu gritava, "fala em português!". Ylanna saiu de dentro da casa e ficou próxima, com receio de se meter na nossa discussão, mas quando viu que Klaus estava arfando desesperado porque não estava conseguindo concatenar o português direito já que estava muito nervoso, ela resolveu intervir. Pediu que nós nos acalmássemos, sentássemos e foi pra cozinha pegar água. Klaus ficou sentado com as mãos na cabeça, então começou a soluçar. Ele dizia: *"Ich verstehe nicht... ich verstehe nicht. Ich dachte du liest den Brief"*.

— Tia... eu não sei alemão.

— Ah. Ele dizia: "Eu não entendo, eu não entendo. Eu pensei que você havia lido a carta". Eu gritava: "Que carta? Que carta? Meu Deus, eu fugi de casa pra ficar com um homem casado... por que você mentiu pra mim, Klaus? Eu te amo...".

Tia Beth fez uma pausa pra recuperar o fôlego. Era possível vê-la falando esse "eu te amo" com sentimento, para Klaus, lá naquela copa, como se ele estivesse entre nós. Eu te amo, Klaus.

— É difícil descrever o que eu sentia, meu sobrinho. Sem chão, sem ar, sem futuro? Ylanna veio da cozinha, tomamos água, nos acalmamos um pouco. Fui até o quarto e arrumei o que tinha trazido. Me olhei no espelho, os olhos inchados, não me reconheci. Quando cheguei na sala, Klaus estava no colo da tia, chorando. Ylanna pediu que me sentasse no sofá pra que ela contasse o que Klaus estava falando. Ele estava tão nervoso que havia esquecido o português. "Minha filha, ele te escreveu uma carta e a colocou na caixa de correio da sua casa. Quando foi, Klaus?" *Es war im April*. Ylanna prosseguiu traduzindo: "Ele disse que foi em abril...". Me irritei. "Eu entendi! Não precisa traduzir as mentiras dele." Ylanna estava com medo que fizéssemos alguma besteira. Klaus descreveu a caixa postal da minha casa: de bronze, ficava ao lado de um arbusto de azaleias e tinha dois pássaros em relevo, como dois passarinhos apaixonados. Disse que se lembrou de nós e fez uma prece. Eu continuava irritada porque Klaus nunca me perguntou: "Beth, você leu a carta que te escrevi?". Ele tinha medo de tocar no assunto e me perder. Todas as vezes em que se imaginava falando, ficava nervoso, tinha medo de chorar. Preferiu tomar por certo que eu teria lido, afinal, não era de se esperar que se extraviasse da caixa do correio até a porta da minha casa. Eu gritava: "E quem pode ter pego?". Afinal, era Januária quem separava as correspondências. Num momento, tive a certeza de que seria Vitória... noutro, estava certa de que Januária devia ter misturado a tal carta com as coisas de papai. Mas se papai tivesse lido o conteúdo, jamais teria conseguido ir adiante com meu romance. Choramos e brigamos até se abater sobre nós um cansaço imenso. Fui ao banheiro vomitar, e essa seria a primeira das muitas vezes em que meu corpo se rebelaria.

50.

Tia Beth fez inúmeras pausas em seu relato. Não queria contar, ou não conseguia contar a história sem se emocionar. Acendeu mais de um cigarro, sem perceber que havia deixado um aceso, em outro cinzeiro.

— Ylanna conseguiu me fazer passar aquela noite lá. Ela me fez sentar, me acalmou, me convenceu de que não valeria a pena sair aquela hora para tentar pegar um ônibus... foi então que o Johann chegou, e pronto, ela sabia que o marido conseguiria me explicar aquilo que eu não estava conseguindo enxergar.

— Não entendi, tia. O que você não estava conseguindo enxergar?

— Que não dava pra voltar atrás na minha decisão de fugir. Que Klaus me amava, e que poderíamos, sim, ser felizes. Johann contou que Klaus havia se casado com Evelise apenas para auxiliá-la e narrou a mesmíssima história que Klaus havia tentado me falar em alemão. Falou das famílias amigas, falou das tentativas que todos estavam fazendo para evitar convocações para o exército, confisco de bens, e até mesmo a morte. Ele contou que muitos pais de família estavam sendo levados pelo Regime por simples denúncia de vizinhos... foi então que Johann parou e olhou pra Ylanna, e perguntou em alemão: "*Haben sie zu laut gestritten? Haben die Nachbarn ihre Schreie gehört?*", que quer dizer algo como "eles discutiram muito alto, será que os vizinhos escutaram os berros?". Na hora não entendi porque ele havia interrompido a conversa comigo para se certificar se havíamos sido discretos. Apenas depois fui entender que, apesar de estarmos no Brasil, havia vigilância entre vizinhos do mesmo jeito que na Alemanha. A diferença é que aqui estavam sendo denunciados todos aqueles que falassem alemão pelas ruas ou mesmo dentro de suas casas.

— Dentro das próprias casas? As pessoas não podiam falar a língua que quisessem dentro de suas próprias casas?

— Léo, estávamos em guerra. Eram tempos neuróticos, e rezo a Deus que esse tipo de clima nunca mais se instale no Brasil. Mas, sim, as pessoas não podiam falar alemão em nenhum lugar durante a guerra. Muitos foram presos, deportados. Johann temia que isso acontecesse conosco.

— Você não poderia ser deportada, tia! Você é brasileira.

— Sim, mas Klaus, Ylanna e Johann poderiam ser presos ou deportados. Quando me explicaram a delicadeza de tudo isso, da fragilidade de nossa situação e que qualquer escândalo poderia ser alvo de vigilância e denúncia, tive uma sensação mista de culpa e desespero. Pensava: "Será que alguém ouviu a discussão que tive com Klaus?". Ele só falava alemão o tempo todo; quando ficava nervoso, não conseguia se expressar em português! Nossa discussão havia começado na porta de casa, passavam pessoas...

— Sério isso, tia? Não era neurose do Johann, que havia fugido da Alemanha, e que estava... sei lá, com um medo sem fundamento?

— Léo... a polícia destruiu um culto luterano a duas quadras de onde estávamos morando só porque estavam lendo a Bíblia em alemão... pais de família trabalhadores apanharam na frente de suas famílias só porque estavam rezando em alemão. Existiam brasileiros que eram dedo-duros profissionais, que ganhavam dinheiro e benefícios das autoridades brasileiras... e também dedo-duros dentre os próprios alemães, que sabiam melhor o português e deduravam os outros. Um dos vizinhos chegou a seguir Ylanna, apareceu de surpresa em festas de amigos, sem ser convidado. Chegava sozinho ou acompanhado, e se punha a comer e beber numa arrogância intimidadora, deixando claro que estava espionando as famílias alemãs e que poderia denunciá-las caso tivessem alguma suspeita de "atos nazistas".

— Vocês foram denunciados, tia? Tiveram algum problema com a polícia?

— Sim, meu sobrinho... além do fato de Klaus ser um alemão, pesava o fato de estar com a filha de um homem influente de São Paulo. O seu bisavô acusou formalmente o Klaus de rapto e mobilizou mundos e fundos para nos encontrar. Chegou um dia em que meu pai finalmente conseguiu seu intento...

Perguntei, sem concatenar que já sabia a resposta:

— Você já estava grávida, tia?

— Sim, gravidíssima. Eu fugi de casa já sabendo que estava grávida, não se lembra? Foi o pai da Antonia, Dr. Agenor, que constatou a gravidez.

— Ah, é, tinha me esquecido.

— Assim vai ficar difícil, Léo. Que biógrafo é esse que esquece a vida da biografada?

Eu sorri amarelo. Estava cansado e a última semana de provas na faculdade estava se aproximando. Não fazia ideia do que iria cair de matéria, nem das datas. Pra ser bem sincero, aquele primeiro ano de faculdade foi cursado no pátio e no porão do XI de Agosto.

Naquela época, comecei a ter um pesadelo recorrente: eu subia as escadas do prédio anexo à faculdade, onde ficavam os departamentos das matérias, e de andar em andar, ia verificando quantas faltas eu tinha, se havia cumprido o mínimo de presença. Olhava folha a folha para descobrir que na última delas havia estourado por uma falta... uma mísera falta, e não conseguiria colar grau. O pavor de contar aos meus pais, o desespero de passar mais um ano na faculdade...

— Tia, o Tavinho cursou a São Francisco até que ano?

— Chegou a terminar o terceiro ano em 1969. Era um pouquinho mais velho, não entrou direto na faculdade como você. Havia ficado um ano em Londres, num intercâmbio que seu tio Tatá arrumou pra ele. Ele fez uns cursos de música incríveis, voltou pro Brasil cheio de composições, com uma série de equipamentos pra montar um estúdio em casa. Quando chegou, disse que tínhamos de pegar um monte de coisas na alfândega, achamos que era uma ou duas coisinhas... mas ele tinha trazido desde microfone até painel de edição. Tive de desmontar o quartinho de costura que havia montado pra Januária, onde ela fazia os moldes das minhas roupas, ajustava os ternos do tio Tatá... lá virou o quarto de edição do Tavinho, com as paredes cheias daquelas espumas cascas de ovo, pra gente não sofrer reclamações dos vizinhos e, claro, conseguir dormir, porque Tavinho queria fazer farra e compor de madrugada.

Resolvi contar pra tia Beth que durante aqueles dias em Campos do Jordão, quando fui para a mata e acabei adormecendo, havia como que "ouvido" alguns sussurros.

— Ouvi algo sobre espumas flutuantes...

Tia Beth me olhou intrigada. Assustada, até.

— Que foi, tia, você tá bem?

Tia Beth se levantou e entrou na área de serviço chamando por Januária, que um tanto claudicante, veio com um cachecol nas mãos e duas agulhas de tricô. Eu dei um beijo estalado no rosto dela.

— Que beijo gostoso, Leozinho. Olha isso: gosta?

— Gosto — respondi por reflexo, sem entender direito o que ela estava me mostrando.

— Estou fazendo pra você. Sei que gosta de marrom. A Beth disse que você não tinha cachecol em Campos e que quase teve hipotermia...

Tia Beth cortou a conversa. Parecia ansiosa:

— Janú, você sabe onde estão os livros do Tavinho?

— Sei sim, no armário do escritório na parte que...

— Pega lá pra mim?

Januária não se fez de rogada e foi ao escritório. Mas ao vê-la claudicando, o quadril em desalinho, tia Beth se lembrou que a companheira de toda uma vida já não tinha condições de ficar trepando em cadeira pra pegar caixa e gritou:

— Dirrrrrceeee!

Em instantes, estávamos todos no escritório, um cômodo enorme, típico daquelas plantas que ninguém mais ousa desenhar. Eram 30 metros quadrados de ordem e caos. Estantes com fileiras de livros clássicos, nas paredes pôsteres branco e preto de Tavinho cantando em algum programa de auditório. Alguns outros eram de família: ele bebê, ele com tia Beth e tio Tatá; roupas antigas de tia Beth colocadas numa arara, provavelmente para serem reparadas por Januária; e no meio disso tudo, um grande sofá Chesterfield de couro, parte das minhas lembranças de infância. Tia Beth sentou-se nele e eu a acompanhei. Januária ficou de pé, tentando orientar Dirce sobre onde subir, que porta ou gaveta abrir. Dirce pediu minha ajuda, era uma caixa pesada e com livros.

A seguir, ficamos apenas eu e tia Beth diante da caixa.

— Sabe, Léo... sempre gostei muito de Castro Alves. Quando era pequena, sabia vários poemas de cor. *Laço de Fita*, *Navio Negreiro*, *Canção do Africano*... passei esse gosto para o Tavinho. Ele dizia que queria ser escritor, ser poeta como Castro Alves. Claro que era pra me agradar. Mas existem muitas semelhanças entre os dois, sabe? Castro Alves cursou a mesma faculdade que você e Tavinho. Assim como Tavinho, Castro Alves só conseguiu ir até o terceiro ano, porque logo depois morreria de tuberculose... Castro Alves escreveu poemas que, na verdade, tem ritmo musical. Tavinho escreveu inúmeras músicas. Os dois escreveram uma peça de teatro. E Castro Alves se envolveu com sociedades abolicionistas, foi um subversivo, era pela abolição. Tavinho se envolveu com reuniões secretas pra derrubar a ditadura...

Fiquei olhando tia Beth enumerar aquelas semelhanças e não pude deixar de pensar que nós, filhos, vamos absorvendo moldes, expectativas e desejos dos nossos pais, e acabamos criando versões de nós mesmos que querem agradar, evocar amor e admiração. Talvez Tavinho não tivesse percebido que emulava o poeta preferido da mãe, como uma forma de também ser amado...

— Achei, é este aqui...

Tia Beth mostrou um livro com a capa um tanto amassada, *Espumas Flutuantes*.

— Esse foi o único livro que Castro Alves publicou em vida, Léo.

— Eu não sabia que era o único...

Tia Beth colocou a mão gelada sobre as minhas.

— Que foi que você escutou na mata, logo depois que rezou?

— Era alguma coisa sobre espumas flutuantes, tia. Algo sobre água e rocha. Algo sobre vida, morte e amor. Não sei se...

Tia Beth me entregou o livro e pediu para eu olhar na primeira página. Com caneta tinteiro, a letra desenhada e jovial trazia o recado:

"Mamãe, não perdi seu livro preferido não. Estava levando ele comigo pra me inspirar. Ele viajou pra praia, dormiu comigo na montanha, viu as estrelas na Chapada e foi recitado num luau muito especial. Lembrei de você e papai o tempo todo dizendo que seremos bons, apenas se alimentarmos nosso espírito de coisas boas. Amo o título desse livro, que tem ecoado na minha cabeça numa frase interessante, mas que não é de Castro Alves. Talvez seja de Tavinho Guedes, mas receio que eu não seja tão genial assim, e que ela tenha sido sussurrada ao meu ouvido por alguma das musas gregas ou algum anjo bom. Ei-la: 'Somos como espumas flutuantes, nascidas do embate da água com a rocha, do movimento de vida e morte que nos faz entender o amor'. Amo você, amo papai, amo ser filho de vocês e também amo imaginar que um dia estaremos todos flutuando, espumas que somos. P.S.: Fala pro papai que vou tentar voltar pra passar o Natal e o Réveillon com vocês sim!

Beijos. 21/12/69"

— A frase que você escutou, sussurrada no seu ouvido... era essa, não era, Léo?

Eu perdi a respiração, o coração disparou.

— Sim, tia... essa mesma.

Eu e tia Beth ficamos algum tempo no sofá olhando pra frente. Um silêncio que se prolongou até Januária entrar no escritório.

— Passei outro café pra vocês.

Ela avançava em nossa direção com a bandeja. Era possível ouvir o tilintar da xícara contra o pires. Ela tremia, as mãos inseguras, porém firmes. Também tremíamos por dentro.

— Deixa que eu te ajudo, Janú.

Me levantei e saquei a bandeja dela, que ficou brava, repetindo que não era inválida não, que podia muito bem servir o café.

— Januária, deixa de onda, você está tremendo igual um pudim — disse tia Beth, sem muitas firulas. — Essa semana já marquei pra você o ortopedista, você não me escapa, não adianta dizer que não quer ir. Ele vem aqui e... puxa, que coincidência, você mora aqui comigo.

— Eu não tenho nada não, Betinha. É só velhice.

— Não, Janú. Eu também sofro de velhice, meu bem. O que você tem é artrose, e das bravas, que pegou tuas mãos e cada ossinho da tua coluna.

Tia Beth pegou nas mãos da companheira de toda uma vida. Os dedos apresentavam um espessamento em cada uma das articulações. Era de se espantar o tanto de coisas que Januária ainda conseguia fazer.

— Você é médica agora, Betinha?

— Curandeira. Toda mãe é um pouco curandeira.

Januária quis ironizar o carinho zeloso.

— Agora veja só, Leozinho. Uma velha como eu tem mãe, e é outra velha teimosa. Uma velha que eu vi nascer, sabia? Ajudei a Zenaide no parto e vi a Betinha nascer mirradinha, mirradinha. Parecia um espirrinho, mas chorava que só ela.

Januária deu uma piscadela pra mim, como quem indica a provocação que vai fazer em seguida:

— Sabe como ela é, né, Léo? A Beth já nasceu reclamando. Pequena, branquinha, mas com dois pulmões a todo vapor. Pulmões que ela insiste em colocar essa fumaça cinza pra dentro todo dia, mesmo se fazendo de médica formada.

— Não, não, não. Você não vai dizer agora que só trata a sua artrose se eu parar de fumar.

— Pois eu digo. É isso que eu quero.

Tia Beth ergueu as sobrancelhas. Senti que era o momento ideal para fazer uma visita ao banheiro. De dentro do lavabo, pude escutar as duas resmungando e mordendo o calcanhar uma da outra, numa forma de carinho provocativo que apenas quem tem irmãos — de sangue ou da vida — sabe como funciona.

Aquela história toda tinha me dado dor de barriga. Fiquei sentado no vaso tentando controlar minhas náuseas e cólicas. Espumas flutuantes. Somos espumas flutuantes...

— Puta que pariu.

Enquanto lavava as mãos com o interminável sabonete de pétalas de rosa, tomei uma decisão.

Saí do lavabo resoluto. Encontrei tia Beth já na copa, com mais uma xícara de café e mais um cigarro. Ia falar minha ideia brilhante, mas ela não parava de resmungar.

— Onde já se viu... querer que eu pare de fumar. Vai me sobrar o quê, me diz?

Não sabia se a pergunta era retórica, Deus me livre ter que dizer o que a tia Beth deveria fazer. Não naquele momento de explosão...

— Sabe, Léo, estou com setenta anos de idade. Já perdi namorado, marido, filho, pai, mãe, tive câncer, perdi meus cabelos, perdi dois irmãos, tenho metal dentro dos ossos, tomo mais de sete remédios todos os dias... ah, pro Diabo! Não vou parar de fumar nunca. Vou ter prazer com o quê? Me diz, me diz, Léo!

— É... eu... — gaguejei.

— Eu gosto do meu cigarrinho, do meu café, do meu bourbon. Gosto da Nini, gosto do Patê e do Oliver. Gosto de jogar tranca com as amigas enquanto falamos mal de uma ou de outra pessoa. Gosto de fazer reformas, redecorar meu apartamento, a casa de Campos, a do Guarujá... gosto de ter esse novo propósito, montar uma ONG pra reunir as mães da ditadura... isso não está de bom tamanho?

Sorri amarelo.

— Não está de bom tamanho, Léo? Me diga!

— É...

— Para de me olhar com essa cara de *patzo*, fala alguma coisa!

— Onde está a Januária?

— Foi pro quarto. Começou a chorar. Drama comigo não cola mais, Léo. Não cola, não cola, não cola.

Tia Beth dava uma tragada longa e profunda, a brasa do cigarro enorme. Estava irritada, se sentindo desafiada. Agia como uma adolescente teimosa.

Eu queria mudar de assunto, falar qualquer outra coisa positiva. Mas a boca soltou sozinha, de forma incisiva e forte, como se não fosse eu:

— Vai lá pedir desculpas pra ela. Agora, não deixa pra depois. Ela está com medo de te perder, quer que você tenha saúde, só isso.

Tia Beth me olhou no fundo dos olhos. Faíscas chisparam, mas o incêndio se apagou.

— Você tem razão... estou ficando louca.

Tia Beth se levantou e percebi que era melhor arranjar alguma distração pra próxima meia hora, porque as duas iriam se pôr a conversar e pedir desculpas.

Lembrei de Nini e dos filhotinhos, e fui brincar com eles. Um deles me mordeu o dedo com força, o dentinho afiado fazendo brotar uma gota de sangue. Pensei naquele paralelo que havia acabado de se formar: como Januária, também fui ferido por alguém que vi nascer. Mas apesar do sangue e da dor da mordida, tudo o que senti pelo gatinho foi amor.

Esses padrões se repetiam a cada dia que mergulhava mais na história da minha velha tia-avó. Era como se tudo o que acontecesse com ela, de alguma forma, teria de acontecer comigo...

Quando tia Beth retornou do quarto de Januária, a maquiagem borrada, ela não me parecia ter mais do que treze anos de idade, tendo acabado de levar bronca de uma professora ou da amiga mais velha. Ela veio na minha direção, o rosto amuado.

— Eu vou parar de fumar.
— Hein?

Poucas coisas faziam tão pouco sentido quanto aquilo. Café sem leite, queijo sem goiabada, futebol sem bola. Eu não estava preparado para uma nova ordem mundial sem aquela fumaça exalada.

— Quando, tia?
— Logo. Prometi que vou parar depois que a Januária começar o tratamento do ortopedista. A consulta dela é amanhã.
— Mas, tia... será que você pode esperar pelo menos alguns dias pra parar de fumar?
— Por quê?
— Vamos essa semana na casa da Zenaide. Quero saber o que está me acontecendo, esses sussurros no ouvido, o que meu pai falou pra ela naquele dia, há muitos anos. Há muitas coisas que precisam ser esclarecidas, e a Zenaide me parece ser a detentora de alguma chave.
— Você tem toda razão! — Tia Beth acendeu um cigarro com satisfação.

51.

"*São Paulo, 15 de janeiro de 1945.*

Diário, ah, meu querido diário. Me sinto tão ridícula em voltar a falar com você, depois de tanto tempo. Não sou mais uma garotinha, mas agora uma mulher... uma mãe...

Nesse ano de 1944, tomei posse de mim mesma durante um longo e tenebroso tormento. Abandono, dores, lágrimas, choros e o som de tiros de fuzis... esse som me assombra todas as noites, me angustia o peito e me fez envelhecer. Pulei a etapa do amadurecimento... me sinto consumida em vida, e só não me transformando em pó graças ao milagre de Deus em minha vida: meu pequeno Otto.

Eu e Klaus escolhemos o nome Otto para nosso pequenino. Eu ainda estava grávida de seis meses. É o nome do pai dele e senti que seria uma homenagem ao avô que, por Deus, algum dia ele vai conhecer. Tenho fé que um dia essa guerra acabará. Os jornais dão conta de que a Alemanha está no meio de um conflito com os soviéticos, mas ainda não sabemos direito se eles estão ao lado dos Aliados ou se estão defendendo o próprio regime.

Sonho em levar Otto para conhecer a terra dos seus antepassados, mas temo que nunca consiga ir até lá para conhecer a família e a terra onde nasceu meu querido Klaus. Meu pequenino até agora está sem registro de nascimento e apenas retornei para a casa de meus pais porque mamãe e Januária apelaram a todos os santos do céu. Papai também veio me pedir perdão, ajoelhou-se e prometeu mover mundos e fundos para me ajudar... tenho acreditado nisso, tenho acreditado que eles estão do meu lado e que irão encontrar meios de libertarem Klaus, Ylanna e Johann da prisão."

"São Paulo, 16 de janeiro de 1945.

Margarita, Norma, Sophia, Heidi... tantas amigas de origens e criações tão diferentes da minha, mas com o mesmo coração voltado para o amor. Elas organizaram um encontro de mulheres na Igreja, num sábado à noite, pra que eu pudesse montar o enxovalzinho do meu Otto. Ganhei roupinhas, brinquedos, cortes de tecido e tantos conselhos, que quase senti minha cabeça explodir. Mas eu estava feliz, muito, muito e muito feliz. Apenas estranhando que Ylanna havia se atrasado para chegar na Igreja, e eu já estava quase terminando de abrir todos os presentes.

Foi nesse momento que chegou um rapazote, filho de nossos vizinhos, dizendo que a polícia, o exército, pessoas do governo, enfim, que autoridades haviam estacionado em nossa rua e levado algumas pessoas para detenção.

O pastor era o único homem presente em nossa reunião e gritou 'das ist absurd!!!', e logo todas as mulheres fizeram sinal para que ele se calasse. Martha berrou 'fale em português, pastor! Senão também seremos detidos!'.

Meu coração disparou, senti a barriga endurecer. Eu já previa que o pior pudesse ter acontecido. Apesar do rapazote não saber dizer se era a polícia ou o exército, tinha no coração a certeza de que tudo aquilo estava relacionado comigo... que tinha a mão do meu pai ou de algum amigo influente do meu pai, e que estavam me procurando e não se tratava de perseguição política aos alemães.

Não foi, porém, o que eu ouvi correr à boca miúda enquanto caminhava de volta pra casa. As mulheres e homens comentavam que os 'dedo-duros' haviam denunciado várias famílias da região, dizendo que falávamos alemão todo o tempo e que éramos infiltrados da república nazista.

Quando cheguei em casa, fui acompanhada por duas de minhas novas amigas. Elas também pressentiam o pior.

Entrei e vi a estante da sala derrubada, livros revirados, vasos quebrados, plantas e terra espalhadas pela sala. Não consegui chorar, tampouco ficar de pé. Senti uma vertigem muito forte e tudo o que me passou pela cabeça foi o bebê.

Quando acordei, estava na casa da Martha Zimmer, deitada em seu quarto, em sua cama. Demorei para tomar conta do meu pensamento e me peguei olhando o teto descascado, a cor azul turquesa como um céu turvo sobre a minha cabeça. Foi então que tive a pior das certezas e desatei em um choro que demorou muito a se encerrar.

Martha e o marido, ao perceberem que eu havia acordado, vieram me informar que algumas pessoas da região haviam sido detidas pelo governo. Ylanna já havia me dito que estava desconfiada que existia um homem seguindo ela e Johann... mas todos nós tínhamos pensamentos e sensações persecutórias, afinal estávamos dentro da comunidade alemã, contra a qual o Brasil e os Aliados estavam em guerra.

Pois Ylanna tinha razão. Estavam vigiando Johann bem de perto, desde que descobriram que ele havia sido um político de influência na Alemanha. Não importava que ele tivesse fugido de seu país, deixado tudo para trás, tudo para evitar que fosse morto e que sua mulher, judia de nascimento, fosse levada para algum campo de trabalho. Não, não, não... nada disso importava. Pode ser o disfarce perfeito de um casal de espiões, era o que diziam os policiais e os agentes do governo. Em tempos obtusos, o mais burro se torna rei, legislador e carrasco.

Estou ocupando o antigo quarto de música e costura, a janela dá pro quintal. Mamãe achou melhor assim, é mais ensolarado e próximo ao banheiro do segundo andar. Mamãe, papai, Vitória e Gaspar têm sido muito carinhosos comigo. Arthur e Ivan continuam os mesmos, misturando descaso com brutalidade...

Agora há pouco, Vitória conseguiu fazer Otto adormecer. Fiquei absurdamente grata, pois estava uma pilha de nervos e jamais conseguiria fazer uma criança dormir. Ela tem sido tão carinhosa comigo e com o nenê que me sinto culpada por ter sentido tanta raiva da minha irmã. Creio que, na verdade, ela é que se sente culpada por seus comportamentos dúbios para comigo.

Januária também tem sido um anjo, e é com ela que choro convulsivamente com medo de nunca mais ver Klaus. Com medo de nunca mais conseguir dar uma família completa para meu filho. Januária é meu porto-seguro, minha cúmplice na alegria e na tristeza."

"São Paulo, 17 de janeiro de 1945.

Essa noite acordei tendo um pesadelo. Tenho tentado me manter calma para não afetar o bebê e não secar meu leite. Não consigo me esquecer da noite seguinte em que levaram Klaus, Ylanna e Johann de nossa casa em Blumenau.

Fui até a delegacia, acompanhada de Martha e seu marido. O delegado disse estar ciente das 'apreensões'. O fato de eu estar grávida de oito meses, porém, comoveu o homem de alguma forma e ele nos informou que os três, bem como mais uns dez vizinhos, haviam sido levados para o quartel militar da cidade, onde havia acomodações melhores para passarem os próximos meses.

Ao ouvir meses, eu berrei. Meses? Meu filho vai nascer daqui a menos de um mês. Estou sozinha, desesperada, sem dinheiro e sem ter onde ficar. Levaram objetos pessoais, dinheiro, destruíram nossas coisas. O delegado mandou que eu me calasse, que eram acusações graves e que ninguém da polícia ou do exército faria uma coisa dessas. Deve ter sido coisa dos vizinhos, disse o delegado. Martha e Edgard arregalaram os olhos: eles eram dois dos nossos vizinhos, e sabiam que ninguém daquela comunidade iria levar um centavo sequer de ninguém.

Saímos da delegacia direto para o quartel. Não abriram as portas para nós, mas disseram que entregariam uma correspondência — uma singela carta que escrevi, dizendo para Klaus confiar, que tudo seria resolvido e que eu e nosso nenê o amávamos mais do que tudo.

Dias depois, tentamos contato com a direção do quartel por meio de um advogado da comunidade alemã. Fui até o portão principal do quartel e pudemos ver Klaus e Johann à distância. Klaus parecia abatido e ao me ver, começou a soluçar. Choramos, cada um de um lado do portão...

Ao meu lado estavam algumas mães, filhos e parentes de outros 'apreendidos'. Não sei exatamente como tudo começou, quem foi que iniciou a confusão, mas houve um empurra-empurra, gritos, choro, palavras em alemão berradas de um lado e do outro. Foi então que um dos soldados disparou tiros de fuzil para o alto.

Nunca havia ouvido uma arma de verdade disparar. Comecei a sentir cólicas e contrações, e me pus a rezar para que o parto não se adiantasse. Do outro lado do portão, Klaus percebeu meu estado e se agitou, tentando se aproximar de nós, mas foi empurrado ao chão por outro soldado.

De lá, fomos rápido para casa, e no portão do sobrado de Martha e Edgard estava estacionado o Ford-bigode de papai. Há questão de semanas, pensar em rever minha família parecia o pior dos infernos. Mas depois da prisão de Klaus, tudo o que eu queria era um pouco de colo."

"São Paulo, 20 de janeiro de 1945.

Antonia e Otávio vieram me visitar. Senti muitas saudades dos tempos que passamos em Campos. Otávio brincou que iria ler um livro inteiro pra mim, para compensar o tempo que eu havia lhe dedicado, quando ele estava de cama com caxumba. Oras bolas, eu tive um bebê, não tive uma doença. Logo estávamos os três rindo, como se nada tivesse nos acontecido, nem nos modificado.

Antonia está mais mulher, mais falante e desabrochada. Me contou que semana passada conseguiu se encontrar a sós com o Frederico, o filho do dono da Botica Farmacêutica. Não entendo o que ela viu nele, a não ser o fato de que ele tem o mesmo ar distante de levemente antipático do Dr. Agenor, pai dela. Deve ser isso, deve ser a parecência com o pai.

Otávio encorpou, perdeu aquele aspecto frágil e adoentado e ganhou robustez de homem.

Ao percebê-los ambos mais bonitos, pela primeira vez na vida me preocupei com a minha própria aparência. Pela primeira vez me senti realmente insegura: será que estou muito pálida, será que estou macilenta, desgrenhada?

Antonia e Otávio me despertaram a vontade de sair ao sol."

"São Paulo, 31 de janeiro de 1945.

Fui tomar sorvete com meus amigos queridos. Como é bom ter um momento de risadas em meio à tensão da espera pela liberação de Klaus.

Papai diz que o advogado da comunidade tem falado com ele. Parece que Klaus e os demais vão ser transferidos para o Rio de Janeiro, onde serão fichados e depois liberados.

Não tivemos notícias de Ylanna, que foi detida separadamente, com as outras mulheres alemãs. Perguntei ao papai mais de uma vez sobre ela, no que recebi uma resposta seca: 'Já me basta ter que ajudar esse alemão que te fez um filho, agora tenho que ajudar a tia dele?'. Parei de perguntar. Entendo que deve estar sendo difícil lidar com tudo isso, também para papai. Estou certa de que sou uma mancha na caligrafia de papai... só peço a Deus que ele não me esmague com seu mata-borrão."

"São Paulo, 4 de fevereiro de 1945.

Otto tem meus olhos azuis; mas creio que o maxilar, aliás, as bochechas e os cabelos aloirados são de Klaus. Fico mais tranquila assim, afinal o mundo não costuma tratar muito bem os ruivos, nem mesmo no Reino Unido. Ouvi dizer que mesmo lá, há uma associação da ruivice com a pobreza da classe trabalhadora irlandesa. O que confirma que o ser humano é capaz de associar tudo de ruim a qualquer coisa boa."

"São Paulo, 7 de fevereiro de 1945.

Eu já fui esfuziante? Se fui, não me lembro. Só Carmen Miranda consegue ser eterna cornucópia de frutas tropicais.
Minhas mamas estão doloridas, rachadas e não consigo dormir direito. Estou rabugenta e senhoria da minha rabugice."

"São Paulo, 12 de fevereiro de 1945.

Diário, Ivan e Arthur são dois falastrões que entram aqui, olham para o nenê, reclamam do cheiro de cocô e saem como dois tropeiros sem sentimentos. Boçais! Dei um sabão nos dois e ainda tive de ouvir que sou uma infeliz, uma mal-amada que teve seu amásio detido pelas autoridades. Arthur se supera na ignorância. Outro dia me mandou ficar calada porque os pais de Luiza iriam deixá-la na porta de casa, e que eu deveria impedir que o nenê chorasse. Foi então que descobri que meus pais não falaram para ninguém que tive um filho, e não fazem planos de contar para ninguém.
Lembrei de uma história de família. Tia Mirtes teve um filho com um homem casado no ano em que nasci. O menino foi registrado como filho dos meus avós, como se fosse irmão da própria Tia Mirtes. Era a forma que encontraram para abafar o acontecido e tentar garantir que Tia Mirtes ainda conseguisse um bom casamento.
Por Deus, isso me enoja."

"São Paulo, 21 de fevereiro de 1945.

Diário, Papai me informou hoje que todos os prisioneiros alemães estão sendo muito bem tratados. Ele me disse que lá ficam imigrantes que estão chegando ao país e que não é exatamente um presídio. Pedi para ir ao Rio de Janeiro, pedi para ver Klaus, mas ele me disse não ser possível; então bateu a porta de seu escritório na minha cara, dizendo que estava ao telefone com pessoas importantes do governo.
Quero acreditar que não estou sendo enganada. O clima de acolhimento na minha família tem diminuído, como se agora já tivessem certeza de que eu não conseguirei mais fugir.
Mamãe me disse coisas duras: 'Você não quis fugir de casa, não teve filhos? Então cuide sozinha, amadureça. Ou então entregue seu filho que

eu cuidarei como se fosse meu'. Chorei tanto, mas tanto, que não consegui ter leite à noite, e Otto chorou até adormecer de fome. Januária foi a única que se levantou para me ajudar. O quarto tem uma janela que dá para o quintal, então ela também não conseguiu dormir. Será que mais ninguém ouviu os choros do meu bebê? Ou os meus próprios choros? Onde está o amor cristão que papai sempre pregava ao nos falar sobre religião?

Januária me acalmou, me deu chá e fez compressas nos meus seios. Consegui dar de mamar apenas quando o sol já estava raiando. Estou com medo de que o tirem de mim, de que papai e mamãe registrem ele no nome deles, ou que entreguem meu filho para alguém cuidar. Acho que eles estão fazendo alguma espécie de jogo, querendo me vencer pelo cansaço. Peço a Deus que eu não esteja enlouquecendo."

"São Paulo, 1o. de março de 1945.

Pedi durante dias para que Antonia pudesse me visitar. Não deixaram. Acho que estão cortando todos os meus vínculos com o mundo. Otto, meu filho, se algum dia você ler esse meu diário, saiba que eu, Elisabeth, sou a sua mãe, não é nenhuma outra pessoa. Você nasceu de uma relação cheia de amor entre mim e seu pai, Klaus Aaron.

Deus, por favor, mande notícias de Klaus.

Klaus, meu amor, estou com medo."

"São Paulo, 12 de março de 1945.

Finalmente deixaram Antonia vir me visitar.

Ela subiu no meu quarto, aqui no terceiro andar, que agora é a minha torre, onde estou me sentindo prisioneira.

Antonia está aqui ao meu lado enquanto escrevo. Ela está trocando as fraldas de Otto e evitando cruzar seus olhos com os meus.

Acho que estou enlouquecendo. Antonia disse que tenho que descer até a biblioteca, que papai e mamãe querem falar comigo. Ainda me lembro do dia em que me sentei nas almofadas vermelhas durante aquela noite chuvosa. Klaus estava lindo, meus dedos fazendo caracóis nos pelos loiros de seu braço.

Tenho de ir. Vou descer, devem ser notícias.

Boas notícias, creio em boas notícias."

"São Paulo, 20 de abril de 1945.

Diário, não escrevo há mais de um mês.

*Não escrevo porque não quero mais respirar.
Klaus está morto, e eu também."*

52.

Naqueles tempos, logo após a "discussão do prato quebrado" que aconteceu em Campos do Jordão, meus pais se separaram e mamãe foi passar uns tempos na casa da minha avó — ela queria saber o que fazer da vida dela, e também da nossa vida. Digo "nossa" porque as coisas na vida de todos nós ficaram muito mal ajambradas: nos finais de semana, papai ficava na casa da Antonia, chorando as pitangas e resgatando migalhas de seu romance com sua Ms. Robinson, e eu ficava pulando de casa de amigo em casa de amigo para não ter que dormir sozinho. Pensei até em arranjar uma nova namorada, seria tão mais fácil, mas ainda não conseguia parar de pensar em Amanda. Ora com saudades, ora com raiva.

— Betsyyyy!!! *Amoreee!*

Era a voz de Antonia. Eu havia dormido no quarto de visitas do apartamento da tia Beth. Havíamos combinado de ir naquele domingo, bem cedinho, encontrar Zenaide no centro espírita em que ela era mãe-de-santo, praticamente em tempo integral, desde que se aposentara dos trabalhos na casa da tia Beth.

No início a ideia era encontrá-la apenas em sua casa, mas era final de ano e Zenaide estava se preparando para alguns rituais, e, enfim, todos nós só conseguimos combinar para aquele final de semana. Eu voltei de uma baladinha perto de Higienópolis. Tinha dormido de roupa, o quarto fedia a cigarro e bebida. Levantei e fui olhar pela fresta da porta se meu pai havia chegado com Antonia. Pois é, havia. Fui lá cumprimentá-los antes de tomar um banho e trocar de roupa.

— Dircee, queridaaa, quero cafééé!

— Só tem eu aqui hoje, Antonia. Não precisa falar tão alto, que mania. Eu tenho artrite, mas não sou surda — disse Januária, redinha na cabeça, segurando meia dúzia de bobs de plástico coloridinhos.

— Bom dia, Januária! Você está bem? — era a voz do meu pai.

Januária adorava meu pai. Januária adorava Antonia. Mas detestava a ideia dos dois juntos, razão pela qual olhou para os dois dos pés à cabeça e soltou:

— Não tão bem quanto vocês, que estão de volta a 1970, mas fora o que dói e o que está ruim, o resto está ótimo. Sentem que terminei de passar um café.

Saí do quarto dando um "olá" com a mão levantada, sem emitir som algum. Estava de ressaca.

— Posso saber onde o senhor foi ontem?

Me sentei na mesa, peguei um café bem forte e contei minha saga na Rua Augusta, numa boate decadente, tudo porque um dos meus melhores amigos havia se apaixonado por uma garota de programa. Todo sábado ele marcava ponto lá pra poder ser o primeiro e o único cliente da noite dela.

Antonia escutou toda a história com interesse.

— Sempre quis conhecer esses lugares, sabia? Me leva algum dia?

— Você tá doida, Antonia? Se quiser ir a algum lugar assim, eu te levo no Café Photo, que fica num bairro bem mais refinado.

— E quem quer coisa refinada, Bernardo? Já me basta toda uma vida fazendo um tipo de dama da sociedade pro Frederico. Esposa de médico rico, dona de boutique... até da liga das senhoras católicas eu já tive de fazer parte. O Frederico achava que era bom para conseguir mais contatos e pacientes... imagina eu, que odiava estudar no colégio de freiras, tendo que ir nesses encontros? Eu e a Beth odiávamos. Aliás... cadê a Beth? Betsyyyy?

Januária deixou cair:

— Ela foi andar.

Ficamos eu, meu pai e Antonia sem entender.

— Andar de quê? — perguntou meu pai.

— Andar com as pernas.

— Você diz... tipo exercício físico, Janú? — perguntei.

— Sim, sim. Alguém quer mais um pão na frigideira?

Antonia continuava quieta, mãos no rosto.

— Janú do céu... que será que houve com a Betsy?

Os latidos de Patê e Oliver denunciaram que alguém estava chegando à porta de entrada. O barulho de chaves rodando no ferrolho foi acompanhado por nós com inquietação, em completo silêncio — havíamos parado de comer e conversar porque queríamos ter certeza que Januária tinha falado a verdade.

Entrando pela porta estava tia Beth de abrigo de plush rosa, viseira branca com um óculos amarelo e tênis brancos de salto. Antonia não se conteve.

— Você tá vindo de Miami ou de fazer *jogging* na praça Buenos Aires?

Tia Beth parou e nos olhou de longe.

— Não me amolem. Estou sem fumar há duas semanas.

Continuamos em silêncio, sem saber o que dizer.

— Janú, me vê mais um pão na frigideira.

— Também quero — disse Antonia.

Todos percebemos que era melhor ignorar os fatos novos e surpreendentes. Tia Beth não queria falar sobre sua abstinência. Logo, ela se aproximou e se sentou conosco, numa expressão de sorriso mal-humorado, ou de mau humor feliz...

Naquele instante, deu-se um "momento" — como quando um raio de sol escapa por entre as nuvens e nos atinge em cheio. Rindo, tomando café e comendo pão francês, parecíamos um grupo de velhos amigos, uma família feliz prestes a uma grande aventura.

— Não era melhor irmos em dois carros? — disse tia Beth.
— Maluquice, o lugar é longe e tem uma parte em estrada de terra. Se for pra gente se perder, vamos nos perder juntos.
— Falar é fácil, Bernardo, quem está no meio, chacoalhando, é o teu filho.

Januária tinha dificuldades de locomoção e dores no corpo todo; Tia Beth tinha pinos no quadril e na perna. Coube a mim sacolejar por quase duas horas de estrada até o sítio onde encontraríamos Zenaide.

Estávamos ansiosos, com certo receio do que iríamos encontrar. O grande prato do dia, esperado há tempos, era conseguir saber da boca de Zenaide o que meu pai teria dito numa noite de 1971, na sala de estar da casa da tia Beth e do tio Tatá. Naquela noite, depois de fumar muita maconha junto com a Sereia — a então namorada de Tavinho —, papai se pôs a batucar nos móveis e a entoar cânticos desconhecidos e um hino em alemão. Teria sido apenas a intervenção luminosa de Zenaide que teria conseguido reverter a situação, não sem antes papai falar várias coisas para ela ao pé do ouvido, bem como chorar e se sentir sufocar.

Queríamos que Zenaide fosse nosso "Deus *ex machina*".
— Tenho certeza que a Zenaide vai me chamar pra participar de alguma gira — disse Antonia.
— Por que diz isso? — perguntou meu pai.
— Ah, é que desde meninota, sou muito sensitiva...

Tia Beth não perdeu a oportunidade.
— A sua sensibilidade é da cintura pra baixo, Antonia.

Antonia riu e se indignou ao mesmo tempo.
— Você adora as minhas leituras de tarot!
— Ah, Tonia, francamente... eu adoro é tomar teu Bacardi e fumar...

Tia Beth parou um instante, como se tivesse falado algo proibido.
— Quer dizer, eu adorava. Porque agora não vou mais fumar, nem beber de dia de semana. Não é mesmo, Janú?

Januária olhou pra tia Beth com os olhinhos brilhando de satisfação.
— É sim, Betinha!

Tia Beth continuou:

— Você não me enrola, Janú. Tô fazendo isso tudo por você, então trata de fazer a fisioterapia que o médico mandou.

Antonia se meteu na conversa.

— Ah, vocês podem pedir ajuda pros santos durante a gira, pedir pra parar de fumar, pra melhorar das dores articulares. Eu vou pedir... quer dizer, eu vou agradecer. — E Antonia pousou sua mão sobre a mão do meu pai, no câmbio do carro.

Revirei os olhos, num misto de desprazer, um leve asco e saudades da minha mãe, da minha família. Estava infeliz por não ter mais a sensação de pertencer a um núcleo, de ter de jantar num horário, ter alguém pegando no meu pé para fazer isso ou aquilo. Hoje, casado e com filhos, vejo como o papel arquetípico da mãe é responsável pela sensação de família: é a incansável "vitrola emperrada" das repetições, das broncas, dos conselhos, dos humores, das alegrias entusiasmadas que costura cada um de nós, uns aos outros, como se fôssemos retalhos de uma mesma colcha

Se eu passasse em consulta com algum dos guias incorporados nos "cavalos", eu pediria pra ter minha família de volta. Me sentia como um daqueles garotos perdidos da Terra do Nunca, querendo que a Wendy ficasse na ilha pra ser minha mãe.

— O que você vai perguntar se passar em consulta, Betsy?

Tia Beth olhou para Antonia pelo espelho do retrovisor, mas foi possível ver as faíscas saírem do olhar dela.

— O que você acha, Antonia?

Sim, era uma pergunta um tanto tola. Havia uma única pergunta que tia Beth faria a São Pedro, às portas do céu. Se ele não respondesse, tia Beth entraria no meio das nuvens e "chamaria o gerente"; passaria um sabão em Jesus, dizendo que até Maria teve o direito de se despedir do filho e lavar as feridas de seu corpo.

Antonia sorriu amarelo e desconversou:

— Olha lá aquele portão, certeza que é lá! Chegamos!

53.

A menina Beth certamente jamais imaginaria a naturalidade e desenvoltura que teria em um terreiro de umbanda.

Tia Beth foi a primeira a entrar naquele espaço. Andou confiante e destemida, como se já soubesse o caminho. Antonia também estranhou e perguntou à Januária:

— Ela já esteve aqui, Janú?

— Não que eu saiba, mas em se tratando da Beth, tudo é possível.

Eu, Januária, Antonia e meu pai seguimos atrás como um séquito de parvos que, caso estivessem na Inglaterra medieval, estaria carregando véus, baús e penicos de Elizabeth I, a Rainha Virgem. Esse foi o pensamento que me ocorreu no momento e não consegui deixar de gargalhar ao pensar que deixaria o penico para Antonia levar.

Lá na frente, quase entrando num galpão com ares de templo, tia Beth se virou, dando por nossa ausência, e fez sinal para que nos apressássemos. Januária prontamente resmungou:

— Essa doida desembesta assim e quer que eu a acompanhe? Arre, Beth!

Januária caminhava com certa dificuldade e parecia sentir dores em cada articulação. Mesmo assim, não reclamava.

Papai seguia com Antonia à frente. Resolvi dar meu braço para Januária e fomos caminhando sobre as pedras que iam em direção ao galpão. Ela sorriu pra mim com seus olhos castanhos pequeninos, levemente azulados e um tanto lacrimosos.

— Sinto tanto por não poder estar no seu casamento...
— Não entendi, Janú...
— Você está tão bonito, Leozinho. Tão crescido, tão luminoso. Segurando assim no seu braço, a gente indo em direção ao galpão... não parece que estamos entrando no seu casamento?

Sim, por um momento me senti transportado para um momento que aconteceria apenas dali a vinte anos. Eu, de fraque, prestes a entrar na Igreja. Minha mãe ao meu lado, as mãos apoiadas em meu braço e seus olhos igualmente lacrimosos como os de Januária naquele dia. Dali a vinte anos, lembraria de Janú no dia do meu casamento e entenderia a razão dela ter se aventurado conosco naquele passeio que só lhe cansaria.

— Tenho certeza que você vai estar comigo nesse dia, Janú. Deus não separa quem se ama.

Januária levou as mãos aos olhos. Eu permaneci quieto, um nó tão grande no pescoço, um gosto tão grande de despedida; um grande momento com uma das pessoas mais importantes de nossas vidas.

— Sim, Leozinho. Deus não separa quem se ama.

Uma frase que tenho certeza que Januária deve ter repetido à exaustão para tia Beth, mas que jamais conteria o sangramento de seu coração de mãe.

Tia Beth sempre foi amparada por pessoas de fé. Pessoas que sofreram muito na vida e que tiveram de aprender a segurar nas mãos de Deus. Só nas mãos de Deus. Sim, os humildes sempre estarão mais próximos do que é eterno, e isso é um pensamento presente em cem por cento das religiões, sejam elas ocidentais ou orientais. O desejo e a realização da unidade nunca passa pelo ego doente, pelo coração acinzentado do vaidoso, do orgulhoso, do ensimesmado; então esse tanto de sofrimento, talvez seja a bondade de Deus e jamais seu desdém.

Estou certo que a menina Beth não se reconheceria adentrando um templo religioso como quem adentra a casa de um antigo conhecido. Ela já havia há muito tempo colocado seu coração em penhor — o desaparecimento de Tavinho havia causado úlceras que nunca seriam curadas, então nada melhor do que...

— Deixar tudo nas mãos de Deus, meu filho — foi o que escutei sair da boca de Januária assim que retornei a mim, no instante em que entramos no templo.

O galpão de pé direito amplíssimo era muito bem iluminado com aberturas fechadas com vidro de um lado a outro logo abaixo do telhado. Havia uma decoração de Natal, porém feita com folhas de bananeira e flores coloridas.

No fundo do galpão, tia Beth já estava abraçada a uma pessoa. À medida que fomos nos aproximando, consegui reconhecer Zenaide. Ela me parecia menor, porém, já que não a via há tempos. Me parecia mais frágil também, e a cara bonachona de boneca feita de chocolate havia dado lugar a uma velha senhora com os cabelos cobertos de açúcar de confeiteiro. Não adiantava, Zenaide me remetia à comida, quitutes, magia de um doce.

Ela se soltou de tia Beth, que se afastou levando um lenço aos olhos. Em seguida, abraçou meu pai e Antonia, depois Januária — com quem ainda convivia com mais frequência. Por fim, ela me olhou nos olhos. Me senti tragado, teletransportado, carregado em seu colo pelo só fato de olhar nos olhos daquela mulher tão forte e tão frágil. Tão saborosa. Um sabor que só as pessoas que doam sua própria energia a tudo o que fazem conseguem emanar. Não importa o que digam, Zenaide era feita de chocolate.

— Você cresceu, Leleco.
— Puxa, Zenaide, que bom te ver.
Ela sorriu. Me deu uma de suas mãos e a outra para meu pai.
— Meus meninos, estava com saudades.
Tia Beth se reaproximou, já recomposta.
— A gente só percebe a saudades que estava quando se revê assim, tão de pertinho.
A voz de tia Beth falhou. Não estava tão recomposta assim.
— Fico feliz que tenham chegado cedo. Vamos almoçar todos juntos, com os outros colaboradores do centro. Hoje é um dia especial para todos nós aqui. Vamos comemorar a fundação desse nosso espaço, as obras que atingimos nesse ano e... bem, nós vamos — Zenaide ofertou suas duas mãos para tia Beth — tentar acalentar antigas feridas...

Dali a instantes, estávamos conhecendo todo o local, ainda maior do que parecia. Além do galpão principal, que devia comportar umas trezentas pessoas, havia mais quatro construções: uma administração, onde também ficava o refeitório; uma com dormitórios, para as cerimônias que adentrassem a noite; uma para cerimônias menores, onde Zenaide disse que de dia rolavam cursos de artesanato, costura e informática para os jovens da região; e a última para...

— Os cursos de desenvolvimento mediúnico.

Antonia não se aguentou:

— Menina, e você construiu isso tudo com a rescisão do contrato com a Betsy? Quanto você pagava pra ela, amiga?

Difícil dizer, em se tratando de Antonia, qual o limite entre a falta de senso e a ironia fina. O comentário tinha sua graça, apesar de inconveniente; e também era muito sincero, já que era a forma torta que Antonia usava para satisfazer a curiosidade comum.

— Com que dinheiro isso tudo foi construído? — perguntou meu pai, pouco se importando se estava sendo deselegante.

Tia Beth levou o dedo à frente da boca. Zenaide entendeu.

— Doações... depois de me aposentar, passei a me dedicar mais ao centro e pouco a pouco, as pessoas foram espontaneamente demonstrando sua gratidão, seja através de trabalho voluntário, seja com doações...

Antonia continuou:

— Você tem clientes ricos, hein, Zê?

Tia Beth revirou os olhos com a indelicadeza.

— Tonia, fica quieta e deixa a Zenaide falar. E não são "clientes" que se fala, porque ela não faz leitura de cartas e cobra pra isso igual a você.

— Eu não cobro pra ler cartas!

— Não cobra? Quantas vezes disse que só leria cartas pra mim se eu te desse Bacardi, docinhos e fofocas?

Rimos todos. Zenaide pegou o gancho:

— Antonia, se eu não te conhecesse desde o ovo, me surpreenderia com você... aqui a gente chama de filhos de santo, não de clientes. Não tem comércio, não tem cobrança, mas tem as responsabilidades de cada um com a casa, claro, senão vira bagunça. Enfim, vamos pensar no nosso estômago: quem aqui está com fome?

54.

"*São Paulo, 25 de abril de 1945.*

Diário, na capa do jornal, a manchete 'Conquistada pelos exércitos russos mais da metade de Berlim'. Creio que a guerra está para acabar, agora que junto aos Aliados está a força dos russos. Hitler e seu exército está encurralado, sendo pressionado de todos os lados.

Como será que Berlim está? Como será que estão as pessoas que moram em Berlim, as mães que como eu, têm seus bebezinhos?

Não posso crer que Klaus está morto.

Não há uma única menção a um levante de alemães na Ilha das Flores. É lá que Klaus havia sido levado, para aquela ilha em que imigrantes e um tanto de pessoas fazem quarentenas e são separados do convívio de suas famílias. Não entendo direito o que se passa nessa ilha, quem toma conta das cadeias que existem por lá, ou dos prédios. Não tenho dado conta de ler todos os jornais, apesar de varar as madrugadas lendo notícia por notícia relacionada à guerra. Espero ver alguma menção, qualquer uma que seja aos nomes de Johann, de Ylanna... minha querida Ylanna... uma mulher de gostos e modos finos, de tantos sonhos nos olhos, de tanto amor pelo esposo. Me acolheu com tanto amor, de uma forma que nem minha própria família tem acolhido...

Diário... eu tenho sido tratada igual uma pária. Vitória diz que são coisas da minha cabeça, que estou sentindo mais do que deveria, que estou afetada pelos humores da gravidez e da amamentação. Januária também tem recebido sua cota de coices, dados por mim a qualquer pequeno equívoco na ajuda que ela me dá com meu nenê.

Antonia também está sem vir aqui, coitada. Eu disse tantas barbaridades para ela naquele dia em que veio me visitar. Falei que ela estava de conluio com meus pais, que estavam todos loucos, que Klaus jamais teria morrido sem... sem... 'sem te avisar?' foi o que Antonia disse, completando minha frase. Naquele momento caiu sobre mim todo o sentimento do ridículo, da loucura, do medo, da solidão. Meu filho tão lindo, tão afeito ao pai, será que jamais irá conhecê-lo? Eu tive uma crise de nervos na biblioteca da minha casa, berrei com Antonia, berrei com meu pai e minha mãe. Os pais de Antonia também estavam presentes. Dr. Agenor me olhava com respeito e certo medo, e foi o único olhar que conseguia enxergar em meio ao nevoeiro dos meus sentimentos. 'É mentira, é mentira, é mentira!', eu gritava sem parar, sem parar. A voz falhando, o ar ferindo minha garganta. Otto começou a chorar no quarto no terceiro andar e era possível escutar os berros. Januária desceu com ele no colo dizendo que talvez fosse fome, que eu deveria me acalmar, deveria dar de mamar. Eu berrei com Januária, disse a ela que dos meus seios só poderiam sair lágrimas, que eu estava sendo morta por dentro. Que eles, meu pai, minha mãe, Antonia, o pai dela, todos, sem exceção, inclusive a Januária, todos estão querendo me secar por dentro.

Acordei apenas duas horas depois, no meu antigo quarto de solteira. Estavam todos ao meu redor, como se estivessem velando uma defunta. Abri os olhos e os fechei. Já estava imersa em lágrimas de novo, e sentia que não haveria razão de viver num mundo sem Klaus.

Mamãe teve o bom-senso de mandar que todos saíssem. Ficaram apenas ela, Dr. Agenor e Januária. Ouvi do pai de Antonia que deveria me acalmar, que deveria tomar um xarope de ervas, umas infusões que não sei direito o que são, que aquilo seria muito bom, um tônico para os nervos. Perguntei sobre o meu Otto, pedi que não o afastassem de mim, queria saber onde ele estava. Nada. Diziam para eu ficar calma, que eu deveria descansar, que meu nenê ficaria bem, que meu pai e minha mãe cuidariam dele. Uma vez mais, me descontrolei e disse que o filho era meu, que eu não iria deixar ninguém tomá-lo de mim.

Foi então que Januária me falou uma coisa que marcou minha pele, marcou minha alma de mãe. Ela disse: 'Betinha, se você não quer que ninguém tome seu nenê de você, tem de querer viver, tem de lutar!'.

É o que estou fazendo, diário. Lutando. Me apegando à certeza de que Klaus não deve estar morto, eu sentiria no meu coração. Klaus está vivo. Seremos felizes. Berlim já está sendo esvaziada de nazistas, Hitler está para cair. Iremos morar lá, em Berlim. Ou então no condado em que vivem os pais do Klaus.

Ah, diário. Esqueci-me da história de Evelise, do casamento de Klaus. Talvez seja melhor ficarmos no Brasil, talvez seja...

Preciso descansar. Não me sinto bem."

"São Paulo, 4 de maio de 1945.

Diário, nas últimas duas semanas tenho contado com a ajuda de Otávio para ler todos os jornais em busca de alguma notícia de Klaus. Otávio vem aqui em meu quarto, trazendo calhamaços e calhamaços dos jornais, e viramos páginas, lemos em voz alta, e chego a ficar com os dedos sujos de tinta da impressão.

Otávio tem sido uma incrível companhia, e tem falado muito que eu tenho de fazer as pazes com Antonia, que ela é uma grande amiga e que ela está sofrendo por tudo aquilo que eu falei naquele dia. Oras, ainda sinto raiva, mas sei que não foi culpa dela. Mas senti como se Antonia tivesse sido a isca que me levou a uma ratoeira preparada para me dar a notícia mais dolorida de minha vida.

Klaus não está morto, não está.

Ontem sonhei com Klaus em um navio antigo. Como se fosse uma caravela, um barco dos tempos dos descobrimentos. Ele estava de pé, na proa da embarcação, os últimos raios do sol caindo sobre ele. Ele abria um mapa e nesse mapa estava escrito o meu nome. Elisabeth. Meu nome completo, como ele sempre gostou de falar, como se fosse uma forma respeitosa de me invocar, de me ter presente. Klaus me faz sentir coisas diferentes ao mesmo tempo, emoções que parecem não ter sido destinadas a conviver juntas. Mas ele consegue. Me sinto desejada e respeitada ao mesmo tempo, como se fosse venerada e possuir-me seria como entrar numa Terra Santa. Com ele me sinto digna e também carnal, me sinto frágil e também capaz de cruzar os oceanos e acabar com uma guerra apenas para poder ter mais momentos de felicidade com o meu amor. E com o fruto do meu amor.

Ser mãe é toda uma nova perspectiva. Hoje me pego chorando durante as madrugadas, principalmente quando tento ler uma ou outra notícia e vejo as listas e números de mortos nesse embate hediondo.

Com Otto em meus seios, um serzinho todo feito de amor, penso: 'Todos nós já fomos assim, carentes, amáveis. Nazistas ou judeus; Aliados ou russos; japoneses ou ingleses'.

Quando é que nossos bebês começam a se achar no direito de agredir outros bebês? Quando é que começam a fumar charutos e se encher de planos de dominação? O mal está nesses gabinetes esfumaçados. Quem empunha fuzis são jovens fantoches."

"São Paulo, 5 de maio de 1945.

Diário, recebi uma cartinha de Antonia. Veio pelas mãos de Januária, que também está brava comigo e não olha nos meus olhos quando me dirige a palavra. Estou envergonhada dos meus humores. Mas também não sei como controlá-los, e nem sei se quero controlá-los. Não quero tomar a infusão que Dr. Agenor me receitou, então finjo que engulo e quando mamãe vira as costas, cuspo em um dos cueiros de Otto, que deixo separado para essa função.

Colo aqui embaixo a cartinha para que não se perca e para que tenha sentido nesses mares revoltos que estou tentando cruzar sozinha em minha nau."

"São Paulo, 3 de maio de 1945.

Querida Beth, você é uma maluca.

Confundiu tudo, inclusive minha cara amarela de patza, de apavorada com as notícias que te seriam dadas, com o amarelo da cara dos traidores. Acha mesmo que eu estou de conchavo com seus pais e com todos os que são contra a sua liberdade? Minha amiga, somos muito diferentes em tantas coisas, a começar pela idade, já que sou mais nova, e não você, apesar de ter mentido nas certidões do torneio; e também pela beleza, já que sou vistosa e chamo mais a atenção do público masculino, o que estou certa que te incomoda, não adianta mentir.

Mas talvez nossa maior diferença seja a força de brigar que eu tenho, a vontade de dar duas ou três raquetadas nos nossos pais, e assim podermos *fugir livres para a casa da tua tia Mirtes, mesmo sem saber se a pobre alma irá nos receber de malas e cuias.*

Você é minha melhor parceira, Elisabeth Beatrice.

A única que sabe sacar no tempo certo, e que é capaz de rebater todas as minhas bolas. Temos em comum o desejo de sermos verdadeiras, sermos livres e podermos amar quem bem entendermos. Sermos como a Bette Davis em 'Jezebel' e podermos usar nosso vestido vermelho na hora e no lugar que bem entendermos.

Nunca fui tão feliz quanto nos tempos em que treinamos juntas para os campeonatos juvenis. Isso foi há tão pouco tempo, mas parece que éramos outras pessoas. Incrível como a guerra, ainda que não esteja se desenrolando aqui no Brasil, derramou seu fel sobre todos nós.

Tenho muito para te contar. Segredos meus, segredos da minha família...

Como não sei se vai me receber no seu quarto, nem se ainda me quer como madrinha de Otto, vou contar por aqui mesmo. Preciso falar, preciso contar para alguém. Nem que seja pra você, cabelos de fogo e cabeça quente. Porque estou prestes a enlouquecer também.

Estou namorando Frederico às escondidas e tenho certeza que ele será o pai dos meus filhos. Ele me contou que deseja entrar na faculdade de Medicina, e está estudando muito para isso, que quer me dar uma vida confortável e que admira muito papai, que sabe tudo sobre o papai, que está sempre acompanhando as notícias e fofocas sobre papai.

Pois bem, numa dessas conversas com Frederico, ele me disse que ouviu de seu próprio pai, que é dono da Botica Farmacêutica, enfim, você sabe, o Seu Genésio, que papai tem uma 'Clínica de Partos' em Campos do Jordão, e que pra lá são encaminhadas madames casadas e moças solteiras que tiveram um deslize.

Beth, minha amiga, descobri que papai nunca teve tuberculose e que todo aquele tempo que ficou em Campos, aliás, que nós também ficamos em Campos do Jordão, foi porque ele estava montando essa tal Clínica de Partos às escondidas.

Frederico parece querer competir com a imagem que tenho de meu pai. Porque ele me disse algo tão estranho e tão ruim, que se eu não desabafar com você... Beth, Frederico disse que papai realiza abortamentos ilícitos e também encaminha bebês nascidos de mulheres comprometidas, que não os poderiam criar sem manchar sua honra.

Preciso falar com você, minha amiga. Não siga nenhuma das instruções de papai. Quero conversar com você sobre o que estou achando, sobre as possibilidades que te cercam, e quem sabe, isso vai afastar suas desconfianças sobre mim.

Você não está louca em achar que há algo sendo tramado pelas suas costas. Mas eu tenho uma solução, e quero encontrar você e Otávio, juntos. Sei que ele tem te ajudado com as leituras dos jornais. Ele é uma pessoa incrível, além de um rapaz muito bem feito.

Beth, Otávio te ama. Talvez ele tenha a luz pra clarear seus caminhos. Digo nossos, porque onde você estiver nessa vida, eu estarei junto.

Da tua estimada Antonia."

"*São Paulo, 6 de maio de 1945.*

Diário, hoje receberei Antonia e Otávio em meu claustro, em minha prisão domiciliar. Mas mamãe permitiu que depois eu descesse para um passeio no jardim. Também permitiu que Zenaide faça aqueles biscoitos de nata maravilhosos, e compotas para nosso lanche da tarde.

Nos últimos tempos, mamãe tem fiscalizado minhas refeições e diz a todo instante que eu tenho de voltar ao meu corpo de antes, que não posso aparentar ter tido um filho. Também voltou a tocar no assunto de que o filho de tia Mirtes foi criado pelos avós, e que ele foi registrado em nome deles para que ela tivesse mais oportunidades na vida. Acabei discutindo com mamãe, falando que tia Mirtes nunca se casou e que não precisou de nenhum homem para lhe controlar os cobres, pois ela mesma assumiu os negócios da família quando o pai caiu doente.

Mamãe ficou uma arara. Eu deveria ter me calado, porque ela ameaçou cancelar meu lanche com Antonia e Otávio. Foi apenas graças à Zenaide e à Januária, que se combinaram de dizer que eu estava com cor de tísica e que temiam que fosse tuberculose. Zenaide disse que era melhor eu tomar mais banhos de sol e comer coisas com mais sustância, senão iria parar de produzir leite para o nenê e, eventualmente, poderia vir a não aguentar. Mamãe ficou assustada, ela tem medo das profecias de Zenaide, e resolveu deixar as coisas como estavam.

Vou amamentar Otto agora. Em seguida, encontrarei meus únicos dois amigos em um jardim florido. Quero fingir que ainda estamos em 1943 e que iremos comer purê de amêndoas em frente à lareira. Sinto saudades daquela Beth. Ela ainda deve estar aqui, vou procurá-la e depois te conto, meu querido diário."

55.

Lembrar de tio Tatá é lembrar de muitas coisas associadas: brinquedos, Natal, Papai Noel, os gizes de cera que ele jogava em cima da mesa de centro pra que eu desenhasse, a bochecha macia de barba escanhoada — uma pele lisinha que cheirava à menta, apesar do bigode volumoso que manteve a vida toda, e que pinicava quando ele vinha me beijar. Lembro do colo dele, da sensação de segurança que dava, e também de ver tia Beth sempre por perto, gargalhando com todos os dentes ao vê-lo comigo em seu colo, como se isso a remetesse a alguma lembrança cheia de luz e saudades.

Tio Tatá foi um grande companheiro para tia Beth. Essa foi a impressão que sempre tive, e que se confirmou naquele dia em que visitamos Zenaide, no imenso e festivo centro espírita.

Almoçamos numa grande mesa na cantina, onde trabalhadores da casa e visitantes se misturavam. Comida simples e deliciosa: carne moída com purê, arroz e o feijão da Zenaide. Para os que iriam trabalhar como médiuns nas sessões noturnas, um picadão temperado de abóbora substituía a carne vermelha.

— Toda carne tem um cadinho da energia do bicho, e isso pode grudá na aura do médium — explicou Zenaide.

— Não vai dizer que logo você virou vegetariana? — perguntou Antonia, num tom de voz curioso, mas também muito irônico.

— Por que logo ela, Antonia? — eu perguntei.

Tia Beth respondeu no lugar da amiga:

— A Zenaide faz uma costelinha, meu amor, que é de comer rezando. A gordura derrete junto com a carne, não tem quem não adore.

— Virei nada, menina! Mas não posso beber nem namorar antes da gira...

A reação de Antonia foi de puro espanto:

— Ah, para, Zenaide. E aquelas pombagiras que só falam de sexo e vivem tomando vinho? Os médiuns não podem se divertir, mas as entidades podem?

— Antonia, fica quieta um pouco — disse meu pai, incomodado com sua histrionice.

Tia Beth riu.

— Antonia, parece até que você está com dor de cotovelo.

— Eu? — Antonia levou as mãos ao peito, sentindo-se magoada.

— Sabe o que é, Zenaide — completou tia Beth —, a Antonia lê cartas e também tem uma sensibilidade aguçada, mas a disciplina dela é um horror, né, Antonia? Toda vez que ela lê cartas, começamos bem, mas terminamos bêbadas de Bacardi.

— Não fala abobrinha Elisabeth!

Zenaide sorriu, maternal.

— Não se preocupe, menina. — Zenaide levou as mãos às mãos de Antonia. — Você qué participá, né?

Antonia, tal qual uma criança de sete anos de idade, fez que sim com a cabeça.

— Vem comigo, que nós vamo pruma sala. Daí é rezá e lê o evangelho até às cinco da tarde. Daí inicia a nossa gira. Você topa?

Januária, que estava tão quietinha o tempo todo, fez seu aparte:
— Você acha, Antonia, que consegue ficar esse tempo todo concentrada nisso, minha filha?
Ficamos eu, meu pai, Januária, Zenaide e tia Beth olhando para Antonia, esperando, curiosos, qual seria a decisão que ela tomaria, como se fosse um daqueles momentos decisivos e imprevistos na vida da gente, em que somos levados a tomar uma decisão que pode, potencialmente, nos transformar desde o tutano.
— Eu, eu...
Tia Beth cortou:
— Claro que não, Zenaide. A Antonia agradece, mas não vai.
Antonia olhou pra tia Beth com raiva e se levantou da mesa.
— É pra lá que tem que ir?
Zenaide fez que sim com a cabeça.
Antonia saiu da mesa e foi em direção a uma das construções ao redor do local, onde ficava a sala que os médiuns iriam se preparar para a cerimônia que iria se realizar dali algumas horas.
Ficamos na mesa, boquiabertos.
— Ela deve voltar daqui a meia hora... — disse tia Beth, desdenhando da amiga.
— Não me pareceu... ela está muito brava com você, tia — eu disse.
Tia Beth olhou para Antonia, ao longe, já entrando porta adentro e conversando com alguns outros médiuns que chegavam ao local.
— Tomara, Léo. A Antonia só funciona assim. Você tem que ferir os brios dela, pra que ela tenha coragem de sair da zona de conforto.
Zenaide piscou para tia Beth e se despediu. Disse que voltaria a nos ver dali a algumas horas, mas que estávamos livres para passear pelos jardins do sítio, ir até a biblioteca ou até o lago, ou mesmo ajudar na arrumação da mesa de comes e bebes pra depois da cerimônia.
Nós agradecemos e fomos dar uma volta, menos Januária, que preferiu descansar as pernas na biblioteca, onde o ar-condicionado estava mais forte.

Nos jardins do sítio do centro espírita, seguimos eu, tia Beth e meu pai.
— Você e a Antonia, Bernardo... até onde isso vai? — disse tia Beth, indo direto ao ponto.
— Não sei, tia. Não acho que seja lugar e hora pra falar disso...
— Porra, pai, é sério mesmo que você está com ela?
Papai ficou irritado.
— Você tem que entender uma coisa, Léo. Aquela mulher ali, que fala o que vem na cabeça, parece estar sempre na contramão de tudo o que chamamos de bom-senso, é uma das pessoas mais verdadeiras que já conheci.

Tia Beth ficou em silêncio. Eu, não.

— Eu até gostava dela, mas agora tô começando a achar uma doida varrida.

— Não fale assim — ponderou tia Beth. — Ela é, de fato, uma pessoa verdadeira, uma amiga incrível, uma doida tão completamente espontânea que às vezes tenho a impressão de estar falando com alguém com múltiplas personalidades. Mas são todas ótimas, todas fiéis. Antonia seria capaz de se por contra os pais, brigar, lutar até fisicamente contra eles, pra impedir que uma amiga tivesse seu filho levado.

Eu e papai ficamos em silêncio, sem entender nada. Tia Beth continuou:

— Antonia esteve presente em todos os principais momentos da minha vida. Assim como Januária, eu não existiria e não teria sobrevivido à minha própria história se não fosse a presença dessa minha irmã maluca.

— Ela brigou com os pais? Quando foi isso? Bateu neles, apanhou? — perguntei, um tanto aflito.

— Peraí, tia, conta essa história direito.

Nós nos sentamos num banco, em frente a um ipê florido, cercado por imensas espadas de São Jorge.

— Está tudo no meu diário de 1944... ou de 45?

— E onde está esse diário? — meu pai perguntou.

— Está comigo... — respondi.

— E você ainda não leu? — indignou-se meu pai.

— Estou lendo, estou lendo... mas parei numa parte em que... em que a tia Beth descia até um jardim, o jardim do casarão do Jardim Europa e conversava com dois amigos: a Antonia e o tio Tatá.

Tia Beth sorriu.

— Sim, eu estava em um jardim conversando com dois amigos queridos.

Eu e papai nos entreolhamos. Estávamos em um jardim, éramos três amigos. Não sabia se ela se referia ao momento presente ou ao passado mencionado em seu diário.

— Naquele dia, meus queridos, eu escutei coisas que transformariam a minha vida para sempre. Da mesma forma que o meu coração me diz que hoje será um dia de grandes revelações. Como dizia papai, "o que foi tornará a ser, o que foi feito se fará novamente, não há nada de novo debaixo do sol".

Dali a duas horas, estávamos adentrando o galpão principal.

Dali a quatro horas, estávamos saindo de lá diferentes, cada um com uma mensagem distinta, mas facetas da mesma pedra preciosa.

56.

"*São Paulo, 7 de maio de 1945.*

Diário, ontem Antonia e Otávio me visitaram. Tive um momento de sossego nos jardins, e porque não dizer, de certo assombro. Aqui no meu peito estão morando tantos sentimentos ao mesmo tempo que me percebo suspirando de tristeza e alegria ao mesmo tempo.

Otávio me pediu em casamento e eu recusei.

Imaginei tantas e tantas vezes como seria o dia em que eu seria pedida em casamento por alguém, e no final, a realidade se impôs de forma tão crua e tensionada. Sim, tensionada. Me sinto puxada de um lado a outro, pela responsabilidade de ser mãe e também de ser eu mesma, seja lá quem eu for, depois de tudo o que aconteceu comigo nos últimos dois anos.

Antonia chegou antes de Otávio. Estava nervosa, realmente desassossegada e foi direto para o jardim daqui de casa. Estava com um copo de água com açúcar nas mãos, logo ela que não gosta de nada muito doce.

Antonia me disse que o copo havia sido ideia de Januária, uma forma de acalmá-la do que havia passado há pouco em sua casa. Mas o que ela havia passado? Fiquei intrigada e ela não se manifestava, dizia que só contaria quando Otávio chegasse.

Otávio tardou a aparecer. Mas no relógio, foram apenas dez minutos de atraso.

Antonia pediu que Otávio fosse direto falar com ela, próximo ao ipê florido que temos no centro do jardim. Fiquei em cólicas, mas não tive muitas forças para reclamar daquele comportamento estranho. Zenaide desceu as escadas dizendo que Otto estava chorando muito e então resolvi pegá-lo no colo e me colocar sob o sol da tarde com ele. Um solzinho suave, que aquecia Otto nos pezinhos gordos e lisinhos. Por Deus, que nunca me separem do meu filho, que nunca me separem de Klaus. Porque sei que Klaus está vivo e isso alimenta os meus dias.

Antonia e Otávio se aproximaram de mim e pediram calma para o que contariam. Não consigo explicar o que senti. Eu estava calma, estava entregue, tão diferente de como eu imaginaria estar para receber a notícia que recebi.

Pedi a Januária que levasse Otto de volta ao quarto do sótão e ouvi a confirmação de tudo aquilo que já estava imaginando, e que por imaginar, estava me considerando louca, e por me considerar louca — justamente por me considerar louca —, estava em paz com qualquer coisa que me fosse dita.

Antonia me contou que ouviu Dr. Agenor conversar com meu pai ao telefone. Minha amiga-irmã disse que ouviu muitas coisas que não saberia contar, por não ter entendido direito, mas que a parte que conseguiu ouvir com clareza mencionava a Clínica de Partos em Campos do Jordão, e também a Roda dos Expostos, da Santa Casa de São Paulo.

A Roda dos Expostos... meus pais estão loucos. Não é possível que desejem isso para o primeiro neto. Não sei se consigo continuar escrevendo, mas...

Eu preciso registrar meus pensamentos, diário.

Eu...

Não, eu. Ou.

Ou então estarei completamente louca, pois não tenho com quem falar. Talvez Vitória, talvez eu fale com ela, peça que ela interceda junto a meus pais.

Talvez eu...

Não.

Otávio me contou que a Roda dos Expostos está sendo alvo de discussão, que é uma coisa absurda deixar as crianças abandonadas lá. Ele disse que leu alguma coisa nos jornais que tanto reviramos nas últimas semanas... disse que mães abandonadas, ou então pais desonrados, colocam seus bebês dentro de uma roda de madeira, na Rua Veridiana, e ao toque de um sino, logo aparece alguém para buscar a criança.

Buscar a criança para nunca mais...

Buscar a criança para levá-la sabe-se Deus para onde, apagando de vez os rastros daquele anjinho que maculava alguma reputação, ou que pesava nos ombros, nos bolsos, na vida de uma pobre alma.

Eu...

Eu não chorei. Eu não berrei.

Antonia e Otávio falavam, e eu apenas acompanhava Januária subir para o sótão. Otto levava as mãos ao rosto de Januária, como se já estivesse aprendendo a fazer carinho. Fechei meus olhos, senti o sol aquecendo minha pele, minha blusa, meu cabelo. Senti o sol.

Apenas o sol. As vozes de Antonia e Otávio ao fundo, como se fossem uma antiga cantiga teatral, com um enredo tão maluco que me fez lembrar do dia em que assisti, com papai, o filme Nosferatu. Um filme sobre vampiros, e um filme alemão. Não consegui dormir aquela noite, e mamãe bronqueou dizendo que papai tinha de se lembrar que eu era uma menina, e que meninas não deviam assistir coisas que agitassem demais seus nervos.

Será que mamãe ainda acha que não deve transtornar meus nervos?

Será que papai não pensa, nem um segundo, que está me aterrorizando?

Não sei o que pretendem. Não sei quem encabeça minha perdição.

O Diabo é uma máscara sem rosto."

"São Paulo, 9 de maio de 1945.

Recebi uma cartinha de Otávio hoje pela manhã. Ele me pede perdão pela ousadia de ter... de ter me pedido em casamento.
Otávio, se você soubesse como fiquei lisonjeada, como...
Quando Antonia falou o que pode ser um plano horroroso de meu pai, eu não consegui esboçar nenhuma reação. Apenas sentia Otto em meu colo, depois o vi indo para os braços de Januária. Acompanhei Otto subindo, a mantinha de lã balançando cada degrau da escada, sem conseguir focar em nenhuma das frases dos meus amigos.
Isso não vai acontecer, eu disse. Ninguém vai me tirar Otto, pois vou encontrar Klaus e iremos nos casar. Ficaremos juntos.
Antonia tentou repetir, repetir, repetir, mas não admito ouvir o que não é verdade. Não vou mais ouvir de ninguém que Klaus está morto, pois não está.
Klaus está vivo.
Otávio percebeu que eu me transtornei e pegou na minha mão. Me acalmei no exato momento e...
Antonia ficou fazendo sinal para Otávio dizer algo.
Ele contou que foi chamado para ir para a Argentina, pois tem de ajudar um dos tios paternos na Fábrica de papel da família. O pai de Otávio não poderá ir até o final do semestre, pois a Editora Guedes está sofrendo uma espécie de intervenção do governo, algo assim.
Diário, eu jamais imaginei que ouviria o que ouvi. Antonia se afastou e Otávio me surpreendeu.
Otávio disse com essas palavras, diário. Com essas lindas palavras: Betinha, sei que o seu coração é do Klaus. Sou seu melhor amigo, mas também tudo o que mais quero é estar do seu lado. Não sei se Klaus está vivo ou se ele já foi pra perto de Deus. Mas nesse momento, eu gostaria de poder ter você como minha esposa. Gostaria de dar um rumo para você, para Otto. Gostaria de te dar abrigo, até essa chuva toda passar.
Diário, como eu poderia aceitar? Como eu poderia condenar Otávio a estar com alguém que ama outra pessoa? Ele é meu amigo, meu melhor amigo e companhia enviada pelos anjos. Não, ele merece ser feliz ao lado de uma moça de família, uma boa moça, que não carregue já tantas cicatrizes precoces e um potro ao pé.
Foi isso que respondi, olhando para o chão e lamentando que alguns caminhos parecem se abrir na nossa frente, apenas para nos torturar e lamentar a impossibilidade de trilhá-los.
Deus, Senhor de piedade.
Vou falar com Vitória. Ela é minha irmã, nosso sangue há de falar mais alto, ela há de me ajudar, falar com papai e mamãe, parar com toda essa insanidade, pedir para que me deixem sair de casa, falar com as pessoas, ir à Igreja. Logo eu, nunca estive tão desejosa de ir à igreja.

Deus, Senhor de piedade."

"São Paulo, 15 de maio de 1945.

Conversei com Vitória há alguns dias.
Não consigo ainda escrever sobre isso.
Deus, Senhor de piedade."

"São Paulo, 17 de maio de 1945.

Diário, ou quem quer que esteja lendo essas linhas, algum dia, em algum tempo, em alguma existência. Saibam que eu jamais pensei em acabar com a minha vida, mas talvez minha vida queira acabar comigo, queira me dragar, me levar embora. Otto está doentinho e tive de receber a consulta de Dr. Agenor.
Deus, Senhor de piedade. Não leve Otto de mim.
Pois o Senhor já me levou o Klaus."

"São Paulo, 18 de maio de 1945.

Diário, há alguns dias, Vitória escutou cada uma de minhas lamentações. Disse que não acreditava que papai e mamãe realmente pudessem fazer o que Antonia havia mencionado. Imagine só, Beth, você andou lendo muitos daqueles livros que não devemos ler. Vitória aproveitou para me criticar, criticar Antonia. Vocês têm uma imaginação muito fértil, ela disse.
Contei a ela do pedido de casamento de Otávio. Os olhos dela se encheram de lágrimas, ela me deu um abraço enorme, disse que estava muito feliz por aquele desfecho, que havia rezado muito para Nossa Senhora para que uma luz guiasse meus passos. Vitória me pareceu tão sincera, que também me fez chorar. E foi chorando que contei a ela que não havia aceitado o pedido de Otávio, pois não haveria sentido me casar com meu amigo, se sinto que Klaus ainda está vivo.
Pois bem.
Deus, Senhor de piedade.
Vitória me olhou e disse que se são provas da morte de Klaus que eu queria, se apenas isso me impedia de seguir em direção ao meu futuro, ela disse que solicitaria a meu pai essas tais provas.
Foram dias de angústia. Noites de angústia.
Papai me chamou à biblioteca e lá estavam os três: ele, mamãe e Vitória.

Sobre a mesa, um atestado de óbito e uma foto em sépia de um corpo numerado.

Papai me contou que Klaus tentou fugir da Ilha das Flores com mais dois detidos. Ele se feriu ao entrar em enfrentamento direto com os soldados que faziam a guarda, e quando se lançou ao mar para a fuga, já estava muito debilitado. Papai disse que a foto anexada ao documento era do corpo de Klaus, que foi retirado do mar apenas dois dias depois. Papai me entregou a foto e eu cheguei a tocá-la com os dedos... mamãe pediu que eu não olhasse, que aquilo me perturbaria, que o corpo de um afogado sempre é muito difícil de se esquecer.

Relutei. Não queria olhar, mas também não consegui acreditar tão facilmente sobre o que me contavam.

Até que papai me mostrou a medalhinha de Santa Crescência, que Klaus sempre manteve em seu pulso, enraizada, como lembrança viva de sua mãe.

Não consegui me aguentar de pé.

Não consigo continuar escrevendo. Perdão."

"São Paulo, 19 de maio de 1945.

Otto está melhor da febrinha. Januária e Zenaide estão fazendo uma novena comigo, mesmo Zenaide sendo uma mulher mais supersticiosa, com suas crenças, seus sonhos, seus guias. Vitória teme que possa ser tifo. Não há de ser nada grave."

"São Paulo, 20 de maio de 1945.

Diário, estou com a medalhinha dada pela mãe de Klaus. Agora é a única parte de Klaus que tenho em meus dedos. Ela brilha, brilha. Será de Otto quando ele for mais velho, mas por enquanto, eu a manterei comigo.

Mandei uma cartinha para Antonia, pedi que Januária a entregasse pessoalmente. Será que Otávio já viajou para a Argentina?

Recebi resposta de Antonia. Parece que Otávio já partiu, mas ela ficou de verificar. Estou sendo egoísta?"

"São Paulo, 23 de julho de 1945.

Diário, guarde bem esse dia especial.

Eu vou me casar com um homem maravilhoso, que não se importa com meu passado, nem com os sentimentos que ainda guardo no peito. Vou me casar com Otávio, o meu melhor amigo, a minha melhor companhia,

aquele que me faz rir e me sentir de volta ao lar, aquele que me acalenta apenas com o olhar.
 Otávio está muito feliz. Ele não havia partido como Antonia imaginava. Veio hoje de manhã aqui em casa e trancou-se com meu pai e minha mãe na biblioteca.
 Ao sair de lá, foi me encontrar no jardim, sentada em frente ao ipê, ao lado de Antonia. Exatamente como estávamos alguns dias atrás.
 'Dessa vez, você me aceita, Elisabeth? Como seu marido, pai do seu filho, seu protetor e amigo durante esses tempos de guerra no mundo, e também para todos os tempos de paz do porvir? Você aceita meu abrigo durante as tempestades, meu abraço durante a bonança?'
 'Sim', eu disse.
 Que o futuro nos seja leve.
 Que o futuro nos seja feliz."

57.

Meu filho mais velho puxou a mesma mania que eu tinha quando era criança: se cobrir com o lençol até a cabeça, deixando apenas uma frestinha para o nariz respirar. Eu também costumava me cobrir e me enrolar igual um charuto de uva. Mamãe fazia o mesmo quando criança, e tantos milhares por aí.
 Mais velho, passei a enfrentar meus receios. Desenvolvi uma espécie de aversão ao medo. Passei a fazer cursos daquilo que me causava calafrios: paraquedismo, teatro e espiritismo. Rejeitava qualquer limitação.
 Um único medo se manteve firme e forte: o medo da morte de quem amo. Esse é o medo dos medos, o rei, o que tem seu retrato pendurado todo mês na loja dos medos; campeão de produtividade. Tão intenso que se associado à frase "medo atrai", ele se exponencia e infiltra nos ossos do pensamento.
 Por isso que religião é mágica. Seja ela qual for. Uma válvula de escape maravilhosa; quando saudável, claro. Afinal, nós também precisamos de uma mão estendida em nossa direção.
 — Calma, vai ficar tudo bem. A morte não existe; o amor nunca morre.
 Essa seria a frase que gostaria de escutar do meu anjo da guarda. Uma frase que, sejamos francos, foi escrita e dita à exaustão pelo maior médium brasileiro, Chico Xavier. Lembro dele desde muito jovem, aparecia em chamadas nos intervalos televisivos. Tinha medo de seus óculos escuros, da peruca desarranjada com ares de naftalina. Um ser estranho e fascinante.

Sua psicografia de cartas para mães desesperadas pela morte de seus filhos não tem precedentes na história da humanidade. Talvez o Brasil seja mesmo abençoado; o teve como filho. Um homem que trouxe para nosso país uma religião desprezada pela França, revigorando os ensinamentos de Allan Kardec. Nosso país já palpitava a pajelança indígena, o candomblé africano e que agora se permitia mergulhar num espiritualismo racionalizado. Somos o país da mistura? Somos. Misturas, imbróglios, saladas, feijoadas de credos saborosos à alma.

Assim, ver tia Beth ser chamada para falar com Zenaide, ao som dos atabaques africanos, ver as saias brancas das médiuns farfalhando e girando, os cantos misturando frases em português, tupi e quimbundo, os cheiros de ervas e incensos, tudo me foi uma catarse com gosto de casa, apesar de ser a primeira vez que punha os pés em um centro de umbanda.

— Pai, fica perto aqui de mim.
— Tá com medo?
— Não, é que acho melhor você ficar perto.
— Tudo bem se estiver com medo.
— Tô me cagando.

Papai riu.

— Nunca entendi direito porque todo esse teatro, Léo. Pra que ficar girando, cantando, fumando cachimbo e tomando cachaça?

A voz do meu pai saiu mais alta do que deveria. Januária respondeu:

— Sabe, Bernardo, eu também não entendo por que durante a missa o padre está vestido com uma bata toda bordada com fios de ouro, falando palavras em latim, bebendo vinho, dando um biscoitinho pras pessoas comerem e aqueles menininhos... como é que chamam?

— Coroinhas.

— Isso, os coroinhas ficam balançando pra lá e pra cá aquele negócio que solta fumaça. O tal do... do...

— Turíbulo.

— Isso, Bernardo. O tal do... isso que você falou... soltando aquela fumaça que também cheira a incenso.

— Janú, você é da... da.. macumba?

— Umbanda — resmungou Januária.

— Isso, desculpe, da umbanda?

— Não, não. Sou batista.

— E como sabe tanto?

— Esqueceu que a Zenaide é minha prima? Olha ela lá, tá até melhor do que eu. Olha como ela se movimenta leve, leve.

Zenaide tinha mais de oitenta anos e seu corpo não tocava o chão.

— No mais a mais, Bernardo, respeito todas as religiões. Se tiver amor, claro. Ah, e respeito. Tem que ter respeito entre as pessoas, sem forçar doação, ameaçar, condenar. Sabe, acho que religião é como música. Tem gente que sente a alma ficar feliz com valsa; outros com samba; outros com bolero. O importante é isso. A alma ficar feliz.

Zenaide, que conduzia a sessão, sentou-se numa cadeira de bambu branco entrelaçado. Um trono? Zenaide havia se aposentado para ser rainha. Tia Beth se sentou em um banquinho pequeno de madeira, colocado diante dela.

— Meu Deus, o que será que vão fazer com a tia Beth?
— O santo vai falar com a Betinha...
— Santo, que santo?
— O espírito, Bernardo.
— Ela tá incorporada?

Januária bufou, já estava farta daquelas perguntas.

— Olha pra cara dela, pai. Se ela não está incorporada, merece roubar um Oscar!

Zenaide não parecia ser a mesma pessoa. As feições meigas e o movimento corporal suave e macio haviam dado espaço para um peso masculino, um gestual cheio de quinas e arroubos, como de um homem mais jovem e extremamente decidido.

— É um caboclo... — suspirou Januária.

Uma senhora ao lado dela, que também notara as aflições do meu pai, resolveu completar:

— Ah, sim, é dia de caboclo. Se fosse dia de preto velho, a Mãe Zenaide estaria mais alquebrada, mais lenta. O preto velho dela é bem velhinho, bem velhinho... foi pai de muitos escravos, morreu com mais de cem anos.

Eu escutei aquilo sem saber o que pensar, já meu pai fugiu da insegurança e se refugiou no deboche.

— Mais velho que Zenaide? Aí já duvido.
— Fica quieto, Bernardo. A Betinha está chorando!

A conversa entre as duas parecia terna, porém firme. O gestual de Zenaide era tão autêntico que logo visualizava um homem altivo e forte a acalentar tia Beth. Pouco depois, ela foi levada para outra sala, cuja porta dava para o centro da gira.

— Onde estão levando ela? — meu pai estava preocupado.

Com a porta aberta, vimos que dentro daquela sala estava Antonia, de branco, amparada por dois trabalhadores da casa. A porta se fechou e ficamos em absoluta suspensão, até que notei um certo alvoroço. As pessoas na minha frente se viraram para olhar para mim e, de início, fiquei na certeza que era por conta dos olhares de desdém e dúvida do meu pai. Mas não, Januária me alertou:

— Léo, olha pra lá!

Zenaide me olhava fixamente. Um trabalhador da casa veio em minha direção e esticou suas mãos, dizendo que o caboclo queria falar comigo. Tremi. Hein? Não tinha que pegar senha? Não quero. Por que eu? Pra que isso, gente?

Meu pai olhou pra mim, a expressão de deboche substituída por carinho:

— Confia, filho. É a Zenaide, e com ela a gente pode ir até o inferno e voltar. Aceita o momento, vou estar aqui.

Segui em direção à gira, longos e bambos vinte metros, o olhar voltado pro chão. Só percebi que estava diante de Zenaide quando senti uma mão no meu peito. Era o cambono, auxiliar do médium incorporado.

— Senta aqui.

Então ouvi um sonoro:

— Olha pra mim.

Levantei o olhar. Zenaide estava com os olhos fechados, mas parecia me encarar. Uma ótima atriz, uma louca de pedra? Era a Zenaide e alguma força intensa, ela não mentiria pra mim. Eu amava Zenaide.

— O cavalo tem muito amor por suncê, fio. E suncê não precisa ter medo di eu, fio. Suncê não se alembra, mas muitas noites te chamô pra aprender as coisa em Aruanda.

Depois dessa, aos dezoito anos, iria voltar a me cobrir como um charuto, me enrolar em lençóis e cobertores, deixando apenas uma fresta para respirar.

58.

"*São Paulo, 31 de maio de 1945.*

Diário, estou apenas esperando os proclamas saírem. É necessário dar entrada no cartório antes de formalizar. Otávio disse que gostaria de se casar comigo também na igreja, mas eu quero discrição. Para mim só faria sentido me casar na paróquia de São José, mas sei bem o que Padre Galo pensa a respeito da minha situação; uma moça que se deixou perder antes do casamento.

Papai e mamãe estão me tratando bem novamente. Eu deveria desprezá-los pela pressão que fizeram em mim todos esses meses, me tratando como a Aschenputtel dos Grimm Brothers. Klaus me contou essa história quando estava grávida, dizendo que era uma das histórias contadas por sua avó quando ele era pequeno. A pobre Aschenputtel se torna órfã e, na própria casa que um dia havia sido de seus pais, é tornada escrava pela madrasta e suas irmãs maldosas. Aschenputtel quer dizer "moça dos pés sujos de cinza". É bem como me sinto, uma moça com os pés tomados pelas cinzas de quem um dia foi, as cinzas do amor que não se realizou, as cinzas de horror dessa guerra que não finda.

Tenho cinzas por todo o corpo. Lágrimas, saudades.

Mas Otávio me trouxe de volta um sopro de esperança. Poderei registrar Otto em meu nome e no nome dele, como se fosse nosso filho. Papai pediu a ajuda de Dr. Agenor, e iremos apresentar uma declaração assinada por ele, que é médico. Essa foi a única condição que meus pais impuseram para que esse casamento se realizasse sem maiores problemas. Não me opus. Preciso que meu bebê tenha um nome, um rumo, e se algum dia formos para a Alemanha, contarei para ele as suas origens. Espero que Otávio jamais se magoe com isso, nem que pense que o usei para me livrar dos maus-tratos que estava sofrendo."

"São Paulo, 28 de maio de 1945.

O casamento está marcado para dia 15 de junho próximo. Apesar de não ser na igreja, mamãe e Vitória estão exultantes e vasculham todas as revistas de moda para encontrar um modelo que me favoreça para as fotos. Mamãe insiste que é importante ter fotos dessa data, que as crianças costumam adorar ver os pais no dia de seu casamento, pois seria como ver a certidão de sua origem. Mamãe também diz que é importante ter fotos mostrando que não me casei grávida... oras, realmente não me casei grávida, mas estou com um bebê de quase onze meses aprendendo a balbuciar 'ma-má'. Otto sorri de orelha a orelha quando me aproximo. Há tanta ternura em seu olhar. Que me importa o resto? Ma-má!

Tenho pensando muito na minha espiritualidade, na criança que tive, tão católica e tão forçada a ser de tal ou qual jeito. Durante muito tempo alimentei irritação contra dogmas, rituais e proibições sem sentido, mas tenho me apegado à figura de Nossa Senhora. Gosto de chamá-la de Maria... Maria, a mãe do menino Jesus. Maria, a mulher que seguiu grávida de outro, mas foi acolhida por José e ele cuidou do menino como seu próprio filho. José tornou Jesus marceneiro, deu-lhe amor, casa, nome, profissão. Peço a Maria que me cubra com as bênçãos que ela teve, as bênçãos de ter um filho especial e amado como ela teve. Peço a Maria que proteja meu filho para que cresça e também possa iluminar o mundo sem sentir o cravo em suas mãos, seus pés, nem a lança em seu corpo."

"São Paulo, 5 de junho de 1945.

Mamãe e Vitória me apareceram com o desenho de um modelo branco com véu, tradicional, como os das noivas que se casam nas igrejas. Elas queriam que eu fosse hoje na Naná Tolledo, aquela modista perto do Largo do Arouche que fez nossos vestidos de primeira comunhão e crisma. Papai mandou as duas tratarem os nervos e começarem a raciocinar: quanto menos pessoas souberem do meu casamento, melhor. Uma modista? Uma modista adora fofocas! Onde estão com a cabeça? As duas, coitadas, enfiaram o rabo entre as pernas. Realmente, não há sentido algum fazer alarde da minha situação.

Hoje à noite os pais de Otávio virão aqui em casa. Dona Dora e Seu Emiliano... ele é um homem de poucas palavras, mas muita expressividade no olhar. Sei que simpatizam. Também sei que eles querem muito que Otávio lhes dê um neto, e talvez essa seja a única oportunidade.

Otávio me contou sua condição. A doença atacou-lhe os testículos e após inflamá-los e deixá-los febris, ao final os fez ficarem atrofiados. Ele foi muito corajoso de me dar esses detalhes e disse que entenderia se eu não quisesse me casar com ele, pelo fato de não poder me dar mais filhos.

Quando contei para mamãe essa situação, ela me fez uma pergunta indiscreta. Será que ele é capaz de ter uma noite de núpcias? Oras, não tinha me imaginado tendo relações com Otávio até mamãe vir com essa questão. Me imaginava abraçada, dançando, dormindo aninhada em seus ombros. Acabei ficando aflita também, afinal, dizem que é preciso que um casal vez ou outra tenha intimidades."

"São Paulo, 6 de julho de 1945.

Diário, o jantar ontem à noite foi muito feliz. Uma noite muito alegre. Os pais de Otávio são duas pessoas especiais.

Ontem se oficializou meu noivado. Eu e Otávio trocamos alianças logo após a refeição. Todos os meus irmãos estavam presentes, bem como Januária e Zenaide. Otávio pegou Otto no colo e papai tirou uma foto com sua Kodacolor, que faz fotos coloridas.

Sou grata, muito grata.

Após o jantar, Otávio pediu que fôssemos tomar a fresca nos jardins da minha casa. Sentamos num banco e ele pegou na minha mão. Depois a levou a seu peito, e senti seu coração disparado. Pela primeira vez, senti o que ainda não tinha sentido com Otávio — o bater de seu coração em minhas mãos me deu uma sensação física de proximidade. Desejei que nossos corpos estivessem colados, para que eu sentisse o coração de Otávio e ele sentisse o meu.

Otávio enlaçou minha cintura, me puxou para perto de si, e aproxi-

mou seu rosto do meu. Ele ficou assim uns instantes, olhando nos meus olhos, o nariz dele encostando no meu, o hálito dele se misturando ao meu, nossas respirações aceleradas. Então me beijou, um beijo macio e cheio de fome e sede. Como se ele estivesse se alimentando do ar que estava em meus pulmões, como se estivesse me invadindo para então se fundir a mim.

Se as preocupações de mamãe forem reais, por Deus, não me incomodo de casar com um homem que me beije assim todos os dias, e nada mais."

"São Paulo, 15 de junho de 1945.

Diário, hoje me caso. São cinco e meia da manhã e acordei para amamentar meu Otto. Não consegui mais dormir de tanta ansiedade.

Já estou no meu antigo quarto. Saí do sótão, não sou mais uma prisioneira. Ao lado do berço está um manequim com o vestido que mamãe e Vitória escolheram nas revistas, e que Januária acabou por costurar. Luiza também deu palpites, apesar de Arthur insistir que não queria que a sua noiva se metesse no assunto. Arthur é muito chato, muito castrador.

Januária fez um vestido lindo e ainda melhorou o desenho que deram para ela copiar. Fez um aplique lindo de renda guipir nos punhos, pois sabe que gosto muito dessa padronagem.

Januária é um talento na costura e confesso que eu deveria estimulá-la a se profissionalizar, mas tenho ciúmes de dividi-la com o mundo. Creio que ela seria uma excelente modista, melhor até que Naná Tolledo, ou mesmo que a Madame Rosita, a Madame Boriska ou a Madame Georgina.

Ela seria a Madame Januária. Ou talvez... melhor seria Madame Janvier.

Aqui em São Paulo apenas as modistas afrancesadas têm espaço nas altas rodas, e do jeito que Januária é, jamais aceitaria passar pó de arroz no rosto e se emproar para fingir ser algo que não é, muito menos por fama e dinheiro.

Ontem dei essa ideia para ela, que me disse que se fizesse isso, era capaz de ainda ser ofendida pelas clientes. Ela me disse que seu destino acabaria sendo a costureira oculta de alguma fulana mais branca, mais afrancesada e mais magra que ela, e que esta sim é quem levaria todos os créditos.

Imagine só uma mulher parda como eu fazendo vestidos caros para mulheres que vão a Paris todo o tempo? Foram estas as palavras de Januária, que me cortaram o coração. Ela infelizmente tem razão, e o mundo em que vivemos está longe de abrir espaço apenas para quem tem talento, sem olhar sua cor, sua aparência ou se tem padrinhos. No Brasil, ainda temos essa mentalidade. 'Quem sabe, quando estivermos bem velhinhas', ela disse, 'todo mundo já estará pensando diferente.'

Quem sabe. Ainda assim, farei de tudo pra Janú ganhar dinheiro com seu talento. Quero que ela brilhe, tenha sua casa, seus filhos, sua vida e seja muito feliz.

Vou tomar banho e depois dar de mamar de novo. Daí vestir minha combinação e então receber mamãe, Vitória e a manicure aqui no quarto. Elas me prepararão para esse dia lindo.

Eu e Otávio vamos trocar alianças diante do juiz de paz, no jardim da nossa casa. Em frente ao ipê em flor.

Meu buquê será simples, foi feito pela Zenaide, e terá as flores do ipê, que são de um violeta meio grená. Terão também as rosas de mamãe, algumas gérberas, e outras flores sortidas do nosso jardim. Quero as flores da nossa casa, quero as flores que foram regadas com amor pelas pessoas que eu amo.

Otto vai assistir a tudo, no colo de papai."

"Buenos Aires, 31 de julho de 1945.

Diário, estamos em Buenos Aires. Sinto um frio imenso e achei que o fato de ter nascido e sido criada na cidade da garoa me habilitaria às temperaturas daqui. Mas não, quanto mais ao Sul, pior a situação.

Quando a gente está sendo muito feliz, não queremos muito parar pra pensar. É como naqueles sonhos em que você acorda quando percebe que está dormindo; e infelizmente, diário, nossa relação é de confissão, reclamação, espanto. Quando escrevo em você, estou pensando a todo vapor, o que pode me aliviar ou também me tirar do mar de rosas, ao constatar tristezas que não havia visto à medida que escrevo.

Enfim...

Casei-me ao pôr do sol do dia 15 de julho de 1945.

Otávio quis dizer algumas palavras. Me pegou desprevenida. Ele disse: 'Elisabeth, durante o tempo em que estive doente, febril e até mesmo delirante, você foi a voz calma e amorosa que me fez retornar para cá, para a vida, para os meus amores. Sua voz, seu olhar, sua presença e seu perfume se tornaram, para mim, a razão de eu estar aqui hoje. Meses atrás, antes de nos reencontrarmos, tive a certeza da presença de um anjo em meu quarto. Esse anjo me disse: "Otávio, você se curou e permaneceu apenas para poder honrar Elisabeth durante toda essa vida". Eu acordei molhado de suor mas com uma certeza: só estou aqui, pra poder te proteger e te amar'.

Otávio fez uma pausa para colher algumas de minhas lágrimas. Então continuou: 'No livro "A amizade", do filósofo Cícero, há uma passagem em que ele cita uma frase que teria sido dita por um filósofo ainda mais antigo que o próprio Cícero, uma frase que dizia mais ou menos assim: "Suponhamos que alguém suba ao céu e lá penetre podendo olhar a natureza do mundo e o esplendor dos astros: ele achará desagradável esse maravilhamento com o qual se encantaria se não tivesse alguém a quem contá-lo"'.

Foi então que Otávio completou, dizendo: 'O meu alguém é você, Betinha'.

Não consegui dizer nada muito elaborado a Otávio. Pelo menos não naquela hora, tantas eram as emoções que passavam na minha cabeça.

Apenas disse:

'É o meu alguém é você, Tatá'."

59.

— Muitas noites chamo suncê pra aprender as coisa em Aruanda.

Nunca adiantou me cobrir com lençóis.

Aruanda? Não sei o que é, mas *Vamos fugir*, de Gilberto Gil me invadiu. Outro lugar, *baby*. Vamos fugir. Pra onde haja um tobogã, onde a gente escorregue. Todo dia de manhã, flores que a gente regue. Aruanda deve ser lá. Deve ser uma música, onde se vai pra velejar de mãos dadas com o seu amor, quando a hora chegar.

O caboclo expandia o corpo marrom e roliço de Zenaide, e expandia o meu lirismo.

— Suncê num tem que tê medo. Fio já conhece ieu, mas num si alembra não. Esse caboclo já passiô com suncê ni Aruanda, e suncê tá di promessa de fazê várias coisa que suncê tem jeito pra fazê. Suncê é bom de letra, de rabisco. Suncê é desenhadô, é escrivinhadô, sabe ajeitá as ideia que vem de Aruanda, se tá com a cabeça no menino Jesus.

Eu estava aberto, amplificado.

— Suncê foi pai, suncê ficou triste, mas vai passá.

Alguém teria fofocado?

— Suncê num precisa pensá quem falô ou num falô, porque tô vendo aqui ao redor de suncê. Todo pensamento fica como fumaça, e quem tem zóio de vê, consegue vê. Tem de se alembrá que caboclo num tá no mesmo lugá que suncê, mas caboclo vai pra trás, pra frente, pra dentro, pra cima e pra baixo.

Tive aulas de xadrez com meu avô Arthur. Eu tentava demonstrar empolgação, mas só queria estar perto dele, me despedir. Ele previa as jogadas como quem prevê vida e morte, como o caboclo devia fazer, em seu tabuleiro de quarta dimensão.

— Suncê tem di tê merecimento, fio. Tudo na vida é merecimento, pra que a ajuda encontre suncê e emende um trilho que faltá, pra suncê não trupicá e chorá igual suncê chorava quando tentava dá os primeiro passo.

Era um diálogo feito de palavras e pensamentos. Ou vice-versa.

— A menina que suncê ainda gosta, ela tá ligada a suncê pra sempre.
— Amanda?
— Esse é o nome da menina agora. Mas suncê conhece a menina de muito tempo, tem caminhado co'ela várias veiz na carne. Dessa veiz, o fio que tinham de tê não havia de conseguir vir.
— A escolha não foi dela?

O caboclo pegou um charuto com o cambono, seu "assessor". Baforou ao meu redor, ao redor das minhas mãos, e ficou olhando incisivamente pras palmas.

— Foi dela e de suncê. Suncê decidiu de um jeito que finge que num é decisão.

Eu gelei. Minha mania de avestruz. Eu tinha essa culpa dentro do meu coração, mas não seria possível exigir de mim outra coisa.

— Aquieta, fio. Prum fio nascê, a arvore toda tem de alimentá as ponta, senão não vem o fruto. Suncê não se culpe. Suncê era só um dos gaio da arvore.

— Mas podia ter sido diferente?

— As escolha é o que Suncê escolhe, e o que tem di sê. Quando elas são feita, o que passô antes já sabe, o que vai passá depois já sabe. Nóis num tem contadô de tempo, fio, então nóis não tem antes, nóis num tem depois.

Eu não entendi, apenas guardei na memória o que ouvi: um paradoxo do tempo. Em seguida, minha mãe virou assunto.

— Sua mãe, fio, foi vítima de várias injustiça. Mas ela tem di quebra umas crista pra podê brilhá o que tem dentro. Tem muito ouro dentro dela, fio, muita água que faz rio. Mas a fia ainda se acha gota, se acha lágrima de choro. Mas ela é rio grande que corre pro mar.

Ouvir isso sobre minha mãe aliviou meu coração.

O caboclo mudou novamente de assunto.

— Suncê vai descobri o que qué descobri. O cantô e os fruto do cantô. Toda carta tem quem escreve e quem lê, e quem escreveu, tá perto da sua menina. Por isso que suncê ia tê fio, mas o fio achô mió aceitá o medo docês e esperá. Suncê tem antes de colocá no papel o que suncê tá discobrindo, mas oiá, suncê ainda vai demorá muitas volta no sol pra terminá, então suncê num tem di tê pressa. O que vai escrevê tem que esperá chegá o finalzinho do ar que sai dos pulmão da mulher da fumaça.

Quem, tia Beth? Eu tenho de esperar ela...
— O fio vai com Jesus!

Ele me mandou embora. Saí confuso. Fui encaminhado pra porta no fundo da sala, a mesma pela qual Tia Beth havia sido levada; onde também estava Antonia.

Olhei para longe e vi meu pai aflito. Ele, depois, diria que aflito mesmo estava meu olhar, que meus olhos estavam arregalados e vermelhos. Talvez de choro, talvez da fumaça dos cachimbos e incensos. Na verdade, ambas as coisas.

Ao entrar na porta dos fundos, percebi que se tratava de uma interligação com uma das outras construções do local, justamente a que Zenaide havia nos mostrado, na hora do almoço, como sendo o local das leituras do Evangelho, aulas e treinamento. Era a sala para onde Antonia havia se dirigido para se preparar e meditar.

No fundo de uma das paredes, havia uma constelação de imagens de santos, orixás, anjos e também imagens que causam certo espanto, com seu visual um tanto quanto endiabrado. A figura de exús e pombagiras, sempre tão injustiçados e sempre tão considerados "do mal" estavam dividindo espaço com as celebradas Iemanjá e a tão amada Nossa Senhora de Fátima. Algum tempo depois fui ensinado de que aquele altar, que aquela plêiade de forças, existem como firmadores de vibrações e também como portais de acesso.

Procurei por tia Beth, o que não é difícil quando se tem em mente a cor do seu cabelo. Logo achei a cabecinha vermelha, sendo acariciada por outro médium. Ela ainda estava em consulta.

Ao lado do médium, mas sentada de frente para tia Beth, estava Antonia. Ela estava de olhos fechados, com um semblante que misturava mal-estar com embriaguez. Antonia também não parecia ser ela mesma e novamente fui acometido pela ideia de que não seria possível aquela mulher tão espalhafatosa estar quieta daquele jeito, tão ensimesmada, tão transformada.

Dois cambonos estavam ao redor de tia Beth, que estava ajoelhada no chão, sobre uma esteira de palha e uma almofadinha. Meu Deus, pensei, ela não vai conseguir se aguentar de pé depois...

Fui encaminhado para ficar num banquinho ao lado de tia Beth. Lá meu coração seria submetido a outro momento singular. Estava para participar da própria consulta que estava sendo conferida a tia Beth. O médium diante de tia Beth, sem abrir os olhos, me cumprimentou.

— Saravá menino escrivinhadô! Fio de Xangô e Oxum, tem na trilha as letra e a justiça, há de colocá tudo em seu lugá como foi co'fio da menina de fogo.

Quem, tia Beth?

A minha pirata dos sete mares, minha tia-avó corajosa e vaidosa, aparentemente também tinha muitos outros nomes.

Tia Beth não levantou a cabeça, mas sua mão veio de encontro ao meu joelho, procurando por minha mão. Quando nossas mãos se tocaram, ela abriu os olhos sem virar a cabeça e seus olhos cruzaram os meus. Não estava chorando, mas a translucidez de seus olhos me fez desabar.

Eu chorei. Chorei. Chorei.

Me senti num mar de águas geladas que foram se aquecendo, como se nadasse para a outra borda. Como se saísse do fundo do mar para então receber uma lufada de ar fresco nos pulmões. Me senti respirando, me senti vivo. Abri os olhos e vi tia Beth, também chorando. Não entendi o que se passou. O Preto Velho pousou a mão sobre o joelho de Antonia e ela, de olhos ainda fechados, disse para mim:

— Obrigado, meu filho.

Obrigado por quê? Pelo quê?

Antonia tocou as mãos de tia Beth:

— Preciso partir agora.

Tia Beth suspirou, sentida.

Antonia continuou:

— Se eu subisse ao céu e olhasse a natureza das coisas, ainda assim não conseguiria me maravilhar com os astros se não tivesse alguém com quem dividir. Esse alguém sempre será você.

Antonia se movimentou como quem espreguiça e alonga o corpo. O médium e os dois cambonos ficaram ao redor, movimentando as mãos como quem doa energias para aquele momento. A respiração de Antonia se transformou e ela abriu lentamente os olhos.

Sem entender nada, testemunhei tia Beth se derramar em lágrimas. Elas pareciam limpar seus olhos, seu rosto, sua alma. Como se de uma torneira antiga e enferrujada, depois de tantos anos, gotejasse água cristalina.

Entenderia o que havia acontecido naquele dia no caminho de volta para casa, no pouco que todos quiseram conversar, exaustos. Papai bem que tentou, mas nenhum de nós tinha forças pra repetir as palavras que ainda ecoavam na cabeça. Eu me sentia mareado, como se tomado por água em cada um dos meus órgãos. Januária foi a voz da razão:

— Cale a boca, Bernardo! Não seja um estróina. Estão todos derreados!

Januária soltava palavras difíceis e duras quando precisava. Para proteger sua Betinha, ela seria capaz até de palavrões.

No dia seguinte, combinamos de nos encontrar para um lanche da tarde. Era importante que dormíssemos, disse Zenaide, depois do fim de todas as cerimônias.

— Afinal, vocês três deram passagem para mensagens...

Quando ouvi isso, olhei ao redor: "Vocês três, quem?". Mas não tive forças para falar nada. Entramos no carro e partimos. Já era de noite, queríamos nos jogar em nossas camas.

60.

Estávamos sentados na sala de estar do apartamento de tia Beth. Havíamos combinado de conversar sobre o que acontecera no centro espírita de Zenaide. Havíamos ido em um só carro, já que o local era distante e só acessível por uma via de terra. Assim, na volta, tínhamos papai na direção, Januária na frente — já que era quem mais sentia dores nas pernas e coluna — e no banco traseiro, eu acabei ficando no meio. De um lado, Antonia e do outro, tia Beth. Ambas cochilaram logo após entrar no carro, e mesmo com o sacolejo da estrada de terra, não acordaram. Aliás, o sacolejo serviu para chacoalhar a nuca de ambas e elas virem, no final das contas, se aninhar nos meus ombros.

Assim, voltei pra São Paulo com tia Beth no ombro direito e Antonia no ombro esquerdo. O cheiro do perfume de tia Beth e do laquê de Antonia se misturando e testando a resiliência das minhas narinas. Se inicialmente estranhei a situação, aquele esquisito triângulo que se formou no banco de trás, me tendo como vértice, representava bem a situação que havíamos vivenciado.

Não me recordo de muita coisa desde o momento em que me sentei na cadeira ao lado do Preto Velho que estava atendendo tia Beth. Lembro-me de olhar para Antonia e vê-la de olhos meio fechados, com a expressão mareada e nauseada, como se estivesse fazendo força para se manter lúcida numa tempestade de ondas. Lembro-me de olhar para tia Beth, seus olhos como dois planetas feitos de água, sua mão magra e macia tocando meu joelho e em seguida, minhas mãos.

Em seguida, foi como se mergulhasse em um mar de águas quentinhas, uma bacia de prata, uma piscina infantil com algumas pessoas ao redor, monitorando meu estado de espírito. Me lembro de sentir que a água percorria meu corpo, me inundava, me tornava uno com a própria água, como se eu fosse o solvente de uma mensagem cifrada na própria água.

— Um café, pelamordedeus! Dirce... — foi o que Antonia gritou, visivelmente desarvorada. Ela e papai haviam chegado separados, dormido cada um em sua casa. Ponto pra mim, que tive meu pai logo cedinho no café da manhã lendo jornal, tomando seus dois dedos de café preto e quieto na mesa. Agora só faltava colocar outra peça naquela mesa da copa, chamada Cláudia. Como foi que o caboclo havia dito? Que ela era vítima de uma injustiça de muitos anos e que tinha de aprender a ser o próprio mar. Algo assim. Pouco me importava. Ela poderia ser o que quisesse, desde que voltasse pra casa. Poderia desaguar na pia, no tanque de roupas, no lavatório do lavabo, não me importava. Queria minha mãe-mar ou mãe-rio junto do meu pai, e foda-se se isso parecesse infantil, mas não acredito que exista filho no mundo que não queira ver seus pais juntos para todo o sempre — claro, desde que não queiram se matar de fato.

— Dirce???

Diante da falta de resposta da funcionária, Antonia resolveu entrar na cozinha e por lá desapareceu.

Meu pai estava sentado perto de Antonia, mas estava com as mãos nas pernas, como se estivesse cansado, maldormido, exausto.

— Que foi, pai?

— Não sei, tive uma noite agitada, cheia de sonhos.

— Conta! Até a tia Beth aparecer, acho que dá tempo de você contar seus sonhos dos últimos vinte anos.

— Por que ela tá demorando?

— Ela tá no quarto, acho que foi pegar alguma coisa.

— E você tá bem, filho?

— É... até que tô.

Olhei pra baixo e dei de cara com Oliver e Patê. Na verdade, eles estavam fazendo festa e tentando chamar a minha atenção desde que eu havia entrado no apartamento, mas só naquela hora, tentando fugir da pergunta do meu pai, que me permite olhar pros dois gêmeos. Pros dois abelhudos, de olhos redondos e que pareciam querer me dizer alguma coisa.

— Vocês dois, que têm pra me dizer?

Eles paravam exatamente iguais, como estátuas de gesso clonadas e felpudas. Meu pai resolveu ironizar:

— Tô vendo que você tá ótimo, até falando com os cachorros da sua tia...

Rimos.

— Eles me entendem. Um dia cochilei aqui no sofá, tive um pesadelo também. A Antonia estava lendo tarô na copa pra tia Beth. As duas *papagaiavam* sem parar, coisas sobre arcanos, sobre enforcados, sei lá o nome das cartas de tarô. Fui ficando numa modorra, pai, mas numa modorra... sabe quando parece que enfeitiçaram a gente e a gente afunda na espuma do sofá, tipo, sei lá, depois de comer feijoada.

— Você teve que tipo de pesadelo?

— Foi o primeiro, acho. Daqueles que tem a ver com o Tavinho, bem aquilo que conversamos em Campos do Jordão. Você também tinha, não tinha?

— Tinha.

— E...

— E o quê?

— Poxa, pai, conta pra mim direito. Eram sobre o quê?

Papai iniciou sua narrativa e os sonhos também envolviam água, envolviam a vontade de respirar e a boca calada. Falei uma vez mais sobre o sonho em que eu estava num palco de show de televisão, um sonho em branco e preto.

— Queria que os sonhos fossem mais diretos, filho.

— Tavinho deve ter sido afogado, né, pai?
— Foi exatamente isso que pensei lá atrás, por volta de 1972. Até consegui convencer o tio Tatá a contratar dois caminhões bomba e drenar o lago da Fazenda.
— Mas por que bem o lago da Fazenda?
— Eu via o Karmann-guia do Tavinho estacionado perto dos bois, ele saindo do carro, correndo em direção ao lago. Apontando para a água. Tinha faróis, tinha dois carros na verdade.

Gelei. Um dos meus sonhos era muito parecido. Contei para meu pai, completando:

— Eram dois carros e tinha alguém tentando se soltar, sair de algum lugar e nadar até a outra margem. A água era iluminada pelos faróis dos carros. Carros antigos, não sei direito o nome.

Paramos de conversar quando Antonia nos chamou para a copa.
Ao chegarmos lá, vimos Januária se apoiando nos ombros de tia Beth.

— Essa teimosa quer sentar com a gente, está totalmente descadeirada — disse tia Beth.

— Não enche, Betinha. Me coloca lá, vá... nessa aqui. Upa! — E Januária soltou o corpo, como se cada parte dele estivesse apenas alinhavada com um barbante bem fininho, prestes a se romper.

Papai tirou do bolso um Dorflex. Ele sempre andava com um Dorflex e uma Magnésia Bisurada no bolso, mesmo quando esquecia a carteira e os óculos de perto.

— Ai, não, Bernardo. Melhor não. Já tomei um remédio que a Betinha me deu.

Tia Beth estava irritada com a teimosia de Januária.

— Remédio bom é esse aqui! — E tirou do armário uma garrafa de Bacardi.

— Enche um copo pra mim! — disse Antonia.
— Eu me recuso a conversar sobre ontem com a garganta seca. E no mais a mais, aquele preto velho bebia, hein, Antonia?
— Cachaça pura... que loucura. Mas o médium saiu normalzinho, como se não tivesse feito nada, como se tivesse bebido água.

Dirce veio com uma bandeja cheia de xícaras e o café fumegante.

— É assim mesmo, o médium não sente o álcool, porque a energia dele é usada pra outra coisa. Aprendi com a minha tia, que na verdade o álcool da cana funciona como um condensador, serve pra condensar e depois sublimar energia. Quando você pergunta pros pretos velhos eles dizem que é "o sangue das plantas", e que o uso não é pra se embebedar.

Tia Beth levantou o copo:

— Bom... deles eu não sei, mas esse rum aqui eu quero na minha cachola, me deixando bem biruta pra poder saber todos os lados, pontos de vista, lembranças da maluquice que foi ontem. Quem é o primeiro voluntário?

Antonia riu.

— A galinha que canta é a dona dos ovos.

Tia Beth olhou pra amiga, fuzilando.

— E cada qual canta, como lhe ajuda a garganta!

— Não senhora, eu não vou começar!

— Vai sim... você foi a primeira a se separar do grupo ontem, a ir praquela salinha de reza. Vamos sentar todos e a Antonia vai começar.

Antonia fez um bico como se fosse uma criança brava com a irmã mais velha.

— Tá bem... vou contar o que lembro.

Eu, papai, Januária e tia Beth tomávamos o café olhando para Antonia. Ela abria a boca, mas não falava...

— Beth, me vê um cigarro...

— Tô sem fumar, Antonia.

— Isso é hora de parar, mulher? Você fuma a vida inteira, e agora... ah, deixa pra lá.

Fez uma longa pausa dramática e virou um copo de café, seguido de um copo de Bacardi. "Até que ela não é feia", pensei. Na verdade, ela é uma mulher muito bonita, eu é que estava com raiva. Comecei a entender porque papai ficou enfeitiçado quando era mais jovem.

— Depois que me despedi de vocês lá na mesa do almoço, fui até a sala com a Zenaide e me receberam super bem. Fizemos orações, ouvimos algumas músicas bem calmas, pra ir se distanciando da agitação... eles então fecharam as janelas com as cortinas, que têm blackout, e acenderam lâmpadas azuis e verdes para iluminar... ficamos assim algum tempo, então um dos senhores que estavam lá começou a fazer uma leitura do evangelho.

— Que evangelho? — perguntou papai.

— Oras, evangelho, evangelho. De Jesus.

— Ah... — suspirou meu pai. — Achei que fosse algum outro tipo de...

Tia Beth cortou:

— Se for pra interromper pra falar besteira, é melhor ficar quieto, Bernardo.

Eu não consegui disfarçar a risada.

— Continua, Antonia, que coisa! — disse tia Beth.

— Foi feita a leitura, então começaram os pontos... não sei se você sabe, Bernardo, mas os pontos na umbanda são músicas que foram associadas a tal ou qual entidade. Como se fossem portais vibratórios, ajudando a estabelecer a conexão e... enfim, você entendeu. Os pontos começaram e ficamos observando. Quer dizer, eu fiquei observando os médiuns começaram a dar abertura. Zenaide estava lá, foi a última a permitir que a entidade se aproximasse, porque ela ficava o tempo todo conversando com as entidades dos outros, com os médiuns e com os ajudantes, enfim... então a Zenaide se colocou de bruços numa esteirinha de palha e, puxa vida... quando ela se levantou de lá, depois de ficar tendo uns espasmos, nossa... ela parecia ter dois metros de altura. Não consigo explicar o porquê.

— Eu passei em consulta com ela.
— E o que ela te disse, Betinha?

Surpreendentemente, impedi que cortassem a narrativa de Antonia:
— Já terminou de contar a sua parte?
— Eu? Ah... bem, depois a Zenaide saiu da sala. Os médiuns também, e foram entrando na gira principal. Eu fiquei com uma senhora do meu lado, pegando na minha mão e dizendo pra eu ficar calma.

Meu pai fez o mesmo e a acariciou.
— Você estava nervosa?
— Não, Bebê, não estava. Fui ficando calma, calma, e acho que até cochilei. Tive a sensação de sentir um cheiro de loção pós-barba, como se fosse de menta, sabe? Um cheiro conhecido até... lembro de ficar feliz como se estivesse de mãos dadas com alguém, um amigo, talvez.
— Era o cambono?
— Não, Janú. Não era não... na minha cabeça, era um amigo, no sonho do meu cochilo e... enfim, depois me lembro de ver Beth olhando pra mim, emocionada. Logo depois vi você, Léo, sentando na minha diagonal. Estava diferente, estava mais velho, não sei dizer. Então me despedi daquilo e...

Tia Beth estava com as mãos nos olhos. Começou a soluçar antes mesmo de Antonia terminar sua narrativa. Meu pai não se conteve:
— Tia, que houve?

Tia Beth afastou a todos com uma das mãos.
— Me deixa, me deixa, eu estou bem. Só estou chorando. Será que não entenderam ainda?

Ficamos olhando para tia Beth. Realmente não havíamos entendido direito o que havia se passado.
— Era o meu Tatá... ele que te deu as mãos, Antonia, ele que estava lá, falando pela tua boca, me dizendo...

Tia Beth respirou fundo.
— Eu não lembro de nada! — exclamou Antonia. — Dizendo o quê, Betsy?
— Tatá queria me pedir perdão pelo que fez.

Nos entreolhamos, sem entender.

61.

Tia Beth não conseguia continuar.
— Eu... desculpem, não consigo parar de chorar. Eu tô muito abalada ultimamente, está difícil me manter racional, sabe? É como se eu... tudo está muito à flor da pele e...

Enquanto tia Beth desabafava seu estado de nervos agitado e confuso, Januária se levantou, o que causou certo estranhamento em todos nós. Tia Beth estava tão atrapalhada com as lágrimas que sequer percebeu sua saída da mesa.

Januária foi até um dos armários da copa, fuçou, tirou papéis e panos, até achar o que estava procurando. Voltou à mesa e jogou o conteúdo sobre a toalha.

— Você está liberada da tua promessa, Betinha. Temporariamente.

Sobre a mesa, um maço de cigarros fechado e um isqueiro.

Consta que o tabaco era uma droga ritualística dos povos andinos: ao xamã, a droga conferia clareza de raciocínio e distanciamento emocional para elaborar o pensamento inspirado pelos deuses. Naquele momento, porém, era mais que isso: era o próprio deus. Tia Beth olhou para Januária, pegou suas mãos e as beijou.

— Ah, minha amiga querida... minha querida...

— Acende logo essa chupeta do diabo antes que eu me arrependa.

Tia Beth pegou um cigarro, acendeu, deu uma longa tragada e por uns instantes, manteve os olhos fechados. Ao abri-los, parecia mais controlada, menos dolorida e mais composta.

— Me dá um, Betsy!!! Também estou louca...

— Também quero um, tia!

— Eu também vou fumar um. — Sapequei um maço escondido no bolso da calça. — Pra falar a verdade, estou até aliviado, tia. Tanta coisa doida acontecendo e eu roendo minhas unhas.

— E você, Januária? Também quer um? — Antonia brincou.

— Eu quero um doce. Dirce!

— E pipoca? Faz uma pipoca! — pediu meu pai, com os olhos de uma criança.

O cheiro de cigarro, Bacardi, brigadeiro e pipoca se misturou para fazer a mágica do momento.

— Estou melhor agora. Obrigada, queridos.

Lá estava tia Beth de volta, o olhar temperado no cinismo. Ela pigarreou.

— Vou contar tudo do início. Ninguém sabe direito essa história, só pedaços. Está ligada ao Natal de 1986...

— Betsy do céu, tudo aconteceu nesse Natal e eu não estava lá?

— Mas o tio Tatá já não tinha morrido, tia?

Antonia e meu pai estavam curiosos. Tia Beth os ignorou.

— Foi um momento de despedida para todos nós. Arthur, teu avô — ela disse olhando para mim — ainda estava bem, estava disposto. Tivemos uma longa conversa na varanda da casa... eu dizia para ele que estava feliz que os anos haviam tornado ele uma pessoa melhor, tão diferente do Ivan, que ainda era grosseiro com a Catarina. Lembram que ela acabou limpando o xixi do cachorrinho e... enfim, Ivan estava o Natal inteiro sendo grosseiro com a mulher dele, do mesmo jeito que o Arthur sempre foi com a Luiza.

— É... papai era um homem rude com as palavras. Mas tinha um bom coração.

— Digamos que sim. Arthur tinha um coração bom, medianamente bom, Bernardo. Porque detestava ser criticado, e aquele momento foi um deles. Ele me disse que não iria falar com Ivan, que cada um se entendia com a própria esposa como podia, que casamentos eram assim, muito amor no início, mas depois o amor virava uma urticária afetiva.

— Credo. Teu pai achava isso, Bê?

— Não, Antonia. Mas... não escutei essa conversa. Mas ele costumava brincar falando esses absurdos, sem mexer um músculo da face. Era para nos horrorizar mesmo, e falava: "Não acredito que vocês caíram nessa".

— Sim... mas também... não. Seu pai fazia isso, aproveitava para falar os absurdos que ele pensava, e quando percebia a censura das pessoas que o ouviram, sacava um "brincadeirinhaaa...". Conhecia meu irmão, Bernardo. Mas me deixem continuar...

Tia Beth tomou um gole de Bacardi.

— Januária, será que tem escondida uma garrafa dos meus bourbons? Só tomo esse Bacardi por causa da Antonia.

Januária sorriu, se levantou e em poucos instantes trouxe uma garrafa daquele uísque de milho do sul dos Estados Unidos. O predileto de tia Beth e que se tornou o predileto de todos nós.

— Arthur chamou Ivan para conversar conosco na varanda. Aos poucos entramos no assunto sobre as grosserias dele com Catarina, e que ela era uma mulher incrível, coisa e tal. Ivan foi se enervando, se enervando, e ao invés de descontar sua irritação no Arthur, que foi quem tinha pego a procuração pra falar com ele, resolveu descontar em mim. Falou algo como "a Catarina não é nenhuma santa, Beth. Ela também tem as suas mentiras, assim como o Otávio tinha. Ninguém é santo, ninguém vem na vida pra salvar ninguém. Vocês acham que eu sou grosseiro, mas não sabem o que já fiz pra manter esse casamento tranquilo, os sapos que eu engoli e...". Naquele momento, eu o mandei ficar quieto. Falei: "Você não ouse trazer o Otávio nessa conversa, ele já tá morto". Ivan então completou, antes de sair, "e você está livre, Beth... livre pra viver sua vida". Arthur pareceu desconfortável, mas em instantes estava dizendo que Ivan se referia à traição de Otávio... bem, eu falei pra vocês, a traição que ele cometeu lá nos anos 70, uma época horrorosa pra mim, uma época destrutiva pra nós dois e... bem, Otávio não era um santo, e eu também não havia sido fiel, pelas circunstâncias que já contei.

— Você fez o que fez pra conseguir informações sobre o Tavinho. Qualquer mãe faria isso.

— Não, Antonia. Nem toda mãe faria isso. Eu dei pro Políbio, um verme, que além de marido de uma amiga de infância, era chefe do comando militar da segunda região. Não parei por aí. Mas não importa, o passado é meu, eu aceito o que fiz e o que me tornei. A vida é assim, e é assim que sigo vivendo.

Fez-se um silêncio constrangedor, que eu interrompi:

— Não estou entendendo o que isso tem a ver com a conversa com o Preto Velho...

— Vou chegar lá, prometo, Léo. Bem, o Natal foi aquela coisa que toda família tem: muito amor e muitas agulhadas, muitas risadas e também muito ressentimento travestido de piadinhas. Gaspar sempre foi o único que pairou acima de tudo: ele contava das cirurgias que havia realizado, de pesquisas que estava fazendo, e também sempre escutava a todos com muita calma e carinho, como um verdadeiro médico, sabe? O médico que qualquer pessoa sonha em ter à disposição, depois dos quarenta. Numa dessas conversas, bem no dia da ceia de Natal, pude perceber que Catarina, a mulher do Ivan, parecia se embebedar de cada uma das palavras do cunhado... Vitória já estava bêbada, e me puxou num canto para contar uma grande fofoca: "Olha lá, olha a cara de besta dela quando o Gaspar fala...". Eu respondi: "Acho que não é nada não, imagina... mas será que o Ivan não percebe e fica grilado?". Vitória olhou pra mim: "Beth, claro que ele percebe... já sabe disso faz tempo. Já teve briga, separação, mas Ivan não vive sem ela e vice-versa. Além do quê, Gaspar jamais faria qualquer coisa. Ele não tem interesse, sabe?". Eu fiquei sem entender: "Interesse no quê?". Vitória completou: "Ah, Beth... você sempre foi tão briguenta, tão cheia de vontades, mas nunca enxergou nenhum palmo ao teu redor". Eu me irritei novamente, mostrei minha mão com o curativo que Gaspar havia feito: "Tá vendo essa mão, Vitória? Ela pode estar machucada, mas vai parar no meio da tua cara se você continuar destilando veneno e suposições. Precisa logo se aceitar, se tratar, colocar tua alma no sol pra quarar!".

— O tio Gaspar é viado? — papai perguntou.

— Poxa, pai... não se fala mais a palavra viado, soa desrespeitoso.

— Que seja, gay, viado, homossexual... não entendi que merda a tia Vitória estava falando. Também não estou entendendo onde isso tudo vai nos levar. Precisa ficar revirando todos os fantasmas da família pra poder explicar o que um único fantasma te falou naquela gira de umbanda?

— Desculpa se sou prolixa, Bernardo. Nem todo mundo é advogado como você, racional como você. Se não quer saber, não conto mais.

Tia Beth se levantou irritada de verdade, num movimento dramático que soou cômico, como aquelas divas de ópera que falseiam sair do palco, apenas pra plateia enchê-la de aplausos.

— Betinha, senta e para de fricote. Estamos esperando essa história acabar! — Januária agarrava a barra da blusa da tia Beth.

— Então, se insistem, eu volto... — e ela se sentou.

Ninguém, na verdade, havia insistido. Óbvio que todos estávamos sedentos por esclarecimentos.

Antonia, claro, seria a primeira a soltar uma tese ansiosa:

— Meu Deus! O Otávio era gay e tinha um romance com o Gaspar! Ele veio te pedir perdão por causa disso!

— Não fala besteira, Antonia. O Otávio era meu marido, gostava da coisa. No mais a mais, se ele fosse homossexual, não teria de pedir perdão a ninguém. Nem para mim, porque ele me salvou e salvou o Tavinho, meu bem.

Ficamos todos em silêncio.

— Mais alguma teoria maluca ou posso prosseguir? Se quiserem ouvir, vão ter que aceitar que eu sou prolixa. Não consigo contar uma coisa importante assim, logo de cara, como se fosse cotidiana, como se fosse "ah, comprei xuxus e abobrinhas no hortifruti". Oras bolas!

O brigadeiro chegou junto das pipocas. Por sorte, tia Beth não estava interessada em mais nada que não cigarro e bourbon.

— A noite de véspera de Natal foi, no geral, muito gostosa. O Jorge foi o seu Papai Noel, lembra, Léo? Ele foi carinhoso, brincou com todos, inclusive com os filhos dos sobrinhos do Otávio. Foi um encontro de... umas cento e cinquenta pessoas, não, Janú?

— Isso, mais ou menos isso.

— No dia seguinte, ou dois dias depois, eu fui passear a cavalo com a Vitória. Queria espairecer, e também ter um momento a sós com ela, sem a Hortência nos nossos pés. A tia Hortência era daquelas que respondia pela Vitória, não deixava ela falar. Se Vitória estivesse numa sala, e alguém perguntasse "qual o seu nome?", a Hortência falava "o nome dela é Vitória", como se minha irmã fosse uma demente, como se ela fosse a assessora de imprensa dela, sabe? A única forma de falar sozinha com Vitória foi combinar o passeio a cavalo. Ela sempre adorou cavalgar e sempre foi muito boa nisso, desde nossa infância, quando ela veio a primeira vez pra Campos, naquela viagem em que veio também o Ivan e eu conheci o Tatá... — Tia Beth fez uma pausa, olhando pra Antonia. — Credo, você vai comer meia travessa de brigadeiro?

— Betsy, não me enche. Conta logo, senão eu como você.

— Nós cavalgamos por volta de uma hora, e então eu disse a ela que gostaria de parar perto de uma cachoeira, que fica nas proximidades de Santo Antônio do Pinhal, na divisa com Campos do Jordão. Nós apeamos dos cavalos e nos sentamos. Tiramos os pés das botas e molhamos até a canela nas águas da cachoeira. Uma água cristalina, borbulhante. Uma sensação boa, de conexão... Vitória então falou: "Eu queria te pedir desculpas, estou mesmo virando uma velha venenosa...". Eu ri. "Você sempre gostou de uma fofoca, né Vitória? Lia meus diários, mexia nas minhas coisas..." Vitória sorriu. "Lembro de uma passagem do seu diário em que você fala direto comigo, algo como 'se você ler isso, saiba que eu penso tal coisa'". Rimos as duas. "Eu não me importava que você e o Ivan lessem, na verdade. O diário era mais para eu conseguir colocar meus pensamentos em ordem, sabe? Não sou uma pessoa racional como você e o Arthur. Sou mais como o Gaspar... aliás, que história é aquela que..." Vitoria pediu desculpas por falar aquilo, que era apenas uma antiga desconfiança da Eunice, mulher do Gaspar. "Na verdade, acho que a Eunice pensa o mesmo que eu. Pensa que não é possível alguém ser tão bom, tão carinhoso e generoso sem ter algum defeito. É como se Gaspar tivesse reunido todas as virtudes da família... não sei nenhum deslize, nenhuma mentira dele, e olha que eu xereto".

— Eu até gostava da Vitória, Betsy. Mesmo com aquela língua de fel. Sempre comentávamos que ela tentava ser perfeita pra compensar sua autoestima péssima.

— Sim, a minha irmã sofria muito. O principal sofrimento era a falta de aceitação; de autoaceitação, na verdade. Misturada com uma religiosidade maluca, que nos incutiram naquele colégio de freiras. Soma-se a isso, as ideias radicais que ela resolveu cultivar em detrimento da própria identidade e origem, se culpando por ter uma origem privilegiada. Enfim... o fato é que Vitória me falou várias coisas. Ela disse que uma das razões para fuçar e investigar a vida dos outros era para se proteger.

— Proteger? — perguntou meu pai.

— Sim, ela achava que se soubesse dos segredos e defeitos alheios, poderia usá-los para se defender caso alguém descobrisse que ela era homossexual. Uma vida construída na defensiva. Ela temia muito ser humilhada.

— Eu gostava da Vitória também. Coitada, que Deus a tenha. Não temos o direito de julgar ninguém nessa vida...

— Nem vem, Janú. Eu me permito, sim, o direito de julgar a Vitória, dependendo do fato cabeludo que a Betsy contar! — Antonia arrancou risadas.

— Vitória continuou falando sobre Gaspar. "Eu gosto tanto dele, todos nós gostamos muito dele, apesar de não demonstrarmos. Ficamos como mariposas ao redor da luz que ele emana. Me sinto até ridícula por isso, por me irritar com a bondade dele. Será que é errado, Beth?" Respondi: "Eu sentia um pouco isso com o Tatá... ele foi tão imenso, tão enorme, tão honrado em me dar um caminho... naquela época, imagine só... já se passaram mais de quarenta anos desde que ele me aceitou como esposa, aceitou meu filho com o... como é que você chama? Com o nazista de merda...". Vitória então pediu desculpas. "Eu não queria chamar o Klaus assim. Era como o papai falava dele, quando não estava perto de você, acaba que eu repito igualzinho quando estou nervosa". Continuei a conversa, colocando as mãos nas costas de Vitória, num abraço lateral. "Não tem problema, estamos na mesma situação que milhões de pessoas no mundo. Nós sobrevivemos à nossa infância... e sabe, eu mesma já me senti muitas vezes assim como você falou. Eu olhava pra Tatá e me sentia pequena, sem a mesma luz. Todos os defeitos e erros dele, eu sempre tive conhecimento. Tudo foi perdoado, graças a Deus, antes dele partir." Foi quando Vitória se afastou do meu abraço e se pôs de pé, dentro das águas da cachoeira. "Você perdoaria Otávio se soubesse de alguma mentira, alguma coisa importante no passado, que você jamais ficou sabendo?" Respondi: "Sim, claro... o passado passou, Vitória. Paciência". Vitória continuou: "E a mim, você perdoaria?". Eu respondi que "sim, nesse exato momento estou te perdoando pela raiva que me fez passar, quebrando um copo na minha própria mão. Enfim, Vitória, desembucha que estou ficando irritada...". Vitória se afastou ainda mais pra dentro das águas da cachoeira. "Está vendo, você se irrita com tudo. Fica difícil contar a verdade pra você. Mas eu tenho de contar. Preciso contar."

— Ela tava querendo se afogar? — perguntei.

— Não, é só teatrinho. Essa família é muito teatral — suspirou Antonia.

— Eu então disse pra ela: "Sua doida, atrás de você tem uma corredeira, volta pra cá". E ela falava: "Eu tô com medo da sua reação". "Que reação, sua doida? Melhor minha reação do que ser levada por essa água e ficar batendo a cabeça de pedra em pedra. Vem pra cá já, Vitória!" Foi então que ela disse...

Tia Beth respirou fundo.

— *Catzo*, tia, o que ela falou? — perguntou meu pai.

— Ela disse que "não foi ideia do Otávio não, foi minha, só minha, mas ele sabia de tudo. Eu, ele e a mamãe fizemos isso, pra você não perder seu bebê. Fizemos as fotos, fizemos a notícia, falsificamos o atestado. Nem papai sabia. Ele já tinha falado com o Dr. Agenor, já estava tudo certo pra dar uma solução para o Otto e...".

Tia Beth acendeu um cigarro. Ficamos esperando a brasa consumir, a fumaça sair pela boca e pelo nariz.

— Vitória falou: "Klaus não morreu na Ilha das Flores... ele foi deportado um ano e meio depois, com outro nome. Primeiro ficou em Paris, depois voltou pra Alemanha".

Antonia parou de comer o brigadeiro na hora.

— Para tudo... como assim? Então ele não estava morto quando você se casou e o Otávio sabia de tudo?

— Sim, o Otávio morreu sem me contar a verdade. Vitória queria fazer sua confissão, pois já estava doente também.

Papai e eu compartilhávamos a surpresa. Januária parecia já saber dessa história antecipadamente.

— Saí daquela cachoeira como uma louca, subi no cavalo e desatei a correr, correr, correr e chorar. Até que numa trilha estreita, perdi o controle e caí do cavalo em uma ribanceira, quebrando a bacia e a perna...

— Disso eu lembro! — disse Antonia.

— Fui hospitalizada, examinada dos pés à cabeça pra ver se não estava com algum outro ferimento. Foi logo em seguida que descobriram que eu estava com câncer de mama no terceiro estágio...

Paramos de respirar por alguns instantes. Pedi um cigarro.

— Mas, tia, quando foi que o Klaus morreu? Ele foi pego pelo exército alemão?

Tia Beth respirou fundo.

— Klaus não morreu.

Como?

— Ele tem um filho chamado Otto, uma filha chamada Elisabeth e quatro netos. Mora na Rua Oderberger Straber, número 1101, apartamento 43-B.

— Como assim? Como você não me conta que aquele alemão está vivo? Você se achou no direito de esconder isso?

Antonia disparou frases e mais frases como uma metralhadora, que representava bem nosso estado de espírito. Naquele momento, gostei um pouco de Antonia.

— Quieta! — Januária bateu na mesa.

Tia Beth estava com as mãos nos olhos, escondendo o choro. Antonia, que já estava de pé, foi da raiva à piedade em menos de um segundo. É como se o choro dela nos inundasse de piedade, "ah, a tia Beth deve ter tido os seus motivos".

— Acabou a pipoca, vou estourar eu mesmo. — Meu pai estava visivelmente transtornado com a revelação. Há questão de semanas, ele não sabia de nada daquilo.

Fiquei sentado, troncho. Me acalmei com o barulho da pipoca, o cheiro de café recém-coado.

Tia Beth retomou a palavra, cigarro em punho:

— Sentem, vou contar.

Papai correu pra mesa com a vasilha de pipocas e até Dirce e Marilice pararam atrás de um móvel, pra pegar o final da história.

— Depois que Vitória me contou que Klaus estava vivo, fui parar no hospital. Fiquei internada por um mês com um fixador externo ao fêmur, tentando calcificar o osso partido em mais de quatro pedaços. Fui espetada, dopada, examinada, e ainda recebi um diagnóstico horroroso; dez anos atrás não tinha um prognóstico tão positivo. Saí daquela cama sem poder andar, direto pra outra cirurgia, que me retirou ambos os seios, deixando no lugar absolutamente nada, porque o médico entendeu que colocar prótese estava fora de cogitação, apenas depois da certeza da cura.

— Eu me lembro disso tudo, Betsy. Desculpe, claro. Realmente, eu... nós entendemos. É a sua vida, são as suas decisões...

— Sabe... Vitória contou que Klaus estava vivo, e mais nada! Ela também não sabia mais nada, eu a confrontei depois. Eu estava de cama, no hospital, furada, com soro, medicação, e ainda assim, a confrontei. Vitória ficou pálida, chorou, pediu perdão. Foi então que ela me contou que também estava doente. Câncer de mama, assim como o meu, só que o dela já estava em metástase avançada...

— Realmente, no ano seguinte morreram a tia Vitória, papai... — disse meu pai.

— Sim, Bernardo. Foram muitas perdas, uma em seguida da outra. Nesse meio tempo, continuava o tratamento. Quando não era a quimioterapia, que me deixava no chão, era a medicação experimental. Também fiz radioterapia, que me deixou com uma sequela no coração. Envelheci quinze anos em três. Perdi os cabelos, os seios, dois irmãos, e também perdi a lembrança intocada do meu companheiro de vida. Sabe... percebi o quanto amava Tatá ao sentir que a notícia de que Klaus vivia me chocou menos que a mentira do meu companheiro de uma vida. Otávio me enganou por anos e anos...

— Você ficou brava com o tio Tatá? — perguntei retoricamente.

— Minha cabeça entendia os motivos dele, mas o coração fica ferido, meu filho. Eu também sofria por imaginar que Otávio devia ter passado vários momentos querendo me contar, claro. Ele gostava de me contar praticamente tudo. Deve ter sofrido por guardar esse segredo. Então... na minha cabeça, saber que Klaus estava... aliás, que Klaus está vivo; saber disso não teve tanta importância quando lidar com essa mágoa, com a sensação de não ter tido permissão em fazer minhas próprias escolhas.

Ficamos em silêncio.

— Minha vida foi roubada de mim por amor.

— Tia... — meu pai levou a mão até seus ombros.

Antonia se pôs a andar em círculos.

— Por amor uma pinóia, Betsy. Vamos pra Alemanha, vamos emendar esse passado!

— Não.

— Não?
— Quem espera para sempre?

62.

O assunto Klaus deveria ser deixado em fogo brando, ser digerido aos poucos. Quis retomar a conversa sobre o centro espírita, mas antes que eu falasse qualquer coisa, tia Beth foi na mesma direção:

— Antonia, meu bem. Sobre a gira, você não se lembra de nada mesmo?

— Não, nada. Só do que falei. Um cheiro de loção pós-barba, de estar com um amigo. Era o Otávio mesmo, não?

— Sim... eu quero crer que sim. Você pegou nas minhas mãos e me pediu perdão. Perdão por não ter confiado na força do amor que eu sentia. Falou que tinha tanto amor por mim, que não imaginava que fosse possível eu sentir o mesmo. Você... quer dizer... Otávio então disse a parte final dos nossos juramentos, quando nos casamos na cerimônia civil nos jardins da minha antiga casa.

— Nossa... era um juramento lindo! Mas eu não lembro direito das palavras.

— Pois você falou direitinho, Tonia. Falou: "Esse alguém sempre será você". Então beijou minhas mãos. Ficou um tempo quieta, pois naquela hora o Léo já estava sentado ao meu lado direito e chorando.

— Eu? — fui pego de surpresa. — Ah, sim... eu não sei o que me deu, sentia uma tristeza, uma vontade de chorar.

— Você se lembra de tudo, Léo? — perguntou papai.

— Não... quer dizer, não sei. Tia Beth que precisa contar pra eu descobrir.

— Léo — disse tia Beth —, enquanto Otávio segurava minha mão esquerda, você pegou minha mão direita, colocou ela sobre o seu joelho e a alisava, de um jeito carinhoso que me lembrou...

Januária fez seu aparte:

— Tavinho costumava pegar as mãos da Betinha e alisar, desde pequeno. Ele dizia que eram as mãos mais macias do mundo, gostava de passar os dedos nas unhas vermelhas dela e dizer que pareciam o capô de um carro. Acho que não foi à toa que ele comprou um Karmann-Ghia vermelho...

Papai ficou desconfortável.

— Tia, você tá me dizendo então que o Léo...

— Não sei. Não sei, Bernardo. Estou contando o que aconteceu e o que senti no coração. É o máximo que eu consigo me aproximar do que é verdade, diante do que aconteceu. O Léo acarinhava minhas mãos e então me perguntou, de olhos fechados, mas... de alguma forma olhando para os meus olhos. "Você já sabe o que é o amor?" Eu fiquei muda. O cambono então me deu um toque, dizendo que era pra eu responder à entidade. Eu respondi: "Acho que sim". A entidade, ou o Léo, ou então... enfim, respondeu que "tudo nessa vida é sobre isso, sobre essa pergunta". Em seguida, virou-se pra mim: "O amor é as duas coisas". Eu perguntei: "Que duas coisas?". Ele respondeu: "É o ar que circula entre nós, e também a dança da luz, de volta pro sol".

— Meu Deus!!! — berrou Antonia. — É a música do Tavinho!!

— Puta que pariu. Você conhecia essa letra, filho?

Fiquei sem graça, como se tivesse que provar ou explicar algo que não me lembrava de ter feito.

— Sim, quer dizer... acho que sim, mas eu não...

— Você não ia inventar, ia, filho?

Fiquei muito, muito bravo. Mas a verdade é que meu pai queria, de todas as formas, ter o máximo de certeza pra libertar o tanto de lágrimas que tinha acumulado todos esses anos.

— Não, pai. Porra. Claro que não...

Meu pai desatou a chorar.

A confirmação da vida pós-morte, ou de que a morte não existe, mas apenas passamos de um plano de existência para outro, geralmente tem esse poder: quebra nossas dores ao meio, como se fossem rochas duras que, umas vez trincadas, revelam todo o amor que estava encapsulado.

Papai se levantou, puxou sua cadeira para perto de tia Beth e aninhou sua cabeça nos ombros dela, que se emocionou com o movimento. Ambos se abraçaram, e assim ficaram, de olhos fechados, durante um bom tempo.

63.

Depois da reunião na copa, houve uma mudança de estação. Como se todos nós, daquele grupo envolvido em lágrimas antigas, tivesse saído ao sol pra se secar, se energizar e começar alguma nova etapa.

Meu primeiro ano letivo na faculdade havia terminado, e meus encontros com tia Beth para transformar suas memórias num livro se espaçaram — não por desinteresse meu, tampouco dela. Mas porque a vida passou a brotar, aqui e acolá, depois de ter se dissipado uma geada sem fim.

Tia Beth recebeu um convite para viajar no final de 1996 e ficar por volta de três meses na África do Sul, onde amigos e colegas de uma organização de Direitos Humanos fariam um encontro e estabelecer metas de filantropia para o ano de 1997. Ela sentiu necessidade de colocar a vida para caminhar, sua existência para produzir.

— É uma organização que foi muito combativa durante o Apartheid. Eles estão chamando representantes de todo o globo, diretores de outras organizações não-governamentais, para que consigamos unificar, o tanto que conseguirmos, o discurso humanista. É preciso alinhar a noção de igualdade entre os povos.

Ouvir aquilo, sobre direitos humanos, viagens para a África do Sul, organizações não-governamentais, tudo me parecia imensamente interessante, desbravador, aventureiro. Conseguia imaginar aquela cabecinha ruiva contando suas experiências pessoais e emprestando seu fogo para reuniões bem intencionadas, mas sem nenhum brilho.

— A vida nos prega sempre muitas peças, Léo. Sabe... durante quase vinte anos tive a minha joalheria-boutique e mantive muitos contatos de importação de pedras preciosas. Normalmente as maiores minas e as mais rentáveis são de países de Terceiro Mundo... claro que eles usam mão de obra escrava... ainda que não seja escravidão institucionalizada, com algemas e correntes, é a escravidão da promessa de riqueza fácil que nunca vem. Coisa que nem eu e nem nenhum designer de joias do circuito Rio-São Paulo, naquela época — e estamos falando dos anos sessenta até meio dos anos oitenta — jamais nos preocupamos. Não por maldade, mas simplesmente porque isso não passava nas nossas mentes, como se usássemos uma viseira bem grande, como aquelas que se colocam em asnos.

— Elegantes asnos da alta sociedade... — Comecei a rir.

— Sim... asnos muitas vezes bem-intencionados, que acreditavam estar gerando empregos, arte, glamour... nunca vi as joias como símbolo de status, talvez porque nasci num ambiente em que o status já estava estabelecido. Sempre vi as joias como a oportunidade de celebrar a natureza das pedras, sua força mística, contar histórias de beleza e prosperidade por meio de seus formatos e brilhos. Egito, Grécia, Roma, tantas civilizações antigas deixaram suas marcas, sua inspiração por meio das joias, capazes de resistir ao tempo e à barbárie...

— Acho que é assim mesmo, tia... a gente não percebe alguma coisa, até perceber essa coisa — foi o que eu falei, de forma simplória, mas verdadeira, que me remetia ao que havia acontecido comigo naquele ano.

— Por que não desenha isso?

— Isso o quê?

— Asnos de *black-tie*. Poderia fazer uma tirinha, como aquelas do jornal. Asnos de *black-tie* e joias, ruminando alfafa gourmet no Jóquei Club, ou então ao redor da piscina do Copacabana Palace. Você desenha tão bem, Léo.

Tia Beth, a minha maior fã. Não à toa, Tavinho despontou como um artista talentoso, uma grande promessa nos anos 60. O estímulo que tia Beth me dava, a cada menção a uma de minhas ideias, sempre foi algo sem precedentes. Meu pai e minha mãe, longe de me criticar, sempre se mostravam reticentes quando o assunto era "fazer arte". Papai repetia que tinha de ter alguém para "herdar a carteira de clientes que ele demorou trinta anos pra conseguir" no escritório de advocacia, e minha mãe insistia que "artista no Brasil passa muita humilhação e muita necessidade, você não precisa passar por isso".

Tia Beth partiu naquele final de 1996 para a África do Sul e só retornaria para o Brasil em março do ano seguinte. Nesse meio tempo, curti minhas férias, viajei, engatei alguns "rolos" e investiguei — de longe — a vida da Amanda. Queria saber se ela estava feliz sem mim.

Durante aqueles meses, sem a presença agregadora de tia Beth, não reencontrei Antonia, nem Zenaide, nem Dirce, tampouco tive aqueles momentos despreocupados falando do passado com meu pai à ponta da mesa, reagindo às gargalhadas ou às lágrimas como se fosse novamente um adolescente dos anos 60.

Aparentemente, o namoro de meu pai com a Antonia esfriou e fiquei um bom tempo sem ter qualquer explicação. Também não ousei perguntar, porque vieram as festas de fim de ano e percebi a reaproximação dele com minha mãe. Quando dei por mim, após a noite de Natal, mamãe já estava amanhecendo de novo na cama de casal dos dois. Todas as roupas estavam de volta ao closet e o mármore do lavatório da suíte recheado de seus produtos de beleza.

— Me passa a manteiga, filho?

Foi assim, de forma simples, natural e absolutamente não-dialogada que minha mãe retornou para casa, como se não tivesse ficado nenhum dia fora de nossas vidas. Não-dialogada, quer dizer, comigo... eles devem ter tido a conversa deles, uma lavação de roupa suja à qual não tive acesso — graças a Deus!

Quer saber? Não me interessavam os detalhes, até porque filho não quer saber das intimidades de pai e mãe. Filho quer ver os pais juntos, dormindo juntos, acordando juntos e sorrindo juntos — o olhar cheio de orgulho quando você alcança alguma conquista. Só isso. Como filhos somos egoístas a ponto de achar um absurdo o amor por nós não ser motivo suficiente para manter os laços atados. Fui assim, e sei que meus filhos também são assim. Em dia de briga mais ardida, com vozes alteradas, ouvi de meu filho mais velho, quando tinha seus quatro aninhos: "Quélo os dois zuntos". Filho não segura casamento? Se não segura, chacoalha pai e mãe de suas egotrips, seus surtos hedonistas.

Eu não tinha maturidade amorosa aos dezoito anos, e se me perguntassem o que mais tinha me feito feliz no final daquele ano, foi ter pai e mãe juntos de novo em casa, a família refeita. "Quélo os dois zuntos!", é o que falaria se me perguntassem.

Numa noite fria, após um daqueles pesadelos envolvendo água e falta de ar, me enfiei sem pudor no meio dos dois. Foi a última vez que dormi no meio deles, e guardo comigo a sensação de proteção e amor que me produziu na alma. Bendita cama king size.

No ano seguinte, tia Beth já havia retornado ao Brasil — e a Fundação Tavinho Guedes já estava saindo do papel. Depois da temporada na África do Sul, ela retornou cheia de ideias e contatos, e já tinha criado toda uma estratégia de funcionamento para auxiliar familiares de desaparecidos durante a Ditadura Militar.

Falamos muitas vezes por telefone e trocamos cartas — naquela época, ainda se escreviam cartas. Mas realmente só fui reencontrar tia Beth na inauguração da Fundação, cuja sede havia sido montada na antiga casa da família, no Jardim Europa.

— Onde raios deve ficar aquela escada pro sótão, praquele quarto que aprisionaram ela com o nenê? — meu pai perguntou, logo ao chegar.

— Como assim, ela foi aprisionada pela família? Ela dormia no sótão? — minha mãe ficou surpresa.

— Ah, mãe, é uma longa história... — desconversei. Mas a partir dali, ela ficou prestando atenção a cada detalhe do que falávamos.

Na sala da casa, agora transformada em lounge, havia pôsteres com fotos do povo nas ruas, carregando fotos de seus familiares desaparecidos; arte abstrata e figurativa fazendo referência ao amor de pais e filhos; esculturas de diferentes artistas contemporâneos, nacionais e estrangeiros, que também estava lá fazendo seu vernissage.

— A forma de não tornar tudo muito chato — filosofou tia Beth — é abrir o espaço pro novo por meio da arte. Senão existe o perigo de impregnarmos esse trabalho com mais passado do que é necessário. Queremos resgatar nossas histórias, retomar o fio da meada que nos amarrou durante todo esse tempo de obscurantismo, mas também temos de alimentar o futuro. E será através dessa nossa relação com o mundo das artes que vamos manter a Fundação Tavinho Guedes a serviço dessa conciliação entre o passado do nosso país, e o futuro que desejamos.

Essas foram as palavras finais do discurso de tia Beth ao microfone, numa espécie de palanque florido, nos jardins do casarão, o mesmo jardim onde havia trocado juras de amor com tio Tatá. Os grandes ipês coloridos ao centro daquela paisagem haviam testemunhado tudo, e talvez fossem os detentores dos maiores segredos da minha família. Segredos que nem eu, nem tia Beth, nem papai, nem minha mãe... tampouco os demais membros da família que lá estavam, como tio Gaspar, tia Eunice, tio Ivan e tia Catarina... saberiam revelar.

— Ela é admirável mesmo... — mamãe tinha lágrimas nos olhos.

Ao lado da minha mãe, estava sua amiga Clarice, que há anos havia também se tornado amiga de tia Beth, desde que perdera seu filho em um acidente de carro.

— Eu estou trabalhando aqui com ela, Cláudia... estamos auxiliando tantas pessoas...

— Mas como ela está sustentando toda essa estrutura? Precisa de muito investimento.

— A Beth fez um leilão de todas as suas joias. Todas, sem exceção. Fez isso na África do Sul, depois nos Estados Unidos, onde ficamos um período. Foi todo o acervo pessoal e também o que ela guardava num cofre do banco, das coleções antigas da joalheria dela.

Pensei no colar de safiras e ametistas que carreguei no metrô, dentro da mochila. O nervoso que tinha passado, um trajeto de pouco tempo que me pareceu horas. Será que ela tinha dado aquele colar também? Não pelo valor, mas por seu significado para mim: ele tinha sido o álibi de tia Beth para me trazer para perto, naquela jornada de arqueologia familiar.

Ficamos meu pai, minha mãe e eu assistindo um a um dos pequenos discursos sobre os objetivos da Fundação que nasciam ali, naquele momento. Tia Beth, à frente, parecia dois degraus acima do chão, como num transe existencial que justificava sua própria existência, limpava sua alma e transformava dor em solidariedade.

— Eu estou coordenando toda a parte jurídica. Nós vamos prestar assistência pros familiares de desaparecidos que ainda não têm qualquer apoio. Você não quer mesmo nos ajudar, Léo?

— Não, pai, desculpe... mais pra frente, talvez.

Respondi sem muita certeza, com a sensação de estar fugindo do *front*, da luta. Mas algo no coração me dizia para não tomar parte disso; eu teria outra tarefa, ainda não esclarecida.

— Deixa o menino, Bernardo... — e a voz de tia Beth veio de algum lugar, como num efeito *surround*.

Lá estava ela, ao nosso lado. Minha mãe deu um passo pra trás, um pouco intimidada — não se viam desde o episódio do prato quebrado, em Campos do Jordão. Mas haviam conversado ao telefone, numa das vezes em que tia Beth fez uma chamada internacional para falar comigo, e fizeram as pazes de forma cordial e carinhosa.

— O caminho dele ainda está sendo traçado, não é, Léo? Ele vai falar com as pessoas de uma forma diferente, vai mexer com o coração delas de uma maneira que nenhum de nós é capaz.

Meu pai me olhou, um misto de espanto e orgulho. Dias depois, ao lembrar disso, papai me diria que só havia ouvido tia Beth dizer algo parecido uma única vez, ao se referir a Tavinho.

— Ora, ora, que bom ver a manjedoura completa de novo!

Antonia apareceu por detrás de tia Beth e de Clarice. Estava muito bonita, olhar plácido, mas apoiada em duas muletas. Ela havia descoberto uma lesão nas articulações do quadril pelo esforço repetitivo nas quadras de tênis, e por isso havia afastado meu pai uma vez mais de si. "Não quero ser uma velha de cadeira de rodas do lado de um cinquentão bonitão", foi o que ela disse. Isso seria uma vez mais o motivo errado para finalizar o romance, já que uma vez mais, não se extinguiu por falta de amor e atração. Antonia seria sempre uma hipótese ameaçadora ao casamento dos meus pais.

— Como vai, Cláudia, como vai, Léo, como vai, Bebê?

Foi inevitável que todos nós olhássemos para minha mãe.

64.

As mulheres nunca deixam de me surpreender. Antigas amigas que resolvem se tornar nêmesis, perseguindo uma a outra com a mesma intensidade em que se unem contra um inimigo em comum, e então redescobrem afinidades e logo retornam ao estado anterior, de companheiras de risadas e pequenas futilidades.

Naquele dia, durante a inauguração da Fundação Tavinho Guedes, os tambores rufaram assim que Antonia, de muletas, mas ainda altiva e vibrante, se aproximou de mim, meu pai e minha mãe e sorriu, desafiadora.

— É bom vê-los juntos.

Eu seria incapaz de avaliar seu tom. Ironia? Sarcasmo? Não. Antonia realmente estava feliz em nos ver juntos, como uma família novamente.

— Cláudia, gostaria muito de conversar com você em particular. Será possível?

Os olhos azuis e enormes de tia Beth reviraram norte-sul, e então pararam nos meus. Meus olhos, castanhos e oblíquos, reviraram leste-oeste e pararam nos olhos do meu pai. Bernardo, sempre desatento, não percebeu o zunir da lâmina. Minto, ele percebeu, pois recorreu a uma piada infame:

— Tia Beth, tem algum prato por aqui que você possa quebrar se essa conversa der errado?

— Cala a boca, Bernardo — soltou tia Beth com um desdém de quem já não tinha paciência de explicar inteligência emocional a um homem de cinquenta e poucos anos. — Queria ser uma mosquinha... — disse ela depois, acendendo um cigarrinho.

— Voltou mesmo a fumar, tia? — perguntei.

— Não, estou acendendo pra uma amiga e vou ficar segurando na minha boca até ela vir pegar.

Tia Beth estava irritada. Saiu em direção a um grupo de pessoas que queria cumprimentá-la.

— Caramba, pai...

— Tá vendo o que eu sofro, Léo?

— O que foi que eu falei demais?

— Não esquenta, filho. Ela tem tolerância zero quando alguém fala alguma coisa idiota.

— Aliás, você tá campeão nessa onda, hein, pai.

— Eu vi você rindo, Léo...

— Ah, sim, eu ri. Mas acho que só eu e você rimos. Elas devem achar que é uma piada vaidosa, de quem passou a vida com as duas te disputando.

— Que duas mulheres? — perguntou meu pai, realmente sem entender.

— A mamãe e a Antonia.

— Será que as duas estão brigando?

Foi meu pai falar isso para vermos Antonia e minha mãe caminhando juntas, sorrindo uma para a outra. Mamãe colocava o braço nos ombros de Antonia e a auxiliava, afastando algumas cadeiras que atrapalhavam suas muletas. Pareciam duas velhas amigas, unidas em algum propósito maior.

— Está vendo o que estou vendo?

— Sim...

— Elas duas unidas, boa coisa não vai ser. Escuta o que estou te dizendo.

Papai foi atrás de tia Beth, que conversava com alguns conhecidos em comum. Ele se meteu na roda e começou a falar, numa extroversão relâmpago de quem apaga seus rastros numa festa.

A inauguração da Fundação foi um sucesso. Assim como foram os meses seguintes, tornando-se um polo de união de forças entre familiares de desaparecidos políticos e suas histórias de luto interminável. Poucas coisas podem esgotar uma pessoa quanto as reticências colocadas numa história, seja ela qual for. Não ter o capítulo seguinte, não ter a sucessão dos eventos da vida de alguém que se ama, equivale a ser colocado num buraco negro que traga todas as hipóteses, as teorias, as esperanças.

Pouco antes do encerramento, tia Beth tomou novamente o microfone.

— *My baby boy... ("Meu garotinho...")* — discursava Tia Beth, olhos baixos. — Por vezes me pego pensando em tantos pais e mães que choram seus filhos mortos nas trincheiras. Sinto o frio em seus corações. Jovens perdidos na guerra, sem nome e sem identidade, mas que foram o bebê de alguém, que já sorriram seus dentinhos de leite, que já se sujaram inteiro roendo um pedacinho de pão. Bebês que sorriam pedindo abraços, que apenas queriam amor.

A plateia perdeu a respiração.

— Nossa Fundação irá trazer à tona um acervo de histórias sobre pais, filhos, desaparecidos e guerras. Mais que isso, irá trazer à tona histórias de amor que nunca foram encerradas, mas verteram lágrimas e muita dor. Agradeço a Deus por ter percebido que talvez essa seja a missão da minha vida, dar a minha mão e o meu abraço a cada um desses pais.

Todas as palavras de tia Beth me marcaram profundamente.

— Nessa mesma casa, onde nasci e meus irmãos nasceram, nesse mesmo lugar cheio de lembranças, há mais de cinquenta anos, tive meu único filho. Tavinho Guedes. Um bebê lindo e muito amoroso. Um bebê que se transformou em um poeta, e um poeta que se transformou em um cantor. Não importa o que ele tenha feito, se tornado ou buscado; no meu coração, ele sempre será o meu bebê.

Tia Beth trazia um recado simples, de imenso poder.

— Temos de lembrar que todos nós, sem exceção, já fomos bebês. Cada suposto inimigo também foi um bebê. Cada soldado mandado para a guerra, empunhando sua arma contra nós, também já teve medo do escuro e chorou pedindo um abraço. Cada ditador e cada desaparecido político já teve imensos olhos redondos, carentes, e já correu pela casa, joelho machucado, pedindo pela mãe. Temos de olhar sempre para os que estão ao nosso redor e tentar contatar esse bebê que se perdeu. Temos de trabalhar incessantemente para entender quando, em que momento, deixamos que nossos bebês parassem de falar a linguagem universal do amor e se transformassem em números, estatísticas, eleitores, soldados, massa de manobra, corpos estendidos no meio das ruas de periferia, ou submersos no fundo de suas frustrações.

A Fundação, durante aquele ano, tomou meu tempo e o tempo de tia Beth. Acabei aceitando o trabalho, o que nos uniu ainda mais. Meu pai aparecia vez ou outra, prestando o devido auxílio jurídico e, graças à equipe de ótimos profissionais que tia Beth conseguiu reunir, algumas histórias começaram a obter suas resoluções: ossadas foram encontradas em um parque público, e a Fundação custeou alguns dos — então caríssimos — testes de DNA; covas rasas foram descobertas em um cemitério municipal, num bairro de periferia, e novamente a Fundação auxiliou com perícias, exames laboratoriais, cruzando banco de dados.

Apenas a história de Tavinho, essa parecia não se revelar. Tia Beth jamais reclamou disso abertamente; porém, certo dia, após ouvirmos a narrativa de uma mãe sobre o filho desaparecido, ela se desestabilizou. Era um jovem ator de teatro. Seu nome fez com que tia Beth se levantasse e pedisse um intervalo. Ninguém entendeu nada.

Segui tia Beth até os jardins do casarão, muito preocupado.

— Que foi, tia? Você tá bem?

— Esse rapaz, esse ator... ele era amigo do Tavinho.

Nos olhos de tia Beth, um misto de desespero e angústia. Finalmente, pistas sobre o que teria acontecido com Tavinho... me coloquei ao lado dela, entreguei um café recém-coado. Minhas mãos tamborilavam nas costas dela, os dedos contra o tecido suave de sua blusa, sentindo-o grudar em sua pele. O cheiro de lavanda acentuado.

— Tia, você sua?

Tia Beth levantou os olhos chorosos e avermelhados.

— Hein?

— Não sabia que você suava...

Tia Beth me olhou fundo. Debruçou-se nas minhas pupilas e deve ter gritado mentalmente para ver o que havia atrás delas; e percebeu que ainda estava falando com uma semicriança.

— Apesar da Antonia insistir que sou uma cobra, ainda sou mamífera.

A mágica se fez, rimos. A mágica das crianças.

A vida adulta nos dá profundidade, mas também nos afoga. À medida que vamos amadurecendo, perdemos o prazer de contemplar as bolhas que fazemos na água — cada mergulho se torna denso, as águas parecem frias e gastamos o oxigênio do peito.

Sentado ali, ao lado da minha querida tia-avó, não tinha a menor noção do mergulho de dor e medo que ela enfrentava. Ela estava num precipício dos mares, sem reservas de ar. Em vez da resposta madura, do abraço racional, simplesmente desbaratinei. Talvez por isso, e só por isso, eu fui a melhor companhia para trazer tia Beth de volta à superfície.

— Você é igualzinho ao seu pai.

— Como assim, tia?

— Possui a incrível capacidade de falar a coisa errada na hora errada.

— Puxa...

— E é por isso que eu amo vocês...

— Hein?

— Vocês são crianças, e isso dificilmente vai mudar. Seu pai já está com mais de cinquenta. As coisas que falam, as reações que têm... todas fora da curva, meu filho.

— Me desculpe, tia...

— Não, não. Eu que me desculpo, não estou conseguindo me fazer entender. Em vez de se perder na minha dor, vocês produzem essas faíscas de claridade. Essas pérolas de...

— Asneira?

— Não, Léo! Você vai entender quando tiver seus próprios filhos, Léo.

Tia Beth me deu um beijo, as mãos em meu rosto.

— Estou de pé de novo. Vamos terminar nosso trabalho. Essa história não é sobre mim, mas sobre a Natália e o filho dela.

Subimos em poucos instantes. Fiquei admirado ao percebê-la revigorada tão rápido, sem entender que os créditos para aquela virada eram meus.

Natália de Lima Campos. Na ficha de cadastro, contava setenta e dois anos, mas a aparência era de muito mais. Uma mulher simples, mas com uma elegância inata, perceptível nos gestos contidos e precisos, na fala pausada e na ótima dicção. Ela era praticamente o arquétipo que temos das professoras primárias, profissão em que havia se aposentado e conseguido, milagrosamente, criar cinco filhos. Rogério Campos era seu primogênito e havia se tornado ator de teatro aos quinze anos de idade, numa peça experimental nascida no campus da PUC. De lá, galgou palcos, mestres, papéis e, quando de seu desaparecimento, estava atuando em uma novela de uma emissora paulista. Papel pequeno, o primeiro, que sequer deixou saudades no grande público, que praticamente não percebeu sua ausência na telinha e continuou se alienando e se alimentando de toda aquela dramaturgia pré-censurada.

— Eu falei alguma coisa errada, Dona Beth? — perguntou Natália assim que minha tia-avó voltou à sala do segundo andar.

Além de mim e tia Beth naquela conversa com Dona Natália, estava Clarice, amiga de minha mãe e que havia ficado íntima de tia Beth numa história que já contei por aqui.

— Não, Natália... e me chame de Beth, por favor. Te peço desculpas por ter saído daquele jeito, não queria me emocionar na sua frente.

— Que besteira, Beth. Estamos juntas nessa mesma situação; me admiro não termos conversado antes sobre esse assunto. Minha nora, a esposa do Gegé, foi quem insistiu para que eu viesse até aqui. Não tenho feito muita coisa nesses anos todos a não ser esperar que seja feita a vontade de Deus.

Clarice fez seu aparte:

— Ela está lá embaixo terminando de preencher alguns formulários. Preferimos ouvir as duas separadamente, Beth. Assim, não se confundem, nem se corrigem. Temos percebido nesses meses, Dona Natália — disse, entregando uma água para ela e para minha tia —, que quando colocamos dois parentes juntos para falar de memórias antigas, acabam se confundindo ou então caem no "não foi assim que aconteceu".

Dona Natália tomou a água e meneou a cabeça, olhos baixos.

— Sabe — falou tia Beth —, também tenho lembranças tão distantes e também tão próximas sobre meu filho... algumas coisas ficaram embaralhadas, confesso. Principalmente as memórias próximas ao desaparecimento, e também as posteriores, por volta de uns cinco anos depois. As memórias anteriores foram tão acessadas, tão mexidas, tão fuçadas... eu queria lembrar de algum sinal, alguma imagem, alguma coisa que pudesse dar pistas sobre o que aconteceria com Tavinho. Sempre me achei tão boa em ler sinais, em entender o rumo dos ventos, sabe?

Dona Natália levou um lenço de papel aos olhos.

— Nós nos sentimos acabadas como mães, não é mesmo? Como você se refez, Beth?

Tia Beth chegou a movimentar os lábios, mas parou e demorou um pouco mais para responder:

— Eu não me refiz. Eu... Eu simplesmente continuo existindo.

Fez-se silêncio na sala.

— Eu continuo caminhando e sangrando. Continuo esperando e esperando. Tantos anos já se passaram, mas a falta da imagem final, do luto, da despedida...

Dona Natália completou o raciocínio falando algo que muitas mães, pais, esposas e filhos repetiram à exaustão em seus depoimentos na Fundação.

— A falta de um velório, de um corpo... isso é a tortura que nos sobrou até o fim dos nossos dias. Cheguei a ouvir de um major amigo da minha família que eu não havia sido torturada, que não havia como provar que meu Rogério havia sido torturado também. Eu olhei bem nos olhos dele, Beth... e disse que a maldita Ditadura Militar ainda estava fazendo vítimas, porque não existe tortura maior para uma mãe do que não saber o que houve com o filho. Não poder saber como foram seus últimos dias, se despedir.

Tia Beth se levantou e estendeu os braços para Dona Natália.

As duas se abraçaram ali, naquela sala, durante longos instantes. Irmanadas numa dor que... ninguém deveria sentir.

— Meu Rogério admirava demais seu filho. Você se lembra do meu Rogério atuando na peça do seu filho?

— Como esquecer, Natália?

Rogério Campos foi o protagonista da primeira peça de teatro de Tavinho montada profissionalmente, que ficou em cartaz por um bom tempo. Ele interpretava o personagem de nome Lewis, numa espécie de monólogo com sua consciência — ou com o demônio, como entenderam alguns. A peça se chamava *Vestido Azul* e fazia várias referências à obra de Lewis Carroll. Era uma peça sobre uma infância de abusos e tristezas.

— Eu não gostava desse texto, confesso — disse tia Beth.

Clarice, até então calada, não se conteve:

— Mas ouvi falar muito bem. Ganhou prêmio e tudo. Por que não gostava, Beth?

Tia Beth respondeu hesitante:

— Acho que é porque a primeira fala do personagem do Lewis é "eu matei a minha mãe". Tavinho escreveu numa época de revolta. Ele tinha vinte anos, estava muito bravo comigo e com o pai — tia Beth olhou pra mim —, com o Otávio... nunca soube direito o porquê, acho que foi quando o pai tentou trazer a carreira de músico dele pra mais perto. Cheguei a chorar horrores achando que Tavinho estava tentando... não sei, talvez dizer alguma coisa pra mim.

— Bobagem — sorriu Dona Natália. — Beth, quero muito que venha me visitar. Moro perto daqui, na Bela Vista. Na mesma casa em que eram feitos os ensaios da peça. Tenho fotos, tenho alguns figurinos. Podemos tomar um café.

— Claro.

Minha tia estava numa fase em que não gostava mais de ficar revirando o passado, atracada à mobília, livros e coisas do passado. Ao montar a Fundação, estava trazendo um pouco de futuro a um passado com o qual não conseguia lidar. O desinteresse de tia Beth mudou, porém, quando Dona Natália falou:

— Tenho cartas de Rogério trocadas com o diretor, com os produtores, os outros atores. Tenho também várias cartas trocadas com seu filho. Na verdade, não tenho as cartas escritas pelo meu filho, já que eles encontraram seus destinatários, mas por vezes me peguei lendo tudo, tentando juntar pedaços da vida do meu filho pelos olhos dos seus interlocutores.

— Cartas do Tavinho?

— Sim... não cheguei a ler todas. São datadas daquela época, mas há alguma coisa mais pra frente. Será que... não quero parecer interesseira, no sentido de... no sentido de "toma lá, dá cá", mas... desculpe, Beth.

— Pode falar...

— Será que você não tem as cartas que Rogério mandou pro seu filho? Assim podemos...

— Eu não sei... fui proibida por Otávio de ficar remexendo nas coisas de Tavinho. Nos primeiros anos, conforme contei, eu fiquei muito mal, então...

Tia Beth fez uma pausa.

— Vou falar com a Januária, uma amiga e funcionária minha... ela que guarda todas as coisas do meu passado. Se tornou minha museóloga.

As duas se despediram e combinaram um encontro. Pedi encarecidamente para tia Beth não marcar numa data que atrapalhasse minhas provas. Eu queria estar junto, ler aquelas cartas com a mesma avidez com que havia lido o diário da jovem Betinha.

Saí da reunião curioso para ler *Vestido Azul* e cheguei a comentar sobre ela com minha namorada da época, que era atriz. Ela a conhecia, havia estudado o texto em um curso de interpretação.

Estávamos no final de 1997. Depois das provas do quinto semestre, aconteceu a Festa do Equador — que comemorava o meio do curso de Direito. Eram estas justamente as provas que eu não queria que atrapalhassem ou coincidissem com a visita que faríamos à Dona Natália. Pedi à Tia Beth para que pudéssemos visitá-la depois da festa — seria importante arrecadar fundos pra formatura, seria inesquecível, a melhor festa da minha vida, blá, blá, blá, num curso que agora caminhava pra sua segunda metade.

Grande besteira. Guardo dessa festa o encontro que tive com Amanda. Já contei esse episódio por aqui, mas não tudo...

Amanda virou para minha namorada:

— Você já fez aula na Ciclorama?

— Sim, eu fiz o módulo de atuação para TV com a Dona Clau.

— Sim! A minha avó é o máximo.

Amanda saiu da mesa com o cara da GV e minha namorada se virou para mim:

— Pelo que você falava, achei que ela fosse antipática.

— Nunca falei mal da Amanda.

— Mas falou do modo como a mãe dela te tratou. Não acredito que você namorou a neta da Dona Cláudia Ferraz.

Meu cérebro iniciou uma varredura. Aquele nome era familiar.

— Ela é uma puta atriz, foi apresentadora de televisão. Foi no curso dela, lá no Ciclorama, que estudamos o *Vestido Azul*.

— Hein?

— Isso, a peça de teatro que o seu tio escreveu, não foi ele que escreveu? A Dona Clau fez umas duas ou três montagens desse texto, ela amava o autor. Dizem que ela teria tido um envolvimento com ele. Imagina só... o mundo é pequeno mesmo.

— Desculpa, o quê? Não estou...

— A avó da Amanda, Léo. A Dona Cláudia Ferraz e o autor da peça.

Ela não parava de falar, tomada de uma excitação que eu não conseguia acompanhar:

— Ainda vou provar minha teoria...

— Que teoria?

— A renda é muito mal distribuída em São Paulo. A cidade é grande, mas todo mundo está interligado em suas bolhas. Sua ex-namorada é neta da mulher que dizem que teve um caso com seu tio!

Sim, o nome da minha primeira namorada era Amanda F. de Melo Nogueira. O "F" abreviado era de Ferraz, sobrenome da avó materna, Cláudia Ferraz.

Lembrei da minha primeira pesquisa no Google, um site de nome esquisito que foi indicado por Nzinga, uma colega de faculdade angolana. Nzinga me ensinou a pesquisar e a primeira coisa que fiz foi tentar dar um rosto à Cláudia Ferraz.

Pois o rosto dela era exatamente o rosto que estava em meus sonhos. A tal apresentadora loira, cujas feições tão parecidas com a mãe de Amanda, Dona Carla, me pareciam ser uma peça pregada pelo meu subconsciente.

Amanda era neta de Cláudia Ferraz com Armando Mello, o diretor de programas de televisão. Também era sobrinha dos gêmeos Toni e Bella Ferraz, e não conseguia deixar de pensar: tudo o que eu precisava era de uma foto dos olhos de Toni e Bella Ferraz. Valeria mais que um exame de DNA.

65.

ASDF. ÇLKJ. ASDF. ÇLKJ. AEIOU. ABCDEFGHIJKLMNOPQRSTUVXZ.

Faltou o "W" e o "Y" nesse abecedário...

Eu só me lembrava do "K".

Em 1997, ainda estava fazendo o curso de datilografia no Senac. Queria que meus dedos fossem tão rápidos quando meu pensamento e não ter que ficar olhando pro teclado toda hora para escrever uma palavra mais complexa. Sonhava com a automaticidade necessária para poder fazer o que mais desejava na vida: registrar pensamentos, histórias, criações.

Não queria ter de sofrer procurando letras no teclado; uma vida procurando letras. Perdidas. Curiosamente, o "W" e o "Y" sempre me escapavam.

ABCDEFGHIJKLMNOPQRSTUVXZ.

Sempre sem o "W" e o "Y"...

A professora vistava as folhas que se amontoavam à minha esquerda e dizia para eu ter mais atenção. Ela insistia que os erros que não fossem consertados naquela ocasião se tornariam vícios de escrita para todo o sempre. Assustador.

Tentava o máximo que podia, mas ao datilografar o abecedário, me esquecia do "W" e do "Y". As únicas letras que me faziam olhar para o teclado. Precisava achá-las, minhas letras perdidas.

Mas por quê?

Sim, havia um porquê. Fui alfabetizado lá pela metade dos anos 80, ainda no regime militar e, pasmem, até mesmo o alfabeto era controlado. As letras "estrangeiras" foram banidas. Me lembro de perguntar pra professora:

— Por que essas letras aparecem nos filmes, mas você não ensina pra gente, tia? — Me referia ao "Y" e ao "W" brancos e imensos nas colinas de "Hollywood".

Os filmes eram censurados e as letras também. Se as histórias que apareciam na TV eram mutiladas para atender uma moralidade de gabinete, também eram os "tijolinhos de criar palavras", como nos ensinavam em sala de aula.

— São letras proibidas?

A professora pareceu ficar sem saber o que responder.

— Não, são letras especiais.

Eu insistia.

— Elas são proibidas porque são especiais?

— Não, meu querido. É que elas são dos Estados Unidos, então a gente não pode usar.

Minha pergunta acabou tomando conta da classe. Uma coleguinha, a Yasmin, tomou a questão como pessoal.

— Mas o que tem de errado com essas letras?

Fez-se o coro na classe.

— A Yasmin vai mudar de nomeee, a Yasmin vai mudar de nomeee!!!

Eu, que gostava da Yasmin, resolvi defendê-la:

— Fica quieto! Teu nome é William, vai ter que mudar de nome também!

A classe em coro, uma vez mais.

— O William vai mudar de nomeee, o William vai mudar de nomeee!!!

A professora, que havia perdido o controle da sala, berrou:

— Parem com isso! Não brinquem com o nome dos amiguinhos. Parem agora!

Todos nós nos calamos imediatamente, assustados com o tom de voz. A professora continuou:

— As letras dos nomes são do jeito que tem de ser. Essas letras especiais podem estar nos nomes próprios, mas não nas outras palavras. Porque nossa língua é o português! Então os nomes têm de ser escritos em português.

Não me contentei com a explicação. Na verdade, não a entendi, nem ninguém da sala de aula entendeu.

— Mas o Choi é chinês e a gente chama ele de Choi. Vai ter que escrever com "X"?

Yasmin também continuou falando, numa cumplicidade tácita:

— E a Hae é japonesa... vamos ter que escrever o nome dela com "R"?

A professora perdeu o rebolado:

— As coisas são como eu estou dizendo que são! Vocês têm de parar de ficar perguntando tudo a toda hora, principalmente coisas que não são importantes.

Eu não aguentei, uma vez mais:

— Então essas letras são especiais, mas não são importantes?

A professora se desnorteou de vez. Suas duas grandes rosáceas nas bochechas pareciam pegar fogo.

— Fique quieto, Leonardo! As coisas importantes são as coisas que eu disser que são importantes!

A classe inteira se calou. Ela continuou:

— Todos vocês, calados! Quem continuar a falar, vai sofrer castigo! Não quero ouvir mais nem um pio, e se continuarem a falar, vocês vão ficar sem recreio!

Foi quando eu descobri — sem saber — o que era uma ditadura. Ela poderia estar em qualquer lugar, em qualquer ambiente, sempre que alguém tentasse desesperadamente entender o significado de algo, mas por incapacidade de seu líder, em vez de orientação, recebesse castração e punição.

Nós, crianças, apenas queríamos entender as letras especiais.

Para mim, as letras "W" e "Y" se transformaram num símbolo, numa espécie de memória que agora aflorava do meu inconsciente e se conectava a Tavinho e Rogério. Agora eles eram minhas letras perdidas do alfabeto. Especiais, porém castradas e banidas. Letras que jamais deveriam ter qualquer som ou reverberação.

Encontraria tia Beth nos arredores da casa de Dona Natália; com meu estômago vazio, a mochila pesada e um pequeno drops de hortelã. Menti para tia Beth que eu já havia almoçado, tudo para não ter que ir até a casa dela e levarmos mais três horas apenas para conseguir sair do apartamento. Aquele assunto me pedia pressa. Fui o caminho todo rezando para que Dona Natália servisse um lanchinho, entre uma carta e outra.

Dona Natália nos recebeu com café, biscoitos e suco de caju. Subimos dois lances de escada e nos deparamos com a mesa posta. Eu estava faminto; sentei e comecei a me servir.

— Meu bem, sua casa é adorável!

Pronto, Dona Natália adiou o lanchinho e fomos fazer um tour pelo terreno. Me segurei pra não roubar um biscoito da lata — aquelas decoradas com imagens de Paris ou algum lugar na Itália, e que cada biscoito tinha seu próprio fru-fru de papel, aquelas que na casa da minha vó eram reservadas para visitas importantes, e que sempre torcíamos pra ser aberta. Tive a impressão de tia Beth perceber minha movimentação, porque me revirou do avesso com os olhos.

— Puxa, o terreno é enorme! — E tia Beth foi completando os elogios, que só faziam Dona Natália se sentir mais e mais íntima e feliz pela visita.

Realmente, o lugar era um tanto *sui generis*. Dona Natália morava com a nora, Milena, esposa do Rogério, e com o neto Eduardo, único filho dos dois. A casa ficava na Bela Vista e enganava quem a julgasse apenas pelo tamanho discreto da fachada. O lote de esquina se abria em duas metades e dobrava de tamanho bem no meio do terreno, criando uma espécie de círculo no quintal. Havia a casa da frente, onde morava Dona Natália, e a casa dos fundos, onde morava a nora com o neto, mas que possuía uma entrada autônoma que dava para uma pracinha lateral. No meio, uma espécie de jardim de inverno parcialmente coberto por um teto de vidro, do qual as plantas haviam tomado conta, invadido todos os espaços. Trepadeiras, heras e uma primavera criavam texturas e cortinas, unindo lateralmente o telhado de uma casa à outra.

— Parece um jardim secreto!

— E não é, Beth? — Dona Natália parecia feliz com a validação dada por sua visita ilustre. — Gegé adorava, era nesse espaço que eles ensaiavam. Dá pra colocar uma banda inteira pra tocar aqui, imagina só! Naquela época ainda não havia a casa dos fundos, era apenas uma edícula. Mas eles chegaram a virar noites e noites cantando, ensaiando...

— Lembro do Tavinho comentar que ia fazer as leituras da peça na casa de um amigo na Bela Vista. Fico emocionada de finalmente conhecer você e esse local. Obrigada, Natália.

A voz de tia Beth estava levemente alterada. Teríamos uma tarde de emoções fortes.

— Vamos tomar um café? Acabei de passar.

Finalmente, amém. Precisava comer alguma coisa; tinha pulado o almoço pra fazer o curso de datilografia e mentido para tia Beth não se preocupar.

Nos sentamos e logo começamos o ritual. O barulho do café servido quente nas xícaras, a fumacinha se espalhando pelo ambiente, o barulho da louça uma contra a outra, a colherzinha cavocando o açúcar.

Milena, a nora de Dona Natália, apareceu vinda do segundo andar. Nos cumprimentou com alegria e logo se colocou à mesa conosco.

— O seu livro vai ser um festival de cafezinhos na copa, meu filho — brincou tia Beth.

Eu ri. Realmente. Dona Natália ficou curiosa.

— Estão escrevendo um livro?

— Eu não, ele sim. Meu sobrinho é muito talentoso. Estou brincando com ele, porque a maior parte das histórias que ele escutou de mim foram contadas na base do café.

— E do bourbon, tia.

Tia Beth riu sem graça.

— Ah, que maravilha! — disse Milena. Se o livro se passa numa copa, eu vou adorar. As melhores conversas se dão na copa e na cozinha de uma casa.

— Você... qual é mesmo seu nome, rapaz? — perguntou a anfitriã.

— Léo.

— Você vai contar a história do Tavinho?
— Também. Vou contar várias histórias, Dona Natália. A ideia é dar dimensão humana pro sofrimento das pessoas. Acho que com um rosto fica mais fácil para as pessoas entenderem o que foram aqueles anos. Os anos da guerra e da ditadura, que na verdade, são duas faces da mesma moeda.
— Estamos até com a economia estabilizada, acabou a inflação — disse Milena.
Dona Natália estava alheia ao nosso papo-furado, queria ir direto ao ponto desde que mencionei o livro.
— Se for contar várias histórias, poderia contar a do meu Gegé. Ele iria adorar ser lembrado, ajudar a emocionar as pessoas!
— Naná!! — repreendeu Milena. — O menino vai escrever o que ele achar importante, não vai?
Sorri sem graça. Tia Beth me socorreu:
— Meu sobrinho tem uma sensibilidade enorme, vai colocar todo nosso amor de mãe no que for escrever. Não importa se vai falar da Beth, da Natália, da Maria... vai falar do amor de todas nós, dessa espera angustiante pela verdade.
Dona Natália suspirou decepcionada. Queria que seu filho tivesse um momento a mais de importância e ainda brilhasse um pouco mais para a posteridade.
— Você também conheceu o Tavinho? — Tia Beth perguntou para Milena.
— Claro. Quem não conhecia? Até quem não ouvia música acabava querendo saber quem ele era, de tão bonito. Uma vez fizemos uma apresentação em São José dos Campos e Tavinho estava na plateia, tinha ido conhecer melhor nosso trabalho. Quando a peça que estávamos fazendo terminou e nos reunimos na frente da bilheteria, ele foi cercado por um monte de garotas. Achamos que elas o haviam reconhecido da televisão, que nada. Estavam ouriçadas com aquele rapaz alto, olhos claros... aliás, me desculpe, mas... desde que a vi pela primeira vez na Fundação, estou querendo dizer... seus olhos são lindos. Tavinho os tinha iguais aos da senhora...
Tia Beth agradeceu com um sorriso triste.
— Mas o meu Gegé também era lindo! — cortou Dona Natália, trazendo algumas fotos, pôsteres e uma série de materiais promocionais, revistas, e tudo o mais que trazia alguma informação sobre seu filho.
Ficamos um bom tempo olhando aquele material que, intuitivamente, já me dizia não ter valor para o que eu estava procurando. E o que eu estava procurando? Também não sabia. Mas tinha certeza que saberia no momento certo.
Ver o arquivo amarelecido da carreira de Rogério me deprimiu um bocado. As promessas da vida, as expectativas, os desejos estampados

em seus dentes incisivos... um sorriso de galã coadjuvante, arreganhado para toda e qualquer foto. Ver aquele sorriso me pareceu especialmente cruel: no dia anterior, a equipe da Fundação havia reconhecido outro ator desaparecido graças à arcada dentária.

Uma das coisas pesadas de se trabalhar com Direito é que, assim como os médicos, estamos lidando com doenças. Há a doença do corpo, mas existem as doenças das relações sociais. O desamor expresso em ações de agressão, ações políticas, ações criminosas. Na faculdade, somos expostos à miséria dos sentimentos humanos, muitas vezes em fotos horrorosas de corpos, de crimes, de brutalidades que até então só pareciam existir na ficção.

Milena percebeu que eu estava ficando alheio, que o momento se tornara algo apenas entre mães. Tia Beth e Dona Natália pareciam compartilhar a mesma aura, a mesma vibração. Irmãs nas lágrimas.

— Gostou do biscoito, hein, Léo?

Acho que na distração, devo ter comido mais de dez, um atrás do outro.

— São mesmo uma delícia.

Tia Beth prestava atenção de rabo-de-olho na nossa conversa. Milena percebeu.

— Vamos deixar as duas aí sentadas um pouco? Fiz uma assadeira inteira de sequilhos, que estão saindo do forno. Me ajuda a colocar no pote?

Claro, ué. Mas um tanto fora de propósito.

Dali a instantes estava na cozinha, de pé em uma banqueta, ajudando a pegar um pote de vidro. Milena tirava a assadeira do forno, e com uma espátula raspava um a um, até que se soltassem.

— Léo... é o seguinte...

Ela fez uma pausa que me deixou sem jeito.

— Vou ter que ser bem rápida, porque minha sogra e sua tia estão de olho em tudo.

— Em tudo o quê?

— Nesses dias, desde que fomos à Fundação, reviramos as coisas do Rogério pra ver se encontrávamos alguma coisa que pudesse interessar sua tia. Nesses anos todos, nunca tinha aberto algumas pastas, caixas, enfim... Acontece que eu e meu filho, o Dudu, fizemos um pente fino até mesmo em anotações de gastos, orçamentos, bilhetes. Bem...

Ela continuava a raspar o fundo da assadeira, mesmo sem nenhum biscoito no fundo.

— Achamos várias cartas do seu primo, do Tavinho. Mas resolvemos esconder da Naná pra ela não ficar nervosa com o conteúdo. Você tem alguma mochila, alguma coisa que possa colocar uma caixa com essa correspondência?

— Tenho sim, aquela cinza que coloquei no pé da mesinha...

— Tá certo. Acho que você pode ler. Aliás, deve ler, mas acho que não deve mostrar pra sua tia Beth.
— Por quê? Tem muita coisa...
— Cabeluda? Tem sim.
— Eu ia falar "muita coisa importante"...
— Ele se abriu bastante com o Rogério, contou coisas dos pais, das namoradas, das brigas que presenciou e das brigas que teve com a mãe e com o pai... e tem outras coisas que... Bem, tem segredos de família que eu não sei se...
— Se?
— Se vale a pena a Dona Beth ficar sabendo, a essa altura da vida.

Dona Natália e tia Beth chegaram naquele instante, como dois vultos curiosos. Eu não as vi de início, levei um susto.
— Que estão fazendo aí?
Milena mostrou os sequilhos.
— Você está pálido, Léo, que houve?
— Nada.
— Fala pra mim, que houve? — Tia Beth insistiu.
— É que... bem, eu não almocei.
Minha garganta estava seca.
No caminho de volta pra casa, segui no carro de tia Beth. Sentei na frente ao lado do motorista, usando a desculpa de que queria que ele me deixasse no metrô mais próximo. Coloquei no colo minha mochila e a apalpei — havia algo dentro. Abri o zíper: entre o meu Código Penal e meu livro de Medicina Legal, Milena havia colocado inúmeras correspondências.

66.

Eu estava no carro, no banco do passageiro, ao lado do motorista. O peso da mochila nas minhas coxas e na minha alma. A pedido de Milena, omiti o fato de ter recebido um calhamaço de cartas amareladas, amarradas por um barbante, supostamente escritas por Tavinho.
Tia Beth, no banco de trás, tamborilava as unhas vermelhas no plástico da porta do Mercedes preto.
— A tarde foi agradável, não posso negar. Um pouco depressiva, porém. Natália ainda vive o luto de um jeito que eu... de um jeito que

tentei evitar todos esses anos. O luto pode ser como uma areia movediça, ir te tragando. As lembranças vão te desconectando da realidade, e mantém a sua ferida aberta. Cada foto, cada apego exagerado, impede a dor de coagular. Eu tenho minhas feridas gotejando, mas Natália ainda está em hemorragia...

Ouvi quieto, não me sentia digno de falar qualquer coisa. Pelo que Milena havia dado a entender, Dona Natália também não tinha conhecimento da existência daquelas cartas, encontradas numa recente arrumação de quarto.

— Sabe, Léo... eu esperava qualquer coisa; alguma luz, alguma informação. Apesar de não alimentar minha dor, eu não consigo cicatrizar o suficiente... ficar sem enterrar um filho é como se... deixa pra lá. Estou caindo no mesmo fosso em que está Natália. Não posso, não quero mais.

Grunhi alguma coisa.

— Eu tô chata, Léo? Porque, sabe, chatice pode ser contagiosa. Quando a gente fica muito tempo falando com alguém chato, se conecta demais com a pessoa, acaba ficando caramelizado na chatice. E posso ser franca? A Dona Natália é muito chata.

Desembestei a rir. Tia Beth junto.

— Ah, agora sim! Agora emitiu algum som.

— Tia, só você mesmo... eu também achei ela um pouco chata, mas...

— Chatérrima. Mas uma pessoa querida, coitada. Não quero falar mal dela, não gosto de falar mal de ninguém, não em dias úteis. Agora me diz, Léo... o que você estava de *conversê* com a nora dela?

— Nada, tia, era sobre sequilhos, os biscoitos e... nada demais.

"É possível mentir a quem se ama?"

Até o início da adolescência, copiei um tanto do comportamento da minha mãe, verdadeira representante das opiniões fortes, cristalinas e unidimensionais. Lembro de ela dizer que meu pai relativizava demais a vida, que era preciso ser mais firme com os "certos" e os "errados".

— E o que é certo e o que é errado? — berrou meu pai, batendo a mão contra a mesa. Uma discussão que lembro até hoje, o estalado seco da mão contra a mesa.

"O que é certo e o que é errado?"

A voz do meu pai ardia nos ouvidos. A mensagem era clara: é preciso ter tato e responsabilidade com sua própria versão da verdade.

Me despedi de tia Beth, soltando um beijo no ar e descendo rápido do carro em direção ao metrô Trianon. Não estava mentindo, apenas omitindo, apenas esperando a melhor hora, a confirmação dos fatos...

67.

Minha curiosidade era imensa, mas estava com raiva de portar um segredo. Não queria saber de nada que não coubesse dentro da minha boca.

Com calma, tentei soltar o barbante seco e amarelo. Devia estar em ordem cronológica, a viúva do Rogério havia lido recentemente. Não consegui soltar o barbante, tentei usar uma tesourinha de unha e...

— Merda!

Pronto, agora fodeu tudo. O conteúdo se espalhou em cima da cama, um caos de dados e fatos e lembranças, como um quebra-cabeças daqueles enormes que você tem ânimo no início até perceber que são tantas peças, mas tantas, que acaba querendo desmanchar.

Por onde eu iria começar?

"São Paulo, 21 de janeiro de 1969.

Rogério, meu querido, vou te pedir novamente um favor. Fica difícil falar com você durante a semana, já que não tem telefone em casa. Então, por favor, vê se marca comigo e com o elenco um horário.

Vivemos dias bicudos, Gé. Agora em dezembro, no dia 13, você bem sabe a excrescência que foi editada pelo governo. Aquele tal ato institucional fez a Constituição cair por terra, meu amigo. Se o Congresso foi fechado, quem dirá nosso teatro.

Não quero mais mandar cartas. Não quero correr o risco de comentar alguma digressão política e descobrir que uma daquelas funcionárias gordas, pusilânimes, que o governo coloca nos Correios, usou da chaleira para abrir minhas correspondências.

Olha só, que triste ocaso para um cérebro bem superdotado (e de um perfil apolíneo como o meu, há de concordar) dedurado e preso porque uma reacionária — que deve lamber as botas de algum militar — violou meus escritos... ora, se vá! Não tenho me ralado de estudar, compor, pensar e pensar para ser traído por uma carta.

Então, repito: chega de cartas pelos Correios. Telefone ou então bilhetes por algum portador. Estamos combinados e não me faça repetir! Todos nós estamos pedindo isso pra você, há de concordar. Aliás, há de obedecer, pois agora te dou uma ordem.

Sabe que além de seu amigo, adjetivo que tenho orgulho, também sou o autor do texto e o mecenas dessa peça. Vou usar do meu poderio econômico para te fazer pressão. Há de me obedecer!

Chega a ser engraçado, mas creio que esse paradoxo me cai bem: o suposto comunista que usa do dinheiro para dar ordens. Afinal, sou um Guedes como meu pai e nada se encaixa melhor em mim. Vejo meus pais rindo por detrás: "Percebe, Tavinho, como não se consegue por ordem em uma aldeia feita apenas de índios?". Minha mãe sempre costuma completar esse comentário de papai, dizendo: "Pra funcionar, qualquer grupelho de néscios tem de ter pelo menos um cacique e um pajé no grupo". Pois bem, Rogério, não queria ter de confessar que concordo com Dona Beth, já que ela é a encarnação da burguesia. Mas minha mãe tem razão (queime essa carta após lê-la).

Sou o cacique de tudo. Superdotado, apolíneo e cacique. Há de me obedecer e parar de mandar cartas. Quanto mais, escrevendo o que não se deve. Devo desconfiar de você? Às vezes parece que está descritivo demais, como se um terceiro lesse nossas trocas. Me recuso a desconfiar de você. Então vou te oprimir mesmo, com o poderio econômico e burguês do cacique que sou.

Não sou pajé porque esse papel cabe ao Oswaldo. Nosso diretor gosta de seus cigarrinhos especiais, e por vezes acho que ele está noutra dimensão durante os ensaios. Aliás, pelo menos concordamos em uma coisa: à pequena que levaram para o teste de Mariane, a resposta é "não". Muito nova, não sabe nem como veio ao mundo. Sei que vai dizer que o papel de Mariane é de uma menina de dezesseis anos, coisa e tal. Mas veja, Rogério... qual o broto que conseguiria passar toda aquela dor apenas com o olhar?

Andei conversando com Oswaldo e tenho uma ideia para interpretar Mariane. Um nome forte, um nome da televisão. Pensamos em Cláudia Ferraz, do canal 3. Sei que ela tem trinta e poucos anos, mas como autor, eu posso adaptar a idade da personagem Marianne, quem sabe de dezesseis anos, consigo colocá-la com seus vinte e muitos. Coisa a se conversar no próximo ensaio.

Estamos entendidos?

Sabe que brinquei muito por aqui, não é mesmo? À exceção do perfil apolíneo, que é mesmo a minha maior virtude.

Deus grego"

Uau, Tavinho era divertido.

Aquela parecia ser uma das últimas cartas trocadas entre os dois. O jeito de falar de Tavinho, misturando simpatia e arrogância, seriedade e diversão, interesse e tédio profundo... será que isso vinha nos genes? E a tal da Cláudia Ferraz? Nem bem peguei uma carta e ela já é citada. Tavinho estava fazendo de tudo para tê-la por perto...

Me lembrei de Amanda.

Peguei o telefone e disquei um número proibido.

— Alô, boa noite, a Amanda está?

Era tarde da noite. Não nos falávamos há meses, sequer imaginava sua reação. Mas quem atendeu foi o pai dela. Respirei fundo, grato por não ser Dona Carla.

— Quem quer falar com ela?

— É um amigo...

— Esse amigo tem nome? — A voz do pai pareceu mais firme.

— Leonardo.

Ouvi ele repetir meu nome de forma abafada. Conseguia visualizá-lo: "Leonardo". Ela, perdida; os olhos em qualquer lugar, dizendo "que Leonardo?", e o pai falando "sei lá, filha". Amanda retorquindo, brava: "Meu ex-namorado?".

— Ela não está. Quer deixar recado?

— Não, obrigado.

A rejeição tira uma lasca da nossa autoestima; meu amor-próprio sangrou. Onde ela teria ido àquela hora, se é que foi? Amanda não queria falar comigo, oras, eu também não. Liguei por causa da tia Beth, que está revirando minha vida de cabeça pra baixo. A vida de todos nós. "Pronto, agora vou culpar tia Beth. Sim, vou culpá-la, porque tudo gravita em torno dela. Mamãe tem razão, ela quer todos nós como satélites. Agora surge a possibilidade de eu e Amanda sermos parentes." Namorei a bisneta dela, é isso? Uma farsa com elenco reduzidíssimo.

Adormeci nesse redemoinho. A cama ainda com algumas fotos e cartas, o peito recalcado de frustração e a culpa por ter que guardar segredos de coisas que nunca quis descobrir.

Na faculdade, sabia onde encontrar Amanda. Tive de vencer meu constrangimento, o policiamento de amigos e fofoqueiros. No primeiro intervalo da manhã, entrei na sala onde ela deveria estar e achei uma velha conhecida.

— Que você tá querendo com ela? — Marcinha arqueou as sobrancelhas.

—Falar com ela.

— Isso eu já sei, né, Léo? Mas o quê?

Sorri, disfarçando a raiva. Teria de entregar satisfações, como oferendas para o tranca-rua.

— Livros, dois CDs... preciso devolver algumas coisas.

— Dá pra mim que eu entrego pra ela! — Marcinha esticou o braço.

Sorri, disfarçando o ódio.

— Estão no carro.

— Sei... ahãn. Desde quando você tem carro?

— Marcinha, antes que eu me esqueça.

— O quê?
— Vai tomar no cu!

Tia Beth estava certa: Marcinha era realmente irritante, impertinente e parecia querer travar meus caminhos. Naquela época, não conseguia enxergar; apenas no reencontro de vinte anos de formados, na fila do buffet, pratos em mãos para sermos servidos de filé ao molho madeira, ouvi de Marcinha uma confissão inesperada.
— Você sabe, né, Léo.
— O quê?
— Não leve a mal, nem interprete errado, porque estou casada e super feliz. Mas naquela época, eu te dava tantas patadas, porque...
— Porque era apaixonada por mim.
Marcinha gargalhou, mostrando os dentes.
— Não! Eu era apaixonada pela Amanda.

Segui em direção ao pátio, perguntei de Amanda pra alguns amigos, mas nada. Ela havia sumido da faculdade e temi que estivesse em algum canto escuro, trocando beijos com um dos tantos admiradores-predadores de plantão.
— Tá procurando por mim?
Ela apareceu por trás. Me virei e ela estava comendo um pão de queijo. Uma menina, uma criança faminta. Linda.
— É...
— *Qué* um teco?
— Eu? Não, obrigado.
— Fui lá naquela lanchonete que você me apresentou. O pão de queijo deles é sensacional mesmo. Você estava certo.
Eu ri.
— Do que você tá rindo, Léo?
— Quando a gente namorava, você não costumava me dar razão assim tão fácil.
— Bobão! — Amanda me mostrou a língua, sapeca. — Fala o que houve, aconteceu alguma coisa? Que queria falar comigo?
— Te liguei ontem.
— Eu sei.
— Por que não atendeu?
— Preciso explicar?
— Não...
O pátio começou a esvaziar. O intervalo havia acabado.
— Bom, é isso, tenho que ir porque é a última aula de Administração antes da prova. Vai ter revisão — ela disse, estranhando minha passividade.

Eu não conseguia falar nada. Falar tornaria tudo tão mais complicado. Estava com raiva da tia Beth, e de como as complicações da vida dela agora haviam se espalhado pela minha própria vida. Estava em busca de culpados pras minhas inseguranças.

— Então é isso, vou entrar...

Amanda se virou e foi em direção à sala de aula.

Eu a segurei pelo pulso e, como num passe de dança, a puxei pra mim. Pra dentro de mim, pra dentro do buraco que havia no meu coração desde que nos separamos.

Nós nos beijamos, e tinha gosto de pão de queijo.

68.

Depois do beijo roubado no pátio da faculdade, ficamos nos olhando sem graça, mas conscientes do que queríamos fazer: fingir que nada de ruim tinha acontecido conosco naquele ano e meio, que estávamos num túnel do tempo.

Ainda ganhava o salário de pesquisador, investigador e *ghostwriter* de tia Beth. Resolvi que almoçaríamos no restaurante do Pátio do Colégio, onde ficava o marco zero da fundação de São Paulo, verdadeiro luxo para estudantes.

— Lá não é caro?

— Nós merecemos. Quero aproveitar esse momento com você ao máximo. — Estufei o peito e me senti um tanto canastrão.

Enquanto nos dirigíamos para o Pátio do Colégio, caminhamos lado a lado, as costas das mãos roçando umas nas outras.

Almoçamos sem falar nada de relevante. Não explicamos pra nós mesmos nada sobre nosso passado, nem debatemos qualquer plano para o futuro. Saboreamos a comida, e apreciamos o restaurante. Falamos coisas como "aqui é muito bacana", e "é emocionante estar no lugar onde a cidade de São Paulo foi fundada". Pulamos a sobremesa e entramos na Igreja ao lado, onde dentro de um vidro blindado está o fêmur do Padre Anchieta.

— Credo! — soltou Amanda.

Eu ri.

— Sério, Léo, precisa guardar o fêmur dele e ainda deixar em exposição? Coisa mais mórbida, e isso ainda significa outra coisa...

— O quê?

— Que o corpo dele foi desmembrado pra satisfazer o apetite dos carolas.

— Amanda, preciso conversar com você sobre uma coisa importante.

Ela parou e olhou para a rua lateral da igrejinha onde estávamos.
— Vamos tomar um café? — insisti.
Ela fingiu não me ouvir.
— Aquela casa ali, sabe o que é?
— Não faço ideia... — respondi.
— É o solar da Marquesa de Santos. Hoje é um museu...
— É importante o que temos pra conversar.
— "Domitila de Castro Canto e Melo (1797-1867) adquiriu este imóvel em 1834 e o transformou em uma das residências mais nobres da cidade, onde viveu até o fim da sua vida."
— Precisamos conversar, Amanda.
— Nossa, ela morreu com 69 anos...
— Amanda!!! — Apertei o braço dela, um tanto mais forte do que deveria.
— Ei, que é isso! Doeu!
— Desculpa... eu não...
— Eu não quero falar sobre nós! Não vou falar com você sobre nada do que aconteceu, do que está acontecendo ou do que...
— Não é sobre nós.
Amanda me olhou sem saber o que dizer.
— Não?
— Não.
Ela ficou mais um tempo me olhando e tombou o pescoço levemente para o lado, como fazia toda vez que tinha alguma dúvida em sala de aula, ou a curiosidade atiçada.
— É sobre o quê, então?
— Não dá pra te contar de pé aqui, no meio da rua.
— Vamos entrar no Solar da Marquesa então, Léo... tem um café legal lá dentro.
— Você veio aqui com quem? — falei sem pensar, num impulso de ciúmes. Amanda me olhou com certo desprezo; eu me olhei com certo desprezo, e tentei emendar logo em seguida: — Esquece, esquece...

Amanda se sentou e pediu um capuccino. Eu pedi um café expresso, curto e forte.
— Você se lembra da minha tia-avó?
— Como me esquecer dela? Ela estava no seu aniversário de 18 anos, Léo. Também a vi em Campos do Jordão, naquele dia que conversamos em frente ao restaurante.
— Sim, isso mesmo. É ela: ruiva, fumante, perfumada...
— No seu aniversário, eu fiquei super intrigada. A figura dela... a figura física dela, Léo, é quase um avatar.

— Como assim?
— Não sei te explicar... você assistiu *Crepúsculo dos Deuses*?
— A tia Beth parece uma atriz decadente?
Amanda riu.
— Não, não é isso. Ela tem uma presença forte, como se eu a conhecesse de algum lugar. Basta olhar pra ela; é um magnetismo curioso, daquelas pessoas que têm um holofote só pra si. Ela foi super simpática comigo, me abraçou e me deu um beijo. Fiquei com aquela manchinha de batom na bochecha, só percebi depois no banheiro do lavabo.
Eu ri. Sim, tia Beth assinava o rosto de todas as pessoas que cumprimentava, e parecia fazer isso de propósito. Como um pequeno deboche só seu, carimbado com batom vermelho.
— Tua tia-avó tem o olhar muito forte, parecido com o olhar da minha avó materna...
— Cláudia Ferraz?
— Você conhece? Quase ninguém da nossa idade sabe dela, e eu não gosto muito de ficar falando, porque... sei lá, minha avó foi bem polêmica na década de 60, 70... ela foi apresentadora de TV, meu avô era o diretor.
— Armando Melo...
— Para... agora sabe tudo sobre a minha família? Não me lembro de ter contado essas coisas pra você...
— Aquele dia no bar... no Itamaraty, lembra? Antes da Festa do Equador.
— Ah, sim, que você estava com aquela menina que é atriz... — e Amanda aparentou ciúmes. Me envaideci e aproveitei pra destilar o meu ódio guardado.
— E você estava com aquele babaca da GV...
— Eu... eu não estava. Eu... ainda estou. Ele é meu namorado, Léo.
Por alguns instantes perdi a linha, o chão e quase cuspi o gole de café que havia tomado. Mas me controlei; me controlei pela tia Beth.
— Foda-se, isso não interessa... quero falar de outra coisa.
— Não seja grosso. Não virei freira e nem te devo satisfações.
— O assunto aqui é outro, Amanda. Não é sobre nós.
Amanda se ajeitou no banco de madeira, desconfortável com o suspense.
— Que tem a sua tia Beth, então?
— Ela tinha um filho chamado Otávio Guedes Ribeiro Filho. Ele era cantor, compositor e dramaturgo. Estudou na San Fran assim como a gente, mas sumiu durante a Ditadura Militar.
— Esse nome não me é estranho...
— Era conhecido por Tavinho Guedes.

— Sim, isso, acho que já ouvi falar dele sim. Acho que minha mãe, ou sei lá, meus tios... acho que algumas coisas dele foram encenadas lá na Ciclorama, nos encerramentos de curso.

— Então... é por causa dele que quero falar com você. Estou ajudando minha tia Beth na ONG que ela fundou. Orientamos parentes de desaparecidos políticos, rastreamos pistas, prestamos assessoria jurídica e estamos bolando um pedido de indenização pro governo...

— Tô sabendo, achei incrível.

— Mas o principal que é resolver o caso desse meu primo, nenhum de nós até agora conseguiu. Até que... bem, até descobrirmos, ou melhor, termos algumas cartas e bilhetes que mencionam...

— Que mencionam? — Amanda ficou intrigada.

— Que mencionam a sua avó, Cláudia Ferraz.

Ela pegou a colher e começou a mexer no capuccino. Ficou assim alguns instantes.

— Sabe, Léo... minha avó aprontou muita coisa, como eu te falei. Quase sempre tem alguma história envolvendo ela. Depois que ela se separou do meu avô, puxa... foi pra Argentina, apresentou um programa por lá, depois voltou pro Brasil mas só conseguiu fazer pornochanchada, daí juntou dinheiro e no final dos anos 80 foi pro México trabalhar na Televisa. Sempre levando os três filhos a tiracolo. Foi daí, protagonizando novelas mexicanas, que ela começou a engatar papéis de sucesso, ser respeitada, e voltou pro Brasil com outro status.

Fiquei surpreso. Não sabia de nada disso. Esbocei um sorriso.

— Que você tá rindo?

— Nada, achei ela bem divertida.

— Divertida porque não é tua avó... minha mãe é toda sequelada por causa disso. Lá por volta de 1984, Dona Clau... é assim que ela quer que a gente a chame... Dona Clau posou de peitos de fora em frente à Assembleia Legislativa com a desculpa que era pra chamar atenção pras Diretas Já. Foi presa, claro, por atentado ao pudor. Mas adorou a repercussão. Minha mãe teve de aguentar os amigos de escola mostrando os jornais com os peitos da própria mãe e ouvir "você também tem os peitos grandes e caídos, Carlinha"?

Eu não aguentei e gargalhei.

— Tá rindo do quê, bobalhão?

Eu não conseguia responder.

— Para de rir...

Amanda começou a rir também. Rimos os dois, cúmplices.

— Estou cercada de mulheres loucas na família. Por isso fiquei em pânico quando descobri que ia ser mãe e...

Amanda tocou no assunto que evitávamos havia horas. Ela pensou alto e acabou falando mais do que devia. Resolvi fingir que não escutei, ou que não entendi. Mas um silêncio constrangedor tomou conta da nossa conversa.

— Sabe, já te falei que a minha mãe é *borderline*, né? Ela é a filha mais velha, foi quem mais aguentou as brigas da Dona Clau e do meu avô. Meus tios são mais novos, então são mais bem resolvidos. Não pegaram o ápice das brigas, a loucura. Meu avô e minha avó, só faltavam se matar. Ele era produtor do programa dela, mas parece que minha avó teve um caso com um diretor, depois com um *cameraman*... enfim, Dona Cláudia Ferraz é uma mulher que nasceu antes do seu tempo. Uma mulher que jamais devia ter se casado ou tido filhos.

— É sobre isso que precisamos falar.

— Filhos?

— Seus tios... Toni e Isabella Ferraz.

— Que tem eles?

— Que ano nasceu cada um deles?

— Seu primo Tavinho teve um caso com a minha avó. É isso?

— Sim.

— Que ano o Tavinho desapareceu?

— Por volta do Réveillon de 69 para 70... quem é mais velho, o Toni ou a Isabella?

— Os dois nasceram no mesmo ano.

— São gêmeos?

— Sim. Toni e Bella nasceram em 1970.

Ficamos um tempo nos olhando.

— Meu avô era muito violento. Doido de pedra.

— Acha que ele pode ter algo a ver com o desaparecimento do Tavinho?

— Não sei, Léo. Mas muita gente fala que ele deu um sumiço no diretor do programa da minha avó. Um tal de Hernani Munõz, cineasta, que morreu num acidente na Via Dutra.

— Tô sabendo disso.

— Ai, Léo... acho que você acabou de me enfiar num novelo daqueles bem enroscados. Já tô arrependida de ter vindo almoçar com você.

— Que foi, Amanda?

— Nós somos parentes?

69.

Tirei da minha mochila uma das cartas de Tavinho aleatoriamente. Li em voz alta para Amanda, que permanecia sentada no chão. Estávamos em uma das salas do Centro Acadêmico XI de Agosto, dividindo espaço com calouros que jogavam pebolim e alguns veteranos fumando erva. Não tínhamos outro lugar para fazer isso, eu não poderia levá-la para casa, e ela, muito menos para a dela. Terminamos a tarde na faculdade, e quis inteirá-la de todo o drama familiar que havia me dragado.

"São Paulo, 1º de abril de 1964.

Meu amigo Rogério, hoje é dia da mentira. Só pode ser...
Peço a Baco e a Apolo, nossos deuses ébrios e hedonistas do teatro, que nos acordem desse pesadelo. Ontem tiraram Jango do poder e estou aqui em brasas, pistola da vida. Não que eu admire Jango além do que admiro um mamulengo, mas não se trata de admiração pessoal, mas de amor ao Direito e à Justiça. Sei da importância da nossa Constituição.
Se não houver respeito à Lei Maior de um povo, meu amigo, o que nos resta? Pronto, me tornarei um Robin Hood, vou pegar em arcos e flechas e sair por aí espetando o traseiro desse militares. Ou então... então me tornarei um bardo, viola ao punho, e sairei por aí compondo músicas que incendeiem o povo. Desprezo arte engajada, quando é apenas engajada. Desprezo proselitismo, panfletismo, mas diante de tanta ignorância, que nos resta a não ser sair por aí tentando acordar os ébrios?
Serei Robin Hood ou um bardo bebum?
Bebum já estou, pois virei meia garrafa do bourbon de Dona Beth. Se ela descobrir, ficará uma arara. Vive a dizer que eu não posso dar festas para minha patota com seus destilados importados... ora, ora, usar o tesouro etílico da senhora minha mãe é o perfil de Robin Hood sim. Afinal, ele retira da burguesia para dar aos pobres. Distribuirei o bourbon de Dona Beth pelas vizinhanças e serei como nosso herói de infância! Sempre gostei de Erol Flynn rasgando cortinas do teatro com uma faquinha e descendo no proscênio em direção a Lady Marian. Se for pra amarrar meu coração a uma pequena, que seja uma como Olivia de Havilland. Enfrento esse porvir obscuro e sairei do outro lado de pé, desde que tenha um amor ao meu lado.
Pensar que já nos tempos de Robin Hood, o povo sabia da importância de um documento assinado pra defendê-lo dos desmandos dos governantes. João Sem Terra assinou a tal da Magna Carta por pressão do povo, e aceitou respeitar propriedades, liberdades, os limites que impuseram à sandice do seu poder. E isso em 1215, meu amigo!
Agora... pois bem, estamos em 1964... o que encontrar na nossa frente? Um golpe político é sempre o mesmo que rasgar a Constituição. Rasgando-a, não nos resta nada, e morto estará o próprio país.
Quem ficará para enterrar o Brasil?
Nosso país ficará como os corpos no Rio Ganges, ao ar livre, putrefato e com passarinhos bicando nossas pelancas pretas.
Me escute! Me escute, Rogério! Estou certo disso, caminharemos

agora para nos tornar um país militarista, e serão sepultadas as artes, as liberdades, o amor ao próximo. Passei o dia ao telefone com amigos e professores.

Conversei muito com minha tia Vitória ao telefone, lembra-se dela? Irmã da Dona Beth, minha mãe. Foi ela que me ensinou a tocar piano e que me apresentou todos aqueles amigos do partido que temos em comum. Ela e a companheira dela, tia Hortência, abriram meus olhos para muita coisa... pra visão burguesa e elitista na qual fui criado, e sejamos francos, criado e um tanto sufocado.

Ao menos meu pai publica livros, espalha conhecimento e luz para esse país. Mas minha mãe... Dona Elisabeth desenha joias, meu chapa. Joias que não passam de pedras brilhantes que figurarão no colo e nas mãos de mulheres endinheiradas. Como essas pedras vieram parar em suas molduras de ouro? Falo isso sempre para ela, mas ela parece não me escutar. Digo: 'Não foram os sete anões em sua mina de pedras lapidadas que as trouxeram à luz do mundo, mas mãos pequenas e certamente negras que as arrancaram do útero da terra. Lama, pó, mercúrio, armas, tiros, traições, mortes. Cada pequena, média e grande violência está registrada no coração de cada brilhante, de cada rubi, safira, esmeralda. Ostentá-las no peito é como ostentar chifres de bisão, galhadas de cervos, símbolos de morte e poder'. Estou sendo radical?

Outro dia tivemos essa discussão.

Ela me respondeu... 'Oras bolas, Tavinho, vai pastar! Você está ficando chato como tua tia Vitória. Assim como você, estou apenas tentando fazer arte. Arte com pedras, com materiais eternos na história do mundo! Veja: só sabemos dos antigos egípcios o tanto que sabemos, porque eles nos deixaram joias em ouro, em pedras, em formato de esculturas.'

Meu pai, que fumava seu cachimbo no jardim de inverno de nossa casa, estava ouvindo tudo e praticamente aplaudiu a resposta de minha mãe. 'Filho, se você puxar a linha de produção de cada uma das coisas que te cerca, vai encontrar a mesma violência. Porque a violência é do ser humano, e enquanto ele não expurgar isso do coração, vamos ficar andando em círculos.'

Minha mãe ficou apontando para as coisas que tínhamos na nossa casa. 'Vê essa mesa? Comprada em Angola. Sabe-se-lá quem cortou essas árvores. Tá vendo o teu piano de cauda? As teclas são de marfim, que são dentes de elefantes. Acha que foram extraídos com delicadeza, e depois foram vendidos com as melhores práticas comerciais?'

Meu pai e minha mãe são uma unidade, uma máquina azeitada. Dona Beth poderia ser advogada da burguesia da qual faz parte. Pode rir se quiser, mas a verdade é que vejo minha mãe como uma cruza híbrida entre a Rainha de Sabá e o Rei Salomão; e se minha tia Vitória quer julgar a irmã por algum excesso, algum gosto refinado, tenho procurado dizer que 'é possível entender o lado de cada uma delas, sem precisar tomar partido'.

Estou numa digressão sem fim nesta carta, me perdoe. Já começando a quarta dose de bourbon, já até borrei o tinteiro. O gelo faz o copo suar, umedece o papel e apaga meus pensamentos.

Simbólico isso.

Sinto aqui no meu peito, meu coração suando. Um suor gelado.

Espero que nossos pensamentos não sejam apagados por estes militares que agora tomam o poder.

Do seu amigo,

O.G.R.F."

Amanda estava boquiaberta.

— Nossa, teu primo Tavinho era... ele era o máximo!

Eu olhei para o texto da carta, escrito com aquele azul claro das canetas tinteiro antigas, e não pude deixar de concordar.

— Sim. Ele era muito inteligente, muito inspirado. Uma perda gigante não só pra tia Beth, mas pra todo mundo que não conseguiu partilhar da luz que ele tinha.

Amanda e eu permanecemos em silêncio. O que fazer a partir dali?

— Quer que eu marque pra você conhecer a minha avó?

— A Cláudia Ferraz? Putz...

— Sim, a minha avó, Léo. Você fala o nome dela como se ela fosse...

— Uma personagem de uma história distante.

— É, isso mesmo.

— Tenho tentado lidar com isso tudo como se fosse uma história distante e longe de mim. Por óbvio, não tenho tido sucesso...

— Tá na cara, né, Léo? Olha as suas mãos, estão suadas.

Amanda tocou minhas mãos. Se eu estava nervoso, fiquei mais ainda.

— Teu rosto também está pálido.

Contei que Milena, a esposa do destinatário das cartas, havia dito que o conteúdo delas poderia magoar tia Beth. Por isso, havia me imposto um sigilo, o que fazia me sentir um traidor.

— Ainda não li tudo, Amanda. Acabei bagunçando a ordem das cartas e estou penando pra organizar.

— Você não vai contar pra tua tia o que você descobrir?

— Ainda não sei. Se for magoá-la, acho melhor não.

Amanda respirou fundo.

— A verdade é a verdade, Léo.

— Tia Beth já sofreu muito na vida.

Amanda olhou para o chão.

— Que horror foi essa época da ditadura... que bom que o Brasil está estabilizado, que os militares saíram do poder. Se eu tivesse vivido naquela época, possivelmente teria sido morta.

— Eu também. Acho que não aguentaria ver os direitos das pessoas sendo cassados. Acabaria fazendo panfletagem.

— Demos sorte de ter nascido depois. Esse tipo de absurdo ficou no passado. Duvido que nosso país sofra outro golpe político desses. Nós amadurecemos como povo.

Foi isso que Amanda disse, em 1997; mas a história se repete.

Tia Beth, certa vez, fumava à janela. O sol se pondo no mar de prédios:
— Papai dizia... "O que foi, isso é o que há de ser; e o que se fez, isso se fará; de modo que nada há de novo debaixo do sol."
— Eclesiastes 1:9... — respondi de pronto.
— Já te contei, não é? Gente velha faz isso.
— Tia Beth, você nunca será velha...
Ela sorriu, baforando em direção ao último raio de sol.

70.

Cláudia Ferraz apresentava um programa chamado *Chá das Cinco*, que passava aos sábados na Emissora DKW, canal 3, pra todo o Brasil. Foi um sucesso imediato, graças à irreverência da apresentadora, que abordava quaisquer assuntos, dos mais políticos aos mais cotidianos, como se estivesse recebendo amigos para um lanche da tarde. O programa terminava com um número musical, cantado por um de seus convidados, diante de um auditório composto apenas de mulheres, remuneradas pela emissora. Vale dizer: naquelas duzentas e poucas cadeiras, trabalhava uma claque profissional, que aplaudia conforme o contrarregra levantava a placa, e vaiava quando era pedido pelo diretor.

Porém, no dia em que Tavinho Guedes cantou "O que é o amor?", houve uma combustão de espontaneidade. Havia mais pessoas do que o esperado assistindo à transmissão ao vivo, que não contava com a tecnologia do videoteipe. Quem viu, viu, e existe apenas a memória destas pessoas para revelar o fogo e a paixão que brotaram nos olhos daquela claque de mulheres entediadas. Se elas haviam se acostumado a chegar nos estúdios apenas para ganhar seu vale-coxinha e ver algumas estrelas das revistas, naquele dia a coisa foi diferente. Foram tomadas por puro tesão.

Tia Beth não havia sido convidada para ir aos estúdios assistir ao filho, a pedido dele. Tavinho não se sentia confortável em fazer sua primeira apresentação para a televisão sob o olhar da mãe. Durante o café da manhã, eles tiveram uma discussão, contemporizada por tio Tatá, conforme ela mesma me contou, num dos muitos encontros que tivemos:

— Traição! Isso é uma verdadeira traição! — teria dito tia Beth, irritadíssima com o fato de não poder participar do "nascimento musical" de seu filho.

— Para, mãe... não tem nada de nascimento musical. Eu já canto há bastante tempo, e o tempo todo aqui dentro de casa. É só que... o próprio produtor pediu que eu... bem... eu vou ter que fazer uns charmes lá, um esquema mais moderno pra deixar a apresentação mais quente.

— Vai dar uma de Elvis e rebolar?

— O papai tá assumindo como meu empresário, Dona Beth. Reclama com ele.

— Foi você que marcou naquele programa? Não gosto daquela mulher.

— Não gosta por quê? — Tavinho ficou curiosíssimo.

— Ela foi grosseira com a sua mãe no evento da joalheria, aquele que fizemos no Clube Homs.

— Ela é tiché! O marido dela queria que eu cedesse um conjunto de rubis caríssimo pra ela usar no programa dela. Como eu neguei, ele levantou o tom de voz. Dois desequilibrados.

— Deixa eu ir, ainda preciso pegar o Bernardo.

— Teu primo também vai?

— Mãe! Chega!

Tavinho saiu de casa ouvindo os lamentos de tia Beth.

— É um absurdo! Não sofri o que sofri pra você me excluir da sua vida!

Na porta, Tavinho teria se voltado pra trás:

— Sofreu o quê, Dona Beth? Que drama novo é esse?

Um silêncio teria se formado.

— Sua mãe está biruta. Vai, filho, conquista a televisão.

Sentada numa poltrona, tia Beth ficou encarando tio Tatá. Irritada e arrependida ao mesmo tempo.

— Você precisa controlar seus ciúmes, Beth.

— Não sei o que me deu.

— Promete uma coisa pra mim?

— O quê?

— Pegue aquela tua peruca castanha e óculos escuros bem grandes. Tenho um lugar na terceira fila, e você vai poder ver o Tavinho estrear na televisão.

Em instantes, tia Beth estava pronta, irreconhecível.

— Já te disse que te amo, Tatá?

— Não hoje...

Tavinho era carismático, tinha olhos grandes e misteriosos, o maxilar masculino e o sorriso de um garoto arteiro.

Tia Beth assistiu à apresentação do filho incógnita. Demoraria alguns meses para que revelasse tal fato para Tavinho, mais para não perder o disfarce, do que por amor à transparência.

Na terceira fileira de assentos do estúdio, lá estava uma Elisabeth morena, cabelos lisos e óculos escuros. Ao ver o filho de longe, cantando "O que é o amor?", um sentimento abafado quis vir à tona. Tavinho, naquele palco, era a cópia perfeita de Klaus.

71.

"*São Paulo, 7 de abril de 1964.*

Meu amigo Rogério, melhor seria se eu tivesse ficado no Reino Unido. Recebi sua última carta e concordo com cada uma das coisas que me perguntou. Também acho que poderemos continuar com os ensaios desse texto, mas terei que indicar outra pessoa. Estou no primeiro ano na faculdade de Direito, você bem sabe, e não quero pôr os pés pelas mãos. Conciliar tudo, os estudos, a gandaia, e ainda organizar um LP, tem sido corrido e bastante desafiador.

Em Londres, dividia o apartamento com dois amigos que são musicistas de primeira. Vão me ajudar a gravar duas músicas que compus, especiais para nossa apresentação. Uma dessas músicas é a que nossa personagem Marianne irá cantar em seu número solo. Já consigo visualizar Cláudia Ferraz, que mulher maravilhosa, cantando minha música com aqueles lábios macios que só ela tem.

Tá, tá, tá, meu bom Rogério. Sei do tanto de coisas que me afastam dela, mas isso me faz ainda mais teso quando encontro com ela. Quase explodo, fico febril. Como explicar esse tipo de coisas que tomam a gente num instante? Deve ser o cheiro de fêmea, o jeito como parece ser uma refém da própria vida. Sim, meu amigo. Ela parece ser refém do próprio marido, aquele boçal do Armando Mello; envolvido até o pescoço com esses milicos que estão tomando o poder. Corre à boca miúda que a família dele deve muito dinheiro para o Governo Federal, por conta das dívidas da Emissora DKW. Uma pirâmide de devedores, todos ligados a esses malditos recos do exército.

Não creio que isso perdure muito tempo. Não é possível que o nosso povo permita esse golpe absurdo. Mesmo com esse medo irracional de um tal 'comunismo' que inventaram para amedrontar a burguesia. Que o diga Karl Marx, senhor das utopias.

Aposto que quase ninguém leu uma só linha de 'O Capital'. Nem os recos boçais, nem nossos amigos do partido. Nenhum deles foi beber na fonte de pensamento, mas apenas repercutem o 'ouvir dizer' do novo pensamento. Ganha quem consegue repetir seus absurdos mais vezes, como os que dizem que comunistas comem criancinhas, comunistas são contra a família, contra o Tio Sam.

O que mata o ser humano é a ignorância, meu bom amigo.
Custa informar-se de algo, antes de criticar?
A preguiça mental vai matar a sociedade lentamente, e chegará o dia em que a juventude não lerá nem os livros que a escola impõe.

Por esses dias, estava sobre a minha mesa aquele do Orwell, que você já deve ter lido, o '1984', se lembra? Lembra-se da 'tele-tela' (acho que é esse o nome) que o Winston tinha no seu apartamento? Essa tela fina vigiava tudo o que ele fazia, estava sempre dando um jeito de ditar regras e pensamentos. Winston trabalhava reescrevendo jornais do passado, para que todos os registros históricos apoiassem a ideologia do partido. Era o tal Ministério da Verdade. Será que chegaremos nisso? Com a tele-tela ou o 'Big Brother' do Orwell nos vigiando a cada passo?

Os jornais dessa semana são: militares no poder, apoiados pela classe média burguesa e pela imprensa obtusa. Você veja só, Rogério. Apenas apenas dois jornais se posicionaram contra a deposição de Jango; uma lástima! Os demais o chamaram de comunista, quando o homem pretende ser defensor de direitos trabalhistas. Aí te pergunto: Getúlio defendeu a 'Carta Del Lavoro', mas por que será que a classe burguesa o tinha no coração? Porque alguém conseguiu contar a história certa, antes dos demais. Só isso.

Agora, defender o proletariado se tornou a nova lepra. A lepra do século XX é vermelha, segundo a tradicional família cristã, que se alimenta em frente à televisão e jamais abriu outro livro que não a Bíblia.

Prefiro lutar a dar aval a essa máquina de opressão que estão montando debaixo das nossas vistas. Máquinas de mastigar histórias. De um lado, entram indivíduos, do outro, saem salsichas. Sobreviveremos? Somente as baratas sobreviverão. Prefiro ser vaporizado pelas ogivas nucleares, a rastejar na burrice dos tempos que virão, a prestar continência aos néscios fardados, que desconhecem a importância de evoluirmos cada qual em sua trilha de oportunidades.

Abraços do teu,

O.G.R.F."

Terminei a leitura com um sorriso, Amanda também. Estávamos no intervalo entre períodos — tivemos de ir a um café do outro lado do Largo de São Francisco pra evitar olhares e comentários dos amigos.

— O Tavinho era incrível. Não é à toa que minha avó se apaixonou.

— Essas cartas mereciam um livro à parte.
— Você vai até o apartamento da tia Beth hoje?
— Vou.
— Posso ir?

Fiquei sem saber o que falar. Amanda encontrando tia Beth soava muito estranho. Teria de encontrar uma justificativa. Não tínhamos voltado, sequer tocávamos no assunto, com medo de que isso pudesse atrapalhar os momentos que estávamos tendo, desempoeirando o passado que interligava nossas famílias.

— Deixa eu ir junto! Quero muito conversar com ela!
— Mas eu vou falar o quê?
— A gente pensa no caminho... eu te dou uma carona até lá. Se acharmos um bom álibi pra subir, eu subo.
— Não sei se é uma boa ideia.
— Olha só... eu estava lá, tranquila vivendo a minha vida. Você me enfia nessa história até o pescoço. Sugere que minha avó teve um caso com o seu primo de segundo grau, que meus tios são netos da sua tia-avó... E agora está cheio de dedos, não querendo que eu converse com ela?
— Ela não sabe de nada.
— Não vou falar nada. Fique tranquilo.

Depois do fim das aulas, seguimos no carro da Amanda até Higienópolis. No caminho, fui tentando achar alguma justificativa para que ela subisse no apartamento, mas estava nervoso. Há dias que tudo o que eu fazia, ao pensar na tia Beth, era ficar nervoso.

Amanda dirigia o carro de maneira um pouco brusca, ansiosa.

— Léo...
— Que foi, pensou em alguma coisa?
— Sim... imagina só se pusermos na mesma sala minha avó, Dona Cláudia Ferraz, e sua digníssima tia-avó Beth?

72.

Ficamos conversando um tempo dentro do carro, estacionado à frente do prédio de tia Beth.

— É cedo demais pra você conhecê-la, preciso preparar o terreno...
— Você fala que eu sou sua... — ela hesitou — amiga! Fala que sou sua amiga, e que quero fazer parte da Fundação...
— Não rola, Amanda. Ela lembra de você, chegou a te ver. Te viu de relance, mas viu. Ela é esperta demais, você não tem ideia.

— Que que tem que ela me viu?

— Ela sabe que você é minha ex-namorada.

— Ex-namorados não podem ser amigos? Uma ex-namorada não pode querer tomar parte dos trabalhos da ONG da sua tia? Eu bem que gostaria de conhecer as histórias dos desaparecidos, a forma como tudo foi e está sendo investigado. Adoraria poder ajudar as famílias, conhecer essas histórias de injustiça e dor...

Amanda falava a verdade, não se tratava apenas de curiosidade sobre tia Beth. Ela insistia. Eu tinha receio que, de alguma forma, ela mencionasse as cartas de Tavinho que estavam comigo e sendo lidas pouco a pouco.

— Não. Hoje não. Melhor não. Não.

Abri a porta do carro e ouvi uma voz do outro lado da rua:

— Léo, Léo!

Tia Beth estava passeando na praça à frente do prédio com Oliver e Patê, os schnauzers brancos e observadores. Quando a vi, uma bituca de cigarro foi jogada para longe, pra que ela pudesse levantar o braço e acenar alegremente.

Amanda puxou o freio de mão e desligou o carro. Pulou para fora e, desafiadora, acenou de volta para tia Beth. "Filha da puta", pensei.

— Quero ver você me dispensar agora! — E Amanda sorriu pra mim, forçando sua presença elevador acima, logo após dar dois beijinhos em tia Beth e dizer, com um sorriso no canto dos lábios: — Dona Beth, admiro demais a tua iniciativa em ter aberto a Fundação. Estava pedindo pro Léo me trazer para conhecê-la há dias.

Tia Beth respondeu com espanto, mas simpatia. Subimos os três pelo elevador de serviço por causa dos cachorros. Enquanto Amanda desembestava a falar, eu só conseguia controlar a paixão de Oliver e Patê pelas minhas pernas.

— O almoço já está servido! — disse Dirce.

— Coloca mais um serviço de mesa, meu bem. O Léo trouxe a namoradinha — foi o que disse tia Beth, sem nenhuma cerimônia.

— Nós não estamos...

Tia Beth deu duas batidinhas no meu peito, falando baixinho para que mais ninguém, além de mim e Amanda, escutasse:

— Meu bem, vocês não estão juntos assim como eu não estou fumando — e pigarreou, sorridente.

Dali a poucos minutos estávamos almoçando descontraídos. A empatia entre tia Beth e Amanda era intensa. Jamais imaginei que a interação das duas seria tão natural e fluida. Freud explica: acostumado a ter mulheres fortes na minha vida, elas tinham naturalmente o mesmo perfil decidido, intenso e espontâneo. Farinhas de um saco parecido, eu diria; e que intuitivamente adiantavam os pensamentos e reações uma da outra.

— Eu adoraria ter feito Direito.
— Por que a senhora não fez? — perguntou Amanda.
— Tantas coisas aconteceram comigo quando eu tinha dezoito anos, minha filha, que fica difícil te indicar uma única razão. Qualquer dia, te conto a minha história, ou então... talvez você a leia, caso o Léo... né, meu sobrinho querido? Caso consiga sentar e datilografar minhas memórias.

Amanda pareceu surpresa.
— Jura? Você já começou a escrever?

Eu sorri amarelo e não respondi. Não tinha uma linha sequer, apenas anotações desencontradas e muita ansiedade. Tia Beth sabia disso, e até então não tinha me cobrado nada, mas aproveitou a deixa e fez um chute ao gol:

— Sabe, Amanda... esse meu *ghostwriter* é um verdadeiro funcionário fantasma.

As duas riram, engoli em seco. Não é que eu não quisesse escrever, mas ainda me sentia cru. Sentia que nem eu e nem a história estávamos preparados o suficiente para acontecer. Sentia como se ainda estivéssemos dentro dela, que ainda não havia chegado ao fim.

— Tenho trabalhado no texto sim, tia Beth. Colhendo material, dados, informações.

— Eu estava brincando, meu querido. Eu sei disso sim. Sei que leu meu diário, leu anotações do Tavinho, leu tudo o que encontrou pela frente nesse último ano e meio.

— Sim, é bastante informação, tia Beth. Tem você, tem a história do Tavinho, tem muita coisa a ser arredondada ainda e...

— Uma pena que a Natália, a mãe do Rogério, não encontrou as cartas que havia mencionado na reunião que tivemos, naquele dia na Fundação. Não acha, Léo?

Eu respondi com um "é" completamente entocado na garganta. Um "é" dolorido, confirmando a mentira que até então se situava apenas no campo da omissão. Eu ainda não havia sido posto contra a parede por tia Beth, e estava morrendo de medo que isso acontecesse — e por dois motivos: por mentir para ela e porque talvez, ela já soubesse da verdade, e estivesse apenas testando minha lealdade.

Perdi a fome e fiquei rolando o almoço em cima do prato. Por sorte, Amanda estava cobrindo os espaços vazios, os silêncios constrangedores.

— Dirce, traz a sobremesa.
— Mil-folhas! Nossa, eu adoro. O Léo já tinha comentado.
— Receita da minha mãe. Me lembro de estar com uns seis ou sete anos e vê-la fazendo a massa folhada, amanteigando as camadas, dobrando, esticando. Um trabalho imenso, mas que valia a pena se você visse a minha alegria e a dos meus irmãos. Éramos muitos na minha casa; eu e mais quatro. Deixávamos todos loucos quando disparávamos a brincar e aprontar.

— Devia ser muito divertido — disse Amanda, reticente.
— Você não tem irmãos? — perguntou tia Beth.
— Não, ela é filha única — eu respondi rapidamente, um pouco em pânico com aquelas perguntas e que Amanda falasse demais, revelando ser neta de Cláudia Ferraz.
— Deixa a menina responder, Léo. Oras bolas, Amanda, nunca gostei quando as pessoas respondem pela gente, como se não estivéssemos no ambiente. Na minha época, os homens adoravam fazer isso com as esposas. Não o meu Tatá, que foi um querido, uma luz no meu caminho. Mas o avô do Léo, por exemplo... o Arthur era meu irmão mais velho e se casou com a Luiza, minha preceptora. Ela sempre foi inteligentíssima, mais até que meu irmão. Mas ele a podava, como se poda um daqueles... daquelas... ela era como aquelas árvores japonesas pequenininhas, sabe.
— Bonsai! — disse Amanda.
— Isso. Tua vó, Léo, só desabrochou depois que teu avô morreu; e isso aos sessenta e poucos anos. Viajou pelo mundo, se matriculou em tudo quando foi curso.
— Você não tá me comparado com o vovô, né Tia Beth? — me irritei visceralmente.
— Não, meu querido. Não foi isso que quis dizer.
Amanda quis disfarçar a tensão, elogiando a sobremesa.
— Maravilhoso esse mil-folhas... esse creme é incrível, meu Deus.
Terminei o almoço achando que tia Beth sabia que eu portava as cartas do Tavinho. Ela nunca havia me agulhado tão desnecessariamente.

Fomos à copa para tomar um cafezinho, local onde tia Beth mais gostava de estar para conversar sobre qualquer assunto, com qualquer pessoa.
— Quantos troféus!
— Gosto de deixá-los aqui, perto das xícaras de café — E tia Beth passou os próximos minutos contando para Amanda sobre seus feitos no tênis, as conquistas de há mais de meio século atrás, sobre seus professores — incluindo um certo professor alemão que resolveu seu saque — e como sempre buscou ser ativa e independente, mesmo com tanto policiamento naquela sociedade dos anos quarenta.
Aproveitei que tia Beth estava distraída e fui procurar Januária, que descansava em seu quarto.
— Janú? — Bati na porta com cuidado para não assustá-la.
— Entra, Léo. Não estou dormindo não, meu filho.
Estar com Januária era como se transportar para outro local. O quarto de Januária não era parte do apartamento de tia Beth. Não. Ao passar pela porta, éramos levados para um outro lugar, uma

outra dimensão, onde o tempo corria devagar e, caso você tivesse ouvidos de ouvir, seria possível perceber o borbulhar de algum riacho, o piado de algum quero-quero pedindo um pedaço de fruta, ou sentir o vento batendo suave nos seus cabelos. Tudo isso estava lá, ao redor dela, na sua aura, ainda que cercada de paredes pintadas de azul clarinho.

Januária havia se tornado responsável por todas as coisas — as miudezas, o repertório de coisinhas do dia a dia de tia Beth, de Tavinho, de tio Tatá. Havia sido nomeada uma espécie de museóloga oficial da casa, cuidando de roupas, documentos, fotos, livros, tudo aquilo que se referia ao passado mais doloroso — as coisas que, acaso tia Beth entrasse em contato, desabaria em lágrimas e prostração.

— Você sabe, Janú, se no meio de tantas coisas que eram de Tavinho... se ainda estão lá as cartas que ele recebia?

— Ah, sim, claro. Claro, meu filho.

— Tem alguma carta do Rogério, um ator amigo dele?

— Meu filho, tem cartas de tudo quando é gente. Fãs, amigos, jornalistas. Difícil eu saber assim, logo de cara. Eu teria de procurar.

— Janú... tem só uma coisa. Você pode procurar sem que... sem que a tia Beth perceba?

Ela me olhou firme, apertando os olhos. Naquele simples olhar, sem dizer uma só palavra nem questionar meus motivos, ela me avaliou.

— Sim, meu filho. Posso sim.

Me senti mal por não dar nenhuma satisfação.

— É melhor assim por enquanto. Não quero tia Beth magoada.

Januária tocou meu braço com carinho:

— Tenho certeza disso.

Saí do quarto de Janú me sentindo esquisito. Ouvir "tenho certeza" me abalou. Eu não sabia direito o que estava fazendo ou procurando.

Quando voltei, Amanda e tia Beth conversavam animadas.

— Claro que já escutei as músicas dele. Escutava muito quando ficava na casa da minha avó, ela até chegou a usar como trilha sonora de uma das peças que montou.

— Sua avó era diretora de teatro?

— Ah... é... s-sim...

Percebi, de longe, Amanda gaguejando. Ela havia se dado conta da condução imprudente da conversa e que agora estava prestes a derrapar numa curva perigosa.

Meu coração disparou, tinha que fazer alguma coisa rápido! Mas como, que merda! Estava distante uns dois metros, sem possibilidade de interferir.

— Me diz, menina, qual o nome dela?

— O nome dela?

— Sim, o nome da sua avó. Qual é?
— A minha avó?
— Eu provavelmente a conheço.
— O nome dela?
— Sim, meu bem. O nome dela.
— Cláudia Ferraz.

73.

As fotos de juventude dos meus pais eram branco e preto. Eu nasci num mundo colorido. Em 1996, eu estava apenas vinte e seis anos distante do desaparecimento de Tavinho e daqueles sofrimentos monocromáticos. Hoje, também estou vinte e seis anos distante, só que daquele universitário colorido e apaixonado. O tempo passa ou passamos por ele. Consciência que tia Beth já tinha àquela época, já que era verdadeira efígie do glamour abolido, de alguma era de ouro.

O olhar de tia Beth pra mim, após ouvir Amanda dizer "minha avó é Cláudia Ferraz", ainda dói em meu coração; colorido e em três dimensões. Ela queria berrar "você sabia, não sabia? Você a trouxe aqui pra quê? Como você ousou, Leonardo?".

A gente pode escavar, escavar, se sujar dos pés à cabeça com o lodo das memórias, tentar controlá-las, mas são elas que têm o controle da própria aparição.

— Desculpe, meu bem, não entendi — respondeu tia Beth.

Ela havia entendido, claro.

— Vocês se incomodam se eu fumar? Que pergunta idiota, eu estou na minha própria casa, não é mesmo? É que...

Tia Beth se levantou em absoluta verborragia — palavra atrás de palavra, quase sem respiro e relevância. Ela estava transtornada; eu também, Amanda idem.

Tia Beth foi até as prateleiras onde estavam seus troféus de tênis; um deles era uma espécie de ânfora, datado de 1942, e dentro estava um maço amassado de cigarros: um item escondido, contrabandeado e vigiado naqueles tempos em que tia Beth tentava ou fingia cumprir a promessa que fez à Januária.

Amanda tinha na bolsa um maço de cigarros de cravo, cuja espuma era mais tóxica que o próprio fumo. Dali a instantes, estávamos os três defumando o apartamento. Até que...

— Sabe, menina, seus olhos são muito parecidos com os de Cláudia.
— Minha mãe sempre fala isso.
— Você sabia disso, Léo? Desse parentesco?

— Não, tia. Claro que não.
Tia Beth gargalhou, um tanto debochada.
— A vida é assim, sempre. Parece economia de elenco, meus queridos, mas é a tal da pirâmide social. Querem mais café?
Tia Beth discorreu um tanto sobre como sua cafeteria italiana era ótima para fazer cafés fortes e encorpados. Falou e falou e falou. Jamais tinha presenciado aquela faceta: papo-furado como cortina de fumaça. Amanda sorria, elogiava tudo, das unhas até a cor do papel de parede. Eu fumava e tomava café, ansioso para ter em mãos as cartas que Januária havia me prometido.
— Sabe, menina, eu não odeio sua avó. Não é ódio o que sinto.
— Sei.
Amanda ficou sem saber o que dizer.
— Está mais pra um profundo dissabor. Sabe, vou tentar explicar, talvez me entenda o dia em que tiver filhos. Nós, mulheres, conseguimos ler muito melhor umas às outras, do que os homens. Geralmente a leitura deles não atravessa um bom par de coxas e seios. Não conseguem chegar à essência de uma mulher, a não ser com seus pintos.
Cuspi o gole de café. Tia Beth havia engatado o duplo torque, não iria mais se deter.
— Sua avó tinha tudo. Os peitos, as coxas, uma voz incrível, um jogo de cintura maravilhoso para falar em público. Ela fez bastante sucesso, sabia?
— Sim, eu sei. Nunca entendi porque ela parou.
— Porque ela teve pudor. Porque ela também sofreu.
— Com a morte do seu filho, Dona Beth?
— Com tudo. Com tudo o que aconteceu. Você deve saber sobre o seu avô, certo?
— Sei, era um homem muito violento.
— Mais de uma vez, Cláudia foi gravar o programa dela e tiveram que disfarçar seus roxos do rosto.
— Isso eu não sabia.
— Maquiador não segura a língua na boca, e as notícias correm. O Armando, seu avô, era o produtor do programa e estava com a carreira em ascensão. Ninguém tinha coragem de enfrentá-lo, a não ser...
— A não ser? — Amanda parecia ansiosa com a pausa que tia Beth fez, longa e transformada em fumaça.
— A não ser meu Tavinho.
Resolvi intervir:
— Tia, o Tavinho brigou com o Armando?
— O Tavinho foi gravar o programa da Cláudia umas duas vezes, se não me engano. A primeira vez eu fui, estava lá, escondida e disfarçada na terceira fileira, porque ele não me queria por lá. Naquela época, Tavinho dizia que eu era controladora. Quer saber? Com toda razão,

eu era muito controladora. Tinha uma sensação de que algo, alguém, alguma coisa iria afastar Tavinho de mim. Dizia a mim mesma à noite, conversando com Tatá: "Beth, você precisa aprender a amar sem medo". Teu tio Tatá tentava me acalmar, dizia que o talento de Tavinho era do mundo. Eu me calava, porque temia perdê-lo assim como perdi Klaus.

Ficamos os três em silêncio. Januária apareceu.

— Você está fumando, Betinha? Qual o quê!

— Janú, te amo, mas não me amola.

Tia Beth olhou para Januária com lágrimas nos olhos. Januária não insistiu, apenas pôs a mão em seu ombro e prosseguiu em direção aos quartos.

— Círculos, ciclos, karmas. Dê a isso o nome que vocês quiserem, meus queridos. Mas é assim que as coisas andam, é assim que a história da gente se revela.

— O que houve, exatamente, Dona Beth?

— No dia da apresentação de Tavinho, na segunda vez que ele foi ao programa da Cláudia Ferraz, ele ouviu uns gritos do camarim dela. A camareira, o maquiador, estavam todos no corredor, de pé, quietos. Tavinho quis saber o que estava acontecendo, e eles disseram que o Armando estava lá dentro, sozinho com a Cláudia. Bem... no segundo berro que Tavinho escutou, ele entrou distribuindo socos no Armando. Teu avô, menina — e tia Beth olhou fundo nos olhos de Amanda —, era um filho da puta, que adorava bater em mulher. Desculpe, mas não existe outra palavra para definir o Armando. Um filho da puta.

Ficamos mais alguns instantes quietos. Tia Beth alisava a toalha de mesa, como se quisesse tirar casquinhas de pão e jogá-las ao chão. Um movimento repetitivo e aleatório.

— Tavinho comprou briga com um tubarão da telecomunicação. Um homem grande, tanto de tamanho quanto de poder. Mas quando descobriram que Tavinho também tinha sua força familiar, que era filho do Tatá, que vinha de uma família rica e com influência na imprensa... bem, o Armando colocou aquele rabo gordo entre as pernas. Chegou até a fazer uma ceninha ao vivo, no programa, pedindo a Cláudia novamente em casamento. A audiência do programa disparou. Mas Cláudia já estava de caso com Tavinho. Tudo havia começado naquele dia, quando meu Tavinho impediu que ela fosse agredida no rosto mais uma vez. Tavinho me contou tudo, ela já estava com o rosto arroxeado, de uma agressão anterior.

— Eu nunca pensei que ele fosse tão violento assim. A minha mãe sempre comentou por alto, ela nunca quis conversar muito sobre isso.

— Sua mãe sabe do caso da Cláudia com o Tavinho?

— Sim, Dona Beth. Minha avó tinha, e ainda tem, incrível adoração por ele. Vira e mexe ela encena alguma peça na escola e usa os textos ou alguma música dele. Minha avó mantém a memória do Tavinho bem viva.

Tia Beth não aguentou. As lágrimas vieram grossas, violentas. Ela soluçava, enquanto levava a mão ao peito, na memória de um abraço.

74.

"*São Paulo, 13 de agosto de 1966.*

Rogério, prometo te encontrar em novembro com o texto pronto. Ainda não consegui fechar a trama principal, e isso é uma angústia. Qualquer autor que se preze, mesmo os mais caudalosos, vez ou outra se deparam com esse tipo de aridez: por mais que se torça, se esprema, não sai nenhuma palavra sequer. Fico pensando como fizeram Balzac, Eça de Queiroz ou mesmo Machado. Escrever folhetim? Qual o quê, tem de se ter ideias praticamente todos os dias e nem sempre nossos intestinos produzem o melhor cheiro.

Sim, sim, sim. Morro de medo de estragar minha história com um final canhestro ou com alguma contradição aberrante — e mesmo o leitor sabendo que somos humanos, não aceita tanta humanidade numa história escrita por dez dedos e suas unhas. A ficção tem de ser antisséptica e perfeita, como um terno alinhado e passado, como o rosto daquelas garotas-propaganda que estampam as revistas de fofoca. Por mais que todos saibam que não é real, querem a pele esticada, a boca rosada e que ao menos nos livros, a verdade possa parecer um tanto menos cruel.

Outro dia me perguntou se gostava dos filmes do Walt Disney, ou mesmo se assistia os filmes da Metro-Goldwyn-Mayer ou qualquer outra daquelas fitas de matinê. Meu caro, passamos da metade do século XX e eu procuro mais realidade em tudo o que vejo. Não aceito mais cantorias no meio das tramas, mocinhas que sonham com príncipes e tampouco amores irreais.

Seria tão bom que existissem deuses "ex machina" resolvendo nossos problemas, não? Mas a verdade é que meu espírito deseja a crueza, a dureza e a aspereza da realidade.

Se é lodo que temos, lodo enfrentaremos. Nascerá o lírio.

Outro dia me deram pra ler o tal do 'Manifesto de Port Huron', escrito faz dois anos pelos estudantes norte-americanos de Chicago. Posso te dizer? Isso, sim, me interessou muito! Nem os ianques-matadores--de-índios querem viver deitados naquela vida de algodões-doce que Hollywood insiste em nos hipnotizar.

'We are people of this generation, bred in at least modest comfort, housed now in universities, looking uncomfortably to the world we inherit...'

É assim que começa o manifesto inspirador, mas não vou cagar goma em vossa pequena cabeça ignorante. Ó bom Rogério, porque tanta preguiça em estudar línguas? Já me ofereci para ajudá-lo, renovo aqui minha oferta. Lamento que seu inglês seja tão tristonho quando as nádegas da sua vizinha de porta.

Vamos à tradução, e depois me diga se não é possível acreditar que uma transformação está se operando no mundo?

'Somos as pessoas dessa geração, nascidas em condição de modesto conforto, vivendo hoje nas universidades, observando aflitos para o mundo que herdamos.'

Quando éramos crianças, os Estados Unidos eram a mais bem-aventurada e forte nação do mundo: o único que tinha a bomba atômica, o menos marcado pela Grande Guerra, o pioneiro das Nações Unidas.

Pensávamos que nossa sociedade iria distribuir sua boa influência ocidental para o Mundo. Liberdade e igualdade para cada indivíduo. Governo do povo para o povo — valores americanos que consideramos bons, princípios pelos quais podemos viver como homens.

À medida em que crescemos, porém, nosso conforto foi invadido por eventos perturbadores demais para ignorar. Em primeiro lugar, o fato predominante e vitimizador da degradação humana, simbolizado pela luta sulista contra o preconceito racial, obrigou a maioria de nós a ir do silêncio ao ativismo. Em segundo lugar, a realidade da Guerra Fria, a presença de outras bombas atômicas voltadas contra nós, nos trouxe a consciência de que, assim como tantos milhões e milhões de jovens espalhados pelo mundo, podemos morrer a qualquer momento. Poderíamos ignorar esses fatos, e assim, deixar de sentir todos os sentimentos considerados humanos. Mas não, não podemos. Temos de assumir a responsabilidade, enfrentar os fatos e buscar uma resolução.

Te traduzo apenas esse excerto, meu bom Rogério, mas não farei do todo, porque tenho preguiça. Não inventarei outras desculpas. Sim, sou acometido de preguiças esporádicas, assim como sofro de gases e melancolias.

Mas atente-se: *'even the north americans wants some kind of revolution'*. A revolução do pensamento! Por certo. A revolução cultural! A única que acredito, você bem o sabe.

Não quero pegar em armas, não acredito em armas. Jamais acreditarei na sinceridade de um homem com um fuzil apontado à cabeça.

Fuzis.

Fuzis...

Curioso que, por vezes, sonho que tenho um fuzil apontado contra a minha cabeça. Eu o escuto ser destravado, sinto o cheiro do metal oxidado pelo ar úmido. Meu peito arfa, minha camisa está úmida de suor. Ouço *o tiro e me pego flutuando em águas, em mares revoltos, sempre num estranho sentimento de espera.*

Pois bem, é esse sonho recorrente que me fez escrever o texto que tanto me pedes, e que até agora não tem título. O texto que só te entregarei em NOVEMBRO, e não adianta mais me atormentar. Vamos aproveitar a lembrança do sonho, e chamá-lo de 'O fuzil'. Que tal? Crês que alguém terá vontade de ler um texto de ficção com um nome tão árido? Nem eu. Mas vamos chamá-lo assim, até para não nos apegarmos ao título provisório, que pensaremos apenas quando tudo estiver devidamente finalizado.

Take your english classes. Faça suas aulas de inglês.

O.G.R.F."

Todas as noites eu lia uma das cartas de Tavinho. Elas ainda estavam fora de ordem e creio que até hoje, décadas depois, continuam desorganizadas.

Naqueles anos do fim da década de 90, eu as lia aos poucos, porque era tomado de uma energia densa e transformante. Sentia a pele de Tavinho na minha; sentia seu sentimento, seu oxigênio. Sentia-me novamente apaixonado pelo rapaz do porta-retrato sobre o piano da casa da minha tia-avó. Sentia-me misturar com ele, como se fôssemos uma só pessoa.

Essa carta, em especial, me apresentou um manifesto de estudantes de Chicago, escrito em 1962. Jamais ouvira falar desse texto, que representava a insatisfação de toda uma geração de jovens estudantes, dos legítimos "*baby-boomers*".

A geração dos meus pais fora insatisfeita com o mundo. A minha também. Eu também.

Hoje, por vezes, me sinto sob ataque e com as mãos amarradas. Sou o homem branco no poder, e se na minha juventude me felicitava por lutar pelos direitos dos oprimidos, isso agora se tornou um paternalismo inaceitável. Como será que Tavinho se manifestaria nos dias de hoje? Às vezes me pego tentando canalizar sua energia, sua persona. Ele está em mim, mas há muito se encontra calado, se encontra em paz.

75.

— Dona Beth...
Amanda estendeu a mão para minha tia. Queria tocá-la, queria acarinhá-la. Um laço intenso e especial se formou entre as duas,

uma energia que saía da ponta dos dedos de Amanda e fluía diretamente para o rosto de tia Beth.

— Dona Beth... — Amanda colhia aquelas lágrimas como quem colhe amor líquido. — Eu estava pensando... vou fazer uma sugestão e... não quero aborrecê-la, mas... de repente, nós...

Tia Beth estava emocionada, mas isso nunca seria capaz de lhe alterar o DNA.

— Menina, desembucha. Enquanto você escolhe as palavras, eu estou envelhecendo ainda mais.

Eu ri. Adorava rir dessas reviravoltas, da pieguice ao sarcasmo num átimo de segundo.

Amanda não riu.

— Quero reunir a senhora e a minha avó para uma conversa.

Tia Beth olhou firme para Amanda.

— Não.

Resolvi intervir:

— Por que não, tia? Você chegou a conversar com ela alguma vez?

— A última vez que estive frente a frente com Cláudia foi em 1970. Ela foi ouvida pela polícia no inquérito do desaparecimento de Tavinho, e algum tempo depois, seu tio Tatá quis fazer um encontro entre todos nós. Um encontro armado, ela imaginava que se tratava de uma proposta de trabalho, uma propaganda da associação dos livreiros da qual o seu tio era presidente.

— Essa reunião aconteceu? — perguntei.

— Sim. Aconteceu. Eu vi Cláudia entrando na sala contígua, a barriga de grávida era imensa e achei melhor não tomar parte daquela reunião. Não iria atormentá-la naquele estado, e sei bem que se a olhasse de frente, iria querer feri-la, culpá-la, descontar minhas frustrações nela...

Amanda parecia surpresa.

— A senhora a viu grávida, então?

— Sim, menina.

— Ela estava grávida dos meus tios. Um casal de gêmeos. Eles nasceram no início de agosto.

Tia Beth respirou fundo.

— Também sou do início de agosto. Armando deve ter ficado feliz em ter filhos gêmeos, não? Bem ao estilo *"el capo"* que Armando gostava de pavonear. Família numerosa, contatos na mídia, na política. Um mafioso tupiniquim. Ah, desculpe... me esqueço que estou falando do seu avô.

Amanda prosseguiu, sem se importar com o que ouviu:

— Eles nasceram no início de agosto. Isso significa que minha avó deve ter engravidado em qual mês?

— Provavelmente, por volta de...

Tia Beth se calou.
Meu coração disparou.
Aqueles olhos azuis. Grandes, imensos, doídos.
Os olhos de tia Beth gritaram.

76.

Saí da casa da tia Beth no fim da tarde, o sol já se pondo. Estava com a sensação de ter apanhado; o desgaste no corpo de quem dispendeu muita energia, e que agora só quer uma cama. Mas descanso não era o que aquele dia havia reservado pra mim.

— Filho, que aconteceu lá na casa da tia Beth?

Fui recebido em casa pelo meu pai, gravata alargada e rosto suado. Percebi que a notícia havia corrido e ele já estava sabendo até mais do que eu mesmo.

— Hein?

Usei do velho truque da interjeição. É fácil: você solta um grunhido qualquer pra ganhar alguns segundos e fazer a sinapse ideal. O assunto era delicado, eu tinha muita coisa a esconder, digo, literalmente: minha mochila estava cheia de cartas e documentos entregues furtivamente por Januária quando eu estava saindo do apartamento de tia Beth.

"Me traga de volta depois que você ler, está bem?" — ela disse, com a porta do quarto entreaberta. Eu quis saber por quê, e ela insistiu que não se sentia no direito de dar ou entregar nada sem a autorização de Beth. "Mas ela não sabe dessas cartas, sabe?" Januária disse que não, mas mesmo assim. Lealdade era lealdade, e ela tinha ficado como curadora das lembranças todas, e tudo ficaria seguro até ela morrer. Foi um momento tenso, muito tenso, sobretudo por se tratar de Januária, a pessoa mais amável que já conheci.

— Te fiz uma pergunta simples, Léo. O que houve na casa da tia Beth? Ela não para de me ligar.

— Ela te ligou?

Aproveitei que minha mãe passou em direção à sala, peguei carona no vento.

— Mãe, estou com muita dor no corpo, será que é febre?

Isso destravou a preocupação da minha mãe, que largou o que estava fazendo, "o que você comeu", "deixa eu sentir sua testa", "está com dor onde". Meu pai acabou se afastando em direção ao seu escritório. O telefone havia voltado a tocar.

— Deve ser uma virose, todo mundo está pegando. Lá no trabalho tem três pessoas que estão assim.

Havia esquecido que minha mãe havia voltado a trabalhar. Depois que havia se separado temporariamente do meu pai, retomou a carreira e parecia em paz consigo mesma, como há muito não via.

— Desde quando você está assim?

— Assim como? — eu perguntei.

— Se sentindo mal... ué...

— Melhorei, mãe, tô me sentindo melhor, foi só você ficar pertinho de mim.

Me desvencilhei da minha mãe e fui para o quarto. Com meu pai ao telefone, consegui esconder aquele tanto de cartas e papéis. Em seguida, me aproximei do escritório para escutar a conversa.

— Não, tia... não, não é possível, já expliquei pra senhora. — Meu pai bufava, tentando controlar a falta de paciência. — Tia, se isso se confirmar, eles já são adultos, não são crianças... eles devem ter o quê? Quase trinta anos?

Seria uma noite de ansiedade por parte da tia Beth. Eu era capaz de vê-la do outro lado da linha espumando mil ideias a respeito do que deveria ter acontecido, da vida que deveria ter sido e da possibilidade de ter deixado alguma descendência nessa terra.

Os gêmeos poderiam ser netos de tia Beth, filhos de Tavinho com Cláudia Ferraz, mas foram registrados em nome de outro pai.

O coração tem seus próprios termos e senti uma pontada de ciúmes daqueles dois possíveis netos. Eles seriam carne da carne de tia Beth, e certamente alvo de todo um amor represado há anos. Eu perderia meu protagonismo atual na vida da minha tia-avó, e isso me pareceu um pensamento a ser devidamente monitorado. Não poderia deixá-lo se alastrar a ponto de boicotar o que estava por acontecer. Também não poderia deixar esse sentimento preso, amarrado, porque eles costumam se alimentar de cordas e correntes. Crescem quando encarcerados.

— Bernardo, outra ligação pra você.

Minha mãe apareceu no corredor e me pegou bisbilhotando a conversa de meu pai. Mas não deu importância, estava irritada demais pra isso.

Meu pai tapou o bocal e perguntou:

— Quem é?

Minha mãe não resistiu.

— A sua ex-namorada idosa.

— Quem?

— A Antonia.

No telefone do escritório estava tia Beth. No telefone de nossa casa, Antonia. Certamente ela já tinha sido incendiada pela amiga e agora eram duas a fermentar as possibilidades do futuro.

A notícia havia se espalhado e eu comecei a ficar receoso do tamanho da onda que se aproximava. Resolvi entrar no quarto e deixar a porta entreaberta. Queria distância, mas ouvir tudo.

Meu pai atendeu o outro telefonema com respostas curtas:

— Não sei direito... ainda não consegui falar com ele. Ele chegou faz pouco, mas a minha tia não para de... eu sei, Antonia, eu sei. Cacete. Que história maluca.

Meu pai ficou um bom tempo ouvindo Antonia do outro lado. Ele concordava, discordava. Era possível escutar minha mãe batendo portas de armário, pratos e talheres contra a mesa.

Assim que ele desligou...

— O que foi esse *conversê*? Que a Antonia sabe que eu não posso saber?

Meu pai foi pra mais um *round* com mais uma das mulheres de sua vida. Mamãe era a mais tinhosa delas, e talvez seja a única que conseguiu enquadrá-lo, domá-lo e treiná-lo de alguma forma. Meu pai contou o sucedido, aliás, o que havia sido informado entre um devaneio e outro de tia Beth, e minha mãe só fazia falar "meu Deus, meu Deus".

Eu estava contando os segundos para o momento em que seria chamado. Será que eu deveria fingir estar dormindo?

— Leonardo! Já na sala. A hora está chegando — disse minha mãe.

— Que hora? — perguntou meu pai.

— De toda a verdade vir à tona. Tudo ser revelado e resolvido.

— O que tem pra ser revelado, mãe?

— Tudo. Onde Tavinho desapareceu, o que houve em seus últimos momentos, se esse sofrimento todo envolveu um marido traído que se revoltou contra ele ou se seu desaparecimento é mais um pra se pôr na conta do Regime Militar.

Adormeci apenas de camiseta e cueca, num sono sem sonhos. Mas, às duas da manhã, não poderia estar mais desperto. Fiquei olhando para os envelopes, cartas, papéis amarrados num barbante. Quando percebi, já estava com tudo aberto no chão do quarto. Fotos, bilhetes, recortes de jornal e várias cartas. Muitas cartas. Um bilhete de Januária dizia, com sua letra trêmula: "Filho, guardar segredo também pode ser caridade. Janú".

Eram cinco da manhã quando encontrei justo aquilo que jamais poderia comentar com ninguém. Principalmente com tia Beth.

"São Paulo, 18 de maio de 1969.

Tavinho, meu bom, tuas cartas estão mais pra literatura, não é? Pombas, vou guardar tudo bem guardado pra publicar um dia, sei lá, quem sabe... não que eu queira ficar rico com isso, mas uma bufunfa assim não seria nada mal, carta do bom dramaturgo, do melhor que a terra da garoa já viu, não é, filho do editor mais cheio de culhão que eu já vi, teu pai é um homem do bem, pare de falar o que tem falado sobre ele, e na vida a gente tem que agradecer a bagunça que é.

Olha, não sei de onde tirou essa história de que sua mãe é mentirosa, acho ela também uma grande dama, mulher além de bonita muito inteligente. Olha, minha mãe comprou as revistas dela, o Cruzeiro e aquela outra que não lembro o nome, que é revista das pequenas. Minha mãe admira demais a dona Elisabeth, queria ser amiga, até. Você tem que aceitar que os pais que a gente tem, são os pais que a gente tem. O meu saiu pra comprar cigarros, olha só, parece brincadeira mas não, é sério, meu bom Tavinho. Ele saiu pra comprar cigarros e a última notícia que recebemos é que agora está morando em Minas Gerais com a outra família dele. Minha mãe ficou aqui, toda acabada, trabalhando dois turnos, humilhada, porque essas coisas de desquite, meu amigo, é coisa pra grã-fino feito gente da tua família. Aqui na vila, omessa! Mulher que homem largou é vista como lagarta gorda e perigo pro casamento das outras. Os praças daqui não prestam e vão logo passando a mão na bunda das sozinhas. Vida dura, mas vida que segue.

Vamos nos encontrar na festa da Sereia e você me conta direito essa história de não ser filho ou de ser filho de sei lá quem. Eu, pra mim, não trocava seus pais por nada. Não faço troça, mas amo seus coroas já assim de longe, por terem feito um parceiro como você. Saúde e paz, teu Gé."

Uma carta que leva a outra, que leva a outra. Senti que iria passar minha madrugada em busca de luz. Mas Santa Janú me entregou cartas em ordem cronológica, e desta vez, eu tive o cuidado de não derrubá-las por todo o quarto.

"São Paulo, 31 de maio de 1969.

Tavinho, meu bom, vai ter reunião sim. Mas não acho bom você aparecer, porque teu rosto já é bem conhecido. Desde que cantou lá na Cláudia Ferraz, não tem taxista, feirante, doméstica, motorneiro que não te conheça. Estou brincando, a grã-finagem também não deve falar de outra coisa, apesar de que eu não conheço nenhum grã-fino que não seja você e sua família. Tem a Sereia, que é uma pequena bem catita, bem família também. Mas ela também já é tua. O mundo é teu, e eu também sou, meu parceiro.

A reunião do grêmio, entende? Vai ser lá, mas seria melhor noutro lugar, pra que não, você sabe, tá tudo fodido e os recos tão doidos. Melhor falar assim, não vai dar nada, que gastar um tanto de fichas no orelhão, meu bom Tavinho. Não tenho como telefonar, pare de insistir, minha namorada acha que tenho outra se fizer isso. Olha só, eu tenho é outro.

Aquela casa no campo lá dos teus pais, um bom lugar pra uma reunião, pensa nisso, porque ninguém acha que nosso grupo vai se deslocar tanto pra se encontrar. Em São Paulo tá todo mundo muito manjado, e você viu o que aconteceu com a Arlete e o Freitas. Ninguém mais sabe onde estão. Ou se escondendo muito bem, ou já a sete palmos. Que Deus os tenha.

Me explica melhor essa história de você ser descendente de alemão. Isso é coisa do exame de sangue que você teve de fazer? Aparece no sangue de onde você é, essas coisas? Acho que meu sangue iria acusar que eu vim da tonga da mironga do Kabuletê. Aliás, que música supimpa, não sei porque esses teus camaradas não lançam ela logo, estão esperando o quê? Ó Brasil, achar petróleo no mar de Santos, omessa!

Me explica, me explica, explica direito o que há de ser explicado. Não entendo de exames, de sangues, e nem do porquê você brigar tanto com a Dona Elisabeth e o Seu Otávio. Se você é adotado, qual o problema, nem conta pra eles que descobriu, porque os dois gostam demais do filho que tem. Olha, naquela tua festa de aniversário, nunca vi ninguém tão cheio de amor. Tem muito amor na tua família, meu bom Tavinho. Não fica escarafunchando a latrina dos teus pais, que é claro, todo mundo tem umas espinhas de peixe e mal cheiro nalgum lugar. Lembra que esse teu amigo aqui, no máximo, tem uma mãe mal-humorada que só vê nas folgas que a coitada tem.

Entenda: tudo é olhar. Tudo é olhar. Isso tava no teu texto, lembra, na tua peça. Eu aprendi muito com tua dramaturgia, muito me pinica você não aprender com você mesmo.

Escuta. Pensa na casa lá, nos altos campos, que aviso quem tem de ser avisado.

Saúde e paz, teu Gé.

P.S. você está com a Sereia ou não está? Já pus minhoca no meu anzol."

Essa Sereia, sempre presente nas névoas, nas más explicações do passado. Vontade de conhecê-la, falar com ela, entender seu lado. Talvez isso trouxesse um tanto mais de clareza às cartas.

Se de início achei que faltavam alguns textos, depois concluí que não, nada disso. Os tempos eram outros, e mandavam-se cartas como quem manda mensagem no celular. Elas eram enviadas para assuntos mais longos, ou que não podiam ser falados ao telefone, seja pelo preço das ligações ou porque na época da ditadura, os grampos abundavam. O fato é que os assuntos entre as pessoas podiam se abrir numa mesa de bar para se fechar numa carta. Ou então as polêmicas poderiam nascer ao telefone para serem resolvidas por outra carta. Elas jamais se casariam quando se tratassem de pessoas com contato pessoal. Não havia ordem, era o puro caos da comunicação entre amigos. Talvez se eu as organizasse: carta de Tavinho, carta de Rogério, carta de Tavinho, carta de Rogério. Por data. Talvez.

De uma coisa, porém, tive certeza. Tavinho não morreu sem saber sua verdadeira origem, como afirmou tia Beth. De alguma forma, ele descobriu ser filho de um alemão, não ser filho de tio Tatá. Se sabia a verdade, ou achava que era totalmente adotado, não sei. Quem contou? Como descobrir isso sem tia Beth ficar sabendo? Era isso que iria magoá-la, aos olhos da Janú?

Vi o dia nascer com mais questionamentos que antes. O pior: nunca tinha me passado pela cabeça na possibilidade de Tavinho considerar a mãe "mentirosa". Não até ler na carta de Rogério.

Tia Beth não era e nunca foi mentirosa.
Claro que não.
Isso não.
Nunca?

77.

Ao longo desse tempo, uma das frases de tia Beth que mais me impactou foi:

— É importante acreditar que nada acontece por acaso; nem mesmo a violência que sofremos ou a tristeza que açoita nosso coração.

Ela a repetia várias vezes. Creio que tenha se tornado seu maior mantra. Aceitar as coisas como elas são, a vida como ela se apresenta... é possível? Parar de lutar com os fatos já cristalizados, as sentenças já proferidas... só assim conseguimos prosseguir?

Sempre tive dificuldades para digerir o conteúdo desses pensamentos. Não deveríamos lutar para sermos felizes? A abordagem da aceitação simples me parecia a epítome da passividade. Hoje, aos quarenta anos, percebo que a vida é o que acontece conosco, sem tirar nem pôr. Não há controle de resultados, nem controle de ganhos; é preciso deixar cenários e personagens se renovarem por conta própria. Tudo bem se perdermos nosso próprio *"script"* — talvez estivéssemos fazendo uma dramaturgia de merda.

— Sou apenas uma colecionadora de frases. Nenhuma delas é de minha autoria, meu filho.

Ora, isso pouco importava. Eu repetia que mesmo os clichês pareciam ganhar cor quando ela os baforava de nicotina.

— Detesto puxa-saco, meu filho.

Mas não era bajulação, tia. Era apenas uma constatação. Mesmo a mais simples das frases, dita por alguém com sentimentos reais, ganha relevância. Não é isso que fazem os artistas, os cantores, os atores? O sentimento que exalam é o que traz a poesia, a filosofia, a música verdadeira. Não somos atingidos somente pelo som, mas pela energia da pessoa.

    Tia Beth me tornou o homem que sou hoje. Educou minha ignorância de sentimentos ao me arrastar para dentro daquele coração de mãe, ferido e em compasso de espera.

Naquele dia estávamos em seu carro, o motorista Nivaldo ajeitando o som e o ar-condicionado. Seria um dia decisivo pra vida de todos nós. No carro de trás, seguiam meu pai, Januária e Antonia.

    Rumávamos em direção à fazenda de Cláudia Ferraz, em Jundiaí; lugar que tinha se tornado seu refúgio nos últimos tempos. Refúgio de si mesma e de seu passado. Ela havia concordado em nos receber depois de muita insistência de Amanda, sua neta predileta, mas com quem discutiu, chorou, brigou e apenas depois de duas semanas fez as pazes.

    Amanda já estava lá. Havia sido a primeira a receber as peças que nos faltavam para entender o passado e tentar remendar o presente de toda a família.

    Tia Beth estava sob efeito de calmantes.

— Eu amo um tarja preta, meu filho.

— Nunca tomei, tia.

— Claro, você é meninote. Quando for mais velho, vai entender o que estou dizendo. Não é só o corpo que envelhece, mas o cérebro também. Então ficamos com os pensamentos voando em círculos, como abutres. Um "ziriguidum" vez ou outra ajuda a tirar a ferrugem e, bem, eu não sou uma mulher que costuma beber.

— Como assim? Tia, você tá sempre...

— Ah, meu bourbon não conta. Eu não tomo pra afogar as mágoas, mas porque gosto. Digo, não sou uma mulher a beber toda hora, o tempo todo.

— Tipo uma alcoólatra?

— Sim, estou longe disso. Não estou?

— Sim, tia, claro.

— Não estou?

— Não sei, tia, acho que sim. Não te julgo, não te julgo...

Ficamos um tempo em silêncio. Ela então saiu com uma confissão:

— Me senti tão traída quando levou aquela menina lá. Digo, a Amanda. Meu Deus. Quase morri, e olha, meu filho... já sou puta velha na zona. A dona do bordel todo. Já sofri muito e também já fiz os outros sofrerem muito. Mas te ver lá, com a menina, foi como rever Tavinho ligado àquela mulher, uma vez mais. É muito complicado pra mim...

não há controle nenhum sobre a vida, mesmo. Ela vai se repetindo em círculos, até a gente aprender o que tem de aprender.

— O que você acha que tem de aprender, tia?

— Não sei. Mas uma das coisas deve ser aprender a aturar aquela puta da Cláudia Ferraz.

Tia Beth tirou um cigarro da bolsa, acendeu, deu dois tragos profundos e de olhos fechados. Depois atirou o cigarro aceso pela janela.

— Só falta essa merda iniciar algum incêndio. Chega de karmas na minha vida, Senhor.

Eu gargalhei. Caramba, caramba.

— Tá rindo assim do quê, Léo?

— Ah, tia, você é uma peça.

— Pois você vai ficar com o trabalho de remontar essa peça. Todo o quebra-cabeça. Vai ser um trabalhão, mas vai escrever um livro contando a minha vida. Daí, bem, daí eu vou poder esquecer de tudo. Amém.

— Não diga isso, tia. Não gosto quando fala isso.

— Meu bem, o esquecimento é uma benção, é o verdadeiro perdão reciclado na compostagem. Não sou como a maioria das pessoas que teme o Alzheimer, a arteriosclerose, um AVC. Nada disso. Afinal, se ele existe é porque a gente precisa passar por essa situação.

— Mas não precisa conjurar, né, tia? Poxa. Você ainda vai viver muitos anos e me contar onde esconde os bourbons na casa de Campos.

Ela riu.

— Isso jamais. Se eu te contar antes de contar ao seu pai, eu apanho.

— Não acredito que ele ainda não sabe.

— Não sabe não. Só vai saber quando eu morrer, no meu testamento. Antes, porém, ele vai cortar um dobrado.

— Como assim?

— Ele vai ser meu curador, se eu ficar lelé da cuca. Bem, ele já é meu advogado e administra a maioria dos meus bens, nada mais natural. Mas vai ter que decidir quem vai ser minha cuidadora, qual a marca de fralda que irá comprar. Tem também a Januária, que se estiver viva, também vai ter todos os mimos e regalias.

— Ele já sabe disso?

— E não? Sabe desde 1983, quando fiz meu primeiro testamento depois da morte do tio Tatá. Ele não tem como se fazer de desavisado. Dinheiro tem de sobra.

— Mas, tia, e essa história dos tios da Amanda? Se eles forem... bem, você sabe. Isso pode acabar...

— Anulando o testamento? Teu pai me falou que, em princípio, não. Tavinho morreu antes do nascimento dos gêmeos e eles foram registrados sabe-se lá no nome de quem. Mas não estou preocupada com isso; tanta coisa me aconteceu na vida. Dinheiro, graças a Deus, nunca foi uma preocupação. Usufruí de tudo o que o dinheiro pode oferecer.

— Por que tá falando no passado? Você ainda vai usufruir muito mais.

Tia Beth apertou minha mão. Seus dedos estavam gelados.

— Léo, você já está avisado, se eu ficar gagá de uma hora pra outra, tem dinheiro de sobra pra contratar cuidadores. Já tenho escritas todas as instruções: não poderá faltar meu batonzinho, meu perfume, a Haydèe... esquecida sim, descomposta jamais.

— Para, tia.

— Pronto, parei. Só estou cansada, meu filho. Muito cansada.

Seguimos quietos mais um bom trecho da estrada. Tia Beth fechou os olhos e cochilou. Permaneci pedindo a Deus que o futuro próximo lhe fosse leve, que nenhuma revelação feita por Cláudia Ferraz aumentasse suas dores.

Quando entramos em Jundiaí, ela acordou.

— Nossa, cochilei de babar, que horror. Até sonhei.

— Com o quê, tia?

— A pergunta é "com quem"...

— Tavinho?

— Sim, meu bem. Sim...

Ficamos calados novamente até chegarmos à propriedade da avó de Amanda. No portal de entrada, escrito em metal dourado: "Fazenda Dança da Luz". Tia Beth não aguentou, começou a chorar. Achei que fosse pela proximidade do confronto, mas mais tarde Amanda me disse que o nome da fazenda se referia a uma das principais músicas de Tavinho, e que sua avó havia lhe feito uma homenagem, dentre tantas outras ao longo da vida.

Estou certo que Cláudia Ferraz havia ficado presa na mesma vibração de luto que tia Beth por todas essas décadas. Eram parceiras numa dor excruciante, mas por circunstâncias que apenas o Universo é capaz de explicar, foram apartadas uma da outra. Jamais puderam se consolar.

Meu desejo era esse: consolo. Queria que ambas vissem a presença de Tavinho, uma nos olhos da outra, para daí trocarem lembranças e lágrimas sobre o imenso amor que sentiam. Mas não foi bem assim que a coisa se desenrolou...

A casa-grande da fazenda guardava um estilo de villa italiana. Havia sido reformada há pouco, mas mantido seu estilo original: arcos de pedra; heras esverdeadas subindo pelas paredes; telhas de barro emoldurando cada uma de suas construções. Um lugar romântico, possível indício de que sua proprietária era uma sonhadora e fã de filmes italianos.

Fato, Cláudia Ferraz era uma sonhadora. Uma artista, assim como Tavinho, e que viveu o suficiente para refazer a vida umas três ou quatro vezes. Hoje ela seria considerada uma sobrevivente, um exemplo de resiliência — sofreu abusos e assédios no meio artístico, em sessões de humilhação jamais reveladas. "Era o que a maioria das atrizes bonitas tinham de fazer, naquela época. Era trabalho em troca de favores sexuais", foi o que Amanda iria me contar, dali a algumas horas.

Quando o motorista parou o carro e puxou o freio de mão, tia Beth levou a mão ao peito. Respirou fundo, segurando o ar por algum instante, levou as mãos à porta. Desceu devagar e um pouco trôpega, talvez por efeito do calmante que havia tomado.

Antonia saiu correndo do carro do meu pai, tão logo ele estacionou.

— Betsy, Betsy! Você está bem?

Tia Beth fez que sim, apoiou-se no bagageiro do carro.

— Que merda foi essa que você me deu pra tomar, Antonia?

— Valium...

— Estou um caco. Bernardo, me ajuda!

Meu pai e o motorista apoiaram tia Beth, e ela pareceu melhorar por alguns instantes.

Saindo de um dos arcos da casa-grande, despontou Amanda e uma senhora de cabelos brancos e aloirados, presos no alto da cabeça como se fossem animais rebeldes. Era Cláudia Ferraz, já na faixa dos seus sessenta anos e dona de um charme e altivez que fariam qualquer pessoa lhe notar.

Tia Beth avistou Cláudia ao longe, não conseguiu prosseguir.

Tia Beth tombou ao chão.

78.

Cheguei a imaginar algumas vezes como seria o reencontro de tia Beth com Cláudia Ferraz. Em todas as vezes, imaginava que ambas se olhariam face a face, mediriam-se mutuamente, julgariam a aparência uma da outra, e como dois pistoleiros em um filme de *western spaghetti*, daqueles bem caricatos da década de 60, tia Beth e Cláudia Ferraz iriam puxar suas armas e disparar uma contra a outra. Jamais, e repito, jamais imaginei que a situação seria desenhada daquela forma, com tia Beth tombando ao chão, pálida e frágil como jamais a tinha visto.

Antonia deu um grito de horror, daqueles que fazem os pássaros bater em revoada. Fiquei olhando tia Beth se espalhar no chão sem esboçar nenhuma reação, como em câmera lenta. "Porra, caramba, meu Deus, e agora, porque meu pai não segurou o braço dela, será que é um AVC?"

— Tia, tia... — e meu pai recolheu tia Beth em menos de meio segundo. Ele a recolheu com tanto cuidado e tanto carinho, o coração visivelmente apertado, que cheguei a sentir o nó formado na minha garganta. Meu pai a tomou nos braços de tal jeito que percebi o quanto tia Beth era leve, apesar do peso gravitacional que nos impunha.

As vozes se sobrepunham: "Deitem ela no carro, peguem água, mas que porra você deu pra ela tomar, Antonia? Onde fica o hospital de Jundiaí? Vamos voltar com ela pra cidade? Sacolejando nessa estrada de merda? Não! Que fazemos, porra? Tia, acorda, tia...".

A situação confusa dessa queda, nossa apatia nervosa e atropelos, tudo isso estava planejado no texto de algum dramaturgo muito sábio. Digo isso porque Cláudia Ferraz foi justamente a pessoa com maior frieza de sentimentos e também a única capaz de pensar em cuidados práticos para ajudar tia Beth.

— Entrem com ela aqui, coloquem-na no sofá. Acho melhor não irem pela estrada, muito tortuosa.

— E você sugere o quê, *amore*? — disse Antonia, muitos tons distante da educação necessária.

— Vou ligar para um amigo, de uma fazenda próxima, ele pode deslocar o helicóptero dele pra levá-la de volta pra São Paulo.

A ideia de Cláudia pareceu a mais sensata. Em pouco mais de meia hora seria possível que tia Beth desse entrada no Einstein ou no Sírio, ou qualquer hospital que estivesse pronto para recebê-la o mais rápido possível.

Todos nós entramos na sede da Fazenda Dança da Luz, capitaneado por meu pai, com tia Beth nos braços.

Amanda se aproximou de mim. Também estava muito nervosa.

— Tadinha, meu Deus, ela tá respirando?

— Tá sim, tá sim... — respondeu meu pai, com a voz sumindo na garganta.

Ficamos ao redor do sofá aguardando Cláudia Ferraz telefonar. Ela discava, discava, mas não conseguia completar a ligação. Começou a ficar nervosa e a falar alto:

— Meu Deus, por favor, atende! Atende! Por favor, meu Deus!

Cláudia Ferraz se descontrolou, e naquele momento, naquele exato momento em que seu coração pareceu se abrir ao desespero da situação, ouvimos um resmungo:

— Náááá... tô boa... água, água, Bernardo.

Tia Beth levantou as mãos, dando ordens a meu pai, sem nem abrir os olhos. Em poucos instantes, estava se sentando no sofá e ajeitando uma ou duas almofadas atrás das costas. Bebericou a água devagar e seu rosto foi ruborizando. Todos nós estávamos em silêncio ao redor, temerosos de que qualquer movimento a fizesse retroceder.

— Tô boa. Tô melhor, podem parar de olhar pra mim?

Continuamos todos em silêncio.

— Menina, menina — ela se dirigiu a Amanda —, não tem nenhum descanso de copo, não gosto de marcar mesa de madeira com aquelas rodelas. Dá trabalho pra tirar depois.

Ela estava de volta.

— Aliás, muito bom gosto, Cláudia. Você decorou muito bem essa sala.

Cláudia Ferraz se aproximou de tia Beth.

— Beth, estava tão nervosa. Você está bem mesmo? Não precisa que eu chame o helicóptero?

— Só se for pra levar a louca da Antonia. Oras bolas, o que foi que você me deu pra tomar? Me disse que era Valium!

Meu pai se aproximou de Antonia numa postura inquisitiva.

Antonia abriu a bolsa e foi verificar. Pegou um óculos, examinou um a um dos blísteres e caixas que tinha dentro da bolsa.

— Eu juro que era Valium, imagina só, Betsy! Olha só, esse aqui, esse aqui... lê o que tá escrito pra mim, Bê. Esse multifocal é uma merda.

Meu pai leu e fechou a cara.

— É Valium, não é, Bê?

— Dormonid.

Todos voltaram os olhos para Antonia, que se protegeu com a bolsa contra o peito.

Dali a vinte minutos, um médico amigo de Cláudia Ferraz estava examinando tia Beth da cabeça aos pés. Ela se recusou a voltar para São Paulo; não queria deixar aquele encontro pra depois.

— De jeito nenhum! Pode passar um café, Cláudia! — Tia Beth já se assenhorava da situação, aparentando estar à vontade.

Cláudia Ferraz também parecia ter se vinculado à tia Beth; olhou-a com carinho.

— Pode deixar. Vou fazer bem forte pra rebater esse remédio.

Todos nós assistimos a esse diálogo prosaico, não fosse o contexto de toda uma vida. As duas cúmplices por uma xícara de café.

Antonia havia se afastado para chorar no jardim. Meu pai a seguiu logo atrás e eu não consegui escutar uma só palavra do que conversaram. Papai me diria depois que Antonia não conseguia parar de chorar, se culpar e sentir vergonha. Vergonha do quê? Papai me respondeu que ela confessou que tinha de operar a catarata, mas que se recusava a obedecer o oftalmologista, porque era cirurgia "de velho". Coisas de Antonia.

Na sala, terminada a consulta, tia Beth se levantou e se aprumou, apoiando o corpo num grande aparador. Cláudia Ferraz voltou da cozinha trazendo a xícara de café para tia Beth e uma bandeja para servir os demais.

— Sem açúcar, não é?
— Como sabe?

Cláudia hesitou em responder.

— Adivinhei, só isso.

Tia Beth tomou o café como quem se reenergiza de sol, e com os olhos fechados em razão da fumaça, começou a falar:

— Quanta ironia, não?
— Por que fala isso, Beth?
— O destino me quis de quatro nesse reencontro.
— Não fale isso. Todos nós ficamos preocupados.
— Eu percebi, Cláudia. Eu vi teus olhos. Obrigada.
— Nunca te quis mal, Beth. Nunca.
— Ah, Cláudia. Eu já te quis mal, muito mal. Talvez ainda queira. Mas obrigada pela ideia do helicóptero. Bernardo deve ter ficado com a boca aberta e a cabeça inundada de vento. Ele é bem assim.

As duas riram.

— Quando eu conheci Bernardo, ele era um menino de quinze, dezesseis anos. Muito parecido com o Leonardo. Apesar que o olhar do Leonardo me lembra...

Cláudia ficou em silêncio um instante. Ela e tia Beth respiraram juntas.

— Menino, vem cá me cumprimentar direito.

Cláudia Ferraz havia finalmente percebido minha presença na sala de sua propriedade. Eu estava de pé, lado a lado com Amanda, de mãos dadas com ela. Não havíamos percebido até aquele momento.

— Minha neta falou muito de você nas últimas semanas. A parte boa de todo esse reencontro é que teremos o final de semana inteiro para recontar o passado, e também acertar o futuro, não é?

Sim. Cláudia Ferraz tinha razão. Recontar o passado e acertar o futuro. Era o que pretendíamos; era o que precisávamos. Mas iríamos conseguir?

Jantamos todos juntos. Um menu leve e elegante; propositalmente elegante. Durante a refeição, nenhuma conversa digna de nota, nenhum grande conflito ou fogo trocado. Era como se todos tivessem tido sua cota diária de estresse com o desmaio de tia Beth. Só nos restou aproveitar a comida, a companhia, o local e o leve dedilhado de piano, vindo de caixas de som que eu não conseguia localizar.

— Depois que eu saí da DKW, eu fui pra Argentina. Lá fui muito bem recebida e fiquei mais cinco anos apresentando o *Chá das Cinco*. Lá ganhou o nome de *Té con la Tia*...

— Chá com a Tia? Que deboche! — disse Antonia.
— Olha, realmente achei o fim. O nome do programa me envelhecia uns dez anos... mas também me enriqueceu vários zeros.
Meu pai quis fazer um gracejo:
— Se você tivesse um programa, tia, se chamaria bourbon com a Beth, hein? Que tal o nome?
— Adorei — respondeu Antonia.
Tia Beth apenas sorriu com o canto da boca e os olhos em profundo desprezo. Meu pai insistiu.
— Isso daria um bom título do livro que está escrevendo, hein, Léo?
Cláudia Ferraz se mostrou interessada.
— Você está escrevendo um livro, rapaz?
— É... estou. Quer dizer, eu... sim. Estou fazendo as anotações, os rascunhos.
— Sobre o que é esse livro? — insistiu a avó de Amanda.
— Sobre a tia Beth, sobre... sobre Tavinho.
Pronto.
Eu fui a primeira pessoa a falar o nome Tavinho.
Até então, todos manobravam a realidade, evitando colidir com o passado. Era preciso criar vínculos, acalmar ânimos, aplainar arestas, para só daí ver o que poderia acontecer.
Tavinho. Tavinho.
A mesa ficou em silêncio.
— Adoro Jundiaí! — disse tia Beth.
— Escolhi por ser uma cidade solar, calma, perto de São Paulo — respondeu Cláudia Ferraz. — Assim que terminarmos o jantar, vou mostrar a propriedade pra vocês. Ela é a realização de um sonho.
A conversa de amenidades continuou; estaríamos a salvo de fortes emoções por mais algum tempo.

Depois do jantar, fomos acompanhados para conhecer a sede da fazenda e terminamos o tour no pátio interno. As portas de cada um dos quartos dava para um jardim, como uma verdadeira *"Villa"* italiana.
— Quanto bom gosto! Ela era tão cafoninha... — disse Antonia, espontaneamente.
— Fala baixo! — repreendeu meu pai.
Amanda, porém, escutou e começou a rir. Cochichou:
— Léo, essa perua amiga da tia Beth, qual é a dela?
— Qual é o quê?
— Ela fica tocando e pegando no braço do seu pai. Eles têm alguma coisa?
Eu revirei os olhos e pensei na minha mãe. Ela tinha se recusado a ir naquele encontro e meu pai omitiu que Antonia estaria presente. Isso certamente daria em confusão; óbvio. Não era possível esconder

a presença de Antonia em nenhuma narrativa, tamanho o caos que ela gerava.

Os dois seguiam Cláudia Ferraz e tia Beth, uns três passos à frente. Elas continuavam a conversar amenidades como sócias de um mesmo clube. Falavam sobre "a beleza da Toscana", "como é bom ter um arquiteto que leia nossos desejos", "a importância de se aposentar e ter um refúgio".

— É complicado, Amanda. Meu pai e Antonia já foram namorados.

— Mentiraaaa! — ela exclamou como quem saboreia uma fofoca apetitosa. — Fala mais, fala mais! Eles se pegavam? Ou se pegam? Tua mãe sabe?

— Eles não se pegam. Eles são como eu e você, entende? Eles não tem mais nada.

Amanda olhou pra mim, olhos gigantescos. Piscou, piscou e se calou.

Cláudia nos distribuiu nos quartos ao redor do pátio interno: eu com meu pai, tia Beth com Antonia. Foi possível sentir de longe um resmungo de Antonia, que se demorou a entrar e fechar a porta veneziana, mandando um sinal não tão discreto, que em vez de pegar no meu pai, pegou em mim.

— Precisa de algo, Antonia?

— Óculos novos, *amore*. Durma bem.

— Vocês também.

Revirei sem conseguir pregar o olho. Meu pai roncava, engolia, bufava e, por vezes, parecia parar de respirar. Logo em seguida, um barulho imenso, como se uma orca subisse à superfície.

Senti vontade de fumar. "Foda-se, vou fumar no pátio interno."

Saí do quarto e acendi um cigarro de cravo.

Me sentei num dos bancos do jardim e dali a pouco, uma mão tocou minhas costas. Me assustei.

— Calma.

Amanda estava de camisetão, o cabelo molhado, o cheiro de Giovanna Baby se misturando ao do cigarro.

— Senti o cheiro lá de longe.

— Ah, já vou apagar.

— Não, deixa eu experimentar essa marca. Adoro cigarro de cravo.

Ela deu um trago. Tossiu.

— Affeee... Jesus.

Eu ri. Ela me olhou com um brilho diferente.

— Fica um gostinho doce na ponta dos lábios.

— Hã? É... fica sim.

Seguiu-se um silêncio. Continuei fumando, mas meus pulmões estavam impregnados do perfume dela.

— Léo... a gente não tem mais nada?

Nos olhamos. Profundamente.
E nos beijamos.

79.

Estava abraçado a Amanda, uma vez mais. Nossas bocas e corpos colados; nossos corações, disparados.

Ao nosso redor, um jardim tão diferente quanto simbólico. Estávamos cercados de flores e dos quartos em que dormiam as pessoas que mais amávamos. Pessoas que tinham, entre si, alguma espécie de laço mal resolvido; pessoas que representavam alguma espécie de amor truncado, atrapalhado, obstaculizado.

Nossas línguas se movimentavam como se desatássemos nós; como se absorvêssemos, um do outro, energias que não conseguiríamos vocalizar. Que não conseguiríamos entender. Que jamais traduziríamos.

Deitamos sobre pequenas pedrinhas polidas e nos escondemos, tanto quanto possível, sob as largas folhas de um arbusto. Levantei seu camisetão e tateei seu corpo nu. O cheiro de Amanda me retirava qualquer racionalidade. Ela não demonstrou qualquer hesitação, e com suas pernas, puxou meu corpo sobre si.

Pele contra pele, mergulhei dentro de Amanda e ela apertou os dedos contra as minhas costas. Estávamos novamente em nossa bolha, num registro de "espaço-tempo" só nosso: conectados fisicamente, encaixados em puro tesão e movimento, trocando fluidos e carinhos, evoluindo nossos espíritos pelo ato de fazer amor, com amor.

Juntos, abríamos portais. Desdobrávamos um no outro. Nosso amor e tesão mútuo criavam a energia necessária para unir as pontas de tantos segredos, tantos medos e receios.

Desde o início, nosso amor deveria ser a chave para trazer para perto a família que havia se perdido. As respostas que haviam sido caladas. O filho de volta para o colo da mãe.

Gozamos juntos, exaustos, satisfeitos.

Tombei meu corpo para o lado e ficamos nós dois olhando as estrelas; permitindo que a energia daquela noite terminasse sua magia.

— Ainda não consegui decidir — disse Amanda.

— O quê?

— Se nós dois aqui, pelados debaixo de uma samambaia, somos Adão e Eva... ou se somos Romeu e Julieta, numa villa italiana, com famílias rivais.

— Poxa, nenhuma dessas duas histórias acaba bem.
— Como não? Adão e Eva ficam juntos.
— Acha possível que alguém que um dia viveu no Paraíso, com tudo do bom e do melhor, depois vai ser feliz tendo de carpir, cortar lenha, ser picado por mosquitos?
Amanda riu.
— Credo. Mosquitos é o pior, certeza que Eva sofreu com eles.
— E tem mais: imagina você ser o antepassado de toda essa raça doida que é a raça humana?
— Tá bom, Léo. A lembrança dos mosquitos já me convenceu que é uma história ruim. Que coisa, acabou com meu romantismo.
— Eu sou romântico também. Quer ver?
— Se esforça então.
— Imagina que eu sou o jardineiro e você é a filha do Dom Martino, o chefão da máfia italiana. Eu vim aqui regar suas plantas e, então, surpreendo você tomando banho de mangueira no jardim. A camiseta branca molhada, os seios revelados pela...
Ela me interrompeu:
— Jura que acha isso romântico?
— E não é?
— Isso é enredo de filme pornô. Credo.
— É?
— Que acontece com vocês, homens?
Ri sem graça. Fiquei envergonhado, realmente achei que estava sendo romântico com meu enredo sensual.
Ouvimos um barulho. Uma das portas venezianas se abriu para o pátio interno onde estava o jardim. Eu e Amanda nos abraçamos e tentamos, ao máximo, sumir embaixo das plantas.
Um cheiro de cigarro tomou conta do ambiente.
— Aposto que é a tia Beth — cochichei para Amanda.
— Ela deve estar com insônia, tadinha.
Ficamos quietos, esperando que ela fosse embora. Mas outra pessoa se aproximou.
— Betsy, quer que eu peça um chá?
— Não.
— Uma água, então?
— Não, obrigada, meu bem — Tia Beth parecia mal-humorada.

Tentamos nos recompor, vestir parte de nossas roupas. Pensamos que as duas já estavam retornando para o quarto quando ouvimos novamente Antonia.
— Esse jardim é lindo, não? Nunca pensei que a Cláudia conseguiria dar a volta por cima desse jeito.

— Também estou admirada.
— Quando o Armando morreu, eles ainda eram casados?
— Bernardo me disse que sim.
— Ah, então ela ficou com os bens dele. Não julgo, fiquei com a maior parte dos bens do meu "falecido". Que você sentiu ao revê-la?
— Tirando o fato de que eu lambi o chão, Tonia... até que lidei bem.
— Me desculpe, Betsy.
— Se você pedir desculpas mais uma vez, te dou um murro.

Elas fizeram silêncio uma vez mais até Antonia puxar assunto de novo:

— E o que você achou dela?
— Ela tentou ser educada comigo. Aliás, como sempre. Eu é que nunca fui com as fuças dela.
— Como assim, Betsy? E aquela história das joias, que ela e o marido queriam forçar você a fornecer de graça pro programa e...
— Sim, isso aconteceu. Mas, mas... tem coisas que nunca falei pra ninguém. Pra ninguém mesmo...

As duas ficaram em silêncio alguns instantes.

Ainda no chão de pedras do jardim, segurávamos a respiração para conseguir escutar.

— Ai, meu Deus, Betsy. O que é que você nunca contou a ninguém?
— Quer um cigarro, Tonia?
— Não.
— Pega logo um cigarro.

Ouvimos o barulho de um isqueiro, seguido de tossidas. Antonia devia estar fumando.

— O que vou te contar aqui... peço que não me julgue. Peço que entenda o contexto de tudo o que aconteceu e, principalmente, peço que não conte nada para o Bernardo nem para o Léo. Eles são homens, nunca foram mães, acho que jamais entenderiam.

Não consegui escutar a resposta de Antonia, mas me descontrolei ao ouvir o que tia Beth tinha falado. Soltei um barulho, Amanda logo tapou minha boca com as mãos.

Tia Beth começou sua narrativa:

— Eu e Tatá gastamos bastante dinheiro com investigadores particulares e muita coisa que descobrimos nunca foi revelada pra ninguém. Nunca soubemos exatamente o que aconteceu com Tavinho porque ninguém nunca assumiu que havia estado com ele em seus... em seus supostos últimos momentos. Soubemos que Tavinho estava organizando um encontro de jovens artistas, diretores, atores, num local afastado da cidade. Naquela época, você deve se lembrar, ninguém mais conseguia se reunir na cidade de São Paulo, porque baixava fiscalização, polícia, era um horror.

— Lembro bem. Teve aquele congresso da UNE que acabou

malíssimo. Os militares prenderam, sei lá, mais de mil estudantes em Ibiúna. Teve filho de amiga que foi colocado no presídio Tiradentes, outros que foram levados ao DOPS. Pior, Betsy, é pensar que eles só estavam lá pra... pra debater democracia. Não tinha nada de criminoso. Nada!

— Tavinho estava lá. Entre os jovens que foram levados ao presídio Tiradentes.

— Jura? Eu não sabia disso. Por que não me contou?

— Sabe como era o Tatá. Ele não queria que soubessem que Tavinho estava ligado a qualquer agitação política. Temia que fôssemos perseguidos e que a editora fosse fechada. Afinal, as editoras que fossem tachadas de "vermelhas" durante a ditadura acabariam sendo fechadas de um jeito ou de outro. Tatá então conseguiu a liberação do Tavinho após um ou dois telefonemas.

— Puxa, não acredito que não me contou isso.

— Isso é o de menos, Tonia. Me deixa falar. Pois bem... descobrimos pelos investigadores que no final de 69, Tavinho estava organizando um encontro de artistas, um pouco aos moldes desse congresso da UNE.

— Mas onde?

— Tatá me disse que os investigadores nunca descobriram. Mas arriscamos que seria na nossa fazenda, e que Tavinho teria desaparecido por lá. Até porque Bernardo começou a ter sonhos sobre água, sobre o lago. Tanto que acabamos drenando um rio e o lago que era banhado por ele.

— Disso me lembro bem.

— Fiquei um caco. Tinha certeza que encontraríamos o corpo de Tavinho, e que poderia viver meu luto.

— Foi apenas uma tentativa, Betsy. Eu te falava isso sempre. Apenas uma tentativa.

— É fácil falar isso. Eu não lidei bem com a ideia de procurar meu filho sob as águas do lago da fazenda. A fazenda em que eu, Tatá e ele pescávamos quando ele era uma criança. Uma fazenda que havíamos comprado com tanto amor; um lugar em que tivemos momentos tão felizes em família... não, eu não lidei bem. Foi como violar as memórias que eu tinha do lugar. Como se toda a fazenda houvesse se transformado em uma lápide.

— Eu esperei anos para você mudar de ideia sobre lá. Por isso que eu e meu ex compramos a fazenda de vocês. Pra que quando você mudasse de ideia, pudesse recomprá-la. Tatá sabia disso.

— Isso nunca aconteceu.

— Sabe... eu também peguei ódio de lá!

— Pegou?

— Mas foi porque o... bem, o "falecido" levou as piranhas dele pra cavalgar no haras.

— Como?
— Meu pai que sustentou os estudos daquele "zinho". O filho do farmacêutico virou médico e levava as piranhas pra cavalgar no haras da fazenda. Aposto que ele pedia pra colocarem arreio nele e chicotearem aquela bunda caída.
— Antonia!
As duas gargalharam.
Eu soltei um grunhido. Amanda pôs a mão na minha boca e eu na dela, para evitar que ríssemos alto. Tia Beth deu uma resposta que nos representou:
— Tonia, você é completamente louca, sabia?
— Sabia, Betsy. Na verdade, sei porque vocês sempre dizem. Eu me acho completamente normal... o mundo, a vida é que é louca.
— Obrigada. Não sei o que seria de mim sem você.
As duas ficaram em silêncio. De onde eu e Amanda estávamos, não as conseguíamos ver. Imaginei que teriam se abraçado e voltado para o quarto. Arrisquei levantar, quando ouvi Antonia retomar a conversa:
— Mas afinal, Beth, o que você queria contar, que era segredo?
— Eu sabia que Cláudia estava grávida.
— Sim, todos nós sabíamos.
— Eu destratei muito a Cláudia, muito mesmo. Hoje ela fez eu me sentir culpada, arrependida. Ela teve uma experiência amorosa muito parecida com a minha; um amor interrompido de forma abrupta por causa de uma guerra.
— Nunca tinha pensado nisso, Betsy. É verdade...
— Meu Deus, como eu amei o Klaus. Como a lembrança dele ainda está tão presente na minha vida... e ele me deixou um filho, Tavinho. Assim como Tavinho deixou um filho em Cláudia.
— Um não, dois.
— Dois... tem razão, Tonia. Dois...
— Não fosse o Léo, ninguém teria sequer tocado no nome de Tavinho hoje.
— Eu não tive coragem. Acho que Cláudia também não.
— Ah, Betsy, você sem coragem? Uh-la-lá...
— Minha culpa está maior que a minha coragem.
— Culpa?
— Eu sabia, Tonia. Eu sempre soube que Cláudia Ferraz estava grávida de Tavinho.

80.

Quando amamos alguém, temos a tendência de idealizar suas qualidades. Seja no amor romântico ou no amor fraternal, preenchemos as lacunas da personalidade alheia ora com nossas virtudes, ora com nossos defeitos.

Sempre idealizei tia Beth como se ela fosse uma velha combatente da guerra da vida. Via em seu peito todas as medalhas ao mérito: a moça da sociedade paulistana que assumiu sua paixão proibida; a mãe solteira que lutou contra os pais para manter o filho consigo; a esposa que soube amar sincera e intensamente uma vez mais; a mulher que alimentou o espírito criativo do filho genial; a mãe que teve seu ninho destruído pela ditadura; a tia-avó que criou magia a cada baforada de cigarro. Todas essas facetas compunham a preciosidade da alma de tia Beth... mas jamais considerei suas jaças.

Jaças são as imperfeições nas estruturas físicas de uma pedra preciosa. Um termo que aprendi com tia Beth, ao me mostrar suas esmeraldas.

— Tá vendo aqui dentro, Léo? — Ela indicava um pequeno risco de minerais dentro da pedra, como borbulhas de um rio.

— Sim, são defeitos, né?

— Não chamaria de defeitos, mas de identidade da própria pedra. As esmeraldas mais bonitas são as que têm esse tipo de transparência, que guardam resíduos de outros minerais dentro de si; como nebulosas de estrelas, está vendo?

— Sim, estou. Mas isso não afeta o valor das pedras, tia?

— Depende do olhar do comprador. Nas esmeraldas, há a preocupação de que essas imperfeições contenham microfissuras e façam algum dia a pedra rachar. Elas podem se manter intactas e lindas durante anos e, eventualmente, por alguma pressão, trincarem exatamente nesse ponto.

— Não há nada que possa ser feito?

— Alguns ourives e gemólogos preenchem ou revestem a pedra com resina sintética, que funciona como cola e verniz.

— Essa aqui está com resina?

— Não, meu bem. Gosto delas assim.

— Você não tem receio que elas se quebrem?

— É isso que as tornam ainda mais preciosas.

Pois sim. Tia Beth jamais tentou revestir seus maus gênios com nenhuma espécie de resina. Nunca acobertou suas fissuras, seus medos, suas contradições e, eventualmente, suas pequenas crueldades. Porém, naquela noite, ouvi-la conversar com Antonia e confessar suas jaças me impactou terrivelmente.

— Que história é essa, Betsy?

— É o que te falei. Sempre soube que Cláudia estava grávida de Tavinho.

— Você está querendo me deixar louca? Eu já não sou muito normal, Betsy.

— É a verdade.

Seguiu-se um silêncio tenebroso. Eu e Amanda, já de pé mas ainda escondidos do outro lado do jardim, escutávamos tudo.

— Tonia... quando Tatá e os investigadores foram conversar com Cláudia na emissora de TV, não quis participar. Estava com raiva, achava que ela tinha estimulado Tavinho a se afastar de nós, a ficar cheio de segredos. Esperei numa antessala, num daqueles corredores imensos, plantada num sofá. Quando Tatá saiu do camarim da Cláudia, ele não me viu e foi para o lado oposto. Já Cláudia, ela veio na minha direção, me cumprimentou e me olhou profundamente. Ela estava visivelmente grávida, de uns cinco ou seis meses. Eu não entendi o porquê dela estar parada na minha frente sem dizer nada. Me irritei e disse, cinicamente: "Parabéns pela gestação. Armando deve estar muito feliz". Cláudia passou a mão na barriga e disse, emocionada, olhando nos meus olhos: "Essa gravidez é fruto de muito amor". Ela seguiu adiante e eu permaneci sentada. Quando me levantei pra ir atrás, Tatá apareceu e me segurou pelo braço. Ele disse: "Deixa a moça em paz, Beth, ela já disse tudo o que sabia". "O que ela sabia, afinal? Ela estava com o nosso Tavinho?" Tatá disse que não, que ela disse que não via Tavinho há um bom tempo.

— Por que nunca me contou sobre essa conversa?

— Contar pra quê? Era um episódio que não acrescentava muita coisa nas investigações. Para mim, Tavinho namorava a Camila, era ela quem deveria saber detalhes da vida dele. Cláudia era apenas um oba-oba, uma papa-anjo.

— Pois ao que tudo indica, essa papa-anjo foi o amor do seu Tavinho.

— Sim, Tonia. E se eu não tivesse os olhos cerrados pelo preconceito... se eu tivesse...

— Para com isso, Betsy. Se, se, se... isso nunca levou a nada. Fazemos o que podemos, quando podemos, do jeito que podemos. Naquela época você estava fora de si. Lembro bem. Foram anos difíceis pra todos nós, seja pela ausência do Tavinho, seja pela sua ausência. Porque você não estava conosco, Betsy.

— Eu estava morta por dentro.

Elas ficaram em silêncio. Cochichei para Amanda para irmos devagar para uma porta de acesso à entrada da casa. Queria sair daquele pátio, ir para longe daquele jardim. Se de início achei a situação divertida, agora me sentia bisbilhotando.

Chegamos à cozinha e respiramos aliviados.
— Puta que pariu! — soltei assim que me senti livre para falar.
Amanda fez um chá. Sentamos à mesa da cozinha.
— Tadinha da sua tia, Léo. Ela está sofrendo demais, demais.
— Não sei o que fazer pra ajudar...
— Amanhã vai ser um dia longo, Léo.
Bebi o chá fumegante.
— Sim, muito longo.

Quando acordei, meu pai já havia saído do quarto. Isso me fez ficar nervoso, com a sensação de que algo já deveria estar acontecendo naquela manhã, e eu não havia sido chamado a tempo. Tomei uma ducha, me vesti e saí correndo. Era por volta das nove e tinha certeza de que tia Beth e Cláudia Ferraz já deviam estar acordadas desde os primeiros raios de sol. Se é que haviam dormido.
Cheguei à mesa do café da manhã pouco antes de Amanda.
— Que bom, achei que só eu tinha perdido a hora.
— Pelo jeito, só nós acordamos a essa hora.
— Adorei a noite de ontem.
— Eu também, Léo.
Sorrimos, cúmplices.
— Sabe onde está meu pai? Onde está a tia Beth?
— Devem estar no escritório...
— Amanda, será que perdemos alguma coisa?
— Não tenho a menor dúvida. Eles não precisam de nós pra conversar, precisam?
Engoli a minha insignificância com o café preto e puxei Amanda. Quando nos aproximamos do escritório, hesitei.
— Será que podemos entrar?
— Peraí, que vou bater.
Amanda bateu na porta, que se abriu devagar. Ela entrou, fechando atrás de si e na minha cara. Fiquei puto da vida.
Puto.
Não sei quanto tempo esperei. Mas foi o suficiente para praguejar o desamor, a falta de consideração e que haviam esquecido de mim. Que raios de biógrafo era esse que não podia sequer estar presente numa conversa decisiva? Amanda abriu a porta e saiu em direção à mesa do café da manhã.
— O que está acontecendo?
— Preciso levar esses guardanapos.
— Hein?
— Acabaram os lenços, Léo.
— Tem gente chorando?

— Que acha?
— E eu vou ficar de fora?
Amanda entrou e fechou a porta novamente.
Eu, que havia iniciado aquele movimento, que havia exposto todos os esqueletos nos armários de cada uma daquelas pessoas, que havia conjurado todos os fantasmas envolvidos, que havia feito girar toda uma engrenagem enferrujada...
A porta se abriu. Era meu pai.
— Entra, Léo. Mas não abre a boca, ok?
"Ora essa", pensei. "Quem leva bronca por falar asneiras e piadas sem graça é você, papai. E quem fala demais é a Antonia... por que essa agora?"
Entrei no escritório. Puto da vida.
Puto.

O escritório de Cláudia Ferraz era uma sala imensa, misto de biblioteca com home office, com quatro janelas grandes e cortinas pesadas. As paredes eram revestidas de lambris de gesso numa imponência clássica, e sobre uma delas havia recortes de jornais, pôsteres e fotos que davam conta de que aquele local era o templo de uma artista de televisão.
Papai, Antonia e Amanda estavam sentados num sofá de couro; pareciam empalhados, anestesiados, com medo de errarem a respiração. Tia Beth estava sentada em uma poltrona laranja, daquelas com cara de design. Seus olhos estavam baixos e, à sua frente, havia um monte de lenços usados.
Cláudia Ferraz estava de pé, do outro lado da sala, as costas voltadas para todos e uma das mãos apoiada na mesa. Ela olhava para um quadro imenso em que víamos pintados ela e seus três filhos. Vale dizer, a mãe de Amanda e os gêmeos que, ao que tudo indicava, eram filhos de Tavinho.
Eu me sentei na primeira banqueta de madeira que vi. Achei melhor não ficar procurando lugar.
Tudo era silêncio.
Cláudia retomou alguma frase, alguma sentença, que já estava desenvolvendo antes mesmo de me deixarem entrar.
— Sabe qual foi seu problema, Beth?
Eu olhei para tia Beth. Ela estava sem forças, enxugando as lágrimas.
— Você nunca acreditou que eu amasse seu filho. Nunca!
O silêncio prosseguiu, cortado por soluços de ambas as partes.
— Toda a minha vida... tudo o que fiz, todos os caminhos que trilhei, foram inspirados pelo amor que senti pelo Tavinho. Eu nunca o esqueci, nunca o superei. Vivi outros amores, claro. Mas ainda me pego à noite sentindo as mãos dele no meu rosto, a forma como me acariciava e depois terminava fingindo um beliscão na ponta do nariz. "Esse

nariz empinado é que fez eu me apaixonar por você." Não preciso dizer que todos os dias, ao me olhar no espelho, me lembro de Tavinho.

Um novo silêncio.

Amanda se ofereceu pra servir água de uma jarra à mesa, testemunha intocada.

Tia Beth permanecia em silêncio, os olhos baixos.

— Quando minha neta apareceu com essa história, Beth, eu não pude acreditar. Sabe, o destino nos prega tantas peças. Tantas... talvez eu mesma tenha plantado a semente dessa coincidência no coração da Amanda. Quando ela era pequena, falava sempre: você é uma menina falante, cheia de razões, vai ser uma boa advogada! Contava pra ela que tinha tido um namorado, um grande amor, que estudava na São Francisco. Contava que além de estudioso, ele escrevia músicas, peças de teatro. Creio que isso tenha estimulado Amanda a fazer Direito e acabar entrando na mesma faculdade...

Cláudia Ferraz se aproximou de todos e se sentou numa poltrona perto de tia Beth.

— Eu não entendo o que querem de mim, depois de todos esses anos.

— Cláudia... — e tia Beth levantou os olhos pela primeira vez — os teus dois filhos... os filhos gêmeos... eles são do Tavinho?

— Sim, são.

Tia Beth começou a soluçar.

— Eu tentei te contar, mas acho que jamais quis ouvir. Também falei tantas coisas para seu marido, mas ele jamais pareceu se interessar muito pela minha versão dos fatos.

— Que versão dos fatos? — perguntou meu pai.

— Eu nunca pude falar a verdade... nunca. Era uma mulher grávida, casada com um homem violento e criminoso. Estava prestes a ficar desempregada. Tinha já uma filha, a mãe da Amanda, que tinha... tinha o quê? Sete ou oito anos e já visto de tudo, presenciado discussão, briga, socos no meu rosto.

— Desculpa, Cláudia, mas que versão dos fatos?

Cláudia respirou e pôs a mão sobre a perna de tia Beth.

— Eu contei para seu marido, naquela ocasião.

— Desculpe, Cláudia, não estou entendendo.

— Tavinho planejou uma última reunião do seu grupo. Ele gostava de chamar o grupo de "Os Resistentes"... era um grupo totalmente pacifista, com pouco mais de trinta pessoas. Eram escritores, atores, dramaturgos e, se não me falha a memória, tinham dois padres envolvidos também. Eram pessoas bem-intencionadas, que queriam fazer a diferença, numa luta não-armada. Tavinho também estava tentando juntar dinheiro e esforços para soltar um casal de amigos. Essa última reunião seria feita longe da cidade de São Paulo, estava cada vez mais difícil fazer qualquer tipo de reunião na cidade.

— Essa reunião... essa última reunião... foi feita onde?
— Beth, você ainda tem aquela propriedade em Campos do Jordão?

81.

Em 1970, meses depois do desaparecimento de Tavinho, meu pai passou a ter sonhos recorrentes. Ele se via submerso em águas geladas; sentia muito frio e muito medo. As águas o engoliam e o faziam ficar enraizado ao fundo de um lago, como se a natureza determinasse que a partir daquele dia, ele seria parte de um leito de pedras. Em 1996, esses mesmos sonhos passaram a ser recorrentes nas minhas noites de sono.

Águas geladas, uma caixa de madeira, a voz que não saía... medo. Muito medo em não mais encontrar quem eu amava, não mais poder beijar, abraçar e cantar. A vontade desesperada em alcançar a outra margem daquelas águas geladas. Faróis iluminando uma névoa densa. Um rio, um lago, águas borbulhantes. Caixas e amarras. Medo. Silêncio.

Aquela noite que havia passado em transe sobre um córrego gelado, em Campos do Jordão, me forçara a pedir ao Universo que nunca mais me revelasse nada, a menos que pudesse alterar ou minimizar o sofrimento de alguém. Saber por saber? Passei a preferir a ignorância.

As cartas trocadas entre Tavinho e Rogério, embaralhadas por meu descuido, apresentavam indícios que nos fariam intuir o que estava para acontecer. Algo de importante, de definitivo. No dia em que consegui organizá-las, vi que a última jornada de Tavinho estava clara.

"São Paulo, 17 de novembro de 1969.

Rogério, meu amigo Rogério, daqui a um mês, nos encontraremos entre o verde. Sabes muito bem onde, sejamos discretos na escrita, pois os generais também têm chaleiras para violar nossas missivas.
Não há país sem educação.
Não há educação sem cultura.
Não há cultura sem 'pensar'.
Não há 'pensar' sem contestar.
Não há contestar sem liberdade.
Já somos perseguidos como pragas, portadores desse contagioso 'pensar libertador'. Ora, faremos nossa libertação infecciosa que permitirá que o povo adoeça de liberdade.
Nesse nosso encontro, exigirei definitividades. Entende o que quero

dizer? Teremos nossa conversa e ela será definitiva para mim e minha amada. Nós dois seguiremos o curso das águas, e não mais estaremos nesta Camelot tupiniquim.
Minha Guinevere está grávida, meu bom Rogério.
Mas minha musa também é prisioneira em Camelot.
Serei seu Lancelot salvador, porque ela já me salvou. Me tirou de uma vida de privilégios sem sentido e que, de tão exuberantes, iriam me colocar a alma pra dormir.
Não posso e não vou criar minha semente nessa republiqueta de generais. Milicos ignorantes, sem qualquer desejo de grandiosidade em suas almas. Sem inteligência em seus devaneios de nacionalismo.
Serei Lancelot, e minha pequena será Guinevere.
Fugiremos, pois.
Mas não ouse! Não ouse considerar que aquele ser asqueroso e violento, abusador dos mais fracos, merece ser chamado de Rei Arthur... não, não. Armando está mais para um daqueles bardos da italiana; praqueles bufões que engolem frangos e lambuzam-se em suas gorduras.
Tudo dará certo.
Creio e peço que creias também.
Com a notícia da gravidez da minha loira, já organizei tudo para o futuro que desejamos ter: um futuro de artes, de conhecimento, de trabalho voltado para o próximo. O paradeiro, te contarei ao vivo e em cores.
Voltaremos ao Brasil daqui a alguns poucos anos, quando esse ciclo de violência e obscurantismo acabar. Não creio que os milicos permaneçam no poder uma década inteira. Não é possível tanta inércia social assim. Sei que logo nossa democracia voltará, mais forte que nunca.
Mais detalhes, meu bom Rogério, apenas à sombra das araucárias.
Fique bem,
câmbio final!
Do seu grande amigo,

O.G.R.F."

Naquele dia, na Fazenda Dança da Luz, quando Cláudia Ferraz perguntou para tia Beth se ela ainda possuía uma propriedade em Campos do Jordão, tudo ficou muito claro. Eu havia lido a última carta de Tavinho para Rogério na antevéspera daquele encontro. Foi associando essas ideias que as falas de Cláudia Ferraz tornaram tudo mais límpido, tudo mais bonito.

— No final de outubro, início de novembro, eu e Armando tivemos uma discussão. Eu queria o desquite, ele dizia "jamais". Ele berrava: "Você é um nada, uma puta, uma ordinária, não merece um décimo da atenção que a mídia te dá, só ganhou um programa de televisão porque eu sou o diretor". Isso me matava por dentro, sabe? Como achar que você pode ter algum valor ouvindo coisas como essa? Armando me bateu severamente, tem partes que não me recordo direito, o que me leva a achar que cheguei a perder a consciência. Quem me acordou, certo dia, foi minha filha... a Carlinha.

Cláudia Ferraz se voltou para Amanda.

— Sua mãe testemunhou tantas coisas... por isso que te digo, meu amor... você tem que entendê-la, resolvê-la no seu coração.

Amanda abaixou os olhos.

Tia Beth permanecia tensa, esperando que Cláudia falasse algo ou alguma coisa que elucidasse os últimos dias de Tavinho.

— Cláudia, eu nunca imaginei que você estivesse passando por isso...

— Nem você, nem ninguém. Eu mantinha bem as aparências. As marcas eram cobertas com maquiagem, e as da alma... eu caminhava, sangrava e sorria.

Meu pai resolveu fazer um aparte:

— Cláudia, você e Tavinho... quando foi a última vez que vocês se viram?

Cláudia respirou fundo.

— Pensei que tivesse ficado claro.

— Claro o quê? — insistiu meu pai.

— Eu fui uma das últimas pessoas a ver Tavinho com vida.

As palavras de Cláudia caíram na sala com um peso desproporcional. Todos nós estávamos com um olho na narradora e outro na tia Beth. Ao vê-la alquebrar-se ferida, ficamos todos feridos.

— Você estava com Tavinho quando ele... ele... — soltou tia Beth, entre lágrimas.

Cláudia se levantou e se serviu de outro copo d'água. Parecia não estar tocada com a dor da minha tia-avó. Ela parecia estar longe, muito longe, há trinta anos.

— Eu e Tavinho combinamos de fugir do Brasil. Ele havia descoberto que estava sendo vigiado e só não havia sido preso por ser filho do Seu Otávio e ter aparecido na televisão. Isso daria muito barulho na imprensa, por certo... Tavinho então combinou o que seria o último encontro d´"Os Resistentes" em Campos do Jordão, na propriedade da família. Todos ficariam por lá durante uns três ou quatro dias, planejando e organizando manifestações culturais contra o Regime. Tudo pacífico, tudo artístico, mas com intenção bastante virulenta... Tavinho acreditava que se a classe artística se unisse, sobretudo os artistas da televisão, que tinham o poder de entrar na casa das pessoas, então conseguiríamos lembrar o povo da importância da democracia. Uma utopia, claro. Seria nesse último encontro que as bases do movimento seriam definitivamente desenhadas e a liderança passaria para um dos melhores amigos de Tavinho, o Rogério. Ele seria o único a saber do paradeiro de Tavinho, porque tanto ele quanto eu iríamos para a Argentina e lá teríamos nosso filho em paz.

Amanda não segurou o questionamento:
— Mas e a minha mãe? Você ia deixá-la pra trás?
— Não, meu amor, não! Eu disse para Armando que iria visitar minha prima Eunice em Taubaté e que seria bom deixar Carlinha por lá brincando nas férias. Foi o que fiz, porque Taubaté fica aos pés da Serra da Mantiqueira. Assim que saíssemos das reuniões em Campos do Jordão, iria pegar Carlinha e partir.

Cláudia interrompeu a narrativa, o olhar triste e perdido.
— Beth, eu peço que me perdoe. Nunca contei essa história pra ninguém... quer dizer... contei parcialmente para o seu marido, o Seu Otávio.

Tia Beth se incomodou com a informação.
— Otávio sabia dessa última reunião política?
— Sim. Eu contei pra ele e para os investigadores.

Meu pai interveio:
— Você tem certeza disso, Cláudia? Meu tio Tatá sabia que houve uma reunião política em Campos do Jordão?
— Sim, Bernardo. Ele sabia.

Tia Beth começou a vasculhar a bolsa. Tirou um maço de cigarros e um isqueiro. Meu pai logo reagiu:
— Mas, tia, você voltou a fumar?
— À merda, Bernardo!

Tia Beth deu uma longa e profunda tragada. Depois outra, e outra. Todos permanecemos em silêncio até que ela pareceu estar de volta ao jogo; coração controlado.
— Cláudia, meu bem. Sigamos... o que exatamente Tatá sabia? E, principalmente, quando foi que as coisas começaram a dar errado?

82.

O trabalho de telefonar para as empresas de construção sobrou para mim. "Vamos precisar de pelo menos duas escavadeiras", meu pai disse, andando de um lado para o outro. Ele estava visivelmente transtornado, incapaz de telefonar para quem quer que fosse. O coitado até havia tentado, mas os dedos tremiam e ele errava a discagem. Foi assim que o Universo fez mais uma de suas ironias e me depositou nas mãos o trabalho de — literalmente — providenciar a escavação do passado da minha família.

— Não é possível que tio Tatá tenha mentido tanto...
— Ele não mentiu tanto assim, pai.
— Como não? Ele sabia o tempo todo!
— Não foi isso o que eu entendi.

— Porra, Leonardo! Você não escutou o que a Cláudia Ferraz contou? Tem coisas que não se pode relativizar na vida. Essa é uma delas.

Eu respirava fundo e tentava continuar a telefonar para as empresas de construção nas páginas amarelas. Quando elas atendiam, perguntava se poderiam realizar um serviço na região da Serra da Mantiqueira, em um terreno muito grande, no alto da montanha.

Passei aquela tarde toda servindo de ponte para o que falavam de um lado e para o que meu pai decidia do outro.

— Sim, pelo menos duas escavadeiras.

A pergunta, do outro lado, era sempre de altíssima curiosidade, para a qual respondia ensaiado:

— Sabe como é, terreno montanhoso, houve um deslizamento há muitos anos e precisamos reencontrar um antigo chalé que ficou soterrado.

Mentira, claro.

Depois de ter acertado os detalhes, finalmente sentei no sofá. Nem eu e nem meu pai havíamos comido mais nada desde que tínhamos saído da fazenda de Cláudia Ferraz. Nossos corpos estavam em sincronia: como poderíamos comer, depois de ficarmos sabendo que o paradeiro de Tavinho esteve, o tempo todo, debaixo de nossos narizes?

Tinha em mente a dor gravada no olhar de tia Beth quando Cláudia Ferraz terminou de detalhar tudo o que sabia.

Os olhos de tia Beth pareciam mortos.

Todos estávamos mortos.

Mas as coisas são como são, e tia Beth havia sido clara:

— Cláudia, meu bem. Sigamos... o que exatamente Tatá sabia? E, principalmente, quando foi que as coisas começaram a dar errado?

Cláudia Ferraz se ajeitou na poltrona de couro e, olhar fixo para um porta-retratos, fez a sua narrativa:

— O Seu Otávio soube de tudo. Soube que eu havia combinado de encontrar Tavinho em Campos do Jordão e que lá haveria uma reunião de todos os colaboradores e amigos de Tavinho. Iríamos fazer um encontro de alguns dias, acertar os ponteiros de peças que seriam montadas, músicas que seriam lançadas. Arte engajada contra a Ditadura Militar. Foram dias ótimos, cheios de amor e promessa. Todo fim de tarde acendíamos uma fogueira próxima de um riacho no terreno. Cantávamos, bebíamos e acreditávamos que iríamos trazer mais amor pro mundo. Mas na última noite...

Seguiu-se novamente um longo silêncio.

A voz de tia Beth soou quase metálica:

— Continue, Cláudia.

— A culpa foi minha, Beth. Eu atraí tudo aquilo, atraí o maldito do Armando, que levou com ele um grupo de recos do exército. Malditos policiais. Maldita polícia de costumes, de ordem social, de segurança. Não sei direito o que eles eram, mas havia no meio deles um coronel de alto escalão. Esse general parecia conhecer a propriedade, conhecer Seu Otávio.

— Desculpe... não estou entendendo. Esse general estava lá a pedido de Otávio? — disse tia Beth.

— Não... não sei — disse Cláudia.

— Deixe ela contar, tia. Depois nós especulamos. Melhor assim, não acha? — disse meu pai.

Cláudia retomou:

— Eles chegaram muito rápido, eram umas três viaturas e também dois policiais em motos. Pareciam conhecer o lugar, sabe? Tudo pareceu delatado, como se alguém houvesse descrito o terreno, contado quantas pessoas e quem estaria no local.

— Tatá jamais faria isso com o próprio filho — disse tia Beth.

Eu e meu pai trocamos olhares, lembrando da paternidade de Klaus e cogitando a desonra de uma figura tão cara e tão importante para todos nós.

— Não foi isso que disse. Estou dizendo que eles chegaram e nos cercaram. Nos encontraram ao redor da fogueira. Estavam armados e chegaram gritando "comunistinhas de merda", "querem dividir os bens dos outros, mas vêm se reunir na casa desse filhinho de papai". Eles chegaram estúpidos e numa violência desproporcional. Éramos apenas amigos em torno de uma fogueira, dentro de uma propriedade particular, e não teríamos nada que possibilitasse uma prisão ou sequer um inquérito, não fosse o fato de que Rogério estava chapado de maconha e tinha na mochila dele um belo tijolo prensado. Eles gritavam "maconheiros filhos da puta", "*playboyzinhos* drogados", e começaram a vasculhar todas as nossas coisas, empunhando as armas nas nossas fuças. Um deles veio na minha direção e começou a gritar alto: "Ela está aqui, a puta está aqui!". Tavinho entrou na minha frente e acabou levando um soco. Ele caiu ao chão, mas se colocou de pé de novo. Tavinho não deixava que eles tocassem em mim, pegou um pedaço de pau e ficou tentando me defender.

Tia Beth cobriu os olhos com as mãos. Eles já deviam estar sangrando.

— Eu não quero te fazer sofrer, Beth.

— Continue, Cláudia.

— Enquanto nossos amigos foram algemados ou amarrados, Tavinho foi espancado. Eu fui arrastada para um dos carros, um jipe, e dentro dele, fui agarrada. Uma voz gritava "te peguei, puta. Achou que iria escapar de mim?". Era Armando... ele me puxou pelos cabelos, começou a lamber meu rosto, estava completamente bêbado. Eu cuspi nele, o afastei e saí do Jeep. Corri em direção à fogueira e onde estava Tavinho, ainda caído ao chão. Eu o abraçava e chorava muito, muito...

Cláudia interrompeu a narrativa. Ela e tia Beth partilharam da mesma caixa de lenços de papel, trazida por Amanda. Permanecemos em silêncio profundo.

— Tavinho abriu os olhos e cochichou. Disse que se corrêssemos nas margens do riacho, daríamos em uma cachoeira e de lá, sairíamos em um lago. Era uma rota de fuga. Esperamos os policiais se distraírem e saímos correndo. Mãos dadas, nas margens do riacho. Corremos, corremos, corremos... desesperados. Foi então que atrás de nós apareceu um farol de carro. Era o Jeep, com o Armando. Ele vinha em nossa direção, não se importando com pedras, arbustos, água... ele simplesmente vinha em nossa direção, na maior velocidade. Soltei a mão de Tavinho, pedi que ele continuasse a correr. Me coloquei parada diante do carro, rezando para que Armando parasse. Ele parou... mas desceu armado e começou a atirar na direção de Tavinho... eu não conseguia mais vê-lo; já estávamos no final do riacho quando ele se desdobrava nas pedras e se transformava numa cachoeira. Não sabia o que fazer. Não sabia se deveria seguir adiante ou parar. Esperei alguns minutos e entrei no Jeep. Segui em direção à cachoeira e os faróis iluminaram um corpo. Desci... era Armando, desacordado nas pedras. Não havia nenhum sinal de Tavinho.

Tia Beth pousou a mão no peito, certificando-se da própria respiração, garantindo os próximos batimentos do coração.

— Bem, Cláudia... continuamos sem um corpo.

A frase soou fria, distante e totalmente inesperada. Meu pai tentou preencher a lacuna:

— Você não o viu ser ferido? Os tiros o atingirem, ou então a queda na cachoeira?

— Não. A última vez que vi Tavinho, eu segurava sua mão. Nunca mais o vi... nunca mais.

Ficamos em silêncio mais alguns instantes. O que devemos falar num momento como esse? Mas o Universo fez pontos fora da curva, e devemos agradecê-lo por pessoas como Antonia.

— Um café bem quente. É isso que precisamos!

A exclamação soou bizarra.

— Betsy, Cláudia, Bernardo, Amanda... venham. Vamos para a copa!

Cláudia olhou para Antonia com estranhamento e certo desdém, como se dissesse "a casa é minha, como assim?". Antonia entendeu o recado e falou bem baixinho, como que suplicando à anfitriã:

— Por favor, Cláudia... — e Antonia sinalizou para que Cláudia olhasse para tia Beth, olhos perdidos, sem vida, sem rumo.

— Ah, sim, claro. Vamos, vamos todos!

Seguimos para a copa da fazenda, calados, rezando para que o café, de fato, fizesse a sua mágica.

83.

Acordei com o telefone tocando sem parar. Não havia mais ninguém em casa, achei aquilo muito estranho.

— Filho, é o papai. Estamos no hospital.

— Que houve? Por que não me acordaram?

— Tia Beth passou mal, saímos correndo. Era por volta das duas da manhã. Sua mãe e eu achamos melhor não te acordar.

— Como ela está? Está bem?

— Estamos aguardando notícias do médico. Ela foi encaminhada pra UTI.

— O que ela teve, pai?

— Achamos que foi um AVC, filho.

— Tô indo praí!

— Espera, espera. Pega as chaves do carro da sua mãe e vai no apartamento da tia Beth pegar uma malinha que a Januária separou.

— Está bem.

— A Januária pediu pra você ligar pra ela antes de sair.

— Está bem, pai.

Tinha instalado o telefone no quarto um dia antes. Paguei com meu dinheiro, o salário que recebia da Fundação Tavinho Guedes. Não queria mais ter uma conversa xeretada pela minha mãe. Até então eu não havia recebido nenhuma ligação nele... nenhuma. Apenas essa. Apenas essa ligação, que me acelerou o coração. "Não aceito. Não aceito a morte da tia Beth. Não vou aceitar hoje, nem nunca."

Liguei para Januária, que me atendeu com a voz embargada:

— Leozinho, meu filho. Diz pra mim que ela não vai agora, diz!

— Ela não vai a lugar nenhum, Janú.

— Eu ajudei no parto dela, eu vi a Betinha nascer. Não pode, tá tudo errado. Ela não pode ir antes de mim.

— Calma, Janú.

— Filho, preciso muito falar com você. Sobre o que aconteceu na fazenda da tal da Cláudia, sobre o que a Betinha descobriu. Você precisa vir aqui.

— Eu vou, Janú, pode deixar.

— Mas, filho, eu preciso que você traga uma coisa.

— Que coisa, Janú?

— Traz pra mim aquelas cartas, anotações, aquela papelada que eu te emprestei pra ler.

— Eu não li tudo ainda, Janú.

— Eu sei que você não leu, meu filho.

— Sabe?
— Vem pra cá que a Janú te explica. Mas vem logo.

Me vesti correndo e voei pro apartamento da tia Beth. Dirigi como quem ignora sinais, mãos, velocidade ou a própria linha do tempo. As multas chegariam, pouco me importaria.

Janú abriu a porta. Ao lado dela estava Antonia, chorosa.

Me desesperei.

— Aconteceu alguma coisa? Ligaram do hospital?

— Não, ainda não. Entra, meu filho.

Entrei e fiquei tentando ler algo na expressão das duas. Estava desconfiado que ninguém teria coragem de me contar assim, de pronto, sobre a morte de tia Beth, caso ela tivesse de fato morrido. Tia Beth não morreria nunca, não ela. Não.

Januária saiu da sala para buscar a malinha de tia Beth. Enquanto isso, Antonia tentava me acalmar:

— Você está pálido, Leozinho! Senta! — Antonia me forçou contra a poltrona e logo me trouxe a mesma coisa que estava tomando. — Bebe isso aí! Rebate ressaca, mau humor e pessimismo.

Dei um gole e senti o céu da boca adormecer, a garganta coçar.

— Bebe tudo! Vai, bebe tudo!

— Eu tenho que dirigir!

— Eu até dirijo melhor depois de um desses.

— Mas o que é isso, Antonia?

— Rabo de Galo com canela.

Tomei tudo, mas cuspi um pouco no fundo do copo.

Januária retornou com uma malinha.

— Olha como a cor dele voltou, Janú.

Januária esboçou um sorriso; me tranquilizou. Afinal, ela não teria coragem de sorrir se escondesse más notícias sobre tia Beth. Teria?

Antonia foi fazer um novo drinque na coqueteleira do bar. Isso também era um indício de pura normalidade, claro.

— Meu filho, você trouxe o que te pedi? — perguntou Janú.

— Trouxe.

— Vamos sentar uns instantes.

Sentamos os três na sala de estar. Januária espalhou o conteúdo de cartas, papéis e jornais sobre a mesinha de centro.

— Vamos procurar! — disse Antonia, enchendo o copo dela e o meu com uma nova rodada do drinque.

— Mas... eu não tenho que levar essa malinha correndo pro hospital?

— A Betsy não vai precisar de nada disso por enquanto — disse Antonia, revirando a papelada.

Januária parecia forçar a memória. Eu assistia as duas mexerem naquele tanto de papel como se minha alma tivesse sido retirada do corpo. O Rabo de Galo já havia nocauteado parte do meu pensamento, mas estava em paz.

— É um envelope branco, mas com uma bordinha azul clara.

— Ah, sei bem! Sei bem, sim! Eram os envelopes timbrados da Editora Guedes. O Otávio sempre enviava cartas e felicitações naquele envelope. Super *démodè*, mas ele adorava e... aqui!

— Deixa eu ver... — Janú colocou seus óculos de perto. — É isso... acho que é isso.

— Vou abrir... posso, né? — Antonia mostrou pra Janú um envelope fechado.

— Pode sim.

Antonia abriu com cuidado o envelope. Não havia reparado nele.

— Que tem de tão importante nele?

Janú me olhou com certo desprezo, como se tivesse perdido a oportunidade de demonstrar interesse sobre aquele material.

— Olha, Leozinho, *amore*, esse envelope foi entregue pra Januária pelo próprio Tatá. Quando foi, Janú?

— Foi em 1983, por aí... quando ele descobriu o câncer.

— Mas o envelope está fechado. Por quê?

— Porque não era pra mim.

— Não estou entendendo...

— Era para a Betinha. Otávio me pediu para entregar para ela somente depois que se tivesse descoberto o paradeiro de Tavinho. Otávio perguntou se eu gostaria de saber o conteúdo, mas eu disse que não. Preferia guardá-lo fechado. Não queria ter segredos para Betinha. Então me convenci de que apenas estava guardando mais uma coisa, apenas mais uma carta. Já guardei tantas coisas da Betinha...

— Amada, você já guardou a Betsy da própria Betsy.

— Como assim? — Eu realmente não estava entendendo.

— Ai, menino... tantas coisas que você ainda não sabe. Não sei se tenho o direito de contar.

— Eu queria que você tivesse aberto a carta, meu filho — disse Januária.

— Vocês estão me deixando nervoso de novo.

— Toma, bebe mais um pouco! — E Antonia me empurrou um copo.

— Não estou entendendo. A tia Beth, alguma vez, tentou se matar?

Antonia e Januária olharam para mim como quem finalmente se sente à vontade para contar mais um segredo.

— Algumas vezes, meu filho — disse Januária.

— Betsy sofreu demais, Leozinho. Ela tentou se matar em 1970, alguns meses depois do sumiço de Tavinho. Ela fez algumas coisas terríveis e...

— Você se refere a ela ter seduzido o marido de uma amiga? Um tal coronel durante uma festa de Réveillon?

— Ah, que bom que ela te contou isso. Fico tão mais tranquila. Sim, ela seduziu o Políbio, marido da Magali, uma amiga nossa do colégio de freiras. Ele era o cabeça do comando militar da 2ª Região.

— A tia Beth me contou essa história...

— Talvez ela não tenha te contado os detalhes, mas ela teve um caso com ele durante meses. Ela se entregou a ele como quem se entrega ao diabo pra recuperar o próprio Cristo, e o casamento dela com Otávio acabou. A Betsy começou a fumar e tomar remédios pra dormir e acordar. Ela dizia que tinha o sexto sentido de que esse homem, justamente ele, iria ajudá-la a encontrar Tavinho. Mas ela só conseguiu ser humilhada socialmente, publicamente. Então ela tentou se matar. Foi a Janú que a resgatou, não foi Janú?

— Ela misturou bebidas, calmantes... foi muito triste.

— Depois a Betsy foi internada e ficou, entre indas e vindas, três anos fora do ar. Além da tristeza, ela havia se acostumado a tomar aqueles remédios que vendiam na década de 70... eles viciavam horrores, mas ela tinha fácil acesso, graças ao maldito do meu ex-marido. Betsy teve mais dois episódios de tentativa de suicídio, uma na clínica quando estava se desintoxicando e outra em casa. Em 1987, quando ela descobriu que Klaus ainda estava vivo... bem, ela voltou a beber muito e a tomar remédios. Ela diz que não, mas quem se atiraria mar adentro, no meio da noite? Por sorte, estávamos na areia, com amigos.

— Meu Deus... não sabia nada disso.

— Betinha sempre foi uma mulher sensível. Sensível, mas forte. Mas saber que foi enganada pelo pai, pelo marido...

— Enfim, vamos terminar de ler. Quero saber se passo a odiar o Otávio da mesma forma que odeio meu ex-marido.

Antonia iniciou a leitura em voz alta. Tio Tatá recontou passagens românticas do casal, incluindo trechos do livro *Por Quem os Sinos Dobram*, responsável pelo nascimento do relacionamento dos dois.

Tio Tatá se desdobrava numa narrativa bonita, poética e visivelmente emocionada. Uma despedida da vida.

Tio Tatá, enfim, confessava que seu rival estava vivo, um fato que tia Beth soube pela tia Vitória, alguns anos depois da carta ter sido escrita. Pelo menos, a carta dava a oportunidade do pedido de perdão e talvez conseguisse dar a tia Beth algum fechamento.

Mas essa história seria algo menor, diante do que ficamos sabendo.

Entrávamos em território desconhecido; tio Tatá narrando com detalhes aquilo que tia Beth descobriria apenas catorze anos depois, na casa de Cláudia Ferraz.

Januária permanecia com as mãos sobre os olhos. Ela estava além das lágrimas; em um terreno de fechamento, em que qualquer dor pode ser mortal, ou então, ser o bálsamo de cura.

Antonia, por sua vez, estava com os olhos arregalados. Entornou um copo, e mais um copo. Sua dicção se arrastava pela tristeza, pelo álcool. Logo, porém, retomou a chama e soltou um palavrão:

— Filho de uma puta! Aquele desgraçado do Políbio, maldito, então ele era mesmo o tal general que conhecia a casa de Campos! A Betsy estava certa o tempo todo! Meu Deus do céu. O maldito tinha passado uma Páscoa lá! Fuçou cada hectare do terreno, ficou o tempo todo perguntando se Otávio queria vendê-lo... será que era esse o plano desse filho da puta? Imagine só... matar uns comunistas, matar o filho do proprietário pra ver se na tristeza do luto, o preço imobiliário despencava?

Januária se manifestou:

— Aquele homem invejava Otávio. Sempre invejou tudo o que Otávio tinha.

— E ele morreu impune, o desgraçado! Ele e o Armando!

— Armando morreu num acidente de carro na Anchieta, não foi?

— Isso mesmo. E o Políbio foi encontrado morto dentro de casa, bêbado como um gambá. Dizem que foi ataque cardíaco, ninguém soube ao certo. Abafaram.

Antonia ajeitou os óculos.

Januária estava espantada.

— Minha filha... Otávio mandou matar o Armando e o Políbio?

— Caralho! Eu também entendi isso!

Antonia mandou que fizéssemos silêncio.

— Peraí, quietos! Tem um *Post Script*...

"*P.S.: Klaus ainda vive na Alemanha. Seguem todos os dados para que possa encontrá-lo, assim que terminar de ler esta carta...*"

84.

Entrei no quarto da semi-intensiva, tia Beth estava dormindo. Tão frágil, tão envelhecida. A cabeça recoberta por uma fina penugem branca, levemente encaracolada. Os olhos sem qualquer maquiagem, a boca pálida e seca. Uma guerreira despida de suas armas.

O braço tinha várias manchas arroxeadas. Se tia Beth estivesse acordada quando fizeram seu acesso venoso, certamente teria reclamado. "Isso virou Waterloo, cadê Napoleão?" Depois olharia para mim, ou para meu pai, e debocharia: "Essas coitadas não fazem a mínima ideia do que essa velha louca está falando...".

O acesso venoso estava preso com vários esparadrapos, mais do que jamais vi no braço de qualquer pessoa. Talvez seu corpo repelisse acessos venosos.

Fiquei observando sua respiração, o barulho dos monitores, os contornos que a luz fazia em seu rosto, em sua cordilheira de rugas. Lamentei a falta de um lápis, um papel, um carvão; mas minha modelo jamais deixaria que eu imortalizasse seu réquiem inestético.

Nunca sem a Haydèe! Essa era a regra de ouro.

Encafifei no excesso de esparadrapos. Pra que tantos segurando aquele acesso venoso? Fui adormecendo.

Acesso venoso.

Aces-so. Espa-ra-drapo.

Ve-no-so. Venoso. so. so. ra. po.

Uma vida documentada sempre ganha ares novelescos. Se anotássemos os grandes, médios e pequenos erros de nossas vidas, nos espantaríamos com os movimentos. Andamos em círculos; somos caóticos, controversos, sabotadores. Sofremos da moléstia-medo. Evoluímos graças a ele, mas há muito tempo, perdemos as brânquias e ainda não ganhamos nosso juízo.

Também tememos as coisas boas, o que nos nocauteia em silêncio: e se eu for feliz demais? *I want to lay you down in a bed of roses. For tonight I'll sleep on a bed of nails ("Quero te deitar numa cama de rosas. Para esta noite vou dormir em uma cama de pregos")*. Melhor acostumar o espírito com o áspero até ele fazer calos. Melhor repetir os padrões familiares. Eles não sobreviveram?

Sobreviver, sobre ver. Veram.

Acesso. Venoso. Aces-so.

Veno-so. So. So.

Um acesso venoso como a nova lei do bem viver: sangraremos por um buraco controlado.

Pra que tantos esparadrapos? Não posso dormir aqui. Haydèe na malinha que eu trouxe para o hospital, dentro de uma redinha que mais parece um cestinho para guardar limões. Raposinha ruiva, animalzinho tristonho. Cadê seu palco pensante?

Aces-so. Venos-o. Pens-ante.

So. so.

Sobre viver.

Adormeci intensamente.

Tão intensamente, tão intensamente quanto na vez em que fiquei hipotérmico.

Estava novamente na copa do apartamento de tia Beth, uma década e meia atrás, procurando meu maço de cigarros. Primeiro dia. Ela havia encontrado na minha mochila da faculdade e sorria cúmplice no vício. Dirce vinha com o mil-folhas. Tia Beth me empurrava as endívias com *cream cheese*. Haydée estava lá, coroa gloriosa.
— Posso te desenhar, tia?
— Claro que pode.
— Fumando!
— Fumando?
— Quero abrir o livro com esse desenho.
— Vou ser um mau exemplo pras gerações futuras; depois que partir.
— Você nunca vai partir.
— Eu estou partindo.
— Por favor, fique.
— Ninguém vai embora de verdade.
— Eu estou com medo, tia. Muito medo.
— Bobagem. Vem cá.
Tia Beth se levantou e me levou até um dos quartos do apartamento.
— Olha a Nini!
Nini saltou das almofadas e se enroscou nas pernas da tia Beth.
— Onde estão os filhotinhos dela?
— Todos já se foram.
— Pra onde?
— Pros seus caminhos. Filhotes vêm e vão, nascem aqui, partem ali.
Ela fez uma pausa.
— Acredita que a Nini e a Sophia Loren são a mesma gatinha?
— Como?
— Ela nunca me deixou. Deu um jeito de voltar por outro portal.
Tia Beth pediu que a seguisse no corredor, em direção a outro quarto. Antes da porta se abrir, ela me olhou fundo nos olhos.
— A graça de ser mãe é poder ser um portal.
A porta se abriu e estávamos num campo verde, araucárias ao nosso redor, um riacho borbulhante.
— Quando estou aqui, consigo vê-lo.
— Ver quem, tia?
— Ele...
— Ele quem?
— Você.
Tia Beth me abraçou.
— Ainda vou agradecer à Cláudia por ter te trazido de volta.

— Minha mãe?
— Eu e Bernardo não sobreviveríamos sem a tua presença.

Tia Beth abriu um botão da blusa e soltou um alfinete que estava preso em seu sutiã. Preso a ele, uma medalhinha de Santa Crescência.

— É sua.

Ela prendeu a medalha em minha blusa e se afastou.

— Tudo tão irônico, meu amor. Nunca foi sobre achar um corpo, mas reconhecer uma alma.

Acordei com o barulho dos monitores e o médico plantonista entrou no quarto da semi-intensiva.

— Que houve, que houve?

— Ela está descompensando. Está braquicárdica, vamos removê-la novamente para a UTI. Você autoriza?

— Sim, posso autorizar, mas o marido dela já não assinou a papelada?

Fui até o setor de enfermagem pra verificar o que eu precisava fazer. Peguei meu celular e liguei para Klaus:

— Tio, vem pra cá. Ela foi removida novamente pra UTI.

Liguei para meu pai, minha mãe e para os meus primos, Toni e Bella. Eles haviam se apaixonado pela avó tanto quanto eu. Apesar dos meus ciúmes iniciais, esses anos de convivência haviam sido excepcionais. Poder ver tia Beth se tornando uma avó e bisavó amorosa — e igualmente divertida — foram um bálsamo para quem conhecia sua história.

Minha esposa me encontrou na cantina do hospital, junto do meu filho mais velho.

— Amor, você acha que ela vai embora hoje?

Senti um nó tão imenso na garganta, quase não consegui responder.

— Sim, acho que sim. A atividade cerebral está fraquíssima, o coração começou a bater devagarinho.

— Você quer que eu já faça umas ligações?

— Sim, sim.

Eu chorei.

— Lembrei tanto da Januária. Se eu fechasse os olhos, poderia dizer que ela estava dentro do quarto. Ela pedia tanto pra ir antes da tia Beth, que Deus não ousou desatender.

— Uma pena que eu não a conheci... — disse a minha esposa.

— Ela sonhava em entrar comigo em direção ao altar. Dizia que queria ver meu casamento. Quer dizer, ela dizia que veria meu casamento, de um jeito ou de outro.

Minha esposa riu. Eu completei:

— Tia Beth e Januária vão dar trabalho na catraca do São Pedro.

— Você se esqueceu da Antonia — disse minha esposa.
— Ela já deve ter sido realocada. Duvido que permitam leitura de tarot e coqueteleira de prata por lá.

Rimos. Estava mais leve. Tia Beth seria bem recepcionada. Logo me peguei dando bronca no meu filho.

— Dá pra largar esse celular?

A vida seguiria.

A vida sempre segue.

85.

Antonia se colocou de pé.
— Eu tenho o endereço do Klaus há anos. A Betsy não foi procurá-lo na Alemanha porque a mulher dele ainda está viva. Doente, mas viva. E tem mais!

— Mais o quê? — perguntei.

— A Betsy morre de vergonha de encontrar o Klaus, porque ela não reconstruiu as mamas.

O telefone tocou. Januária se prontificou a atender, mas Antonia tentou tirar o fone de suas mãos. Após uma rápida disputa, Januária obteve a vitória.

— Bernardo? Ela está bem?

Ficamos vendo Januária falar ao telefone, menear a cabeça, e fomos ficando pálidos.

Januária desligou, fez uma pequena oração e nos olhou de volta.

— Fizeram aquela tal de... res...

— Ressonância? — disse Antonia.

— Isso, fizeram esse e outros exames.

— Quais exames, *amore*? É por isso que eu queria ter atendido em vez de você!

Januária respirou e continuou:

— Ela já estava acordada e mal-humorada. Ao que tudo indica, foi novamente uma mistura de remédios com bebida.

Respiramos aliviados.

— Teu pai disse que em meia hora eles já estarão de volta. É pra vocês esperarem aqui mesmo.

Meia hora depois, tia Beth entrou no apartamento numa cadeira de rodas, empurrada por meu pai.

— "Elisabeth I", rainha ruiva e virgem, está de volta.

Ela chegou brincando, ironizando. Parecia bem.

— Virgem só se for antes da Guerra do Paraguai, né, Betsy?

Januária ainda estava tensa:

— Pra que a cadeira de rodas?

Meu pai respondeu:

— Ela deslocou a patela. Vai ficar de molho.

Tia Beth se virou, irritadiça:

— De molho uma ova. Amanhã já quero estar em Campos do Jordão, não vamos perder tempo!

Tia Beth parecia disposta, refeita e resoluta. Seu coração tinha sangrado o que tinha para sangrar, coagulando certezas.

Januária se aproximou de meu pai e cochichou:

— O médico disse o quê? Que ela se enganou na dose ou tentou...

Tia Beth escutou e gritou:

— Lá vem vocês com essa história de novo! Eu nunca tentei me matar! Nunca! Mas que coisa!

— Betsy, Betsy...

— Eu erro as doses, Antonia. Vou repetir pra você: eu erro as doses! Sempre tive resistência pra esses remédios e não me importo se eles vão interagir com o álcool, porque eu não vou parar de tomar o meu bourbon! Nunca quis morrer, mesmo quando a vida quis me matar, tá bem? Nunca, nunca! Mas se eu errar na dose, se eu morrer dopada, pra mim está *muito que bem*! Agora, não me encham mais os pacovás!

Antonia e Januária seguraram a respiração.

— Agora me leva pro quarto, Bernardo. Amanhã cedo, Campos do Jordão!

Quando meu pai retornou do quarto de tia Beth, Antonia lhe entregou a carta de tio Tatá. Fechamos a porta de correr, fomos até a copa e tentamos falar o mais baixo possível. Tínhamos uma noite inteira pra decidir o que fazer com todo aquele conteúdo.

Partimos cedo para Campos do Jordão. Na Marginal Tietê, meu pai foi introduzindo a possibilidade de terem achado alguns documentos, e que talvez eles estivessem sido guardados por Januária no lugar errado e que talvez contivessem uma carta do tio Otávio e que talvez...

— Desembucha, Bernardo!

Tia Beth ouviu a história toda, pegou os óculos de perto da bolsinha e exigiu que lhe entregássemos a carta.

Tia Beth foi lendo a carta durante todo o caminho. Ela lia alguns parágrafos e apertava a carta contra o peito. Chorava de soluçar. Então retomava a leitura para novamente ter de interromper. Ficamos em silêncio a viagem inteira.

Quando chegamos em Campos do Jordão, tia Beth não disse nenhuma palavra sobre a carta. Cumprimentou o caseiro Jorge e a Marta, e perguntou o que tinha para o almoço.

— Nem pense em vir com essa cadeira de rodas, Bernardo!

— Mas, tia...

— Eu trouxe a bengala do meu pai, tá ótimo, e se você me encher, já sabe!

— Vai me bater de bengala, tia?

— Bater com bengala é coisa de velho. Vou é enfiar você sabe onde.

À mesa do almoço, meu pai abordou o assunto:

— Tia, eu havia pedido ao Léo para chamar algumas escavadeiras. Já estava tudo certo, mas depois dessa carta, resolvemos aguardar.

Tia Beth limpou os lábios, pousou o guardanapo de pano no colo. Os talheres fizeram um forte barulho contra a louça. Ela mal havia tocado a comida.

— Para mim, assunto encerrado, Bernardo.

— Não entendi, tia — disse meu pai. — O que está encerrado?

— Sabe, Bernardo... há muito tempo venho pensando sobre isso, sobre minha necessidade de achar o corpo de Tavinho. Como o Otávio bem lembrou nessa carta, fui longe demais, fiz coisas demais, me feri demais. Feri todos ao meu redor e...

— E...? — Não consegui aguentar a pausa dramática.

Tia Beth falou:

— Aceitam mais vinho?

Fiz que insistiria na pergunta, mas meu pai pousou a mão na minha coxa.

Passamos a tarde inteira caminhando devagar pela propriedade. Fomos ao redor da casa principal e das ruínas da casa antiga. Apenas seguíamos tia Beth.

— Eu amo esse lugar. Otávio sempre soube disso. Saber de tudo o que aconteceu me trouxe uma sensação curiosa, entendem?

Eu ia responder, perguntar, interagir. Meu pai novamente me fez sinal para calar a boca. Às vezes, uma conversa não é uma conversa; estamos ali apenas para fazer companhia enquanto alguém precisa pensar alto.

— Agora já sei o que houve com Tavinho. Sei que ele dificilmente saiu vivo dessa covardia. Mas ele, pelo menos, não foi preso, nem torturado como os demais. Também sei que ele morreu por amor, morreu tentando defender a mulher que tanto amava, defender os filhos que ela tinha no ventre.

Novamente, ela fez uma longa pausa. Só foi retormar o pensamento quanto estávamos num jardim atrás das ruínas da casa antiga.

— Aqui ficam algumas das araucárias que a família do Otávio plantou. Era uma espécie de tradição, e cada vez que nascia um membro da família, plantavam uma dessas. Vejam essa aqui.

Era pouco mais de uma raiz ao solo.

— Essa era a araucária do Tavinho...Durante anos eu insistia com Tatá, por que, afinal, ela havia sido cortada? Ele disse que ela havia caído sobre os telhados da casa, depois de uma tempestade. Eu fiquei muito magoada, perguntava o que tinha sido feito da madeira dela. Tatá nunca me respondeu direito, sempre desconversava. Depois de um tempo, pensei que era uma grande besteira, e se ele, que era um Guedes Ribeiro, com suas tradições familiares, não estava dando a mínima, então não seria eu que...

Tia Beth parou novamente.

— Eu estou pronta para ir até lá.

— Tem certeza, tia?

Tia Beth não respondeu. Foi caminhando devagar em direção à mata até chegar perto do riacho. Seguimos na sua beirada, durante mais uns quinze minutos. Meu pai tomou à frente para ir preparando o caminho. Tia Beth ia no meio, usando a bengala para se apoiar nas partes íngremes. Eu ia logo atrás dela, com as mãos em torno de seus quadris, pronto para ampará-la, caso ela deslizasse.

— Chegamos. Aqui é o alto da cachoeira — disse meu pai.

— Tia...Vai ser complicado você descer até lá! — disse, tenso.

— Complicada foi a minha vida. Bora. Tô com a bengala do meu pai, ele está aqui pra me ajudar.

Descemos pelas laterais da cachoeira e confesso que não sei direito como chegamos até a quebra d'água. Não sei como tia Beth conseguiu fazer aquela trilha, pequena, mas muito íngreme, sem escorregar nem cair. Me sentia fora do ar, absorto, numa sintonia muito parecida com a que senti no centro espírita de Zenaide.

— Onde será que está, Bernardo?

— Eu não sei, tia. Eu não sabia de nada disso.

Eu não tive dúvidas. Saí na frente e adentrei uma pequena cortina d'água lateral. Me molhei sem pestanejar e assim que entrei, encontrei a cruz de madeira sob as pedras, numa pequena gruta.

Tia Beth entrou em seguida, sem qualquer pudor por se molhar. Ela se pôs de joelhos e chorou com a cachoeira.

Ela se aproximou da cruz, a tocou, e ficou um bom tempo conversando com ela. Eu e meu pai fomos incapazes de ouvir o que ela disse, tampouco perguntamos depois. Esse momento era só dela, de Tavinho e de tio Otávio.

Meu pai se dirigiu à cruz e também conversou com o primo. Chorou, abraçou a si mesmo como uma criança perdida. Eu estava tomado de uma força calma e severa, uma força que trazia o mantra: agora se encerra, agora se inicia.

Agora se encerra.

Agora se inicia.

"Beth, minha Beth. Gostaria de chegar ao céu e poder gritar que nunca te menti, mas esta seria a minha maior infâmia. Machuquei minh'alma e minha honra pra te fazer feliz. Omiti tantas verdades que elas cresceram dentro de mim, sem aceitar cirurgia ou tratamento.

Entrego esta carta à Januária, nossa querida Januária, para que te seja entregue apenas se o corpo do Tavinho for encontrado após a minha morte.

O que sei, já foi dito nas linhas anteriores. Descobri que ele desapareceu numa das encostas da serra da Mantiqueira, após um encontro com amigos, no caminho do riacho que cruza nossa propriedade. Apenas isso.

Enquanto escrevo, tenho você ao meu lado, ressonando. Está tranquila e feliz em nossa cama, como há muito não a via. Por que não te conto, agora, esse fato? Porque não quero repetir o erro que cometemos com a fazenda. Desgraçamos o local, perdemos um dos nossos paraísos. Perder Campos seria mais grave. Nós nos perderíamos do local onde nos encontramos.

Acharei a solução pra essa história antes de minha morte.

Deus, me auxilie a não ir para o túmulo com mais essa omissão.

Quis, porém, sinalizar meu carinho e amor ao nosso filho. Usei a madeira de sua araucária para sinalizar uma cruz, no último local em que dizem tê-lo visto com vida. Uma cruz atrás da cortina d'água daquela pequena queda d'água.

Não é uma sepultura. Não há corpo entre as pedras.

Mas lá será o repositório eterno das minhas tristezas."

Tive uma vontade imensa de molhar minhas mãos, meu corpo, meu rosto na água da cachoeira. Estava gelada, incrivelmente gelada, não pude conter o impulso. Passei água no rosto, no pescoço, nos olhos. Ao abri-los, um brilho nas pedrinhas de cascalho no assoalho da cachoeira. Fui em direção ao brilho, sem pestanejar. Mergulhei nas águas e ao retornar, entreguei o achado às mãos de tia Beth.

— A medalha original de Santa Crescência!

Dias depois da minha formatura, tia Beth foi até a minha mesa na Fundação Tavinho Guedes. Fazia tempo que ela não comparecia pessoalmente no local, e toda vez que aparecia, era uma festa. Ela mantinha ainda compromissos mensais conosco, principalmente quando era necessário conversar com algum pai ou alguma mãe que sofria as mesmas tristezas que as suas.

— Quero te dar um presente.

— Mais um, tia? Para um pouco, já me deu tanta coisa

— Paro nada. Você não manda em mim — falou em tom de deboche.

— Tá bom... o que você inventou agora?

— Eu sei que você tem estado muito tristinho desde que a Amanda viajou e...

— Tia, já pedi pra você não se meter nessa história. Por favor. Ela foi fazer o intercâmbio dela, achou que era importante e... bem, era uma oportunidade que ela falava sempre. Desde que a conheci e...

Tia Beth me mostrou dois envelopes pequenos. Eu abri: passagens de primeira classe para a Alemanha.

— Que é isso, tia?

— Leozinho, meu amor. A Antonia ligou para o asilo em que a esposa do Klaus estava internada... ela faleceu há cerca de três meses.

— Tomou coragem, tia?

— Eu também estou com peitos novos. Está na hora de fazer essa viagem. Não acha curioso que nós dois tenhamos assuntos mal resolvidos na Alemanha?

Sim, tia Beth. Eu sempre achei muito estranho ter todas essas conexões da minha vida com a sua. Viscerais, entrelaçadas.

No avião, tia Beth não conseguia pregar o olho.

— Te contei que ele tem um filho chamado Otto e uma filha chamada Elisabeth? Assim como eu. Ele tem também quatro netos!

— E você agora tem dois.

— Meu Deus, não tinha pensado nisso! Ele agora vai ter seis netos, incluindo o Toni e a Bella Ferraz!

— Sim, tia... mas por favor, dorme um pouquinho.

— Você anotou o endereço, né?

— Pra quê? Você sabe de cor...

— Rua Oderberger Straber, número 1101, apartamento 43-B. Você anotou na sua agenda, não anotou?

— Já disse que sim, tia. Já disse que sim.

Amanda nos recebeu no aeroporto. Klaus queria nos receber no aeroporto também, mas tia Beth não quis dizer a que horas o vôo chegaria.

— Não quero que ele me veja amassada, torta, maldormida, depois de cinquenta anos. Não tem condições, não acha, meu filho?

— Acho, tia. Acho...

Amanda estava linda, sorridente e morta de saudades de nós dois. Repito, para dar ênfase: saudades de nós dois. Eu havia me transformado em parente: era sobrinho-neto da avó dos tios dela. Nada menos sexy do que fazer parte da própria família.

— Claro que sei onde fica Rua Oderberger Straber... você vai encontrar o Klaus lá?

— Não, Amandinha, claro que não. Não o vejo há cinquenta anos e logo vou pra casa dele? Imagine.

Havia algo de adolescente no ar. Algo de divertido, algo de renascido.

Havia vida novamente correndo nas veias e no coração de tia Beth.

É por isso que nossa história vai terminar aqui: o táxi parando em frente ao restaurante Altes Zollhaus; Tia Beth linda, sorridente e efusiva, querendo descer logo do carro; eu pagando o táxi, atrapalhado, e Amanda tentando me ajudar; as mãos dela tocando as minhas e nós dois novamente conectados.

Quando desci do táxi, já na porta do restaurante, tia Beth correu para abraçar um senhor alto, cabelos brancos aloirados.

Nada os separaria, nunca mais.

Permanecemos na calçada, Amanda e eu, admirando o reencontro. Demos as mãos, na certeza de que sempre voltamos para o amor.

É aqui que devemos ficar. Nesse átimo, atendendo a um pedido dela.

Tia Beth viva, linda, feliz e renascida.

Porque, afinal de contas, a morte não existe.